AF151667

Rowohlt Verlag GmbH, Kirchenallee 19, 20099 Hamburg

Kontaktadresse nach EU-Produktsicherheitsverordnung:
produktsicherheit@rowohlt.de

Helmut Krausser, geboren 1964 in Esslingen, schrieb Romane, Erzählungen, Theaterstücke, Tagebücher, Gedichte und Opernlibretti. Zu seinen bekanntesten Werken gehören die Romane «Fette Welt» (rororo 22425) und «Der große Bagarozy» (rororo 22479), die beide verfilmt wurden. Zuletzt erschien «Die wilden Hunde von Pompeii».

UC

ROMAN

VON HELMUT KRAUSSER

UNTER ZUHILFENAHME
EINES MÄRCHENS
VON H. C. ANDERSEN

Rowohlt Taschenbuch Verlag

2. Auflage Juli 2020

Veröffentlicht im Rowohlt Taschenbuch Verlag
Reinbek bei Hamburg, September 2004
Copyright © 2003 by Rowohlt Verlag GmbH,
Reinbek bei Hamburg
Typographie Joachim Düster
Umschlaggestaltung any.way, Walter Hellmann
Satz bei Pinkuin Satz und Datentechnik, Berlin
Druck und Bindung BOD – Books on Demand GmbH,
Norderstedt, Germany
ISBN 978-3-499-23695-2

UC

Preludio/Postludio

6.30 Der Morgen überzieht die Hausmauern mit Pink-, Orange- und Kupfertönen, breitet blinde Spiegel auf dem Wasser aus. Unbewegtes Wasser, das am Horizont bläut, in der Bucht noch schwarz ist. Die erloschenen alten Straßenlaternen gleichen Urnen, zur Warnung auf eiserne Masten gespießt.

Ich sitze im Fensterkreuz meines Hotelzimmers und rauche, tippe Asche zwei Stockwerke hinunter, habe seit Stunden den Wein dieser Insel aus einem Zahnputzglas getrunken und fühle mich zu nichts verpflichtet, als sei das Wichtigste erledigt.

6.49 Die Steinplatten des Hafenkais grenzen sich langsam voneinander ab mit Furchen, in denen der Rest der Nacht versickert. Ein alter Mann nimmt Platz auf einer der Bänke, blickt aufs Meer hinaus. Er wiegt den Kopf, betrachtet den heraufkommenden Tag nickend, als Geschenk.

Ich habe ihn nicht kommen sehen. Plötzlich war er da, wie aus dem Nichts. Er muß mit diesem Ort sehr vertraut sein und im Lauf seines Lebens überallhin Abkürzungen entdeckt haben. Seine Existenz und mein Sehen müssen sich in diversen Frequenzen bewegen, die sich erst dann überlagern, wenn Stillstand im Bild erreicht wird.

War sein Leben die Suche nach der günstigsten Abkürzung? Oder die nach dem längsten Schleichweg? Ich fühle, wie alles in mir den dösenden Greis bewundert und verachtet.

7.01 Katzen schleichen über das Pflaster. Bewegung gewordene Erwartung. Metallene Bootsböden knirschen auf dem Strand, fette Männer laden Fischkisten aus. Junge Männer schütten aus Eimern zerstoßenes Eis auf die glitzernden Leiber.

Ich bin an fast jedem Morgen zu diesem kleinen Markt gegangen und habe etwas gekauft. Obwohl mir keine Feuerstelle zur Verfügung steht. Ich wollte das Meeresgetier sorgfältig betrachten, ohne die Händler danach zu enttäuschen. Ich spreche kein Griechisch, und vermute hinter jedem härter klingenden Wort einen Fluch.

Ein Kellner wischt mit einem Handtuch die Tische des Cafés ab, und zwischen den Dächern und Fensterläden verschwinden die letzten kupferfarbenen Schatten.

7.08 Erstmals beginne ich mit dem Gedanken zu spielen, selbst beobachtet zu werden.

Von einem der anderen Hotelfenster vielleicht. Durch die Ritzen der Rolläden. Verändert sich dadurch mein Habitus? Ja. Ich zittere. Endlich möchte ich die Dinge abgetrennt von Wirkung und Bedeutung sehen.

7.30 Die dünnen, hart aufgetragenen Lichtschichten der Morgendämmerung dringen in die Hauswände ein, wie Salbe in Haut. Einen kurzen Moment noch glänzen die Mauern, bevor ihr makelloses Weiß matt wirkt und für den Rest des Tages die Last der Sonne stemmen muß.

7.45 Jede Summa ist Selbstbetrug, auch jede Momentaufnahme ist banal. Nichts taugt als Gleichnis eines Lebens. Das Große stirbt, wenn wir sterben.

In der Ferne steht, an der Hafeneinfahrt, ein Leuchtturm,

am Ende des längsten Piers, dort wo bald die ersten Angler hocken werden. Seine Scheinwerfer wurden vor Jahren schon abmontiert. Und er leuchtet doch.

Schimmernd feuerfarben steht er da und fängt den Blick. Das einzige wehrhafte Gebäude weit und breit. Sein Fundament ist dick ummauert und fensterlos. Vielleicht haben fünfzehn bis zwanzig Personen darin Zuflucht gefunden. Der schlanke Turm hebt sich daraus hervor und mündet, sein Inneres muß aus einer engen Wendeltreppe bestehen, in einen winzigen Signalraum. Ganz oben hängt, in einem Käfig, der an eine Volière erinnert, eine verrostete Glocke.

Fünfzehn bis zwanzig Personen. Die wichtig sind. Mehr braucht kein Leben. Tragende Rollen. Ich zähle auf. Vier, fünf Namen fallen mir sofort ein. Die anderen mit Vorbehalt. Je nachdem, aus welchem Blickwinkel man sie beurteilt, waren sie wichtig. Oder auch nicht. Einige waren überaus wichtig, obgleich sie gestorben sind, lange bevor ich geboren wurde. Zählen die auch? Hab ich sie mißbraucht? Sie luden dazu ein.

Der Leuchtturm. Ich nehme ihn als Sinnbild. Das Fundament. Der Raum, oben. Die Glocke. Die Angler. Das gefällt mir. Bravo! Ich öffne die letzte Flasche. Bravo!

8.12 Fangen wir an mit dem Anfang. Wo ist der?

Der Anfang ist da, wo das Banale aufhört. Ist somit Ansichtssache, und womöglich nicht vorhanden. Ich wäre jetzt so gern betrunken. Gott, o Gott, ich wärs so gern. Fünf Meter unter mir liegt das Zahnputzglas. Zersplittert. Es ist mir aus der Hand geglitten. Ich habe seinen Sturz hinab über Stunden beobachten dürfen.

Hinter mir, im Hotelzimmer, stehen fünfzehn bis zwanzig Personen. Einige sind tot. Sicher beobachtet man mich.

Erstes Buch

Es gibt unzählige dunkle Körper neben der Sonne zu erschließen, – solche, die wir nie sehen werden. Das ist, unter uns gesagt, ein Gleichnis; und ein Moral-Psychologe liest die gesamte Sternenschrift nur als eine Gleichnis- und Zeichensprache, mit der sich vieles verschweigen läßt.

Jenseits von Gut und Böse

1

Irgendwo muß man anfangen. Es ist leicht. Irgendwann, mit irgendwas. Man kann den Anfang später streichen, wenn sich die Geschichte erklärt hat.

Irgendwo, mitten im Leben. Meinem.

Manche sortieren ihre Vergangenheit nach Städten, in denen sie lebten, nach Projekten, die sie betrieben, oder nach Stufen eines inneren Reifeprozesses. Wenn ich an irgendeine zurückliegende Zeit denke, ist sie stets mit dem Namen der jeweiligen Frau verbunden, mit der ich zusammen war, zusammen sein durfte. Einige haben mich geliebt, einige habe ich geliebt.

Das Ausmaß der Schnittmenge entscheidet über so vieles.

Erste Symptome? Vieles kommt dafür in Frage. Es gab eine zeitliche Grauzone nicht eindeutiger Phänomene. Das Meiste von dem, was in Frage kommt, habe ich vergessen, oder kann es nicht mehr nachvollziehen; es ging zu unscheinbar vor sich. Beweisbar ist nichts. Meinem Gefühl nach läßt sich der große Umbruch kaum auf einen Zeitpunkt festlegen, er kam schleichend. Lange noch konnten die Symptome mit Vernunftkonstrukten erklärt und aufgefangen werden.

2

Für mein Londoner Debut standen Strauss' Metamorphosen und Bruckners Neunte auf dem Programm. Entrückungsmusik, mit mehr als einem Bein im Jenseits. Ich hatte mich vehement gegen eine Pause zwischen den beiden Stücken ausgesprochen, erfolglos.

Die Pause sei angeblich schon deshalb nötig, um jenen, deren Aufnahmefähigkeit für beide Programmpunkte nicht ausreiche, eine Möglichkeit zu geben, den Konzertsaal ohne Störung zu betreten bzw. zu verlassen. Meine Forderung, die Türen während des Konzerts geschlossen zu halten, wurde als anachronistisch empfunden, gelangte durch eine Indiskretion in die Tagespresse – und einige Kritiker bereiteten sich darauf vor, mich energisch abzustrafen, schilderten in den Vorabberichten meine Taktführung als romantisch verbrämt, elegisch bis schwülstig, dann wieder nordisch-arisch-karajanisch (was immer das sein soll), Attribute, die mir allesamt fern liegen. In gewissen majuskelverliebten Schmierblättern wurde sogar vor dem gefährlichen Sauerkraut-Mystagogen gewarnt, der Strauss und Bruckner den Briten in einer Art neogroßdeutscher, in den Grenzen von '42 angesiedelten Interpretation nahebringen wollte. Erstaunlicher Vorwurf ausgerechnet bei einem zart-tristen Werk wie den Metamorphosen, geschrieben im Herbst '45 quasi auf dem Schuttberg der deutschen Kultur. All dieser Wahnsinn, nur weil ich dringend, doch höflich, darum gebeten hatte, auf eine Pause zu verzichten, Pausen zerstören meine Konzentrationsfähigkeit – und beide Werke zusammen erreichen gerade einmal Spielfilmlänge, also bitte.

Das Londoner Orchester empfing mich kühl, wie einen Parvenü, der sich mit chauvinistischen Provokationen nach oben fuchteln wollte. Über den Proben lag ein irrationales, unausgesprochenes Mißtrauen. Als ich die Entfernung eines Posaunisten forderte, der meinem Gehör nach nur über eine Lotterie seinen Platz im Bläsertrakt ergattert haben konnte, glitt die Diskussion mit dem Konzertmeister in gewerkschaftliche Dimensionen ab, mir wurde vorgeworfen, den Halbgott im Frack zu geben, die Zeiten eines Toscanini seien passé. (Ich dirigiere so gut wie nie im Frack, das nebenbei.) Der wohl nie mehr zu tilgende Minderwertigkeitskomplex mancher, ich sage *mancher* Briten, über zuwenige Komponisten von Wert zu verfügen, schlug sich bis in die zweiten Geigen nieder. Möglicherweise habe ich mich hier und da ungeschickt benommen. Wie dem auch sei, die Proben verliefen nicht nur in klanglicher Hinsicht unharmonisch. Ich setzte mir, schlimm eigensinnig, eine hübsche Klarinettistin in den Kopf, es kam zum großen Krach. Eine aktualisierte, unbanale Deutung von Strauss' und Bruckners Werken erschien nicht länger realisierbar, und ich erschien nicht mehr zur fünften Probe, trieb mich stattdessen in einem Sohoer Pornokino herum. Was gleich darauf die Presse durch mich selbst erfuhr. Wenn schon Skandal, dann richtig. Ich posierte für die Kameras mit einer fast zahnlosen Stripperin im Arm. Gab ein Interview, in dem es hieß, daß die zahnlose Stripperin blasfertiger sei als etwaige Posaunisten gewisser ortsansässiger Orchester. Man kündigte prompt meinen Vertrag, die Medien schenkten mir enorme Aufmerksamkeit, mein Publikum würde fortan vermutlich jugendlicher sein, ich war frei. Nahm an, daß der Skandal meiner Reputation nicht schaden würde, im Gegenteil. Derlei Konflikte besitzen ihre eigene Dynamik, jedenfalls war alles besser, als das geplante Konzert Wirklichkeit werden zu lassen. London lag mir auf gewisse Art zu Füßen, auch wenn sich dadurch die Bißspuren in meinen Waden vervielfachten. Na gut. In einer Neidgesellschaft gilt bloßes Können bereits als Arroganz. Vom Mittelmaß exzentrisch genannt zu werden, ist natürlich. Ich würde mich selbst eher experimentierfreudig nennen.

Obwohl mir viel daran liegt oder lag (man muß inzwischen zum Imperfekt greifen), Musik, die ich liebe, der Welt so zu präsentieren, wie niemand sie ihr zuvor präsentiert hat, lag mir fast genausoviel daran, beachtet, gefeiert und von schönen Frauen sexuell umsorgt zu sein. Die Gleichzeitigkeit künstlerischer Seriosität wie hemmungsloser Triebkraft stellt in den Augen manch sonderbarer Zeitgenossen noch immer einen Widerspruch dar, mir unbegreiflich. Einige Kommentare kanzelten mich als geil-arroganten *Prussian Herrenmensch* ab (ich komme aus München), andere, wohlwollendere, erinnerten an Klaus Kinskis Eskapaden, damit war die Sache bereits so gut wie gerettet, meine Zukunft schien gesichert.

Die erwähnte Klarinettistin habe ich schließlich auch noch bekommen, es kostete 20 000 Pfund, nie war ein tiefgefrorener Fisch überbezahlter, weißgott. Egal. Ich dachte darüber nach, ob ich vielleicht doch in Talkshows gehen sollte, legte mir ein künftiges Programm zurecht, das besser zu meinem neuen Image passen würde, eruptiver, erotischer. Strawinskys *Sacre* zum Beispiel.

Bruckners Neunte und Strauss' Metamorphosen standen meinem Herzen viel näher, konnten indes noch auf mich warten. Solche im Ruch des Vergeistigten stehende Werke nimmt das Publikum älteren Interpreten viel kritikloser ab. Ich hatte einen tollen Beruf. Unabhängig davon, wie ich mich geistig fühlte, war meine irdische Hülle für die eines Dirigenten geradezu jünglingshaft. Mit knapp Vierzig wird man in diesem Betrieb kaum ernstgenommen, und egal auf welche Weise man Bruckners Neunte dirigiert – sollte es vom Gehörgängigen nur minimal abweichen, wird man als jugendlicher Revoluzzer gehandelt. Jetzt wollte ich nichts weiter, als drei Wochen Ruhe und Rauschmittel genießen, wollte wehmütig dabei an Claudia denken, die mir verlorengegangen war – und machte mich in Annabelles Apartment breit, das direkt im Herzen South Kensingtons liegt.

Annabelle – lesbischer Sopran, unsere Freundschaft basierte auf gegenseitigem beruflichem Respekt – sang noch den Rest des Monats in New York. Ich mochte ihre verwinkelte Wohnung. Ein süßes kleines, weiß und rot und mit viel Art Deco (aber auch mit Lavalampen) eingerichtetes Apartment, erster Stock Altbau, zwei Gehminuten vom Park entfernt. Ich fütterte Grauhörnchen, die einem dort an den Hosenbeinen hinaufklettern, gönnte mir alle drei Tage eine Luxusnutte vom Escort-Service, ließ indisches oder vietnamesisches Essen kommen, studierte ein wenig Partitur. Kokain nahm ich in diesen Wochen keines. Kokain alleine zu nehmen, bringt nicht viel mehr als eine starke Tasse Kaffee. Meiner Laune nach wäre die Reihe der noch auszuprobierenden Genußgifte am Opium gewesen, aber ich kannte niemanden in London, der mir welches besorgen konnte. Also trank ich exzellenten Rotwein und las Rilkes Duineser Elegien. Die meiste Zeit war ich nüchtern, um das nur klarzustellen. Gesundheitlich ging es mir gut, von leichten Problemen mit dem Rücken abgesehen, ich bin von robuster Natur; mit meiner Frau Laura telefonierte ich jede Woche, fast ohne zu streiten, entdeckte sogar eine gewisse Sehnsucht wieder, mit ihr von unserem Kanapee am Las Canteras aus das kanarische Meer zu betrachten, vorausgesetzt, daß Laura still bliebe. Von Einems *Dantons Tod*, eine der besten, dramatischsten und unterschätztesten Opern des zwanzigsten Jahrhunderts, hätte meine nächste Verpflichtung werden sollen, zur Saisoneröffnung in Stuttgart, aber dazu kam es nicht mehr.

Ich hatte ausnahmsweise viel Zeit, über meine Wünsche, meine Karriere, mein Älterwerden und das Älterwerden der Welt überhaupt, nachzudenken. Vielleicht genügte allein schon dieser Umstand, um die folgenden Geschehnisse ins Rollen zu bringen. Es hieße im Umkehrschluß, daß der übliche Arbeitstrott als betäubender Mechanismus womöglich ausgereicht hätte, um Dinge, die weit weg von mir ihren Lauf nahmen, gar nicht erst geschehen zu lassen. Das klingt irrational, aber ich will es nicht völlig von der Hand weisen. Ich bin nicht mehr in der Position, um irgendetwas von der Hand zu weisen.

3

Märchenhaft fern, doch im Saum, den die Erinnerung streift, den nur sie allein zugleich zärtlich und distanziert abzutasten weiß, in dieser scheuen, stupsenden Berührung so nah und intensiv wie wenig sonst. Eine zu Grabe getragene Welt steht auf, habe ich wirklich so lange gelebt, daß mumifizierte Welten in mir Platz gefunden haben? Mit einem Arom, mit dem Stützrad einer Lichtstimmung, wird im Bruchteil einer Sekunde so viel abgerufen, angedeutet, neu zum Leben erweckt. Und bleibt diffus, sperrt sich gegen die Begehung, als gäbe es eine Pietät, die das verbietet.

Als wäre da etwas gewesen, archiviert in einer Wabe, deren Membran man mit dem Finger nur streicheln, nicht durchstoßen kann. Was in dieser Wabe eingeschlossen liegt, muß ungeheuer groß gewesen sein. Da war ein anderes Ich, das so und so gewesen ist, so und so gehandelt hat. Und Menschen hat es gegeben, deren Leben mit jenem Anderssein einmal verknüpft war, die man fragen müßte, wie das alles genau vonstatten ging, mit ihnen und mir. Sie würden mich allerdings belügen, weil sie vom Geschehenen genauso wenig wüßten wie ich selbst.

4

Zum Beispiel, als ich vor drei Jahren – ausgerechnet in London – eine Telefonzelle betrat. Nicht in erster Linie, um zu telefonieren. In Londoner Telefonzellen pinnen an den Wänden Werbepostkarten von Nutten, die darauf ihre körperlichen Vorzüge, ihre Spezialitäten und Telefonnummern mitteilen. Diese Karten werden manchmal, immer seltener allerdings, von der Polizei entfernt, jedoch sofort durch neue ersetzt. Die meisten Nutten halten sich bezahlte Kartenpinner, oft Jugendliche, die so ihr Taschengeld aufbessern und damit sicher mehr verdienen als beim Zeitungaustragen.

Ich telefonierte gerne in Londoner Telefonzellen. Steckte nebenbei ein paar der Karten ein, Bilder von Frauen, die mir gefielen. Im Lauf der vier Wochen, die ich auf der Insel verbrachte, war eine kleine Sammlung entstanden. Es war Februar, ein sehr milder Februar, ich betrachtete, während mir ein Besetztzeichen im Ohr klang, die zwei Dutzend Karten, die da hingen – eine junge Frau versprach zärtliche

Zuwendung, zeigte sich als Krankenschwester verkleidet, was sexy aussah und einer meiner liebsten Phantasien entgegenkam. Als ich das Foto näher betrachtete, fiel mir auf, daß das Gesicht dem eines Mädchens glich, eines Mädchens aus meiner Schulzeit, Iris, die Ähnlichkeit war verblüffend. Die Nutte sah exakt so aus, wie Iris vor zwanzig Jahren ausgesehen hatte, in der Parallelklasse unsres Abiturjahrgangs. Iris galt als kühl und zickig und streberisch, würdigte mich nie eines einzigen Blickes. Ich nahm die Karte und rief an, wollte Iris ficken, endlich, nach zwanzig Jahren, wenn auch nicht Iris direkt, so doch jemanden, der ihr verteufelt ähnlich sah. Ich fürchtete, enttäuscht zu werden, denn nicht immer – eigentlich eher selten – ähneln die Telefonzellenphotos tatsächlich der Frau, die man bei einem Treffen zu Gesicht bekommt. Eine Stimme meldete sich mit Nancy. Ich sprach mit Nancy und ließ mir ihre Adresse geben. Sie sprach mit leichtem Akzent, ganz leichtem Akzent, konnte niederländisch, konnte aber auch deutsch sein. Und dieser leichte, winzige Akzent trieb mich zu der völlig blödsinnigen Phantasie, Nancy könnte vielleicht Iris sein. Was Unsinn war, Iris mußte so alt sein wie ich, mindestens achtunddreißig – und das Photo zeigte eine Frau von höchstens fünfundzwanzig. Mit Kosmetik und günstigem Licht läßt sich einiges glätten und mildern, soviel aber definitiv nicht, und überhaupt: Iris hatte, das war das Letzte, was ich von ihr gehört habe, ein Medizinstudium begonnen – wie sollte ihr Weg nach London und auf den Strich geführt haben? Nur: vorstellbar war eben alles, und ich wollte mir ja unbedingt, mit aller Kraft, vorstellen, gleich, in zehn oder fünfzehn Minuten, nicht Nutte Nancy, sondern Zicke Iris zu vögeln, die stolze, hochnäsige Iris mit den langen blonden Haaren.

Ich klingelte an der Tür im dritten Stock eines schönen alten Hauses nahe der Bayswater Road, Notting Hill, teuerste Gegend, Nancys Preise lagen dementsprechend hoch, Minimum, das hatte sie mir am Telefon gesagt, hundert Pfund für die halbe Stunde. Sie machte auf, winkte mich herein. Ihre Haare waren lang, länger als – damals, hätte ich beinahe gesagt, aber die Ähnlichkeit war nicht nur vorhanden, sie war sogar größer, als es das Photo versprochen hatte. Nancy war schön, hinreißend schön, Ende Zwanzig, elegant, hochklassig wie die Einrichtung ihres Apartments, fast alle Möbel in Pastellfarben oder Weiß, passend zu den Krankenschwesteraccessoires.

Ich folgte Nancy ins Schlafzimmer und fragte, auf englisch, ob ich sie Iris nennen dürfe. Sie sah mich an, erschrocken, verstört, verärgert, etwas dazwischen, und sagte: «No.»

«Why not?»

«You have to go now.» Sie zischte es in einem ganz bedrohlichen, völlig unangebrachten Ton.

Ich zeigte ihr Geld. Das Doppelte von dem, was sie für einen Standardfick hatte haben wollen.

Sie wiederholte, daß ich gehen müsse. Sah mich nicht an dabei.

Und ohne lang zu überlegen, fragte ich sie auf deutsch:

«Bist du Iris? Aus München?»

Und blitzschnell, und ich meine wirklich sehr sehr schnell, voller Wut und Wucht, ohne mir die geringste Möglichkeit einer Abwehr zu lassen, schlug sie mit der flachen Hand zu, es klatschte laut, es knallte, beides zugleich, das rechte Ohr nahm ein Klatschen wahr, das linke, getroffene Ohr ein Knallen, und in diesem Moment, einem furchtbar peinlichen Moment, wußte ich, daß Iris, jene Iris aus der Parallelklasse vor mir stand.

Ich wußte es einen Moment lang, dann wandte ich mich um, stürzte über die Treppe auf die Straße, und da bereits war jener Moment Vergangenheit und unhaltbar geworden, hatten sich alle verfügbaren Zweifel auf ihn gestürzt und ihn zerpflückt. Sie konnte es doch nicht sein. Dieses Gesicht, dieses allerhöchstens dreißig, beim besten Willen nicht achtunddreißig Jahre alte Gesicht, es konnte nicht jener Iris aus München, aus der Parallelklasse am Siegfried-Gymnasium gehören, das war praktisch undenkbar. Schon bastelte ich mir eine erste, notdürftige Erklärung: Nancy hieß wahrscheinlich, aus einem dummen Zufall heraus privat tatsächlich Iris – und fühlte sich verfolgt oder bedrängt, und vermutlich verstand sie gar kein Deutsch, hatte geglaubt, ich hätte etwas Unflätiges zu ihr gesagt, deshalb die Ohrfeige. Solche Sachen kommen vor.

Ich dachte drei oder vier Nächte lang darüber nach, beschloß dann, der Sache nicht weiter auf den Grund zu gehen, es gab ja nur diese eine sinnvolle Erklärung, und ich war ein strikt rationaler Mensch, der in präzisen Konstrukten dachte, von dessen Präzision auch beruflich einiges abhing. Bald fühlte ich nichts weiter als glimmenden, lodernden Zorn auf Nancy, die mir eine schöne Phantasie, einen späten Triumph, aus irgendeinem idiotischen Grund verdorben hatte. Mit einer Nutte, die mich mal geohrfeigt hat, kann ich nicht mehr entspannt schlafen, also wozu mir unnütz Gedanken machen. Ich vergaß, verdrängte sie.

Das geschah, wie erwähnt, vor gut drei Jahren. Vor ein paar Monaten habe ich versucht, Iris – bzw. Nancy – wiederzufinden. Aussichtslos natürlich, in einer Metropole wie London. Als ich jemandem aus der Rotlichtszene erklärte, daß ich eine Nutte namens Nancy oder Iris suche, die vor vier Jahren einmal in der Bayswater Road residiert hat, lachte er mich aus, zu Recht.

Iris, wenn sie es denn doch gewesen sein sollte, hätte mir bei meiner Suche nach der Wahrheit wohl kaum helfen können. Aber sie konnte mein Gesicht inzwischen vergessen haben, mich tarnt seit neuestem auch ein Bart – und ich hätte Iris wenigstens noch vögeln können. Das schon. Selbst wenn sie nur Nancy gewesen sein sollte. Warum nicht noch alles Schöne, das auf dem Weg liegt, mitnehmen? Selbst im Zustand der Verzweiflung. Gerade dann.

Dabei fällt mir Marita ein. Ich schreibe auf, was mir gerade einfällt, ohne Ordnung, aber vielleicht liegt dahinter ja doch eine Ordnung, die ich nicht kenne, ich schreibe hier und sehe aufs Meer hinaus und man könnte von mir Ordnung erwarten, eine Chronologie der Geschehnisse, eine Biographie, einen Werdegang, Daten, Verdienste, aber das entspräche nicht dem, was ich aufzeichnen will. Nicht daß ich wüßte, was ich aufzeichnen will. Es ist alles lächerlich geworden und das Gegenteil davon. Geht es darum, etwas festzuhalten? In einem ganz maßlosen Sinn geht es wohl darum.

5

Die Klarinettistin. Nur um das abzuhaken. Sie saß da, in Klarinettistinnenhaltung, mit steifem Kreuz und hohem Hals, alle Finger über ihr Instrument verteilt. Ein blasses Gesicht mit dünnen Lippen und blauen, leicht glasigen Augen. Das dunkle Haar zum langen Pferdeschwanz gebunden. Kombination, die mich wehrlos zurückläßt, was tragisch ist insofern, als sich dahinter selten entgegenkommende Geilheit verbirgt. Ich verschaue mich gern in Mauerblümchen, Graumäuse, Seelchen, Landschulfräulein und leicht unterernährte Strohhalmkauerinnen, deren gewagteste erotische Phantasie bereits aus Sex bei Licht besteht. Eine unsinnige Marotte, die mich hin und wieder heimsucht. Meine eigene Triebbefriedigung ist dabei nachrangig, es bereitet mir Genuß, solche leicht sächlichen Wesen zu verführen, der höchste Triumph besteht darin, ihnen Laute der Wollust zu entlocken.

Meine Strategie war bewußt geradlinig und simpel. Keine Kerzenlichtdiners, keine Rosen, keine Geschenke, keine selbstgeschriebenen Gedichte, nein. Dergleichen Umgarnungsscheiße finde ich clownesk und auf gewisse Weise respektlos. Sie macht beide Parteien zu Idioten, verbrämt ein Tauschgeschäft zur schwülstigen Abfolge klischierter Zeremonien. Ich bot ihr schlichtweg Geld. Ich sagte dieser Klarinettistin nach der Probe, im Dirigentenzimmer, unter vier Augen, aber mit zwei Körperlängen Abstand, daß sie einen enormen Reiz auf mich ausübe – fragte, klar und deutlich, wieviel es kosten würde, wenn sie mit mir ins Bett stiege. Sie sagte nichts. Ich meine, sie sagte nicht: nichts – sie sagte überhaupt nichts, sie schwieg und verließ das Zimmer.

Wer will, soll mich ein Schwein nennen. Gezwungen habe ich niemanden zu etwas.

Bald lagen auf ihrem Stuhl oder in ihrem Briefkasten kleine Zettel, mit Zahlen darauf und einem Pfund-Signet dahinter. Ich habe sie nie wieder angesprochen, es sei denn, als Leiter des Orchesters, und das nicht so oft, wie ich es hätte tun sollen, denn sie war keine besonders gute Klarinettistin.

Wäre dieses blasse Mädchen zu mir gekommen und hätte sich die kleinen Zettel als sexuelle Belästigung verbeten, hätte ich sofort aufgegeben. Doch ab einem gewissen Punkt, das bilde ich mir wenigstens ein, war sie bereits neugierig, in welche Höhen die Zahlen auf den Zetteln noch klettern würden, von diesem Punkt an spielten wir ein Spiel, es fand zwischen Geilheit und Eitelkeit ein Ballwechsel statt.

Ist es denn so verdammungswürdig, Menschen zu testen, zu taxieren, ihre Korrumpierbarkeit auf der Geldskala festzulegen? Eine privilegierte Situation verpflichtet zu besonderen Formen der Ausschweifung. Es wäre Schlimmeres – auch Interessanteres – denkbar als meine eher sanften Experimente, indes fehlt mir dazu jede sadistische Neigung.

Eines Abends, mein Angebot belief sich mittlerweile auf 20 000 Pfund, kam die Klarinettistin in mein Apartment. Klopfte, ich machte auf, sie ging wortlos hinein und zog sich aus. Legte sich auf mein Bett. Hat nicht mal nach einem Scheck gefragt oder Bargeld, das gefiel mir, sie hielt mich offensichtlich für ein Schwein, aber zweifelte nicht daran, daß ich bezahlen würde. Vielleicht hatte das viele Nachdenken darüber, ob sie es mit mir machen sollte, einen gewissen dynamisch-erotischen Effekt gehabt, und sie hätte es zuletzt sogar umsonst mit mir gemacht.

Aber nicht sie lag auf meinem Bett, nur ihr Körper lag da, kein sehr begehrenswerter Körper, mit herausstehenden Rippen, ein schlecht frisiertes Gebüsch zwischen den Beinen, und die Augen dieses Körpers starrten an die Decke, verächtlich, ihr Blick versuchte sogar, sich gelangweilt zu geben. Doch ihre Knie zitterten leicht, alles in ihr war angespannt, ihr Körper glich einem festverschraubten Sarg, mit einer Scheintoten darin.

Neugier darauf, wieviel Geld es benötigt, diesen oder jenen Menschen zu kaufen, hat jeder, der Phantasie besitzt und um sein Gehirn keinen Bretterzaun hochgezogen hat. Die Demütigung ist keine Demütigung mehr, sie wird vom Preis nivelliert, den ganz allein die Probandin festsetzt.

Man mißverstehe mich nicht: Eine arme Klarinettistin im sauteuren London finanziell zu überreden, dazu gehört nichts, und ich würde Menschen verachten, die aus einem billigen Machtrausch ihre Erektion bezögen – aber ein solches Geschöpf zum Stöhnen und Keuchen zu bringen – das setzt Ehrgeiz voraus. Ich will mich nicht schönreden oder entschuldigen, nein, bestimmt lag mir unter anderem daran, diese Frau dafür zu maßregeln, nicht einfach mit mir geredet zu haben, sachlich-geschäftlich, insofern ist mein Verhalten ekelhaft gewesen. Doch an jenem Abend war ich mir keiner Schuld bewußt, genoß den Moment der Grenzerfahrung, der Grenzüberschreitung. Nicht ich – sie hatte die Grenze überschritten, hatte sich einen Preis gegeben und ausgeliefert. Einer meiner vielen öden Abende war plötzlich nicht mehr öde, war spannend und komplex geworden. Für zwanzigtausend Pfund hätte ich viele befriedigende Abende haben können, aber keinen solch spannenden.

Und dann – von einem Moment auf den anderen ... Manchmal kann man den Tag exakt benennen, da die eigene Persönlichkeit einer anderen weicht und alles Bisherige in Frage stellt. Sobald diese Klarinettistin nackt auf meinem Bett lag, hatte ich keine Lust mehr, Ehrgeiz zu entwickeln. Nicht den geringsten. Wollte ich denn, daß sie daliegt, wie ein Kind Gedichte aufsagt? Das Ganze kam mir so albern und dekadent vor, wie es wohl auch die Male zuvor gewesen war, und so peinlich und widerlich, wie es vorher nie gewesen war. Ich schickte sie fort, bat sie um Verzeihung, gab ihr den Scheck, den sie wortlos akzeptierte (Wofür eigentlich? Aber gut) – und empfand im Verzicht eine fast kindliche Freude, trank danach ganz allein eine Flasche '75er Petrus und ging zu Bett, sogar ohne onaniert zu haben.

Ich verdanke mein Geld übrigens nicht meinem Beruf, obwohl man als Dirigent vergleichsweise üppig verdient. Reich bin ich geworden, weil ich Feuers Tochter geheiratet und ihn selbst überlebt habe.

6

Am Morgen des 20. August rief Frank in meiner/Annabelles Londoner Wohnung an, keine Ahnung, woher er die Nummer hatte, er sagte, daß Maritas Gebeine im Wald gefunden worden seien. Er schien es eilig zu haben, sprach gehetzt und legte auf, bevor ich in meiner Schlaftrunkenheit angemessen reagieren konnte. Ich habe danach oft versucht, mir das kurze Gespräch in Erinnerung zu rufen. Den exakten Wortlaut zu rekonstruieren. Warum rief er *mich* an?

Rief er jeden aus der alten Klasse an, dessen Nummer er auftreiben konnte? War Maritas Tod von so allgemeinem Interesse? Warum redete er von Maritas *Gebeinen*, warum nicht von ihrer *Leiche*? Und die Todesursache? Er sagte darüber kein Wort. Wartete auch keine der Fragen ab, die mit einer solchen Nachricht gewöhnlich verknüpft werden. Behandelte er mich nicht genauso, wie man einen Mitwisser in Kenntnis setzt?

«Hallo?»

«Hallo, hier ist Frank.»

«Frank? Woher hast du diese Nummer? Wieviel Uhr ist es?»

«Hör zu: Man hat Maritas Gebeine gefunden im Wald. Irgendein Sondengänger hat sie entdeckt. Hat nach keltischem Zeug gegraben.»

«Marita? Keltisch? Was willst du mir sagen?

«Ich muß Schluß machen. Wollte nur, daß dus weißt.»

«Hallo?»

So etwa war das Telefonat verlaufen. Es war keine fünf Wochen her gewesen, daß ich Marita noch leibhaftig und lebendig, wenn auch reichlich abgelebt, gesehen hatte. Nun redete er von ihren *Gebeinen*, redete davon, daß man sie offenbar sehr zufällig unter der Erde gefunden hatte. Verlor kein Wort darüber, wie sie umgebracht wurde, als ob ich das bereits wissen müsse. Ja, nicht einmal die Wörter *umgebracht* oder *ermordet* hat Frank verwendet. Aber wer im Wald verscharrt gefunden wird, hat sich nun mal selten selbst dort abgelegt.

An jenem Morgen trat ein Rätsel in mein Leben, es saß an meinem Frühstückstisch, bedrohlich und seltsam, sah mich an, fremd und exotisch, böse lächelnd – und ich ließ es da ruhig sitzen, weil es mich nicht zu kümmern schien. Marita tot? Durch Gewaltanwendung? Nun, schade. Eine halbe Stunde lang dachte ich an sie zurück, melancholisch, ohne echte Trauer, gerade so berührt, wie mich jede Todesbotschaft einer entfernt bekannten Person berührt. Die üblichen Vergänglichkeitsmeditationen. Elegische Orgelmusik schwingt in den Schläfen. Ich versuchte mich zu erinnern, wie Marita ausgesehen hatte, damals, als sie zwei Schulbänke links von mir saß. Aber ihr junges Gesicht blieb verschwommen, kam hinter der ausgezehrten, vernachlässigten Marita des Klassentreffens nicht mehr hervor.

Ein Tag verging, wie er im Groben wohl ohne jenen Anruf genauso vergangen wäre. Dann, mehr aus einer Laune des Müßiggangs heraus denn aus Besorgnis, kaufte ich mir an der Victoria Station Münchner Lokalzeitungen.

7

Problem: Die Verwüstung, so groß und schön sie ist, wird zugebaut werden. So sind die Menschen. Geben sich nie verloren, geben sich nie die Kugel auf den Ruinen. Selbst wenn man sie in Höhlen zurücktreibt, werden sie wieder die Wände bemalen. Also Architektur. Den Menschen etwas bauen, worin sie einige Zeit lang hausen müssen. Architektur verändert das Stadtbild. Architektur verändert die Seelen der Menschen. Kann bedrücken oder erheben. Ich wollte ursprünglich Architekt werden. Meine Bauten wären erhebend gewesen. Für erhebende Bauten wird auch mehr bezahlt. Jedwedes Phänomen betrachte ich auf seine Statik hin. Labile Dinge erzeugen meinen Abscheu, machen mir Angst. Ich analysiere Partituren auf ihre akustische Statik hin. Klanggebäude. Drei- bis vierdimensionale Musik. Mein Weltbild ist konsequent positivistisch. Man könnte mich einen flachen Menschen nennen, aber als gesuchtem Könner auf meinem Gebiet sind mir solche Vorwürfe egal. Ich habe seit dem fünfzehnten Lebensjahr einen Plan verfolgt. Einen simplen Plan. Ich wollte respektiert werden und wenig leiden, so wenig wie möglich. Wollte ein genußreiches Leben führen, ohne mich zu früh zu verausgaben. Wollte diszipliniert arbeiten und Anerkennung ernten und

Geld genug haben für Sex in Hotelzimmern. Ich mag Sex in Hotelzimmern. Neutrale Zonen, in denen man nicht dauernd durch Geschichten unterbrochen wird, die an den Wänden hängen und erzählt werden müssen. Ich trinke kontrolliert trockenen Rotwein am Abend, so guten, daß ich morgens nie an Kopfweh leide. Ich betreibe Sex nicht mehr als Sport. Lutsche alle zwei bis drei Tage an einer Möse, etwa eine Viertelstunde lang, und schließlich hole ich mir einen runter. Das beruhigt mich. Beim Penetrieren einer Frau hasse ich meine Schweißausbrüche. Ich neige dazu, leicht zu schwitzen, obwohl ich nicht dick bin. Es gibt einen Fachausdruck dafür, den ich vergessen habe. Ich bin in dem Alter, wo man sich an das allmähliche Vergessen von Fachausdrücken noch nicht richtig gewöhnt hat. Weshalb man sich, ohne schwerwiegende Gründe, ein bißchen vorausgreifend greisenhaft benimmt und hypochondrisch. Das vergeht, sagen mir meine älteren Bekannten. Irgendwann rafft man sich auf und beschließt, aus dem Rest noch das Beste zu machen. Man beginnt zu joggen. Man tut etwas für den Rücken. Hört mit dem Rauchen auf. Legt sich eine Dauergeliebte zu, oft ein viel zu junges Ding, mit dem zu reden eine Qual darstellt. Man gibt sich den Nutten gegenüber nicht mehr so höflich wie früher. Man will etwas haben für sein Geld. Kauft teures Zeug, sammelt Uhren, Gemälde, spendet für die Krebsforschung oder adoptiert halbverhungerte schwarzafrikanische Babies. Es gibt etliche Möglichkeiten. Ich bin noch nicht ganz Vierzig. Bin einer der vielversprechendsten Dirigenten Europas. Von durchschnittlichem Aussehen. Verheiratet, keine Kinder. Gebildet, aber nicht spezialisiert. Höchstens Symphonien. Das schon. Man kann mir irgendeine hinlegen, oder sogar nur einen Ausschnitt davon, ich weiß sofort Komponisten, Opuszahl und Entstehungsjahr zu nennen. Mein offizieller Wohnsitz, eine Villa mit acht Zimmern, in der Laura Feuer-Hermannstein zur Zeit alleine nicht wohnen will, liegt in Italien, am Lago Bracciano oberhalb Roms. Die Landschaft Lazios ziehe ich der regnerischen Toskana tausendmal vor.

Apartments besitze ich auf Kreta, in Paris und Las Palmas, wo Laura auf mich wartet, sie umgibt sich ab und zu mit Salzluft, gegen ihr Asthma. Freunde besitze ich nicht so viele. Ich bin ein Erfolgsmensch. Und werde international wegen eines Mordes gesucht, der vielleicht niemals begangen worden ist. Über die Zeitungsmeldung, daß der Kosmos wider Erwarten nur ein primitiver euklidischer Raum ist, hat sich mein geometrisches Denken sehr gefreut, bevor es fluchtartig aus meinem Kopf verschwand.

8

Die Überreste der seit zweiundzwanzig Jahren vermißten Schülerin Marita S. seien in einem Wald nahe Gauting gefunden worden, in der Nähe der alten Keltenschanze, von einem Sondengänger, dessen Detektor auf ihr silbernes Medaillon angesprungen war, durch welches sie auch identifiziert werden konnte. Die Eltern hätten zuvor über zwei Jahrzehnte in quälender Ungewißheit verbracht. Man habe damals angenommen, daß Marita S. aufgrund ihrer schulischen Situation von zu Hause ausgerissen sei. Nach Obduktion der Leiche wurde zweifelsfrei ein Gewaltverbrechen festgestellt. Der Fall werde nun neu aufgerollt.

Ich saß in einem Café und starrte diese wenigen Zeilen wohl stundenlang an. Nicht stundenlang, nein, aber bestimmt zehn, fünfzehn Minuten, und das ist viel.

Es mußte eine Verwechslung vorliegen. Diese Marita S. konnte nicht identisch sein mit meiner alten Klassenkameradin, denn die hatte ich ja vor nicht allzulanger Zeit noch gesehen, wenn auch nicht gesprochen, nein, Marita hatte nicht das Wort an mich gerichtet, hatte verloren am Eck der allerletzten Bierbank gesessen, isoliert, in sich versunken. Wie jemand, der sich schämt. Sollte ich ein Gespenst betrachtet haben? Merkwürdigerweise war dieser Einfall der erste Versuch einer Erklärung, obwohl Gespenster in meinem Weltbild wahrhaftig keine Rolle spielen. Es war vielleicht nur die poetischste Erklärung. Die viel banalere: Frank mußte sich einen schlechten Scherz mit mir erlaubt haben. Er hatte von jener unglücklichen, namensgleichen Marita S. gelesen, hatte mich angerufen und skrupellos originell sein wollen. Andererseits kannte ich jenes Wäldchen bei der Keltenschanze. Marita hatte nicht weit davon gewohnt. Und auch die Irish-Coffee-Party, bei der sie auf dem Tisch tanzte, fand nur einen guten Kilometer Luftlinie von diesem Platz entfernt statt. Vor zweiundzwanzig Jahren. Als dritte Möglichkeit zog ich endlich in Betracht, daß ich verrückt geworden sein könnte. Das war aufregend, aber nicht sehr poetisch, ich glaubte keinen Moment ernsthaft daran. Weil all das ohne elegante Lösung blieb, zwang ich mich irgendwann aufzustehen, ließ die Zeitungen auf dem messingumrandeten Tisch liegen, ging heim und versuchte mich auf eine komplizierte zeitgenössische Partitur zu konzentrieren. Spätnachts telefonierte ich mit mehreren Bekannten in München und erfuhr, allerdings aus dritter Hand, daß Frank sich erhängt hatte. Erhängt haben sollte. Oder auf andere Art zu Tode gekommen war.

Ich laufe durch die Straßen Londons und glaube mich beobachtet. Ich halte mich in Bewegung, weil meine Angst so besser verteilt, in weitem Umkreis verstreut wird.

Meine Angst, meine Asche. Alles ist möglich geworden. Ich bin mir keiner Schuld bewußt, aber vielleicht gibt es eine Schuld, die sich meiner bewußt wird, die mit jeder Stunde mehr von mir Besitz ergreift. Die mich ansieht und sagt: In dem ist noch Platz, der blieb bislang verschont. Alles spricht dafür, daß ich verrückt bin, aber wenn man mal nachhakt: was heißt denn schon *alles*? Wirklichkeit ist die Übereinkunft einer Mehrheit der in ihr anwesenden lebenden Zeugen. Sollten sie sich verschworen haben, um mir etwas unterzuschieben?

Die neuformierte Sonderkommission – Gauting ist ein reicher Vorort Münchens, in dem ungeklärte Todesfälle den Steuerzahler etwas länger beschäftigen, auch wenn sie zweiundzwanzig Jahre zurückliegen – setzte sich zum Ziel, die letzten Stunden der Marita S. noch einmal gründlich zu durchleuchten. Hoffnungsloses Unterfangen. Die Gedächtnisse der Beteiligten sonderten sogar höchst unterschiedliche Versionen dessen ab, was zuvor als sicher galt. Klar war am Ende nur, daß es diese Party gegeben hat, von der sich Marita irgendwann zwischen drei und vier Uhr früh verabschiedete, schwer betrunken, soviel stand fest. Damals, als es nur um eine Vermißtenanzeige gegangen war, nahm man an, sie sei, zwar betrunken, aber doch noch irgendwie, zu Hause angekommen, hätte einige Sachen zusammengepackt und ihrem Reihenhaus den Rücken gekehrt. Aus schulischen Gründen. Jedenfalls tendierten ihre Eltern zu jener Version, die ja auch die erträglichste war. Sie behaupteten, von Marita Monate später eine Postkarte aus Amsterdam erhalten zu haben. Sie hätten die Postkarte für authentisch erachtet. Deswegen, und weil Marita bald volljährig, also für sich selbst verantwortlich war, geriet ihr Fall in Vergessenheit, wurde nicht weiter untersucht.

Nun, gut zwei Jahrzehnte später, erreichte mich, nicht mich direkt, aber meinen Agenten in Rom, der Brief der Sonderkommission mit der Bitte um eine erneute – schriftliche – Aussage. Ich legte das Schreiben beiseite, fühlte mich schlicht nicht zuständig, wollte damit auch nichts zu tun haben. Unternahm lange Spaziergänge durch die nächtliche Londoner City. Gab ein paar Pennern Dosenbiere aus und erzählte ihnen von Bruckners Ringen um die symphonische Weltherrschaft. Sie nahmens mit Humor. Am Hyde Park kaufte ich Amphetamine gegen die Müdigkeit, bekam Herzrasen davon. Mietete mich für eine Nacht im Savoy ein, in jenem Hotel, in dem Puccini seine große Liebe Sibyl Seligman getroffen hatte, wo es zwischen den beiden, vielleicht zum einzigen Mal, zu körperlichen Zärtlichkeiten gekommen sein soll. Ich habe sehr gerne Puccini dirigiert. Daß es davon kaum Einspielungen gibt, nie mehr geben wird, macht mich traurig. Die meisten anderen Niederlagen fallen weniger ins Gewicht.

In deutschen Zeitungen heute steht zu lesen, daß ich verschollen sei. Zum ersten Mal wurde mein Name in Verbindung mit der Sonderkommission Marita genannt. Man hat Blut geleckt.

Ich flüchtete sofort. Etwas Kaltes, Amorphes schwappte über mir zusammen, das ich nicht verstand, das mich hinabzog, mir die Luft nahm, ich glaubte, durch die Flucht den Kopf frei zu bekommen. Es war die falsche Entscheidung. Wäre mir daran gelegen gewesen, die Sache sofort zu klären, mich in eine überlegene Position zu setzen, hätte ich selbstbewußt auftreten müssen, belästigt, empört, arrogant.

All das stand mir in dem Moment leider nicht zur Verfügung. Obgleich ich selbst wider meine Vergangenheit keine gravierenden Vorwürfe zu formulieren wußte, war mein Gemütszustand einer, der plötzlich an sich als Ganzem zweifelte. Der Verdacht, daß mein Leben völlig anders verlaufen sein konnte, als ich es mir einmal vorgenommen hatte, wuchs sich zu einer Unsicherheit aus, die aber nicht mit Panik gleichzusetzen ist. Ich begriff, was vorfiel, als eine Art bizarre Katastrophe, die im Detail absurd, als Phänomen jedoch entweder sinnvoll oder sehr komisch sein mußte. Zu fliehen war ein Spiel. Auf der Flucht zu sein, ist, solange man weiß, wovor man flieht, ein Spiel, ungeachtet etwaiger Depressionen oder Ängste. Nicht alle Spiele sind lustig. Spiele haben mir stets gelegen. Ich wüßte nur gerne die Regeln. Und den Einsatz. Worum geht es? Um alles? Das wäre doch besser als nichts.

Etwas sagte zu mir: Du mußt da durch, es ist eine Prüfung. Und etwas anderes, weitaus Vertrauteres, sagte: Du bist Prüfungen stets aus dem Weg gegangen, stets mit Erfolg, mach weiter so. Ich war neugierig, nicht auf die Umstände, die mich verfolgten, eher neugierig auf mich selbst, auf das Ergebnis meiner Gedanken. Ich nahm den ersten Flieger nach Berlin, hatte dort noch bis zum Jahresende eine Wohnung gemietet, in der vor wenigen Wochen eine Winterliebe zu Ende gegangen war. Der Gedanke, mich in einer Wohnung zu vergraben, zu verschanzen, die außer einer Matratze und einem leeren Kühlschrank wenig Komfort versprach, besaß etwas Asketisches, Meditatives; auf dem Weg dorthin besorgte ich Kerzen, die ich auf dem Parkett aufstellen wollte, damit sie mir heimleuchteten. Und abgesehen von Zigaretten, die ich an den Kerzen entzünden und so bewußt rauchen wollte, wie ich bewußter nie geraucht hatte, betrat ich diese Wohnung beinahe unbewaffnet.

Es war Anfang September, niemand hatte das Zimmer seit Mai betreten. Der schon abgestandene Duft des Sommers, Bouquet zusammenhangloser Details.

Genug, um eine Brücke zu schlagen in der Zeit. Als läge Claudia noch immer auf dem Bett, rauchend und nackt, schamhaft das Laken über Beine und Unterleib gezogen. Neben der Matratze, auf den Bohlen, die zwei kleinen, aber schweren Gläser, aus denen wir meist Frascati oder Chardonnay tranken, Rotwein nur, wenn wir traurig sein wollten. Einmal hatten wir den Flug zweier Falter beobachtet, die an der Zimmerdecke taumelten, die sich manchmal metertief herabfallen ließen, aufflatterten, gegen das Fensterglas knallten, irgendwo benommen liegen blieben. Dabei immer noch zu flink, um mit Händen gefangen zu werden. Claudia wollte die beiden in eine Tupperschüssel sperren, um sie ein wenig zu beobachten, wollte sie danach draußen aussetzen, in der

Nacht. Wollte sehen, ob sie sich bekämpfen oder lieben würden. Sie nahm, was immer geschah, als Omen wahr. Wo die Welt für andere Menschen aus Staffage besteht, suchte sie nach unverstandenen Zeichen, die ihr Winke geben konnten.

Für Claudia symbolisierten die zwei Falter uns beide, eingesperrt in einem hellen Zimmer, gefangen vom Licht, angezogen vom Licht. Die Falter waren zu zweit, wir waren zu zweit, diese Analogie genügte ihr bereits für weitreichendste Schlüsse. Daß die Falter nicht so blöd waren, um wie kleinere Insekten ihr Leben direkt an einer heißen Glühbirne zu verhauchen, hob sie in Claudias Augen zu beinahe menschlichen Kreaturen. Sie haßte an sich ihre Unentschlossenheit, ihr Zweifeln, Zögern. Wenn wir im Restaurant saßen, entschuldigte sie sich beim Studium der Speisekarte dutzendfach, daß es mit ihr leider ein wenig länger dauere. Dreimal im Durchschnitt wurde der Kellner vertröstet, sie brauche noch ein wenig.

Die Erinnerung ist in Schichten geteilt. Solche, die einfach zugänglich sind, abrufbar, andere, darunterliegende, erreichen mich nur noch mit ihrem Duft, mit Geräuschen. Wieder andere sind wie poröse Gesteinsplatten durch den Druck zerbrochen, sind zerquetscht worden, und nur wenn man Schichten darüber abmeißelt, treten Fragmente ans Licht. Manchmal kehren seltsame Einschlüsse zurück, erzählen eine Geschichte, die sie sich in der Zwischenzeit ausgedacht zu haben scheinen. Ich weiß um die Zerbrechlichkeit der Zeit. Nicht nur der Dinge, die in ihr geschehen und verlorengegangen sind, auch der Zeit selbst. Man kann einen Tag erleben oder ihn erinnern. Und ist doch in beiden Fällen in ihm, mit seinem Körper, seinem Geist, beheimatet, ist ihm ausgeliefert. Die Erinnerung an die Gegenwart, die Erinnerung in die Gegenwart hinein, wird, weil es kein Wort dafür gibt, meist der Traumtänzerei gleichgesetzt, einer Flucht vor äußeren Faktoren. Der seltene Zustand, in dem Ereignis und Reflexion zusammenfallen, eins werden, ist von viel höherer Natur. Er tritt ein, wenn die äußeren Ereignisse gewohnt und unspektakulär, Geist und Wahrnehmung aber wach und gelangweilt sind. In meinem Fall schien alles umgekehrt zu sein, die Ereignisse schnitten Äxten gleich in meine Wahrnehmung, die darauf abwehrend, ja ablehnend reagierte. Ich sah gefaßt und beinah amüsiert zu, wo andere in Panik verfallen wären. Daß ich es als vernünftig empfand, mich den direkten Folgen jener äußeren Ereignisse, nämlich dem Zugriff durch staatliche Gewalt zu entziehen, verdankte ich dem merkwürdigen Glauben, ich wäre bereits überführt und verurteilt, könne die langen Jahre der Haft nurmehr hinausschieben.

Allen Ernstes dachte ich, das Opfer einer Verschwörung oder Verwechslung geworden zu sein, dachte aber gleichzeitig: ja, na schön, dergleichen passiert, warum nicht?

Die Aufgewühltheit machte einem sonderbaren Gleichmut Platz.

11

Sie lehnt an der Spüle. Es ist früher Morgen, im Treppenhaus hallen Schritte, knarzen auf schiefgelaufenen Stufen. Das Fenster wird blind zwischen Aprilfrost und dem Dampf der Kaffeemaschine. Ich betrachte Claudia, ihre nackten dünnen Arme, die im Schrank nach Zucker kramen. Von der Decke hängt eine 100-Watt-Birne, es ist kühl in der Küche, im Aschenbecher liegen zwei Zigaretten Glut an Glut gegenüber. Brennen ab, brennen auseinander. Die Tassen werden gefüllt. Zwei kreisrunde Scheiben Schwarz auf dem weißlackierten Holz des Tisches. Über der Heizung steht ein Radio. Ich bitte Claudia, Musik zu suchen. Sie will die Stille nicht zerstören. Als würde diese Stille viel bedeuten. Wir greifen gleichzeitig nach unseren Zigaretten. Ziehen.

Es ist vorbei.

Kleine Dinge mögen, für sich betrachtet, banal sein. Ihre Summe ist ungeheuerlich.

Lange hat mich mein Schaffensdrang davon abgehalten, einen Blick auf diese Summe zu werfen. Wichtig war, die Welt mit Zeugnissen meiner Kreativität zu bereichern. Ich hätte nie gedacht, daß ein erfolgreich realisiertes Projekt mir keine Ekstase mehr bieten könnte. Aber irgendwann begreift man, daß man nicht genau das tut, was man einmal vorgehabt hat, erkennt die vielen kleinen Kompromisse, die einen davon abbrachten, jeder für sich nachvollziehbar, vernünftig, albern fast. Doch in der Summe ungeheuerlich.

So ist die Lage. Ich bin ein privilegierter Mensch, der aus seinem Dasein scheinbar viel mehr gemacht haben könnte als irgendjemand sonst. Und tauge nicht einmal als tragische Figur.

In meiner Situation begeht man Selbstmord, langsam, mit Drogen, oder schnell, mit einem Revolver. Oder man ist lächerlich. Vielleicht bedurfte es einer solchen Ausgangslage, damit geschehen konnte, was geschah. Wenn ich nur wüßte, was geschah und geschieht. Ich glaube, alles was geschehen wird, ist bereits geschehen und wartet darauf, daß ich es wahrnehme.

Wir essen. Ein Paar am Nebentisch küßt sich schmatzend. Es hört sich ekelhaft an. Ebenso unerträglich wie jemand, der mit offenem Mund Kaugummi kaut und dabei auf mich einredet. Laura Dern in Wild At Heart *zum Beispiel wirkte im Kino, bei einer guten Soundanlage, abstoßend auf mich, ihr Gekaue und Geschmatze war noch widerwärtiger als das berüchtigte Ekelgeräusch in der finstersten Szene des Films, wenn das weibliche Unfallopfer sich am Kopf kratzt und ihre Finger in der eigenen offenliegenden Gehirnmasse wühlen.*

Beide Mitte Zwanzig. Sie hängen über dem Tisch und saugen einander die Spucke aus den Rachenhöhlen. Ihre Zungen verschlingen sich, sie schnaufen und lecken. Ich verdrehe die Augen leicht, Claudia soll meinen Widerwillen bemerken. Um laut zu protestieren fehlt mir der Mut. Ich will nicht als verklemmt gelten. Wahrscheinlich ist das die wahre Verklemmtheit – nicht als verklemmt gelten zu wollen. Andererseits muß die eigene PR-Maschinerie auf die emotionale Gemengelage der Mehrheit achten, und die Mehrheit der Menschen würde sich an diesem Schmatzgeräusch vielleicht nicht stören. Ich weiß es nicht. Muß es bei Gelegenheit herausfinden, durch eine Umfrage im weiteren Bekanntenkreis. Soviele unvollendete Experimente. Aber wenigstens Claudia soll mich bestätigen, soll mit mir fühlen. Wenn sie gar einen Weg fände, dem Pärchen unseren gemeinsamen Unmut mitzuteilen, auf eine stilvolle Weise, oder die beiden gar zum Schweigen brächte, ohne daß danach eine bedrückende Situation entstünde, ich würde sie dafür lieben, ehren und achten. Claudia unternimmt nichts. Sie grinst ein bißchen, aber sehr gnädig, tolerant. Fast amüsiert. Das führt nirgendwohin.

Ich glaube, etwas loszulassen kann mindestens so erregend sein wie es erobert zu haben, glaube, daß höchste Befriedigung in einer Sache nicht darin besteht, sie zu beherrschen, sondern sie, nachdem man sie endlich beherrscht hat, weiterzugeben, zurück in den Kreislauf der Zeit. Das Gönnerische dabei ist nicht aus eitlem Stolz gespeist, nicht aus der Beleidigung durch den zu erwartenden Tod, sondern aus tiefstem Einverständnis mit dem Prinzip der Vergänglichkeit, die alles, was entstanden ist, entwertet, einer Zukunft zuliebe, die sich erst beweisen muß, und sich beweisen wird. Schon weil sie keine andere Wahl hat.

So zu gehen, groß, im Bewußtsein, das Beste geleistet zu haben, was einem möglich war, stelle ich mir, wie armselig die äußeren Umstände auch sein mögen, als inneren Triumphzug vor. Der rote Teppich ins Jenseits, geknüpft aus Verdiensten.

Der Moment, da man auf eine Bühne treten möchte, um vor einer gewaltigen Menge alle Hits und Highlights seines Lebens zu spielen, Beifall zu erhalten, dann abzutreten. Ein erledigter Fall zu sein ist nicht schlimm, wenn es zuvor nur ein paar Sekunden des Respekts gab, wenn man wahrgenommen und verstanden wurde, wenn die Tragik des eigenen Gehenmüssens sich in allgemeines echtes Mitgefühl verwandelt hat.

Dann kann das letzte Konzert zum Triumph werden, zur Feier eines Lebens, mit allem, was dazugehört, wenn man dem Tod sagen kann: Na gut, jetzt du – ich bin fertig, und du bloß ein Müllmann.

Wenn aber um einen her Schweigen herrscht, feindseliges Schweigen, verständnis- und gefühllos … Die Bühne eine Hinrichtungsstätte, mit aufgebautem Galgengerüst, keine Zuschauer davor. Und tiefe Nacht. Bei Eiseskälte …

41

Der Wächter ist in meiner Nähe. Ich kenne ihn nicht. Er sieht mir zu und denkt über die Sekunde seines Einschreitens nach. Viel wird er mir nicht mehr durchgehen lassen. Ich hatte zuviel von den Früchten. Ich bin ein Experiment, anders nicht begreifbar.

Ich schreibe auf, was war. Was geschah. Schreibe auf, was mir geschah.

Was ich gesehen habe. Was ich erlebt habe, was ich zu erleben glaubte, oder was mich erlebt hat und noch immer erlebt.

All diese Formulierungen klingen labil, halten gründlicheren Betrachtungen nicht stand.

Ich schreibe auf. Werde aufgeschrieben. Auch das ist möglich.

Jemand sucht mich. Und es ist nicht nur die Polizei.

Wichtig wäre mir, zu erfahren, ob das, was mir geschehen ist, auch anderen widerfuhr und widerfährt, ob es eine Art Krankheit ist, die in jedem schlummert, aber nur bei wenigen ausbricht. Ob die Welt ähnliche Fälle bemerkt und dokumentiert oder immer nur als Irrsinn abgetan hat. Ich vermute, daß ich es nie erfahren werde.

Vielleicht ist es Irrsinn. Das wäre für alle, auch für mich, am bequemsten.

13

Ich weiß doch noch so genau, wie das war: die Schwaden von Kaffeedampf, der billige Whisky, der sich gegen die Magenwände presst, und der klebrige Zuckergeschmack in den Bakken, die schlechte Luft, weil Kerzen brennen und Mädchenhände mit den Flammen spielen, heißes Wachs zu Figuren formen. Kerzen verlöschen, werden wieder und wieder angezündet, schlanke Rauchfahnen schlängeln sich an die Zimmerdecke, und in Papas Stereoanlage spielt die Musik der frühen Achtziger, der Plattenspieler eiert, man hockt herum im Schneidersitz, die Mädchen in ihren pseudoindischen Schlabberklamotten werden betrunken, aber haben sich noch soweit unter Kontrolle, Angrapschversuche zu unterbinden, mit einem festen Griff und einem Zischen, ganz brutal, wie sie ständig auf sich acht geben und auf etwas Harmloses reagieren, als ginge es um ihr Jungfernhäutchen. (Bei einigen geht es darum). Den anderen geht es nur um ihr Seelenheil. Sie haben Mordsangst, sich auszuliefern, dem Falschen zu opfern, sie sind fast alle noch dumm wie Bratfett, aber manche sehen bereits anbetungswürdig aus. Vom mutigsten, großmäuligsten der jungen Männchen wird ein schlüpfriges Gespräch in Gang gebracht, manch eines der korrekten Gefrierhühnchen wechselt daraufhin angewidert das Zimmer, andere, etwas heißere Hennen scharen sich um den labernden Helden, willig, auf sein Spielchen einzugehen, weil sie, ohne es genau zu wissen, nichts lieber täten als endlich gut zu ficken, ihre Unsicherheit, ihren Frust im Orgasmus aus sich heraus zu schreien. Die Luft ist so schlecht, daß die Wohnzimmertür geöffnet wird. Der kalte Schwall nächtlicher Herbstluft treibt ein paar verfrorene Weibchen in die Arme bereitlümmelnder Männchen. Zum Küssen geht man raus, damit vielleicht ein bißchen mehr draus werden kann. Es ist alles so ungeheuer spießig und verklemmt, zum Gotterbarmen, der Brandfleck einer Zigarette im Teppich löst den Nervenzusammenbruch des Gastgebers aus. Und inmitten all dieser pubertären Angst und Geilheit steigt ein angeschickertes Mädchen namens Marita mit ihren Cowgirlstiefeletten auf den breiten Erlentisch, fegt mit ihren Absätzen Strickzeug und Fernsehprogramm in die Ecke und tanzt. Welch Sensation. Sie tanzt zu irgendeiner verfeinerten Discoscheiße, hebt ihren Karofaltenrock, wird angefeuert, die Jungs klatschen in die Hände; eine Geschlechtsgenossin – widerlicher Begriff, doch völlig zutreffend, weil nicht mehr Mädchen, noch nicht Frau und halb schon Hexe – will Marita vor Schande bewahren, stellt sich neben sie, redet ihr gut zu, aber Marita, nunmehr unsre strahlende Heldin, wischt deren dümmliche Hilfsbereitschaft weg mit einer Handbewegung, hebt den Rock noch höher, zeigt den langsam in Ekstase übergehenden Männchen ihren cremefarbenen Slip, schiebt den kurz ganz kurz ein paar Zentimeter zur Seite, wir können Schamhaar erkennen, die Party ist prompt legendär geworden für alle Zeit. Marita tanzt.

MARITA TANZT.

Ich erinnere mich, wie Frank johlte und begann, Luftgitarre zu spielen.

Das Gesicht Maritas, erfreut und erschrocken über soviel Aufmerksamkeit. Sie wußte in dem Moment nicht, was sie wollte, überließ das Nachdenken darüber uns. Dann bricht das Bild ab, ich weiß nicht mehr, was dann geschah. Nur die Musik – es war Earth, Wind & Fire – empfand ich als unangebracht, Markus dominierte den Plattenteller, wir stritten uns die ganze Zeit über Musik, das weiß ich noch, ausgerechnet das.

Marita zeigt uns ihre blondbehaarte Möse, lacht, tanzt, lacht, genießt ihre Wirkung, ihre Macht, zieht den Slip ganz herab, wem wird sie den schenken? Sie schmeißt ihn durchs Zimmer, der Moment ist trotz seiner Größe noch peinlich genug, daß niemand dem Stofffetzen nachrennt. Wir sitzen auf dem Wohnzimmerteppich und sehen Marita tanzen, wir wissen, sie trägt unter dem Bundfaltenrock nichts mehr, wir können aus diesem Winkel fast bis zum Gipfel ihrer Oberschenkel sehen, dann ein schemenhaftes Dunkel. Marita wird fortan die göttliche Schlampe unsrer Träume sein, sie wirft, indem sie sich nach vorne oder hinten beugt, den Rock hoch, zeigt uns ihren Hintern. Lacht laut. Aber nun wird die Erinnerung schwarz, ich weiß nichts mehr, kann mir demnach auch nicht vorstellen, daß danach noch Erwähnenswertes vorgefallen sein soll. Ich weiß allerdings auch nicht mehr, ob ich in dieser Nacht noch onaniert habe, was als Konsequenz einer solchen Situation ja das Mindeste gewesen wäre, von daher kann ich nicht mit Sicherheit behaupten, daß die Nacht harm- und folgenlos verlaufen ist, ich kann mich einfach nicht erinnern.

Doch. Die Avocadoform ihrer Möse, die sie uns zeigte, ich weiß, wie betrunken ich war von diesem Scheiß-Irish-Coffee, und daß meine Hand kurz ihr rechtes Knie streifte, und nach weiter oben wollte, ich weiß, daß ich eine Erektion hatte, und daß wir sie alle vögeln wollten, es vielleicht auch getan hätten, aber da waren, wie gesagt, noch andere Mädchen im Zimmer, die Marita behüteten, die sich vor sie hinstellten und Blicke verteilten, Peitschenhiebe auf unsere Phantasien, und ich glaube mich ganz dunkel zu erinnern, daß Marita sich wieder anzog und nach Hause ging, daß wir Jungs noch Karten spielten und lachten, aufgegeilt, aber unschuldig. Was ich nicht mehr weiß: Wie ich selbst nach Hause kam, ob ich nach Hause kam, wo ich am nächsten Morgen erwachte, was in der Zwischenzeit geschah, das alles weiß ich nicht. Von daher ist einiges möglich, doch wenig wahrscheinlich. Wenn aber meine Erinnerung ein Trugbild sein sollte, Staffage, um etwas Schreckliches vor mir zu verbergen: wozu denn?

Ich bin, behaupte ich, kein besonders böser oder stumpfer Mensch, aber der Tod, selbst der von mir verschuldete Tod eines so marginalen Wesens wie Marita wäre mir auf Dauer ziemlich egal gewesen. Damals. Das klingt jetzt sehr grausam, ist aber gar nichts besonderes, ist, wie es ist, ich will einfach nur sagen, daß ich irgendwie damit hätte leben können, sie getötet zu haben, daß mich die Schuld und das schlechte Gewissen bestimmt nicht in den Beichtstuhl getrieben hätten oder in den Selbstmord. Nein, gerade, *weil* ich, unter gewissen Umständen, genau wie viele andere in diesem Alter dazu fähig gewesen wäre, scheint mir eine Verdrängung äußerst unwahrscheinlich. Also habe ich mir nichts vorzuwerfen.

Es könnte sein, daß sich manches, was nie geschehen ist, als virtuelle Variante meiner Existenz konstituiert. Das ist vielleicht die Lösung: Alles, dessen ich irgendwann einmal fähig gewesen wäre, ist nachträglich faktisch geworden, gleichberechtigt mit dem tatsächlich Geschehenen.

14

September. Berlin. Der Nachbar hört Musik. *Dancing In The Dark* – Bruce Springsteen. Fast vergessene Musik aus der Kampfzeit.

Der Song hört sich jetzt viel größer an, als er damals war. Was Legende geworden, was Wirklichkeit gewesen ist, wird bald niemand mehr auseinanderhalten können. Alles vermischt sich, verwischt sich, jede Spur in die Vergangenheit geht verloren. Ein Sturm weht Blätter vom Baum, jedes trägt ein Gesicht, keines einen Namen. Und zum ersten Mal begreife ich, wie schön es sein kann, haltlos in den Bildern zu verschwinden. Der Weg dorthin ist aber auch sehr schön, und es spricht nichts dagegen, ihn um ein paar Umwege zu verlängern.

Ein Traum. Wie nach einer durchfrorenen Nacht Licht durch ein Butzenscheibenfenster auf die eigene Gänsehaut fällt. Und mysteriöse Musik spielt dazu. Als läge man aufgebahrt, hätte unbemerkt die Welten gewechselt. So ockergelb und endlich warm war das im Traum. Real. Und feucht. Und knochig. Genaugenommen roch es streng, ohne daß man sagen konnte, wonach. Aber wenn der Geruch sich verlor – und manchmal verlor er sich für Minuten – war es sehr schön, ein wenig pompös, so wie ich als Kind in einer alten Kirche mit hervorragender Akustik Musik gehört habe, die ich nicht verstand, die dennoch großen Eindruck auf mich machte. Eine Feierlichkeit, eine muffig feuchte Kälte, die von der Musik überwunden wird. Und der Blick verfängt sich in den Kerzenlichten. Bis die Augen schimmern und ein wunderbarer Glanz die Lichter verbindet. Das feuchte Spinnennetz vor der Netzhaut. Und die Eltern sitzen neben mir und freuen sich, sind stolz, weil ich so brav und gebannt zuhöre. Der Dirigent im schwarzen Frack ist ein alberner Magier, jongliert mit flüchtigen Tönen. Es roch nach Katze. Jetzt weiß ich es, eine Katze schnurrte an meinem linken Ohr vorbei. Vielleicht auch ein versehentlich zu tief gestimmtes Insekt. Und ich wurde jünger, immer jünger, wehrloser. Der Raum war kein Zimmer, kein Saal, weder Gebäude noch freie Natur. Der Raum lag seltsam außerhalb von allem, war stellenweise heller oder dunkler, ohne daß die Beleuchtnisse den Dingen um mich her eine Form nahelegten. Ich fühlte mich geborgen an diesem Ort, an dem ich nie zuvor gewesen war. Und die Musik war nicht kirchlich, orgelschwer und voller Hall. Es war schlanke, feingesponnene Musik, hölzern, mit der Resonanz, die dem Korpus eines Cellos oder einer Viola da Gamba innewohnt. Intensiv. Ächzend, con sordino.

Die Musik war Atem. Etwas atmete mich an. Und etwas atmete mich ab. Saugte Luft aus meinen Lungen. Zärtlich. Zog mich zu sich.

Zum Beispiel an einem kühlen Sommermorgen, bevor noch der Hahn kräht, hinauszutreten ans Meer und seinem Wellenspiel zusehen, über dem dünn die Sonnenlava quillt. Wenn alles noch sehr still ist, wenn die glatten Felsen sich kalt anfühlen, und die anschwappende See kaum ein Geräusch macht, oder überhört wird, weil die Sinne taub sind von der Nacht, dem Wein, den Träumen. Das ist ein solcher Moment. Oder wenn man, kurz bevor man angetrunken einschläft, eine Schneise in die Geheimnisse des Weltalls entdeckt, seine Augen hinein wirft, aber nichts vom Gesehenen in Worte zu fassen weiß. Dann steht man still, in einer sonderbaren Mischung aus Demut und Triumph. Und schläft ein.

Ich aber lag wach und sah aus diesen runden gelben Fenstern hinaus wie bei Regen aus den Fenstern unsres Autos, wenn meine Eltern, als ich Kind war, mit mir hierhin oder dorthin fuhren und zwei Stunden Fahrzeit sich so maßlos dehnten, daß sie wie ein Tag empfunden wurden. Nie zuvor habe ich in einem Traum einfach stillgelegen und Ewigkeiten darauf gewartet, daß er vorbeigeht. Nie habe ich in einem Traum quasi wachgelegen und um mich herum Stillstand konstatiert. Wiewohl das Ganze nicht unangenehm war und ich nicht weiß, wie und wieso es endete.

Sie sitzen an einer Reihe von sechs gelben Biertischen. Die Stimmung scheint gelöst, man prostet sich rundherum zu. Fast alle erkenne ich sofort. Mehr noch, die meisten wirken kaum verändert. Ihre Gesichter waren fast fertig geschnitzt, als wir uns zuletzt gesehen haben, sie zeigen erste Patina, Verwitterung, nicht viel, nicht schlimm. Einige sind feist geworden, andere ein bißchen kahl, die Mehrheit hat sich gut gehalten. Sie sitzen unter breiten Kastanien, leger, frühsommerlich gekleidet, die Frauen haben sich was Besseres angezogen, nichts Glamouröses, was eine Frau eben so tragen kann, ohne im Biergarten zu sehr aufzufallen. Ich bleibe einen Moment stehen und sehe mir diese Idylle an. Ein schöner Garten, voll lärmender Menschen. Im Hintergrund knickt eine mit wildem Wein überwachsene Steinmauer das Sonnenlicht ab. Ich zögere. Man hat mich bemerkt, man winkt mir zu. Von diesen Menschen haben mir etliche etwas bedeutet. Mein Blick wandert durch das lange Oval der ehemaligen Mitschüler. Ich spüre ihre Neugier, tauche schnell ein in die Menge, ducke mich am Tisch, tue so, als träfen wir uns jede Woche.

«Hätte nicht gedacht, daß du hier auftauchst.»

Was will Frank damit sagen? Weshalb bekräftigt er vor allen Leuten meinen vermeintlichen Ausnahmestatus? Oder hab ich etwas ausgefressen, was mich am Kommen hätte hindern sollen? Ich seh ihm ins Gesicht.

Er hat es einfach nur so dahingesagt, in netter Absicht. Er grinst. Sprüchemacher, der erst redet, dann nachdenkt. Frank sitzt bei Markus, Christoph und Andreas. Die Clique von damals. Ein Jahr meines Lebens.

Sibylle.

Wir saßen im Unterricht kurz einmal zusammen, unfreiwillig, es hatte für mich keinen anderen Platz mehr gegeben. Sibylle. Ein freches, kurzhaariges, kurzgewachsenes Gör, mit Ratte im Ärmel und Strickzeug in den Fingern. Ich nahm sie nie als Sexobjekt wahr, verhielt mich dementsprechend grausam zu ihr. Machte eine sarkastische Bemerkung zuviel, darauf sie: *«Du wirst nicht mein Freund!»* Sibylle, absolute Außenseiterin, Lieblingsfarbe Grau, Stupsnase und Irokesenschnitt, hatte es ernsthaft in Erwägung gezogen, mit mir was anzufangen. Das berührte mich damals sehr, obwohl ich sie keineswegs anziehend fand. Und je mehr ich im Lauf der Jahre darüber nachdachte, umso niedlicher, begehrenswerter wurde Sibylle. Bis sie sich in eine etwas eigenartige, vorlaute Kindfrau verwandelte, die irgendwann zum Entsetzen aller Mädchen unsrer Schule mit dem Klassenschönling Markus zusammen war. Mit dem wiederum ich Poker und Billard ohne Ende spielte, der mir auch stets unter dem Siegel der Verschwiegenheit erzählte, welche Praktiken Sibylle zuließ und welche nicht. Sie und ich haben nie mehr ernsthaft miteinander geredet, aber immer, wenn sie damals als Markus' Anhängsel zugegen war, sie mochte Spiele nicht, blitzte zwischen uns, unausgesprochen, latent, die verpaßte Möglichkeit auf, eine seltsam haßerfüllte, sexgeladene

Energie. Jetzt, mit achtunddreißig, war sie eine überaus attraktive Frau geworden, ich versuchte, sie auszufragen, was aus ihr sonst noch geworden sei. Kein Mann, keine Kinder, Leiterin eines Reisebüros.

Ob wir mal zusammen essen wollten? Sie lehnte ab. Dann nicht. Abgeblitzt, wandte ich mich einer anderen zu. So wenig erwähnenswert die meisten Mädchen unsrer Klasse auch gewesen waren, es gab doch kaum eine, auf die ich damals nicht irgendwann onaniert hatte.

Alle, beinahe alle habe ich mir vorgestellt, in Erwägung gezogen. Jede, beinahe jede, hätte mich damals haben können, mit ein wenig Zuwendung. Ich spürte bei einigen, daß sie darüber nachdachten, reuig nachdachten, und, ehrlich gesagt – empfand ich diebische Freude dabei. Die Freude des Entkommenen. Ich will nicht behaupten, eine gute Partie gewesen zu sein. Mich erschreckte die Macht, die jedes dieser Mädchen einmal über mich gehabt hatte.

Meine Freunde. Reminiszenzen.

Die langen Pokernächte mit Markus, Frank, Christoph und Andreas. Einmal spielten wir fünfunddreißig Stunden durch. Hatten alle *Cincinnati Kid* gesehen und geliebt. Das sollte unsere Welt sein, unser Film.

Wir wollten E. G. Robinson und Steve McQueen zugleich sein. Der grandiose Loser und der souveräne alte Meister, wollten Verzweiflung und Triumph, bekamen beides in Miniatur. Für uns war das genug. Wir spielten im Keller von Markus' Penthousewohnung, als sähe eine heimliche Kamera uns zu. Geräumiger Keller mit einem kleinen Karambolage-Billardtisch. Wenn wir nicht Poker spielten, dann Billard. Das waren Stunden, in denen wir nicht nach Frauen suchten, keine Langeweile beklagten, Blutsbrüder und Gegner zugleich sein konnten. Es ging um kleine Einsätze. Betrogen wurde nur zum Spaß. Man ließ den Betrug auffliegen, verlor einer von uns zuviel Kleingeld. Wir hatten nicht viel gemeinsam, nur diesen Keller, und die Abneigung gegen den Rest der Welt. Es war ein Paradies. Ohne Ziel und Plan und Verpflichtungen. Wir entwickelten sogar einen gewissen Stil. Verknappten unsere Gestik. Sprachen in ganzen, grammatisch abgeschlossenen Sätzen. Ohne viele Hypotaxen. Lernten die Grundbegriffe der Aufmerksamkeit. Betranken uns maßvoll, lernten, nicht aus der Rolle zu fallen, obwohl wir zuvor immer genau diesen pubertären Zustand, gemeinschaftlich peinlich werden zu dürfen, herbei gesehnt hatten. Bald waren wir Männer. Helden unseres eigenen Films. Und wenn es Streit gab, wurde er pathetisch ausgetragen, mit hohen Worten von Ehre, Charakter und enttäuschter Freundschaft, und immer verbal, Tätlichkeiten kamen so gut wie niemals vor.

Als zwei von uns, Christoph und Andreas, sich für den Ernst des Lebens entschieden, vom regelmäßigen Bier auf gelegentliches Haschisch umstiegen und ehrenamtlich für die Partei der Grünen Plakate klebten, war aller Zauber prompt entschwunden, war die Runde gesprengt und sofort legendär. Man versuchte gar nicht erst, daran anzuknüpfen oder Ersatz zu suchen. Wir gingen auseinander, verstanden, daß es vorüber war, Stunden, nachdem es vorüber war. Die Zeit der festen Freundinnen kam. Ein paar von uns hatten Sex, regelmäßigen Sex, die anderen nicht. Von da an hätte sowieso nichts mehr so sein können wie vorher. Die Freundinnen hätten an den Abenden teilhaben wollen, Pärchen am Pokertisch, gräßliche Vorstellung, die allenfalls weniger gräßlich gewesen wäre, hätte jeder eine Freundin gehabt und keiner angespannt anderen beim Knutschen zusehen müssen. Die Zeit zwischen fünfzehn und siebzehn, die Zeit der verschworenen Gemeinschaft, der Notgemeinschaft aus weltflüchtigen Kellerkindern, war vorbei.

15

Zuhause muß ein Palast sein. Zuhause muß Vergebung sein und Trost. Und Freundschaft.

Zuhause muß ein Lichtermeer sein und Zärtlichkeit.

Wo ist mein Zuhause? Das Haus, in dem meine Frau und ich uns irgendwann zusammen setzen und über uns entscheiden werden, nachdem wir beide darüber lange genug nachgedacht haben, ist es nicht.

Etwas kam uns dazwischen. Etwas, das überwunden werden muß, damit sich unsre Seelen wieder berühren. Laura hatte es satt, mit mir von Land zu Land zu ziehen, von einem Hotel zum nächsten. Als ich halbwegs bekannt wurde, stellte man mir statt der Hotelsuiten große Häuser zur Verfügung, für ein halbes Jahr, manchmal ein ganzes, oft auch nur für drei oder vier Monate. Laura litt unter den großen Häusern mehr als unter den Hotelsuiten. Es machte keinen Sinn, die Häuser zu möblieren, privat auszugestalten, ein Heim zu schaffen, Atmosphäre zu kreieren. Laura war ein Schloß gewöhnt. Wir kauften uns schließlich eine Basis, diesen monströsen, leicht morbiden Kasten am Lago Bracciano mit acht Zimmern, und ich versprach, nach jedem Auftrag mindestens ein paar Wochen dort auszuharren, mit Laura ein gemeinsames Nest auszustaffieren. Aber die Wochen waren immer nur Tage. Ich fühlte mich festgebunden, geknebelt, mußte neue

Partituren deuten, in Klang verwandeln, wollte alle fünf Kontinente mit meiner Sekundärkunst bereichern. Und wünschte im Herzen, daß Laura, obwohl ihr keine bestimmte Aufgabe zufiel, mich überallhin begleiten würde, einfach für mich da sei. Ein Wunsch, der mit ihrer Person unvereinbar ist, zum Glück, ansonsten ich Laura nicht verehren könnte. Das ist der Punkt. Ich glaube, sie noch zu lieben, aber vermutlich verehre ich sie nur auf eine sehr sehnsuchtsvolle, zerstörerische Weise. Es gab den Punkt, wo jeder von uns für den anderen gestorben wäre. Das ist leicht. Für den anderen zu leben, ist viel schwerer. Keiner wird sich dem anderen unterwerfen. Ich habe noch nicht genug für mich selbst gelebt, um ein derartiges Opfer zu bringen. Was soll erst Laura von sich sagen? Ich will an diesem Wochenende nicht zu ihr fahren, nicht über die Scheidung reden, will sie nicht sehen und doch nicht verlieren. Jeder Ort, an dem ich bin, ist ein Exil. Jedes Exil ist mir vertrauter als der Ort, an dem Laura auf mich wartet. Vielleicht bin ich deshalb nach München gefahren. Um einen Blick auf die Ursprünge zu werfen.

Ein sehr sonniger, warmer Juniabend in einem Münchner Biergarten, unter den üblichen breitstämmigen Kastanien. Ich war monatelang nicht in der Stadt gewesen und noch sehr viel länger nicht in einem deutschen Biergarten, und ich wunderte mich, wie angenehm und idyllisch es mir hier vorkam. Schräg einfallendes Licht, das auf volle Maßkrüge trifft, viel grüne Wiese drumherum, efeu- und weinbehangene Mauern und die furchigen Rinden der Bäume – warum eigentlich nicht?

Dennoch bot das keine ausreichende Erklärung, warum ich meine Arbeit im Stich gelassen hatte, um diese Leute hier zu treffen, mit denen mich inzwischen wenig bis gar nichts verband, abgesehen von ein paar eher ambivalenten Erinnerungen.

Keiner rechnete damit, daß ich kommen würde. Verspätet, wegen der Warnstreiks am Fiumicino. Ich hatte den Flieger genommen, kurzentschlossen, obwohl mir an kaum einem dieser Menschen wirklich etwas lag. Sie saßen bereits alle im Biergarten. Alle zwischen achtunddreißig und vierzig, je nachdem, ob sie Ehrenrunden gedreht hatten oder nicht.

Sie begrüßten mich, taten erstaunt. Zeigten Respekt. Ich war bei meinen Mitschülern nicht sehr beliebt gewesen, galt seinerzeit als Streber, nur weil die meisten Fächer mir leicht fielen.

Andererseits konnte ich mich nicht erinnern, Feinde gehabt zu haben. Einen einzigen vielleicht. Und der war nicht hier, saß wegen einer Drogengeschichte acht Jahre Gefängnis ab. So etwas spricht sich auf den merkwürdigsten und verschlungensten Wegen herum. Anne hat es mir erzählt, als ich sie letztes Jahr auf dem Flughafen traf. Anne war es jetzt auch, die auf ihrer Bierbank zur Seite rutschte und mich zu sich winkte. Sie legte einen Arm um mich und bot mir von ihrer Riesenbreze an. Klassentreffen mit knapp vierzig. Jeder, bei dem bisher nichts geklappt hat, kann noch was ganz Neues versuchen. Einmal noch. Man trifft sich vielleicht zum letzten Zeitpunkt, an dem es für manche nicht todpeinlich wird.

Fünfundzwanzig Menschen saßen hier, davon dreizehn Frauen. Mit dreien hatte ich geschlafen. Damals, vor gut zwei Jahrzehnten. Mit Anne auf der Klassenfahrt in Florenz, mit Christine Jahre später, als wir uns zufällig in einer Bar trafen. Es war ein lausiger Fick, und ich war unhöflich genug gewesen, ihr das anzudeuten. Jetzt saß sie einen Tisch weiter und tat, als würde sie mich nicht kennen. Das stimmte ja auch.

Es wurde bald darüber geredet, wer mit wem heimlich etwas gehabt hatte. Soviel Neugier wurde endlich gestillt, manche redeten nach dem ersten Liter Bier ganz unbefangen über Konstellationen, die damals große Geheimnisse waren. Sex ist nur eine, wenn auch die beliebteste Währung der Sehnsucht, und nur eine, wenn auch die tragfähigste von vielen Eselsbrücken in die Vergangenheit. Bei einem Klassentreffen werden intime Daten und Zahlen ausgetauscht, vor allem unter den Männern wie Trophäen oder Revolverkerben herumgezeigt, und ist erst die richtige Stimmung erreicht, findet niemand mehr etwas Obszönes daran.

Anne, aus der eine Rechtsanwaltsgehilfin geworden war, gab unseren Schnellfick im Florentiner Klosterklo preis. Natürlich wurden keine Wörter wie «Schnellfick» verwendet. Sie sagte: «Und da, auf dem Klo, als ihr alle schon gepennt habt, da ging es dann rund.» Als Christine gefragt wurde, schwieg sie, und ich schwieg auch. Christine hatte jetzt vier Kinder. VIER Kinder. Wozu? Anne legte ihren Kopf auf meine Schulter.

Anne war eine wunderbare Frau, sensibel und intelligent, auch hübsch, doch litt sie an einer sehr seltenen Krankheit, Krankheit ist als Wort viel zu stark, sie wußte wohl davon auch nichts. Peinliches Thema. Ihre Möse sonderte einen unangenehmen Geruch ab. Manche Männer können über dergleichen hinwegsehen, hinwegriechen, ich nicht. Selbstverständlich ist das traurig. Aber alles andere als nebensächlich. Eine Frau, die ich begehre, will ich mit der Zunge befriedigen, stundenlang. Wenn ich mich dazu überwinden und den Brechreiz unterdrücken muß, hat keine Liebe eine

Chance. So ist das. Gerüche sind wichtig. Soll man sich einer solchen Frau offenbaren? Soll man ihr sagen: Hör mal, deine Möse riecht, vielleicht läßt sich was tun dagegen? Man sollte es. Ich habe mich bei Gynäkologen vage erkundigt. So was komme in ganz vereinzelten Fällen vor, sagten mir die, das sei kein Problem, es gebe Zäpfchen, die man dagegen einsetzen könne. Aber ich habe es nie über mich gebracht, das Thema vor Anne anzusprechen. Es würde sie womöglich beleidigen, womöglich nicht, einerlei, ich brächte es nicht über meine Lippen. Ich hätte damit klarkommen können, wenn sie, wie manche Frauen, nur leicht säuerlich oder bitter geschmeckt hätte, aber … die Sache ist unappetitlich. Ich habe zweimal mit Anne geschlafen. Das zweite Mal, Jahre später, nur, um sicherzugehen, daß dieser Geruch kein temporäres Phänomen war. Ansonsten hätte Anne großartig zu mir gepaßt.

Links von mir saß Marco, Lederwarenhändler, mit einem fetten Silberring im linken Ohr.

Er redete über Trish. Ich haßte ihn dafür. Er hatte kein Recht, über sie zu reden, nicht in meinem Beisein. Obwohl er nicht wußte, daß ich … Nein, ich hab es nie wem gesagt. Und natürlich war mir klar gewesen, daß bei diesem Klassentreffen die Rede irgendwann auf Trish kommen würde. Es ist ja den meisten von uns nicht viel Aufregendes passiert.

Trish hieß mit richtigem Namen Patricia, und wer grade mit ihr ging, hieß automatisch Patachon. Das war der Neid derer, die nicht mit Trish gingen, denn Trish sah toll aus, und jeder wollte mit ihr gehen, selbst auf die Gefahr hin, der neue Patachon zu sein. Irgendwann hatte Pat gesagt: ab heute nennt ihr mich nicht länger Pat, von nun an bin ich für euch Trish. Klingt schöner. Sie hatte Stil. Rauchte schlanke, überlange Zigaretten mit weißen Filtern, die hervorragend zu ihren glatten schwarzen Haaren paßten. Die kurzen Haare glänzten vor Gel, doch an ihr sah das klasse aus. An ihr sah vieles klasse aus, was an anderen Mädchen gleichen Alters – ich rede von einer Siebzehnjährigen – lächerlich gewirkt hätte. Ohne roten Lippenstift habe ich sie nur einmal, beim Schwimmen an einem Teich gesehen, und während die anderen bis tief in die Nacht ums Lagerfeuer saßen und einen Kasten Billigbier leerten, trank sie zwei Schlucke aus der Flasche Henkell-Trocken, die sie uns mitgebracht hatte und verabschiedete sich nach Sonnenuntergang, sie müsse in eine Disco in der Stadt. Eine jener Discos, die wir uns nicht annähernd so oft leisten konnten wie sie. Und Henkell-Trocken ist weißgott nicht der Hit, aber war doch was in einer Zeit, in der der Rest der Klasse sich noch hin und wieder mit Erdbeerschaumwein auf dem Schulklo erwischen ließ. Trish trug auch immer modischnette Sachen, gut geschnitten, als die anderen Weiber noch in Drittweltsäcken herumrannten. Ihre Eltern waren nicht so vermögend, wie wir dachten. Sie waren einfach nur großzügiger als unsere. Außerdem ging Trish im Kaufhaus klauen. Jedenfalls behauptete Petra das, die damals so tat, als sei sie Trishs beste Freundin. Aber Trish hatte keine Freundinnen, nicht in unserer Klasse. Sie behandelte uns alle, Jungs wie Mädchen, wie nette Bekannte, nie schnippisch, nie hochnäsig, aber eben auch nie vertraulich. Und Patachon war immer so ein Zwanzig- bis Fünfundzwanzigjähriger, der schon eigenes Geld verdiente, der sie mit dem Auto vom Gym abholte und Sonnenbrille trug.

Trish war Schwimmerin gewesen bis sie fünfzehn wurde,

und ihre Haut war makellos bis zur Unwirklichkeit. Kein Leberfleckchen, nichts, nirgendwo, nicht mal eine Hautrötung, geschweige denn Akne. Sie trug meistens schwarze Hosen und weiße Blusen, oder weiße Hosen und schwarze Blusen, jedenfalls sah es sehr erwachsen aus, dazu so Stiefelchen, schwarz, immer poliert, mit festen, halbhohen Absätzen. Aufreizend lief sie nie herum. Aber das ist Ansichtssache. Manchmal, selten, trug sie einen Rock, bis knapp über die Knie, selbstverständlich schwarz, und immer weiße Strümpfe dazu. Sie machte uns ohne ein Wort, ohne eine blöde Geste, klar, daß wir erst noch ein paar Jahre wachsen mußten, um dann – vielleicht – für sie interessant zu werden. Wer es dennoch bei ihr probierte, selbst über die gewiefteste Masche, dem hörte sie derart gelangweilt zu, daß der Ärmste bald jegliches Selbstvertrauen verlor. Der Weg zum Herzen einer Frau führt, wenn man kein Geld hat, über ihr Zwerchfell. Und es gab in unserer Klasse einige, auf deren Witz ich neidisch war, wie auf sonst wenig. Weil selbst die bei Trish abblitzten, trotz allem, war es nur logisch, daß ich Trish zu lieben begann. Auf meine Weise, heimlich, still, ohne mich dem Spott auszusetzen. Ich würde wachsen, würde Erfolg haben, um ihr dann, eines gar nicht fernen Tages ganz zufällig zu begegnen. Dann würde ich sie erobern, besitzen und bald langweilig finden. Und die wahre Liebe meines Lebens suchen. Alles war unter Kontrolle. Meiner Kontrolle.

Trish starb kurz vor dem Abitur in einem Autounfall. Auch Patachon starb. Die beiden waren nichtmal schuld. Ein übermüdeter Lastwagenfahrer stellte sich in der Kurve quer, der Patachon, bei dem posthum ein Promillegehalt von Nullkommanull festgestellt wurde, bremste noch, aber das Cabrio rutschte unter die Ladefläche und beide wurden zu

Tode gequetscht. Es hieß sogar, Trish sei der Kopf abgetrennt worden. Dem Lastwagenfahrer passierte nichts.

Ich beschloß im ersten Schmerz, diesen Lastwagenfahrer zu finden, zu foltern und zu töten, doch wurde daraus nie etwas Ernstes. Vielleicht war er ja ein netter Kerl, der selbst Reuequalen litt, wer weiß das denn? Jetzt konnte ich sofort, ohne jeden Umweg die wahre Liebe meines Lebens suchen, aber die Tatsache, daß diese unsre Welt ein so perfektes Wesen wie Trish fast beiläufig, ohne Mühe und Notwendigkeit getötet hatte, machte mir diese unsre Welt suspekt, seither habe ich mich in ihr mit Argwohn und Mißtrauen bewegt. In meiner Brieftasche trage ich noch immer, herausgerissen aus dem Jahresbericht des Gymnasiums, ein Photo mit mir herum, den Ausschnitt eines Klassenphotos, drauf ist Trish zu sehen, sie sitzt vorne auf der Bank, zwischen gackernden Girlies. Schräg darüber, stehend, sieht man mich. Näher bin ich ihr niemals gekommen. Petra, ihre selbsternannte beste Freundin, hat mir nach dem Abifest mal einen runtergeholt, aber was zählt das schon?

Marita. Bleiben wir dabei. Das Klassentreffen, im Juni, in einem Biergarten in Schwabing, München. Mir war der Anlaß wichtig genug gewesen, um eigens aus Rom einzufliegen, wo ich an der Oper kurzfristig für einen kranken Kollegen eingesprungen war. Man begrüßte mich als den, der es von uns allen am weitesten gebracht hatte. Ich war kein Popstar, kein Prominenter im Sinne der Boulevardblätter, aber als Dirigent durchgesetzt, und das in relativ jungen Jahren. Wir verglichen. Es gab Inga, Chefärztin einer HNO-Abteilung am Poliklinikum, und es gab noch einen recht erfolgreichen Papierfabrikanten, aber die meisten jenes Abiturjahrgangs

'84 am Siegfriedgymnasium waren im gesicherten Mittelfeld gelandet oder darunter. Robert, der ein guter Pianist hätte werden können, war nun Jurist in Hannover. Jo, der einmal beschloß, einen Harem aus zweiunddreißig Frauen um sich zu scharen und es bis zu einer Zahl von immerhin dreizehn geschafft hatte, bezog Sozialhilfe und spielte nebenbei Beckett in einem Off-Theater. Ich sah Heike, immer noch genauso hübsch, für sie hätte ich einmal fast alles getan, da hat sie gepfiffen drauf, jetzt, mit achtunddreißig, arbeitete sie als Assistentin beim Privatfunk, ein Job, in den man auch mit vierundzwanzig ohne Vorkenntnisse reinkommt. Ich sah die Verbündeten von damals und die Gegner, und die Verbündeten waren keine Verbündeten mehr und die Gegner waren keine Gegner mehr, alle waren erwachsen, und Beziehungen, die einmal bestanden hatten, wurden von versöhnlich gestimmten Erinnerungen stundenlang auf silbernen Tabletts herumgetragen und der Abendsonne gezeigt. Alle gaben sich nett und adrett, gaben sich Mühe, keine Anekdoten zu erwähnen, bei denen einer der Anwesenden sein Gesicht nochmal verloren hätte. Die Frauen hatten Wert auf ihr Aussehen gelegt, waren beim Friseur gewesen, wollten zeigen, daß sie den Vergleich mit 1984 nicht zu scheuen brauchten. Mit Verspätung kam Marita, im babyblauen Kostüm, grüßte knapp in die Runde und schob sich auf den Rand einer Bierbank. Sie sah schrecklich aus, verhärmt und ungepflegt, die Zähne gelb- und braunfleckig, die Haare splissig und wirr. Tiefe Ringe unter den Augen, mit Tagescreme und Abdeckstift ungeschickt überschminkt. Zerbissene dünne Lippen. Baststöckelschuhe aus der Sommermode von vor fünf Jahren, überall hatten sich die Bastfädchen gelöst und standen ab. Einfach schrecklich, und niemand hatte den Mut, sie anzusehen, oder aber man musterte sie verstohlen, unter dem Vorwand, dies und das zu betrachten. Die meisten taten nicht einmal das.

Im Rückblick, aber erst im Rückblick, fällt mir etwas auf. Ein sonderbares Defizit an Interesse. Auch meinerseits.

Marita saß da rum, und ich nahm sie einfach so hin, als irgendwann verlorengegangen und nun wieder vorhanden. Ich meine – sie hat aufs Abitur gepfiffen, ist von zu Hause abgehauen, muß sich eine Zeit lang rumgetrieben haben, hätte uns davon erzählen können. Aber sie saß nur da und sagte nichts. Und niemand stellte ihr eine Frage. Niemand.

Von allen Mädchen unsres Jahrgangs hatte Marita den mit Abstand berüchtigtsten Ruf gehabt. Sie war schlank und elfenhaft gewesen, blass und blond und begehrt und, wofür wir Jungs damals maßlos dankbar waren, hingebungsvoll, in Maßen natürlich, nicht jeder hatte mit ihr geschlafen, vielleicht sogar keiner, aber es war Marita gewesen, mit der ich in der achten Klasse auf dem Skilager eine Nacht lang geknutscht hatte, die in der großen Pause auf die Jungstoilette zum Erdbeersekttrinken kam, die in der Freinacht vor dem 1. Mai immer mit den Jungs umhergezogen war, und wenn wir in fremde Briefkästen pinkelten, probierte sie das eben auch, und bei den Festen, wenn sie betrunken war, hatte man Aussichten, an ihr herumzufummeln, ich hatte ihr, bei einer solchen Gelegenheit einmal, auf Didis Balkon, einen Finger in die Unterhose geschoben, lange bevor ich mit einem Mädchen geschlafen habe, und Marita knetete mir damals, durch die feste Jeans hindurch, doch immerhin, den Schwanz, Gott, tat das weh, diese Riesenerektion, die man sich nicht in die Freiheit zu entlassen traute, und mehr lief da nicht, mit sechzehn, aber genug, um einige von uns sehr stolz zu machen, und damit anzugeben. Wobei man Erreichtes hinterher wild ausschmückte. Bei den Jungs galt sie als

Engel, bei den Mädchen als Schlampe, aber was Mädchen über Mädchen sagten, interessierte uns nicht. Wir, ich glaube, diesen Plural benutzen zu dürfen, dachten an Marita in Dankbarkeit zurück.

Ganz krank. Ja. Wie ihre Wangenknochen hervortraten, als würden sie herauswachsen wollen aus den eingefallenen Backen, der fahlen, fleckig gewordenen Haut, ich konnte mir Marita mühelos als Greisin vorstellen und vergaß sofort, wie hübsch sie mal gewesen war.

Ich dachte: warum kommt sie so abgerissen zu uns, weshalb legt sie es darauf an, sich vor dem Tribunal, jedes Klassentreffen ist ein Tribunal, in dieser Weise zu zeigen?

So präsentiert man sich, wenn man nach Hilfe ruft. Aber von wem genau erwartete sie Hilfe? Hier gab es keine Hilfe, keine Vergebung, es wurde verglichen, konstatiert und gerichtet. Die Männer wurden nach Geld und Erfolg bewertet, die Frauen brutal nach nichts als ihrer verbliebenen Schönheit, egal, was aus ihnen beruflich geworden war. Wieviele potentielle Konstellationen hier noch einmal vergegenwärtigt, nachbewertet und – je nachdem – seufzend bedauert oder erleichtert endgültig ad acta gelegt wurden.

Christoph sagte, ich weiß es wieder, er fragte sie:

«Mit wem von uns willst dus treiben?»

«Mit keinem», sagte Marita, tanzte und kicherte besoffen.

«Aber wenn du müßtest, mit wem würdest dus am ehesten tun?»

Uns war es wichtig, dies zu erfahren.

Sie setzte sich, mit gespreizten Beinen, wir konnten eine Ahnung von Pelz und violetten Schamlippen betrachten. Dann drehte Marita sich zur Seite und kotzte auf den Teppich.

Frank fluchte und holte einen Lappen. Wir anderen packten

Marita an Schultern und Armen und hievten sie auf den Boden,
einer, das war Andreas, faßte ihr an den Arsch und leckte sich da-
nach grinsend die Finger ab, es kam nicht witzig, nur ekelhaft.
  Wie hab ich das vergessen können?

Vielleicht war es Zufall, ich glaube es nicht, aber bei diesem
Klassentreffen Mitte Juni in Schwabing, als Marita früh wieder ging, blieben zuletzt, es war Mitternacht, nur noch wir
fünf übrig, und redeten – endlich unter uns – sofort über
nichts anderes als diesen legendären Strip. Christoph, Andreas, Frank, Markus und ich.

Markus sagte, (zwischendurch hatten wir Bier von der
Tanke geholt und den Standort gewechselt, saßen am Isar-
ufer, vor der Praterwehrbrücke im Vollmond), Markus sagte,
daß, wenn irgendeiner von uns den Mut gehabt hätte, draußen bei den Rädern, im Garten, sein Ding rauszuholen und
Marita zu ficken, wir alle …

Auch dem unvollendeten Satz stimmten wir zu. Johlend.
Dann sagte er noch, daß, wenn sie sich gewehrt hätte, wir sie
vielleicht vergewaltigt hätten. Darüber entstand Streit.

Ich sagte, Marita damals, in ihrem Zustand, zu ficken,
wäre ohnehin eine Art Vergewaltigung gewesen. Und stieß
auf Widerspruch. Ein besoffenes Mädchen sei selber
schuld; die Kraft, ‹Nein› zu sagen, müsse sie in jedem Zustand aufbringen können, wenn sie partout nicht durchge-
vögelt werden wolle. In diesem Alter wären gewisse Mädchen, behauptete Frank, einem Gangbang gar nicht so
abgeneigt, wollten Erfahrungen machen, und nur ihre
Hemmungen setzten dem Grenzen. Wären die Hemmungen erst einmal außer Kraft gesetzt, wären Siebzehnjährige
die reinen Sexmonster, Mädchen genauso wie Jungs. Prost.
Er redete wie in Trance und wohl reichlich pauschal, aber

weil wir alle gut geladen hatten, nickten wir ihn ab. Obgleich wir fünf uns nach dem Abitur nie wieder gesehen hatten, war für einen Moment die alte Verbundenheit da. Die Nächte voll Billard und Skat, Poker und Darts und Bier und die Träume, die gemeinschaftlich niedergekämpften Ängste, die Ausschweifungen und Auflehnungen gegen Elternhäuser und Lehrer und Schulen. Es war wunderbar. Dann ging Markus noch weiter. Er meinte es nicht spaßig. Wir hätten sie vielleicht sogar in jener Nacht getötet, wäre sie uns blöd gekommen. Wir hätten sie erwürgt, hätten die Tote noch einmal in allen Löchern mißbraucht und dann gemeinschaftlich im Wald verscharrt, hätten uns eine Geschichte ausgedacht, nämlich die, daß sie um halb vier alleine von der Party nach Haus gegangen sei, und wir sie zu jenem Zeitpunkt zum letzten Mal gesehen hätten.

«Vielleicht wären wir mit dieser Geschichte sogar durchgekommen.»

Wir vier sahen Markus an wie einen Psychopathen, die Stimmung war in einem Moment gekippt, zerstört. Jeder murmelte was wie: Blödsinn, undenkbar, total krank.

Aber ich glaube, wir vier sind bleich geworden bei seinen Worten, haben uns an irgendwelche Eskapaden erinnert (zum Beispiel die Autofahrt durchs nächtliche Maisfeld, mit hundertvierzig Sachen) und uns wurde etwas schmerzhaft bewußt, etwas Verdrängtes, all jenes, was wir an Heranwachsenden längst als widerwärtig und tierisch empfanden. Für mich kann ich sagen, daß alles, was Markus in den Raum stellte, durchaus hätte passieren können, es ist nicht passiert, wir fünf sind erwachsen geworden, ohne Schuld, allzugroße Schuld auf uns geladen zu haben.

Aber Markus hat uns mit seinem Gerede aufgezeigt, was damals, unter leicht veränderten Umständen, möglich gewesen wäre. Und wir erbosten uns darüber, über seine bizarre Phantasie, seine Taktlosigkeit, und wir fröstelten ob der Wahrheit, die sie enthielt.

Wir waren inzwischen gereifte Männer, hatten gelernt, unser Testosteron zu beherrschen, entsetzten uns über orientierungslose Jugendliche, die, um die Grenzen der Macht auszuforschen, Steine von Autobahnbrücken schmeißen, plädierten, zumindest im Suff, für bibelharte Strafen – und wurden nun konfrontiert mit einem früheren, erledigt geglaubten Zustand unsrer selbst.

Wir waren in jenem Alter geil und klein. Potentielle Mörder. Das ist die Wahrheit. Wir waren ganz normale Jugendliche. Zwei von uns, Andreas und Christoph, hatten nun selbst Kinder, begannen laut darüber nachzudenken, wie sie diese denn erziehen sollten, um ihnen eine bessere Kindheit als die eigene zu schenken, und ihnen dennoch genau jenes Maß an sexueller Hemmung einzuimpfen, denn die war es gewesen, die uns in Schranken hielt, keine Moral, keine Ethik, um im Falle einer solch seltenen, ausschweifenden Nacht die Maritas aller Welt am Leben zu lassen. Wir debattierten und tranken bis es hell wurde, dann flog ich direkt nach Rom zurück.

Und ich behaupte, daß wir fünf in jener Nacht lange über Marita geredet haben, in dieser und jener Weise, abscheulich, spöttisch, boshaft, zynisch, gemein, freundlich, obszön – aber über eine Tote redeten wir nie.

16

1987. Laura feierte ihren zweiundzwanzigsten Geburtstag.
Ich frage mich, ob der Umstand daß sie Feuers Tochter war,
etwas bedeutet hat. Bin nicht sicher. Damals hätte ich den
Verdacht von mir gewiesen. Heute sehe ich tiefer in mich
hinein, sehe sehr viel Schwarz da unten und wische Zweifel
nicht mehr einfach weg. Daß wir uns liebten, damals, steht
auf einem anderen Blatt. Sie war eine blendend schöne
Frau, umwimmelt von Verehrern, besaß Witz und Bildung,
Grazie und Stil, und war erfrischend wild auf Sex. Sie hat
mich lange nicht als künftigen Ehemann in Erwägung gezogen, sah in mir eher den letzten Freund vorm Ernst des Lebens, vor der großen Partie, an deren Seite sie Grande
Dame sein wollte, für immer vom übermächtigen Vater unabhängig. Das hat mich zwar gekränkt, auf der anderen Seite zeigte es, daß sie mich begehrte, sonst wäre sie mich sofort losgeworden, um dem Richtigen nichts in den Weg zu
legen. Ich mußte als Dirigent nur noch erfolgreich sein, um
mich doch als der Richtige herauszustellen. Als ich Ehrgeiz
entwickelte, und für immer aufgab, selbst zu komponieren,
ging alles sehr schnell. Meine Konzerte waren kleine Sensa-
tionen, ich gewann den Wettbewerb in San Remo, schon
während der Hochschulzeit bekam ich haufenweise Angebote, reüssierte mit entlegenen Programmen, und wenn ich
auch noch nicht viel Geld verdiente, galt ich immerhin als
Künstler, als gefeiertes Nachwuchstalent, und Laura, die
gern in klassische Konzerte ging, glaubte an mich, es erregte sie, mich (damals noch) im Frack zu sehen, mit dem Taktstock in der Hand.

Es gibt keinen Plan für das Glück, und sei er noch so ausgefeilt. Ein Plan kann die Wahrscheinlichkeit des groben Leidens senken. Glück ist Glücksache. Damals hatte ich mir in den Kopf gesetzt, für Laura mehr zu sein, als nur der letzte Stecher vor der Befruchtung. Der Reichtum ihres Vaters spielte dabei, ich will nicht sagen keine, aber eine eher geringe Rolle, um Prestige ging es wohl, das auszuschließen, wäre gelogen. Feuer lebte in einem Schloß bei Zürich, in der Nähe von Küsnacht, war siebzig Jahre alt und krebskrank. Sein Geld hatte er als Immobilienspekulant verdient, er züchtete Tauben, schenkte regelmäßig die fähigsten der Schweizer Armee, wo sie allen Ernstes noch bis in die Neunziger als Brieftauben verwendet wurden – und er las griechische Philosophen im Original, spielte Klavier mit der linken Hand, die rechte war gelähmt. Er mochte mich nicht, obwohl er nie artikulierte, was er gegen mich einzuwenden hatte. Ich trat ihm gegenüber meist in Sturm & Drang-Pose auf, als junger Wilder, machte aus meiner kleinbürgerlichen Herkunft keinen Hehl, wir spielten zusammen Sonaten, die er mit links nicht bewältigen konnte, ich ließ mich herablassend über seine Anschlagtechnik aus, das wiederum mochte er an mir.

Ich habe mich nie unter die Speichellecker begeben, aus denen seine Entourage vor allem bestand. Habe mir meine Würde bewahrt, auch dann, als er es auf sie abgesehen hatte. Er bot mir sogar Geld an, in Form entlegener Posten am Arsch der Welt, die er mir aufgrund seiner vielfältigen Beziehungen hätte verschaffen können. Ich bin darauf nie eingegangen, obwohl mir aus meiner Ablehnung unnötige Umwege entstanden, das imponierte ihm. Sein Mißtrauen verlor sich nie. Er liebte seine einzige Tochter mehr als sich selbst.

«Hätten Sie etwas dagegen, wenn ich Laura heirate?»

Das Vorspiel eines Lächelns auf den Lippen, fing er die Frage auf und erwürgte sie tief im Hals, mit einem Schlukken, mehr bedurfte es dazu nicht. Und suhlte sich im entstandenen Schweigen, wie jemand, der alle ihn betreffenden Fragen längst vorweggenommen und entschärft zu haben glaubt.

Was er aus mir machen wollte, einen bezahlten Untergebenen, dem widersetzte ich mich mühsam, nach langen Kämpfen. Drum sah er in mir bis zuletzt eine Art unvollendetes Projekt, ein zu zähmendes Tier, einen Dämon, der seine Tochter befallen hatte, eine Krankheit. Ich habe Feuer besiegt, und weil ich gesiegt habe, konnte ich ihm zuletzt verzeihen. Doch Feuer war ein Teufel. Ein sehr menschlicher Teufel, der von seiner Sterblichkeit, wie von der Vergänglichkeit alles Menschlichen überhaupt, entsetzt war und für das Unausweichliche vorab Rache übte an den Zeitgenossen. Dabei half ihm eine beneidenswerte Schamlosigkeit, wie sie oft bei Menschen zu finden ist, die ohne irgendein herausragendes Talent zu Reichtum gekommen sind, die sich dennoch, oder gerade deshalb, wie eitle Künstler benehmen, als würde die Welt ihnen noch viel mehr schulden, als all jenes, was sie schon von ihr bekommen haben.

Feuer umgab sich mit schönen Dingen. Das schönste, umsorgteste war Laura. Und er gab den Mäzen, sammelte versprechende junge Talente, Musiker, bildende Künstler, Schriftsteller, Architekten, förderte sie mit Stipendien und Apanagen – viele von denen zerstörte er für immer.

Meine damalige Abscheu gegen Feuers Person sehe ich heute als übertrieben an, von jugendlichen Reinheitsgeboten durchseucht. Zuletzt trägt jeder selbst die Schuld, und niemand kann zerstört werden, der das nicht will. Besiegt ja, getötet, ja, zerstört: nein.

Sein Ende vor Augen, hat Feuer schließlich halbherzig in mich eingewilligt, nur um die revoltierende Laura vor noch Schlimmerem zu bewahren. Auf seine Weise war er ein weitsichtiger Mann, sah voraus, daß sie mit mir nicht glücklich werden würde. Sein Testament enterbte Laura für den Fall, daß sie mich unter anderen Bedingungen als den von ihm diktierten heiraten würde. Sie fügte sich, warum auch nicht, wir würden, sagte sie zu mir, das alles später neu regeln, unter uns. Ich mußte einen Ehevertrag unterschreiben, aus dem ich bei einer Scheidung als derselbe arme Mann hervorgehen würde, der ich zuvor gewesen war. Nun bin ich mit Laura fast vierzehn Jahre verheiratet, die Gesetze haben sich zu meinen Gunsten geändert und auch nach einer Scheidung wäre ich alles andere als arm. Doch das Feuersche Imperium, dessen Tentakel mir seit seinem Tod zur Verfügung gestanden hatten, würde ich verlieren. Mit Geld lassen sich gute Anwälte kaufen. Mit noch mehr Geld gute Richter. Daran dachte ich jetzt. Solange Laura meine Frau war, konnte mir wenig passieren. Sollte ich auf diese Form der Behütung leichtfertig verzichten? Etwas in mir sagte: Ja. Das irritierte mich, denn man mag mir viele Wesenszüge nachsagen, Macht- oder Geldgier gehören nicht dazu. Mein Sicherheitsbedürfnis hingegen war stets ausgeprägt.

Paris. Im Zimmer verstreute Amphoren, die mich an diesen und jenen Moment erinnern sollen.

Versiegelte Flacons, darin der Duft dieses oder jenes Mädchens, bemerkenswerter Nächte, Spielstätten der Überschreitung, sakrosankte Szenarien als Scherenschnitte aufbereitet, samt beigelegter Locken ohne Namen.

Gedächtnisstützen, Eselsbrücken, ich öffne sie nie wieder, auf dem Boden jedes Gefäßes lauert ein Abgrund verwandelter Zeit, hat sich hinabgebohrt, hat Raum gewonnen, Raum genug, um drunten zu zerschellen.

Ein Uhr.

Das Brummen des großen Nachtfalters, der sich zwischen Fensterglas und Rolladen verfangen hat.

Ich müßte den Rolladen hochziehen und im Raum alle Lichter löschen, solange, bis der Falter keinen Sinn mehr darin sieht, vor meinem Fenster herumzuschwirren. Einfacher ist es, Musik auszusuchen, deren Frequenzen sein Brummen überlagern. Portishead vielleicht. Das Tier ist laut und stur. Die Spannbreite seiner Flügel entspricht in etwa der Länge meines Daumens.

Ein Riesenvieh. Ob die Schwalben sowas fressen würden? Die Schwalbenernte dieses Jahres fiel gering aus. Das zweite tote Jungtier in der Regenrinne. Nackt und blind, mit eitergelbem Schnabel und hellrosa Haut. Nächstes Jahr kommen sie wieder. Das Nest wird bereits im dritten Jahr benutzt. Ursprünglich waren es zwei Nester nebeneinander, aber das andere brach bald in der Mitte auseinander.

Es ist jedesmal ein vielversprechendes Omen, wenn die Schwalben Ende Mai aus dem Süden eintreffen. Sie machen kaum Krach – und vom Badezimmerfenster aus kann man sie beim Ein- und Ausflug beobachten. Sie kommen dabei den Augen auf vierzig Zentimeter nah. Die Lider zucken unwillkürlich, wenn die Vögel auf einen zuschießen und im letzten Moment eine Kurve nach oben ziehen.

Der Nachtfalter scheint die Musik von Portishead für den Brunftgesang einer Artgenossin zu halten. Er gibt sich soviel Mühe. Ich habe Schnupfen und huste, meine Kehle ist rauh und sticht, ich spüle sie mit Whisky aus, es hilft nichts. Keine Nelkenzigaretten mehr im Haus.

Selbstanästhesie mit Valpolicella. Ich betrachte den Nachtfalter. Er weiß, wohin er will.

Zwei Uhr.

Der scheppernde, bimmelnde Klang der Eiswürfel im Whiskyglas. Beruhigendes, zugleich aufreizendes Geräusch. Massive Würfel klingen wie bronzene Glocken, der Klang der kleineren Stücke ähnelt den oberen Oktaven einer präparierten Celesta, gedämpft und doch immer noch klirrend. Ich schwenke das Glas.

Säße ich vor einem offenen Kamin, mit knisterndem, knackenden Feuer, gäbe das einen guten Kontrast, vom orchestralen Standpunkt her. Frequenzen, die sich nicht überlagern, die sich gegenseitig stützen. Als rhythmischer Bordun, als basso continuo, böte sich das Geräusch einer Stiefelspitze an, die ungeduldig auf den Bretterboden einer Berghütte tippt, weil der, der in den Stiefeln steckt, jemanden erwartet. Und eine Uhr müßte ticken. Das Metronom, der Dirigent. Instrumental feinfühlig umgesetztes WARTEN. Auf jemanden oder etwas. Aber hier zischt kein feuchtes Holz im Feuer, ich trage keine Stiefel und sitze auf weichem Teppichboden. Die Heizung gluckst. Ansonsten Stille. Die Eiswürfel sind geschmolzen.

Unter solchen Voraussetzungen kommt heute nacht hier nichts und niemand mehr vorbei.

Nein.

Drei Uhr.

Irgendwo hat ein LKW lebende Tiere verloren.

17

Julia war nicht nach München gekommen. Es hätte mich so gefreut, sie zu sehen. Anne und Christine, gut, Episoden, an die man sich erinnert, weil sie zu pubertären Ornamenten geworden sind, aber Julia – das war kein notgeiles Übereinanderherfallen nach zuviel Alkohol gewesen, nein. Wir gehörten einander einen Sommer, einen Herbst und einen fürchterlichen Wintermonat, im Jahr nach dem Abitur, bevor ich München endgültig verließ.

Wir lebten unsere Geschichte halb erlebt, halb angelesen, mit echtem Gefühl und bemühten Manierismen zuerst in Oberbayern, am Starnberger See, schließlich, mit erspartem Geld illegal in baufälligen Hütten der Provence im September. Ideale Landschaft für große Melodramatik, wenn die Sonne über noch nicht abgemähten Feldern wie Gold schmilzt oder – will man boshaft sein – wie goldenschimmernder Käse.

Wir schwammen morgens im Fluß, nackt, fanden das Weiß der Platanenrinde unter allen Farben die anbetungswürdigste, Schilfgras schnitt in unsere Beine, ein morsches Holzboot trieb umher, das braune Wasser stand beinahe still. Störche gab es, weiße Pferde in weiten Koppeln, und sehr viele Stechmücken, wir hatten das morsche Boot Esperance getauft und redeten wie Figuren aus Camus-Texten. Unsere Liebe schien groß und voller Seele, und wir wollten sie dem Himmel zeigen, jede Wolke sollte uns segnen. Wenn die Vöglein krächzten, sangen sie unser Lied. Man mußte nur Phantasie besitzen. Wir besaßen ja sonst nichts. Liebten uns auf dem kurzen Gras der Pferdekoppeln, unter Zypressen und Pappeln, zwischen Büschen voller Spinnweben und Pappelsamen. Wir fingen Skorpione und ließen sie im Sand um die Wette rennen, ein alter herrenloser Schäferhund schloß sich uns an, winselte viel, er litt an Würmern, die ihn von innen her auffraßen. Wir beklauten Bauern und Touristen in weißgestrichenen Hotels. Wir debattierten über philosophische Fragen. Julia, ihrem Wesen nach ein verspätetes Hippie-Mädchen, verstand nicht, warum ich Nietzsche las, sie erbarmte sich jeder Kreatur, hätte am liebsten das Leid aller Lebewesen auf sich genommen, ich verspottete sie dafür, insgeheim bewunderte ich sie auch. Wenn wir miteinander stritten, konnte sie sich derart vergessen, daß sie mir Blessuren zufügte, sie schlug dann mit Töpfen um sich oder warf das Kofferradio nach mir. Dinge, die ich damals gerne aufbauschte, wir konnten uns streiten, wie ich später mit niemandem mehr gestritten habe, wir stritten solange, bis wir aufeinanderlagen und uns die Kleider vom Leib rissen. So lernte ich Nähen.

Ich habe Julia davon nie in Kenntnis gesetzt, hätte es damals wohl kaum vor mir selbst so formuliert, aber für mich war jene Zeit ein präzise abgemessenes Terrain der Lust und Zerstreuung, ein letztes Sich-Gehen-Lassen, bevor der nächste Punkt im großen Plan auf mich wartete, mein Studium in der Schweiz, am Zürcher Konservatorium, wo ich mit einer Begabtenförderung rechnen konnte. Julia hatte keine Pläne. Auch keine besondere Begabung. Für sie zählte der Moment und dessen Intensität, ich verachtete diese Einstellung als selbstzerstörerisch und schwächlich, und je rücksichtsloser ich mich gegen den Einfluß ihres lethargischen Wesens verwahrte, mich um mein Fortkommen bemühte, desto fremder wurden wir uns.

Es war klar, daß es in der Schweiz keinen Platz für sie geben würde, sei denn, sie hätte sich mit schlechtbezahlten

Jobs mühsam über die Runden gebracht, nur um in meiner Nähe zu sein. Meinen Lebensplan ihr zuliebe abzuändern, kam für mich nicht in Frage, meinetwegen hätte sie auf mich warten können, ich wäre ihr vielleicht sogar treu geblieben. Über sowas zu reden, fanden wir beide spießig. Vieles zwischen uns wurde ausgeschwiegen; der Bruch kam dementsprechend plötzlich. Julia vegetierte eine Weile als Kneipenbedienung in München herum, machte später eine Lehre als, ich weiß nicht mehr was, brach diese ab und heiratete reich in die Niederlande. Irgendeinen Haschischraucher, der eine Stahlfabrik geerbt hatte.

Mehr weiß ich nicht von ihr. Wir hatten zusammen sehr befriedigenden, zärtlichen Sex. Von heute aus gesehen, scheint mir dies die Basis unsrer Beziehung gewesen zu sein, und all der Zauber, die leuchtenden Details unsres wilden provençalischen Herbstes entschwinden meiner Erinnerung, werden blass, wie peinliche Filme aus den Siebzigern, die man wiedersieht und nicht fassen kann, daß das einmal bunte Realität gewesen sein soll und aufregend.

Doch weiß ich manchmal genau, da war einmal viel mehr, soviel – oft denke ich an Ala, das war ihr Kosename, als Zentrum eines riesigen Sonnenblumenfeldes zurück, wie sie das Wasser unsrer Feldflasche über ihren nackten Körper ausgießt, und mit einem Stecken über einen süßlich stinkenden Kaninchenkadaver streicht, als könne sie dem Tier die letzte Ölung geben, einen kleinen Trost mit auf dem Weg ins Nichts. Ich ahnte, daß Menschen wie Ala auf dieser Welt nur eine kurze Frist gegeben ist, in der sie genau so leben dürfen, wie sie wollen, daß diese Frist schnell vorübergeht und nicht wiederkehrt.

Anne legt den Arm um mich, und Ala zerplatzt vor meinem geistigen Auge, wie eine Comicfee, die sich in Sternchen auflöst. Ich merke, wie sehr ich Anne mag. Es war schon gut, hierher nach München zu kommen. Ob Anne die heutige Nacht mit mir, in meinem Hotel verbringen will? Wäre vielleicht nett. Das mit ihrem Intimgeruch, naja, aber man könnte … Nostalgie.

Ich winke der Bedienung. Sie soll eine neue Maß Bier vor mich hinstellen. Zwischen mich und Anne stellen. Eine gläserne Mauer aus Bier. Flucht ins Besäufnis. Anne versteht und zieht ihren Arm zurück. Bald darauf wechselt sie den Platz. Es tut mir leid. Warum bin ich noch immer in München? Seltsam. Ich öffne die Augen und sitze auf der Ottomane in meiner Pariser Wohnung Rue Bonaparte. Aha. Ich habe an meinem Notebook Julias Namen so oft in die Suchmaschinen eingegeben, nichts erfahren, aber wenn ich etwas erfahren hätte, dann – was dann?

Glück, das sich als solches erst erweist, nachdem es längst verloren ist, und durch eigene Schuld, wird zur Folter, zur Peitsche aus der Vergangenheit. Aber im Glauben, an nichts von alledem zu denken, hieße, frei zu werden, tötet man die letzten Reste Glut in sich ab.

18

Der dänische Dichter Paludan-Müller hat im 19. Jahrhundert die Tithonos-Sage in interessanter Weise umgestaltet. Tithonos ist jener trojanische Prinz, den die Eos als Geliebten nimmt, der Mensch, dem Zeus auf Eos' Bitte hin Untersterblichkeit schenkt. Tragischerweise vergißt die Göttin, für ihren Geliebten auch ewige Jugend einzufordern.

Tithonos verkümmert daraufhin, wird von Eos wie ein Kind gepflegt, bis er keinen Muskel mehr bewegen kann und als winziger Gefangener seines verfallenen Körpers in ihrem Schlafzimmer endet. Bei Paludan-Müller ist es anders. Tithonos lebt viele Jahre bei Eos in großer Wonne, kehrt dann in jugendlicher Gestalt heim, zu seiner Frau, die inzwischen als Greisin auf den Ruinen des zerstörten Troja lebt und immer noch auf ihn wartet. In diesem Moment erkennt er, daß er sein Leben vergeudet hat.

Paludan-Müllers dramatisches Gedicht ist von einem dänischen Komponisten vertont worden, ich grub die Partitur vor zehn Jahren aus und dirigierte sie ein einziges Mal, ohne besondere Resonanz, in Avignon.

Paris. Manchmal glaube ich, nur noch einmal einschlafen zu müssen – wenn ich dann aufwache, wird sich alles wieder in der Ordnung befinden, in der ich aufwuchs. Aber wenn es tatsächlich wieder einmal so sein sollte, werde ich dann mit der alten Ordnung überhaupt noch zurechtkommen können?

Der sanfte, elegant wippende Beat im Kopf, und die gierigen Lichter des Boulevards, unter denen man im Taxi vorbeisegelt.

Nur weil ich, was um mich vorgeht, nicht verstehe, bedeutet das nicht, ich würde es nicht auch genießen. Genießen ist vielleicht das falsche Wort. Doch ob ich das, was mir geschieht, erleide? Nein.

Leiden ist was anderes. Solange ich noch das Gefühl der Unschuld besitze, bezüglich der Dinge, die man mir vorwirft, solange ich nicht im Gefängnis sitze, und noch die Sonne sehen darf, Wein trinken, Musik hören und mir an jedem Straßeneck Austern oder Drogen besorgen kann, solange ist jedes Gerede vom Leiden unangebracht. Erst die veränderten Umstände legten mir dar, was ich doch auch erlebt, erreicht und mir erarbeitet habe. Das ist weißgott nicht wenig. Es gibt sicher Menschen, die ihr gesamtes restliches Leben hingeben würden, um im Tausch nur einen Monat so zu verbringen, wie ich es gewohnt bin. Ich kann mich nicht beschweren. Jeder, der unter solchen Umständen fast vierzig Jahre alt geworden ist, kann zufrieden sein, es hat sich gelohnt, und die Frage, wann und warum es damit zu Ende sein wird, hört sich kleinlich an.

Die einzige Angst, die mich umtreibt, ist die Angst, am Ende meines Lebens feststellen zu müssen, daß ich nichts, überhaupt nichts verstanden habe. Ein willkommener Gast auf der falschen Party gewesen zu sein. Wo ich doch immer Wert darauf gelegt habe, dann zu gehen, wenn es am schönsten ist. Jetzt denke ich darüber nach, wann es am schönsten war.

19

«Es gibt nichts als eine Aufforderung, dich einem erneuten Verhör zu stellen. Das ist genaugenommen keine Aufforderung, mehr eine Bitte. Es ist weder eine richterliche Verfügung, noch ist es verbunden mit einem Gentest, einer Spermaprobe oder ähnlichen Dingen. Sieh das», sagte mein Anwalt, «ganz locker. Du wirst noch nicht direkt gesucht, geschweige denn wird nach dir gefahndet. Deshalb wirst du auch nicht verhaftet, wenn man irgendwo deine Personalien abfragt. Selbstverständlich würde ich dir raten, dich der Kommission vorbehaltlos zur Verfügung zu stellen. Selbst wenn du etwas auf dem Kerbholz hast, *hättest*, ich kann mir ehrlich gesagt nicht vorstellen, wie man an einer so alten Leiche noch Fremd-DNA gefunden haben soll. Und wenn es stimmt, was du sagst, daß du Marita noch gesehen hast, kürzlich, dann liegt ja sowieso eine Verwechslung vor. Deine Aussage übrigens, Marita sei auf diesem Klassentreffen im Juni gewesen, diese Aussage wollen leider nicht alle deine ehemaligen Klassenkameraden bestätigen. Um es genauer zu sagen: Von den außer dir vierundzwanzig Anwesenden, sagen einundzwanzig definitiv, Marita sei *nicht* da gewesen. Nur drei sagen, sie könnten sich nicht genau erinnern. Nämlich ausgerechnet deine Kumpels, Christoph, Andreas und Markus. Und Frank ist tot. Man könnte, wenn es hart auf hart geht, *ihm* das meiste unterschieben, der Selbstmord unter Gewissensdruck könnte dann als Schuldeingeständnis gewertet werden, ihr könntet ziemlich problemfrei damit durchkommen, daß ihr behauptet, ihm nur dabei geholfen zu haben, die Leiche zu beseitigen, das wäre inzwischen verjährt, ihr wart sowieso nach dem Strafrecht noch Jugendliche damals, also mach dir wirklich keine übertriebenen Sorgen … Nimm deine Arbeit wieder auf.»

Ich landete auf dem Münchener Flughafen um 14:10, nahm ein Taxi und kam um 15:05 vor dem Haus von Maritas Eltern in Gauting an. Ließ den Fahrer warten, ging an die Tür, stand zwei Minuten davor, ohne mich entschließen zu können, die Klingel zu betätigen, stieg wieder ins Taxi, fuhr zum Flughafen zurück und nahm die nächste Maschine nach Paris, wo ich gegen 18:30 eintraf. Man könnte aus meinem Verhalten diese oder jene Schlüsse ziehen. Ich kann es nicht.

Wozu dieser Ausflug? Hatte ich den Eltern erzählen wollen, daß Marita in meiner Wahrnehmung noch am Leben war, wenn auch einem Gespenst ähnlicher als einem Menschen? Daß ich sie auf dem Klassentreffen gesehen, allerdings nicht gesprochen habe?

Wofür sollte das gut sein? Wenn es zudem, laut der Mehrzahl der Zeugenaussagen gar nicht der Wahrheit entspricht, sondern offensichtlich nur meiner Einbildung entsprungen ist. Oder wollte ich Einzelheiten über den Obduktionsbefund herausbekommen, den man den Eltern inzwischen möglicherweise zugestellt hatte? War es de facto nur das Silbermedaillon, wodurch die Identifikation der Leiche ermöglicht worden war? Existierten keine Röntgenaufnahmen ihres Gebisses? Ein bißchen Silber kann viel behaupten. Vielleicht war mir nur daran gelegen, in der Konfrontation mit den Eltern, mit ihrem Haus, mit der Umgebung des Verbrechens, sofern es eins gegeben hat, aus meiner Erinnerung neue Details herauszukitzeln. Und dann, vor dieser erbärmlich vorstädtischen Reiheneckhaustür, ist mir die ganze Sache plötzlich unwichtig, der Aufwand unangemessen erschienen? Ja, kann sein. Ich glaube, so wars. Was Besseres fällt mir gerade nicht ein.

«Arndt, hast du was zu tun damit?»

«Ich glaub nicht.»

«Du *glaubst* nicht?»

«Tatsache ist, daß ich jemanden gesehen habe, der angeblich tot ist. Und daß andere diese Tote nicht gesehen haben, obwohl sie mit uns am Tisch gesessen hat. Also muß ich geisteskrank sein. Wenn dem so ist, ist mir alles Mögliche zuzutrauen.»

«Du bist nicht geisteskrank, Arndt. Vielleicht saß an diesem Tisch jemand, den du nur fälschlich für Marita gehalten hast.»

Laura bot mir eine Erklärung an, die so verblüffend einfach war, daß mich eine Welle der Dankbarkeit durchdrang. Ja, warum eigentlich nicht? Ich hatte diese verhärmte Frau, die Marita ähnlich sah, für Marita gehalten, aber vielleicht war sie nur die Freundin von jemandem gewesen, und aus Enttäuschung darüber, daß sie ins Gespräch nicht eingebunden wurde, hatte sie den Biergarten bald darauf wieder verlassen. Denkbar war das. Es hat, soweit ich mich erinnern konnte, niemand auf Marita gezeigt und ihren Namen ausgesprochen. Aber mit wem aus meiner Klasse war diese Frau da gewesen? Und warum hatte sich derjenige so wenig um sie gekümmert? Das konnte mir allerdings egal sein.

Ich legte den Hörer auf, fühlte mich erleichtert, dabei war Marita immer noch tot, sogar noch etwas toter als zuvor, genaugenommen hatte sich nichts zu meinen Gunsten gewendet. Aber die Art, wie Laura diesmal mit mir gesprochen hatte, vernünftig, ohne Hysterie, beinahe liebevoll, machte mir Mut, und ich beschloß, unsre Begegnung vorzuverlegen. Sie hatte nicht einmal nach Claudia gefragt. Und ich hätte ihr sogar gerne erzählt, daß Claudia keine Rolle mehr in meinem Leben spielte. Ob das Wort Gefährtin sich von Gefahr herleitet, weiß ich nicht, erscheint mir aber plausibel. Eine Gefährtin konnte ich brauchen. Wahrscheinlich kannte mich niemand so gut wie Laura, meine Frau, und daß sie mir trokken, ohne den Hauch eines Zweifels, zugestanden hatte, nicht geisteskrank zu sein, fand ich wohltuend.

Aus München kamen Neuigkeiten. Franks Leiche war freigegeben und begraben worden. Er hatte sich überhaupt nicht erhängt, sondern war im Badezimmer aufgrund eines

Stromschlags gestorben. Näheres ließ sich nicht eruieren, nur, daß es vielleicht Selbstmord, vielleicht auch ein sehr tragischer Unfall gewesen sein konnte.

Um Details zu erfahren, hätte man bei den Behörden anrufen und ein glaubhaftes Interesse vortäuschen müssen, als Verwandter, Verschwägerter oder sonstwie Involvierter. Frank hatte als Single gelebt, hatte weder Frau noch Kinder hinterlassen. Die Informationen zu seinem Tod bekam mein Anwalt (bzw. dessen Münchner Laufbursche) von Nachbarn und entfernten Bekannten.

Um nicht noch einmal von Laura mit simplen Erklärungsmodellen vorgeführt zu werden, setzte mein Gehirn zu wilden Ausritten an.

Ich stellte mir vor, daß Marita vielleicht noch lebte, ihren Tod irgendwie vorgetäuscht und Frank in seiner Badewanne ermordet hatte. Die späte Rache einer Vergewaltigten. Munitioniert mit schlechten Filmen, zog meine Phantasie selbst das Abstruseste in Betracht. Marita ging mir ein bißchen auf die Nerven.

20

Feuer auf dem Totenbett. Wir haben beide neben ihm gewacht, am Sauerstoffzelt, er konnte nicht mehr sprechen, der Krebs hatte ihm den halben Kehlkopf weggefressen. Er verfluchte mich, ein letztes Mal, es war in seinen Augen zu lesen, und ich sah, wie Laura ihm die linke, die noch bewegliche Hand hielt, sie flennte Rotz und Wasser, aber ihre Erleichterung, als er endlich gestorben war – als sie mich küßte und die Hand ihres Vaters ihm auf die kalte, endlich stillstehende Brust warf, nicht hinlegte, warf, mit Abscheu – wir schliefen in dieser Nacht miteinander.

21

Oktober.

Das Kommissariat in München bot inzwischen an, mich nötigenfalls im europäischen Ausland zu besuchen, zu einer Unterredung. Das Wort Verhör wurde nicht gebraucht. Mein Anwalt gab mir freie Hand, ich müsse darauf weder eingehen noch antworten, das Verfahren würde irgendwann, und zwar bald, im Sand verlaufen, ohne Ergebnis. Solange man gegen keine Einzelperson einen Anfangsverdacht habe, sei das Ganze eine Verschwendung von Steuergeldern, nichts weiter.

Aha. Ich war auf Untergang eingestellt, erwartete eine stringente Dynamik meines Auflösungsprozesses. Statt dessen Stagnation. Sollte es das gewesen sein? Das Maß meiner Prominenz reichte für die Presse offenbar nicht aus, um die Sache hochzuspielen, oder aber es war ihr zu riskant, ins Blaue zu schießen. Langsam war mein Selbstmitleid ebenso aufgebraucht wie meine Fähigkeit zur meditativen Apathie. Ich sah mich mit Zukunft konfrontiert. Führte mein Weg zurück in den Orchestergraben? Ich hatte alle beruflichen Verpflichtungen von meinem Agenten canceln lassen, saß ziel- und sinnlos herum und befürchtete fast, mich um die Ausgestaltung meines Alltags wieder selbst kümmern zu müssen. In mein leeres Zimmer in Berlin hatte ich ein Kofferradio gestellt, hatte den Kühlschrank aufgefüllt. Für einen anständigen Untergang inakzeptable Paraphernalien. Selbst meine zwischendurch gestörte Libido normalisierte sich, hin und wieder besuchte ich ein kleines Kreuzberger Pornokino, wo man sich in der Dunkelheit von fülligen Thaifrauen preiswert einen blasen lassen konnte, sehr bequem. Den Bart rasierte ich ab, mit Laura kam es am Telefon zu immer vertrauteren Gesprächen, sie erzählte mir zum ersten Mal von ihren wechselnden Liebhabern, sagte dazu, es sei keiner dabei, den sie nicht sofort loswerden könne. Wir lachten zusammen. Es bedeutete mir etwas. Claudia verschwand aus meinen Gedanken, ihr Geruch war noch da, aber er patinierte das Zimmer mehr, als er es mit Bildern füllte.

Manchmal spielte ich Klavier in einer Musikalienhandlung, ergötzte Neuköllner Arbeitslose und Rentnerinnen mit nachgelassenen Schubert-Sonaten. Mir lagen Angebote aus Argentinien, Japan und Frankreich vor. Don Giovanni in Nagano klang interessant. Bei Mozart habe ich meinen eigenen Stil nicht gefunden.

Ein vorher undenkbares Dasein wie jenes des großen Carlos Kleiber – nur sechs oder acht Opern im Repertoire, dazu ein paar Symphonien, die aber perfekt, und nur alle Jahre mal ans Pult treten, damit das Publikum anständig hungrig ist und dankbar, all das erschien mir zusehends akzeptabler. Meine Haltung zur Musik, zur Ausübung von Kunst überhaupt, veränderte sich. Es war alles nicht mehr so wichtig. Gab genügend Menschen auf der Welt, mich zu ersetzen, egal, wie gut ich war. Zuvor für heilig erachtete Verpflichtungen dem eigenen Talent gegenüber machten einen zunehmend lächerlichen Eindruck.

Ich war im Leben ein Pragmatiker, in der Kunst ein Ro-

mantiker gewesen, mit hehren Idealen und einem künstlerischen Ethos, das auf viele allzumenschliche Kollegen schon
immer antiquiert und lächerlich, bigott und selbstgerecht
gewirkt haben muß, ich hatte es mir finanziell ja leisten können. Buddhistische Gedanken gewannen in mir zunehmend
Raum. Anders gesagt: ich arrangierte mich, kokettierte mit
dem Nichts, das zuvor nie erlösendes Nirvana, sondern einfach nur *nichts* gewesen war, alles, was nicht Fakt ist; diesem
neuen, anderen, undefinierten Nichts rechnete ich inzwischen zauberische Kräfte zu, wollte mich überraschen, über-
rumpeln, bezaubern lassen. So läßt sich das vielleicht ausdrücken. Mein Zustand faszinierte mich, und gerade als ich
dazu verurteilt schien, in einen Alltag aus gehärteten Para-
metern entlassen zu werden, mehr enttäuscht als erleichtert,
zog Sibylle ihr Alibi zurück.

Sibylle ging zur Polizei, gab an, daß Markus sie um jenes Alibi gebeten hatte, sie es aus Gewissensgründen aber nicht
länger aufrechterhalten könne. In jener Nacht, in der Marita
verschwand/starb, sei sie, Sibylle, definitiv *nicht* mit ihm zusammengewesen. Dadurch stieg Markus plötzlich vom Ent-
lasteten zum Hauptverdächtigen auf. Wurde gezwungen,
sich zu äußern, zu verteidigen.
   Die Gründe, die Sibylle zu ihrer Aussage bewogen,
mochten privater Natur sein, welcher infamen Natur denn
sonst? Und ich glaube sogar, daß die Sonderkommission *Marita* nicht besonders erfreut darüber gewesen sein muß, aufgrund dieser Aussage die Akten nicht endlich schließen zu
dürfen. In den Prozeß meines Untergangs geriet neue Bewegung. Markus stand in der Pflicht, sich irgendwie zu
rechtfertigen. Und weil Markus meiner Erinnerung nach
ein labiler Schnuller war, fischig bis dorthinaus, der alles, al-

les unternehmen würde, um eine Sache nicht selbst ausbaden zu müssen, hatte die Sonderkommission genug in der Hand, um weiterzumachen.

22

Berlin, das leere Zimmer. Zigaretten aufgeraucht, ein Windlicht brennt noch, Claudia ist der jüngste aller Schatten, die an der leeren Wand für mich tanzen. Schatten, die den Tanz der sieben Schleier tanzen, und doch immer so aussehen wie Schatten. Schatten haben keine Nacktheit mehr. Sie hatten eine, die aber ist verbraucht.

Frauen, deren Nacktheit verbraucht ist. Jahre aus Frauen, deren Nacktheit verbraucht ist.

Wenn eine Spanne Zeit ein Zelt bildet, das stehenbleibt. Und man dorthin zurückkriechen kann. In eine Wabe aus Erinnerung. Und die Hülle hält.

Leidenschaften, die sich nach ihrem Ende nicht in Freundschaften verwandelt haben. Claudia ging vorüber wie ein Schnupfen. Sie ging einfach, wir waren plötzlich auseinander, ohne daß es eines Schlußworts bedurft hätte. Komplikationsloser hätte eine Trennung nicht verlaufen können. Und doch hängt mir die Sache nach, bohrt und höhlt mich aus. Die Selbstverständlichkeit des Vorbeiseins überzieht alles im Nachhinein mit dem Verdacht, es sei belanglos gewesen. Ich bin beleidigt, weil etwas, das so intensiv schien, sich als flüchtig erwiesen hat. Aber ist etwas weniger intensiv, weniger magisch, nur weil es weniger Zeit gehabt hat? Als Kinder konnten wir uns in den Ferien am Donnerstag in ein völlig fremdes Mädchen verlieben, konnten am Freitag mit ihr gehen, am Samstag von ihr verlassen werden, und doch war nichts daran belanglos. Intensität und Flüchtigkeit schließen einander nicht aus. Und es gibt jene Intensität, die unzweifelhaft da und groß war, an die man sich aber schon nach Wochen nicht erinnern kann, als wäre es ein Zauber mit eingebautem Selbstzerstörungsmechanismus gewesen.

Ich nehme das Handy und rufe bei Laura an. Das Windlicht erlischt. Es ist dunkel. Von der Straße fällt kaum Licht ein. Ich telefoniere wie aus einem Grab. Laura geht nicht ran. Um zwei Uhr morgens. Ich stelle mir vor, wie sie mit anderen Männern schläft. Stelle mir vor, was diese Männer denken, welche Hoffnungen sie damit verbinden, ihren Saft in meine Frau zu spritzen. Ich wünsche mir, daß sie keinem auf den Leim geht, der mehr will als ihren Körper. Habe das Verlangen, sie zu beschützen. Es ist Zeit. Ich muß zu ihr. Vorher Zigaretten holen an der Tankstelle.

Dann zum Flughafen. Zeitungen lesen in der VIP-Lounge. Es gibt für Inhaber der Senator-Card Wein und Sandwiches umsonst, sogar härtere Sachen. Man suhlt sich in großen Sesseln, die Rollos sind herabgelassen. Claudia hat sich aus Geld nichts gemacht. Hat mich nie um Geld gebeten, mochte auch keine klassische Musik. Sie war definitiv zu jung für mich. Ich bin froh, wenn Frauen zwischendurch auch mal mit Geld zufriedenzustellen sind, wenn sie nicht ständig emotionale Zuwendung nötig haben, wenn man sich bequemliche Phasen herausnehmen darf, ohne Geturtel und Liebesbriefe. Phasen, die immer länger werden, weil der Körper müder wird, und die Arbeit alle Kraft benötigt. Es ist ganz klar – die Ära der Recherche ist vorbei. Man muß Altersvorsorge treffen, muß Verbindungen suchen und pflegen, die halten, über die Zone des Begehrens hinaus. Claudia hatte einen Arsch, so zuckersüß, aber ich hätte zum Beispiel mit Anne öfters reden sollen, über wichtige Dinge. Unfaßbar, daß ich eine Seelenverwandtschaft wie die unsrige ungenutzt ließ, nur weil ihr Intimsekret nach faulen Eiern roch. Was immer mir geschieht, geschieht mir recht, schon allein aus diesem Grund. Ich wüßte nur zu gerne, was genau. Berlin-Tegel. Die erste Maschine nach Las Palmas startet um sieben Uhr dreißig morgens. Ich werde gegen Mittag bei Laura sein. Wir haben uns seit fast zwei Jahren nicht gesehen.

23

Das Flugzeug landete pünktlich. Die Taxifahrt zum Las Canteras dauerte fünfunddreißig Minuten. Unser Apartment, neben dem Hotel Brisamar, erster Stock, drei kleine niedrige Zimmer, zwei davon mit Blick zum Strand, war frisch geputzt, aber leer. Ich rief Laura erneut an. Teilnehmer vorübergehend nicht erreichbar. Vorübergehend – woher wissen die das? *Temporarily not available.*

Zur Zeit. Sie könnten sagen: Zur Zeit nicht erreichbar. Das wäre präziser, und nicht so zweckoptimistisch. Ich hatte Laura überraschen wollen. Hätte sie vielleicht sogar gerne mit eingeborenem Zubehör im Bett überrascht, um zu sehen, welchen Typ sie derzeit bevorzugt. Wollte feststellen, ob ich noch zur Eifersucht fähig war, einfach so, aus Interesse.

Ich beschloß, schwimmen zu gehen. Aus diesem Grund

hatten wir das Apartment einmal gekauft, um regelmäßig im Meer zu schwimmen, es half meinem Rücken und – angeblich – ihrem Asthma. Sollte Laura nach Rom geflogen sein, am Ende gar heute morgen? Nirgendwo lag Staub. Das Bett war gemacht. Ich sah mir nach dem Schwimmen im Fernsehen Tierfilme an, dann döste ich weg.

Lauras Gesicht über mir. Sie küßt mich. Ist da. Ich sehe auf die Uhr. Es ist Abend, kurz nach halb acht, sie verwendet wieder das Parfüm von früher. Birnenhaft fruchtiger Duft, leicht, mit Vanille-Note. Ihre Augenringe erschrecken mich, als sie die Nachttischlampe anknipst.

Sie lächelt. Wir haben eine Zukunft, eine Chance. Jetzt weiß ich das.

Laura soll auf meiner Brust hocken, ich will ihr leichtes Gewicht spüren. Sie soll meine Stirn streicheln, meine Augen. Ich küsse ihre minzgrün lackierten Fingernägel.

«Hallo, Verbrecherchen!»

Wie süß das klingt. Wir beide wollen vögeln, nehme ich an, ich bestimmt, sie wahrscheinlich, aber beide schrecken wir davor zurück. Sehen einander lange an, die Augenringe stehen Laura bei längerer Betrachtung ganz gut, sie muß letzte Nacht wenig geschlafen haben, wirkt dennoch entspannt, ihr offenes, kräftiges Haar schlingt sich um den Hals, wippt geschmeidig, die Spitzen der Locken immer in Berührung mit der Haut. Die Feuerrote, so haben meine Freunde sie genannt, haben mich gefragt, ob sie ihrem Namen auch Ehre mache? Als man über solche Dinge noch geredet hat. Als ich noch Freunde besaß. Laura ist einem Gemälde von Klimt entsprungen.

Wo sie heute gewesen sei?

Sie klappt die blauen Augen zu, murmelt was von einem

Fest im Inselinneren, will nicht reden, ich will, daß sie mich ansieht, sie hält mir ein Glas an den Mund, Orangensaft, frisch gepreßt, wir haben den Moment verpaßt, das Schweigen empfängt uns und duldet keine Fragen mehr. Ich deute mit der Nase hinaus, sie nickt, ich ziehe mich an, und wir gehen vor die Tür, an den Strand, an den hellerleuchteten Strand, Kinder spielen Volleyball, letzte Schwimmer kehren an Land zurück, braungebrannte Einheimische suchen mit Metalldetektoren im Sand nach verlorenen Touristenmünzen, auf dem Kai sitzen Fischer, einer beleuchtet seine Angel mit der Taschenlampe, fummelt dran herum. Die Flut rollt gegen die schwarzen Riffs. Auf der steinernen Empore beginnen Trommler einen Takt zu finden für die Nacht. Und trommeln. Schlagen auf die Felle ein, sie haben zu tun, das ist schön. Wir hören zu, flanieren im Sand, heben Muschelschalen auf, werfen sie wieder ins Meer. Laura kauft einen fliederfarbenen Seidenschal, bei demselben schwarzen Bauchladenhändler, der die Umgegend mit Gras beliefert. Die Polizisten sehen dem Handel gleichgültig zu.

«Hast du Hunger?»

Laura schiebt ihre rechte Hand in meinen Schritt, spannt den neuen Schal um unsere Köpfe, wir küssen uns lange. Gehen heim, gierig aufeinander wie vor langer, langer Zeit einmal.

Feuer beschwor mich, eine Stelle als dritter Kapellmeister in Sydney, Australien, anzunehmen, der erste Dirigent werde nämlich bald geschaßt, der zweite sei ein Idiot, saufe, begehe Fehler noch und noch, meiner Karriere wären sämtliche Weichen gelegt, ich käme unvermutet, aus der Tiefe des Rückraums, aus Nacht zum Licht, er legte Handgeld auf den Tisch. 200 000 Franken. Später versuchte er, mich beseitigen zu lassen, aber das geschah zum Glück recht halbherzig, so halbherzig, daß ich es nicht einmal beweisen kann.

Morgengrauen. Das Spottkrächzen der ersten Möwen im Wind. Das Grölen der letzten Trinker vorm Irish-Pub, der hier bis sechs Uhr morgens geöffnet hat. Katzen schleichen durch den Müll der Nacht.

Wir, in eine Decke gehüllt, sehen der aus dem Ozean schlüpfenden Sonne zu. Der Sonnenrand erscheint tatsächlich leicht gequetscht, als habe er erst eine Membran zu durchstoßen, träte durch die dünne Schale eines Eis mühsam empor in den Tag. Wir haben dreimal Koks geschnupft, Laura besaß hervorragendes Zeug, mild, ganz mild floß es von der Nase in die Kehle.

«Wir hätten vielleicht nicht so schnell heiraten sollen.»

«Heiraten?»

Ich dachte erst, Laura habe Schwierigkeiten mit der Akustik. Das Meer krachte gegen die Kaimauer.

«Wie kommst du auf die Idee, daß wir verheiratet waren?» Ihre Stimme klingt asthmatisch.

«Wir sind es. Seit 1989. Ich bestehe darauf. Sowas vergißt man nicht.» Wir lachen, aber Laura fängt das Gelächter mit einem schnellen Schwenk ihres Kopfes auf und starrt mich an.

«Arndt, ich mach mir Sorgen um dich.»

Ich sehe ihr lange in die Augen, sehe tief hinein ins Blaue, will sicher sein, daß es kein dummer Scherz ist. Das Meer atmet. Und weil ich so tief und eindringlich starre und zu blinzeln vergesse, treten mir Tränen in die Augwinkel. Gischt stochert in den Klippen.

«Wir haben nicht geheiratet?»

«Nein. Wir wollten mal, aber mein Vater …»

Sie beendet den Satz nicht. In meinem Hirn purzeln die Konsequenzen durcheinander.

«Dann könnten wir noch heiraten?»

«Wir zwei?»

«Und ich bin nicht reich?»

«Och, naja …»

«Aber dein Vater ist tot?»

«Ja.»

Wenigstens das.

Ich, Arndt Hermannstein, lege einen Arm um die Frau, die ich für meine hielt und küsse ihren weißen Hals. Zu müde, um zu diskutieren. Es soll wohl alles so sein, wie auch immer es ist. Nichts darf diese Nacht zerstören. Taxi.

24

Ich bin dann noch einmal in München gewesen. Mein An- walt sagte, daß man Christoph und Andreas von Zeit zu Zeit befragen würde, Markus hingegen sei unauffindbar, habe seinen Job geschmissen, bzw. sei rausgeschmissen worden, er habe sich seither nirgendwo neu angemeldet, aber das genüge der Polizei nicht als Indiz, um nach Markus zu fahnden.

Der leitende Ermittler würde mir inzwischen dringend na- helegen, mich binnen einer Frist von vier Wochen mindestens schriftlich zu den Vorfällen zu äußern. Man respektiere meine gesellschaftliche Stellung, habe aber auch im Sinne des Allgemeinwohls und des Strafrechts blablabla. Es klang, als könnten die mir gar nichts. Von Seiten der Presse blieb es ruhig. Ich habe mir im Wald bei Gauting die Fundstelle der Leiche angesehen. Der Platz war nicht schwer zu finden, mußte nahe bei der Keltenschanze liegen, in einem Lärchenwäldchen, die flache Grube war von einem Geviert aus Plastikstöcken gekennzeichnet, die man in die lockere Erde gesteckt und mit breiter roter Absperrfolie verbunden hatte. Viel Laub hatte sich in der Grube gesammelt, und ich wunderte mich, warum man sie nicht einfach wieder zugeschüttet und die Stöcke eingesammelt hatte, schließlich war die Spurensicherung beendet, konnte es sein, daß die Beamten die Grube vergessen hatten? Der Platz kam mir nicht bekannt vor. Nein, ich konnte mich nicht erinnern, hier schon einmal gewesen zu sein.

Schöner Tag. Von Zweifeln befreit.

Ein auf Jugendstil getrimmtes Café am westlichen Stadtrand, umrahmt von einem für Deutschland ungewöhnlich warmen Oktober. Und einem Himmel, dessen stechend klares Blau die Birken zu Kunstwerken erhöht. Gelbe Laubhaufen überall auf den Straßen. Fallende Blätter. Melancholische Kellner. Unaufmerksames Gesocks. Ich bestelle Rotwein, der Farbe wegen. Es ist so hell.

Man schiebt den Kuchenwagen auf die Terrasse. Es gibt kaum noch aggressive Mücken. Ich starre ins Licht. Das Café liegt auf einer Insel zwischen zwei breiten, wenig befahrenen Straßen.

Die Birken. Ich bekomme Lust, aufzustehen und eine der weißen Rinden zu umarmen.

Aus Dankbarkeit. Ich tue es. Der Kellner sieht mir mißtrauisch zu, der Wein ist nicht bezahlt.

Eine kleine Geste beruhigt ihn. Jedenfalls tut er jetzt so, als beobachte er mich nicht. Wischt mit einem Lappen die Haube des Kuchenwagens ab. Ich bin vor dreizehn Jahren schon einmal in diesem Café gesessen. Es hat sich in keinem Detail verändert. Was war vor dreizehn Jahren?

Eine Fußball-WM. Wir wurden damals Weltmeister, und ich habe hier ein Halbfinale gesehen, weil ich zu Besuch in München war und im Hotel nicht allein sein wollte.

Bei wem war ich zu Besuch? Es fällt mir nicht ein. Und warum war der, bei dem ich zu Besuch gewesen bin, nicht mit mir im Café? Es hat sich doch jeder diese Spiele angesehen, praktisch jeder, spätestens ab dem Viertelfinale. Ich betatsche die Birke, der Kellner mag sich weiß Gott was denken. Bäume sind sehr beruhigend. Stehen rum und sind und wachsen. Werden schön. Selbst Koniferen werden schön. Und Laubbäume erst, an einem hellen Tag im Herbst, eine breite, alleinstehende Eiche im Feld. Immer ein Kultplatz. Keine Wolke im Himmel. Fleckenloses Oktoberblau, bis auf die Kondensstreifen eines Flugzeugs. Was mache ich hier eigentlich, am Stadtrand? Im Café sitzt eine Frau mit Hut. Frauen mit Hut sehen lächerlich aus. Es sei denn alte Frauen, dann sehen sie nach nichts aus. Diese Frau ist ungefähr in meinem Alter. Es ist Marita. Nein, sie kann es nicht sein. Der Hut verschattet die obere Hälfte ihres Gesichts. Mund und Kinn – jetzt hebt sie die Cappuccino-Tasse an die Lippen – einen Sekundenbruchteil lang vermeine ich, ihre ungepflegten Zähne zu erkennen, jetzt hat sie mich bemerkt und sieht mich an.

Ich war vor dreizehn Jahren nicht allein in diesem Café. Die Erinnerung kommt, wie ein Fenster auffliegt im Sturm.

Cosima hat sich das Spiel mit mir angesehen, ich weiß es wieder, sie saß den ganzen Abend da und langweilte sich und mich. Wir hatten uns auf der Straße getroffen und über die Schulzeit geredet. Was aus uns geworden war, was nicht. Ich lud sie ein, schnell hatte sich das Etablissement mit lauten, trikottragenden Menschen gefüllt. Und was mir Cosima zu erzählen hatte, war selten interessant gewesen. Ich wollte das Spiel sehen, wollte ihr nicht zuhören müssen. Nichts hat uns je verbunden, außer einer Party, als wir siebzehn waren und kurz einander küssten, aus Mangel an sonstigen Möglichkeiten. Auf dieser Party im Fünfseenland, nicht weit von hier, irgendwo auf dem Dorf, ist auch Marita gewesen. Wenige Wochen vor ihrem angeblichen Tod. Ich halte mich noch an der Birke fest, und vieles fällt mir wieder ein. Jeder hatte seinen Schlafsack dabei, der Gastgeber, es muß der Sohn eines unserer Physiklehrer gewesen sein, mokierte sich über einen Joint, den irgendwer mitgebracht hatte. Am nächsten Morgen fuhren wir auf der Landstraße, Jo und ich, der mit dem Traum vom Harem, er bat mich, das Steuer zu halten, während er sich eine Zigarette drehte, das weiß ich noch, die Straße war sehr kurvig, und er drückte aufs Gas und lachte lebensmüde. Mühsam hielt ich den Wagen auf der Straße. Dann sagte er danke und übernahm das Steuer wieder. Die Stunden davor – Robert spielte auf dem Klavier vorzüglich die Aria der Goldbergvariationen, und ich habe Cosima geküßt, so zum Spaß, um zu sehen, wie weit ich gehen konnte. Ihre Zunge in meinem Mund. Abbruch des Kusses ihrerseits, weil ich ihr zwischen die Beine griff. Aber Marita – was hatte sie damit zu tun? Ich weiß nicht mehr, mit wem sie ging in jener Nacht. Warum stehe ich noch immer hier und gehe nicht hinüber zu der Toten, die da sitzt und Zeitung liest und mich ansieht? Zu der Toten, die ich in einer anderen, momentan modischen Darstellung der Dinge vergewaltigt und ermordet haben soll? Warum bitte ich sie nicht, mir zu helfen, mit mir zur Polizei zu gehen und die Geschehnisse klarzustellen? Vielleicht, weil sie es nicht ist, nicht sein kann, weil ich Marita tatsächlich ermordet und vergewaltigt habe, das wäre die schwärzere Reihenfolge, ermordet und vergewaltigt. Und Cosima? Ein naives melancholisches Wesen, nie besonders hübsch, bekam ein Kind, das vor den Linienbus lief. Sie lebte seither allein, trat einer seltsamen Sekte bei. Das erzählte sie mir damals, beim WM-Halbfinale, und ich wollte es nicht hören, bereute, sie überhaupt angesprochen zu haben.

Marita, wenn sie es denn ist, und Zweifel daran sind mehr als begründet, steht auf, läßt einen Fünfer liegen auf dem Tisch, zurrt den Mantel um die Taille und geht schnellen Schrittes fort, wird kleiner, wischt um die Ecke. Ich rühre mich nicht. Die Birke redet mir gut zu, bilde ich mir ein. Der Cappuccino in diesem Café kostet allerhöchstens drei, vier €. Marita, jene Marita, die ich auf dem Klassentreffen zu Gesicht bekam, abgewrackt, erledigt, die sich vor uns schämte, diese Marita hätte nie soviel Trinkgeld geben können, niemals. Aber vielleicht war sie es dennoch, gab soviel Trinkgeld nur um mich zu täuschen, um nicht von mir behelligt zu werden. Das kann sein.

Schichtwechsel. Der Kellner beugt sich zu mir herab.

«Sie sind neu hier?»

Die Frage verwirrt mich für einen Moment. «Nein, ich war hier schon mal. Vor etwa dreizehn Jahren. Ich meine, es ist hier so wie vor dreizehn Jahren, und ich bin hier.»

«Ja. Ich erinnere mich an Sie.»

«Sie erinnern sich an mich?»

«Ja. Sie gingen dann weg. Vor etwa dreizehn Jahren,

nicht? Das haben Sie ja eben auch selber gesagt. Ich bin geblieben. Ich fand es schön hier.»

Der Kellner scheint mich in ein Gespräch verwickeln zu wollen.

Cosima war anwesend bei unserem Klassentreffen, ganz sicher, sie saß fern von mir am Eck, sah mich, wenn, dann nur verstohlen an, lachte oft und ziemlich tief, war fett geworden und hatte ein neues Kind geboren, ihr ging es gut, soweit ich weiß.

25

Bei einer komplett skelettierten Leiche ist die Feststellung der Todesursache praktisch unmöglich, wenn die Person z. B. durch Strangulation zu Tode kam, durch Herzversagen, Gehirnschlag etc. Alle weiche Masse ist entfernt, Fremdeinwirkung kann höchstens an den Knochen festgestellt werden. Wenn die Polizei behauptet, sie habe Spuren eindeutiger Gewalteinwirkung gefunden, muß es sich dabei entweder um Messerstiche, Einschüsse, Gift oder Zeichen stumpfer Gewalt handeln.

Ich versetzte mich spaßeshalber in die Lage, Marita vergewaltigt, und, in panischer Angst vor Bestrafung, ihren Tod beschlossen zu haben. Gift scheidet aus, die Tat dürfte im Affekt geschehen sein, und wo bekommt man auf die Schnelle tödlich wirkendes Gift her? Taschenmesser trugen wir sicher alle bei uns, aber hätten sie wohl kaum verwendet, ich jedenfalls nicht, viel zuviel Ekel vor spritzendem Blut. Ein Mädchen, gegen das ich keinerlei Groll hegte, mit einem Knüppel oder Stein zu erschlagen, dazu hätte mir, obwohl es nicht restlos auszuschließen ist, selbst im Ausnahmezustand die Kaltschnäuzigkeit gefehlt. Nein, ich hätte sie allerhöchstens erwürgt, oder besser noch, mit einem Kissen oder einer Jacke erstickt, um dabei ihr Gesicht nicht sehen zu müssen. All das sprach gegen meine Täterschaft. Und wem von den anderen traute ich die Tat zu? Keiner von ihnen war von Grund auf grausam oder brutal veranlagt, im Gegenteil. Und warum verbohrte ich mich so in den Gedanken, es müsse einer von uns gewesen sein? Marita konnte auf dem Heimweg doch irgendjemandem begegnet sein, der sie niederschlug, ins Gebüsch schleifte, mißbrauchte, tötete und verscharrte. Natürlich deshalb, weil bei dem Klassentreffen Frank und Markus abstrakt von ähnlichen Handlungsabläufen phantasiert hatten, und Frank sich nach dem Fund der Leiche – vielleicht – umgebracht hatte. Aber nicht mal sein Suizid stand fest, es konnte genauso ein Unfall gewesen sein, oder aber er hatte sich zwar umgebracht, jedoch aus ganz anderen Gründen. Blieb Franks Anruf bei mir in London. Woher bloß hat er die Nummer gehabt? Das blieb ein Rätsel. Wo ich in London wohnte, wußten nur Annabelle, der das Apartment gehörte, Laura, mein Agent, einige Orchestermitglieder … Ach ja, Anne. Ich hatte sie Anne gegeben. Das konnte die Verbindung gewesen sein.

Ich habe etwas vergessen. Es hat wahrscheinlich nichts zu bedeuten. Die Nacht nach dem Fußballspiel, 1990. Wir stiegen über den Zaun. Hatten viel getrunken. Cosima zeigte mir im Freibad die Umkleidekabine, in der sie als Siebzehnjährige ihre Unschuld verloren hatte. Die Kabinen standen offen, sogar die Beleuchtung funktionierte. Wir zogen uns aus, ließen uns leise ins Wasser gleiten, schwammen einige Runden, dann glaubten wir in der Ferne den Lichtkegel einer Taschenlampe zu sehen und zogen uns in diese Kabine zurück. Aber von draußen drang kein Laut zu uns herein. Stille. Cocos Atem an meinem Hals. Alle nannten sie Coco. Meine Schwanzspitze berührte ihren Bauch. Wir standen in derselben Kabine, in der ich mir als Pubertierender öfters einen runtergeholt habe, nachdem ich zusehen durfte, wie Trish draußen im Becken ihren überirdisch makellosen Athletenkörper der Welt vorführte. Coco nahm schüchtern, wenn man das sagen kann, meinen Schwanz in die Hand, nein, in zwei Finger nur, und wartete auf einen Kuß.

Es ist vorstellbar, daß wir einst am selben Tag, beide kurz nacheinander, dieselbe Kabine benutzt hatten, um etwas zu verlieren, sie ein bißchen Blut, ich ein bißchen Sperma. Die Vorstellung erregte mich, nicht auf sexuelle Art, anders, die Erregung kreiste um die Frage, warum wir uns damals nicht über den Weg gelaufen waren, kreiste um die Frage nach Zufall und Absicht der Zeitläufte, schicksalshaften Konjunktionen, etcetera. Und ich sah Cosima an, überspielte mein Zittern, fragte, in beiläufigem Tonfall, in welcher Stellung es geschehen, ob es lautlos zugegangen sei, ob niemand etwas bemerkt habe. Sie zeigte mir, wie sie auf der dünnen Ablage gehockt war, die Füße auf seinen Schultern, und *er* – sie nannte seinen Namen nicht – in sie eindrang. *Er* sei sehr schnell gekommen, weh getan habe es kaum. Cosima hockte vor mir, mit gespreizten Schenkeln, nicht besonders hübsch, ganz niedlich, und ich dachte an Trish und hatte plötzlich Tränen in den Augen. Cosima wollte mich, es hätte geil sein können, sie wäre zu allem bereit gewesen, doch ich empfand keine Lust mehr, nicht die geringste, sagte, es sei mir hier zu unbequem, und verließ die Kabine.

Als wir draußen unterm Halbmond standen, war sie es, die heulte. Aber sie sagte nichts. Ich wollte die Sache erklären, wollte freundlich sein zu ihr, nicht grausam. Aber sie stellte keine Fragen, und ich hatte keine Kraft, um zu sprechen, dachte an den abgetrennten Kopf von Trish. Wie er über die Fahrbahn kullert.

Über dem Saum des Hügels schossen Lichter vorbei, die Autobahn lag gleich hinter dem Freibad. Wir zogen uns wortlos an, stiegen über den Zaun, und unsre Wege trennten sich. Vor dreizehn Jahren.

26

Laura. Unsre Hochzeit auf Schloß Feuer. Sechshundert Gäste. Ich dirigierte das Siegfried-Idyll in einer denkwürdigen Fassung für Jazzband, Klavier und Streichquartett, drei musikalische Formationen, die sich nachher auf die Stockwerke des Schlosses verteilen sollten. Strahlend weiß, im unübertrefflichen Weiß eines Fünftausendfrankenbrautkleids, kam Laura zur Musik die Treppe hinab, alle im Saal beneideten mich. Ihre Hand in meiner.

Viel Futter für die Eitelkeit.

«Ich hab mich beim Kollegen informiert. Markus ist wieder aufgetaucht, er sagt aus, daß er mit dem ganzen Kram ein-

fach nur in Ruhe gelassen werden wollte, daß er seine Ex-
freundin Sibylle nur deshalb um ein Alibi gebeten hat, er
weiß nichts mehr über diese Nacht, basta.»

«Klingt gut. Er hat mich nicht belastet.»

«Ja. Die Münchner Polizei hat dessen ungeachtet beschlossen, dir eine Ladung zur Zeugenaussage zustellen zu
lassen. Irgendwann wirst du da nicht mehr drum rum kommen.»

«Was bedeutet das praktisch?»

«Naja, der übliche Postweg. Einschreiben. Später direkte
Zustellung per Bote. Die könnten internationale Rechtshil-
fe beantragen, aber, wie gesagt, ohne Anfangsverdacht gibt
es keine Verhaftung, höchstens die Verhängung eines Ord-
nungsgeldes, wegen Mißachtung des Gerichts. Warum be-
antwortest du denen ihre Fragen nicht einfach? Wenn du
dich an nichts erinnern kannst, dann sag das, kann doch
nicht verkehrt sein.»

«Walter, darf ich dir eine seltsame Frage stellen?»

«Sicher.»

«Bin ich mit Laura Feuer verheiratet?»

Eine Weile herrschte Stille in der Leitung.

«Hör mal, Arndt, hast du was genommen?»

«Bin ich mit Laura verheiratet?»

«Selbstverständlich.»

«Könntest du mir das beweisen?»

Wieder Stille.

«Ähmm, na klar, als dein Anwalt hab ich Abschriften deines Ehevertrags, der Hochzeitsurkunde, Steuererklärun-
gen … Reicht das?»

«Ich war bei Laura. Sie behauptet etwas anderes.»

«Hmm …» Walter wußte nicht, was er damit anfangen
sollte. Ich wollte ihn nicht weiter verunsichern. Es ist besser,

wenn ein Anwalt an die Zurechnungsfähigkeit seines Mandanten glaubt. Oder?

«Was ist, wenn Markus mich doch noch belastet?»

«Das wäre immer noch kein ausreichender Anfangsverdacht. Auf einer einzigen Aussage läßt sich doch keine erfolgversprechende Anklage aufbauen. Es müßte handfeste Indizien geben.»

«Zum Beispiel?»

«Jemand müßte dich mit der Schaufel im Wald gesehen, besser noch mit der Videocam aufgenommen haben. Man müßte DNA der Toten auf einem Kleidungsstück in deiner Kruschkiste finden. Oder man müßte – ach, das ist doch alles Quatsch, nach zweiundzwanzig Jahren. Vergiß es.»

«Weißt du inzwischen was über die genaue Todesursache?»

«Stumpfe Gewalt. Frakturen am Schädel. Und Strangulationsmerkmale.»

«Strangulationsmerkmale? An einem Skelett?»

«Ja. Wunderte mich auch. Eingedrückter Kehlkopf. Das kann man vage feststellen, neuerdings. Angeblich. Wie gesagt: Merkmale, keine Eindeutigkeiten.»

Nach dem Telefonat war ich nicht besonders erleichtert. Wenn Laura also meine Frau war, sie das aber leugnete, war nicht ich verrückt, sondern *sie*. Ich will nicht übertrieben edelmütig erscheinen: mir war es lieber so. Aber eine geisteskranke Ehefrau ist auch nicht das, was man sich an seine Seite wünscht. Oder eine, die böse, unaufgelöste Witze macht, wenn man viel eher jemanden braucht, der einem Halt gibt. Ich rief bei Laura an, auf dem Handy, wie immer. Sie meldete sich. Im Hintergrund war Baulärm zu hören. Was das sei? Der Swimmingpool werde neu gefliest.

«Wo bist du denn?»

«In unserm Haus.»

«In Lazio?»

«Wo denn sonst?»

Mir war auf einmal unbehaglich zumute. Sie klang wenig freundlich.

«Sind wir wieder verheiratet?»

«Was?»

«Ich habe Walter gefragt. Er hat die Hochzeitsurkunde, Ehevertrag, alles.»

«Und? Was soll das? Willst du die Scheidung?»

«Laura? Warum bist du so? Wir haben uns doch eben wieder gut verstanden.»

«Wann genau?»

«War ich nicht vor zwei Tagen mit dir in Las Palmas?»

«Du bist so ein verdammtes Arsch!»

«Also nein?»

Sie legte auf.

Da war er wieder. Mein Untergang. Schöner, irrwitziger denn je. Irgendein Abgang findet sich für jeden. Untergänge aber muß man sich – ja was? Verdienen, erarbeiten, gönnen? Ich versuche mehr daraus zu machen, als es ist.

27

Es hat auch Rätsel positiver Natur gegeben. Unerwartete Hilfen, aus unbekannten Quellen.

Zum Beispiel am Vorabend meines fünfundzwanzigsten Geburtstags, die Meisterklasse mußte am Konservatorium ein buntes Programm dirigieren, für Freunde, Verwandte und lokale Philantropen, die das Haus mit privaten Spenden unterstützten und von jedem Absolventen ein persönliches Dankeswort hören wollten. Wir brachten das mit raschen Tempi hinter uns und gingen die Freiheit feiern, in einer Angeberdisco in Zürich, Laura lag fieberkrank zu Hause im Bett, und an der Bar stand dieses junge Mädchen mit den blonden Korkenzieherlocken und den kornblumenblauen Augen in einem ebensoblauen Kleidchen und weißen Schnürsandalen, ein Botticelliengel von achtzehn Jahren, ein Fabelwesen, das sich mit dem Personal herumstritt, weil es nicht zahlen konnte. Ihr Gesicht glich ein wenig dem von Ala, beschützenswert schön, und die Locken schwangen so hell und voller Licht um ihren kleinen schmalen Kopf, sie war den Tränen nah, weil irgendwer ihre Tasche mit dem Geld gestohlen haben sollte, egal, ich hin, bezaubert, entflammt, begeistert, will aushelfen, will guter Hirte sein und böser Wolf, da steckt mir einer der Kellner einen Zettel zu, und ich will mich nicht um diesen Zettel kümmern, denke aber an Julius Cäsar, der auf dem Weg zum Senat den Zettel des Artemidorus verdammt mal hätte lesen sollen, also lese ich: *Vorsicht. Feuer. Die Kleine ist bestellt. Du wirst beobachtet.*

Ich frage den Kellner, woher der Zettel kommt. Will das nicht glauben. Der Kellner sagt, ein Mann hätte ihm den gegeben. Mann um die dreißig. Inzwischen wird das schöne Mädchen zum Ausgang gedrängt. Ich gehe dazwischen, bezahle ihre Rechnung, lade sie zu einem letzten Drink ein, und wie sie sich im Folgenden an mich herangeschmissen hat, mußte ich entweder der tollste Mann auf Erden sein, oder auf dem Zettel stand die Wahrheit. Es war schmerzhaft, einsehen zu müssen, daß letzteres wahrscheinlicher war. Also zog ich eine Show ab. Es war mehr als schmerzhaft. Wie sie mit ihren zarten Fingern vor meinem Gesicht herumwedelte. Oder sich bückte, ihre Schuhe zu schnüren, um mir zu zeigen, wie schlank ihre Fesseln waren, um die Kirschform ihres Pos zu betonen unter dem hauchdünnen Nichts aus Seide.

Ob ich sie nach Hause begleiten würde? Ja, aber nur bis zur Haustür, denn ich sei dankbar verlobt mit einer großartigen Frau. Und an der Haustür entzog ich meinen Mund ihrem Kuß, schüttelte entrüstet den Kopf. Allein schon für dieses Schauspiel hab ich mir Laura verdient, o ja. Der Engel hätte sicher mit mir geschlafen, für ein paar eindeutige Bilder, sicher lagen irgendwo in ihrer Wohnung Kameras auf Lauer. Es spielt keine Rolle, wer mich damals gewarnt hat, einer von Feuers Adlaten muß mich liebgewonnen haben. Eines weiß ich heute aber: ich hätte alles was an mir irdisch ist, in diesen schönen Engel hineinschieben sollen, in jede mir lustvoll dargebotene Körperöffnung. Hätte mich Laura deswegen fallen lassen, hätte sie sich von vornherein nicht als die Richtige für mich gezeigt und wir hätten uns vieles erspart. Jahre danach erzählte ich ihr diese Geschichte, und sie gab mir sogar recht.

«Ich hätte dich vielleicht verlassen», sagte sie, «aber meinen Vater auch.»

Da erst begriff ich, was sie von mir erwartet hatte. Den großen Kampf. Freiheitskriege. Riesige Gesten. Ich hätte sie auf mein Pferd nehmen und wegreiten sollen, in zerklüftete Felslandschaften. Stattdessen hielten wir mehr aus Trotz an uns fest, und wir blieben gerade lange genug zusammen, bis Feuer mit einem letzten höllischen Röcheln seine Seele erbrach. Dann heirateten wir, heirateten, weil wir halt eben so herumstanden und uns als Sieger fühlen wollten; mehr Sieg war gerade nicht übrig.

28

Julia. Ala. Wir fuhren mit dem zugelaufenen Schäferhund nach Saintes Maries de la Mer zum Tierarzt, der riet uns, den Hund sogleich einschläfern zu lassen, er litte Qualen, sei nicht zu retten – und Julia begann zu weinen, ich sah den Hund an, wie er Julia ansah, als wollte er sagen, ist schon gut, heul nicht herum, du kannst nichts mehr für mich tun.

Ich sehe Julia, wie sie diesen schäbigen alten, von Würmern innerlich zerfressenen Hund umarmt, höre, wie damals, im Geist ein paar Klänge aus Wagners Karfreitagszauber – und muß, wie damals, gegen die Tränen kämpfen. Ich traf die Entscheidung, sagte dem Arzt, er solle die Spritze setzen, jetzt gleich, und der Hund krepierte in Lauras Armen, sie bestand darauf, ihn in den Armen zu halten, als das Gift in seinen Blutkreislauf eintrat. Währenddessen küßte ich sie am Hals, immer in Versuchung, einen Witz zu machen, das Geschehen sarkastisch zu kommentieren, wo ich doch selbst erschüttert war über den Exitus eines Straßenköters. Ich zog mein weinendes Mädchen fort von diesem Körper, der Kadaver wurde, schob sie hinaus aus der Praxis, in den Nachmittag, strich über ihr verheultes Gesicht – dieser Moment des Mitleids mit jeder Kreatur auf Erden hatte entscheidenden Einfluß darauf, wie ich später Wagner dirigierte, mit viel Tod und viel Sonne, in Gedanken mit der bebenden Ala in meinen Armen. Dieser Moment hat seine Größe gegen die Lächerlichkeit behauptet bis heute. Der schleimige Tierarzt trat vor die Tür und berechnete für die Tötung eines mittelgroßen Haustiers dreihundert Francs. Das Gleichnis war komplett.

Zweites Buch

Das junge Mädchen: Schreiben Sie nicht mehr?
Mastroianni: Nein.
Das junge Mädchen: Kann ich dann die Musik wieder anstellen?

Dolce Vita

ER hockt auf ihren schulterblättern, mondweiße schulterblätter. hinter seinem rücken ist einer von den jungs dabei, sie, die kaum noch etwas mitbekommt, zu ficken. ER, der nicht warten will, bis die reihe an ihm ist, hat sich auf ihren hals gesetzt, stützt sich auf dem waldboden mit knien und ellbogen ab, steckt ihr seinen schwanz in die kehle, sie würgt, ER stößt zu, sie erbricht sich, schluckt erbrochenes, keucht, spuckt, erbrochenes fließt ihr aus den nasenlöchern, ER merkt davon nichts, hat ihre haare mit beiden händen gepackt und fickt ihren kopf, sie droht zu ersticken, beißt zu, beißt in seinen schwanz, bis blut kommt, ER brüllt, ER schlägt nach ihr, ohrfeigt sie, worauf ihr biß nur hysterischer wird, ER greift nach einem apfelgroßen stein, schlägt ihr den zweimal auf den kopf, bis der druck ihrer kiefer nachläßt.

mondweiße schulterblätter auf gilblaub. klingt wie speisekarte. es ist angerichtet. sie ist tot.

1

Ich habe kaum je einer Frau bewußt Leid zugefügt, außer, indem ich sie verließ. Und jenen, die ich verließ, habe ich damit wahrscheinlich nur Gutes getan. Ich wurde öfter verlassen, als ich verlassen habe. Es hat keine Beziehung gegeben, die mit Haß geendet hätte.

Warum Laura, jene Laura, die am Lago Bracciano auf mich wartet, auf mich wartet und nicht die Scheidung einreicht, ist schwer zu sagen. Sie würde einen kleinen Teil ihres Vermögens an mich abtreten müssen, aber wenn sie mich freundlich bäte, würde ich ihr das Geld sofort schenken. Nur die Apartments behielte ich gern, sie könnte den Verlust verschmerzen. Auch die Laura am Lago Bracciano hat ihre Liebhaber. Über die jene andere Laura in Las Palmas ja recht offenherzig mit mir geplaudert hat. Ich nehme an, daß es sich bei beiden Lauras um ein und dieselbe Person handelt. Was ist es, das die beiden voneinander unterscheidet? Es gibt noch Hoffnung auf eine natürliche Erklärung. Vielleicht ist Laura eine schizophrene Frau, von deren zwei Hälften nur eine mit mir verheiratet sein will. Zugleich fürchte ich mich vor einfachen Lösungen. Der Gedanke, daß etwas Außerordentliches vor sich geht, ist sonderbar erregend, ich schließe daraus, daß der Verlauf meines bisherigen Lebens mich nicht wirklich befriedigt hat, und mir selbst rätselhafte, ja bedrohliche Entwicklungen im Innersten willkommen sind.

Als ich am Lago Bracciano eintraf, mit einem am Fiumicino bestellten Leihwagen, und unter buntgefärbten Alleebäumen durch das bereits touristenleere Anguillara den Südhang hinauf fuhr, berauschte mich die Gegend wie damals, als wir die Villa kauften, zu einem, wie sich herausstellte, überteuerten Preis. Das Morbide des alten Bauwerks, verbunden mit seiner pompösen, alles überragenden Lage hatte uns so sehr gereizt, daß wir den Aufwand der notwendigen Renovierungsarbeiten unterschätzten. Ich konnte deswegen nicht bei Laura bleiben, brauchte für meine Arbeit Ruhe. Ruhe ist das Wichtigste. Seit gut zwei Jahren wurde an dem Kasten herumgemacht.

Ich bog in die Auffahrt ein. Zwei große Doggen, Skrjabin und Busoni, umknurrten mein Auto, hatten partout keine Lust, in mir den Hausherren wiederzuerkennen; das Gedächtnis der Hunde scheint seit Odysseus und Orest stark nachgelassen zu haben. Ich blieb im Volvo sitzen, bis Alberto sich herbequemte und die Viecher an die Leine nahm. Alberto war über siebzig Jahre alt, lebte unten am See und hatte sich uns gleich nach dem Kauf als Hausverwalter aufgedrängt, man muß unterm Strich sagen: zu unsrer Zufriedenheit. Er hatte drei Söhne, alle angeblich Handwerker, was uns praktisch erschienen war. Die Söhne hatten sich indes so gut wie nie blicken lassen, immerhin beschwichtigte uns das Gefühl, wir hätten uns menschlich in den Ort eingekauft, sozusagen, und bisher hat es keinen Einbruchsversuch gegeben. Laura beschäftigte zwei Hausangestellte aus ihrer Küsnachter Vergangenheit, dem Rest des Personals war gekündigt worden, als wir Schloß Feuer verkauften. Schloß Feuer hatte eine eigene Familiengruft besessen, die Leichen, darunter die von Lauras Vater, mußten auf Wunsch des neuen Besitzers auf den Zürcher Friedhof umgebettet werden. Behördengänge ohne Ende. Diese Arbeit hatte ich Laura überlassen, aber am Tag der Gruftöffnung bin ich zugegen gewesen, habe mir den alten Feuer nochmal angesehen, dazu seine Eltern. Gab man den Bestattungsdienstlern ein paar Flaschen Wodka aus, öffneten sie bereitwillig die Särge. Mit teils überraschenden Ergebnissen. Das Antlitz von Feuers Vater zum Beispiel war noch gut zu erkennen gewesen, ich beschrieb am Abend Laura, wie ihr Opa, der starb, als sie zwölf war, ausgesehen hatte, und sie weinte, bat mich, damit aufzuhören.

Es hat in der Gruft ekelerregend gerochen, auch wenn die Körper eingetrocknet waren, ihre Säfte restlos ausgeschieden hatten.

Daran muß ich jetzt denken, als mir Alberto unterwürfig die Tür des Volvo öffnet. Die am Haus angebundenen Doggen bellen. Beruhigen sich. Ich sehe mir die Baustelle an, wo der Swimmingpool seiner Fertigstellung harrt. Viel Werkzeug liegt rum. Hellblaue Kacheln. Es ist Sonntag. Das Wetter trübt sich ein, Regenwolken sammeln sich über dem See. Einzelne Säulenzypressen stehen im Abstand von hundert Metern auf dem Hügelsaum, wachen über den Kessel. Bei Gewitter ein düsterer Anblick. Wenn es regnet, dampft das Land, füllt sich mit Schemen vergessener Sagengestalten.

«La Signora è in casa?»

Alberto nickt. Er ist kaum 1,60 groß und hat vielleicht noch nie etwas anderes als diesen schäbigen Blaumann getragen, er bewegt sich fix, seine Schritte hüpfen, sein Körper wippt beim Gehen, beinahe in der Art eines Steptänzers. Zähne besitzt er kaum noch, sein Italienisch ist schwer verständlich, also behilft er sich mit Gesten, seine Hände sind ständig in Bewegung und erzählen lange Geschichten, während denen er sich endlos vor einem verbeugt.

Die Villa entstand um 1900, sie besitzt im Herrschaftsbereich acht Zimmer, beinahe alle quadratisch, mit dreieinhalb Meter hohen Decken. Sie ist ockerbraun gestrichen, ein mittelmäßiger Künstler hat einige der Innenwände mit inzwischen halb verblaßten Fresken bemalt, neopompejanisches Zeug, archaische Motive aus der Zeit der alten Götter, keine Erotik, sieht man von der Brust einer sterbenden Amazone ab. Auf dem Flachdach ist eine im Zentrum begrünte Terrasse angelegt, umrahmt von einem Geländer aus kurzen Amphorensäulen. Vom Dach aus kann man über eine kleine, mit Schnitzereien verzierte Holzbrücke, eher eine Treppe, direkt die Hügelkuppe betreten. Leider gilt das auch umgekehrt. Von der Hügelkuppe aus, und die ist freies, unumzäuntes Land, könnte uns jeder Einbrecher aufs Dach steigen. Die Holztreppe jedoch ist so hübsch, daß wir über ihre Entfernung nie ernsthaft nachgedacht haben.

Laura liegt auf dem Biedermeiersofa im unbeleuchteten Wohnzimmer, links und rechts Zwergpalmen neben sich. Durch die Fenster dringt wenig Tageslicht, draußen hat der Regen eingesetzt. Sie hört laut Musik, es ist mein Konzert in Amsterdam vom letzten Jahr, Tschaikowskis Dritte Symphonie, sie mag es leicht. Schreckt auf, als sie mich bemerkt. Schaltet die Anlage sofort ab und den Kronleuchter an, das Zimmer wird riesig. Laura trägt ein langes samtschwarzes Kleid, bis über die nackten Füße. Ich sage ihr immer, daß sie Socken und Pantoffeln anziehen soll, der Stein ist kühl, sie erkältet sich schnell, lernt aber nie daraus. Ins Schlafzimmer haben wir deswegen einen Parkettboden legen lassen. Ihr Kleid ist knapp unter der Brust gegürtet, wie eines aus dem frühen 19. Jahrhundert. Sowas wird jetzt wieder entworfen. Steht ihr. Solange sie sich nicht das Haar ondulieren läßt. Locken würden nicht zu ihr passen. Ihre Frisur ist dieselbe wie in Las Palmas; auf den Fingernägeln fehlt der Lack.

«Endlich.» Laura sagt nur dieses eine Wort, aber das eine Wort genügt mir, um zu wissen, daß wir uns in Las Palmas nicht gesehen haben.

Wie beginnt man ein solches Gespräch? Woran liegt mir genau, was muß ich vermeiden, was will ich erreichen?

«Wir haben telefoniert, nicht wahr?»

«Ja, Arndt, wir haben in unserem Leben öfter einmal telefoniert.» Wie hart sie klingt, gereizt, gekränkt.

«Sag mir bitte, wann wir das letzte Mal miteinander gesprochen haben.»

Laura holt von der Anrichte ein Glas und schenkt sich Cognac ein.

«Das weißt du nicht mehr?»

«Ich weiß vieles nicht mehr.»

Sie mustert mich. Prüft mich. Ich fasse ihren Arm, sie entwindet ihn mir. Dreht sich um. Diese Theatralik. Warum kann sie keine klare Antworten geben? Nichts bräuchte ich dringender als simple Fakten. Präzise Angaben.

«Bitte, Laura, hilf mir. Es geschieht etwas.»

Alberto betritt den Raum, ruft laut hinein, ob er sich für heute verabschieden dürfe. Laura dreht sich nicht um, macht eine gnädige Handbewegung. Alberto drückt mir noch einmal die Hand und tänzelt zur Tür hinaus. Hundegebell auf dem Hof. Draußen ist der Himmel schwarz und das Kristall des Leuchters glitzert.

«Bitte, Laura, sag mir, ob wir je über Marita geredet haben. Ich muß das wissen.»

«Wer ist denn Marita?» Das Gift in ihrer Stimme.

«Marita ist tot. Schon lange. Liest du keine Zeitung?»

Meine Frage ist impertinent, wie sollte Laura hier an Münchner Tageszeitungen kommen? Selbst wenn, wie sollte sie eine Verbindung von mir zu jener Toten knüpfen? Aber ich habe die Stimme gehoben, habe die Frage mit einer gewissen Strenge gestellt, will das jetzt klären.

«Arndt, du hast mich zum letzten Mal aus London angerufen. Kurz vor dem geplatzten Konzert. Ja, ich lese Zeitungen. Manche schickt man mir sogar. In einer warst du abgebildet mit dieser alten zahnlosen Nutte aus Soho, die angeblich besser blasen konnte als irgendein Posaunist aus dem Orchester. Toll. Hast du dabei an mich gedacht?»

«Laura, das sind –»

Marginalien, will ich sagen. Aber wenn wir uns zwei Jahre nicht gesehen, drei Monate nicht miteinander gesprochen haben, ist daran nichts marginal. Ich habe vor zwei Tagen mit einer anderen Laura geredet. Ich hätte Alberto eben fragen können, ob meine Frau in den letzten Wochen durchgängig hier war, ob sie nicht doch zwischendurch einen Kurztrip nach Gran Canaria unternommen hat. Meine Frau, mit der ich in unserem dortigen Apartment geschlafen habe, die alles wußte, was ich auch weiß. Die weich und freundlich gewesen ist.

«Was? *Was* sind das?» Sie trinkt den Cognac in einem Zug aus.

«Bitte setz dich hin und hör mich an.»

«Wozu?»

Ja, wozu? Wozu eigentlich? Ich muß nachdenken.

«Gegen mich ist etwas im Gange, ich weiß nicht, was genau, Marita ist seit zweiundzwanzig Jahren tot, aber man tut so, als wäre ich in ihren Tod verwickelt, und ich habe in den letzten Wochen oft mit dir geredet, am Telefon, neulich sogar leibhaftig, du warst in unserem Apartment am Las Canteras, kann sein, daß ich völlig irrsinnig bin, aber du mußt mir jetzt helfen, egal wie übel du dich von mir behandelt glaubst, es stimmt alles nicht!»

So habe ich mit Laura geredet. Laut. Um Offenheit bemüht. Wie sie reagierte, kann man mit einem Wort bezeichnen: nachvollziehbar. Sie schmiß das leere Cognacglas knapp an meinem Kopf vorbei und schrie mich an, ein wüster Schwall aus Vorwürfen und Unverständnis, nein, sie entsprach nicht der Vorstellung einer Gefährtin, wie ich sie nötig hatte, sie wollte nicht zuhören, ihr Gebrüll lockte nacheinander die beiden Bediensteten ins Zimmer, Sonja, die Züricher Zofe, und Josef, den Bodyguard, der nebenher Gärtnerarbeiten erledigte, sehr kräftig war und mich nie besonders gemocht hat. Er sprach Laura mit ihrem Vornamen an, ob sie Hilfe brauche. Hilfe brauche! Eine Unverschämtheit, genauso gut konnte er ihr anbieten, mir eine Tracht Prügel zu verabreichen. Laura schickte ihn fort, aber bestimmt blieb er hinter der Tür, um zu lauschen.

Ich erzählte von Las Palmas, gab unsere Begegnung in groben Zügen wieder.

Daß ich mit jener anderen Laura geschlafen und einen Sonnenaufgang am Meer gesehen hatte, verschwieg ich. Was mich vor immer neuen Vorwürfen nicht behütete. Sie ging mit keinem Wort auf meine Situation ein, redete immer nur von sich und zuletzt kam sogar der Satz, ihr Vater habe damals Recht gehabt, sie vor mir zu warnen.

Ob sie die Scheidung wolle, fragte ich in eine Pause hinein.

«Was liegt dir denn noch an mir?»

«So wie du jetzt bist: nichts.» Es klang sehr kalt, wie ich das sagte.

«Dann scher dich doch fort!»

«Interessiert es dich denn nicht –»

«Nein!»

Ich hatte Lust, Laura zu packen, auf das Sofa zu werfen, ihr alles zu erzählen. Ihr, wenn nötig, Gewalt anzutun, zum ersten Mal in unserer Ehe. Im selben Moment verließ ich, über mich selbst erschrocken, das Haus, an Josefs bösem Blick vorbei, stieg in den Wagen, und wartete noch zwei, drei Minuten, ob sie kommen, mich zurückhalten würde. Sie kam nicht.

Langsamer, letzter Countdown, von zehn bis null. Gaspedal. Der Regen hatte nachgelassen, war weitergezogen nach Rom. Vielleicht, wenn ich zehn Minuten länger geblieben wäre – das ist Spekulation. Ich wollte weg von ihr, weg, ließ den Wagen an. Im Rückspiegel betrachtete ich das Haus, mein Haus, unser Haus, es hatte mir mal viel bedeutet, selbst jetzt bedeutete es noch etwas. Über den Hügeln entstand ein schmaler Regenbogen, spannte sich über Zypressen und Pappeln, während der See schon schwarz geworden war.

In Anguillara tankte ich den Wagen auf und sah einen zittrigen alten Schäferhund um die Tankstelle streunen. Er erinnerte mich an die Zeit mit Ala. An die verstaubten Ideen von Mitleid und Vergebung. Ich lockte mit bloßen Gesten den Hund in mein Auto, fuhr westlich an Rom vorbei, setzte ihn kurz vor dem Flughafen Fiumicino wieder aus. Strich ihm durchs Fell, schob ihn ab in die Nacht. Er hat keinen Laut von sich gegeben. Sah mich nicht einmal an, schnüffelte am kurzgemähten Gras und schnürte in Richtung eines Birkenwäldchens.

Einmal hat mich Feuer, angeblich aus Versehen, im großen Salon seines Schlosses eingesperrt, hat durch die Klapptür zwei Doggen hineingeschickt, die Urgroßväter von Skrjabin und Busoni.

Ich stand auf dem Schreibtisch am Südfenster, schrie um Hilfe, und die Hunde sprangen hoch, glitten auf dem lakkierten Kirschbaumholz ab, und wenn sie doch genug Halt fanden, trat ich nach ihren Schnauzen, drehte mich im Kreis und trat zu, nahm einen Brieföffner und verletzte einen der beiden leicht, was ihn wütend machte, sehr wütend, das ging eine halbe Stunde so, bis sie müde wurden, vom Schreibtisch abließen und ein Diener hereinkam. Ich bin sicher, Feuer hat das heimlich filmen lassen und sich an meiner Todesangst geweidet. Als er starb, wurde sein Super-8-Archiv von den Sekretären vernichtet, obwohl ich ihnen hohe Summen versprach, wenn sie mir die Filmrollen aushändigten. Nur ein paar haben sie vergessen, die fanden sich versteckt im Bettkasten eines Schlafsofas in Paris. Wider Erwarten nichts Aufregendes. Pornos, unter amateurhaften Bedingungen gedreht, aber weder schienen die jungen Mädchen darauf weit unter achtzehn, noch mit Gewalt zu etwas gezwungen, auch gab es keine groben Perversionen, und Feuer selbst tauchte im Bild nur einmal und nur schemenhaft auf.

Jahrelang hatte ich Laura beweisen wollen, welche Sau ihr Vater gewesen war. Handfestes hab ich nie herausbekommen. Manchmal begegnet sein Gesicht, er ähnelte dem alten Orson Welles, mir noch im Traum. Als die Sache mit Marita begann, erwog ich allen Ernstes, Feuer könne dahinterstecken. Vielleicht war Marita tatsächlich nach Amsterdam gegangen, Feuer hatte sie dort aufgespürt, nach Gauting verschleppen, ermorden und verscharren lassen und irgendwo Beweise gegen mich deponiert, die nach vielen Jahren ans Licht kommen würden.

Ich weiß, das ist vom Mars hergeholt, und die Gerichtsmedizin kann vermutlich feststellen, ob eine Leiche zweiundzwanzig oder nur sechzehn Jahre tot ist, also war das Ganze nicht einmal theoretisch denkbar. Aber es zeigt, daß mir in Bezug auf Feuer selbst die abwegigsten Überlegungen notwendig schienen, solche Angst hat dieser Mensch in mir erzeugt.

2

Sie hat kleine schmale Augen, die immer ein wenig verquollen aussehen, so, als hätte sie vor Minuten noch geheult, das steht ihr seltsam gut. Das Haar trägt sie jetzt rotgefärbt, ein dezentes Rot, zwischen Aubergine und Schattenmorelle, ich habe mich schnell daran gewöhnt. Außer Laura und ihr habe ich nie eine rothaarige Frau näher gekannt, das wundert mich.

Anne zeigt sich über meinen spontanen Besuch sehr überrascht, freudig überrascht, hoffe ich. Ihre Freude ist mit unverhohlener Neugier gemischt. Ob es Neues im Fall Marita gibt?

Anne ist Maritas Freundin gewesen, wenn auch keine sehr innige Freundin. Am Abend jener Irish-Coffee-Party hatte sie früh nach Hause gehen müssen, hatte sich den Magen verdorben, und sie spricht davon, daß Marita, wenn es dieses Fleischsalatbrötchen nicht gegeben hätte, vielleicht noch am Leben wäre. Ich weiß nicht, warum Menschen die Vergangenheit so gern in Konjunktiven wälzen, wie in einer

Panade. In der neunten Klasse haben wir zwei mal Übungen praktiziert, bei denen man den anderen um den Brustkorb packen mußte, solange bis der, bei angehaltenem Atem, ohnmächtig wurde. Gab für Sekunden einen Kick, bis man erwachte und die Suche nach Gleichgewicht einem erneuten leichten Rausch gleichkam. Es gab nur einen Sommer für diese Übungen, draußen auf der Sportplatzwiese, danach wollten die Mädchen nicht mehr, oder nur untereinander. Mit Grund. Einmal habe ich die Gelegenheit benutzt und Annes Brüste gestreichelt. Eine halbe Sekunde lang. Eine verruchte halbe Sekunde lang. Ich erzähle ihr davon. Sie lacht.

Ihre breite Nase wird Anne im Alter unvorteilhaft aussehen lassen, jetzt gibt sie ihrem Gesicht noch einen burschikosen Zug. Und wenn man über ihre Augen und diese breite Nase spricht, drängt sich der Verdacht auf, sie wäre nicht hübsch, aber das entspricht nicht der Wahrheit, sie ist es, spätestens beim dritten Hinsehen, ich mag ihre breiten Schultern, ihre bullige, dabei nicht barocke Figur, die sie zu oft in weite Pullover und schlechtsitzende Flanellhosen hüllt. Wie man sich elegant kleidet, das weiß sie nicht, oder vielleicht entspringt ihr Aufzug einer seltsamen Absicht, kann sein. Sie hat keinen Freund und ist in einem Alter, in dem andere Frauen verzweifelt nach dem Partner fürs Leben oder wenigstens nach dem Vater ihrer ungeborenen Kinder suchen. Lesbisch ist sie, obwohl man auf die Idee kommen könnte, nicht. Jedenfalls streitet Anne dies energisch ab. Wir haben darüber geredet, sehr offen und hemmungslos. Wenn es einen Menschen gibt, mit dem ich über alles reden kann, ist es Anne, selbst wenn wir in den letzten Jahren kaum dreimal miteinander telefoniert haben. Sie weiß, daß ich sie nicht begehre, das mag einer der Gründe für diese Offenheit sein, sie sieht in mir so etwas wie einen schwulen Freund. Warum ich sie nicht begehre, weiß sie nicht, und ich hoffe, daß sie mich nie danach fragen wird.

Wir setzten uns auf den Balkon, einen rundum abgeschlossenen Wintergarten voll exotischer Pflanzen, beheizt von einem Tag und Nacht in Betrieb befindlichen Heizlüfter. Dort erzählte ich ihr, was in London, Rom und Las Palmas geschehen war, was es Neues über Marita gab, Markus, Sibylle, einfach alles. Daß ich eine Gefährtin brauche, eine, die in nichts davon verstrickt ist, mit der ich keine Geschichte gemeinsam habe.

«Aber Arndt – wir haben doch eine Geschichte.»

Ich erschrak. Was meinte sie?

«Na, damals, im Florentiner Klosterklo zum Beispiel …»

Ich fand es blöd von ihr, mit derlei Kinderkram anzufangen.

«Das war nur eine ganz kleine Geschichte.»

«Für dich vielleicht.» Sie betrachtete mich schmollend, halb von unten, und ich zweifelte prompt, ob es eine gute Idee gewesen war, ihre Hilfe zu suchen. Anne bemerkte meinen Widerwillen, ließ das Thema fallen, lehnte sich in ihren Korbsessel zurück. Mit zwei Fingern an der Unterlippe stimulierte sie ihre Gedanken. Kaute auf den Nägeln.

«Vielleicht erlebst du so eine Parallelwelt-Situation, wie im Kino, wie in diesem Film mit Gwyneth Paltrow.»

Schon. Aber Parallelen berühren sich nun einmal nicht, und wenn es zwei Lauras gibt, die voneinander nichts wissen, und vielleicht sogar zwei Maritas, dann existieren womöglich auch zwei Arndt Hermannsteins, für jede Laura und jede Marita einer. Stelle ich mir vor. Wiewohl der Gedanke faszinierend ist, es könne in einem Kosmos unendlich vieler Parallelwelten Risse geben, wegen denen da was durcheinanderschwappt, durch die es mich von einer Welt in die andere spült. Na großartig.

Mit dem, was ich über meine anscheinend gestörte Wahrnehmung der Welt erzählte, hätte ich mich in Annes Augen verdächtig machen müssen. Glücklicherweise ließ sie sich keinerlei Argwohn anmerken, verhielt sich sehr mitfühlend, nahm ehrlich Anteil und diskutierte mit mir etliche Möglichkeiten durch, mit denen meine Lage notdürftig zu erhellen war. Teils verblüffende Erklärungsmodelle.

Sie ging zum Beispiel in ihr winziges Wohnzimmer, suchte nach einem Buch. Hatte drei Semester Psychologie studiert im Nebenfach, bevor sie sich für Jura umentschloß, im Staatsexamen scheiterte und seither als Anwaltsgehilfin in München-Pasing lebte. Angestellt bei einem engen Kollegen von Walter. Nicht zufällig. Daß ihr Gehalt ganz ansehnlich war, verdankte sie mir – und ahnte davon nichts.

«Ich hab mal auf der Uni eine tolle Geschichte gelesen, über so ne Freud-Patientin, namens Anna O. Kennst du die?»

Ich verneinte. Der Name sagte mir etwas, doch nicht genug. Draußen wurde es dunkel, wir sahen zwischen den Pflanzen hindurch auf die Straße, auf die rote Kette der Bremslichter; Autos stauten sich, endlos, bis über den Pasinger Marienplatz hinaus.

Warum bin ich nicht sofort wieder nach Las Palmas zurückgeflogen? Vielleicht war jene Laura, die lieb und zärtlich zu mir gewesen war, noch dort, ich könnte ein sanftes Leben an ihrer Seite führen und abwarten. War es nicht im höchsten Grad unvernünftig, auf einen solchen Ausweg zu verzichten? Andererseits kam mir diese Nacht am Las Canteras immer traumhafter vor, so oft ich daran dachte, und diese zarte, anschmiegsame Laura war mir definitiv fremder gewesen als die tobende, hysterische Laura im samtschwarzen Kleid. Als wäre ich neben einem Gespenst im Sand gehockt, das langsam an Kontur verlor. Ja. Es mußte so sein, der Schlüssel lag in mir, in mir und niemandem sonst, ich war wahnsinnig, ich hatte einen besonders erfüllenden Wunschtraum geträumt. Wer hätte bestätigen können, daß ich auf Gran Canaria mit Laura zusammen gewesen war? Hat uns jemand gesehen? Der Schwarze mit dem Bauchladen zum Beispiel, der Laura den Schal verkauft hat. Der wird sich kaum an uns erinnern. Vielleicht war auch er nur eine Figur aus meinem Traum, ich habe ihn erfunden, weil Lauras Hals schon erste Falten aufwies, also mußte ein Schal her. So einfach. Ich könnte jetzt zum Beispiel träumen, daß Anne nackt vor mir steht, von ihrem Genitalgeruch geheilt, das würde mir gefallen. Wo befindet sich an meinen Sinnesorganen der Schalter für Träume? Anne sitzt im Wohnzimmer, aber sie ist vollständig bekleidet und liest aus dem Buch vor. Komischer Traum. Ich bitte sie darum, noch einmal anzufangen, hätte grad nicht aufgepaßt. Wenn ich zu ihr sagen würde: Zieh dich aus, wir gehn ins Bett, sie würde es tun. Warum ich mir so sicher bin? Manchmal weiß man das eben, dann ist es, als wäre die Gegenwart in einen Fächer aus soundsoviel möglichen Verläufen geteilt, und man müßte nur noch diesen oder jenen wählen, beschreiten, Fakt werden lassen. Und indem man den einen wählt, bleibt der andere dennoch so möglich und stark, daß er an Faktizität nicht nachrangig wird. Er wird nur momentan nicht gebraucht, also eingelagert, wartet dort auf seinen Einsatz. Ich sehe Anne und weiß, daß ich mit ihr noch einmal vögeln werde, ganz merkwürdig, es steht so klar und überzeugend vor mir, ich weiß es, hundertprozentig. Gedanke: Ich müßte demnach, um ewig zu leben, einfach nie mehr mit Anne vögeln. Ja. Es scheint, als ob ich nicht richtig im Kopf bin. Gut.

«Tschuldigung, fängst du bitte nochmal an? Hab grad nicht aufgepaßt.»

Danach ging alles schnell, wie in einer dieser TV-Shows, in denen Passanten eine Reise gewinnen, die sie binnen einer Stunde anzutreten haben. Annes überheiztes, vollgestelltes Wohnzimmer ging mir auf die Nerven, ich bekam Lust, ihr etwas Gutes zu tun und mir auch, schlug vor, daß sie mich nach Paris begleiten solle, sofort.

«Ich hab da noch ne Wohnung. Mach ne Woche frei und komm, Flug und alles geht auf mich.»

«Du hast da noch ne Wohnung, ja? Mann, wie das klingt!»

Sie tat ein bißchen angegebert, nicht im Ernst, grinste, behauptete, so kurzfristig unmöglich frei zu bekommen, und überhaupt – ich rief daraufhin bei ihrem Arbeitgeber an, und während sie mit offenem Mund neben mir saß und nicht glauben wollte, was vorging, vergewisserte mir der freundliche Mensch, Anne durchaus entbehren zu können. Man muß ehrlicherweise dazusagen, daß ich ihn schon Stunden zuvor kontaktiert hatte, mir seiner Einwilligung demnach sicher sein konnte.

Und ohne, daß Anne auch nur gestisch oder mimisch zugesagt hätte, wählte ich die Nummer des Ticketservice, ließ zwei Plätze für die Spätmaschine reservieren. Sollte das Taxi einigermaßen durchkommen, blieben Anne noch zwanzig Minuten Zeit, um zu packen.

«Arndt, was hast du vor? Was willst du von mir? Was erwartest du?»

«Ich brauche jemanden um mich. Schon allein, damit ich für manches einen Zeugen habe.» Sie stehe unter keinerlei Erwartungsdruck, könne, sobald es ihr nicht mehr gefiele, jederzeit zurückfliegen.

«Werden wir eine Affäre haben?»

«Nein.»

«Nein?» Die Auskunft schien sie zu verunsichern.

«Nein, wir werden nicht miteinander vögeln. Vögeln ist für mich passé. Kommst du trotzdem mit?»

Anne sah mich sehr schräg an und mußte lachen. Ich nahm sie an beiden Händen, zog sie aus dem Sessel und schob sie, die immer noch lachte, ins Schlafzimmer, sie solle ihren Kram zusammenpacken. Das tat sie auch, entschlossen, ohne Getue und Geziere. Exakt diese zupackende, spontan zu Ungewöhnlichem bereite Art, hielt ich für die notwendigste Voraussetzung, die in meiner Lage eine Gefährtin besitzen mußte.

So kam es, daß wir gegen Mitternacht mein Domizil in der Rue Bonaparte betraten, eine Wohnung, die ich direkt von Lauras Vater übernommen hatte. Altbau, fünfter Stock, man konnte ein kleines Segment der Seine und einige Rasenflächen der Tuilerien einsehen, konnte jahrelang in der Ferne das beleuchtete Riesenrad am Place de la Concorde betrachten, ein Anblick mitunter hypnotischer Wirkung. Leider hat man aus mir unbegreiflichen Gründen das Riesenrad abgebaut.

Die Wohnung besteht aus drei großen Zimmern, deren Interieur ich bis auf das Bett im Originalzustand belassen habe. Feuers Geschmack war der schlechteste nicht gewesen, und es bereitete mir eine gewisse Freude, in seinem Heiligsten zu hausen, mich drin zu suhlen, die Erinnerung an ihn, den besiegten Feind, mit jedem Detail aufrechtzuerhalten. Betrat man diese Wohnung, glaubte man in einen Film aus den Sechzigern einzutreten, in eine jener Kulissen, in denen Frank Sinatra oder Dean Martin blondierte Partnerinnen bezirzten. Sehr viel Kunst aus jener Zeit hing an den Wänden, meist abstrakt, sogar ein echter Pollock, kein Möbelstück war höher als einen Meter, die Räume gewannen so an Weite. Besonders gefiel mir, daß im Wohnzimmer der Boden abgesenkt war, auf vier mal drei Metern, mit zwei langen ledernen Sofas einander gegenüber, schwarz. Dort saß man mit dem Hintern auf Höhe des restlichen Niveaus, beide Sofas konnte man so ausziehen, daß sie eine zusammenhängende Spielwiese aus Leder ergaben.

Hier hatte der alte Heribert Feuer manchmal Urlaub von seinen großmännischen Geschäften genommen, hatte blutjunge Geliebte bezahlt und sich ab und an eine Morphiumspritze gegönnt. Anne wollte unbedingt noch essen gehen, war so aufgeregt.

Seltsam, warum ich nie, mit so einer schicken Wohnung im Repertoire, zum Beispiel Heike nachgeholt habe, es wäre bestimmt nicht allzu schwer gewesen. Heike, die ich körperlich mehr begehrt hatte als sonst ein Mädchen aus meiner Klasse, mehr noch als Trish. Manches läßt man ruhen, auf dem Grund der Erinnerung. Der Tausch wäre ja zu meinen Ungunsten ausgefallen. Einer so hirnlosen Schnepfe übertriebenen Luxus bieten, nur damit man ihren inzwischen gealterten Körper doch nochmal benutzen darf, im nachhinein sekundenlang Spaß hat, wenn überhaupt, darin läge tiefe Ungerechtigkeit. Man muß dieses Mädchen nicht noch belohnen dafür, daß sie einem damals etwas verweigert hat, das vielleicht der Himmel gewesen wäre. Man muß ihr eher dankbar sein, weil der Pseudohimmel sich womöglich in eine Hölle ohne Ende verwandelt hätte, und damit gut. Ficken ist nur ficken und bedeutet nichts. Die Mädchen, die uns mit so wenig so viel hätten geben können, die uns nichts und alles gaben – gepriesen seien sie.

«Woran denkst du denn?»

«Nichts. Willst du wirklich noch essen gehn? Wir könnten auch was kommen lassen.»

Wir gingen essen. In ein Restaurantschiff auf der Seine, mit vielen blauen, gelben und violetten Glühbirnen. Um zwei Uhr morgens. Das Essen dort war teuer, nicht besonders gut, egal. Anne ging es um die Lichter, um die Lichter und den Fluß. Bitte sehr. Es machte mich glücklich, Anne glücklich zu sehen. Sie zweifelte plötzlich an ihrer angeblich nicht standesgemäßen Garderobe, kaute mehr als am Essen an all den unnützen Gedanken herum, die Leute ohne Geld umtreibt, weil sie noch nicht wissen, was wichtig ist und was nicht. Sie dachte auch darüber nach, nicht laut, aber vernehmlich, wie sie sich mir gegenüber verhalten müsse, was sie mir schuldete, und obgleich ich immer wieder betonte, daß es keinerlei Verpflichtungen gebe, behielt sie sich eine gewisse Skepsis vor.

Mit Anne an meiner Seite fühlte sich alles auf wohltuende Weise beschwert an, so als sei man zuvor durch die Luft getrudelt, in einem nicht steuerbaren Ballon, und irgendwer hätte einen großen Sandsack an den Korb gehängt, worauf dieser sich langsam zur Erde senkt. Ich fühlte mich entspannt, machte Witze, bekam beim Anblick einer aparten Kellnerin eine Erektion, hatte tagelang nicht onaniert. Rief zwischendurch, von der Schiffstoilette aus, den Club Desirée-Wake-Up-Service an. Unsensible Idee, wahrscheinlich.

Aber ich hielt das regelmäßig so, wenn ich nach Paris kam. Eine der feinen Frivolitäten, die diese Metropole bietet. Machte Spaß. Und Anne sollte wissen, woran sie mit mir war.

Nach dem Essen, nach bunten Cocktails und schwarzem Kaffee, daheim, wies ich ihr das Schlafzimmer zu, wünschte eine gute Nacht, küßte sie auf die linke Wange, empfahl mich. Genoß ihre leise Enttäuschung und schob die schwarzen Ledersofas zur Spielwiese zusammen, bezog die Polster mit einem Spannbetttuch in Übergröße und räkelte mich darauf, bewußt, wieviel ich in diesem kurzen Leben erreicht hatte. Egal, was noch kommen würde, unterm Strich würde die Summe positiv sein. Dieses Gefühl gab mir Stärke und Gleichmut.

Anna O. Hysterikerin. Patientin von Dr. Sigmund Freud. Richtiger Name: Berta Pappenheim. Anna O. litt unter einem Symptom, das Zeitstau genannt wird. Extrem selten. Es kam bei der Patientin im Winter 1882/83 zu Zeitverwechslungen. Sie stieß beim Verlassen ihres Zimmers immer wieder gegen die Wand. Wenn man sie fragte, welche Farbe ihr Kleid habe, nannte sie das blaue Kleid braun. Durch einen Zufall kam heraus, daß vor exakt einem Jahr in der Wand, gegen die sie immer wieder rannte, eine inzwischen zugemauerte Tür gewesen war, und sie zu dieser Zeit ein braunes Kleid trug.

Anna O. lebte einen Winter lang im Jahr zuvor. Konnte die Ereignisse chronologisch nicht zuordnen. Zeitpathologie. Liegengebliebene Zeit. Doppelbelichtungen des Lebens. Faszinierende Geschichte. Von geringem Nutzen. Jedenfalls schienen mir Übereinstimmungen mit meinem

eigenen Fall, und ich war inzwischen bereit, von einem
«Fall» zu sprechen, nicht gegeben. Darüber nachzudenken,
bereitete mir Kopfschmerzen.

Mehr als erstaunlich, daß das menschliche Gehirn fähig
sein soll, sich in so extremer Weise gegen die es umgebende
Zeit zur Wehr zu setzen. Zweifelnde Stimmen sprechen vom
Fall Anna O. als einem konstruierten, gar gefälschten.

Der Wake-Up-Service des Club Desirée Paris genießt unter
Eingeweihten einen legendären Ruf. Als Stammkunde hinterlegt man in der Zentrale die Kopie seines Wohnungs-
schlüssels und wird zur gewünschten Stunde zärtlich von
den Fingernägeln einer – diesmal wunschgemäß als Kellnerin verkleideten – Frau geweckt. Zwei Angestellte tragen
ein Büffet herein, das unter silbernen Hauben ein amerikanisches Frühstück enthält, mit Rührei, Schinken, Lachs,
Toast, drei Sorten Fruchtsaft, dazu frisch gebrühten Kaffee,
Tee, Champagner, Aspirin. Und Musik, die man vorher aus-
wählen kann. Die Angestellten entfernen sich dezent, und
das schöne Mädchen (die haben dort wirklich *sehr* schöne
Mädchen im Katalog) legt sich nackt zu dir ins Bett, massiert
dich, küßt dich, und wenn du willst, bläst sie dir einen oder
vögelt mit dir. Letzteres nur mit Gummi – mir war das stets
zu anstrengend gewesen. Der Spaß kostet 600 Euro, wird
mit Kreditkarte bezahlt. Man kann auch eine Maniküre da-
zubestellen, wenn man Wert auf sowas legt. Als Musikunter-
lage hatte ich mir frühe Klavierstücke von Ravel ausgesucht.
Die Aufnahme war ein tschechisches No-Name-Produkt,
aber man soll nicht quengeln.

Zwei Stunden später kehren die Angestellten zurück,
sammeln das Geschirr ein und putzen gegen Aufpreis die
Wohnung. Angenehmer ist Aufstehen nie gewesen, und wer

danach noch am Fortschritt zweifelt, besitzt mein grenzenloses Mitleid.

Anne trat, von Ravel geweckt, aus der Schlafzimmertür, nur in Slip und BH, als der blondierte Kopf des schönen Mädchens grade in meinem Schoß lag. Ich war auf Annes Reaktion gespannt gewesen. Würde sie ihre Sachen packen und beleidigt hinausstürzen? Würde sie sich schüchtern und schamvoll ins Schlafzimmer zurückziehen? Würde sie sich zu uns gesellen und mitmachen? Würde sie fragen, *wer* da an mir herumlutschte?

Ein Stück weit war das Ganze als Prüfung gedacht, inwieweit ich mich vor ihr zu verstellen hatte.

Das Wichtigste an einer Gefährtin: daß man sich vor ihr nicht verstellen muß. Eine Frau, die dich nimmt, wie du bist, stellt etwas Besonderes und Seltenes dar.

Anne sah unserem Treiben eine Zeitlang erstaunt und etwas desorientiert zu. Blinzelte. Dann fuhr sie mit der Hand in den Slip und berührte sich. Blieb so unter dem Türkreuz stehen und masturbierte, ohne irgendeine Frage zu stellen. Was für ein großartiges Wesen. Sie würde meine Geliebte werden, meine platonische Geliebte. Mal was Neues. Ich hatte Schwierigkeiten zu kommen, das Mädchen mußte sich Mühe geben, zwischendurch bot sie mir Viagra an. Es ging dann auch so, indem ich den Kopf zurücklegte und Anne zusah, die sich mit zwei Fingern bearbeitete. Es kam uns fast gleichzeitig, und wir mußten lachen, als wir wieder zu Atem kamen.

Später, das Mädchen war gegangen, bediente sich Anne von den Resten des Büffets und fragte mich kauend nach Einzelheiten dieses Service-Unternehmens aus. Sie benahm sich schlicht so, wie ich es von ihr erhofft hatte. Schließlich gab es für sie keinerlei Grund, sich anders zu benehmen.

Manchmal ist schon das Selbstverständlichste so überraschend und erfreulich, daß man den Tag im Kalender rot einkringeln will.

«Weißt du was? Heut gehen wir bummeln, gehn einkaufen im Samaritaine, und du kannst alles haben, was du willst.»

«Echt?»

«Alles.»

«Dann los.»

Ich hatte die ganze Zeit an mir rumgespielt, zog Anne zu mir und spritzte ihr auf die Brüste.

Ein glücklicher Moment. Ohne Ziel und Regelwerk. Sie ging ins Bad. Ich telefonierte mit Walter und wollte mein Testament umformulieren zu Annes Gunsten. Was ich dann vergessen habe, leider.

Im Samaritaine. Hier hatten schon Debussy und Strawinsky eingekauft und es kann damals nicht viel anders ausgesehen haben. Eine breite Holztreppe in der Mitte des Gebäudes, die sehr viel verschwendeten Raum umschließt, verbindet die fünf Stockwerke, bis hinauf zum gläsernen Dachgeschoß mit seinen Jugendstilornamenten, den grünspanbedrohten Kupferbeschlägen. Leicht, ganz leicht fällt es, moderne Waren oder die Kleidung der Konsumenten gegen solche der vorletzten Jahrhundertwende auszutauschen, sich vorzustellen, wie die Pariser dieses Kaufhaus einst als dernier cri begrüßt haben mochten. Das Samaritaine war ein Ort jenseits der Zeit, eine anachronistische Kapsel. Wir kauften alles mögliche. Unterwäsche, CDs, Kuchen, einen Lammfellmantel, einen Strauß künstlicher Sonnenblumen, Porzellanhunde, Unsinn.

Anne, und ich bildete mir ein, sie zu lieben, nahm jedes

Geschenk einfach an, ohne sich zu zieren, ohne falschen Stolz, falsche Würde an den Tag zu legen. Claudia, die bitterarme Studentin, hatte sich nie viel von mir schenken lassen, dabei schenkte ich so gern. Es ist keine Kunst, sich generös zu benehmen, wenn man über ein Vermögen meines Ausmaßes verfügt. Claudias Verweigerungshaltung hatte mich gereizt, amüsiert, aber immer auch abgestoßen, letztlich stand Dummheit dahinter. Ihr Stolz darauf, mich zu verlassen, ohne mich ausgenutzt zu haben, wirkte auf mich lächerlich kleinkariert.

Anne nahm meinen verschatteten Gesichtsausdruck wahr.

«Was hast du denn?»

«Nichts. Mir gehts gut.» Ich grinste tapfer.

Aber da war dieses Telefonat mit Walter gewesen.

«Deine alte Freundin Cosima hat sich als Zeugin gemeldet.»

«Was?»

«Sie hat angegeben, daß du sie sexuell belästigt hast, in einem Freibad, Sommer 1990, sie hätte sich nur durch Flucht vor einer Vergewaltigung gerettet.»

«WAS?»

«Die Sache ist inzwischen verjährt, aber sie wollte es der Polizei mitteilen, im Hinblick auf den Fall Marita. Und als Zeugenaussage könnte es in einem Prozeß gegen dich durchaus verwendet werden.»

«Von hinten bis vorne gelogen! Sie wollte mich haben, ich hatte keine Lust, sie war beleidigt.»

«*Du* – hattest keine Lust?»

«Was stellst du mir denn für Fragen?»

«Fragen, die dir bald auch andere stellen könnten.»

«Es ist eine Lüge! Basta.»

«Okay. Aber eins muß dir klar sein: Die Presse hat jetzt

was Konkretes. Sie wird Cosima noch ein bißchen auf ihren Lebenswandel, ihre Glaubwürdigkeit abklopfen, aber dann braucht nur noch ein Tag kommen, an dem in der Welt sonst nicht viel los ist – und du bist fällig.»

Gerade fiel mir wieder ein, wieviel zwanzig Mark mir mal bedeutet haben. Zwanzig Mark. Man konnte damit eine Nacht zum Fest erheben. Man hat sich Zigaretten gekauft und Wein oder Bier, lud den einen besten Freund zur Feier und setzte sich auf den Hügel überm Friedhof, dort wurde über vieles geredet, Wichtiges, glaube ich, bin mir nicht sicher, aber wenn der Morgen kam und die Müdigkeit, und die Musik aus dem Recorder durchgehört war, dann standen wir im Tag, vom Licht bestrahlt, wie junge, vom Himmel vergessene Götter, und unsere Zukunft war die Zukunft überhaupt, undenkbar, daß die Welt je ein anderes Ziel als uns gehabt haben konnte. Manchmal haben wir auch in ein Feuer gesehn, Fleisch gebraten, auf Äste gespießt, ich erinnere mich an die Gier, als unsre Zähne sich in ein Steak oder Halsgrat verbissen, als wir lachend die Namen der Frauen erwähnten, die wir nicht erobert hatten, Namen, die nichts bedeuteten, nichts, weil das, was wir mit zwanzig Mark besaßen, schon soviel mehr war als alles, was wir uns noch wünschten.

«Du hast doch irgendwas. Du siehst so traurig aus.»
    «Nein. Kümmer dich nicht um mich. Schau – der schwarze Anorak –, willst du den haben?»
    Sie probierte ihn an. Sah klasse darin aus. Wir konnten die erstandenen Sachen kaum mehr selber schleppen, ich gab einem Angestellten einen Geldschein, damit er uns eskortierte und als Lastesel diente. Ob mich das Geld korrumpiert hat?

Nein, ich glaube nicht. Es ginge auch ohne. Nur anders. Man müßte mehr Mühe aufwenden im Umgang mit Menschen.

Geld ist eine Abkürzung hin zum Wesentlichen. Das Leben besteht aus banalen Tauschgeschäften und heiligen Momenten. Je schneller die banalen Tauschgeschäfte abgewickelt werden, umso mehr Platz ist da für einen heiligen Moment. Schwer beladen mit meist unnützen Dingen fuhren wir in meine Wohnung, brieten in der Pfanne frisch vom Markt gekauften Seeteufel, betranken uns mit Champagner und warteten auf einen heiligen Moment. Aber der Fisch schmeckte vorzüglich. Entgegen meinem Vorsatz küßte ich Anne, ihr Mund war beweglich und groß, sie kraulte mich zwischen den Beinen und ich schob sie von mir fort, flüsterte, sie solle nicht beleidigt sein. Ich fürchte, sie war es doch, aber zum Glück, ihrem Gemüt entsprechend, nur kurz.

Am Tag darauf erschienen in Deutschland die ersten Zeitungen mit Berichten über das seltsame Verschwinden des «renommierten Dirigenten Hermannstein». Die Hausfrau Cosima W. wurde mit dem Vorwurf der angeblichen sexuellen Belästigung zitiert. Nebenbei wurde auf meine «Verwicklung» in den ungeklärten Mordfall Marita S. hingewiesen.

«*Was hat Arndt Hermannstein zu verbergen?*» Der Leiter der Münchener Sonderkommission bestätigte, daß von Seiten Hermannsteins bislang noch immer keine Stellungnahme eingegangen sei, obwohl man ihn dringend darum gebeten habe. «*Hermannstein gilt als talentierter und aufstrebender, aber auch umstrittener, streitbarer und provokanter Künstler, der aus seinen erotomanen Eskapaden keinen Hehl macht.*» Darunter plazierten fast alle Boulevardblätter das Foto mit der Nutte aus Soho.

Ich reiche die gefaxten Zeitungsausschnitte Anne weiter, ohne Kommentar. Sie sitzt in einem zu großen weißen Nachthemd auf dem Ledersofa, trinkt Kaffee und amüsiert sich köstlich.

«Klingt ja echt verrucht. Frauenschänder, Mörder, Hurengockel – wenigstens bist du jetzt prominent.»

«Ah.»

«Naja, und du hast deine Arbeit ja auch nicht nötig. Ich meine, du kannst es dir leisten, zu pausieren, allem aus dem Weg zu gehen. Das ist ein großes Privileg.»

Sie trinkt weiter Kaffee, und ich warte.

«Willst du mich nicht fragen?»

«Was soll ich denn fragen?»

«Warum ich die Zeugenaussage verweigere. Ob ich was mit Maritas Tod zu tun habe.»

«Hast du? Würdest dus mir sagen, wenns so wäre?»

«Ich glaube schon.»

«Dann brauch ich doch nicht erst zu fragen.»

«Ah.»

Walter klingelt durch. Ob wir ein paar der Zeitungen verklagen wollten? Allerdings schätzt er unsre Erfolgsaussichten als gering ein. Danach meldet mein römischer Agent, daß einige Konzertmanager bei ihm angefragt hätten, keine tollen Sachen, aber es herrsche Interesse an meiner Person.

Anne lacht, als sie das hört. Paganini hätten seine ihm angedichteten Teufeleien ja auch nie ernsthaft geschadet. Ich muß ihr widersprechen und erzähle ein bißchen was aus dem mühsamen und aufreibenden Leben Paganinis, eine einzige lange Leidensgeschichte, und Anne betrachtet mich dabei grinsend, kann ihr Kichern nicht unterdrücken, das gefällt mir.

Später kam noch ein Fax von Walter, ob ich Lust hätte, Sam Kurthes ein paar Fragen zu beantworten, er habe sich in der Kanzlei gemeldet mit dem sehnlichen Wunsch, mich kennenzulernen. Es stand nicht dabei, von welcher Zeitung dieser Herr war. Merkwürdig, daß Walter ein derartiges Anliegen überhaupt an mich weiterleitete.

Anne und ich fuhren nachmittags nach Montmartre, betraten Sacré-Cœur, stiegen den Turm bis ganz hinauf, die enge steinerne Wendeltreppe hoch, bis es nicht mehr weiter ging. Es war kalt, und die Stufen rochen stellenweise nach Urin. Oben, wo man ein Stück weit über die Dächer des Hauptschiffs gehen muß, bevor man die Kuppel hinauf zur Laterne erklimmt, blies uns der Wind beinahe um, wir hielten uns aneinander fest, küßten uns. Es machte Spaß, Anne zu küssen. Wir waren da oben, bis auf ein paar Tauben, allein. Unter uns, im Nebel, Paris, die Stadt der Liebenden, all das, und diese Schweinekälte, der scharfe, eisige Wind erhob sich dagegen. Wir küßten uns, und ich glaubte, daß das keine gute Entwicklung war. Wir sahen dem Karussell vor Sacré-Cœur zu, ließen gefaltete Papierflieger in die Tiefe gleiten, einige landeten direkt vor den Bussen, mit denen Touristen heraufgekarrt und wieder abgeholt wurden. Anne fror und zitterte, ich nahm sie in die Arme, und obwohl sie keinen Ton sagte, stellte ihr Körper all jene Fragen, die ich ihr nicht beantworten wollte.

Wir gingen in der Nähe des Centre Georges Pompidou in ein amerikanisches Diner, wo es tolle Burger gab. Die Alternative wäre eine Fondue im La Granche St. Michel in der Rue St. Severin gewesen, wo ich immer hinging, wenn es romantisch werden sollte. Anne bemerkte meine Unentschlossenheit, sie spürte, daß etwas uns daran hinderte, übereinander herzufallen, gab einer anderen Frau die Schuld, fragte mich über mein Liebesleben aus, und ich erzählte wahrheitsgemäß von Claudia, Laura, von sehr viel weiter zurückliegenden Frauen, und gerade weil ich die Wahrheit sagte, verstand Anne immer weniger, welchen Grund ich haben mochte, die Küsse nach einiger Zeit abzubrechen, die Arme an den Körper zu legen, mich zu räuspern und über irgendwelchen Quatsch zu reden.

Wir mußten diese Sache klären. Es lag ja nicht allein an dem Geruch. Ihr Körper bedeutete mir nichts. Und aus dem Alter, in dem einem jeder weibliche Körper etwas bedeutet, und seis nur deswegen, weil man danach eine Kerbe in den Bettpfosten schnitzt, aus diesem Alter war ich gottlob raus. Wir besorgten harmlose Actionfilme in der Videothek und sahen abends diese Filme und schnupften Koks. Anne zum ersten Mal. Es machte sie geil. Sie fingerte an mir herum, ich sagte: «Laß!»

«Okay.»

Ich sah aus dem Fenster zur leeren Place de la Concorde hinüber, wieso in Dreiteufelsnamen hatte man das herrliche Riesenrad abmontiert? Das Riesenrad war für mich immer das beleuchtete Rad des Lebens, das Rad der Zeit gewesen, das energetische Zentrum der Stadt. Der Gedanke, daß so viele Menschen vor mir diesen Platz überquert haben, verliebt gewesen und verschwunden sind; auf der Place de la Concorde fanden während der Revolution die Guillotinierungen statt, bei Madame Tussaud in London gibt es ein schreckliches Arrangement, aus Wachs geformt, die kopflosen Leichen alle, Glieder auf großen Haufen, Geschichte aus tausenden Geschichten, ihrer Gesichter beraubt.

Ich habe oft, in Sommernächten, einen Abstecher zum Riesenrad gemacht. Unten, nach dem Ausstieg, konnte man ein Erinnerungsfoto kaufen, es wurde von jedem geschossen, der die zwei Runden gedreht hat, und ich habe es immer gekauft, denn wenn man es nicht kaufte, wurde es einfach weggeschmissen.

«Arndt?»

«Ja?»

«Hast du dieses Fax gelesen?»

«Wieso?»

«Na hör mal – Kurthes will dich sprechen.»

«Kennst du den?»

«Du weißt nicht, wer Sam Kurthes ist?»

«Nein.»

Der letzte Film war zuende. Wir waren betrunken und verkokst. Verschmust und apathisch.

Wer weiß, was aus alldem geworden wäre, hätte Anne nicht zufällig Sam Kurthes gekannt.

3

Man muß nicht unbedingt an eine Verschwörung gegen sich glauben, dazu ist man in den allermeisten Fällen zu unwichtig. Man kann hingegen gut an eine Art höheren Zusammenhang glauben, der alle lebenden Wesen verbindet. Das schadet erstens nicht, zweitens ist manchmal kein anderes Motiv vorhanden, warum Dinge sich verknüpfen, die nicht unbedingt zueinander wollten.

«Arndt?»

«Laura?»

«Warum gehst du nie ans Telefon?»

«Ich gehe immer ans Telefon. Wo bist du denn?»

«Las Palmas.»

«In dem Fall hab *ich dich* zu erreichen versucht.»

«Jaja. Hör auf damit.»

Sie klang nicht wie Laura aus Las Palmas. Viel eher wie Laura aus dem Norden Roms.

«Ich will die Scheidung, Arndt.»

«Na gut.»

«Es hat keinen Sinn zu diskutieren. Ich habe unsere gemeinsamen Konten sperren lassen.»

«Was?»

«Das ist nur vorläufig, bis die Sache geregelt ist. Mein Anwalt sagt, das sei das Beste, um zu einer fairen Vereinbarung zu kommen. Du hast ja wohl genug Kleingeld, um ein paar Monate auszukommen.»

«Laura!»

«Walter wird sich mit dir deswegen in Verbindung setzen.»

«Walter? *Unser* Walter? Das ist doch alles ein Scherz! Hallo? Hallo?»

«Wer war denn das?»

«Meine Frau.»

Walter redete sich heraus. Er sei nun mal unser beider Anwalt, und Laura habe ihn gefragt, ob er das übernehme, also habe ers übernommen, warum denn nicht, ich solle froh darüber sein, er sei mein Freund und werde zivil bleiben, habe das Mandat auch nur akzeptiert, weil Laura ihm versichert hätte, eine faire und großzügige Trennung anzustreben. Die Idee von den gesperrten Konten stamme nicht von ihm, das wies er von sich, er machte mich sogar («sag ich dir nur geflüstert, okay?») darauf aufmerksam, daß ich als gleichberechtigter Kontoinhaber gegen die Sperrung Einspruch erheben könne. Auf die Frage, wer denn dann *mich* vertrete, ließ er als Vorschlag den Namen von Annes Arbeitgeber fallen, während er in Fragen außerhalb der Scheidungssache natürlich mein Anwalt bleibe. Als Freund stünde er mir überdies jederzeit und uneingeschränkt zur Verfügung.

«Das geht doch nicht.» Anne schüttelte den Kopf. «Der verarscht dich doch.»

Sie sprach mir aus der Seele.

«Das ist nicht koscher. Du solltest dich wehren.» Anne tätschelte meinen Kopf.

«Wie? Und weshalb? Laura will die Scheidung. Ist nichts dagegen zu sagen.»

«Kannst du nicht ein bißchen kämpferischer klingen? Mir zuliebe?»

Ihr zuliebe. Na schön.

Mein eigenes Konto, auf das in den letzten Jahren die Einnahmen aus meiner musikalischen Tätigkeit gewandert waren, erwies sich als belastungsfähig genug, damit ich nicht gleich betteln gehen mußte. Notfalls konnte ich den Pollock von der Wand nehmen und ins Pfandhaus tragen. Interessante Frage, was die Pfandleiher dafür rausgerückt hätten.

Überschlagsmäßig blieb mir etwa ein Jahr im gewohnten Lebensstil. Die Villa am Lago Bracciano hatte ich zur Hälfte mitbezahlt, sie war auf uns beide eingetragen, ansonsten gehörte mir nichts. Die Wohnung in Paris hätte ich gern behalten. Vielleicht würde Laura zu einem Tausch bereit sein, die halbe Villa in Lazio gegen die Wohnung in Paris, die sicher dreimal soviel wert war. Derlei Erwägungen blieben seltsam theoretisch, als würde sich alles von selbst regeln, auf eine mir unbekannte Weise. Ich rief Laura mehrmals an, da und dort, bekam sie nicht an den Apparat.

Sam Kurthes ist ein bekannter Autor und wird auf der zweiten Silbe betont, wodurch sein Name an den eines spanischen Eroberers erinnert, obwohl er tschechische und niederländische Vorfahren besitzt. Seine Bücher, teils belletristisch, teils in Essayform gehalten, waren und sind erfolgreich, er hat sich vom Schreiben vor Jahren zurückgezogen, gibt stattdessen Seminare, in denen er seine Philosophie als eine Art Heilslehre verkündet – Wege zum neuen Denken – in dieser Art. Mir war er, wie gesagt, kein Begriff gewesen, in Anne hingegen hatte er eine langjährige, wenn auch unregelmäßige Leserin gehabt. Kurthes sei inspirierend und anstrengend, vieles von dem, was er in die Welt setze, lohne darüber nachzudenken, anderes wieder trage die Züge der Hybris, immerhin wechsle er gerne seine Meinung, widerspreche sich oft, das führte sie zu seinen Gunsten an, hielt ihn für einen originellen Freigeist ohne dogmatisches System und riet mir sehr zu einem Treffen.

Es war mehr Annes Neugier als meine, die die Dinge ins Rollen brachte. Unter der angegebenen Telefonnummer meldete sich Kurthes' Sekretär, der angab, der *Meister*, so drückte er sich aus, weile zur Zeit in München, dann in Berlin und London, käme aber, welch Zufall, in einer Woche nach Paris, wo er sich gerne mit mir unterhalten wolle.

Die aufgezählten Orte lösten in mir einen irrationalen Abwehrreflex aus, ich schleuderte das Handy quer durchs Zimmer.

4

Wir spazierten über die berühmten Friedhöfe der Stadt, händchenhaltend. Eine Rose für Bizet, eine Kiwi für Berlioz. Das Wetter blieb kalt, aber trocken, und Anne sah sehr süß aus in ihrem schwarzen Fleeceponcho mit Fellbesatz an Kragen und Ärmeln. Ich fühlte mich sicher neben ihr, sie bot mir ihre Hilfe an, und wenngleich sie es ganz diplomatisch, unaufdringlich tat, klang es, als hätte ich Hilfe dringend nötig, als sei ich nicht mehr geschäftsfähig und eine Gefahr für mich selbst.

Anne brachte das Handy zur Reparatur und kaufte ein dickes Notizbuch, darin trug sie alles ein, woran ich mich erinnern konnte, wen ich wo, wann und wie lange getroffen oder gesprochen hatte. Auf diese Weise entstand, wie auf dem Reißbrett, ein Stück Leben, der zerknetete Klumpen zurückgelegter Zeit dröselte sich auf, gliederte sich in Städte, Gespräche, Begegnungen. Mein Gedächtnis für kalendarische Daten ist, gelinde gesagt, löchrig, einige weiße Stellen blieben übrig, Tage, an die ich keine Erinnerung besaß. Bei denen wir nicht einmal grob feststellen konnten, wo ich mich aufgehalten hatte. Meist hebe ich Flugtickets auf, manchmal nicht, kann sein, daß einige noch in den Innentaschen irgendwelcher Mäntel liegen. Anne machte sogar eine Liste möglicher Zeugen, die mich da und dort gesehen haben mochten, notierte die Details, die mir zu manchen Tagen wieder einfielen – es ist erschreckend, wieviel man vergißt, aber würde man Tagebuch führen, hätte man weniger Zeit, um Neues zu erleben. Mit diesem Argument hatte ich mich stets ums Tagebuchführen gedrückt, obwohl es mir ein Greuel war, festzustellen, daß die Vergangenheit sich meinem Zugriff immer mehr entzog, nur noch Rudimente übrigließ, einzelne tragende Pfeiler aus Konzertterminen und Frauennamen. Ich vergesse schnell und kann nur abstrakte Strukturen einigermaßen behalten. Partituren kenne ich zahllose auswendig. Wenn man mir aber fünf Handtaschen oder fünf Lippenstiftfarben der fünf Frauen vorlegte, die ich zuletzt geliebt habe, wüßte ich sie den richtigen Gesichtern zuzuordnen? Nein.

«Was ist eigentlich aus Claudia geworden?»

Wir standen am Quai St. Michel, die Bouquinisten hatten ihre Läden eben geschlossen, eine bewölkte Dämmerung senkte sich auf Notre Dame, als Anne diese Frage stellte. Ein Schleppkahn trieb den Fluß hinab, und ich hatte an Puccini gedacht, an die düsteren ersten Takte aus *Il Tabarro*. Mein Vater war vier Jahre alt gewesen, als Puccini starb, und ich hatte daran gedacht, wie wenig Zeit ein Menschenleben umfaßt, aber wieviel anderes. Die Zeit und das andere. Darum dreht sich viel. Sein und Zeit. Jeder Lebensplan beruht auf einem selbstgewählten Verhältnis von Sein zu Zeit. Manchmal erhält man mehr Zeit, als man sich für seine Ziele erbeten hat. Als Kind habe ich nachts mit Gott verhandelt, später mit den Göttern, noch später mit dem Tod. Gib mir fünfunddreißig Jahre, die brauche ich, um zu verwirklichen, was ich will. Gib mir die fünfunddreißig, ohne wenn und aber, dann nimm dir, was übrig ist.

Mein Garantiedatum ist überschritten. Ich fragte mich, wieviele Jahre ich mir jetzt noch vom Tod erbeten würde, käme es zu einer Nachverhandlung, aber ich besaß kein klar definiertes Ziel, würde wohl sagen – soviele Jahre, wie du erübrigen kannst. Und wenn der Tod mich fragte: «*Wofür?*» Was antworten? *Es ist herrlich, hier zu sein?* Rilke zitieren? So ungefähr waren meine Überlegungen verlaufen, nah am trüben Wasser.

«Warum?»

«Sie muß dir doch was bedeutet haben, wenn du danach noch zweimal in Berlin in der leeren Wohnung gesessen bist, mit Kerzen und so. Was macht sie denn jetzt? Was für eine Studentin war sie denn?»

«Sie hat – Moment – es war was mit Kunst. Komisch. Sie hat mir oft über ihre Magisterarbeit erzählt – was war das noch …»

Ich konnte mich nicht mehr erinnern.

«Das gibts doch nicht. Du weißt überhaupt nichts mehr?»

«Es ist wie eine Blockade, warte …»

Es fiel mir nicht mehr ein. Wir gingen essen, in eine der hervorragenden kleinen asiatischen Nudelküchen, die es hier an jeder Ecke gibt. Anne stellte dauernd Fragen, ich machte schroffe Handbewegungen, dachte angestrengt über das Thema von Claudias Magisterarbeit nach, nein, es hatte mir nichts bedeutet, dennoch …

«Wann hast du sie zum letzten Mal gesehen?»

«April. Es war kalt.»

«Hast du diese Berliner Wohnung auf deinen Namen gemietet?»

«Nein. Das ging schwarz. In Berlin geht sowas immer schwarz. Hab alles cash bezahlt.»

«Und wo ist Claudia jetzt? Weißt du wenigstens das?»

Der Kellner brachte unsere Nudelsuppen. Eine Minute Aufschub, die nichts nutzte.

Claudia, eine Frau, die ich vor einem halben Jahr noch geliebt habe, geliebt zu haben glaubte, hatte sich aus meinem Gedächtnis verabschiedet. Plötzlich fand ich Annes Befragungen unangenehm.

«Ich glaube, sie ist nach Frankfurt gegangen, hat irgendeinen Job begonnen. Und ihre Magisterarbeit war irgendwas über … über das Selbstporträt im Biedermeier. So was.»

«Arndt, das denkst du dir grad aus.»

«Verdammt, ich weiß es nicht mehr.» Ich muß zornig ausgesehen haben, denn Anne rückte auf ihrem Stuhl nach hinten und legte die Stirn in Falten.

Ich bat um Verzeihung, es sei mir peinlich.

«Du hast überhaupt keinen Kontakt mehr zu ihr?»

«Nein. Sie ging weg.»

Ihr Nachname? Wenigstens das wußte ich noch. Schneider. Claudia Schneider. Anne notierte den Namen.

«Wie alt?»

«Sechsundzwanzig.»

«An welcher Uni hat sie studiert?»

«Weiß ich nicht. Berlin. Vermutlich Humboldt-Uni. Wozu ist das wichtig?»

«Alles ist wichtig.»

«Besuchst du mit mir einen Swingerclub?»

«Warum?»

«Paare kommen fast umsonst rein. Wir trinken was und sehen den anderen beim Ficken zu.»

«Machst du Spaß?»

«Ja.»

«Und wenn ich jetzt gesagt hätte, okay, gehn wir, was dann?»

«Dann hätten wir das getan.»

«Dann war es auch kein Spaß, Arndt. Du bist nicht ganz klar, echt. Ich versuche, dir zu helfen, und du –»

Sie stand auf, hatte ihre Suppe noch nicht mal probiert. Ich bezahlte den entsetzten Kellner und lief ihr hinterher, auf die Straße, faßte ihren Arm und zog sie an mich. Selbst ihr Beleidigtsein, der schnutige Mund, schlaff hängengelassene Schultern, müde, auf den Gehweg starrende Augen, ich mochte – beinahe – alles an ihr.

5

Später am Abend saßen wir in St. Germain in einer Pianobar, sehr grün beleuchtet, mit Lampenschirmchen in vielen Pastelltönen, tranken Cocktails in weitaus aggressiveren Farben, und Anne forderte mich auf, für sie zu spielen. Ein Wunsch, dem ich sehr unwillig nachkomme, besonders, wenn ich schon getrunken habe. Aber bitte, ich wollte nicht zickig erscheinen, als der Pianist seine Pause machte, bat ich ihn darum, sein Instrument benutzen zu dürfen. Er sagte, er habe das nicht gern, sowas sei nicht Usus in diesem Lokal, ich diskutierte nicht und setzte mich wieder. Anne ging hin zu ihm und nach ein paar wenigen im Flüsterton gesprochenen Sätzen hatte sie ihn umgestimmt, er winkte mich gnadenvoll auf seinen Hocker, ich spielte zwei Images von Debussy und Mussorgskis «Großes Tor von Kiew», mein Paradestück, erhielt von den Gästen lebhaften Beifall und sah beglückt, daß Anne stolz auf mich war. Der Pianist meinte danach, ich hätte Talent, solle weiter an meiner Technik feilen, es könne sich lohnen. Ich gab keine Antwort. Er würde mit sich bestraft genug sein. Lebenslang. Ohne Aussicht auf vorzeitigen Ruhestand. Die Götter würden ihn noch Jahrzehnte in irgendeiner grün beleuchteten Pianobar schuften lassen. E bene così.

Ich bin nicht besonders großmütig. Großmut wirkt in meinen Augen oft viel herablassender als ostentatives Beleidigtsein. Anne strich beschwichtigend durch meine Haare. Es gibt diese Geschichte von Verdi, bei dem sich schriftlich ein Opernbesucher beschwerte, dem am Vorabend Verdis neueste Oper ganz und gar nicht gefallen hatte. Der Operngänger schickte Verdi eine Rechnung über Eintrittskarte, Zugfahrt und Abendessen. Und Verdi überwies ihm die Summe, abzüglich der Kosten fürs Essen, denn, so meinte der Maestro: «Essen hätte er auch zu Hause können.» Das ist doch kein Großmut. Verdi hat diesen Menschen für alle Zeit gebrandmarkt, hat eine feine Anekdote über sich in die Welt gesetzt, was sind dagegen die paar Scudi? Alles mögliche, nur nicht Großmut. Und wo wir grade dabei sind, es stimmt:

Viele Frauen reagieren praktisch wehrlos, sobald man ein Instrument gut beherrscht. Das ist kein Klischee, ist schlicht und einfach wahr. Oft noch die unmusikalischsten unter ihnen haben eine Art eingebauten Unterwerfungsmechanismus, der auf handgemachte Klänge anspricht. Du spielst auf dem Klavier etwas, und es ist, als spielten deine Finger mit den intimsten Stellen der Zuhörerinnen, als besäßen Frauen etwas wie eine natürliche Demut vor der Magie der Pianisten. Laura habe ich so bekommen, Claudia auch. Jetzt fällt es mir wieder ein. Die Nacht in Berlin-Mitte, Weinmeisterstraße, die Vernissage, auf der ich mich ans Klavier setzte, weil ich geil und leicht betrunken war und mir für die Nacht etwas anklimpern wollte.

Ich küsse Anne, wir sind ins Quartier Latin hinübergewechselt, haben uns dem Passantenstrom hingegeben, stehen vor dem Cinema Danton und küssen uns so innig, daß Touristen nach ihren Fotoapparaten greifen, und ich sehe Claudia vor mir, die kurzgewachsene, grazile Studentin auf Zehenspitzen, in ihren komischen kurzen Gummistiefeln, wie ihre Zunge meine berührt, wie wir uns im Stehen gegenseitig einen runterholen, auf der Museumsinsel, unter freiem Himmel wurde ein Mitternachtsfilm gezeigt. Dieser riesengroße Baum, unter dem die Zuschauer ihre Stühle aufgeklappt hatten. Die Arkaden, rechts neben der Leinwand, voll dunkler Nischen. Die mitreißende Filmmusik von Henry V. Und alles funkelte im Regen, scharlachrot bestrahlt, genau wie jetzt.

Anne betrachtet mich, fragt, woran ich mich erinnere, streicht mir über die Stirn.

«Claudia ist tot, nicht wahr?»

Wie sie dazu kommt, derartiges zu sagen, weiß ich nicht, aber mir wird schlecht. Nein, nicht schlecht. Anders. Ich gebe nach. Der Gehsteig hebt sich, wie ein Tablett in der Hand eines Riesen, und der Riese präsentiert mich lachend dem Mond. Leute. Kranz aus Gesichtern. Schwarz.

6

Ich wurde mit einem Notarztwagen in die nahegelegene Klinik mit dem schönen Namen Hôtel-Dieu gebracht, gegenüber Notre Dame. Während der Fahrt, sagt Anne, sei ich kurz aufgewacht und hätte sinnloses Zeug geredet, bevor ich erneut das Bewußtsein verlor. Die Ärzte stellten einen Schwächeanfall infolge Blutüberzuckerung fest, unterstützt von Streßsymptomen und Alkoholmißbrauch. Meinen gelegentlichen Kokainkonsum hat Anne dem behandelnden Arzt mitgeteilt, was aus ihrer Situation heraus womöglich richtig, bestimmt auch gutgemeint war. Dennoch unnötig.

Diabetes war nie zuvor an mir diagnostiziert worden. Man gab mir ein starkes Schlafmittel, und ich schlief achtzehn Stunden durch. Danach bestand ich auf sofortiger Entlassung. Anne hatte lange Zeit an meinem Bett gesessen, wie sie erzählte, war aber zwischendurch in mein Apartment gegangen um sich auszuruhen.

Über Walter, die Nummer bekam Anne von ihrem Chef, hatte sie Laura benachrichtigen lassen. Die sah keinen Grund, nach Paris zu kommen. Und wirklich war der Vorfall nicht weiter erwähnenswert. Man riet mir eine Diät an.

Arndt Hermannstein. Dirigent. Alter: 39 Jahre. Verheiratet. Name der Gattin: Laura Hermannstein-Feuer. Nationalität: Deutsch. Wohnort: Aguillera, Italien. Versichert: Privat. 182 cm, 80 kg. Haarfarbe: Dunkelbraun. Farbe der Augen: Braun-grün.

Eingeliefert: 17. Oktober. Entlassen: 19. Oktober.

Ich mußte das unterschreiben. Der freundliche Arzt unterschrieb es auch. Das war schön. Einen Zettel wie den hatte ich mir seit langem gewünscht. Und ich durfte den Durchschlag sogar behalten. Konnte ihn bei Gelegenheit vorzeigen und sagen: So und so ist das. Schwarz auf Weiß.

7

«Sag mal, hab ich wirklich sinnloses Zeug geredet im Notarztwagen?»

«Ja, klar.»

«Woher weißt du, ob das sinnlos war? Was für dich sinnlos ist, kann doch für mich sinnvoll sein.»

«Glaub ich nicht.»

«Dann erzähl doch mal, was ich genau gesagt habe. Den exakten Wortlaut.»

«Weiß ich nicht mehr.»

«Nichts mehr?»

«Es war einfach so sinnlos, daß ich mich nicht erinnern kann.»

«An irgendein einzelnes Wort vielleicht?»

«Nein.»

«Kein einziges?»

«Nein.»

Anne. Wir waren nun zusammen. Ich würde sie nicht mehr nach München in ihr stumpfes Kanzleileben zurückgehen lassen. Verliebt? Nein. Verbundenheit. Über Freundschaft hinaus. Etwas Eigenartiges. Was sagt man einer solchen Frau, wenn man ihr etwas Liebes sagen, dabei nicht banal klingen will? Mir fiel nichts ein. Meist ein Symptom dafür, daß vorher etwas anderes zur Sprache gebracht werden muß.

Irgendwann, auf einer Straße im Afrikanerviertel St. Denis, zwischen überfüllten Friseursalons, Debattierclubs, in denen kein weißes Gesicht zu sehen war, stellte ich die lange im Mund weichgekaute Frage.

«Warum hast du das mit Claudia gesagt?»

«Was?»

«Na das, du weißt schon.»

«Nein, weiß ich nicht. Was denn?»

«Im Moment, bevor ich umgekippt bin.»

«Da hab ich nichts über Claudia gesagt. Sicher nicht.»

«Gut. Dann lassen wir das.»

«Was soll ich denn gesagt haben?»

«Lassen wirs.»

Eine Halluzination im Zuckerschock. Na gut. Nicht gut.

Ich hatte von Claudia seit April nichts mehr gehört. Sie konnte tatsächlich tot sein, und ich hätte es, wenn überhaupt, nur per Zufall erfahren.

Anne erzählte, daß sie in meiner Wohnung um zehn Uhr morgens vom Club Desirée-Weck-Service überrascht worden sei.

Ach ja, ach je.

«Und?»

«Ich hab gut gefrühstückt und das Mädchen gefragt, ob sie es auch mit mir machen würde, wenn du nicht da bist.»

«Und?»

«Kein Problem.»

Ich blieb auf der Straße stehn. «Du bist doch aber gar nicht – hast du doch immer gesagt.»

«Habs eben ausprobiert. War okay.»

«Ah.»

Wir gingen auf die Madeleine zu. Kehrten in das Café M ein, um meine Genesung zu feiern.

«Du hast mit ihr gevögelt?»

«Naja. War doch schon bezahlt.»

«Während ich im Krankenhaus lag?»

«Und? Du lagst ja nicht im Sterben oder so. War das falsch?»

«Sie hats dir besorgt? Jeanine?»

«Genau, Jeanine hat sie geheißen. Guck doch nicht so.»

Ich wußte nicht, wie ich gucken sollte. Auf eine Weise belustigte mich das, verstörte mich auch. Dazwischen lag ein weites Feld mit einer Herde Gedanken jeder Couleur. Die Vorspeise wurde gereicht.

Lange Stille.

«Anne – willst du bei mir bleiben?»

«Na klar.»

«Gut. Das macht mich sehr froh.»

«Mich auch.»

Lange Stille, die zweite. Die Gedankenherde trabte davon, hinterließ eine skurrile, chaotische Landschaft, in der wir einander suchten. Und wir suchten nach Worten, die dem Anlaß angemessen waren. Nach zärtlichen, hellen Worten, die nicht abgenutzt klingen durften. Bis wir uns angrinsten und beide im selben Moment beschlossen, daß alles gut war, gut sein mußte.

Vielleicht redeten wir uns einander ein, wortlos, aber wenn es so war, dann geschah es aus tiefer Überzeugung.

Frühlingsrollen mit Langusten gefüllt. Wir aßen, unterhielten uns über das geschickt verteilte Chiaroscuro des Café M. Der Wunsch, mit Anne zu schlafen, wuchs mit jeder Gabel Foie gras aux Figues. Ich hatte mein Leben zum größten Teil vergeudet. Hätte es mit dieser Frau verbringen können, und nur weil – ich mag es gar nicht mehr aussprechen. Aber dieser Abend im Café M war ein glücklicher in meinem Leben. Wir saßen nach dem Essen noch am Fluß, nicht weit von der Pont Neuf. Auf der Brücke hielt ein Notarztwagen, der einen Junkie oder Penner auflas, ich küßte

Anne auf den Hals, und ihre Hand lag auf meinen Wangen, hielt mein Glück fest, ich ging die paar Schritte zum Ufer, schrie «Bravo! Bravo!» hinauf zur Crew des Rettungswagens, tanzte, wurde peinlich, stellte mir eine Sondergenehmigung aus, peinlich sein zu dürfen, hemmungslos, wenigstens heute abend.

«Zeig dich mit mir!» rief ich Anne zu. «Das Volk verlangt nach uns!»

Anne wiegelte ab. «Du bist betrunken, Arndt.»

«Du nicht? Das läßt sich ändern. Trink mit mir!» Ich hielt ihr die Flasche '86er Vouvray hin, die wir aus dem M mitgenommen hatten. Mehr weiß ich nicht. Alles war Rausch und groß und überbelichtet, ein Kanu, das Stromschnellen hinabtrieb, Strom und schnell und sehr viel Licht, Musik, Herrgott, ich weiß nicht mehr, welche Musik, klammerte mich an Annes Stiefeletten, ihre Finger in meinem Haar, ihr Lachen.

das krankenhaus in rom, auf der tiberinsel, wäre natürlich sehr viel spektakulärer. von einer morbiden idylle, die andererseits genau jenes quentchen zuviel sein könnte.

Erwachen neben Anne. Gebirge von blauem Makosatin, die Sonne gleißt breitgekegelt ins Schlafzimmer. Mein Kopf Sekunden vor dem Platzen. Annes Lippen auf meiner Stirn. Lederne Kehle, ein Krächzen. Pissen müssen. Dringend. Der Klodeckel eiskalt. Spiegel. Schwall Wasser ins Gesicht. Und die erstickte Frage, was so sinnlos sein kann, daß Anne sich an keine Silbe davon erinnern will.

«Sag mal, haben wirs gemacht?»

«Na ja …»

«Was?»

«Nicht so richtig.» Anne schmunzelt.

Was bedeutet das? Bin ich noch unsterblich oder nicht? Ach, egal. Ich schiebe meinen Kopf zwischen Annes Brüste, ihre Umarmung ist heftig, ein hartes Klammern, tut gut. Ich spüre ihre Knie im Bauch. Sie hält mich fest. Aspirin. Mein Kopf ist Popcorn in der Pfanne. Kaffee? Kaffee. Anne, nur im Slip, tänzelt in die Küche. Es klingelt. Jeanine? Nein.

Heute keine Jeanine. Vielleicht der Postbote, der willkürlich an irgendeinem der zehn Knöpfe klingelt. Das ist eine von den Sachen, die man auch mit noch so viel Geld nie los wird. Auf die Concierge ist kein Verlaß. Ich drücke den Knopf. Die Gegensprechanlage ist kaputt. Ich drücke den anderen Knopf. Bald klingelt es nochmal. Vor der Wohnungstür steht Markus. Lächelt mich an.

Ich zog mir schnell was über und ging mit ihm zum Quai Malaquais, wir setzten uns auf eine steinerne Bank. Er war ja nun auch schon neununddreißig und trug die schwarzen Haare immer noch schulterlang. Und die selben Klamotten wie einst, Muscle-Shirt, Lederjacke und Sneakers. Breite silberne Gürtelschnalle. Kann sich jemand so wenig verändern? Er habe meine Adresse von Walter bekommen und Lust auf Paris gehabt. Einfach so. Er zog zwei Fläschchen Magenbitter aus der Jackentasche. Ich lehnte ab. Wir hatten an der Ecke zwei Mini-Pizzas gekauft, gar nicht übel. Wenigstens heiß.

«Was willst du?»

«Ach … du weißt ja, Sibylle – sie ist eigentlich okay, aber …» Seine Stimme war sehr krächzig, klirrend, und er dehnte manche Sätze, um sich interessanter zu machen. Zuletzt hatte er in einer städtischen Bibliothek als Archivar gearbeitet, eine Tätigkeit, die man mit seiner Erscheinung schwer in Einklang bringen konnte. Und die, wie er zugab, bereits zu einer von vielen Episoden seiner Vita geworden war.

Alles, was mich mit Markus verband, lag weit zurück. Ich hatte große Lust, zu Anne zurückzukehren, zum frisch gebrühten Kaffee, kam deshalb schnellstmöglich auf den Punkt.

«Wieso hat Sibylle das gemacht? Dein Alibi gekippt.»

«Ich weiß es nicht. Sibylle ist ein bißchen verrückt. Religiös verrückt. Ich hab ihr damals, als wir noch zusammen waren, wir waren ja sehr lange zusammen, vielleicht mal angedeutet, was passiert ist. Und sie will nichts damit zu tun haben. Verständlich.»

«Was ist denn passiert?»

«Das weißt du doch.»

«Nein.»

«Nein?»

«Nein. Sags mir.»

«Sei doch froh. Ich wäre jedenfalls froh um ein Gedächtnis wie deines.»

«Sag es!»

«Lassen wirs ruhen.»

«Das klingt, als wüßtest du es selber nicht, und wolltest mir hier was einreden.»

«Das will ich gar nicht. Sonst würde ich ja einfach sagen, daß *du* es warst.»

«Also war ich es nicht?»

«Das ist doch egal. Sibylle ist dabei, mit ihrem Reisebüro pleite zu machen. Sie will Geld von mir, und ich hab keins.» Er begann, mit der Kruste seiner Pizza Tauben zu füttern. Es war sonnig, aber kühl.

«Sie erpreßt dich?»

«Ja. Aber milde. Erpressen ist nicht der richtige Ausdruck. Sie hat mir im Lauf der Zeit oft Geld geliehen, und will das jetzt zurück. Sie will eine Summe, die für jemanden wie dich lächerlich wäre. Zwanzigtausend.»

«Ansonsten?»

«Würde sie aussagen.»

«Was denn? *Was* würde sie aussagen?»

«Ist doch egal. Wir kämen deswegen nicht in den Knast, nur weil Sibylle was behauptet.»

«Wir?»

«Du, ich, scheißegal. Sibylle braucht Geld. Und Coco ist ihre Freundin – verstehst du? Deshalb hat sie dir das mit dem Schwimmbad angehängt. Es reicht nicht, um uns in den Knast zu bringen, aber es wäre lästig. Nicht so sehr für mich, ich bin ein armer Arbeitnehmer, momentan nicht mal das, aber du – du stehst in der Öffentlichkeit, und deshalb komm ich auch zu dir mit meinem Problem. Unserem Problem. Wer weiß denn, wie Chris und Andi sich verhalten, wenn man sie mal so in die Mangel nimmt wie mich? Ich bin richtig gut gewesen, Arndt. Richtig gut. Ich hab mir was verdient. Und du – du verdienst mit der Musik so viel, daß du diesen winzigen, lächerlichen Betrag einfach bezahlen solltest, und du und ich, wir alle – werden künftig Ruhe haben.»

Man merkte, wie sehr er sich den kleinen Monolog zurechtgelegt hatte. Auch seine Verzweiflung klang durch, schwach kaschiert.

Ich wollte ihn a) schnell los werden und b) etwas von ihm erfahren.

«Du kriegst das Geld. Wenn du mir sagst, was passiert ist.»

«Wir waren alle sehr betrunken.»

«Also haben wir alle es getan?»

«Wir haben es alle getan. Aber danach lief sie fort.»

«Ja? Marita lief fort?»

«Wir sind alle losgerannt, um sie zu suchen. Es war Nacht, im Wald, und wir waren alle sturzbesoffen. Vielleicht hat sie einer von uns gefunden.»

«Du?»

«Nein, ich nicht. Aber wenn es so gewesen wäre, würde ich jetzt genauso sagen: Nein, ich nicht. Siehst du, wie einerlei das alles ist? Ich bitte dich, Arndt, gib mir dreißig Mille, und –»

«Dreißig? Jetzt sinds schon dreißig?»

«Zwanzig für Sibylle, zehn für mich, ich hab nen Kumpel in Südafrika, da verschwind ich hin für ein paar Monate, das lenkt jeden Verdacht auf mich, und wenn ich zurückkomme, entlastet mich Sibylle wieder, das ist der Deal – und du bist sowieso aus dem Schneider.»

Ich mußte lachen. So war Markus. Er hat sich schon in der Schulzeit regelmäßig solche Dinger ausgedacht, auf weit geringerem Niveau zwar, aber in derselben schmierig-einlullend-pseudovernünftigen Art. Er hatte sich keinen Deut verändert. Und besaß eine seltene Form von Verlierer-Charme, der es einem erlaubte, ihm immer wieder zu verzeihen. Ich schenkte ihm das Geld. Darauf kam es nicht mehr an. Er hatte nichts, absolut nichts in der Hand, praktisch bat er um ein Geschenk, ein Almosen, und ich folgte seiner Bitte. Es war tatsächlich eine geringe Summe für meine Verhältnisse, selbst nach einer bevorstehenden Scheidung. Man konnte mir vielleicht einmal die Auszahlung zur Last legen, dazu hätte man sie mir aber erst nachweisen müssen. Markus bekam das Geld am darauffolgenden Tag cash, von einem Schweizer Konto. Wir waren einmal sehr gute Freunde gewesen, und auf gewisse Weise hat sein Besuch mir ein gutes Gefühl gegeben.

Ich glaube nicht, daß er wirklich viel von dem weiß, was in dieser Nacht geschehen ist. Wenn ich Marita nur mißbraucht, aber nicht getötet habe, wozu hätte ich dieses Ereignis so strikt verdrängen müssen? Unwahrscheinlich, mich an einen Fick in diesem Alter nicht erinnern zu können, selbst an einen sehr ekelhaften.

Vielleicht haben wir uns mit Marita amüsiert, haben sie, die kaum bekleidet war, besoffen und hilflos, ziehen lassen, und ein schlechtes Gewissen deswegen. Womöglich ist einer von uns Marita auf dem Nachhauseweg noch einmal begegnet. Und etwas Tragisches geschah.

Es konnte Markus gewesen sein. Oder Frank. Vieles sprach für Frank. Oder Andreas. Christoph. Oder ich. Aber die Chance stand 1:5. Eher besser.

Markus war ein kleines, windiges Lichtlein. Wenn ich im Leben etwas gelernt habe, dann, daß man solchen Leuten gibt, was sie wollen, um sie loszuwerden. Sie sind zu beschränkt, um große Spiele zu spielen, sind auf ihre Weise recht bescheidene Quälgeister. Geiz hat man mir nie vorwerfen können.

Ich kehrte mit einem guten Gefühl zu Anne zurück. Und weil sie jetzt meine Gefährtin war, erzählte ich ihr alles. Beinahe alles. Mit Marita bzw. ihrem Tod bzw. ihrem vermeintlichen Tod etwas zu tun gehabt zu haben, wies ich weit von mir. Und hatte das befreiende Gefühl dabei, nicht unbedingt zu lügen.

Anne hatte mein Handy von der Reparatur geholt. Auf der Mailbox war eine Nachricht von Kurthes.

8

Anne und ich, wir haben auch an diesem Tag, es war ein Mittwoch, nicht miteinander geschlafen. Ich wollte sofort mit dem Zug über die Schweizer Grenze fahren, um ohne viel Papierkram Bargeld für Markus zu besorgen. Anne sollte sich derweil eine schöne Zeit machen. Würde alles glatt gehen, konnte ich bereits am späten Abend zurück sein.

Kurthes hatte auf der Mailbox hinterlassen, daß er eine Begegnung mit mir *sehr befürworten würde* – eigenartige Formulierung. Sein Seminar in Paris fände am Samstagmorgen statt, er wolle mich vorher gerne treffen, also Freitagabend. Auf eine *prickelnde Plauderei*. Soso. Er nannte die Lounge des Hotels Ritz als möglichen Treffpunkt, und hinterließ keine Nummer, unter der man ihn zurückrufen konnte. Was de facto bedeutete, seinen Vorschlag aufzugreifen – oder es bleiben zu lassen. Meinen *Anhang* – auch das eine kuriose, ziemlich abwertende Wortwahl – dürfe ich gerne mitbringen. Man könne dann eventuell zu viert noch etwas *Amüsantes unternehmen*. Kurthes' Stimme hörte sich alt an, doch war er nur elf Jahre älter als ich. Die etwas geschraubte Ausdrucksweise hatte mich auf die falsche Spur geführt. Anne hatte ein paar seiner Bücher mit großer Sympathie gelesen, und empfahl mir dieses und jenes als vorbereitende Lektüre. Aber am Bahnhof lief mir die Zeit davon, in letzter Minute stieg ich in den Expresszug nach Basel.

Mir war sehr wohl und leicht ums Herz, in meinem Gepäck lag sogar eine Partitur, die Feuervogelsuite von Stravinsky, ich kritzelte viele Anmerkungen hinein, das abgenudelte Werk begann sich vor meinen Ohren aufzubauen, Note für Note, ganz neu und aufregend. Als der Schaffner ins Abteil kam, bat ich ihn mit einem Wink um einen Moment Geduld, schlug die Seite um, dirigierte im Geist den Satz fertig und suchte mein Ticket. Daß das Werk Feuervogelsuite hieß, und Freudianer darin womöglich eine Anspielung auf meinen Kampf mit Laura oder ihrem Vater erkennen würden, fiel mir erst sehr spät auf, ich mußte grinsen. Die Fahrt dauerte gut viereinhalb Stunden. Als ich bei der Bank ankam, war sie seit genau fünf Minuten geschlossen. In jähem Zorn, mit verzerrtem Gesicht, trat ich gegen die Glastür, einige Passanten blieben stehen und musterten mich. Eine Nacht in Basel kurz vor November. Bei miserablem Fernsehprogramm. Wahrscheinlich gibt es Schlimmeres auf der Welt. Man sucht eine eher billige Pension, deren Wirtin nicht nach dem Personalausweis fragt, und sieht sich zum Ausgleich für das schäbige Zimmer den schönsten Nachtclub an. Oder das eleganteste Bordell. Unter normalen Umständen wäre man froh über solch eine Auszeit, die man auch noch widrigen Umständen anlasten kann, nicht eigenem Müßiggang. Aber ich wäre so gerne bei Anne gewesen, um endgültig und zweifelsfrei meine Unsterblichkeit zu verlieren, so gerne, ich habe mich wieder jung und mächtig gefühlt und stand in Flammen, und hätte ich an jenem Abend den Feuervogel dirigiert, es wäre was Großes draus geworden, bestimmt. So ging ich eben in den Puff. Zweimal koitiert, Bier getrunken, Trinkgeld gegeben. Am nächsten Morgen ging ich zur Bank, hob das Geld ab und nahm den ersten Zug zurück nach Paris. Markus wartete bereits am Bahnsteig auf mich, dankte sehr herzlich, ich sah ihn nie wieder. Manches läßt sich überraschend schnell erzählen.

9

Jardin du Luxembourg. Mit Anne kleine Wetten auf die Boule-Spieler abschließen. Das letzte Eis des Jahres essen, ein Blatt vom Baum fallen sehen, es aufheben und ihm für seine Färbung danken. Die Taube bewundern, die auf dem Kopf einer Statue hockt und zufrieden gurrt. Mit dem Schuhabsatz im Lehmboden scharren. Kerbe, die der nächste Regen glätten wird. Froh darüber sein. Über die Endlichkeit aller Dinge glücklich. Zeit der niedlichen Kitschigkeiten. Annes Brust berühren, bei einer Umarmung in aufkommendem Wind. Tanz soviel ungestreichelter Blätter. In der Metro dem Duett aus Geige und Akkordeon lauschen, zwei Musiker mit Geld dazu bringen, daß sie etwas nur für uns spielen. Dem betörenden Duft von Knoblauch-Baguettes zu widerstehen, damit man später nicht furzen muß im Bett.

Wir lagen auf der Spielwiese meines Apartments nebeneinander, und ich wollte sehen, wie mein Sperma aus Anne auf das Leder floß. Ne regretter rien. Draußen Blitz und Donner.

Wie sie den letzten Abend verbracht habe?

«Onanistisch. Sagt man so? Und du?»

«Ich auch.» Die Hilfsmittel blieben unerwähnt.

«Du hättest Markus das Geld nicht geben sollen.»

«Gewiß nicht.»

«Walter hat übrigens angerufen.»

«Ja?»

«Er schlägt nächsten Montag vor für ein Treffen mit Laura, um die Scheidungsmodalitäten auszuhandeln. In Zürich.»

Sie redete wie meine Sekretärin. Weißer Saft auf schwarzem Leder. Ein Augenblick, in dem alles so restlos alles war, und nichts davon. Der Himmel im Fenster beruhigte sich. Es ist immer nur der Himmel im Fenster, jedes Fenster eine Frau, dein Haus besteht aus Fenstern, aus Frauen, beruhigte Himmelsfragmente, Gräber bewegter Wetterfronten. Anne. Ich lag neben ihr wie tot. In diesem Moment war alles, soweit es möglich war, in Ordnung gebracht.

10

Aber wir zogen uns an und gingen hinaus, in den Abend. Der Sturm hatte am Seineufer auf Höhe von Notre-Dame eine Pappel umgeknickt und mehrere Passanten verletzt. Als wir am Schauplatz vorübergingen, waren die Rettungswagen schon fort und Kamerateams nur noch beschäftigt, den gestürzten Baum abzufilmen. Es hatte keine Toten gegeben, die Präsenz von vier oder fünf Fernsehsendern deutete an, daß in der Welt sonst nicht allzuviel vorgefallen sein konnte. Möglicherweise war es auch ein sehr alter Baum gewesen, der den Parisern etwas bedeutete.

Wir besuchten den Club Le Monde Jeune-Rouge, Insidertip von X., einem älteren Kollegen. Man konnte dort gepflegt sehr teure Drinks zu sich nehmen, an einer der beiden einander gegenüberliegenden Bars, die, das war der optische Gag, von eineiigen Zwillingen geleitet wurden, so daß der Eindruck einer gespiegelten Welt entstand.

Viele rote und gelbe Papierlampions hingen an der Decke, solche, wie Kinder sie am St. Martinstag durch den

Schnee tragen. Der St. Martinstag. Für viele Kinder immer noch der erste Tag überhaupt, an dem sie sich nach Einbruch der Dämmerung im Freien aufhalten und die dunkle Welt betrachten dürfen. Ob dieser Brauch auch in Frankreich zelebriert wird? Egal, ich erinnerte mich präzise an den Zauber meiner St. Martinsnacht, als mir die Kindergärtnerin ein mit Kerzenfeuer gefülltes gelbes rundes Ding zu halten gab, mit dem ich im Gänsemarsch durch die Dunkelheit spazieren durfte, meine Stiefel knirschten im Schnee. Einem anderen Kind fiel die Kerze aus der Halterung, sein Lampion ging in Flammen auf, das war toll. Die Kindergärtnerin hatte Ersatzlampions dabei, nicht selbstgebastelte, aufklappbare. Lampions von der Stange. Das Kind hörte auf zu weinen. Sehr anspruchsloses Kind.

Der Erfolg des Le Monde Jeune-Rouge gründete neben den hervorragenden Mixgetränken sicher auch in der suggestiven Wiedererweckung jenes ersten Schwarz-Abenteuers. Wer das Paßwort einem der Zwillingsbarkeeper ins Ohr flüsterte, dem öffnete er eine Klappe zum Netz der Hinterzimmer.

Mir nicht. Das Paßwort hatte sich längst geändert. Ich versuchte es mit Geld. Vergeblich. In den verbotenen Räumen wurde Wasserpfeife geraucht, ganz harmlos, aber wer wollte, konnte im letzten der Zimmer eine Opiumpritsche haben. X.' legendär langsame Tempi rührten vielleicht eher daher denn aus analytischen Überlegungen. Angeblich konnte man sich sogar kleine Thai-Mädchen oder Jungs kommen lassen, die einem den Traum noch versüßten. Ich wollte Anne etwas besonderes bieten und wurde sehr ordinär behandelt. Kein Paßwort, kein Traum.

«Das macht doch nichts. Gehn wir wieder zu dir und vögeln.»

«Wir wiederholen uns womöglich.»

«Hast du mich schon satt?»

Das erste Mal, daß Anne eine solch nötigende Frage stellte. Sie drohte den Verlauf des weiteren Abends festzulegen, wieder nur eine Ausflucht ins Fleisch. Ich hatte absolut keine Lust, zu mir zu gehn, wollte außer mir sein. Wie die letzten Proleten betranken wir uns an einer der Bars. Harte Drinks auf ex. Suizidale Sauferei.

Ich erzählte aus meinem Leben. Sie, weil ihr Leben nicht allzu spektakulär verlaufen war, erzählte ihr Lieblingsmärchen von Hans-Christian Andersen, dessen Ballettfassung eines zeitgenössischen Komponisten (wie hieß der Typ?) ich sogar mal dirigiert hatte, ohne zu verstehen, worum es da eigentlich ging. Anne gab mir Paßwörter für Träume jeder Art. Ich saß ihr gegenüber am Tresen, und stand zur gleichen Zeit Feuer gegenüber, dem alten Feuer, der mich in sein Reich wie in das eines Dämons gebeten hatte, der mir anfangs verbot, Laura zu heiraten, der im Falle der Zuwiderhandlung Konsequenzen bis hin zur physischen Auslöschung in Aussicht stellte, und ich – ich habe ihn, nein, ich hätte ihn, hätte es tun müssen, gravierender Unterschied, ich hab ihn nicht, also hat er mich. Der Krebstod, verdammt, der Deus ex Fleischwolf – er hätte mich sonst beseitigen lassen, die Schergen standen bereit, sie zögerten, selbst als er schon tot war, ein Nicken, ein kurzes Nicken seines abgestorbenen Schädels fehlte dazu. Das letzte Nikken, zu dem er nicht mehr fähig war. Ein Schwall von Faulgas in seiner erkalteten Rachenhöhle hätte genügt. Und blieb aus. Nur deshalb jenes Glück. Fragiles, atemloses Glück, das nachträglich nur Bequemlichkeit gewesen zu sein scheint.

Die Schergen haben beratschlagt und zähneknirschend

meine Finger geküßt. Das war kein Sieg, nein, nur eine toll kaschierte Niederlage. Ich hätte Feuer töten müssen, es gab die Gelegenheit, und es gab die Gewißheit, ein gutes Werk damit zu tun. Ich bin feige gewesen, bin erwachsen geworden.

Laura hat mir Geld und Einfluß gebracht, aber ich habe sie ihres Vaters wegen geheiratet, Laura, diese langbeinige Trophäe, ein Wetteinsatz. Mastfutter für einen Schummelsieger.

Traurige Selbsterkenntnis.

«Jetzt lamentier doch nicht herum. Das ist vorbei. Fang von vorne an!»

Anne traf den richtigen Ton, und ich riß mich zusammen. Konnte sogar noch alleine und einigermaßen aufrecht zum Taxistand wanken.

Wir küßten uns, bis Freitag war, bis weit in den Freitag hinein.

11

Kurthes – ein Page zeigte uns den Weg – saß allein neben der Harfe, am größten Tisch der hoteleigenen, schwer kirschholzgetäfelten Bar Vendôme, vor sich ein winziges Glas mit grüner Flüssigkeit, das zum braunroten Ambiente einen tollen Kontrast bot.

Kurthes. Knapp über fünfzig, sah aber älter aus. Sein weißes Haar war so seltsam geschnitten, daß es einem Adlerhorst auf kahlen Felsen glich. Nur die Jungtiere fehlten.

Seine wendigen kleinen Augen paßten nicht zu dieser

klobigen Nase und ihrer grobporigen, geröteten Haut. Wulstiger Hals, breite Schultern, ein muskulöser Kerl.

Wir stellten uns vor, er schüttelte erst mir, dann, bedeutend länger, beängstigend länger, Anne die Hand, wir nahmen Platz, und ein Discman lag zwischen uns. Er habe eben meine Aufnahme des Tannhäuser gehört und sei über die Maßen begeistert.

Alles Quatsch. Diese Aufnahme war purer Hohn, ich hatte mit einer Sängerin arbeiten müssen, die für die Rolle der Elisabeth nach über einem Dutzend Absagen und krankheitsbedingten Ausfällen die allerletzte Notlösung war und nur deshalb genommen wurde, um der Plattenfirma nicht noch mehr Kosten zuzumuten, nein, auf diesen Mitschnitt konnte niemand bis auf ein paar Holzbläser stolz sein, und ich vermutete gleich, Kurthes habe sie ausgewählt, um mich auf sublime Weise zu verhöhnen. Er trug eine schmale rechteckige Brille, seine Erscheinung war leger bis unauffällig, schwarze Jeans, grauer Pullover über kragenlosem Hemd. Schwarzes Jackett. Turnschuhe. Er packte den Discman in eine Ledertasche und trank das Glas mit der grünen Flüssigkeit aus.

«Freut mich, Sie endlich einmal kennenzulernen.»

«Das klingt, als hätten wir schon lange miteinander zu tun.»

«Auf gewisse Weise, ja. Es gibt tatsächlich eine Verbindung zwischen uns.»

«Die wäre?»

«Warten Sies ab. Eine Überraschung. Kann ich euch beiden inzwischen etwas zukommen lassen, ein Heißgetränk vielleicht?»

Zukommen lassen. Ein *Heißgetränk*. Na, warum nicht? Ich bestellte schwarzen Tee, Anne auch, Kurthes stand auf und

gab die Bestellung an einen der vorüberhuschenden Hotel-
kellner weiter.

«Und noch einen kleinen Minzlikör bitte!»

Er setzte sich wieder. «Die haben hier einen ganz herausragenden Minzlikör, aber ich kenne außer mir selbst keinen
Menschen, der Minzlikör mag. Sie vielleicht?»

«Nein. Und wenn ich am Verdursten wäre.»

«Jaja, ich weiß …» Er schmunzelte und bog den Oberkör-
per in den Sessel zurück, um Anne und mich noch eindringlicher zu betrachten, legte den Kopf ein wenig schief – und
schlief ein.

Jedenfalls sah es so aus. Anne und ich tauschten befrem-
dete Blicke. Kurthes hatte den Ellbogen auf die Armlehne
gestützt, seine Wange in die rechte Hand gebettet und war
in dieser Haltung eingeschlafen. Mehr als zwei Minuten un-
gestörter Stille vergingen, ich überlegte zu gehen und machte eine dementsprechende kleine Geste, Anne jedoch zwin-
kerte ein paarmal beschwichtigend, und wir warteten.

Kurthes schlug die Augen wieder auf, lächelte breit.

«Woher wollen Sie das denn wissen?», fragte ich.

«Daß Sie Minzlikör nicht mögen? Ach, ich habe jemanden gefragt. Habe gefragt nach dem Getränk, das Hermannstein auf den Tod nicht ausstehen kann. Und habe genau das
dann bestellt. Meine Informationen stammen allerdings aus
einer etwas älteren Quelle, und die Geschmäcker ändern
sich im Lauf der Zeit. Hundertprozentig sicher durfte ich
mir also nicht sein.»

«Was –?»

«Was das soll? Nur eine Spielerei. Sie werden mir das verzeihen?»

«Na gut, aber –»

«Ich sehe, Sie machen sich nichts daraus, manche Sätze

unvollendet zu belassen. Das gefällt mir. Manche Sätze verlieren durch ihre Vollendung. Ich habe Sie eben angesehen, mit geschlossenen Augen, wie Sie vor zwanzig Jahren ausgesehen haben. Allen Respekt.»

Dieser Mensch ging mir ziemlich auf die Nerven. Welchen Grund gab es, solch kryptisches Gequatsche über mich ergehen zu lassen? Jähzorn ist einer meiner Charakterfehler. Andererseits wurde ich nicht wirklich wütend, nur immer neugieriger. Kurthes beugte sich vor – und hatte sein Getue nur zum Zweck gehabt, daß ich seinen Erläuterungen aufmerksam lauschte, war dieser Zweck erfüllt.

«Dirigenten interessieren mich sehr. Ich recherchiere gerade für ein neues Projekt, und hätte da viele fachbezogene Fragen. Als ich Ihren Namen in der Zeitung las, wußte ich sofort, daß Sie der Richtige sind.»

«Wofür?»

«Das weiß ich vielleicht bald, wenn wir uns ausgetauscht haben.»

«Worum geht es in Ihrem Projekt?»

«Oh, ich bin noch in der Experimentierphase. Jedenfalls geht es um einen Dirigenten …»

«Warum muß es ein Dirigent sein?»

«Ich halte das für einen aufregenden Beruf, in dem Frustration und Ekstase nahe beieinander liegen – vor soviel Menschen ausgeübt, eine sehr exhibitionistische Zunft – und wir Literaten im stillen Kämmerlein sind sowieso meistens mißglückte Maler oder Musiker … Ursprünglich wollte ich allerdings einen Architekten.»

«Lassen Sie das.»

«Was genau?»

«Ursprünglich wollte ich einmal Architekt werden.»

«Ja, ich weiß.»

«Woher? Ich finde es reichlich unhöflich, wenn Sie hier auf meine Kosten mit arkanem Wissen prahlen.»

«*Arkanes* Wissen? Oh, schön! Hmm, ja, möchte so sein, wir Menschen sind nun mal eitel. Genießen gern auf Kosten anderer. Sind Dirigenten eitel? Manche bestimmt. Und Dirigenten, das war das ausschlaggebende Moment, haben mit die schönsten Frauen an ihrer Seite. Was ich in ihrem Fall bestätigt finde.» Er ließ den Blick voll Wohlgefallen auf Anne ruhen.

«Herrgott, wovon reden Sie die ganze Zeit?»

«Als ich Ihren Namen dann im Zusammenhang mit dieser armen Schülerin gelesen habe, und Ala sagte: der war mal mein Freund, da dachte ich: Perfekt.»

Ich blickte mich hilfesuchend zu Anne um, versprach mir von ihr Unterstützung, sie sollte mir mit einer winzigen mimischen Andeutung entscheiden helfen, ob ich schlicht gehen oder Kurthes vorher noch eine reinhauen sollte. Anne sah seltsam apathisch drein, wie hypnotisiert, fing meine Blicke nicht auf, schaufelte sie links und rechts an den Ohren vorbei. Es machte mir Angst.

«Arndt? Darf ich Sie Arndt nennen? Ich bin Samuel. Sam. Es wäre verheißungsvoll, wenn wir alsbald ein recht vertrautes Verhältnis zueinander gewännen.»

«Ticken Sie noch richtig?»

«Psst … Schon kommt die Antwort auf Ihre Fragen. Sie hat gezögert, Sie zu sehen, ich mußte ihr ein wenig zureden. Alors!»

Ich wußte nicht, was zum Teufel Kurthes meinte. Er lehnte sich zurück, beinahe synchron lehnte sich auch Anne zurück und die beiden fixierten einander. Auf eine irgendwie schamlos zu nennende Art, obwohl in ihren Blicken nichts Obszönes lag. Etwas tauchte im Augwinkel auf, im äußersten linken Segment meines Gesichtsradius. Da stand eine Frau. In einem langen, eng geschnittenen weinroten Kleid. Langsam schritt sie in die Lounge, jeder Schritt eine Entscheidung vorwärts. Sie hielt eine glitzernde, mit Straß besetzte schwarze Handtasche wie Justitia die Waage, als könnte aus dieser Handtasche etwas auf den Teppichboden schwappen, so schritt, so schreitete sie, gleichsam in Trance, war groß und schlank, ihr dunkles langes Haar schimmerte, und ihr Gesicht, von der Sonne stark gebräunt, ähnelte nurmehr entfernt der Julia von einst. Und dennoch gab es keine Sekunde des Zweifels. Ala.

«Ala?»

«Hallo, Arndt.»

«Mein Gott, Ala!»

Auf meinen Schultern nahmen Wesen Platz, für die es keine Namen gibt. Ala. Ich hatte sie einmal gesucht, hatte sogar einen Detektiv nach ihr suchen lassen, war erfolglos geblieben. Jetzt stand sie vor mir, schmolz auf die Chaiselongue neben Kurthes, nahm seinen Arm, legte ihn über ihre Schulter, fügte ihn wie ein Puzzleteil in ihr Haar und sagte einfach: «Hallo, Arndt.»

Kurthes lachte laut, und weil ich es versäumt hatte, übernahm er es, Anne als meine Freundin vorzustellen.

Die beiden Frauen gaben sich die Hand, das fiel mir erst später auf, wie einander Unbekannte, und hatten doch zur selben Zeit dieselbe Schule besucht. Was ja nicht viel bedeuten muß. Mir gab Ala nicht die Hand. Meiner Erinnerung gemäß waren wir unspektakulär auseinandergegangen, auseinandergetrudelt, ohne böse Worte. Ein Händedruck, selbst eine Umarmung wäre drin gewesen, ich bin zu diesem Zweck auch aufgestanden – und mußte mich, ungedrückt, unumarmt, wieder setzen.

«Ist Anne eigentlich im Bilde?» Kurthes stellte die Frage wie ein Verschwörer in den Raum.

Anne hob die Schultern. Kurzes Briefing.

«Ich war mit Julia zusammen, nach dem Abi, bevor ich aufs Zürcher Konservatorium wechselte.»

«Arndt hat mich sitzen gelassen. Ich hab dann in Amsterdam geheiratet. Wurde geschieden und bin seit diesem Jahr mit Sam zusammen.»

Sitzen gelassen – geheiratet – geschieden – zusammen. Ala definierte sich über nichts als ihre Partner. Andere Frauen hätten wenigstens sowas gesagt wie «Ich bin gerne Hausfrau.»

Ich hatte weißgott nicht erwartet, daß aus der verträumten, talentfreien und manchmal leicht lebensmüden Ala je eine Stütze der Gesellschaft werden würde, aber eine derartige Selbstvorstellung … Daß es vielleicht ironisch gemeint sein konnte, dazu hatte ich an Ala nie genug Ironie bemerkt. Unsere intimen Witze, es fiel mir wieder ein, waren oft an Alas Unfähigkeit krepiert, Sarkasmus oder Ironie von Ernst zu unterscheiden. Zynismus war ihr verhaßter gewesen als Massenmord. Ala, das blaß in sich treibende, an den Rändern traurige Blumenkind, das den späten achtziger Jahren hilflos ausgeliefert schien. Wenn sie ging, und sie war die in Zentimetern höchste meiner Partnerinnen gewesen, dann stakste sie in schwerem Sand, hielt mit den Armen das Gleichgewicht. Wie braungebrannt ihre Haut jetzt war, es stand ihr, objektiv gesehen, nicht schlecht, wiewohl mich persönlich zuviel Bräune eher abstößt.

«Ich hatte vor zwei Jahren meine belletristische Karriere

für beendet erklärt», erläuterte Kurthes, «Geld habe ich genug damit verdient, und es war mir irgendwann zuwider, mir Figuren ausdenken zu müssen, für das, was ich zu sagen habe. Plötzlich trat Ala in mein Leben, und alles hat sich verändert.»

Er betatschte ihren Nacken, hob das frische Gläschen Minzlikör in die Höhe.

«Es ist mir fürwahr ein großes Anliegen, jenen Mann kennenzulernen, der Ala – Julia – den Namen gegeben hat, mit welchem ich sie an jedem Morgen aus ihren Träumen an mein Ufer stupse.»

An dein Ufer stupse. Du mich auch. Fürwahr.

«Ala hieß vorher schon Ala. Jeder hat sie Ala genannt. Ich bin das nicht gewesen.» Ich log, schlicht, weil mir nach Widerspruch war. Ala kicherte. Kurthes schaute unzufrieden drein, wie jemand, der in einer Wahlkampfdebatte ungenügender Vorbereitung überführt wird.

«Stimmt das?»

«Naja, ich weiß nicht mehr, wer mich zuerst Ala genannt hat. Als ich mit Arndt zusammen gewesen bin, habe ich mich endgültig zu diesem Namen entschlossen, das ist doch, was zählt.» Sie wandte sich zu mir. «Die Art, wie du die beiden Silben ausgesprochen hast, war sehr zärtlich und überzeugend. Ich glaube, den meisten Menschen wurde der falsche Name in die Wiege gelegt, und irgendwann begegnet ihnen der richtige, dann kann man ihn annehmen oder nicht.»

«Weißt du, daß ich dich sogar mal mit einem Detektiv habe suchen lassen?»

«Wozu denn?»

«Um –» Ich schwieg. Um dir im Falle meines Todes einen Teil meines Vermögens zu hinterlassen, als Dank für ein paar sehr innige Momente – wie hätte das geklungen?

«Um dich wiederzusehen.»

«Weshalb?»

Ja, weshalb? Meist ein Fehler, die Kultstätten der Erinnerung aufzusuchen, wenn sich die Lust vom Schmerz getrennt hat, wenn die Lust längst transzendiert, der Schmerz entsorgt ist, und man das eine ohne das andere noch einmal genießen möchte. Mit Postkarten und Fotos funktioniert das vielleicht, mit noch lebenden Menschen weniger. Ala beugte sich vor. Ihr rückenfreies Kleid.

«Du hast mich damals abgeschoben, aufgegeben, um beide Hände frei zu haben für deine Karriere. Ich habe gekellnert, du hast mit Laura dein Glück gefunden. Hast du sie geliebt? Deine Sache. Aber ich bin arm und dumm gewesen, nutzlos. Das ist die Wahrheit, und eine andere gibt es nicht, Arndt, ich habe vorhin auf dem Zimmer kotzen müssen, um leer genug zu sein, diese Begegnung zu ertragen.»

Kurthes hörte das, man konnte es sehen, nicht gern. Alas Anklage wertete mich zu sehr auf. Er schien verblüfft darüber, welche Rolle ich in Alas Leben gespielt habe, gespielt haben sollte.

«Ala …» Kurthes und ich, wir flüsterten ihren Namen gleichzeitig.

Anne erhob sich. «Ich habe das Gefühl, hier zu stören.»

«Aber gewiß nicht!» erdreistete Kurthes sich – in wessen Namen? – zu antworten.

«Doch doch. Ich störe. Sam, Sie stören auch. Wollen wir den beiden nicht Gelegenheit geben, sich auszusprechen? Mir wäre es jedenfalls unerträglich, in dieser Stimmung zu viert irgendwo vor leeren Tellern zu sitzen. Wir können uns ja später noch treffen, sofern das dann noch möglich ist.»

Ich wußte nicht gleich, ob ich mich über Anne ärgern oder sie bewundern sollte, aber ihre verbale Tischaxt hatte zur

Folge, daß Ala mich sentimental betrachtete und den Vorschlag nicht völlig abzulehnen schien.

«Dann machen wir das so», beschloß Kurthes. «Ihr beide sprecht euch aus, das scheint seine Notwendigkeit zu haben, und wir zwei gehen eine Kleinigkeit essen, ich habe nämlich Hunger, und später, wenn noch Lust dazu besteht, finden wir uns zusammen.» Er schrieb mir seine Handynummer auf einen Zettel und erbot sich, Anne in den Mantel zu helfen.

«Ich will ins Freie», flüsterte Ala, «hole aber meinen Mantel lieber selbst.» Stand auf und stakste zum Hotellift. Anne und Kurthes, sie nahm seinen ihr angebotenen Arm, verabschiedeten sich kurz, traten durch die Drehtür auf die Place Vendôme hinaus.

Ich saß plötzlich allein, gespenstisch allein in der Bar, und der Kellner präsentierte mir eine Rechnung über zwei Tassen Tee und vier Gläser Minzlikör.

Ob da kein Fehler vorliege? Der Kellner schmunzelt, auf die Höhe der Summe angesprochen. Er verneint und wünscht mir im Namen des Hotels einen schönen Abend. Sein etwas respektloses und dennoch gewinnendes Schmunzeln beschäftigt mich, keine Ahnung, weshalb.

Warten. Fünfzehn Minuten. Achtzehn. Zwanzig. An der Rezeption erfrage ich Kurthes' Zimmernummer. Lift zum dritten Stock. Das alles geschieht jetzt.

Ich klopfe. Zimmertür ist angelehnt.

«Ala?»

Sie liegt auf dem Bett, auf dem Bauch, ihre Stöckel ragen in die Luft.

«Ala? Hast du mich vergessen?»

Das Kissen dämpft ihren lauten Atem. Langsam wälzt sie

ihren dürren Körper auf den Rücken, streckt die Arme aus, berührt mit zehn Fingerspitzen die flamingofarbene Tapete. Wonach das aussehen soll? Nicht genau zu definieren. Sie wirkt wider Erwarten entspannt, balanciert ein schelmisches Lächeln auf den Lippen, schlürft es ein und behält es in den Backen.

«Gefall ich dir noch?»

«Du siehst gut aus.»

«Hast du mich geliebt?»

«Ja. Gerade in den letzten Wochen hab ich oft an dich gedacht, an unsre Zeit damals in der Provence. Das hat Spaß gemacht.»

«Mir damals auch. Ich habe dich sehr geliebt, Arndt. Deinen Abschiedsbrief hab ich noch Jahre aufbewahrt. Er war so gefühllos, so kalt, er hat mir sehr geholfen, über dich hinwegzukommen.» Und ist doch lange her.

Ich setzte mich neben sie aufs Bett.

«Das passiert. Wir waren jung. Und oft ehrlicher als nötig. Der Brief – ich wollte klare Verhältnisse. Auch für mich.»

«Dann warst du dir also nicht ganz sicher.»

«Wahrscheinlich hast du mir noch viel bedeutet. Aber mir war klar geworden, daß wir zwei über diesen Sommer hinaus nicht zueinander gepaßt hätten. Ich wollte uns die üblichen Szenen ersparen.»

«Wir haben gute Zeiten gehabt.»

«Stimmt.»

«Bin ich dir zu dumm gewesen?»

«Du warst so … grundverschieden von mir. Gut, aus späterer Sicht gewinnen manche Dinge eine Bedeutung, die sie damals nicht besaßen, vielmehr: sie besaßen sehr wohl eine Bedeutung, eine Qualität – die mir aber zu jener Zeit nicht wichtig war.»

«Versteh ich nicht. Du redest so gesalbt und ölig … Fast wie Sam. Gibst du mir einen Kuß?»

«Wozu?»

«Hast recht. Der Labellostift tuts genauso.»

«Lass uns raus gehn an die frische Luft.»

«Sam wird deine Anne ficken.»

Stille. Noch mehr Stille. Ala grinste und starrte an den Dekkenstuck.

«Glaubst du?»

«Das hat man doch gesehen. Ich kenne Sam. Deine Anne kenn ich nicht, aber er – er kennt sie. Und mag sie. Ob die beiden in diesem Moment nur miteinander essen? Vielleicht treiben sies auf einer Parkbank.»

Ich ging im Zimmer auf und ab. Eine Fremde, eine durchgeknallte Person redete mit mir, die mit der Ala von einst nichts mehr gemein hatte.

«Woher soll er jemanden wie Anne kennen?»

«Sam kennt sie alle.»

«Hör auf damit!»

«Wenn du möchtest, kannst du dich an ihm rächen.» Sie winkelte die Beine an und rieb mit der Handfläche über die Innenseiten ihrer Schenkel.

«Hör auf damit, du machst mir Angst.»

«Du wirst später bereuen, es nicht getan zu haben.»

«Was nicht getan zu haben? Du haßt mich doch …»

«Ich habe dich gehaßt. Jetzt ist es Mitleid. Und ich hasse manchmal sogar Sam. Er ist wie du. Nimmt sich die Frauen, die ihm gefallen. Schert sich nicht darum, was ich empfinde. Aber er gleicht das wieder aus. Sam ist groß. Du bist nicht groß. Du warst meine gute Möglichkeit. Sam ist meine große Möglichkeit.»

«Ala, das führt zu nichts.»

«Was hast du dir denn versprochen? Sollen wir über die alten Zeiten reden, im Schilf? Wenn ich die Tapete hier sehe, denke ich an den toten Flamingo, den du gebraten hast. Es war abstoßend. Du wolltest unbedingt ein Stück Flamingo verspeisen, hast ihn vom Salzstrand aufgelesen, hast behauptet, er sei noch frisch und eines natürlichen Todes gestorben, hast ihn gerupft und Fleischstücke ins Feuer gehalten, und ich war eine Nervensäge, habe dich angefleht, es nicht zu tun, mußte kotzen, aber es war – irgendwie – gut. Nicht groß, aber gut.»

Die Episode hatte ich komplett vergessen. Stimmt. Flamingo-Schaschlik am Spieß. Zähes, trockenes Zeug. Wäre in einer Sahnesauce vielleicht genießbar gewesen. Mit Thymian und grünem Pfeffer. Der mit einem Taschenmesser abgetrennte Kopf und die abgetrennten Beine, zum Stillleben ausgelegt im Spiegelglanz der Salzpfützen vor Aigues Mortes. Der Haufen ausgerupfter Federn. Ja, das war gut gewesen. Egal, wie es geschmeckt hat. Im Nachhinein verliert die Meta-Ebene an Wert. Wie es geschmeckt hat, wird vorrangig. Eine zunehmende Banalisierung gestaltet die Erinnerung um. Kann euphemistisch auch als galoppierender Realismus bezeichnet werden. Die Szene, die mir Ala gemacht hat, die toten Flamingo-Beine, die sie wie Peitschen gegen mich benutzte. Alles kam wieder.

«Langweilig war ich nicht, Arndt.»

«Nein, das kann man nicht behaupten.»

Ein Ausdruck tiefer Taurigkeit bemächtigte sich ihres

Blickes, von einem Moment zum andern war die Maske fort, war sie wieder Ala, wie ich sie in Erinnerung behalten hatte.

So stark trat sie aus dem Schmuckkästchen der Erinnerung hervor, daß ich mir sogar einbildete, ihr altes Parfüm in der Luft zu schnuppern, ein billiger Supermarktduft, nussig und schwer. Im Ohr wühlten Fetzen der Musik, die uns auf dem kleinen scheppernden Cassettenrecorder begleitet hatte. Mahler, erste Symphonie, Strauss' Tod und Verklärung und – als Kontrastprogramm – Songs der Beach Boys und *We Will Rock You*. Ich sah ihre vom Schilf zerschnittenen Füße bluten, und wie ich zwei feuchte Handtücher darum wickelte, weil Pflaster fehlten. Sah Speichel von ihren Lippen tropfen, auf meine vielen Mückenstiche, und wie sie das Grab schaufelte für den toten Hund, als ich ihr dabei helfen wollte, und sie das ablehnte, weil ich ihn nicht wirklich geliebt hätte, und diesen Dienst ein Liebender tun müsse. Die Erinnerung wurde schmerzhaft. Das Gefühl kehrte zurück, wie es war, an der mechanischen Schreibmaschine zu sitzen und stundenlang diesen Abschiedsbrief zu schreiben, jeden Satz zigmal umzuformulieren, bis er schließlich hart und unabänderlich klang, bis die Vernunft über die Empfindung gesiegt hatte. Ein Schuldgefühl. Aber was wollte sie mir vorwerfen? Menschen treffen sich, Menschen gehen auseinander.

«Hol deinen Mantel. Schließen wir uns den anderen an.»

Sie gähnte nur und rollte sich in Embryohaltung auf dem Bett zusammen. Schlief ein.

Ich telefonierte auf dem endlos langen Hotelflur per Handy mit Kurthes. Ala fühle sich nicht gut, wolle auf dem Zimmer bleiben, wir müßten uns zu dritt treffen.

«Das wird leider nicht gehen. Ihre Freundin klagte über Migräne, nicht sehr originell, und befindet sich seit zehn Minuten auf dem Weg zu Ihnen.»

«Migräne? Originell? Was faseln Sie? Was bedeutet *auf dem Weg zu Ihnen*?»

«Rue Bonaparte, nehme ich an.»

Er wußte bereits, wo ich wohnte. «Was haben Sie denn angestellt mit ihr?»

Langes Schweigen am anderen Ende der Leitung.

«Kurthes? Sind Sie noch dran?»

«Bin ich dran? Muß ich ziehen? Spielen wir eine Partie Schach? Was soll ich denn mit ihr angestellt haben? Sie benehmen sich so feindselig. Na gut, ich vermittle einen vielleicht mißverständlichen Eindruck. Kommen Sie morgen auf mein Seminar, Arndt. Sie werden es nicht bereuen. Ihr Name steht auf der Gästeliste, selbstverständlich. Tut mir leid, daß Sie den Minzlikör bezahlen mußten.» Er legte auf.

Ich rannte auf die Straße, erwischte gleich ein Taxi und fuhr zu meiner Wohnung.

Anne saß auf der Ledergarnitur, aufgewühlt, zitterte am ganzen Körper und trank Maltwhisky aus der Tasse. Ich dimmte das Licht bis Nahenull herab und nahm sie in den Arm.

«Was hat er gemacht? Warum hast du mich nicht angerufen?»

«Er sagte mir, daß du gerade Julia vögeln würdest, und ich wollte dabei nicht stören.»

«Er sagt dir sowas, und du glaubst ihm?»

«Naja. Er besitzt so etwas … Überzeugendes. Hast du?»

«Nein.»

«Das freut mich. O Gott, das freut mich so. Ich bin normalerweise tolerant, und Julia ist hübsch, also, warum solltest du nicht, damit hab ich kein Problem, aber diese Frau …»

«Was?»

«Irgendetwas ist mit ihr. Mit Kurthes auch. Er fragte, ob ich dir zutrauen würde, Marita getötet zu haben. Und ich – ich habe ja gesagt, einfach so, ja.»

«Klingt … entmutigend.»

«Ich war so wehrlos, Arndt. Er hat mich nach der Wohnung gefragt, die du in Berlin gemietet hast. Ob ich die Adresse wüßte. Ich sagte nein, und mir fiel auf, daß du nie davon geredet hast, in welchem Stadtteil sie sich befindet.»

Ich nannte ihr die Adresse. Eine nette Zweizimmerwohnung in Kreuzberg. Hatte ich das wirklich nie erwähnt? Mag sein, und es kam mir in diesem Augenblick wie eine der allerschrecklichsten Unterlassungssünden vor. Anne schrieb die Adresse in ihr Notizbuch, schmiß es auf den Teppichboden. Sie sah aus, als wolle sie mir etwas sagen, wozu ihr unter normalen Umständen nicht genug Mut gegeben war. Sie schwieg.

«Hast du mit ihm geschlafen?»

«Nein, er hat ein bißchen gebaggert, wir standen unten am Quai, unterhalb der Pont Royal, und plötzlich hat er mich umarmt, und ich hab ihn geküßt, ich weiß nicht warum, und ich will keine Vorwürfe hören deswegen, ja? Es war einfach so. Weiß der Teufel, warum.»

«Außer Küssen war nichts?»

«Nein, sonst war nichts. Aber ich will ehrlich zu dir sein, Arndt. Wenn er da unten seinen Reißverschluß aufgemacht hätte, ich weiß nicht, was passiert wäre.»

«So toll sieht er aber nun wirklich nicht aus.»

«Eben. Das ist es ja: Ich glaube, ich hätte nichtmal die Chance gehabt, mich zu fragen, was ich tun würde. Und –»

Rotzgeräusch. Zwei Tränen rannen ihre Wangen hinab.

Wir hatten ein Problem mit Kurthes.

12

Das Seminar begann um zehn Uhr morgens im Maison Heinrich Heine («Äric Än»), am Boulevard Jourdan in der Cité Universitaire. Die Teilnahmegebühr betrug zweihundert €, was mich sehr wunderte, mehr noch wunderte mich, daß die knapp achtzig Plätze bereits ausverkauft waren. Mein Name fand sich auf der Gästeliste, sowie auf einem Zettel, der auf einen Stuhl in der ersten Reihe geklebt war. Ich wollte so weit vorne nicht sitzen, bot meinen Platz laut zum Tausch an, und es gab Tauschwillige genug. So saß ich schließlich ganz hinten rechts an der Seite. Anne hatte mich nicht begleiten wollen – und es wäre merkwürdigerweise für sie auch kein Platz reserviert gewesen.

Einige Zuspätgekommene klebten mit den Gesichtern an den Fenstern – die Längsseiten des Auditoriums waren voll verglast. Dennoch wurde die Bühnenbeleuchtung eingeschaltet, Neonröhren schnalzten, draußen trieb der Himmel Regenwolken zusammen. Auf der Bühne stand ein Diaprojektor mit Leinwand, ein Stehpult, darauf ein Glas Wasser, sonst nichts. Der Vorhang dahinter war von schmutzgrauer Farbe und staubig.

Ich dachte an letzte Nacht, Anne, die sich mit einem dreiviertel Liter Aberlour Malt betrank und heulte, die sich nicht beruhigen, nicht mehr reden, aber partout alleine schlafen wollte. Am Morgen saß sie angezogen auf dem Bett und flüsterte, daß sie lieber zu Hause bliebe. Vielleicht würde sie später eine Shoppingtour unternehmen, um sich auf andere Gedanken zu bringen. Sie sah einem Häufchen Elend gleich, was mir angesichts des Vorfalls, sofern man einen Kuß als Vorfall bezeichnen kann, recht übertrieben vorkam. Womöglich war da mehr gewesen als ein Kuß. Hätte sie mich deswegen belogen? Ich glaubte nicht daran, wollte daran nicht glauben und drängte ihr zur Freizeitgestaltung eine meiner Kreditkarten auf. Eine von denen, die noch funktionierten.

Das Publikum im Saal war sehr gemischt. Die männlichen Seminarteilnehmer stellten eine knappe Mehrheit, und während bei ihnen die Fraktion der zwischen Zwanzig- und Dreißigjährigen überwog, lag der Altersdurchschnitt der Frauen um etwa zehn Jahre höher, wenngleich es einige Girlies gab, die sich ihre Plätze in den vordersten Reihen früh gesichert hatten.

Der Vortrag, so stand im Flyer zu lesen, sollte auf Deutsch gehalten werden, aber man konnte kleine Cassettenrecorder und Kopfhörer mieten, mit französischen und englischen Simultanübersetzungen. Nirgends waren Übersetzerkabinen zu sehen. Anscheinend liefen vorab aufgenommene Bänder, und Kurthes hielt ein- und denselben Vortrag wortgetreu immer wieder. Warum auch nicht? Er trat bescheiden auf, im hellgrauen Anzug, die Hände vor der Brust gefaltet, quittierte den noch schüchternen Applaus mit zwei knappen Verbeugungen, sah sich im Publikum um, und bevor er mit leiser, eindringlicher Stimme zu sprechen begann, zog er kurz die Brauen hoch.

Ich glaube, er suchte nach mir. Als sein Blick systematisch über die Sitzreihen wanderte und endlich auf mir zu ruhen kam, huschte etwas zwischen Lächeln und Zwinkern über sein Gesicht. Während des gesamten Vortrags kam es zu keinem weiteren Blickkontakt.

Ich saß da und dachte darüber nach, welche Wendungen das Leben nehmen kann, wie schnell es geschehen kann, daß sich irgendjemand einmischt, sich einem aufzwängt, es war mir zuwider, in diesem Saal zu sitzen, wie ein Student. Und doch – das Gefühl, daß etwas in mein Leben getreten war, das – irgendwie – irgendwas – ich weiß keine Worte dafür.

Kurthes sprach über das telepathische Band, das alle Lebewesen miteinander verbinden würde. Wo war ich da bloß hineingeraten? Das interessierte mich nicht. Beim zivilisierten Homo sapiens sei die Fähigkeit zur Telepathie in genau dem Maße verlorengegangen, in dem sich seine Sprache entwickelt habe. Sprache sei damals paradoxerweise ein Fortschritt gegenüber der Telepathie gewesen. Sprache sei gesellschaftlich notwendig geworden, weil man telepathisch zwar Gefühle ausdrücken, jedoch keine grammatisch komplexen Sätze übermitteln könne, die den ihrer Höhle entronnenen Kriegern erlaubten, komplizierte Sachverhalte präzise darzustellen.

Ist das so gewesen? Bitte, gut, schöner Gedanke, was kratzt denn das mich?

Heutzutage sei nur in besonderen Fällen noch, quasi als aufblitzender Atavismus, eine grobe telepathische Verbindung möglich, zwischen langjährig Liebenden beispielsweise, oder bei naher Verwandtschaft, häufig bei eineiigen Zwillingen, auch dann meist nur in einschneidend tragischen

Momenten, bei großem Schmerz oder gar Tod des einen, den der andere, obwohl weit entfernt, zu spüren vermag.

Jajaja, sehr schön, soll sein.

Tiere hingegen verfügten heute wie damals über telepathische Kräfte. Die synchronen Bewegungen eines Fisch- oder Vogelschwarms deuteten daraufhin, die nicht allein mit einem verfeinerten Zeitbewußtsein erklärt werden könnten. Kurthes zitierte Sheldrake, der angeblich bewiesen hatte, daß manche Haustiere, vor allem Hunde (nur nicht jeder im gleichen Maß), deutlich spüren, wenn ihr abwesendes Herrchen sich auf den Nachhauseweg begibt. Dieses Gespür drücke sich, sofern Herrchen geliebt wird, in freudigem Kläffen, Schwanzwedeln, An-der-Haustür-Kratzen aus, und sei von Parallelkameras dutzendfach dokumentiert worden. Ein simples Experiment, dessen Ergebnis stur ignoriert werde, weil für die Wissenschaft nichts existiere, was nicht faß- und meßbar sei. Mit gewissem Recht, fügte Kurthes süffisant hinzu, denn es gebe nun mal keinen Arbeitsplatz, bei dem man dafür bezahlt werde, dumm herumzustehen und nichts messen zu können.

Naja. Na schön. Meinetwegen. Kurthes hielt sich zum Glück nicht lange mit Haustieren auf, er ging zur Frage über, mithilfe welcher Techniken der Mensch das verlorene telepathische Band zu seinen Artgenossen wieder knüpfen könne, welchen Sinn und praktischen Zweck das besäße; und er stellte die Frage in den Raum, ob es über die Telepathie der Gefühle hinaus vielleicht eine geben könne, die sich der Struktur der Sprache bediene, eine *grammatische Telepathie* sozusagen. Diese wäre ein zuverlässiges Signum des kommenden höheren Menschen (er dachte durchaus nietzscheanisch den Menschen als Brücke vom Affen zum Supermenschen, fügte aber hinzu, daß er lieber von einer *Fähre* als von einer Brücke lesen würde). Interessant. Wortklauberei, aber hübsch.

Die Telepathie könne sich indes nicht entwickeln, obgleich die Anlage dazu in uns vorhanden sei. Warum nicht? Schlicht deshalb, weil wir in einer hybrid individuellen Ära lebten. Der Homo Privatissimus hüte seine Individualität, sein Archiv der inneren Geheimnisse, glaube es mit allen Mitteln verteidigen zu müssen, und der Gedanke, andere könnten unerlaubt Einblick in sein Denken nehmen, erschiene ihm als grauenhaft, als totalitärer Alptraum.

Genau. Ist so.

Würde der Mensch diese inneren Gartenzäune ablegen, zu einem kollektiveren Selbstbewußtsein finden, wäre die physisch-organische Ausbildung der Telepathie ein evolutionär leicht durchsetzbares Unterfangen, binnen weniger Generationen könne diese Fähigkeit in den Zustand allgemeiner Präsenz reifen. Voraussetzung wäre eine gravierende Umwälzung in der Sozialisation der Menschheit.

Und weil mit dem Menschen laut einem tiefen Schicksalsgesetz all das selbsterfüllend geschehe, was sich die vom Menschen projizierte Zukunft von ihm wünsche (er drückte das noch verschwurbelter aus, als es mir hier zusammenzufassen möglich ist), könne man z. B. mit Katastrophen rechnen, die die Gemeinschaft der *Probanden* (der Menschen), von ihrer überzüchteten Individualität abkehren lassen werde.

Bei mir – und bei etlichen anderen überzüchteten Individuen im Saal gingen die roten Lichter an, Brauen wurden hochgezogen wie Zugbrücken.

Kurthes sprach, mit einer beruhigenden Geste, refutativ davon, daß dieser Prozeß einigen Widerwillen und Abscheu auslösen werde, ginge damit doch ein gesamtes System sozialer Poesie zugrunde, das einzig darauf beruhe, eben nicht hinter die Stirn des Nächsten gucken zu können. Selbst er (!) werde bei diesen Aussichten sentimental. Aber, so schloß er diesen Teil des Vortrags ab, allem Ende wohne ein Anfang inne, sicher würde man bald entdecken, daß jedes abgenutzte poetische System von einem aufregend neuen ersetzt werde, daß sich der auf eine höhere Ebene gehievte Mensch mit dem neuen Plateau auch ein ganz neues, abenteuerliches Spielfeld der Poesie erschließen würde. Man werde von diesem Plateau einst auf uns hinabsehen, wie auf Neandertaler, die ihre Höhlenmalerei für wichtige, mit dem eigenen Leben verteidigenswerte Großkunst gehalten hätten. Ja nun: genau das sei sie einmal gewesen. Allen Respekt! Doch müsse das Spielfeld vom Museum streng getrennt werden, Vermischungen schwächten beider Funktion.

Ich redete mit Kurthes sofort, als ob er mir seit langer Zeit vertraut war. Er hatte etwas Väterliches an sich, das manchmal in einen Gutsherrengestus umschlug. Die Nacht war kühl, wir flanierten am Flußufer entlang, er schien viel über Arndt recherchiert zu haben, zwischen belanglose Fragen mischten sich sehr präzise. Und die besonders präzisen kleidete er in einen besonders belanglosen Tonfall. Ob ich es für möglich hielte, daß Arndt in diese Sache mit Marita Schuhmacher – er wußte zum Beispiel ihren Nachnamen – verwikkelt sei, vielleicht sogar *in einer aktiven Rolle?* Ich erwiderte nein, das schiene mir unwahrscheinlich, ganz sicher sein könne man sich aber nie.

«Also ja?»

Ich sagte: Ja, na gut, ja, und hatte doch etwas anderes sagen wollen. Dann küßte er mich, zog mich an sich, und es kam so überraschend, wie es erregend war, wir küßten uns, im Nieselregen, dann redete er plötzlich von Arndt und Julia, daß die beiden gerade aufeinander liegen würden. Es war, als wäre mein Bewußtsein ausgeflogen gewesen und kehrte langsam zurück. Er redete auf mich ein, leise, artikuliert.

«Du findest Arndt aufregend, weil du ihn sehr wohl für fähig hältst, mit dem Tod von Marita etwas zu tun zu haben. Gestehs dir doch!»

Ich gestand überhaupt nichts. Setzte mich zur Wehr. Nicht auffällig, zugegeben, nicht offensiv. Ich schwieg einfach.

«Er hat dir einiges gesagt, aber manches nicht, und du mußt dieses *manche* von dem *einigen* separieren. Mußt ihm die Fragen stellen, die er sich selber nicht stellt.»

«Welche denn? Was wollen Sie von uns?» Ich sagte: *Sie*. Und ich sagte: Von *uns*.

«Ihr seid ein hübsches Paar. Ich mag dich. Für ihn habe ich nur berufliches Interesse.»

Ich wollte genauso frech wie er sein, wollte sagen: *Es stört Sie doch nur, daß Arndt Ihre Freundin gehabt hat, als sie noch jung und knackig war*. Aber sie war noch immer recht knackig, und der Vorwurf blieb mir in der Kehle stecken.

«Ich hab Kopfweh. Mir ist nicht gut. Ich will heim.»

Kurthes kniff mich in die Wange.

«Bist ein tapferes Mädchen. Du mußt die Dämonen suchen. Frag ihn nach Claudia.»

Ich drehte mich um und lief fort, rannte bis zur Rue Bonaparte.

Die Moral, so Kurthes, sei nicht mehr religiös, nicht mehr ethisch fundiert, sei medial, unterwerfe sich dem Markt. Wir heute Lebenden würden, insofern wir über eine gewisse

Welterfahrung verfügten, einen gewissen Teil Böses in der Welt als unabkömmlich, weil spannend, aufregend und gegen die Stagnation gerichtet, sehr wohl dulden, ja begrüßen.

«Dieser allgemeine stillschweigende Zynismus, der das Böse als Teil des Menschlichen glorifiziert und nicht den Mut besitzt, mit dieser Phase unserer Spezies abzuschließen, der sich affirmativ abfindet mit dem, was uns in der Tat Spannung und Aufregung ermöglicht, sollte dennoch bedacht werden. Kaum eine Utopie erscheint in den Büchern und Filmen heutzutage schrecklicher als die einer politisch korrekten, gerechten Gesellschaft ohne Leiden und Verbrechen, bei 23° C konstanter Außentemperatur. Mir geht es nicht anders. Ganz ehrlich: Ich zöge jeden Krieg diesem leblos-aseptischen Schlafsaal vor. Soweit sind wir uns vielleicht einig. Wird aber das, was heute noch so spannend und aufregend ist, uns nicht irgendwann langweilig werden, so wie uns heute schon so vieles langweilig vorkommt, was vor nicht mal fünf Jahrzehnten die Kinosäle aller Welt gefüllt hat?»

Diese Entwicklung sei abzusehen, man müsse zum Beispiel nur betrachten, wie rigide Moralsysteme einst die Eifersucht als Katalysator für Tragödien- wie Komödienstoffe ausgeschlachtet hätten, deren Produkte uns heute kaum mehr berührten, die im Gegenteil oft lächerlich und peinlich wirkten.

Vielleicht seien also (und er zeichnete einen großen Kreis in die Luft) gar keine Kriege, Verheerungen oder Naturkatastrophen nötig, wie zuvor angedeutet, vielleicht würde die wahre Katastrophe in unerträglicher Langeweile bestehen, die in den Zusammenbruch einer auf niederer Zwischenmenschlichkeit beruhenden Unterhaltungsindustrie münden werde. Denn der menschliche Fortschritt, so Kurthes, gründe auf der Sucht nach Unterhaltung, die das Bewußtsein der eigenen Endlichkeit betäuben müsse. Alles was entstehe, entstehe aus Angst vor dem Tod, aus Haß auf den Tod. Das körperinnere Zeitfett mache uns träge, führe zu depressivem Zeitschweiß – immer Neues müsse her, um das Zeitfett abzubauen. Haß und Angst seien die großen Energien unserer Jahrtausende (sic!). Weswegen wir Mörder und Verbrecher im Grunde verehren, Milde und Sanftmut zwar mit dem Munde preisen, tief drinnen viel eher verachten.

Wenn sich der Mensch aber einmal nicht mehr als punktuelle Geworfenheit begriffe, sondern als Kettenglied einer langen, zielgerichteten Linie, und sich fähig zeige, die Liebe zu jener unendlichen Kette als neue Energiequelle zu entdecken, statt der fossilen Treibstoffe aus kleingeistigem Haß, Angst und Beleidigtsein durch den Tod, könne die Menschheit bald zu ganz neuen Zielen aufbrechen, ihr Panorama erweitern, neue Horizonte erkennen, größere Segel setzen. Das Ziel müsse *allumfassende Erkenntnis* sein, nicht etwa der *unsterbliche Mensch*, der würde vielleicht einmal existieren, dann aber nur als Abfallprodukt einer größeren, übergeordneten Idee.

Unsterblich werde der Mensch erst werden, wenn es einer großen Idee von Nutzen sein könne, vorher nicht.

«Es wird, sagen die Propheten, in wenigen Jahrzehnten zuerst einen sehr langlebigen, dann einen nahezu unsterblichen Menschen geben, den nur noch die Angst vor einem tragischen Verkehrsunfall plagt, nicht mehr jene der Sterbensgewißheit. Früher dachte ich, daß sich alle Philosophie daraufhin verändern würde. Heute denke ich: nein. Es änderte sich wesentlich nichts. Kommt Zeit, kommt Unfall. Das Ausmaß der Angst bliebe gleich, würde eher noch erhöht. Es kann für die nächste Zukunft sinnvoll sein, daß der Mensch nicht siebzig, achtzig, sondern zweihundert Jahre

Zeit hat, sein individuelles Werk zu vollenden, sein kollektives Pensum abzuliefern. Dennoch sind die Grenzen nicht beliebig zu setzen.»

Ich machte mir Notizen.

Kurthes verwies auf das Modell des Beerschen Riesen, der tausend Jahre leben könne, ohne einen wesentlichen Vorteil davon zu haben.

«Ab dem dreißigsten Lebensjahr etwa», er sah sich zustimmungsheischend im Publikum um, «geht die gefühlte Zeit immer schneller vorbei. Und man ahnt, daß sie, wenn man sich auf irgendeinem Wege fünfzig zusätzliche Jahre erschliche, nur noch schneller vorüberginge, die Summe an erlebter Zeit gleich bliebe. Die Zeit ist gerecht. Sie wird, glaube ich, von jeder Spezies dieses Planeten divers empfunden – doch stets proportional ähnlich effektiv. Die Eintagsfliege lebt nach ihrem Empfinden, behaupte ich dreist, genauso lang, wie wir, wenn uns die von der Bibel zugestandenen siebzig Jahre gegönnt sind. Und die Schildkröte im Kairoer Zoo, die zur Zeit des Dreißigjährigen Krieges geboren wurde, muß von uns nicht beneidet werden. Für jemanden, der Millionen Jahre alt werden könnte, und ich habe erst neulich im Bernsteinmuseum an der Ostsee fünfzig Millionen Jahre alte sich paarende Fliegen gesehen, im Augenblick der Kopulation vom goldenen Harz der Bernsteinkiefer umschlossen – was für ein Anblick war mir vergönnt –, würde der Wechsel von Sonnenauf- und Untergang nur als schnelles Oszillieren wahrnehmbar sein. Macht man sich dies deutlich, wird einem glücklich bewußt, nein, sagen wir, *mir* wird bewußt, warum ich sein muß, wie ich bin, weil ich nur so, wie ich bin, aus meiner Zeit heraus die vergangene Zeit und die Information über sie als groß und beeindruckend ermessen kann. Ich bin, wie ich bin, der passende Geometer für die zurückliegende Zeit. Ich weiß fünfzig Millionen Jahren ihren Rang zuzuweisen. Die beiden sich paarenden Fliegen im Bernstein haben meinen Respekt bekommen. Ich war dafür ein geeignetes Lebewesen. Retrospektive mit Respekt. Retrospektive *enthält* Respekt. Was zwei fickenden Fliegen vergönnt war, wird uns nicht zuteil, es gibt keinen goldenen Bernstein, der uns umhüllt, wir alle hier im Raum werden in fünfzig Millionen Jahren vergessen sein. Und statt auf goldenen Bernstein etwa auf flüssigen Stickstoff zu setzen, auf die Versprechen der Kryonik, hieße viel zu viel Gewese um unsere albernen, primitiven Körper zu machen. Selbst wenn einmal eine Wiederbelebung dieses eingefrorenen Drecks gelänge – könnten wir es verantworten, die Zukunft mit überkommenem Fleisch zu belasten? Wir glichen dem wiedererweckten Lazarus, würden Teil einer Welt sein, der wir nicht mehr willkommen wären. Sondermüll. Altlasten. Mitleidheischende, zombieeske Kreaturen.»

Was er sagte, war desillusionierend, brutal – und warf sonderbar viel Zukunft auf, lud ebensoviel Last von den Schultern seiner Zuhörer. Relativierte jeden Standesunterschied. Selbstverständlich würde Kurthes in fünfzig Millionen Jahren vergessen sein, wir anderen ausnahmslos auch. Das zähneknirschende Eingeständnis wich dem Trost von kollektiv geteiltem Leid. Man bekam das dankbare Gefühl, der Planungsphase von etwas Übergeordnetem beiwohnen zu dürfen, ohne den dafür angemessenen Backstagepaß zu besitzen. Man wurde im Lauf seines Vortrags klein und unbedeutend, jedoch auf befreiende Art. Zigarettenpause.

Arndt wird spät zurückkommen. Ich will hier nicht untätig herumsitzen. Es wäre bestimmt in seinem Sinn. Ich bin auch neugierig, zugegeben. Dämonen suchen. Der Flieger geht um zwölf. Europa ist so klein geworden. Paris, Flughafen Charles de Gaulle. Ich zahle bar, mit meinem eigenen Geld.

Ungeachtet unserer verkümmerten telepathischen Fähigkeiten existiere ein, hier wurde es für mein Empfinden esoterisch, spirituelles Band zwischen allen Lebewesen, ob tot oder lebendig. Kurthes entschuldigte sich auch gleich für das Wort *spirituell,* das so oft mißbraucht werde, dennoch wisse er kein treffenderes.

«Ich glaube an einen gemeinsamen Bewußtseinsstrom aller Lebewesen, an ein verknüpfendes Band der Geister, das auch postmortal noch fortbesteht. Wenn ich schreibe, kann ich die Nähe solcher Schatten spüren. Die Schatten von Titanen sehen mir über die Schulter. Manche Geister sind sehr schwach, haben kaum eine Spur hinterlassen, andere haben sich vollends zurückgezogen aus dieser Welt in die nächste, wieder andere zeigen sich noch geradezu eitel interessiert an dem, was hier entsteht. Manche sind destruktiv, spotten und zweifeln an allem, einige versuchen zu helfen, Einfluß zu nehmen. Besitzergreifend ist keiner. Direkte Kommunikation existiert nicht. Ich glaube, daß auch kein Weg dorthin führt. Mit Séancen oder ähnlich infantilen Prozeduren ließe sich der Bewußtseinsstrom nicht verstärken, er findet in Ahnungen statt, im Flügelschlag eines Nachtschattenworts, man wird ihn vielleicht nie verifizieren, erkunden oder dirigieren können. Mir bleibt eine durch nichts zu belegende Gewißheit, daß ich als Individuum eingebettet bin in mir verwandte Geister, denen ich nicht ganz egal bin. Die Kunst, als Essenz geistigen Schaffens, als Verwirklichung der innersten Realität, mag eine Art Medium darstellen, in dem man sich, über die engen Distanzen der eigenen Lebensspanne hinaus, verständigen kann. Ich glaube auch, daß Kunstwerke, Bücher, Bilder, Musik, ein eigenständiges Leben führen können, als kleine Binnenwelten von manchmal erstaunlicher Kraft. Sie unterhalten sich miteinander, über ihre Schöpfer hinweg. Vielleicht ist mancher Traum nur das Resultat des Besuchs einer solchen Inselwelt auf unserer inneren Plattform, von der aus wir hinter die Sterne sehen könnten, wären wir nicht durch zuviel Leben noch mit Blindheit geschlagen.»

Er seufzte vernehmlich, strich sich durchs Haar, rieb sich demonstrativ die Augen.

«Aus alldem leite ich nicht etwa den Glauben einer individuellen, gar bewußten Existenz nach dem Tod ab. Das erscheint mir sehr unwahrscheinlich, und wer auf diesem Niveau Trost von mir erhofft, sitzt hier falsch. Der soll sich das Eintrittsgeld zurückgeben lassen.»

Tatsächlich stand an dieser Stelle ein junger Mann auf und ging hinaus, unter Gemurmel und Gelächter. Kurthes sah ihm schmunzelnd hinterher. «Wozu sollten wir in einer neuen Umgebung die bleiben, die wir in der alten gewesen sind? Nach meinem Glauben hausen wir ja ohnehin irgendwo im zehndimensionalen Kosmos noch fleischlich lebendig, zugleich Museum wie Spielfeld; jeder Moment unseres Menschseins existiert irgendwo als Gegenwart, selbst wenn wir hier oder irgendwo anders schon lange Staub und Asche sind. Das gefällt Ihnen? Davon später.»

Während der erneuten Zigarettenpause zog sich Kurthes hinter einen Paravent zurück, den sein Sekretär auf die Bühne brachte. Wozu? Ich nahm an, daß Kurthes sich diesmal Stärkeres gönnte als nur Nikotin. *Vielleicht holt er sich auch einen runter,* dachte ich böse, doch kaum, daß ich es gedacht hatte, schämte ich mich für den Gedanken. Nur ganz leicht, wie man einen Mückenstich spürt, noch bevor er zu jucken beginnt.

Wer keinen Schlüssel besitzt, um die Tür zu öffnen, und nicht die Kraft hat, um sie einzutreten, ruft einen Schlüsseldienst und behauptet, man habe sich ausgesperrt. So simpel ist das.

Kurthes redete davon, daß heutzutage der Mensch von Niveau eine multiple Persönlichkeit sei, sein müsse, virtuell schizophren, nicht im Sinne eines Krankheitsbildes, einfach nur, um die vielen Erfordernisse, die eine rasante und vielschichtige Gegenwart an die Persönlichkeit stelle, verarbeiten und erfüllen zu können. «Der Konkurrenzkampf im Beruf fordert ganz andere Tugenden und Charaktereigenschaften, als etwa die Partnerschaftspflege daheim oder die innere Ruhe und Selbstbewußtheit, in die man sich zurückziehen kann. Der moderne Mensch, will er in allen Bereichen erfolgreich sein, muß für die Erfordernisse der verschiedenen Ebenen spezifische Persönlichkeitsstrukturen entwickeln, ansonsten kann er als einfältiger Charakter nur partiell optimal reagieren.»

Ich schrieb fast alles mit.

Die diversen Persönlichkeiten, passend zur Situation, sofort wechseln zu können, sei eine sich stetig verfeinernde Kunst der sozialen und emotionalen Intelligenz. Da die wahre Erziehung des Menschen in der Hauptsache über das Nachäffen der filmischen Vorlagen erworben werde, sei es dem heute Dreißigjährigen gegeben, glaubhaft mal wie ein Vierzigjähriger, mal wie ein Zwanzigjähriger aufzutreten, je nachdem ob die Sachlage eher jugendlichen Furor oder analytische Souveränität benötige. Der heutige Mensch agiere nach vorbildhaften Schemata, nie mehr nur rein aus sich selbst heraus. Agiere zunehmend so, als würde er von Kameras beobachtet werden. Werde durch das Kopieren von Schauspielern selbst zu einem. Die Persönlichkeit spalte sich zwangsläufig in diverse Rollen, die schnell organisch und nicht mehr als Rollenspiele verstanden würden. Von raffinierteren, skrupulösen Naturen hingegen würden sie, unterbewußt oder bewußt, sehr wohl kultiviert, mit einer immer feineren Struktur aus rollenspezifischen Attributen und Eigenheiten.

«Der Mensch, wie er vor hundert Jahren war, käme uns im Vergleich einfältig vor, eindimensional. Wir sind inzwischen stolz darauf, ein breitgefächertes Spektrum nuancierter Persönlichkeiten in uns zu wissen, und würden ungern auf eine davon verzichten. Verzicht jedweder Art kommt uns defizitär vor. Nein, wir wollen erfolgreich sein, situationsangepaßt und, vor allem: interessant. Fähig, zu überraschen. Die Gesetze der medialen Welt haben uns so tief infiziert, daß wir uns beobachteter glauben, als wir sind. Wir tragen eine innere Jury in uns, die bei allem, was wir tun, sofort das Schildchen mit der Haltungsnote zückt. Das klingt krank, hat aber auch sein Gutes, indem etliche zuvor recht grobschlächtige Charaktere feinfühliger mit der Umwelt kommunizieren. Wie bei fast allen Dingen, ist es das Maß des Bewußtseins, das über die innere Autarkie entscheidet. Je bewußter wir uns unserer Rollen, der virtuellen Schizophrenie der Westwelt sind, desto näher bleiben wir uns selbst. Beobachten Sie sich. Pfeifen Sie ruhig einmal auf die Arena, die Bühne, die jeder noch so private Raum geworden zu sein scheint. Meistens sind keine Kameras vorhanden, keine Gründe, sich gegen die innerste Neigung zu verstellen. Definieren Sie Ihren Kern, Ihr Wesen, Ihr Selbst. Dann, wenn Sie sich Ihrer sicher geworden sind, kann es enorm bereichernd und aufregend für Sie sein, immer neue Rollen zu finden, die einen noch bunteren Fächer des Lebens ermöglichen. Lebenskunst. Zuvor ist es nur Opportunismus, Ausflucht, Feigheit vor dem Spiegelbild. Viele Menschen kommen hilfesuchend zu *mir*, anstatt einfach mal *in sich* zu gehen, hinter die eigenen Kulissen zu treten. Sie wissen nicht mehr, wo die Kulisse endet, wo ihr Kern beginnt. Sie haben sich verloren hinter aufgepreßten Masken, finden nicht mehr zu sich selbst zurück. Oft aus Scham, aus Angst, daß das, was sie da erwartet, zu simpel, zu banal sein könnte, allzumenschlich. Ich glaube, unser innerster Kern ist stets banal, simpel, allzumenschlich. Man muß sich deswegen nicht schämen, sollte viel eher stolz sein, etwas daraus gemacht zu haben. Ich kenne Leute, die mit einem Reichtum angeben, den sie geerbt und seither nicht vermehrt haben. Ist das nicht pervers und peinlich? Meine Geburtsstadt ist Osnabrück. Es führt zum Glück kein Weg zurück – nach Osnabrück. Aber eine bessere Basis, um die Welt zu erobern, läßt sich kaum denken. Bei der Gelegenheit – einen Rat. Über Geld spreche ich ungern, jeder hat sein eigenes Quantum, das ihn sorgenfrei macht. *Glücklich* macht Geld nicht. Es erhöht die Mobilität, und man sollte sich darum kümmern, solange fehlendes Geld die eigenen Verhältnisse beengt. Aber geistige Ellbogenfreiheit ist meist schon bei einem weit geringeren Einkommen gegeben, als die Gier einem einflüstert. Leben Sie nicht für Geld. Das Geld soll Sie leben lassen. Wer sich über Geld definiert, verdient vielleicht Millionen, aber genauso millionenfaches Mitleid. Was im Leben zählt, ist umfassende Bildung, der passende Partner, Flexibilität und nie versiegende Neugier. Und trachten Sie bloß nicht nach Ruhm. Ruhm ist eine nicht zu verhindernde Nebenwirkung des Erfolgs, Ruhm ist eine

Seuche, eine Form der brutalsten Unfreiheit und Vereinnahmung.

Wenn mir im Leben etwas leid tut, dann, versehentlich berühmt geworden zu sein. Es ist kurzfristig nicht mehr ungeschehen zu machen, auch bleibt man als Literat zum Glück vom Schlimmsten verschont, sofern man sich den Fotografen konsequent entzieht und das Fernsehen meidet. Sie alle sind in gewissem Maße talentiert, sonst säßen Sie nicht hier. Ich bitte Sie, die Eitelkeit als Ihren größten Feind zu betrachten, den Erzfeind des Talents. Der ganzen Welt bekannt sein zu wollen, ist Symptom einer selbstzerstörerischen Dummheit, so etwas darf geistig entkernten Schauspielern unterlaufen, aber niemandem, der auf sich auch nur ein wenig hält. Jaja, jetzt sehen Sie mich mißtrauisch an, ich habe leicht reden, aber, das gebe ich zu bedenken: mein *Name* mag berühmt sein. Nicht mein Bild. Das ist der Unterschied. Ein eminenter Unterschied in unserer von Bildern und Schlaglichtern geprägten Welt.»

An dieser Stelle blieb das Publikum auffallend kühl. Kurthes mochte die Absicht gehabt haben, den anwesenden Sinnsuchern zu suggerieren, ihre ruhmlose Anonymität könne als Symptom eines überlegen geführten Lebens gedeutet werden. Doch die Zuhörer registrierten genau, daß Kurthes in dieser Sache mehr zu sich sprach als zu jemandem sonst. Und sein Rat, nicht berühmt werden zu wollen, nicht für Geld zu leben, deckte sich für viele nicht hundertprozentig mit der eigenen Lebensplanung.

Er machte eine kurze Notiz. Ich auch.

Ich habe eine knappe halbe Stunde Zeit. Die Wohnung ist beinahe leer. Es stinkt wie sechs Monate nicht gelüftet.

Fünf abgebrannte Windlichter stehen auf dem Holzparkett herum, ein kleines Radio, der Kühlschrank ist in Betrieb, mit nichts als einer halben Flasche Chardonnay darin. Im zweiten Zimmer die abgezogene Matratze. Sehr fleckig, sehr eklig. Welcher Art sind die Flecken? Vielleicht Wein, Sperma, Wachs oder Speiseöl, wie es aus durchgeweichten Pizzakartons zu tropfen pflegt.

Im Parkett hier und da Brandstellen, vermutlich von Zigaretten, die aus dem Aschenbecher gefallen sind.

«Nahezu jeder humanistisch gebildete Europäer fühlt sich durch seine pädagogisch-historische Sozialisation als Nachfahre Roms, in den Grenzen des Reiches, das Trajan, im wahrsten Sinne des Wortes, *erreichte*. Und die Idee Roms blieb als Rußfilm immer über der Geschichte Europas hängen. Gegenentwürfe erwiesen sich letztlich fruchtlos. Der Germanenkult um die Varusschlacht war Gedöns für den Pöbel, Minderwertigkeitskomplex, der sich durch Lautstärke betäubte. In Frankreich sind die Gallier um Asterix ebenfalls nur eine aus dem Schutt Roms gegrabene Spätwirkung der pseudonationalen Erhebungen. Künstliches Bekenntnis zu einem schwammigen Wunschvorstellungskeltentum, das Cäsar zur Comicfigur degradiert.

Napoleon dagegen nahm, nicht unbewußt, die Imperatorenkrone dem Papst aus der Hand, symbolisch also die Idee Roms aus der Hand des Christentums zurück. Auch Ludwig der Bayer nahm die Kaiserkrone nicht vom Papst an, sondern von Vertretern des römischen Volkes, seine Motivation dürfte allerdings nicht von antichristlichem Charakter geprägt gewesen sein.

Das heilige römische Reich deutscher Nation war ein merkwürdiges Zwitterwesen aus Anmaßung und Zufall, fiel in eine Zeit geringer geschichtlicher Bildung, selbst der noblen Stände. Das römische Imperium war damals als Idee nicht mehr kraftvoll, war Schatten und Mumie. Erst mit der Renaissance kehrte sein Geist zurück, potenziert sozusagen, von der eigenen Degenerierung gereinigt. Jeder noch so kleine Condottiere träumte sich mit seiner Söldnerschar auf den Kaiserthron. Seither ist Europa eine stilisierte Sehnsucht, eine Wiedergutmachungsphantasie, entsprungen dem Kulturschock, zu begreifen, daß ein so hochentwickeltes Staatswesen wie das römische Reich, uns in vielen Belangen ähnlicher und vertrauter als jede nachfolgende Zivilisation in den tausend Jahren Dunkelheit, untergehen konnte im Ansturm der Barbaren. Das vereinigte Europa ist der späte Triumph über das Christentum, das nicht fähig war, ein Weltreich gegen die Barbarei zu verteidigen, ist die Restaurierung des imperialrömischen Reiches – nur daß es heute keiner Kaiser mehr bedarf. Der Götter aber sehr wohl.»

Kurthes senkte die Stimme, wie man die Tonlage wechselt, wenn ein Unbekannter den Raum betreten hat. Er massierte seine Stirn, nickte mehrmals, atmete tief ein.

«Im Ohr habe ich die Worte Tacitus', als er eine folgenlos gebliebene Untat an Unschuldigen folgendermaßen kommentiert: *Daraus ersieht man, wie gleichgültig die Götter gegenüber Gut und Böse sind* – interessanter Satz. Tacitus behält die Kategorien Gut und Böse bei, leitet deren Unterscheidung aber nicht mehr numinos her, sieht Ethik nicht mehr als von der Religion verordnete Instanz, wirft den Göttern ihre Teilnahmslosigkeit vor, spricht ihnen letztlich auch jede Entscheidungsbefugnis ab. Ihre Existenz stellt er deswegen nicht in Frage. Man ahnt, wie weit das römische Reich hier schon in Richtung einer virtuellen, verspielten, individuell definierten Religiosität vorgedrungen war. Sehr modern.

Flaubert schwärmte folgerichtig vom zweiten Jahrhundert als einem der Freiheit, als es die alten Götter nicht mehr gab, und Christus noch nicht. Wir wissen, was er gemeint hat, auch wenn der Nazarener längst gekreuzigt war und die alten Götter noch künstlich am Leben.

Götter dienen dem Denker des zweiten Jahrhunderts nurmehr zur Reflektion, sind imaginäre Instanzen geworden, agieren weit außerhalb des eigenen, ungebändigten Egos. Sind Spiegel, in denen sich das eigene Handeln betrachten und überprüfen läßt. Daß sie noch Gesichter haben und Namen tragen, ist unerheblich. Es sind Götter, deren hinzuphantasierte Meinung nicht weiter ernstgenommen werden muß, die dem Gläubigen jede Freiheit belassen, sich so oder so zu entscheiden. Und doch sind sie zu Zeiten Tacitus' noch wichtig genug, um nicht abgeschafft zu werden.»

Das kam mir alles sehr interessant vor. Kurthes' Bild wandelte sich mit jedem Wort.

«Reden wir über Götter. Unsere Zeit verlangt nach Göttern jeder Größe. Die Götter waren niemals außer Kraft und Amt. Sie nahmen zwischendurch nur in sehr anfälligen Bildnissen Wohnung. *Ich glaube an Gott, Mozart und Beethoven*, schrieb Richard W. aus D. vor einiger Zeit. Spricht man mit Künstlern über Götter, stößt man fast immer auf Verständnis. Das Wort, der Begriff – wird begriffen als Synonym für die persönlichen Idole und Heroen, was keine Trivialisierung bedeutet und der Religiosität eine gute, individuelle Note verleiht. Fragt man einen Schriftsteller nach seinen Göttern, wird man Namen anderer Schriftsteller zu hören bekommen, Namen von Menschen, die, wie Bukowski sagte, unter uns weilten und Götter wurden. Menschen, deren Existenz vom Verehrer als Theophanie begriffen wird, von deren menschlicher Biographie jeglicher Makel abfällt. Götter haben etwas mit Ewigkeit zu tun, Beständigkeit. Mit ehernen Gesetzen. Wer etwas als schön in die Welt stellt, will es der Ewigkeit vermachen, selbst, wenn er gelernt hat, die Ewigkeit kulturpessimistisch als eher kurzfristig zu veranschlagen. Die Ewigkeit aber ist ein Raum, in dem der Künstler mit den Göttern zusammenkommen will. Die Insel der Seligen, eine postmortale Datscha für den verdienten Krieger-Funktionär der Kunst. Schönheit ist, als Geschenk für die Nachwelt, ein hochmoralischer Begriff, weit entfernt von der Selbstsucht des L'art pour l'art. Schönheit bedeutet: Exemplarik. Bedeutet: einen Wert. Sinnstiftung. Für die Adepten immerhin ein Rezept. Wo es einen leitfaden Geschmack annimmt, hat das Raffinement der Religiosität versagt. Die – wie virtuell auch immer – in die Wege geleitete Rückkehr der Götter begrüße ich als freiwillige Verbeugung vor den Kräften, die außerhalb unserer Wahrnehmung zusammenspielen. Die neuen Götter nehmen uns keine Verantwortung ab, sie beherrschen uns nicht, befehlen uns nichts, sie mischen sich nicht ein – gerade darum verehren wir sie in aufrichtiger Demut. Die Götter haben die Vorteile der Verborgenheit erkannt, bestehen zeitgemäß nicht länger auf Opfern und Altären. Sie gefallen sich nicht mehr in Holz geschnitzt oder in Stein gehauen, sie genügen sich als vage Idee, die ihnen immerwährende Anwesenheit garantiert. Der junge Heinrich Heine, nach dem dieser kleine Saal hier benannt ist, wußte um den Wert von reanimierten Göttern für eine sensualistische Ästhetik, und es gibt überhaupt nichts dagegen zu sagen, so lange dieser quasi abstrakte Polytheismus fiktional bleibt. Ich gebe meinen Göttern weder Namen noch Form. Sie sind virtuell, eine Instanz, die ich über mein Ego setze. Ein Akt scheinbarer Demut, der letztlich doch nur selbstreferentiell ist, ich erwarte von meinen

Göttern ja Rat, Schutz und Verständnis, sie sollen ein Korrektiv zu meinem oft überbordenden Narzißmus bilden. Manchmal versagen sie darin, und ich, was kann ich anderes tun – verzeihe ihnen.»

Gelächter, Applaus. Ich klatschte auch, mit einer Hand nur, weil die andere Notizen machen mußte.

An den Wänden hängen Reste heruntergerissener Poster und Zeitungen. In einer Ecke liegt ein Schlüssel, ich probiere ihn aus, es ist der Wohnungsschlüssel, wohl der Reserveschlüssel. Ich finde auch den Mietvertrag. Von Hand geschrieben, ist er auf den Namen *Schneider Claudia* ausgefüllt und bis zum 31. Dezember befristet.

Etwa einen halben Meter entfernt liegt ein zweiter, etwas größerer Schlüssel, der zu keinem Türschloß der Wohnung paßt. Ich stecke ihn ein. Das Bad ist, abgesehen von der Grundausstattung, vollkommen leer. Es blitzt und strahlt und glänzt. Nicht der Hauch von Dreck, kein Härchen im Abfluß, keine Zahnpastaspur am Waschbecken, kein Kalkrand in der Wanne. Während der Rest der Wohnung vor Staub erstickt, findet sich selbst auf dem Badezimmerspiegel kaum ein Körnchen, nicht einmal auf der frei herabhängenden Glühbirne, die man fast immer zu putzen vergißt. Die halbe Stunde ist vorbei. Das Taxi quält sich durch zähen Verkehr. Es wird knapp für die Vier-Uhr-Maschine.

«Die Passion zum Transhistorischen wird geduldet und als inspirierend begrüßt, wo sie sich als Science Fiction in die Zukunft richtet. Der umgekehrte Blick wird, wo er eigenwillig ist, als Geschichtsfälschung diffamiert. Schuld daran trägt der Glaube, daß, was gewesen ist, auch geschehen wäre, würde niemand darüber berichten. Was Unsinn ist. Die Zeit bewegt sich in beide Richtungen fort, wobei dem Vorwärts die Physik, dem Rückwärts das Bewußtsein Gesetze verleiht. Die Vergangenheit formt sich aus ihrer Beurteilung, verwandelt sich ebenso schnell wie die Gegenwart. Beide verändern sich überhaupt nur durch die Einwirkung des anderen. Warum ich das sage? Weil ich es sonderbar finde, immer wieder Menschen zu treffen, die sich auf die Suche nach dem Sinn ihrer Existenz begeben haben, anstatt zuvor ihre Existenz mit möglichst hohem Genuß abzuleisten. Es kommt mir ungefähr so vor, als würde mein Sitznachbar im Kino mich fragen, wozu er hier sitzt. *Mich* fragt er das. Anstatt dem Film, der gleich läuft, erst mal eine Chance zu geben. Und wenn der Film nicht gefällt, weil man ihn nicht begreift, oder weil der Sitzplatz zu schlecht ist, bleibt immer noch die Möglichkeit, den Platz zu wechseln, oder, noch einfacher, selbst einen besseren Film zu drehen. Die Möglichkeit, sein Heil im Gegenentwurf zur Wirklichkeit zu suchen. Wer Sinn sucht, hat wenigstens etwas zu tun. Und wenn er gut ist, gehört er irgendwann vielleicht zu jenen, die Sinn erschaffen. Man kann sein Leben ableisten wie den Wehrdienst, mit viel Bier und schlechten Witzen. Man kann sein Leben als Tätigkeit fürs Gemeinwohl begreifen, und mancher, der den Sinn bis zuletzt nicht gefunden hat, hat viel Größeres erreicht, nämlich Sinn *gestiftet*. Gleitet traurig ins Jenseits, wo er doppelt glücklich sein könnte. Und jene Suchenden, die ihr Leben lang durchs Leben laufen, wie Erstsemester durch eine Universität, in der sie sich nicht zurechtfinden, weil nicht genügend Hinweisschilder herumstehen, ehrlich gesagt: Nicht jeder Selbstmord berührt mich.»

Pseudoempörtes Gelächter.

«Der Sinn hinter allem zeigt sich manchmal im Leben und immer nach dem Tod, aber wissen wir, ob das, was wir dort vorfinden werden, nicht nur ein Speicher ist, den wir im Leben gefüllt haben? Haben wir Sinn angespart und gehortet? Gestaltet sich jeder sein Jenseits selbst? Muß man von *Sinndesign* sprechen? Haben wir bereits eine heimliche Reise getan zum Tod und dessen Zimmer tapeziert und passende Blumen geordert? Wird unsre posthume Existenz durch Grabbeigaben versorgt, die wir lebend erworben haben? Interessante Fragen, für jeden; selbst verbohrteste Materialisten erkennen inzwischen den ‹Genuß virtueller Debatten› an.»

Rhetorische Pause. Diminuendo.

«Im Moment des Todes steht für den Sterbenden die Zeit still. Vielleicht verharrt er in diesem Moment ‹in alle Ewigkeit›, sozusagen – gibt ja keine Organzeit mehr, wohl aber eine zeitlose Landschaft, die aus unseren Träumen und Lieben und Göttern besteht. So könnte ich mir das vorstellen. Das Jenseits könnte ein Ort sein, an dem Materie in Klang, Licht in Erinnerung verwandelt ist. Ort fernab des Chronos, irgendwo inmitten allem. Es wird Berge geben, Flüsse und Häuser – monumentgewordene Momente, in die man einkehrt wie in Stellen eines Buches. Der Tod ist, glaube ich, das Entrée in die Gleichzeitigkeit von allem. Nacheinander wird Nebeneinander. Alles findet statt. Kausalitäten sind nicht mehr nach- noch vorvollziehbar. Mit dem Tod beginnt eine lustige, verwirrende Existenz. Man wird zuhause sein, wo man vorher nur auf Schnuppervisite gewesen ist, streng an die Handschellen der Zeit gefesselt, überwachter Besucher eines Museums, der nunmehr alles berühren darf. Auf einer anderen, viel niedrigeren Ebene aber lebt man, so wie wir hier leben. Trotz allem: Man lebt nur einmal – und in einem begrenzt wahrgenommenen Zeitfenster – wenn auch unendlich. Leidet also auch nur einmal.»

Kurthes, der vorher Wasser getrunken hatte, goß sich nun Rotwein ins Glas.

«Das Leben ist eine Art Kunstwerk, ein Wohnzimmer, das man sich für die Unendlichkeit einrichtet, ohne sich jemals darin vergangen zu fühlen. Wir haben in jeder Sekunde absolute Handlungsfreiheit, dennoch wird sich am Gesamtbild dieses Lebens, das eines Tages entstanden sein wird, nie etwas ändern. Es ist nicht grausam, es bleibt einmalig. Ich zitiere Woody Allen: *Ich will nicht in der Erinnerung der Leute weiterleben, ich will in meinem Wohnzimmer weiterleben …* Der Wunsch wird ihm vermutlich erfüllt werden, aber nicht ganz – er wird in *beidem* weiterleben, und wohl zufrieden damit sein.

Alles, was je geschah, geschieht. Jedes für sich, doch einander verbunden, indem eines im anderen endet, und jedes im nächsten beginnt. Die Ernte der Schönheit. Narben, die bleiben. Tattoos eines Daseins.

Das Wissen darum, daß es weder Lohn noch Strafe geben wird, posthum, ist sehr gut lebbar, ja. Nur ein Ethos, der *trotz* dieser Erkenntnis vom Individuum aufgebaut und durchgehalten wird, ist Kennzeichen höherer Geistigkeit. Nur virtuelle Gottheiten erkenne ich als maßgeblich an, bei anderen träfe ich doch jede Entscheidung unter Zwang, unter Druck, unter Drohungen, oder nicht?»

Beifälliges Gemurmel.

«Ich diskutierte das kürzlich mit einem Freund. Er hatte Schwierigkeiten, die verschiedenen Ebenen auseinander zu halten, das geläufige menschliche Zeitbewußtsein und den absoluten Chronos, in dem jeder Zeitpunkt originär ist, keiner dem anderen vor- oder nachgelagert. Diese Streuung erledigt ja erst das Individuum, indem es die Welt durch die eigene Hirnkamera filtert, bis es lebbar wird. Der kürzeste Weg zwischen zwei Punkten ist keine Gerade, sondern Null.

Dieser Satz hat mein Weltbild verändert, gerade weil er hochpoetisch ist.»

Kurthes hustete, nahm einen Schluck Wein, drückte auf einen Knopf seines Casssettenrecorders, unterlegte, was er nun sagte, mit Musik. Sonderbare Musik. Mich schauderte, denn die Musik war von mir. Ich hatte das Stück für Streichorchester, sehr elegisch, sehr herbstlich, das letzte, was ich je komponiert habe, Ala gewidmet, hatte ihr die Partitur während unseres Sommers in der Provence geschenkt, ohne die Musik je anders gehört zu haben als in meinem Kopf. Was Kurthes in den nächsten Minuten sagte, bekam ich kaum mit. Ich horchte auf die Musik.

Gar nicht übel, gar nicht so epigonal, wie sie mir damals vorgekommen war. Gänsehaut überzog meinen Körper.

«Man muß sich das ungefähr so vorstellen: Wir drehen mit unserem Leben einen Film, dessen Ende unser Tod ist. Der Film wird danach in unendlich vielen Kinos unendlich oft gezeigt, jeder Moment des Films ist gerade in irgendeinem der Kinos zu sehen. Und ich – der Hauptdarsteller meines Films, laufe auf der Leinwand herum, ohne Ahnung, daß ich nur Teil eines Films bin.

Mein Freund fragte, woher wir wüßten, daß wir die Originale seien, und nicht irgendeine der Kopien. Wenn irgendwo 1950 ist und irgendwo das Jahr 300, so selbstverständlich irgendwo auch das Jahr 3000 – und wir also lange tot.

Aber Kopie und Original sind in diesem Fall falsche Begriffe. Jede der sogenannten ‹Kopien› ist in jedem Moment das Original, keine empfindet irgendeine Form von Wiederholung – weil es keine Wiederholungen gibt. Das Dasein ist von der Kette, von seiner Babelturmhaftigkeit befreit, ist kein chronologisches Nacheinander mehr, sondern in ein Nebeneinander entkommen. In der Supra-Zeit.»

Die Musik – meine Musik – klang aus.

«Zeitbewußtsein ist keine Errungenschaft, die uns von den Tieren trennt, sondern ein Defizit, das uns von höheren Wesen trennt. Wir sind Mindersinnige. Unsere Wahrnehmung beschränkt sich auf die Gegenwart, auf eine einzige Gegenwart und nur einen Weg dorthin. Wir halten unsere Erinnerung für eine Faktensammlung. In Wahrheit ist unsere Erinnerung eine Imagination, eine subjektive Auswahl jener Ereignisse, die für uns wahrnehmbarer, ‹realistischer› waren als die anderen. Höherdimensionierte Wesen könnten in einem chronologischen *Nebeneinander* leben. Zeit ist ein Netz aus feinen Knoten, das jede Sekunde mit den in ihr geschehenden Fakten verknüpft. Aber manchmal gibt es scheinbar unerklärliche Phänomene, Erosionserscheinungen, Risse, in denen Dinge ineinander fließen, die sich zuvor voneinander separiert haben. Die festgeglaubten Knoten der zurückliegenden Zeit lösen sich auf. Die Zeit erinnert sich gleichsam ihrer Kreuzwege und unterscheidet das Geschehene nicht mehr vom Möglichen. Warum? Weil das Geschehene von einem Subjekt entschieden wurde, die Zeit dieses Subjekt als Entscheidungsträger aber nicht länger anerkennt. Der Chronos löst sich vom individuellen Bewußtsein. Polychronistische Wesen entstehen.

Noch einmal: Das Leben am Bande der Zeit ist keine Leistung, sondern nur die schwache Ernte unsrer minderdimensionierten Wahrnehmung. Sie macht uns eine Existenz in den Grenzen unsrer physischen Voraussetzungen möglich. Denkbar wäre ein zehndimensioniertes Wesen, das in unendlich vielen Zeiten, also außerhalb jedes Chronos existieren kann.

Zeitreisen in die Zukunft erscheinen mir inzwischen problematischer, als solche in die Vergangenheit. Es gibt letztlich keine Begründung dafür. Ich bin Poet, kein Wissenschaftler.

Wer rückwärts gewandte Zeitreisen für möglich hält, glaubt in letzter Konsequenz daran, daß nichts für immer tot ist, daß es lebt, an einem anderen Ort. Mein bisheriges Verständnis des Raum-Zeit-Gefüges läßt mir keinen anderen Schluß zu. Es gibt den Tod, aber nicht das Ende der Existenz.»

Jetzt hatte er das Publikum im Griff. Jeder hing an seinen Lippen, willig, die Heilsbotschaft zu hören.

«Mein Freund verstand mich nicht. Ich sehe, daß es einigen hier nicht anders geht. Es ist dabei ganz einfach, wirklich, nur das Sprechen hierüber ist schwierig.»

Heiterkeit.

«Aus der menschlichen Wahrnehmung heraus gibt es noch keine Zukunft, wohl aber im Absoluten. Oder doch nicht? Darüber nachzudenken führt in Bereiche, in der Logik keinen Halt findet, und Computer ihre Arbeit wegen unzureichender Informationen verweigern würden. Auch die Metaphysik kann der Physik hier keine Schneisen schlagen, ohne theologisch zu werden. Dennoch ist die pure Spekulation kreativ – und mehr – ist Grundbedingung neuer Theoreme.»

«Was wolltest du dort finden um Himmels willen? Glaubst du denn … Warum erwähnst du das mit dem Bad? Ich hab es nicht geputzt. Wenn ich die Wohnung gereinigt haben wollte, dann doch wohl *alle* Zimmer, ich hätte ein halbes Dutzend Studenten kommen lassen, mit Zahnbürsten, wenn nötig. Glaubst du, ich hätte Claudia in der Wanne zerstückelt? Nein? Das muß ich aber aus deiner Schilderung schließen, ich habe sie in der Wanne zerstückelt, die Leiche beseitigt und den großen Putzfimmel bekommen. Nicht? Das denkst du doch? Und wenn du das denkst, wie kannst du zu mir zurückkommen, wie bist du eigentlich drauf? Du bist pervers, Anne. Aber viel schlimmer ist, daß du mich für blöd hältst. Ich kenne diesen Schlüssel nicht. Hast du übrigens auf der Matratze den Blutfleck nicht gesehen? Nein? Rotwein ist da auch gelandet. Ja. Und Blut. Claudias Blut sogar, sie hatte mal Nasenbluten und es tropfte auf das Laken, drang in die Matratze. Wenn ich ihr etwas angetan hätte – glaubst du ernsthaft, ich hätte diese Matratze nicht entsorgt, mit Claudias Blut darauf?»

Blut hab ich keines gesehen. Das bildet er sich ein.

«Der Urknall, der Big Bang, kann inzwischen ziemlich genau datiert werden. Fünfzehn Milliarden Jahre. Die Idee des Big Crunch steht unter Beschuß. Im Moment tendiert man aufgrund neuer Berechnungen zu einer unendlichen, immer schnelleren Ausdehnung des Alls, getrieben von einer *dunklen Energie*, der kosmischen Konstante, die schon Einstein vermutete, dann als *größte Eselei* wieder verwarf. Die *Kraft des Nichts* – jetzt wieder hochaktuell, ebenso die Idee unendlich vieler Universen, in welchem unseres nur eine Blase in der brodelnden Suppe ist.»

Tiefer Schluck. Der Sekretär wollte nachschenken. Kurthes empfand das als zu devote Geste und nahm ihm die Flasche aus der Hand, bedeutete ihm, sich hinzusetzen.

«Die Zeit soll also ewig sein. Seltsam, aber ich empfinde das nicht als frohe Kunde. Widerstrebt meinem Gefühl für den Kreis als höchste Ordnung. Lassen wir das mal durch unsere Köpfe gehen.»

Erneute Zigarettenpause. Vor den Fenstern ballten sich

fette Regenwolken. Blitze entluden sich. Ich ging pissen. An den Pißrinnen gab es durchweg wohlwollende Kommentare für Kurthes' bisherigen Auftritt. (Abgefahren! Angenehm größenwahnsinnig. Cool, aber irgendwie schwul, oder?) Als ich in den Saal zurückkehrte, hatte sich ein junges schönes Mädchen auf meinen Platz gesetzt. Barsch aufgefordert, sich zu verziehen, verzog sie sich.

Der Schlüssel ist sehr diffizil gefeilt, von mittlerer Größe, runder Schaft, messingglänzend, kein Markenname drauf, sicher nicht oft in Gebrauch gewesen. Wir betrachten den Schlüssel. Morgen werden wir in einem Fachgeschäft fragen, wozu er dienen könnte. Arndt ist stolz auf mich, er zeigt es nicht, sagt es nicht, ich weiß es. Ob ich den Flug mit seiner Kreditkarte bezahlt hätte? Nein, bar, von eigenem Geld. Er lacht. Ich begreife, daß er erleichtert lacht. Geiz ist das letzte, was man ihm vorwerfen kann, aber einen Flug nach Berlin will er auf seiner Kreditkartenabrechnung nicht verzeichnet wissen.

Er verhält sich wie ein Schuldiger. Und was er im Notarztwagen gesagt hat –

«Wenn die Konjunktive der Vergangenheit zu leben begännen, mit dem Geschehenen gleichberechtigt würden, wenn die Erinnerung nicht mehr unterscheiden könnte zwischen dem, was Wirklichkeit geworden, was Traum geblieben ist. Wenn alles jemals Erwogene, Gewünschte, Vermiedene nachträglich faktisch wird und den noch lebenden Menschen mit allen Konsequenzen überfällt – dann hat er den Zustand der Suprazeit erreicht, und wenn er darin eindringen könnte, würde die Suprazeit zum Hyperchronos. Der Unterschied liegt darin, daß die Suprazeit ein Theorem darstellt, ohne persönlichen Bezug zum Betrachter. Der Hyperchronos aber entsteht um ein zentrales Individuum, entsteht in dessen geschärften Augen. Der Hyperchronos ist die von einem Subjekt wahrgenommene Suprazeit, auf die eigenen Belange bezogen. Wir Lebewesen auf Kohlenstoffbasis seilen uns durch sexuelle Reproduktion seit Millionen Jahren ab in eine enge, luftabklemmende Röhre aus Zeit. *Zeit ist das Feuer, in dem wir brennen.* Sagt Mr. Spock.

Wir zeugen Kinder, damit neuer Brennstoff vorhanden ist für die Zeit, den Moloch, der Brandopfer fordert. Die Zeit ist der Gott, den viele von uns hassen, weil er unverstanden bleibt und uns besonders gleichgültig in sich einsaugt.

Zu wissen, man ist so vergänglich wie ein Tischtennisballwechsel. Ich spiele hin und wieder Tischtennis. Reden wir ein wenig über die Zeit. Über Tischtennisballwechsel. Über die geringen Möglichkeiten unserer Spezies, die Zeit anders zu betrachten, als unsere Sinne sie uns ins Haus liefern. Ich habe mit NFL-Schiedsrichtern gesprochen, die gelernt haben, Spielzüge dieses sehr schnellen und unübersichtlichen Sports – American Football – in Zeitlupe zu sehen. Ja, das geht, sie haben ihre Augen und ihr Gehirn dazu gebracht, das, was auf die Netzhaut einfällt, verlangsamt abzuspulen, um es besser auswerten zu können. Dasselbe Phänomen gibt es bei Tischtennisspielern. Zeit, beobachtet, dehnt sich aus. Es gilt praktisch, den Flug des Tischtennisballes in einen Zeitvektor zu verwandeln, in ein Symbol wie den Sekundenzeiger einer Uhr. Tatsächlich habe ich zunehmend Erfolg und empfinde (ob ich sie habe, weiß ich nicht, kann ich als Partizipant ja nicht messen) deutlich mehr Zeit, mich richtig zum entgegenkommenden Ball zu stellen. Das Ganze fordert sehr viel Konzentration und Kraft, aber ich glaube, man könnte die Wahrnehmung des Ballwechsels sogar bis auf Zeitlupenniveau herunterschrauben. Die Frage ist, ob man sich in einer solch gedehnten Welt nicht auch selbst nur auf Zeitlupengeschwindigkeit bewegen kann? Ein bißchen schneller nur zu sein, würde genügen, um den Beweis zu führen, daß kein Wahngebilde vorliegt, sondern eine Ebenenverschiebung. Geistige Energie, die sich in die Zeit spreizt und Zeitinseln erschafft.

Die Wahrnehmung der Zeit meditativ zu manipulieren ist keine große Sache. Gewisse Drogen genügen. Ein Tischkikkereuropameister hat mal zugegeben, den Titel mit Unterstützung einer LSD-Pille errungen zu haben. Jeder vom Gegner scharf geschossene Ball bewegte sich in seiner Wahrnehmung quasi sekundenlang aufs eigene Tor zu. Klar, daß er jeden Ball hielt. Fragt sich, ob über die Wahrnehmung hinaus auch der physikalische Ablauf der Zeit manipuliert werden kann. Das geht hin zur alten Frage, ob, was passiert, nur *beobachtet* passieren kann. Zeit ist physikalisch nicht meßbar, ist eine subjektive Größe. Man kann immer nur anhand von Spuren feststellen, daß Zeit hier am Werk gewesen sein muß, und aus der Tiefe der Spuren – sagen wir ruhig der *Wunden* – stellen wir fest, wieviel Zeit das gewesen sein mag. Aber ob nun die Zeit an dieser Stelle besonders geballt auftrat oder nur als dünn sickerndes Rinnsal – Sie merken, ich frage, ob Zeit überall dieselbe Geschwindigkeit besitzt, unabhängig vom subjektiven Empfinden. Ich habe den Chronos nie als Linie begriffen, sondern als Punkt, der alles was ist, mit sich schleppt. Man könnte es auch anders sehen: die Zeit als kosmische Flipperkugel. Wo sie hintrifft, da blinkt es, da wird gepunktet. Nein, Unsinn. Ich habe Atlas immer als Allegorie der Zeit verstanden, die das Sein auf dem Bukkel über das Nichts trägt.

Es gibt allerdings die Möglichkeit, zumindest deren Anhänger, daß sich die Zeit im Universum wie eine schöpferische Initialzündung, wie eine Flutwelle fortbewegt. Daß also zwar alles, was jemals war, immer noch ist, aber nichts darüberhinaus. Daß es – jetzt – neben Gegenwart und Vergangenheit keine Zukunft gibt, weil ja noch keine Wesen, die sie nötig haben. Vom Standpunkt der Urknallphysik aus scheint jene Variante sogar einleuchtender. Ich hingegen glaube an die Zeit *vor* dem Urknall, die uns be*vor*steht, an einen zyklischen Verlauf von Big Bang und Big Crunch. Wissen Sie, was Ala, die Frau, die ich liebe, einmal zu mir gesagt hat?»

Zwei Reihen vor mir Getuschel: «Siehste, nicht schwul!»

«Zeit existiert nur deshalb, damit nicht alles auf einmal passiert. Ja, das ist es.

Zeit ist ein Fächer, der die Dinge auseinander zieht, ihnen Platz gewährt. Ein numinoser Faktor, wenn man das Wort *Gott* vermeiden will, den wir in unser Denken nur scheibchenweise integrieren konnten, handlich in Jahre, Stunden, Sekunden proportioniert. Wir müssen die Zeit wohldosiert einnehmen. Zuviel davon auf einen Schlag vertrügen wir nicht. Da unsere Spezies, unsere Erscheinungsform des Lebens, sich in unzählige aufeinander abfolgende Individuen aufteilt, ist es leider nötig, daß jedem dieser kleinen Teilchen nur ein gewisses Maß an Erkenntnis möglich wird, und nicht einmal jedem – die meisten gehen eher wie ein Schnupfen vorüber, als im Kampf zugrunde. Wir sind, weißgott, eine verschwenderische Lebensform, unsere Nachfolger werden uns wohl nur mitleidsvoll beurteilen können.

Der Chronos setzt sich von jedem beliebigen Punkt aus in jede beliebige Richtung fort, seitwärts, rückwärts, vor-, ab-, aufwärts und in noch viele andere Richtungen, für die unsre

Sprache keine Benennungen kennt. Was wir als Zeit empfinden, wäre mit *Chronos* zu großspurig umschrieben, wir erleben nur eine Sparversion für Arme, eine stark reduzierte
Demo-Version, die mit dem rustikalen Namen *Zeit* ganz passend betitelt ist.

Wir haben *Zeit* – und nicht mal arg viel davon. Wir sind
schon eine kümmerliche, tragische Entwicklungsstufe, gemessen an dem, was uns zu *ahnen* gegeben ist.

Wir ahnen bereits soviel mehr, als unsre Urenkel einst
wissen werden, das, das allein ist das Interessante an der
Spezies Mensch – diese Diskrepanz – die wir im Unterschied zu allen anderen Spezies – zu einer Art Laboratorium
verwandelt haben, in ein Spielfeld, das heißt Kunst – und es
sind ungeheuerliche Fortschritte zu erwarten, wenn das, was
wir *Wissenschaft* nennen, und jenes, was gemeinhin und oft
nebulös, als *Kunst* gilt, zusammenfließen werden. Ich träume
von einer sozusagen wissenschaftlichen Kunst, die um alle
Fakten der technizistischen Sphäre weiß, und diese überhö-
hen könnte, mit genau jener poetischen Technik, die anzu-
wenden zuvor als unseriös galt.

Wir können den Chronos nicht begreifen, aber ein Bild
können wir uns von ihm machen. Ist dieses Bild erst stimmig, können wir, obgleich mortale Wesen, sehr zerbrechlich
und von geringer Haltbarkeit, vielleicht sogar einen Blick in
den Hyperchronos werfen. Denn alles, was erst einmal da
ist, bringt subkutan auch eine höhere Form seiner selbst in
die Welt. Nichts, was existiert, ist bereits in seiner Endform
vorhanden. Das, was da ist, teilt sich in Erreichtes und zu Er-
reichendes. Für uns niedere Wesen ist gesorgt.

Frage: Ist der Hyperchronos, die erkannte Suprazeit, eine
Form von *Zeit*, oder eher eine Art Hyperspace, also eine
Form von *Raum*? Man könnte mit Richard Wagner sagen:

Zum Raum wird hier die Zeit. Genauso aber umgekehrt. Jede Bewegung im HC ist Verwandlung des HC.

Dem Kaleidoskopischen eines solchen n-dimensionierten Raumes, in dem alle Kausalketten ständig zerfallen und sich neu zusammensetzen, wären Lebewesen wie wir Menschen hilflos ausgeliefert. Wahrscheinlich, gesetzt, daß es einen Tag der offenen Tür gäbe, würde ein schneller Blick hinein uns so sehr überfordern, daß wir den Rest unsres Lebens traumatisiert blieben. Es sei denn, man hätte, wie Dante in der Hölle, einen Führer wie Vergil am klammen Händchen, der einem das Panorama zu überschauen hilft, gleichsam übersetzt, in verdauliche Gleichnisse proportioniert. Wenn ich geschrieben habe, und eine Welt erschuf, die für die darin enthaltenen Figuren eine Art HC war, Figuren, die meiner Willkür, meinem Willen wehrlos ausgesetzt waren, fühlte ich bei allem Machtrausch doch immer einen nicht nachweisbaren Blick über meiner Schulter, eine Art Krücke und Kontrolle. Vielleicht nicht unbedingt Vergil persönlich. Man dichtet großen Toten oft eine Fürsorglichkeit an, die mir wenig glaubhaft erscheint. Aber plausibel wäre, daß ein höheres Wesen, als Touristenführer im HC, die Erscheinung eines ehemaligen Giganten-Menschen annähme, um vertrauter, vertrauenserweckender zu wirken.

Frage: Gibt es ein Wesen, das die Gesetzmäßigkeiten des HC durchschauen kann, wie wir unseren Alltag, wenn er langweilig ist?

Ich weiß es nicht. Es steht zu vermuten. Dieses Wesen wäre nicht gleichzusetzen mit *Gott.* Denn auch für dieses Wesen könnte es ein höheres Wirken, ein höheres Wesen geben, von dem es nur ahnt, nichts jedoch weiß. Nach oben sind keine Grenzen gesetzt. Hoffe ich. Sonst gäbe es irgendwann nichts Neues mehr zu erreichen.

Ich fühle, daß über mir etwas im Gang ist. So wie unter mir etwas in Gang geriet, als ich noch Romane schrieb. Die Figuren, selbst jene, auf die ich nicht viel Mühe verwendet habe, begannen irgendwann ein Eigenleben zu führen, nein, das ist kein romantisches Klischee, jeder noch so halbbegabte Autor wird das bestätigen.»

Ich gebe hier, stark verkürzt, aus meiner Erinnerung wieder, was Kurthes ellenlang und oft in mehreren Varianten formuliert hat, es kann gut sein, daß ich etwas nicht genügend verstanden, deswegen leicht verfälscht habe. Allerdings. Einiges hat er mit wissenschaftlichen Terminologien ausgedrückt, die mir nicht geläufig sind, der ungefähre Sinngehalt dürfte sich aber erhalten haben. So lala.

Arndt küßt mich. Ob ich die Wohnung wieder abgesperrt habe? Selbstverständlich. Er sagt, er sei zum letzten Mal vor Wochen dort gewesen. Wenn im Bad kein Staubkrümel gelegen hat, muß seitdem jemand dort geputzt haben. Derselbe, der auch diesen ominösen Schlüssel hinterlegt hat. Aber wozu? Er fragt mich immer wieder: wozu? Sein Blick macht mir Angst.

Angst um ihn, Angst um mich. Angst, die sich nicht entscheiden kann.

«Ein kleines Fazit: Die Zeit ist in unserem Dasein aufgelöst wie der Zucker im Kaffee, deshalb für uns so schwer erreich- und formbar. Das Problem ist: Wir könnten an einen Punkt gelangen, wo Existenz und Zucker voneinander zu trennen wären, aber da lägen bereits viele verzuckerte Jahre hinter uns, wir werden nun mal dumm geboren und müssen, mühevoll klug geworden, mit dem Banalen unsrer frühen Jahre zurandekommen, das ist nicht zu ändern, das ist unser Fluch. Der Fluch unsres fleischernen Daseins. Wir müssen uns nicht schämen deswegen. Zu einem am Ende triumphalen Fußballspiel gehören doch genauso die Minuten eins bis zehn, wenn es noch Null zu Null steht, idiotisch wäre es, diese Phase nachträglich als Schandfleck zu empfinden. Feiern wir uns! – obwohl wir noch nicht wissen, ob wir gewonnen haben – wir wissen, daß wir einst gewinnen können, das allein zählt, ist so süß, so schwer, erfüllend, meinen Teil dazu hab ich erbracht, der Rest ist nun an euch.

Alles was wir tun, entspringt den bruchstückhaften Erinnerungen eines Gottes, der die Zeit vor der Zeit überlebt hat, dieser Gott sind wir. Jeder von uns ist ein Bruchstück dieses Gottes, der mit sich eins war, endlich eins war im Moment vor dem Urknall – und um dieser Gott wieder zu werden, in ungeheurer Dichte, fließt alles, was lebt, zusammen, um Licht zu werden, um sich im Licht zu verbinden.»

Er gab jedem etwas zu tun, wenngleich kaum einer später wissen würde, was genau. Jeder konnte an Kurthes' Größe teilhaftig werden, ohne konkret selbst etwas leisten zu müssen. Jeder bekam das Gefühl, er könne sehr wichtig sein, würde er sein Leben so und so verändern. Tat er das nicht, erhielt er immerhin die Erkenntnis, darauf bewußt und willentlich verzichtet zu haben.

Kurthes war ein Tankwart, füllte die Leute mit Sinn ab. Und selbst denen, die lieber weiter kleinmütigeren, irdischeren Späßen nachgehen wollten, wurde gesagt, es sei schon okay so, eine große Maschinerie sei im All zugange, mit starkem sozialem Gewissen, die für jeden am Ende irgendwie sorgen würde.

Mehr konnte man Menschen nicht geben, ohne in den eigenen Sparstrumpf zu greifen.

Dirigenten bleibt es leider verwehrt, anders als primären Künstlern, Subformen der eigenen Kreativität zu erstellen, solche des Hasses, der Wut oder des Zorns. Man kann höchstens die Tempi ein wenig steigern, solange, bis sich der erste Kontrabassist beschwert. Man verfügt nicht über zehn Finger, die sich in wütende Schlangen verwandeln, man verfügt über Finger, die immer Finger bleiben, und wenn sie auch sechzig oder hundert Menschen Befehle geben, werden diese die Befehle nur befolgen, solange ein gewisses Maß an Harmonie erhalten bleibt. Ansonsten senken die verblüfften Menschen einfach nur ihre Instrumente und sehen dich merkwürdig an. Ich kann am Klavier improvisieren, wild in die Tasten hämmern, beherrsche auch die Violine leidlich genug, um ihr Töne zu entlocken, die meine Gefühle halbwegs illustrieren.

Das Seminar ging bereits in die siebte Stunde. In den Gesichtern neben mir stellte ich kaum Müdigkeit fest. Vielen ging es wohl wie mir: Was Kurthes sagte, klang sprunghaft, verworren und im Detail fragwürdig, weil allzu apodiktisch. Doch hatte der Klang seiner Stimme allein schon etwas Faszinierendes, mal aufregend, mal einlullend, zwischen tiefer Selbstüberzeugung und gezielt eingestreuter Leutseligkeit. Er benannte schlau all seine Schwächen, wollte nicht für einen Naturwissenschaftler gehalten werden, und reklamierte so, ohne sich zum Clown zu machen, Narrenfreiheit für sich.

«Ich will versuchen, ein wenig über die Lichtzeit zu erzählen, über die N-Dimensionalität. Nur zur Veranschaulichung. Anwesende Physiker im Raum: Seien Sie gnädig mit mir, es geht hier um poetische Modelle, die in poetischem Sinne verstanden werden wollen. Die meisten Mathematiker gehen derzeit von elf Dimensionen aus, wobei die elfte einen zwar rein mathematischen, jedoch keinen praktischen Sinn besitzt, weil keine Wesen denkbar sind, die sie in ihr Weltbild integrieren könnten, anders, unendlich simpel und mit Humor gesagt: Weil es für jedes denkbare Wesen ein Reservoir an terra incognita geben muß, damit es nicht aus seinen Nähten platzt. Wie man sich die Beschaffenheit höherer Dimensionen aber konkret vorstellen soll, dazu schweigt die Mathematik, oder sagt mit begeistert geweiteten Augen komplizierte Formeln auf, wundert sich dann, wenn man ungerührt das Thema wechselt.

Der lange Schlauch der Raumzeit, in dem wir alle treiben, oder nehmen wir das Bild eines Flusses, in dem wir schwimmen, von der Wiege bis zur Bahre, von der Quelle bis zum Delta.

Halten wir die Uhr einen Moment an: Vor uns liegt, von allem Hintergrund befreit, der Fluß, zu einem Schlauch aus Eis gefroren. Schneiden wir eine dünne Scheibe heraus, sie sieht aus wie eine Sülze, nicht wahr, voll Getier und Gemensch – dies ist die Welt zu einem bestimmten Punkt der Zeit. Alle stehen darin still, sie nehmen höchstens wahr, auch das nur sehr begrenzt.

Jetzt stellen Sie sich vor, diese Scheibe, diese Sülze, dieser Querschnitt, begänne zu rotieren, dreidimensional zu werden, eine Kugel zu bilden. Diese zusätzliche Dimension wäre die fünfte. Zeit existiert, steht aber still, Raum ist vorhanden, um bei stillstehender Zeit Bewegung abzuleisten,

Dinge zu tun. Dieses Außerhalb-der-Zeit-Wandeln ist nichts anderes als das spirituelle Begehren vieler Urvölker, die sich dem Stillstand durch Trance nähern wollen. Freilich eine sehr subjektive Näherung und allermeist rein imaginär.

Wir sind Fleisch und Opfer der Zeit, sind an sie gebunden, und selbst wenn es uns gelingen sollte, sie für unsre eigene Wahrnehmung wirksam zu verändern, zu beschleunigen oder zu verlangsamen, werden wir am Ende aus ihrem Wirkungsbereich gespült.

Nun, was wäre die sechste Dimension? Die Kugel, die aus dem Segment entstanden ist, begänne nach beiden Seiten zu rollen, weiter in die Zukunft, wie auch zurück in die Vergangenheit, man könnte Zeitreisender werden, wäre man der sechsten Dimension fähig.

Wir sind Fleisch, aber wir können entscheiden. Weil unser Leben auf Kausalketten und einer Faktensammlung beruht, sind uns in dieser Daseinsform Zeitreisen versagt, wir würden zwangsweise Paradoxa verursachen, die uns vernichteten. Ein sechstdimensioniertes Wesen hätte diese Probleme nicht.

Ich glaube, daß das Leben eines Menschen eine Folge von getroffenen Entscheidungen ist, aufgereiht wie 1 und 0 in einer langen binären Identifikationskette. Ich glaube auch, daß faktisch nur das ist, wofür der Mensch sich tatsächlich entschieden hat. Das wäre für Sechsdimensionierte nicht anders, nur daß sie immer neu entscheiden könnten, rück- bzw. vorauswirkend, was sie zum Faktum erheben, was nicht. Ich glaube aber auch, daß die *nicht* zum Fakt erhobenen Alternativen für Lebewesen der sechsten Dimension faktisch vorhanden und meßbar wären, und seis nur wie ein Schatten der Dinge. Ein Schatten, ein Rußhauch der nicht getanen, nur gedachten Dinge.

Die siebte Dimension ist mit einigen Hilfsmitteln gerade noch vorstellbar, wenn auch schwer, nur auf metaphorische Weise. Man muß ein wenig tricksen, auf geometrisch simplifizierte Objekte zurückgreifen, will man das veranschaulichen.

Zurück zur Sülze. Zur rotierenden Sülze. Zur Kugel. Von jedem Punkt auf dieser Kugeloberfläche (die Oberfläche – das ist der geometrische Veranschaulichungstrick, man verzeihe mir, in Wahrheit wärs natürlich jeder Punkt *in* der Kugel) startet nun der Mittelpunkt einer neuen, zum Schlauch gewordenen Kugel einer parallelen Raumzeit. Soweit klar.»

Protestierendes Gestöhne.

«Polychronos. Räume mischen sich und Zeiten zu einem großen Haus, in dem der Lift zur Seite hüpft und Wendeltreppen sich in sich selbst zusammenkrümmen. Ein Betrachter sähe sich, wie zwischen Spiegeln, ins Unendliche reproduziert, doch jedes seiner Spiegelbilder vermischte sich mit dem, was um es herum fließt, begänne ein Eigenleben. Und da eine Übersicht über alles jedem, der Sinne besitzt, gewährt wird, weiß kein vorhandenes Ich bald mehr, welchem seiner vielen Körper es gehört. Und jeder jemals erlebte Moment saugt, bildlich gesprochen, einen Horizont heran, wie einen Strudel, hinter dem alles neu beginnt.

Bedenken Sie bitte, daß jedes Ding das Universum zweiteilt, in sein Innen – und das Außen. Gehört nicht unbedingt hierher, ist aber eine wichtige Erkenntnis im Sinne einer Sehhilfe.

Die neuen Schläuche zielen nicht nur quasi zentrifugal nach außen, sie stoßen auch nach innen vor. Das zu imaginieren ist sehr schwierig, denn wir verwenden nur unsre drei Grunddimensionen, um nachfolgende andere zu visualisieren. Wir denken sofort an Platzprobleme. Denken, daß der

Raum nach innen geiziger bemessen sein muß, als der nach außen, ins Freie hinaus. Aber hier spielen uns Gewohnheiten einen Streich. Die Schläuche dehnen sich nach innen aus. Das ist der Punkt. Das Universum dehnt sich nicht nur nach außen, es gibt auch im sozusagen subatomaren Bereich eine unendliche Ausdehnung.

Tatsächlich begreift jedes Kind, daß der Raum zwischen Atom und Neutron zum Beispiel unendlich groß werden kann, gibt es zwischen beiden einen Beobachter, der ständig schrumpft. Und da sich alles in zwei Teile zerlegen lassen kann, ist ein unendliches Schrumpfen dieses Betrachters gewährleistet, also auch eine unendliche Ausdehnung nach innen. Den alten Griechen kam das nicht zupaß, sie suchten nach einem letzten Teilchen.

Als junger Mann hatte ich einmal eine Objektkunstidee: Eine kleine Glastruhe, völlig durchsichtig, das Schloß aus Stahl. Der Schlüssel steckt aber von innen; die Truhe, eher ein Kästchen, ist abgesperrt, man kommt nicht an den Schlüssel ran. Titel: *Der Käfig* (der Sarg?) *des Universums*.

Vorher dachte ich mir eine Geschichte aus. Es ging um einen chinesischen Weisen, der von bösen Dompteuren in einem Käfig gefangengehalten wird. Der Weise macht keine Anstalten zu fliehen, im Gegenteil, er erklärt sich zum Wächter des Universums, nennt alles Außen Innen, behauptet, die Flächen seines würfelförmigen Käfigs schlössen das All nach allen Seiten hin ein, und er bewache die Tür, damit keiner über die Schwelle trete, in den einzig freien Raum, der von den Flächen seines Käfigs nicht umschlossen werde.

Was ist ein Käfig? Etwas, das ein anderes umschließt. Keineswegs muß immer ein Größeres ein Kleineres umschließen. Etwas räumlich Unendliches kann nur von einem Ding umschlossen werden, von jedem in sich geschlossenen Objekt. Denn jedes solches Objekt teilt das Universum in sich und den Rest, in Innen und Außen – wobei Außen und Innen austauschbar (eintauschbar) sind.

Der chinesische Weise sperrte einfach das Kästchen von innen ab und verschwand in den Tiefen seines Raums. Ja, die bösen Dompteure haben gestaunt, in der Tat.»

Gelächter.

Ich habe Anne für kontrollierbar gehalten. Sicher meint sie es gut mit mir. Gutgemeintheit hat Menschen oft in unmenschlichste Gegenden geführt. Aber ich bewundere ihre Entschlossenheit, oder verachte vielmehr meine fehlende Entschlossenheit. Bewunderung und Verachtung singen ein Duett.

«DAS PHÄNOMEN DER AUSDEHNUNG NACH INNEN.» Kurthes gab viel Stimme.

«Bedeutet sozusagen, sich auf das Paradox des Zenon einzulassen, der zeigte, daß jemand vom Punkt A nie am Punkt B ankommen kann, weil er immer erst die Hälfte der Strecke zurücklegen muß, dann die Hälfte der Reststrecke, die Hälfte der Hälfte usw. Dieses Paradox hat in unsrer Erfahrungswelt keine Gültigkeit, aber: Dabei erleben, wie im Inneren der Dinge immer weitere Räume entstehen – faszinierend – und es muß doch angeblich einen innersten Punkt geben, der keine weitere Spaltung zuläßt, nie erreichbar, aber vorhanden. Das Unteilbare, Innerste – es gibt kein Wort dafür, seit von Demokrit das Wort Atom fälschlich dafür eingesetzt wurde. Wenn man sich das Phänomen der Ausdehnung nach innen genügend veranschaulicht hat, man sich also eine unendliche Ausdehnung des Raumes im subatomaren Bereich vorstellen kann – kommt von selbst die Frage, ob jene Unendlichkeit in Richtung des Zentrums (zentripetal) nicht irgendwann in die gängige Unendlichkeit weg vom Zentrum (zentrifugal) mündet, das Innen ins Außen übergeht, das Universum sich in sich selbst zurückstülpt in einem Punkt, in jedem Punkt. Dies ist nicht mehr darstell- aber halbwegs vorstellbar. Jeder Punkt im Universum enthielte also das Universum selbst in seiner Gänze. Das hieße, praktisch auf den mich umgebenden Raum bezogen, ich existierte neben mir her, unendlich oft, ich atmete bei jedem Atemzug unzählige Universen ein, mit jeweils einem ‹Ich› darin, jedes Atom meines Körpers beherbergte Myriaden von Universen, und alle darin vorkommenden ‹Ichs› tun womöglich etwas Verschiedenes, sind lange tot oder noch gar nicht geboren.

Eine voluminöse Vorstellung, vielleicht nur ein aufregender Gedanke – aber ich bin sicher, daß die Wahrheit des Alls mindestens so komplex, märchenhaft und ebenso schwer nachzuvollziehen sein muß. Ich sehe erste Müdigkeit in Ihren Augen, ja? Die achte Dimension ist, …»

Allgemeines Aufstöhnen.

«… wenn man diese Tortur der Phantasie hinter sich gebracht hat, relativ leicht anzudeuten. Ein Wust von Schläuchen, wo man hinsieht, füllt alles aus, Schläuche in jede Richtung. Wer nun befähigt wäre, die achte Dimension zu beherrschen, für den hätte keiner dieser Schläuche eine Wand. Ganz einfach, alles würde durcheinandergeschüttet, der Achtdimensionierte würde von einer Welt in die andere gespült, und alles würde wieder *eine* Welt sein, ein Kosmos, ein Universum, in dem es keine Entfernungen mehr gibt, und keinen Unterschied zwischen Stofflichkeit und Gedanke. Relativ leicht darzustellen, aber äußerst schwer vorstellbar, es sei denn als wüster Wust, als buntes Geblubber, irgendwas, womit wir nichts zu tun haben. Danach geht der Vorhang zu. Die Dimensionen Neun und Zehn bleiben für Wesen wie uns dunkle Zonen. Die neunte und die zehnte Dimension sind nachweisbar vorhanden, aber einem höheren Wesen vorbehalten, höher, als ein höheres Wesen von uns imaginiert werden kann. Darüber zu reden hieße, zu singen, und da ich nur für mich, in meiner Badewanne singe, schweige ich hier. Vielleicht ist ein neuntdimensioniertes Wesen ein Art Gott. Und die zehnte Dimension die Summe aller Götter.

Lux. Das Lichtwesen. Der einzige Überlebende des letzten Universums. Er weiß, wie alles wird, wie alles war, und warum. Ihn muß es geben, irgendwo, er könnte uns alles sagen, er wird es nicht tun, hat keinerlei Interesse daran. Er ist derjenige, den Goethe, würde er wirklich nach mehr Licht verlangt haben und nicht nur nach seiner Bettpfanne, an sein Sterbebett gebeten hätte. Und wir – so unbescheiden das klingt, sind Teil von ihm. Fühler, Sinnesorgane auf niederem Niveau.

Ich glaube, in dem Maß, in dem unser Bewußtsein der Dinge wächst, wachsen auch die Dinge, und ein immer neu zu entdeckendes Bewußtsein formt sich über dem Denkbaren.

Vergessen Sie nie: Alle wesentlichen Gedanken der theoretischen Physik wurden bereits im Altertum formuliert. Durch die Kraft der verdichteten Gedanken, also der Poesie, kann jeder Sachverhalt fast ebenso exakt beschrieben werden wie durch Zahlenkolonnen und Formelsammlungen. Mathematisch nicht ganz so praktikabel womöglich, doch in gültiger Schönheit. Auf meiner Visitenkarte finden Sie den

Spruch: *Usque sumus lux.* Bis wir Lichtwesen sind. Ich, ein Zwerg im viel zu großen Kinderschuh, bewege mich darin, gleichsam sackhüpfend, einem Meer entgegen, dem Meer der Zeit, in dem ich ertrinken werde. Im Licht, das sich auf den Wassern spiegelt. Wir haben den Mond betreten. Wir haben eine Sonde ins All geschickt, die die Grenzen unseres Planetensystems passiert hat, und noch immer Signale an uns funkt. Wir fliegen durch die Lüfte, können Nachrichten binnen einer Sekunde nach Australien senden, können per DNA-Analyse feststellen, ob Kaspar Hauser wirklich badischer Erbprinz war oder nicht. Sehen Sie sich Trickfilme des Pixar-Studios an, wenn Restzweifel bestehen. Hören Sie die Musik von Hermannstein, der heute hier zu Gast ist. Applaus für Arndt Hermannstein! Danke sehr. Und bedenken Sie dabei immer, daß die Planeten, die Sterne, die Tiere und Menschen ihre Existenz nur einem undemokratischen Jux der Natur verdanken, einem einzigen überschüssigen Quark pro einer Milliarde Quark-Antiquark-Teilchen.»

Hier lachten einige, vermutlich ohne zu wissen, worüber.

«Ich bin sehr von uns begeistert, egal, wie primitiv wir auf manchen Ebenen geblieben sind. Die Welt heißt Babuschka. Wir leben in einer fantastisch-bunten Zeit, und wenn wir uns bemühen, die zurückgebliebenen mittelalterlichen Irren, die Mühlsteine am Bein des Fortschritts, Sie alle wissen, wen ich meine, in die Schranken zu weisen, zu vernichten, wenn nötig, gehen wir noch fantastischeren Zeiten entgegen. Wir sollten nicht traurig sein, weil wir diese Fantastik irgendwann nicht mehr miterleben. Sie zu ahnen, ist Lohn genug, für die Arbeit, die uns aufgetragen ist. Das wars. Weiter bin ich bisher nicht gekommen. Leben Sie wohl.»

Kurthes beendete seinen Vortrag pseudolakonisch hyperpathetisch wie einst Toscanini die Premiere der unvollendeten Turandot *(«hier endet das Werk des Meisters»)*, senkte müde das Kinn auf die Brust, schloß die Augen und genoß den Jubel. Für einige Minuten verschwand er hinter dem Paravent, trat dann hervor, um Autogramme zu geben. Am Eingang wurden T-Shirts verkauft mit *Usque sumus lux*-Aufdruck. Ich hatte Hunger und stieg in die Metro. Verwirrt und beeindruckt. Mehr verwirrt als beeindruckt. Hungrig eben. Auf eine Art allerdings, die nicht allein mit Darmtrakt und Kalorienzufuhr zusammenhängt. Es gibt keinen Ausdruck dafür, man müßte einen dafür finden – Euphorie mit Trauerrand, vielleicht.

Arndt massiert mir den Rücken. Der Schlüssel, sagt er, so, daß es mich zum Lachen bringt, muß eine Art Schlüssel darstellen. Muß ein Fingerzeig sein. Von wem? Er schiebt meinen Slip herab. «Wir müssen Claudia finden. Es muß einen Grund geben, daß sie nichts von sich hören läßt. Womöglich ist sie in Gefahr.» Er dringt in mich ein.

… daß heutzutage der Mensch von Niveau eine multiple Persönlichkeit sei, sein müsse, virtuell schizophren, nicht im Sinne eines Krankheitsbildes, einfach nur, um die vielen Erfordernisse, die eine rasante und vielschichtige Gegenwart an die Persönlichkeit stelle, verarbeiten und erfüllen zu können.

Kurthes sei irgendwas zwischen genialverrückt und gemeingefährlich, dem könne man alles mögliche zutrauen. Arndt leckt meinen Nacken. Ich spüre, wie erleichtert er ist, daß es Kurthes gibt. Dem er alles mögliche zutrauen kann. Morgen wollen wir Claudia ausfindig machen. Arndt gibt mir Anweisungen, wie einer Sekretärin, es stört mich überhaupt nicht, es ist aufregend.

Wir halten unsere Erinnerung für eine Faktensammlung. In Wahrheit ist unsere Erinnerung eine Imagination, eine subjektive Auswahl jener Ereignisse, die für uns wahrnehmbarer, «realistischer» waren als die anderen.

«Hast du ihn nach seinem Vortrag noch gesprochen?»

«Nein. Ich war verwirrt, amüsiert, alles mögliche, müde war ich auch und hatte Hunger. Was hätt ich ihm schon sagen sollen? Sie haben meine Freundin geküßt, schnüffeln in meinem Leben herum, spielen meine Musik, lassen Sie das gefälligst? Es ist seltsam, aber ich denke aus irgendeinem Grund, daß er nicht mein Feind ist. Nicht direkt.»

«Er sagte gestern nacht, daß du ihn nur beruflich interessierst.»

«Genau. Für Egomanen wie ihn sind Menschen nur Objekte. Er ist ein Taschenspieler und Pfau, süchtig nach Aufmerksamkeit. Er hat etwas Kindliches an sich, aber ein Suchender ist er auch.»

«Du redest beinahe mit Respekt von ihm.»

«Nicht nur beinahe. Er hat etwas an sich. Etwas, das auch Hitler und Gandhi an sich hatten. Was Schwarz-Weißes. Das so und so ausfallen kann. Als der Vortrag zu Ende war, hatte ich das Gefühl, mich ihm entziehen zu müssen.»

«War Julia da?»

«Nein.»

Dem Kaleidoskopischen eines solchen n-dimensionierten Raumes, in dem alle Kausalketten ständig zerfallen und sich neu zusammensetzen, wären Lebewesen wie wir Menschen hilflos ausgeliefert.

13

Am Montagmorgen, als Arndt und Anne das Haus verlassen wollten, lag im Briefkasten eine kitschige Postkarte von Kurthes. Illuminierter Eiffelturm bei Nacht.

Lieber Maestro Hermannstein,
leider zwingt mich mein Terminkalender bereits in die nächste von noch so vielen Städten. Es war mir trotz der Kürze unser Begegnung ein erfüllendes Erlebnis, Sie leibhaftig vor mir zu sehen. Sollte mein Vortrag gelangweilt haben, bitte ich innigst um Verzeihung. Die Fragen zur Projektrecherche, die ich an Sie noch habe, können sicher zu einem späteren Zeitpunkt beantwortet werden, notfalls auch von einem weniger illustren Kollegen. Seien Sie gewiß, daß Ihr weiteres Fortkommen, gerade was diese leidige alte Sache betrifft, von meinem lebhaften Interesse begleitet sein wird. Ala sendet einen freundlichen Gruß, dem ich mich von Herzen anschließe.

P.S. Ich finde übrigens, daß Sie, was Annes Geruchsproblem betrifft, stark übertreiben.

Samuel Kurthes

«Was schreibt er?»

«Nichts.» Arndt zerriß die Karte und warf die Fetzen in eine Pfütze vor dem Gehsteig, trat mit der Schuhsohle nach, bis jeder Fetzen sich mit Schmutzwasser vollgesogen hatte. Die Sonne trat eben aus einem Wolkenmassiv hervor und brachte Arndts verschwitzte Stirn zum Schimmern.

«Du zitterst ja?»

«Es ist nichts.»

«Sag schon …»

Anne faßte seinen Arm, er stieß sie weg. Und wurde laut.

«Du hast mich angelogen! Er hat dich geleckt! Und du hast es mir nicht gesagt.»

«Hat er nicht. Wie kommst du darauf?»

«Kurthes behauptet das.»

«Er lügt.»

«Er weiß etwas, was nur jemand wissen kann, der …» Arndt hielt inne.

Ala. Natürlich. Natürlich hatte ich Ala in den provençalischen Freiluftnächten all meine bis dahin erlebten Abenteuer und Liebschaften aufgezählt – und bestimmt habe ich, unbekümmert und indiskret wie man mit zwanzig ist, ohne an mögliche Folgen zu denken oder an solche nur zu glauben, Anne, den Florentiner Klosterkoitus und ihr Geruchsproblem erwähnt. Ala konnte sich das gemerkt und es Kurthes gesagt haben. Derlei prägnante Kleinigkeiten bleiben oft über sehr lange Zeit im Gedächtnis.

Anne ist neugierig geworden. «*Was* kann nur jemand wissen, der *was* gemacht hat?»

Es ist mir zutiefst peinlich. «Vergiß es. Laß uns nicht weiter drüber reden.»

«Bitte, Arndt …»

«Laß es! Komm! Gehen wir!»

Anne gewährt mir den Wunsch, doch bleibt ein Stachel stecken in der Haut, unserer Haut.

Anne war verletzt – und es war der Moment, da sie ihre Liebe zu Arndt zum ersten Mal bewußt in Zweifel zog.

14

So ein Schlüssel könne zu vielem dienen, sagte der Schlosser in der Eisenwarenhandlung an der Place Monge, am wahrscheinlichsten sei ein Verwendungszweck als Initiator eines Motors bzw. motorbetriebenen Fahrzeugs. Sportwagen? Es könne ebensogut eine Druckerpresse sein, eine Alarmanlage oder die Zentralheizung eines Gebäudes. Bei einer Kopie ohne Markennamen wollte der Schlosser sich nicht näher festlegen.

«Möglicherweise war es ein Fehler», sagt Arndt, «daß du den Schlüssel mitgenommen hast.»

«Warum?» Anne fühlt sich durch Arndts gereizten Ton angegriffen. Sein Vorwurf erscheint ihr wenig plausibel. Aber Anne hat keine Lust, zu diskutieren, sie sieht, wie ihr Geliebter enerviert den Kopf hängen läßt. Bisher hat er eine seltsame Seelenruhe an den Tag gelegt, hat vieles mit Humor genommen und Anne das Gefühl gegeben, sie allein sei noch wichtig – sie merkt jetzt, wie sehr ihr das gefallen hat. Wie sehr sie es nun vermißt.

«Ich fahr heut abend nach Zürich. Muß morgen früh die Scheidung regeln. Wer weiß, was mich erwartet. Verzeih mir meine schlechte Laune.»

Sie verzeiht ihm, aber es gibt Dinge, über die das Verzeihen keine Gewalt besitzt, dann verkommt es, wenn auch unbeabsichtigt, zur Floskel.

«Kannst du was für mich tun, Anne?»

«Klar.»

«Ich geb dir alles was ich über Claudia weiß. Alle Nummern, Adressen, alles. Versuch sie ausfindig zu machen. Ich

will wissen, wo sie ist, ob es ihr gut geht, will mit ihr sprechen.»

«Mach ich.»

Anne zeigte sich über diesen Auftrag erfreut, erfreut, daß
Arndt Vertrauen zu ihr besaß. Dann, Sekunden danach, erwog sie die Möglichkeit, daß sie über Claudia nichts herausfinden würde, ja überhaupt nichts herausfinden könnte, weil
alle Spuren gut verwischt wären, und Arndt sich nur ein Be-
schäftigungsprogramm für sie ausgedacht hätte. Annes Gefühl wies den Gedanken von sich, aber der Schatten des Ge-
dankens blieb hartnäckig vorhanden und verdunkelte jede
ihrer Überlegungen. Perspektivwechsel aufgeben?

Am Montag nachmittag, bevor er nach Zürich aufbrach,
schlief Arndt noch mal mit mir. Er zog mich aus, küßte mich
und sagte liebevolle Dinge, und doch war es, als befehle er
ein Mehrzweckmädchen, eine multifunktionale Adjutantin
zum Beischlaf. Obwohl er mich nach wie vor erregte, und ich
ihm keinerlei Widerstand entgegensetzte, kam ich mir auf
unangenehme Weise rekrutiert vor, mag sein, daß ich eifersüchtig war, weil er nach Zürich fuhr, zu seiner Frau, und
mich hier zurückließ.

Tief im Herzen hatte ich mir gewünscht, daß er mich mitnehmen würde. Tat er es nicht, um Laura und sich eine letzte Chance zu geben? Ich fühlte mich mit einem Mal ganz
unbedeutend. Und schämte mich dieses Gefühls, wie sich
jemand schämt, der tatsächlich unbedeutend ist und dies für
kurze Zeit vergessen hat.

Wir schliefen zusammen, und es dauerte lange, war zärtlich und verspielt und intensiv – und aus irgendeinem
Grund nicht annähernd so gut wie die Male zuvor. Irgend-

was war merkwürdig, und als ich kam, gut, aber nicht ekstatisch, da ließ er seine Zunge lange in mir, hob dann den Kopf und sah mich an, mit einem verwunderten Gesichtsausdruck. Vergrub sich in die Kissen, ohne mich noch mal zu streicheln. Stand irgendwann auf, zog sich an und verabschiedete sich. Das war das Ende.

15

Anne riecht nicht mehr. Ich bin sterblich, und Anne riecht nicht.
Arndt Hermannstein saß im Abendzug nach Zürich und meditierte stundenlang um diese Feststellung herum. Wie das mit rechten Dingen möglich sein könne, welche Schlüsse draus zu ziehen wären. Im Speisewagen trank er Rotwein, spielte mit seinem Handy und mit dem Gedanken, Anne anzurufen, sie mit jener Neuigkeit zu konfrontieren. *Du riechst nicht mehr.* Er rauchte viel, glaubte sich mal von Anne verraten, mal nicht, und immer, wenn er Anne in Schutz nahm, kam es ihm vor, als würde er sich dreist in die eigene Tasche lügen, er bestellte ein neues Fläschchen Bordeaux, noch eins und noch eins – und war, als er endlich ins Hotel kam, völlig betrunken. Man wollte ihm zuerst kein Zimmer geben, so betrunken war er. Kaum, daß er sich am Tresen der Rezeption festhalten, geschweige denn das Aufenthaltsformular ausfüllen konnte. Sein Name galt nicht viel, sagte niemandem was. Erst als er darauf hinwies, der Gatte von Laura Feuer zu sein, neigte das Personal des Hilton zu Selbstkritik und Verständnis, zwei Pagen halfen ihm in den Lift. Mit letzter Kraft trug er den beiden einen Weckruf für acht Uhr dreißig auf.

In den heißen Ländern brennt die Sonne freilich anders als bei uns. Die Leute werden ganz mahagonibraun, ja, in den allerheißesten Ländern brennen sie gar zu Mohren. Aber es war nur zu den heißen, wohin ein gelehrter Mann aus den kalten Ländern gekommen war. Der glaubte nun, daß er dort umherlaufen könne wie zu Hause; aber das gewöhnte er sich bald ab. Er und alle vernünftigen Leute mußten drinnen bleiben. Die Fensterläden und Türen blieben den ganzen Tag über geschlossen; es sah aus, als schliefe das ganze Haus oder als sei niemand zu Hause. Die schmale Straße mit den hohen Häusern, wo er wohnte, war nun auch gerade so gebaut, daß die Sonne vom Morgen bis zum Abend darauf liegen mußte; es war wirklich nicht auszuhalten!

Der gelehrte Mann aus den kalten Ländern – er war ein junger Mann und ein kluger Mann – meinte fast, er säße in einem glühenden Ofen. Das zehrte an ihm; er wurde ganz mager. Selbst sein Schatten schrumpfte zusammen; er wurde viel kleiner als zu Hause, die Sonne zehrte auch an diesem. Erst am Abend lebten sie auf, wenn die Sonne untergegangen war.

Es war ein wahres Vergnügen, es mit anzusehen; sobald das Licht in die Stube gebracht wurde, reckte sich der Schatten an der Wand hinauf, ja sogar bis an die Decke hin, so lang machte er sich. Er mußte sich strecken, um wieder zu Kräften zu kommen.

Neun Uhr. Die Kanzlei hängt voller Ölgemälde des 18. Jahrhunderts, bevorzugt Seeschlachten, es ist düster. Arndt hockt am Konferenztisch und öffnet eines der Orangensaftfläschchen, bittet um Eis. Die Sekretärin bringt es. Annes Chef, Krutzler, sitzt neben Arndt, die beiden unterhalten sich, nein, genau genommen hört Arndt nur zu und nickt im Halbminutentakt, teilnahmslos. Laura und Walter betreten das Zimmer. Arndt mustert seine Frau, sie sieht der Laura aus Anguillara deutlich ähnlicher als jener aus Las Palmas.

Starr, verbittert, mit Kopftuch, fehlt nur noch, denkt er, daß sie Sonnenbrille trägt. Besser wärs. Ich müßte ihre zu bösen Schlitzen verengten Augen nicht ertragen. Walter stapelt Leitzordner auf dem Teakholztisch, hat für Arndt außer einem kurzen «Grüß dich» kein persönliches Wort übrig, er beginnt, die von den Anwälten vorformulierte Scheidungsvereinbarung vorzulesen.

Laura beugt sich über den Tisch.

«Dein Freund Markus hat mich angerufen.»

«Ja?»

«Hat gefragt, was es mir wert wäre, zu erfahren, was du für einer bist. Ich hab ihm gesagt, daß ich längst weiß, was du für einer bist. Er wollte Geld. Erst viel, dann, als ich kein Interesse zeigte, ein bißchen was.» Laura lacht kehlig, sie ist erkältet, hustet asthmatisch. «Er bot mir die ganze Wahrheit über dich zuletzt zu einem Preis, den Fischhändler verlangen, wenn die Ware schnell weg muß. Ich hab aufgelegt.»

Du lügst, denkt Arndt. Wenigstens nimmst du nicht wichtig, was Markus gesagt hat, egal was er gesagt hat. Obwohl es mir egal sein könnte, ob du es wichtig nimmst.

«Markus ist ein debiler Schwätzer.»

Walter pocht mit dem Radiergummiende seines Bleistifts auf den Tisch.

«Können wir das bitte nachher klären?»

Arndt wendet sich an Krutzler. Fragt ihn, ob er sich in die Sache ernsthaft eingearbeitet hat. Krutzler, ein kahlköpfiger, schwitzender Mensch mit dünnem Schnauz: «So gut es ohne Ihre Mithilfe ging. Hören wir uns den Vorschlag erstmal an.»

Walter hält eine sehr lange Rede. Die Vermögensauflistung der Ehegemeinschaft Feuer/Hermannstein. Arndt wundert sich, wieviel es ist, er hat sich nie darum gekümmert. Als die fast neunstellige Gesamtsumme aller Bar- und

Anlagevermögen genannt wird, schnalzt Arndt mit der Zunge, muß entgeistert lachen. Was hätte man mit dem vielen Geld anstellen können! Er hätte sein eigenes Orchester aufbauen, mit ihm arbeiten, es zu Höchstleistungen treiben können, ohne Rücksicht auf Publikum, Terminpläne, Gewerkschaften. Das ist ihm nie eingefallen. Wagner hatte überhaupt kein Geld, dachte Arndt, aber dem ist es eingefallen. Das ist Genie. Unmögliche Einfälle haben und sie realisieren.

Liste der Immobilien. Die Wohnungen in Las Palmas, Kreta, Paris, das derzeit leerstehende Haus in Zürich, das gekauft wurde, als Laura Schloß Feuer aufgab, aber vor Ort noch eine Bleibe haben wollte, zur Pflege lokaler Verbindungen und gegen eventuelles Heimweh. Die Villa am Lago Bracciano, die zu gleichen Teilen auf Laura und Arndt eingetragen ist.

Es folgen bewegliche Besitztümer, Schmuck, Inneneinrichtungen, Kunst, die Auflistung ist endlos und ermüdend. Der Mercedes. Der Volvo. Das Boot. Was für ein Boot? Arndt hat nie davon gehört.

«Ich wußte gar nicht, daß wir ein Boot besitzen. Wo soll das denn sein?»

Laura tut erstaunt. «Wenn jemand weiß, wo es ist, dann doch wohl du.»

«Völliger Quatsch!»

Walter unterbricht. «Entschuldigt! Das Boot ist ein kleines Crestar 525 mit 40 PS. Hat einen Gebrauchtwert von knapp 10 000 Euro. Ist das jetzt wichtig?»

Arndt schmollt, hört sich schweigend den Rest der Aufstellung an. Nach einem einschläfernden Schwall juristischer Phrasen kommt Walter zum Punkt.

«Die Partei der Ehefrau bietet der Partei der Gegenseite

folgende Abfindung an: Arndt Hermannstein, vorausgesetzt, daß er in die Scheidung unverzüglich einwilligt und auf alle testamentarischen Ansprüche im Falle des zukünftigen Todes der Laura Feuer verzichtet, behält die Apartments in Kreta und Paris, den Volvo, das Boot, und erhält aus dem Vermögen der Laura Feuer Euro zwei Millionen auf ein Konto seiner Wahl überwiesen.»

Arndt gibt sofort sein Einverständnis. Für manche Menschen herrschen andere Relationen, er hingegen fühlt sich mit dem Angebot als reicher Mann, und es gibt keinen Grund, hier noch länger als notwendig herumzusitzen. Krutzler hält es für geboten, ihn auf die Möglichkeit hinzuweisen, daß vor einem ordentlichen Gericht eventuell mehr herauszuholen sei. Arndt lehnt ab, beide Parteien äußern sich ohne Emphase zufrieden.

Arndt will etwas über das Boot erfahren, in seiner Erinnerung, vielleicht auch nur in seiner Vorstellung, gewinnt es an Kontur. Unterschriften werden geleistet, der hinzugerufene Notar liest das Dokument noch einmal vor, setzt sein Siegel darunter.

«Laura?»

«Was denn noch?»

«Ich hab dich nie belogen. Nicht bewußt. Hat das Boot eine Kajüte?»

Laura wendet sich ohne Antwort um, schlüpft mit elegantem Schwung in den Mantel, den Walter ihr hinhält. Wobei er an ihrem Haarknoten schnuppert.

Der Gelehrte ging auf den Altan hinaus, um sich dort zu strecken, und sobald die Sterne aus der klaren, herrlichen Luft herabschimmerten, war es ihm, als ob er wieder auflebte. Auf allen Altanen der Straße – und in den warmen Ländern hat jedes Fenster einen Altan – kamen die Leute hervor; denn Luft muß man haben, selbst wenn man daran gewöhnt ist, mahagonifarben zu sein. Überall oben und unten wurde es lebendig. Schuhmacher und Schneider, alle Leute zogen auf die Straße hinaus, Tische und Stühle kamen zum Vorschein, das Licht brannte, ja, über tausend Lichter brannten, und der eine sprach und der andere sang; die Leute spazierten, die Wagen fuhren, die Esel trabten: klingelingeling! denn sie trugen Glöckchen. Da wurden die Toten unter Psalmengesang begraben, die Straßenjungen schossen mit Leuchtkugeln, und die Kirchenglocken läuteten; fürwahr, jetzt herrschte Leben in der Straße! Nur in einem Hause, gerade gegenüber der Wohnung des fremden gelehrten Mannes, war es ganz stille. Und doch wohnte dort jemand, denn auf dem Altan standen Blumen, die gar herrlich trotz der Sonnenhitze gediehen, das hätten sie nicht gekonnt, ohne begossen zu werden, und jemand mußte sie ja begießen. Leute mußten also da sein. Die Tür drüben zum Altan hinaus wurde auch des Abends geöffnet, aber drinnen war es dunkel, wenigstens in dem vordersten Zimmer. Tiefer innen ertönte Musik. Dem fremden, gelehrten Mann erschien diese Musik unvergleichlich schön. Aber das war möglicherweise auch nur Einbildung von ihm; denn er fand alles unvergleichlich schön draußen in den warmen Ländern, wenn nur keine Sonne dagewesen wäre. Der Wirt des Fremden sagte, er wisse auch nicht, wer das gegenüberliegende Haus gemietet habe, man sähe ja keine Leute, und was die Musik anginge, meinte er, daß sie gräßlich langweilig wäre. «Es ist gerade, als säße einer und übte ein Stück, mit dem er nicht fertig werden kann, immer dasselbe Stück. Ich bekomme es noch heraus, denkt er, aber es gelingt ihm doch nicht, solange er auch spielt.»

Arndt versucht sich abzulenken, das Positive zu sehen, denkt an Anne, die er glücklich machen könnte. Aschenputtel Anne. Walter faßt Arndt beim Hinausgehen in den Arm. Freut sich, daß alles so glatt gegangen ist. Gratuliert. Draußen ist es kalt.

«Weißt du wirklich nicht mehr? Das Boot hast du per Bahn nach Deutschland verfrachten lassen, rauf nach Berlin. Ich hab es dir besorgt.»

«Ja?»

«Du hast doch mich damit beauftragt. Wolltest mit deiner neuen Flamme Boot fahren, auf der Spree, ich hab sogar den Liegeplatz für dich beantragt.»

«Hast du einen Schlüssel für das Boot?»

«Nein, nicht mehr, ich hab ihn dir in die Wohnung gelegt.»

«In welche Wohnung? In die Berliner Wohnung?»

«Ja.»

«Dann hast *du* also auch einen Schlüssel für die Wohnung.»

«Nein. Nicht mehr.»

Arndt ist verwirrt. Niemand außer ihm wußte von der Wohnung. Von dem Boot wußte nicht einmal er selbst. Und was hat Walter getan, auf dem Boot, bevor er den Schlüssel in das Apartment gelegt hat? Walter scheint zunehmend wichtig. Arndt möchte Fragen stellen. Alles, was er sagt, könnte gegen ihn verwendet werden. Das ist zuviel, viel zuviel. Er will mit Anne zusammen sein, sonst nichts. Und bricht vor der Kanzlei in Tränen aus, wie jemand, der noch viel vorhat und erkennen muß, daß nichts davon je realisiert werden kann. Krutzler klopft ihm auf die Schulter. Walter und Laura gehen über den kalten, nebelverhangenen Platz, Arm in Arm, drehen sich nicht mehr um.

Eines Nachts erwachte der Fremde. Er schlief bei offener Altan-
tür; da lüftete sich der Vorhang vor derselben im Winde, und es
kam ihm vor, als ob ein wunderbarer Glanz von dem Altan gegenüber käme. Alle Blumen leuchteten wie Flammen in den
herrlichsten Farben, und mitten zwischen den Blumen stand
eine schlanke, liebliche Jungfrau; es war, als ob auch von ihr ein
Glanz ausginge. Es blendete ihn fast, er hatte aber die Augen
auch gewaltig aufgerissen, als er so plötzlich aus dem Schlafe
kam. Mit einem Sprung stand er auf dem Fußboden und schlich
sich ganz leise hinter den Vorhang, aber die Jungfrau war fort,
der Glanz war fort, und die Blumen leuchteten gar nicht, sondern standen nur sehr frisch und üppig wie immer. Die Türe
drüben war angelehnt, und tief von innen heraus klang die Musik so sanft und lieblich, daß man dabei in die süßesten Gedanken versinken konnte. Das war wie ein Zauber, wer mochte nur
da wohnen? Wo war der eigentliche Eingang? Im ganzen Erdgeschoß lag Laden an Laden, dort konnten die Leute doch nicht
immer hindurchlaufen.

Eines Abends saß der Fremde draußen auf seinem Altan. In
der Stube hinter ihm brannte Licht, und so war es ganz natürlich, daß sein Schatten auf die gegenüberliegende Wand fiel. Ja,
er saß gerade gegenüber zwischen den Blumen auf dem Altan,
und wenn der Fremde sich bewegte, bewegte sich der Schatten
auch, denn das tut er.

«Ich glaube, mein Schatten ist das einzige Lebendige, was
man da drüben sieht!» sagte der gelehrte Mann. «Sieh, wie nett
er zwischen den Blumen sitzt. Die Tür steht nur halb angelehnt,
nun sollte er so pfiffig sein, hineinzugehen und sich umzusehen;
dann müßte er zu mir zurückkommen und erzählen, was er gesehen habe! Ja, Du solltest sehen, daß Du Dich nützlich machst!»
sagte er im Scherz. «Sei so freundlich und gehe hinein! Na,
wirst Du wohl gehen?» Und dann nickte er dem Schatten zu,

und der Schatten nickte ihm zu. «Ja, geh nur, aber bleibe nicht dort!» Und der Fremde erhob sich und sein Schatten auf dem gegenüberliegenden Altan erhob sich auch; der Fremde wandte sich um und der Schatten wandte sich auch um; ja, hätte jemand genau achtgegeben, so hätte er deutlich sehen können, daß der Schatten in die halboffene Tür gegenüber hineinging, gerade als der Fremde in sein Zimmer ging und den langen Vorhang hinter sich niederfallen ließ.

Arndt legte sich, er hatte lange darüber nachgedacht, eine Rede an Anne zurecht.

«Ich liebe dich, als meine Gefährtin, und ich hielt dich bisher für sicher bei mir. Solange daran der allergeringste Zweifel besteht, will ich, daß du irgendwo auf mich wartest, bis die Dinge geklärt sind, bis jeder Verdacht von mir genommen ist. Mach dir eine schöne Zeit, du wirst nie wieder in dein altes Leben zurück müssen, aber nun geh, verrate mir deinen Aufenthaltsort nicht, du kannst mich hin und wieder anrufen, aber sage mir nicht, sage mir nie, wo du dich aufhältst. Sag es am besten niemandem.»

So ungefähr sollte es klingen, nicht *zu* dramatisch, aber doch so, daß sie ihn ernst nehmen würde. Als er gegen achtzehn Uhr in seine Pariser Wohnung zurückkehrte, war Anne nicht mehr da. Auch ihr Gepäck war verschwunden. Sie hatte keinen Zettel mit Grüßen hinterlassen, geschweige denn ihren Aufenthaltsort verraten.

Am nächsten Morgen ging der gelehrte Mann aus, um Kaffee zu trinken und die Zeitungen zu lesen. «Was ist das?» fragte er, als er in den Sonnenschein hinaustrat, «ich habe ja keinen Schatten! Also ist er wirklich gestern abend fortgegangen und nicht wiedergekommen; das ist recht unangenehm!»

Und es ärgerte ihn; jedoch nicht so sehr, daß der Schatten fort war, sondern weil er wußte, daß es eine Geschichte von einem Mann ohne Schatten gab, die jedermann daheim in den kalten Ländern kannte, und käme nun der gelehrte Mann dorthin und erzählte sein Erlebnis, so würden alle Leute sagen, daß es eine Kopie sei, und das hatte er nicht nötig. Er nahm sich daher vor, überhaupt nicht davon zu reden, und das war vernünftig gedacht.

Am Abend ging er wieder auf seinen Altan hinaus. Das Licht hatte er ganz richtig hinter sich gesetzt, denn er wußte, daß ein Schatten stets seinen Herrn als Schirm haben will; aber er konnte ihn nicht herbeilocken. Er machte sich klein, er machte sich groß, aber kein Schatten war da, es kam auch keiner. Er sagte: «Hm, hm», aber auch das half nichts.

Ärgerlich war es zwar, aber in den warmen Ländern wächst alles so geschwind. Nach Verlauf von acht Tagen merkte er zu seinem großen Vergnügen, daß ihm ein neuer Schatten von den Beinen aus wuchs, wenn er in die Sonne trat. Die Wurzel mußte sitzen geblieben sein. Nach drei Wochen hatte er einen ganz leidlichen Schatten, der, als er sich heimwärts nach den nördlichen Ländern begab, auf der Reise mehr und mehr wuchs, bis er zuletzt so lang und groß war, daß die Hälfte auch genügt hätte.

16

Erst gegen Mitternacht rief sie an. Es klang nach einer Auslandsverbindung, wahrscheinlich war sie nach München zurückgekehrt.

«Anne? Was ist los? Warum bist du weg?»

«Es ist besser so. Wir zwei, das paßt nicht zusammen.»

«Ich liebe dich.»

«Ach, Unsinn, hör auf damit, hör lieber zu. Ich hab recherchiert. Zum Glück war das Unisekretariat so nett, mir zu helfen. Also: Claudia hat so gut wie keine Verwandten, bis auf einen älteren Bruder, der bestätigt, daß sie im April eine Stelle in einem Kunstverlagshaus in Frankfurt antreten wollte, aber sie ist dort nie zum Vorstellungsgespräch aufgetaucht, obwohl sie mit ihren Qualifikationen alle Chancen gehabt hätte, den Posten zu bekommen. Ihre gesetzlichen Krankenkassenbeiträge sind seit sechs Monaten nicht mehr bezahlt worden. Ihr Bruder hat Claudia Ende September als vermißt gemeldet.»

«Hast du ihm erzählt von mir? Weiß er, daß es mich gibt?»

«Von mir jedenfalls nicht. Ich hab mich als alte Schulfreundin ausgegeben. Daß Claudia vermißt wird, scheint dich übrigens wenig zu überraschen.»

«Anne – es ist eigentlich gut, daß ich nicht weiß, wo du bist, ich wollte dir im Grunde genau das vorschlagen, nämlich, daß du an einem mir unbekannten Ort auf mich wartest, bis – hallo? Hallo?»

Anne hatte aufgelegt.

So kam der gelehrte Mann nach Hause und er schrieb Bücher über die Wahrheit in der Welt und über das Gute und Schöne, und es vergingen Tage und Jahre; es vergingen viele Jahre.

Da sitzt er eines Abends in seinem Zimmer, und es klopft ganz leise an die Tür.

«Herein», sagte er, aber es kam niemand. Da schließt er auf, und vor ihm steht ein so außergewöhnlich magerer Mensch, daß es ihm ganz wunderlich zumute wurde. Im übrigen war der Mensch durchaus fein gekleidet; es mußte ein vornehmer Mann sein.

«Mit wem habe ich die Ehre zu sprechen?» fragte der Ge=
lehrte.

«Ja, das habe ich mir wohl gedacht!» sagte der feine Mann,
«daß Sie mich nicht erkennen würden. Ich bin so sehr zum Kör=
per geworden, daß ich mir habe Fleisch und Kleider zulegen müs=
sen. Sie haben sich wohl auch nicht gedacht, mich in solchem Wohl=
stand wiederzusehen! Kennen Sie Ihren alten Schatten nicht
wieder? Sie haben sicherlich nicht geglaubt, daß ich noch wieder=
kommen würde. Mir ist es überaus gut ergangen, seit ich zuletzt
bei Ihnen war, ich bin in jeder Hinsichs sehr vermögend gewor=
den! Wenn ich mich von meinem Dienst loskaufen will, kann ich
es.» Und dann rasselte er mit einem ganzen Bund kostbarer
Berlocken, die an der Uhr hingen, und steckte seine Hand in die
dicke goldene Kette, die er um den Hals trug; nein, wie an allen sei=
nen Fingern die Diamantringe blitzten. Und alles war echt.

«Nein, ich kann mich noch gar nicht fassen!» sagte der gelehrte
Mann, «was ist denn das nur?»

«Ja, etwas Alltägliches ist es nicht», sagte der Schatten; aber
Sie selbst gehören ja auch nicht zu den Alltäglichen, und ich, das
wissen Sie ja, bin von Kindesbeinen an in Ihre Fußstapfen ge=
treten. Sobald Sie meinten, daß ich reif war, allein in die Welt zu
gehen, ging ich meinen eigenen Weg. Ich bin in den allerbrillan=
testen Umständen, aber es kam eine Art Sehnsucht über mich,
Sie noch einmal zu sehen, ehe Sie sterben, denn Sie müssen ja
sterben! Ich wollte auch gerne diese Länder wiedersehen, denn
man liebt ja das Vaterland doch immer. – Ich weiß, Sie haben
wieder einen andern Schatten bekommen. Habe ich diesem oder
Ihnen etwas zu bezahlen? Sie brauchen nur die Freundlichkeit
haben, es mir zu sagen.»

«Nein, bist Du es wirklich!» sagte der gelehrte Mann, «das
ist doch höchst merkwürdig. Niemals hätte ich gedacht, daß der
alte Schatten einem als Mensch wieder begegnen könnte!»

«Sagen Sie mir, was ich zu bezahlen habe», sagte der Schatten; «denn ich möchte ungern in jemandes Schuld stehen!»

«Wie kannst Du nur so sprechen!» sagte der gelehrte Mann, «von welcher Schuld ist hier die Rede? Sei so frei, wie nur irgend jemand. Ich freue mich außerordentlich über Dein Glück. Setze Dich, alter Freund, und erzähle mir nur ein bißchen davon, wie das zugegangen ist, und was Du bei den Nachbarsleuten gegenüber, dort in den warmen Ländern, gesehen hast!»

«Ja, das will ich Ihnen erzählen», sagte der Schatten und setzte sich nieder; «aber dann müssen Sie mir auch versprechen, daß Sie nie zu jemandem hier in der Stadt, wo Sie mich auch treffen mögen, sagen werden, daß ich Ihr Schatten gewesen bin. Ich habe nämlich die Absicht, mich zu verloben; ich kann mehr als eine Familie ernähren!»

«Sei ganz ruhig», sagte der gelehrte Mann, «ich werde niemandem sagen, wer Du eigentlich bist. Hier ist meine Hand darauf. Ich verspreche es Dir und ein Mann, ein Wort.»

«Ein Wort, ein Schatten», sagte der Schatten, und dann mußte er erzählen.

Es war übrigens wirklich merkwürdig, wie sehr er Mensch war. Ganz schwarz war er gekleidet, und zwar in das feinste schwarze Tuch; er hatte Lackstiefel und einen Hut, den man zusammenklappen konnte, bis er nur noch Deckel und Krempe war, nicht davon zu sprechen, was wir schon wissen, von den Berlocken, der goldenen Halskette und den Diamantringen. Ja, der Schatten war außerordentlich gut angezogen, und gerade das war es, was ihn vollkommen zum Menschen machte.

17

Ich fuhr ein letztes Mal zum Lago Bracciano. Solange die Scheidung vom Gericht nicht offiziell ausgesprochen worden war, gehörte mir das Haus zur Hälfte noch. Erworben mit ehrlich verdientem Geld aus über vierhundert Konzerten. Das einzige, was ich mir erarbeitet hatte. Ein halbes Haus.

Im Internet, auf der Website einer Bootsfirma, sah ich mir Bilder des Modells Crestar 525 an. Wirklich nicht besonders teuer, sechs Meter lang, mit einer Kajüte, in der zwei, notfalls drei Personen einen Schlafplatz finden. Es kam mir ein bißchen bekannt vor, aber das konnte ich mir auch einreden. Brauchte man keinen Führerschein für dieses Ding? Vielleicht drehte sich alles gar nicht um mich, sondern um Lauras Vermögen. Vielleicht wollte man mich loswerden, um … Soviel Geld. Vielleicht steckte Walter hinter allem? Eine große Verschwörung. Und es war mir egal, ganz egal, jede Verschwörungstheorie schien nur eine Ausflucht vor mir selbst, und wenn es doch so war, wenn es diese breitangelegte Verschwörung tatsächlich gab, betraf sie mich jetzt ja nicht mehr. Sollte Laura sich drum kümmern. Laura würde bald so tot sein, wie Claudia tot war. Es mag herzlos klingen, aber ob Claudia lebte, war mir im Grunde egal. Obgleich ich sie ein paar Wochen lang geliebt habe, oder geliebt zu haben glaubte – was macht das für einen Unterschied? –, gehörte sie mir längst nicht mehr an, war unwichtig geworden. Wenn ich nach Claudia gesucht habe, dann nur nach mir selbst – die Entdeckung, daß Claudia noch lebt, daß es ihr gut geht, wäre vor allem deshalb erleichternd gewesen, weil ich mit ihrem Tod rein gar nichts mehr zu tun gehabt hätte.

«Dann würdest du für ihr Leben keinen Finger opfern?»

«Einen *Finger*?»

«Ja, einen Finger.»

«Du meinst, wenn ich sie zum Beispiel vor der Hinrichtung bewahren könnte, indem ich mir einen Finger abhakke – ob ich das tun würde?»

«Genau.»

«Das sind so abstrakte Fragestellungen. Ich bin Pianist. Kann es nicht auch ein Zeh sein?»

«Also gut, ein Zeh.»

«Natürlich würde ich. Sogar einen Finger. Glaub ich.»

«Na siehst du. Du liebst sie immer noch ein wenig.»

«Nun will ich erzählen!» sagte der Schatten, und dann setzte er seine Beine mit den lackierten Stiefeln, so fest er konnte, auf den Arm des neuen Schattens des gelehrten Mannes, der wie ein Pudelhund zu seinen Füßen lag. Das war nun entweder Hochmut von ihm, oder auch wollte er vielleicht, daß er an seinem Bein hängen bliebe. Aber der liegende Schatten verhielt sich ganz stille und ruhig, um gut zuhören zu können. Er wollte auch gern wissen, wie man loskommen und sich zu seinem eigenen Herren heraufdienen könne.

«Wissen Sie, wer in dem Hause gegenüber wohnte?» sagte der Schatten; «das war das Schönste von allem, das war die Poesie. Ich war dort drei Wochen, und es hatte die gleiche Wirkung, als ob man dreitausend Jahre gelebt und alles gelesen hätte, was je gedichtet und geschrieben worden ist. Das sage ich, und das ist richtig. Ich habe alles gesehen und weiß alles.»

Lazios große Seen im Frühnovember, eine oft betäubend schöne Landschaft, von klarer Luft, die eine Fernsicht fast bis zum Ozean erlaubt. Das Licht liegt fremd auf den Hügeln, wie darübergerollte Teppiche schmiegt es sich an, ohne eins zu werden mit den Farben des Grases und der Felsen. Am Rand des Himmels schärft es sich, scheinbar von dort, aus der Schräge, illuminiert es die ehemaligen Vulkantrichter. Die Seen werden farbintensiv wie sonst nie im Jahr, sehen dich mit türkisblauen Augen, Riesenaugen an. Ich hab mir am Fiumicino einen Volvo-Leihwagen genommen, wie letztes Mal, es ist wahrscheinlich sogar derselbe. Und als ich an der Tankstelle halte, am Ortsausgang von Anguillara, sitzt da der alte Schäferhund. Kaum zu glauben. Ich bin so neidisch auf ihn, weil er heim gefunden hat. Ich winke ihm. Er kommt nicht her. Ob er mich erkennt? Das würde mich noch neidischer machen.

«Ob er dich erkennt?»

«Das würde mich noch neidischer machen.»

«Warum?»

«Weil er wüßte, was ich ihm angetan habe. Ich würde gerne klare Feindbilder haben.»

«Und dann?»

«Ich weiß nicht. Walter zum Beispiel. Wenn er mein Feind ist, warum sagt er mir immer ein bißchen was, warum läßt er mich nicht einfach im Dunkeln tappen, er hätte es nicht nötig, mir kleine Hinweise zu geben, es sei denn, um mit mir zu spielen.»

«Und deshalb bist du hier?»

«Ja. Walter denkt bestimmt, ich fahre sofort nach Berlin und suche dieses Boot und durchsuche die Kajüte – bestimmt wartet dort etwas auf mich. Vielleicht warte *ich* dort auf mich. Aber jetzt bin ich hier, ganz ohne Grund. Gehen wir den letzten Kilometer zu Fuß.»

«Was willst du denn da oben?»

«Das ist zur Hälfte noch mein Haus. Bald ist es zur Hälfte

ein Museum. Ich will es noch mal sehen, bevor es ... mir fehlt ein Wort – versteinert? Doch, ein Haus kann versteinern.»

«Glaubst du, daß Anne zurückkehrt?»

«Ich habe jedenfalls keine Lust, im Sitzen auf sie zu warten.»

Arndt kürzt die Strecke ab, indem er das steile Gras zwischen den Serpentinen hinaufsteigt und sich hin und wieder mit den Handflächen abstützt. Es ist sonnig und warm, nur das langhalmige Gras fühlt sich kühl und feucht an. Hunde bellen. Er duckt sich. Sieht Josef, Lauras Gärtner, Bodyguard und wer weiß was noch alles, oben auf dem Hügelzug, mit den beiden Doggen an der Leine. Josef zieht die Köter hinter sich her, damit sie zwei feiste Haufen in die Sonne kacken. Ein guter Moment, um unbemerkt ins Haus zu gelangen. Staubsaugergeräusch, oben im ersten Stock. Arndt schließt sich ein im großen Salon, betrachtet die Fresken, setzt sich auf das Sofa. Er hat ein Recht, hier zu sein, muß sich nicht verstecken, möchte gerne hinauf, in sein Zimmer, einige Gegenstände von sentimentalem Wert einsammeln. Und traut sich nicht. Ein vergoldeter Taktstock, den man Puccini zum 50. Geburtstag geschenkt hat. Beispielsweise. Puccini hat ihn vermutlich nie benutzt. Ein Brucknerbrief, den Sonja vielleicht nicht als solchen erkennen und wegwerfen würde.

Gegenstände von persönlicher Bedeutung, die in einem Lederköfferchen vor sich hinmoderten. Unwichtiges Zeug. Jetzt. Kein Staubsauger mehr. Schritte auf der Treppe. Abwärts. Arndt stellt sich hinter die Salontür, dreht den Schlüssel wieder um, entsperrt die Tür. Sonja stakst an der Tür vorbei, hinaus, ins Freie. Er kann sie vom Fenster des Salons beobachten. Sie trägt eines von Lauras Nachthemden, sonst nichts. Er flitzt die Treppe hinauf, schlüpft in sein Zimmer, findet im Schrank das Köfferchen, öffnet es. Asservaten der Erinnerung.

Eintrittskarten. Der erste Arbeitsvertrag, das Zeugnis vom Konservatorium. Eine Klaviertaste, die Beethoven mal berührt haben soll. Plakate, mit Arndts Namen darauf. Photos. Von Ala, von Laura, Pat, das mit dem schwarzen Rahmen drumherum aus dem Jahresbericht der Schule, eines von Sibylle. Wieso von Sibylle? Es muß der vergrößerte Ausschnitt eines alten Klassenphotos sein. Sibylle ist darauf sechzehn, eher etwas jünger. Unter ihrer rechten Schulter, unter dem schlaffen Ärmelansatz des Pullovers ist eine Wölbung zu erkennen, da hauste die zahme Ratte, die bei vielen Mädchen damals in Mode gewesen war. Arndt steckt das Photo ein. Kitschige Ringe und flippige Sonnenbrillen, die einst klare Statements darstellten. Die erste EC-Karte. Liebesbriefe. Von Ala und Laura. Die rote Karambolagekugel vom kleinem Billardtisch aus Markus' Keller. Undsoweiter. Ein 0,2 Liter Fläschchen Asbach, das ihm ein Freund zum achtzehnten Geburtstag geschenkt hatte. Er wollte es sich einmal für den fünfzigsten Geburtstag aufheben, Asbach Superuralt. Mehr als fünfzig Jahre alt zu werden, hatte er sich zu jener Zeit noch verboten. Nur große Künstler haben das Recht, älter als fünfzig zu werden. *So habe ich mit zwanzig gedacht, und wenn ich ehrlich bin, glaube ich heute daran nur aus Feigheit nicht mehr.*

Arndt steckt das Fläschchen ein. Durch Verdunstung war trotz intaktem Verschluß bereits die Hälfte des Inhalts entwichen. In elf Jahren, wenn er fünfzig wird, würde das Fläschchen womöglich leer sein. Also macht er es auf und stürzt den Branntwein in seine Kehle. Ein Strumpfband. Wem gehörte das noch mal? Einer Urlaubsbekanntschaft, nicht weiter erwähnenswert. Die postkartengroße, angegilbte Telefonzellenwerbung, durch die er in London auf Nancy/Iris aufmerksam geworden war. Iris/Nancy in Krankenschwesteruniform. Immer noch erregend. Arndt nimmt den vergoldeten Taktstock mit, den Brucknerbrief und andere Preziosen, schiebt sie sich in die Jacke. Auf dem Grund des Lederkoffers rollt eine safrangelbe Murmel mit weißen Einschlüssen hin und her. Die hat er mit vier Jahren im Spiel gewonnen und heilig gehalten, kurz darauf hielten die möchtegierigen mittelbürgerlichen Eltern ihn für würdig genug, die Weihe der ersten Klavierstunde zu empfangen, immer trug er fortan die Murmel als Talisman in der Tasche, bis zum ersten Zungenkuß, als neue Mächte der Murmel ihren Rang als Schutzmacht abliefen, und sie im Lederkoffer landete, wo sie auch jetzt, nach kurzem Für und Wider, liegen bleibt. Arndt nimmt den Weg übers Dach, steigt die Holztreppe zur Hügelkuppe hinauf, erspäht in gut zweihundert Metern Josef mit den angeleinten Doggen. Josef hebt die Hand über die Augen, um besser zu sehen. Arndt rennt den Hügel hinab, durch das kleine, im Schachbrettmuster gepflanzte Birkenwäldchen, das auf schmalen, aus dem Hang gesparten Stufen wächst.

Sonja, die Zofe, steht in der Auffahrt, bemerkt ihn, ruft ihm etwas nach, er nimmt ihr flatterndes Nachthemd aus dem Augwinkel wahr und reagiert nicht, läuft, bis er unten an der Hauptstraße ankommt und keuchend den Wagen erreicht.

Ich benehme mich wie ein Dieb. Hab mich immer wie ein Dieb benommen. Muß was dran sein. Er startet den Wagen. Vor ihm liegt der Schäferhund, seelenruhig blinzelnd, den Kopf zwischen den Pfoten auf dem noch warmen Asphalt; er könnte ihn überfahren, überlegt es sich kurz, fährt in einem weiten Bogen um ihn herum und schaltet in den zweiten Gang.

«Die Poesie», rief der gelehrte Mann, «ja, ja – sie lebt oft als Einsiedlerin in den großen Städten. Die Poesie. Ja, ich habe sie nur einen kurzen Augenblick lang gesehen, aber der Schlaf saß mir in den Augen. Sie stand auf dem Altan und leuchtete, wie Nordlichter leuchten! Erzähle, erzähle! Du warst also auf dem Altan, gingst in die Tür hinein und dann?»

«Dann war ich im Vorgemach», sagte der Schatten. «Sie haben immer gesessen und zum Vorgemache hinübergeschaut. Dort war gar keine Beleuchtung, es war eine Art Dämmerlicht; aber eine Tür nach der andern stand offen durch eine ganze Reihe von Zimmern und Sälen. Dort war es so hell, daß mich das Licht sicherlich erschlagen hätte, wäre ich bis ganz zu der Jungfrau hineingekommen; aber ich war besonnen, ich nahm mir Zeit und das muß man tun.»

«Und was sahst Du dann?» fragte der gelehrte Mann.

«Ich sah alles, und ich werde es Ihnen erzählen, aber – es ist kein Stolz von meiner Seite, jedoch als freier Mann und mit den Kenntnissen, wie ich sie habe, von meiner guten Stellung und meinen trefflichen Lebensumständen nicht zu sprechen, – ich würde gerne hören, wenn Sie mich mit «Sie» anredeten!»

«Entschuldigen Sie!» sagte der gelehrte Mann, «das ist eine alte Gewohnheit, die noch festsitzt! – Sie haben vollkommen recht, und ich werde daran denken. Aber nun erzählen Sie mir alles, was Sie sahen.»

«Alles», sagte der Schatten; «denn ich sah alles, und ich weiß alles!»

«Wie sah es in den innersten Sälen aus?» fragte der gelehrte Mann. «War es wie in dem frischen Walde? War es wie in einer heiligen Kirche? Waren die Säle wie der sternenklare Himmel, wenn man auf hohen Bergen steht?»

«Alles war dort!» sagte der Schatten. «Ich ging ja nicht bis ganz hinein, ich blieb in dem vordersten Zimmer im Dämmerlicht. Aber dort stand ich durchaus gut, ich sah alles und weiß alles! Ich bin am Hofe der Poesie im Vorgemache gewesen.»

«Aber was sahen Sie? Schritten durch die großen Säle alle Götter der Vorzeit? Kämpften dort die alten Helden, spielten dort süße Kinder und erzählten ihre Träume?»

«Ich sage Ihnen, ich war dort, und Sie begreifen, daß ich alles sah, was dort zu sehen war! Wären Sie hinüber gekommen, so wären Sie nicht Mensch geblieben, ich aber wurde es! Und zugleich lernte ich meine innerste Natur kennen, das mir Angeborene, und meine Verwandtschaft mit der Poesie. Ja, damals, als ich bei Ihnen war, dachte ich nicht darüber nach. Aber, Sie wissen es wohl, stets, wenn die Sonne aufging und unterging, wurde ich so seltsam groß. Im Mondschein war ich fast deutlicher als Sie selbst. Damals verstand ich meine Natur nicht, erst im Vorgemache ging sie vor mir auf. Ich wurde ein Mensch! – Reif ging ich daraus hervor, aber Sie waren nicht mehr in den warmen Ländern. Ich schämte mich, als Mensch so zu gehen, wie ich ging. Ich brauchte Stiefel, Kleider, all diesen Menschenfirnis, der den Menschen zu einem solchen macht. Ich verbarg mich, ja, zu Ihnen kann ich es ja sagen, Sie werden mich ja nicht in einem Buche bloßstellen, ich verbarg mich unter der Schürze einer Kuchenfrau. Die Frau ahnte ja nicht, wem sie Schutz gewährte. Erst am Abend ging ich aus. Ich lief im Mondschein auf der Straße umher, ich reckte mich lang gegen die Mauer, das kitzelt so herrlich am Rücken! Ich lief hinauf und herunter, sah in die höchsten Fenster hinein, in die Säle und auf die Dächer. Ich sah dahin, wohin niemand sonst sehen konnte, und ich sah, was niemand sah und was niemand sehen sollte. Es ist im Grunde eine nichtswürdige Welt. Ich würde nicht Mensch sein wollen, wenn die Annahme nicht feststände, daß es etwas bedeutet, einer zu sein. Ich sah das allerundenkbarste bei Frauen, bei Männern, bei Eltern und auch bei den süßen, unschuldigen Kindern – ich sah», sagte der Schatten, «was kein Mensch wissen durfte, aber was alle so gern wissen möchten – das Böse bei den Nachbarn. Wenn ich eine Zeitung geschrieben hätte, die wäre gelesen worden! Aber ich schrieb geradeswegs an die Leute selbst, die es anging, und es herrschte Entsetzen in allen Städten, in die ich kam. Sie fürchteten mich, und deshalb verehrten sie mich sehr. Die Professoren machten mich zum Professor, die Schneider machten mir neue Kleider, ich bin gut versorgt! Der Münzmeister schlug Münzen für mich, und die Frauen sagten, ich wäre so schön. So wurde ich der Mann, der ich bin. Und nun sage ich Ihnen Lebewohl; hier ist meine Karte, ich wohne auf der Sonnenseite, und bei Regenwetter bin ich immer zu Hause.» Und dann ging der Schatten.

«Das war doch merkwürdig!» sagte der gelehrte Mann.

18

Am Flughafen Fiumicino versuchte er wieder und wieder, Anne unter ihrer Münchner Nummer zu erreichen, rief auch Krutzler, ihren Chef an, der bedauerte, sie habe noch nichts von sich hören lassen. Arndt rief sogar auf seiner eigenen Nummer in Paris an, in der verzweifelten Hoffnung, Anne habe es sich anders überlegt und sei zu ihm zurückgekehrt. Aus Mangel an weiteren Möglichkeiten, unschlüssig, im oszillierenden Zustand zwischen Suchendem und Flüchtendem, ahnungslos wohin er sich nun weswegen wenden sollte, betrat er das Internetcafé und gab in das Suchfeld von google.com die Wörter *Kurthes+ Seminar* ein, gelangte so auf die Homepage des Autors. Klick auf *Terminplan*. Der Meister hatte gestern in Madrid gesprochen und würde morgen in Las Palmas auftreten, im Teatro Pérez Galdos. Arndt schüttelte amüsiert den Kopf. Und stutzte. Rechts unten auf der Seite befand sich ein Link, ein roter Kreis mit zwei weißen Buchstaben: UC. Es klang, wenn man es englisch aussprach, wie YOU SEE, aber die eigentliche Bedeutung der Buchstaben war Arndt nicht geläufig. Er ging mit den Mauspfeil auf den Kreis, klickte, und ein neues Fenster erschien.

ULTRACHRONOS

- ☐ Hier klicken, wenn Sie Mitglied sind
- ☐ Hier klicken, wenn Sie Gast sind
- ☐ Hier klicken, wenn Sie Arndt Hermannstein sind

Er, der geglaubt hatte, daß ihn nun nichts mehr erstaunen könne, wurde von einem Erstaunen überrollt, das halb in Furcht, halb in Euphorie überging, er klickte sofort auf den dritten Link, Schweiß perlte ihm auf der Stirn, und er sah sich folgender Forderung gegenüber:

*Willkommen, Arndt Hermannstein. Geben Sie bitte Ihr Paßwort ein. Falls Sie Ihr Paßwort vergessen haben, klicken Sie **hier**.*
    Arndt, mit weit geöffnetem Mund, klickte auf **hier**.

SCHADE, DASS SIE IHR PASSWORT VERGESSEN HABEN. BESUCHEN SIE MICH.

Drittes Buch

Hackman: «Ich habe einen solchen Tod nicht verdient.»
Eastwood: «Was Sie verdienen, hat damit nichts zu tun.»
Unforgiven

1

Den ersten Satz von Beethovens A-Dur-Symphonie habe ich einmal so sanft, fast schon lasch dirigiert, daß die Töne eine Kupferfärbung bekamen und Spuren von Grünspan. Sie fielen aus der Zeit, in ihre Zeit zurück. Ähnelten den rötlichen Felsen im Nachmittagslicht, auf die der Schatten einer Tragfläche fällt. Der Fels wird zum Auge, dessen Lid sich kurz schließt, belästigt, um sich erneut der Betrachtung des Himmels zuzuwenden. Mir scheint, die meisten jener Felsen nehmen widerwillig an der Landschaft teil, können den Menschen, diesen hyperaktiven Modegag aus dem Holozän, nicht leiden, höchstens ertragen, warten geduldig, bis sie wieder für sich sein und ihr Schweigen brechen werden.

Der Flieger zieht einen Kreis über die Insel, setzt zur Landung an. Blick auf die Uhr: Eben muß Kurthes mit seinem Vortrag zum Finale kommen, ich werde diesen Mann, wenn es glatt läuft, am Bühneneingang abpassen, er wird mir Rede und Antwort stehen. Ich glaube, der Lösung vieler Rätsel nahe zu sein, und frage mich, ob das überhaupt wünschenswert, ob die Neugier mein Freund ist. Der Taxifahrer rast auf der Küstenstraße dahin, als hätte ich's ihm befohlen. Er fährt, wie ich Beethovens op.72 hätte dirigieren müssen. Bremst. Baustelle. Stau.

Zu viele meiner Kollegen erlauben, daß in den Pausen zwischen den Sätzen einer Symphonie die Instrumente nachgestimmt werden. Selbst bei Werken, die kaum vierzig Minuten dauern. Es gibt in jedem Orchester krankhaft penible Korinthenkacker, die darauf bestehen, wenngleich der erzielte Unterschied von keinem menschlichen Ohr wahrge-

257

nommen wird. Zwischen Satz und Satz schieben sich so oft dreißig Sekunden Lärm, im Extremfall bis zu zwei Minuten, hab ich alles schon erlebt. Wenn man mich nach einem Motto für die Nachwelt fragt, dann das: Spielt durch! Keine Pause! Vor allem vor dem Scherzo nicht.

Ende Stau, Ampelgrün. Gran Canaria. Nicht mal in Rom wird der Straßenverkehr mit solch sadomasochistischer Inbrunst praktiziert. Fatalismus und Defätismus. Wir überholen eines der grüngelben Guaguas, so heißen die kleinen, erstaunlich pünktlichen Linienbusse der Insel, mitten in einer leicht aufwärts verlaufenden Kurve, aber ich sage nichts, beschwere mich nicht, fühle mich seltsam sicher, mir kann nichts passieren, nicht auf diese Weise. Der Taxifahrer vertraut auf die Wackelmadonna über dem Armaturenbrett, ich vertraue auf – ja, was? Auf irgendeine höhere Matrix, die noch etwas mit mir vorhat. Kurthes ist Teil jenes Systems, fragt sich bloß, in welchem Rang.

Ich habe eine Nacht am Flughafenhotel verbringen müssen, bin um Mitternacht noch einmal in die Stadt gefahren und habe in die Fontana Trevi keine Münze geworfen. Nahm Abschied. Trank in einer Bar am Largo Argentina einen Liter Frascati und saß an den Ruinen, zwischen streunenden Katzen, habe im Mondlicht die große Aussöhnung gesucht, mit allem Wehmutstamtam. Ging am botanischen Garten entlang den Gianicolo hinauf, zum Aussichtspunkt am Garibaldidenkmal, wo noch einige Jugendliche lärmten. Sah hinunter auf die Stadt, die mir wie keine sonst am Herzen lag, und ich hörte den betrunkenen Jugendlichen zu, hoffte, daß sie, irgendwann einmal, die Stadt so sehen und lieben könnten wie ich. Sie erzählten einander die immergleichen Geschichten, in denen es darum ging, wer wen wann warum dann leider nur ganz knapp doch nicht, aber –.

Nachvollziehbare, notwendige Geschichten, aus der Phase, um Kurthes zu zitieren, wenn es noch null zu null steht.

Man kann den Menschen nichts beibringen, was sie nicht selber suchen, und Abschiede fallen meist armselig aus. Gegen halb vier bin ich ins Flughafenhotel zurückgekehrt, stand rechtzeitig für die Dreizehn-Uhr-Maschine auf, fühlte mich sonderbar kämpferisch, als wäre mir in einer dunklen Arena, in der es zwar die Möglichkeit, Schuld auf sich zu laden, aber keinerlei Spielregeln gibt, wenigstens ein Gegenspieler zuteil geworden, etwas, woran man sich halten und klammern kann.

Das Taxi hielt vor dem Teatro Galdos, gerade als Kurthes, schwitzend, sichtlich erschöpft, das Gebäude verließ. Um ihn her wogte ein Pulk von Jüngern und Autogrammjägern, denen er jede noch so dämliche Frage geduldig beantwortete. Der Troß bewegte sich quer zur mit bunten Girlanden und Werbewimpeln geschmückten Fußgängerzone in Richtung Strand, wo Kurthes drei Kugeln Eis im Becher kaufte, sich ans weißlackierte Geländer lehnte und abwehrend die Hand hob – auf diese kleine Geste hin zerstreute sich der Rest seiner Verehrer respektvoll. Er hatte mich in der ganzen Zeit nicht bemerkt, zumindest nicht angesehen, aß sein Eis (Pistazie, Kokos, Ananas) in aller Ruhe auf, setzte sich, dann winkte er mir. Und ich trat aus dem Schatten, setzte mich neben ihn, ließ wie er die Beine von der Brüstung schlenkern. Alle feindseligen Gedanken waren mir verlorengegangen.

«Schön, daß Sie gekommen sind.» Er kratzte mit dem Plastiklöffelchen noch einmal im fast leeren Becher herum. Plastiklöffelchen. Becher. Störgeräusch. Plastiklöffelchen. Becher.

«Was wissen Sie über mich? Und was tun Sie mit mir?»

«Wie meinen?»

«Die Homepage. Das Paßwort. Der Link auf meinen Namen.»

«Ach, das? Ein Scherzchen. Bitte um Verzeihung. Ich wußte, daß Anne Ihnen die Episode mit dem Kuß erzählen würde, also würden Sie auf Ihrer Suche nach Anne irgendwann meine Homepage besuchen. Ich wollte Sie wiedersehen, deshalb hab ich mir diesen Jux erlaubt. Hat ja geklappt.» Und er fügte hinzu, daß er schon ein wenig enttäuscht gewesen sei, weil ich nach dem Vortrag in Paris keinen Kontakt mehr zu ihm gesucht hatte.

«Was wäre das Paßwort gewesen?»

«Ganz einfach: *Anne.*» Er lachte, schmatzend, aber keineswegs hämisch, eher wie ein kleiner Junge.

«Was hätte ich dann gesehen?»

«Einen Schnappschuß von Anne am Las Canteras-Strand. Sie hätte Ihnen zugewunken.»

«Anne ist *hier?*»

«O ja.»

«Warum?»

«*Warum?* Hmm. Ich weiß nicht so genau. Muß was Anziehendes an mir sein. Sie will noch nicht in ihr altes Leben zurück, verständlich, nicht? Und ich habe Anne gern. Eine erstaunliche Frau.»

«Schläft Sie mit Ihnen?»

«Hohoho. Das ist natürlich die Frage, die Sie am meisten bewegt. Es müßte eine Maschine erfunden werden, die die Eifersucht als Energiequelle nutzt, und der Planet würde leuchten bis in die letzten Tiefen des Alls. Ach, die Frage soll Ihnen Anne beantworten.»

«Wo ist sie?»

«Mein Lieber, Sie schlagen einen Ton an, als hätte ich Anne entführt oder unter Drogen gesetzt. Sie ist da drüben, sehen Sie, im Schatten und freut sich bestimmt, mit Ihnen zu plaudern. Gehen Sie hin!»

Kurthes, der sich gerade einen weißen Bart wachsen ließ und ein wenig dem gealterten Hemingway ähnelte, wies auf einen Punkt am Horizont, eine Felsklippe über dem Meer. Drunter im Sand hockte der Schemen einer Frau im Badeanzug, an den Fels gelehnt, mit einem breitkrempigen weißen Hut auf dem Kopf und einer Wasserflasche neben sich.

Jahr und Tag verging, da kam der Schatten wieder.

«Wie gehts?» fragte er.

«Ach», sagte der gelehrte Mann, «ich schreibe über das Wahre und das Gute und das Schöne; aber kein Mensch macht sich etwas daraus, dergleichen zu hören. Ich bin ganz verzweifelt, denn ich nehme es mir so zu Herzen.»

«Das tue ich nie», sagte der Schatten, «ich werde fett, und danach soll man trachten! Ja, Sie verstehen sich nicht auf die Welt, und Sie werden dabei krank. Sie müssen reisen! Ich mache im Sommer eine Reise; wollen Sie mit? Ich würde gern einen Reisekameraden haben. Wollen Sie mitreisen, als Schatten? Es wäre mir ein großes Vergnügen, Sie mitzunehmen, ich bezahle die Reise.»

«Das geht zu weit», sagte der gelehrte Mann.

«Ganz wie man es nimmt!» sagte der Schatten. «Es würde Ihnen außerordentlich gut tun, zu reisen. Wenn Sie mein Schatten sein wollen, sollen Sie alles auf der Reise frei haben.»

«Das ist zu toll», sagte der gelehrte Mann.

«Aber so gehts in der Welt», sagte der Schatten, «und so bleibt es auch.» Und dann ging der Schatten.

Dem gelehrten Manne ging es gar nicht gut. Sorgen und

Plagen verfolgten ihn, und was er über das Wahre und das Gute und das Schöne sprach, war für die meisten wie Rosen für eine Kuh! – er wurde ganz krank zuletzt.

«Sie sehen wirklich wie ein Schatten aus», sagten die Leute zu ihm, und es schauderte den gelehrten Mann, denn er dachte sich manches dabei.

«Sie sollten in ein Bad», sagte der Schatten, der ihn besuchen kam. «Es hilft nichts. Ich will Sie mitnehmen, weil wir alte Bekannte sind; ich bezahle die Reise und Sie machen eine Beschreibung darüber und versuchen, mir die Reise angenehm zu machen. Ich will in ein Bad; mein Bart wächst nicht so recht, wie er sollte, das ist auch eine Krankheit, denn einen Bart muß man haben. Seien Sie nun vernünftig und nehmen Sie mein Angebot an. Wir reisen ja als Kameraden.»

Ich darf Anne nicht fragen, warum sie fortging. Sie konnte gehen, wohin immer sie wollte, es darf nicht so klingen, als verlangte ich eine Rechtfertigung. Wie begrüßt man sich in dieser Situation?

Arndt rennt nicht mehr, er schlendert, setzt sich schweigend neben Anne, lächelt aufmunternd. Sie sieht zu Boden, scheut seinen Blick, und lächelt doch auch. Wie man etwas halb komisch, halb peinlich findet.

Mehrmals ist sie kurz davor, etwas zu sagen, doch bevor ihre Zunge eine Silbe formt, fällt ihr Kinn herab, sie greift in den Sand und läßt die Körnchen aus den Fingern rieseln. So vergehen Minuten.

«Gefällt es dir in Las Palmas?» Gar keine so schlechte Frage. Neutral. Unverfänglich. Läßt viele mögliche Fortsetzungen zu.

«Gut.»

Es hat schon tragfähigere Gesprächsbrücken gegeben. Und doch hat Arndt nicht das Gefühl, er sei ihr völlig unwillkommen.

«Wie bist du untergebracht? Du weißt, daß ich hier noch ein Apartment habe?»

«Du hast es mir erzählt. Ich wohne bei Kurthes.»

«Wo ist das?»

«Im Santa Catalina, dem Casino-Hotel. Ich habe ein Einzelzimmer, falls du das wissen willst. Sam ist mit Ala hier. Morgen ziehen wir um.»

«Wohin?»

«Du kannst sicher mitkommen, wenn du möchtest.» Sie deutet hinter sich, nach oben, in die Berge.

«Wollen wir zu Abend essen?»

«Nein, Arndt. Du bist wegen Sam hier. Ich bin auch wegen Sam hier. Du hast mich noch gar nicht gefragt, ob ich noch etwas herausbekommen habe. Über Claudia.»

«Hast du?»

«Nein. Aber du hast nicht gefragt.»

Sie erhebt sich, klopft den Sand von ihren Schenkeln, trinkt den letzten Schluck aus der Wasserflasche und geht in Kurthes' Richtung, der immer noch auf der Brüstung sitzt.

Ala steht jetzt neben ihm, in einem goldfarbenen, flatternden Satinkleid.

Arndt stapft, die Schuhe schwer von Sand, hinter Anne her, kommt sich penetrant vor und zudringlich, doch will er wissen, wo sein Platz ist, was hier vorgeht.

Er hatte sich vorgenommen, hart zu sein, notfalls brutal. Nun schleicht er wie ein herrenloser Hund über den Strand und hofft auf ein gnädiges Wort, das ihm einen Platz an der Tafel zuweist.

Ala hat ihr dunkles Haar gefärbt, um die Hälfte gekürzt, einige Strähnen wehen kupferfarben im Wind, zusammen mit dem goldschimmernden Kleid gleicht sie in der tiefen Sonne einer Flamme, einem Leuchtturmfeuer für verlorene Seefahrer. Sie winkt mit weit ausgestrecktem Arm. Eine freundliche Geste. Eine freundliche Geste.

So reisten sie denn; der Schatten war der Herr und der Herr war der Schatten. Sie fuhren miteinander, sie ritten und gingen zusammen, Seite an Seite, vor- und hintereinander, wie eben die Sonne fiel. Der Schatten verstand es, sich stets an der Herrenseite zu halten. Darüber dachte nun der gelehrte Mann nicht weiter nach; er hatte ein recht gutes Herz und war sanft und freundlich, und daher sagte er auch eines Tages zum Schatten: «Da wir doch nun einmal Reisekameraden geworden und von Kindheit an zusammen aufgewachsen sind, sollten wir da nicht Brüderschaft trinken? Das ist doch vertraulicher!»

«Sie haben da etwas gesagt!» sagte der Schatten, der ja nun der eigentliche Herr war, «was sehr geradezu und wohl auch gut gemeint war; ich will ebenso geradezu und wohlmeinend sein. Sie, als gelehrter Mann, wissen zur Genüge, wie seltsam die Natur mitunter ist. Manche Menschen können es nicht vertragen, graues Papier zu berühren, sonst wird ihnen schlecht, anderen geht es durch und durch, wenn man einen Nagel gegen eine Glasscheibe knirschen läßt. Ich habe ebenso ein Gefühl, wenn Sie Du zu mir sagen. Ich fühle mich geradezu zu Boden und in meine frühere Stellung bei Ihnen zurückgedrückt. Sie sehen, das ist eine reine Gefühlssache, kein Stolz; ich kann es nicht zulassen, daß Sie Du zu mir sagen, aber ich will gerne zu Ihnen Du sagen, dann habe ich Ihnen wenigstens den halben Gefallen getan.»

Seitdem sagte der Schatten Du zu seinem früheren Herrn.

«Das ist doch wohl zu toll», dachte der Mann, «daß ich Sie sagen muß, und er sagt Du.» Doch mußte er gute Miene zum bösen Spiel machen.

So kamen sie in ein Bad, wo viele Fremde waren und unter ihnen eine wunderschöne Königstochter, die an der Krankheit litt, daß sie viel zu viel sah, und das war eine sehr beängstigende Sache.

Sogleich merkte sie, daß der, der da eben angekommen war, eine ganz andere Person als alle übrigen war. «Er ist hier, um sich einen Bart wachsen zu lassen, sagt man, aber ich sehe die wahre Ursache: er kann keinen Schatten werfen.»

Nun war sie neugierig geworden und fing sogleich auf der Promenade ein Gespräch mit dem fremden Herrn an. Als Königstochter brauchte sie ja keine besonderen Umstände zu machen, und so sagte sie: «Ihre Krankheit besteht darin, daß Sie keinen Schatten werfen können!»

«Eure königliche Hoheit müssen sich schon sehr auf dem Wege der Besserung befinden!» sagte der Schatten; «ich weiß, Ihr Übel liegt darin, daß Sie viel zu viel sehen, aber das hat sich verloren. Sie sind geheilt; ich habe nämlich gerade einen ganz ungewöhnlichen Schatten! Sehen Sie nicht die Person, die mich immer begleitet? Andere Menschen haben einen gewöhnlichen Schatten, aber ich bin nicht für das Gewöhnliche. Man gibt seinem Diener zuweilen feineres Zeug, als man selbst es trägt, und in der gleichen Weise habe ich meinen Schatten als Menschen aufputzen lassen! Ja, Sie sehen, daß ich ihm sogar einen Schatten gegeben habe. Das ist sehr kostspielig, aber ich liebe es, etwas für mich allein zu haben.»

«Wie?» dachte die Prinzessin, «sollte ich mich wirklich erholt haben? Dieses Bad ist freilich als das beste dafür bekannt! Das Wasser hat ja in unserer Zeit wunderbare Kraft. Aber ich reise noch nicht fort, denn jetzt beginnt es, hier unterhaltsam zu wer-

den. Der Fremde gefällt mir außerordentlich. Wenn nur sein
Bart nicht wächst, sonst reist er ab!»

Während des Abendessens im etwas prunküberladenen Salon Garcia Escámez des Hotels Santa Catalina sprach Kurthes fast ausschließlich mit seinem Sekretär, Dr. Frantisek
Mucos. Das war ein etwa fünfunddreißigjähriger, deutsch
mit leicht böhmischem Akzent sprechender, sehr gepflegter
Mann, mit schwarzblau schimmerndem Hugo Boss-Anzug
und schwefelgelbem Halstuch, die schwarzen Haare stop-
pelkurz und geölt, das braungebrannte Gesicht von pocken-
narbig-ledrigem Teint. Seine dünnen Lippen glänzten vor
Lipgloss, das er pünktlich jede halbe Stunde neu auftrug,
aus einem winzigen silbernen Salbendöschen, gegen die
Salzluft. Sein um Haltung bemühtes, immer etwas beleidig-
tes Gehabe wirkte bald aristokratisch dekadent, bald dan-
dyesk, bald einfach nur lächerlich. Er schien ein aufmerk-
samer Diener seines Herrn, doch sehr darauf bedacht, nicht
untergeben zu wirken, wie jemand, der sein künftiges Potential zur Schau stellt und darauf hinweisen will, daß seine
momentane Situation einer freien Entscheidung entsprungen ist, nicht irgendwelchen Zwängen.

22 Uhr. Der riesige Raum, ganz im Kolonialstil, mit roten,
samtenen Vorhangsstoffen, runden Tischen und Kirschholz-
stühlen war bis auf unseren Tisch menschenleer, gespenstisch, viele Sessel waren mit Hussen überzogen. Man mußte den Salon auf Kurthes' Wunsch geöffnet haben, weniger
privilegierte Hotelgäste speisten im moderneren Hauptsaal
oder hielten sich um diese Zeit vornehmlich im Casino auf,
das man von hier aus direkt betreten konnte. Ich bewunderte die quadratischen Deckenfelder, von schwerem Stuck

gerahmt, jedes von einem Relieffries umgeben. Bewunderte die Empore, mit dem herrlichen Geländer aus lackiertem Palisanderholz.

Mucos und Kurthes redeten über den morgigen Tag, über einen Bus und ein Zelt, einen Ofen, Behördenwillkür, Bestechungen, die Bezahlung eines Catering-Service, Dixi-Klos und Klopapier. Ich bekam nicht ganz mit, worum es da ging. Ala, die reizend war und wunderschön, fühlte sich verpflichtet, mich quer über den Tisch mit Gemeinplätzen über die Schönheit der Insel zu unterhalten, weil Anne den ganzen Abend stumm auf ihren Teller, auf Kurthes oder in ihr Weinglas starrte. Wahrscheinlich glaubte Anne, mir eine Erklärung zu schulden, konnte die richtigen Worte nicht finden, oder hatte gar keine Erklärung zur Hand. Sie gab ein unvorteilhaftes Bild ab, das einer unsicheren kleinen Anwaltsgehilfin in rettungslos fremden Gefilden, die selbst nicht weiß, woran sie ist, weshalb und in welcher Funktion sie an der Tafel sitzt. Manchmal betrachtete sie Kurthes ehrfürchtig, doch ohne erkennbar sinnliches Verlangen. Wie eine Novizin den Meister. Hingebungsvoll, auf mentale Art. Es machte mich wütend, ich hätte Anne nicht allein lassen dürfen in Paris. Das Dessert wurde gereicht. Mucos parlierte mit seiner hellen Stimme schnell und wortreich, jedoch sehr leise, über die renitente lokale Naturschutzbehörde, und wie er sie übertölpeln konnte. Wir seien als angemeldete chronobiotische Forschungsgemeinschaft unterwegs und könnten bis zu zwanzig Leute offiziell als Versuchsgehilfen rekrutieren. Er sagte noch was von Spenden und Subventionen und steuerlich absetzbaren Investitionssummen, aber von solchen Dingen hab ich noch nie etwas verstanden und war demzufolge der Einzige, der nicht lachen mußte.

Die Ventilatoren über den Fenstern kreisten langsam, langsam und sinnlos, es war nicht mehr arg warm, und ohne die drei protzigen Kandelaber mit jeweils über sechzig Birnen wäre es sogar kühl gewesen. Kurthes hielt eine kurze Rede. Wir alle hätten morgen eine große, außerordentliche Nacht vor uns, weswegen wir viel Schlaf genießen sollten. Er wandte sich an mich.

«Sie haben ja einen Schlafplatz vor Ort, wenn ich richtig unterrichtet bin, Maestro Hermannstein, den sollten Sie jetzt nutzen, morgen treffen wir uns alle an der Plaza de España, vierzehn Uhr, ich habe einen Bus organisiert. Um warme Kleidung sollte jeder Sorge tragen. Ansonsten ist keine spezielle Ausrüstung nötig. Ich freue mich sehr.» Mit diesen Worten beendete Kurthes die Zusammenkunft, umarmte Ala, aber bevor er die Tafel mit ihr verließ, wandte er sich noch einmal zu mir um und sagte:

«Wir werden morgen Gelegenheit genug haben, miteinander zu reden. Unter den Sternen.»

Er verbeugte sich vor mir. Ich, leicht verwirrt, verbeugte mich auch. Huldvoll lächelnd, ging er mit Ala fort, in Richtung der Treppe. In geziemendem Abstand folgten Anne und Dr. Mucos, beide ohne sich von mir zu verabschieden.

Ich fragte den Kellner, ob alles bezahlt sei, er nickte. Ob ich mit dem Essen zufrieden gewesen sei?

«Vorzüglich, ja.»

«Das freut mich. Es ist schön hier, nicht wahr?»

«Sehr schön.» Ich trank mein Glas aus.

Am Abend im großen Ballsaal tanzte die Königstochter mit dem Schatten. Sie war leicht, aber er war noch leichter; einen solchen Tänzer hatte sie noch nie gehabt. Sie sagte ihm, aus welchem Lande sie stamme, und er kannte das Land. Er war dort gewesen, aber damals war sie nicht zu Hause. Er hatte oben und unten in die Fenster geschaut; er hatte sowohl das eine wie das andere erblickt, und so konnte er der Königstochter antworten und Andeutungen machen, über die sie sich höchlichst verwunderte. Er mußte ja der weiseste Mensch auf der ganzen Erde sein. Sie bekam große Achtung vor seinem Wissen, und als sie wieder zusammen tanzten, wurde sie verliebt. Das konnte der Schatten recht wohl bemerken, denn sie sah ihn so unverwandt an, als wolle sie durch ihn hindurch sehen. Dann tanzten sie noch einmal, und da war sie nahe daran, es ihm zu sagen. Aber sie war besonnen; sie dachte an ihr Land und ihr Reich und an die vielen Menschen, über die sie regieren sollte. «Ein weiser Mann ist er», sagte sie bei sich, «das ist gut! und er tanzt herrlich, das ist auch gut, aber ob er auch gründliche Kenntnisse hat, das ist ebenso wichtig. Das muß untersucht werden!» Und dann begann sie ihn ein bißchen über die allerschwierigsten Sachen auszufragen; sie hätte selbst nicht darauf antworten können. Und der Schatten machte ein ganz sonderbares Gesicht.

«Darauf können Sie mir nicht antworten!» sagte die Königstochter.

«Das gehört in mein Schulwissen», sagte der Schatten, «ich glaube, daß sogar mein Schatten dort an der Tür darauf wird antworten können!»

«Ihr Schatten», sagte die Königstochter, «das wäre doch höchst merkwürdig!»

«Ja, ich behaupte ja auch nicht bestimmt, daß er es kann», sagte der Schatten, «aber ich glaube es wohl, denn er ist mir nun so viele Jahre lang gefolgt und hat mir zugehört – ich glaube es sicher. Aber – Eure königliche Hoheit gestatten, daß ich darauf aufmerksam mache – er ist so stolz darauf, als Mensch zu gehen, daß, wenn er in richtig guter Laune sein soll, und das muß er sein, um gut zu antworten, er ganz wie ein Mensch behandelt werden muß.»

«Das gefällt mir», sagte die Königstochter. Und dann ging sie auf den gelehrten Mann an der Tür zu, und sie sprach mit ihm von Sonne und Mond und vom Menschen, dem äußeren und dem inneren Menschen, und er antwortete gar gut und klug.

Einigermaßen überrascht davon, daß in meinem Apartment, das bald meines nicht mehr sein würde, Licht brannte, ging ich ein Stück weit hinunter zum Strand, beobachtete die Fenster. Die üblichen Meerantrommler trommelten in der Ferne. Alle Räume dort oben waren beleuchtet. Kurz, ganz kurz, tauchte hinter einer der Jalousien Lauras Silhouette auf. Ich überlegte mir, zu klingeln oder die Wohnung einfach zu betreten, ohne Anmeldung. Wartete da oben die andere Laura auf mich, die sanfte, zärtliche Laura, die ich geliebt hatte? Und wenn? Was würde ich von der wollen? Ich verstieg mich zu der krankhaften Vorstellung, eine Silhouette, kein lebendes Wesen würde mir die Tür öffnen, nur eine Silhouette, ein Schattenwesen, das stumm mit mir tanzt, mich küsst und bei gelöschtem Licht spurlos verschwindet. Später war hinter dem Küchenfenster noch ein anderer, beinah erleichternder Umriss zu erkennen, der eines Mannes. Ich suchte mir ein Zimmer im Brisamar.

«Was muß das für ein Mann sein, der einen so weisen Schatten hat», dachte sie, «es wäre eine wahre Wohltat für mein Volk und mein Reich, wenn ich ihn zu meinem Gemahl erwählte – ich tue es.»

Sie waren sich bald einig, sowohl die Königstochter, wie der Schatten; aber niemand sollte darum wissen, bevor sie wieder heim in ihr eigenes Reich käme.

«Niemand, nicht einmal mein Schatten», sagte der Schatten, und dabei hatte er seine ganz besonderen Gedanken.

Dann kamen sie in das Land, wo die Königstochter regierte, wenn sie zuhause war.

«Hör, mein guter Freund», sagte der Schatten zu dem gelehrten Mann, «nun bin ich so glücklich und mächtig geworden, wie man es nur werden kann; nun will ich auch etwas ganz Besonderes für dich tun. Du sollst immer bei mir im Schlosse wohnen, mit mir in meinem königlichen Wagen fahren und tausend Reichstaler im Jahre bekommen; aber dann mußt du dich Schatten nennen lassen von all und jedem Menschen. Du darfst nicht sagen, daß du jemals Mensch gewesen bist, und einmal im Jahre, wenn ich im Sonnenschein auf dem Altan sitze und mich dem Volke zeige, mußt du zu meinen Füßen liegen, wie es sich für einen Schatten gehört. Jetzt kann ich es dir ja sagen, ich heirate die Königstochter. Heute abend soll die Hochzeit sein.»

«Nein, das ist doch der Gipfel der Tollheit!» sagte der gelehrte Mann. «Das will ich nicht, und das tue ich nicht. Das heißt das ganze Land betrügen und die Königstochter dazu! Ich sage alles! Daß ich der Mensch bin und du der Schatten; du bist ja nur angezogen!»

«Das wird dir keiner glauben!» sagte der Schatten, «sei vernünftig, oder ich rufe die Wache!»

«Ich gehe stehenden Fußes zur Königstochter!» sagte der gelehrte Mann. «Aber ich gehe zuerst!» sagte der Schatten, «und du gehst ins Gefängnis!» – Und das mußte er, denn die Schildwache gehorchte demjenigen, von dem sie wußte, daß die Königstochter ihn heiraten wollte.

«Du zitterst!» sagte die Königstochter, als der Schatten zu ihr hereintrat, «ist etwas geschehen? Du darfst nicht krank heute abend werden, jetzt, wo wir Hochzeit machen wollen.»

«Ich habe das Greulichste erlebt, was man erleben kann!» sagte der Schatten, «denke dir – ja, so ein armes Schattengehirn kann nicht viel aushalten! – denke dir, mein Schatten ist verrückt geworden. Er glaubt, er wäre der Mensch und ich – denke dir nur – ich wäre sein Schatten!»

«Das ist ja furchtbar!» sagte die Prinzessin, «er ist doch eingesperrt?»

«Das ist er! Ich fürchte, er wird nie wieder zu Verstand kommen!»

«Armer Schatten!» sagte die Prinzessin, «er ist sehr unglücklich. Es würde eine wahre Wohltat sein, ihn von dem bißchen Leben zu befreien, das er hat. Wenn ich es recht bedenke, glaube ich, es wird notwendig sein, es mit ihm in aller Stille abzumachen!»

«Das ist freilich hart!» sagte der Schatten, «denn er war ja ein treuer Diener!» Und dann tat er, als ob er seufzte.

«Sie sind ein edler Charakter!» sagte die Königstochter.

Am Abend wurde die ganze Stadt illuminiert, und die Kanonen schossen: bumm! und die Soldaten präsentierten das Gewehr. Das war eine Hochzeit! Die Königstochter und der Schatten gingen auf den Altan hinaus, um sich sehen zu lassen und noch einmal ein Hurra! zu bekommen.

Der gelehrte Mann hörte nichts mehr von alledem, denn ihm hatten sie das Leben genommen.

Vierzehn Uhr. Ich warte an der kreisrunden Plaza de España, neben dem Bus, dessen Fahrer einen Big Mac verschlingt. Mit mir ein Häuflein Auserwählter, sichtbar betuchte Leute, Ehepaare älteren Jahrgangs, auch ein paar Einzelgänger, Männer mehr als Frauen, ein junges Pärchen, das sich im Arm hält, wir stehen herum, haben nichts miteinander gemeinsam, alles was uns eint, ist, diesen Bus betreten zu wollen. «Ist das der Bus von Kurthes?» fragen manche, und der Busfahrer nickt, doch auf die Frage, ob man eintreten dürfe, schüttelt er kauend den Kopf. Laura und Walter überqueren den Platz, sehen mich, erkennen mich, öffnen synchron ihre

Münder. Mäuler. Münder. Mäuler? Laura verschränkt die Arme vor der Brust, ihre Brauen verschwinden in den Haaren. Walter begrüßt mich, gibt mir die Hand. «Was machst *du* denn hier?»

«Was soll man um diese Zeit schon machen?»

«Hmm.» Walter steckt sich eine Zigarette an, weiß nicht, was er sagen soll. Und Laura schmollt. Sieht mich an wie einen Pickel, den sie in aller Öffentlichkeit nicht ausdrükken kann. Wir schweigen. Sehr peinlich.

Ich zähle. Wir sind zusammen sechzehn und wollen in den Bus. Der Bus bietet für zwanzig Leute Platz. War meine Mitfahrt vorgesehen, oder hat meinetwegen jemand auf das Ereignis verzichten müssen? Und worin besteht das Ereignis?

Endlich ein Taxi. Ala und Kurthes, Mucos und Anne steigen aus. Die Herde schart sich um den Hirten. Jetzt erst fällt mir auf, daß viele der Wartenden ungewöhnlich dicke Kleidung tragen, ob am Leib oder über dem Arm. Stimmt. Das hatte ich vergessen. Es hat hier unten an der Küste 27°C, die am Abend auf neunzehn oder zwanzig sinken. Meine Tasche mit den Kleinigkeiten aus der Villa ruht in einem Schließfach am Flughafen, und ich trage seit zwei Tagen dieselben Klamotten, hatte darauf gehofft, sie in meiner – Lauras – Wohnung wechseln zu können. Habe mir heute Mittag im Corte Inglès wenigstens frische Socken und Unterwäsche gekauft und mich im Kundenklo umgezogen.

Der Meister gibt den Bus frei. Wir steigen ein. Der Fahrer hat seinen Big Mac zufrieden verspeist, schiebt eine Cassette ins Fach, das Orgelintermezzo aus Janaceks Glagolitischer Messe erklingt, überraschende Musik, die Meute verharrt, lauschend, gespannt.

Kurthes greift nach dem Mikro. Er freue sich, seine engsten Mitstreiter auf dieser Fahrt, diesem Ausflug, begrüßen zu dürfen. Anne sitzt neben Mucos, die beiden tuscheln.

«Laßt uns froh und lustig sein, und uns unsres Lebens freun.» Sagt Kurthes, breit schmunzelnd. Dreht das schwere Orgelsolo hoch, bis die billigen Lautsprecher scheppern. Ich sitze hinten im linken Eck, am Fenster, neben mir das junge Pärchen, das sich permanent küssen muß, mit Schmatzgeräuschen, die keine Orgel übertönen kann, der Bus fährt los, aus Las Palmas hinaus in die Berge.

Das Andersen-Märchen, das Anne mir erzählt hat, damals, als es mit ihr schön war auf der Welt, dieses Märchen, das viel zu grausam ist, um ein Märchen zu sein, geht mir nicht mehr aus dem Kopf. Ich denke auch an die Ballettfassung jenes Stoffes zurück, die Aufführung, als ich die Musik dirigierte, der Komponist hieß – ich hab es vergessen, egal, die Musik war nett, nicht besonders haltbar, ich hatte die Partitur studiert – aber um einen Blick in das Märchen zu werfen, war ich zu beschäftigt gewesen. Ballett interessierte mich nie. Blödes Gehopse.

Gran Canaria ist eine der vielfältigsten Inseln dieser Erde, bietet neben tropischen Wäldern und Steinwüsten auch Berge von zweitausend Metern Höhe, die manchmal mit Schnee bedeckt sind, während man im Meer angenehme Badetemperaturen vorfindet. Mir war klar gewesen, daß Kurthes in die Berge wollte, und wirklich fuhren wir eine Zeit lang in Richtung der oft bizarr zerklüfteten Canyons, die ein spanischer Dichter mal emphatisch den *versteinerten Sturm* genannt hat. Allerdings verpaßten wir die Straße, die uns dorthin geführt hätte, und plötzlich ging es schon wieder hinab, wir fuhren nach Agaete, einen Hafen an der Nordwestküste der Insel, fuhren direkt hinein in den Bauch der Fähre nach Santa Cruz de Tenerife. Kurthes hatte Größeres vor. Er wollte auf den Teide.

Der gelehrte Mann hörte nichts mehr von alledem, denn ihm hatten sie das Leben genommen.

Das Finale des Balletts hatte aus einer Fuge für Streichsextett bestanden, sehr lakonisch, mit viel Flageolet und Sulla-Ponte-Gezirpe – und die Scheinwerfer des Theaters hatten das Publikum geblendet. Danach, als Coda, jahrmarkthaftes Gedudel für Leierkasten, bei völliger Dunkelheit.

Ala ist immer noch großartig. Damit beschäftigt, ihren Seidenhut festzuhalten und im Fahrtwind die beiden Schlaufen unter ihrem Kinn zusammenzubinden.

Ihre Aura besitzt das Mysteriös-Gefährliche einer Tropenkrankheit, ihr Körper zeigt die Fragilität eines Schmetterlingsflügels, alles an ihr wirkt, als müsse sie beschützt werden – doch auch, als sei insgeheim etwas Grausames in ihr.

Die Wahrnehmung der Männer in ihrer Umgebung mutiert zum Flatterhaften einer Handkamera, die zittrig um das Zentrum der Begierde schwankt, zum Atemlosen, das sich für jeden geordnet vorgetragenen Satz erst sammeln muß.

Sie zaubert einen fruchtigen Hauch in die Luft. Reife, selbst überreife Männer erinnern sich längst abgelegter Strategien der Betörung, werden geckenhaft eitel in dem Versuch, auf sich hinzuweisen. Alas Sex-Appeal, diese Mischung aus Kindchenschema, verschatteter Absinth-Melancholie und dem beinahe, eben nur beinahe kranken Eindruck der überlangen Arme und Beine, wird von ihr sehr bewußt eingesetzt, verstärkt durch die neue, Niedlichkeit hervorkehrende Frisur, die, wenn sie den Kopf schüttelt, lose um ihre Ohren schwingt und die Zartheit ihres schmalen Schädels freigibt – kontrastierend dazu ihre hohen Wangenknochen, ihr breiter Mund, deren Lippen sich oft schürzen und spitzen, als müssten sie mimisch jede Silbe, die sie spricht, illustrieren, aufgeregt, ja gescheucht, ruhelos, ein Gesicht, das auf jede Nuance ihrer Umgebung reagiert, ohne eine bestimmte Haltung zu verraten. Man will an ihr knabbern, so süß ist sie, und hat dabei das Gefühl, von ihrem Blick vorsichtig gekostet und schnell ausgespien zu werden, sobald nur eine Winzigkeit ihr widerstrebt.

Die Überfahrt dauerte zwei Stunden. In der Bar auf dem Oberdeck wurden alle einander – *Das ist Arndt, er ist in der Musikbranche* – vage vorgestellt. Das junge Pärchen arbeitete beim Film, er als Kameramann, sie als Scout einer Castingagentur. Es gab Buchhändler, Ärzte, eine Chemikerin, eine französische Parlamentsabgeordnete, eine Visagistin, Kurthes' spanischen Verleger mit Gattin. Und eine Konzertmeisterin der Wiener Symphoniker, die mich erkannte und behauptete, von mir einmal dirigiert worden zu sein.

Jeder mußte jedem die Hand geben, Laura gab mir ihre nicht, sie war wohl der Meinung, ich sei hier, um ihr und Walter nachzuspionieren. (Aber wozu hätte ich das tun sollen? Das schienen sich die beiden auch ständig zu fragen.) Es gab nicht Grund genug, von Anne zu erzählen, die sich von mir fernhielt und meistens mit Mucos zusammensaß. Eine unübersichtliche Konstellation. Vielleicht steckten ja alle unter einer Decke.

Ich fragte Laura, woher *sie* denn Kurthes kenne. Das klang gut, naiv, ohne etwas preiszugeben. Implizierte, daß ich *seinet*wegen hier war.

Sie lehnte über dem Tisch, wie seekrank, stierte auf den Messingrand des Tisches.

«Als du in London rumgehurt hast, hab ich begonnen, Kurthes zu lesen. Hat mir über die Einsamkeit hinweggeholfen. Wenn ich ihn lese, ist es, wie es früher war, als ich deine Musik gehört hab. Er schreibt sehr musikalisch. Vieles verstehe ich nicht, aber wie er es schreibt, das redet auf einer höheren Ebene mit mir, und ich verstehe es über mein Gefühl. Mir ist das hier sehr wichtig, Arndt. Ich finde es impertinent, daß du dich zwischen uns drängst. Du kannst Walter überhaupt nichts vorwerfen, er hat mich schon sehr lange begehrt, hat nie etwas davon gezeigt, bis ich ihm sagte, er soll die Scheidung klarmachen. Und du hast die Scheidung ja auch gewollt. Als du in Anguillara warst, hättest du mich vielleicht wiederhaben können. Ein paar liebevolle Sätze, ein kleines Versprechen, daß du dich ändern wirst, daß du noch auf mich Wert legst – stattdessen erzählst du phantastische Geschichten, schreist herum, erwartest Verständnis –»

«Ich? Ich habe rumgeschrien?»

«Für deine Verhältnisse hast du herumgeschrien, ja. Dann bist du einfach abgehauen. Hast mich in das tiefe Loch zurück fallen lassen. Walter hat mich herausgeholt. Und du siehst ihn die ganze Zeit so bitter an.»

«Tu ich nicht.»

«Er hat dich nicht verraten, Arndt, ich habe dich gehaßt, und es hätte viel weniger für dich rausspringen können, aber Walter meinte, ich soll dir geben, was du möchtest, nun haben wir einen sauberen Schnitt getan, du hast mehr bekommen, als du verdienst, und jetzt kommst du hierher, und es ist allen peinlich. Was denkst du dir dabei?»

«Ich wußte überhaupt nicht, daß ihr hier seid.»

«Natürlich nicht!» Laura verdrehte angeekelt die Augen.

«Ich lernte Kurthes neulich in Paris kennen. Er hat meine Freundin geküsst. Auf der Suche nach ihr bin ich hierhergekommen.»

«Tolle Geschichte. Sam ist doch sehr glücklich mit Julia.» Walter hatte uns inzwischen drei Cola-Rum besorgt und begann nun, von hinten auf mich einzureden. «Man muß da ganz pragmatisch sein. Es gibt Freunde und Klienten. Wer als Freund ausgedient hat, kann als Klient meine aufrichtigste Wertschätzung erfahren. Du bist vermutlich sauer auf mich, aber ich bin es umgekehrt nicht, und wenn du ähnlich pragmatisch wärst wie ich, stünde ich dir auch weiterhin als Anwalt zur Verfügung. Aber in Anbetracht der Umstände solltest du dir einen anderen juristischen Beistand suchen. Und je schneller, desto besser. Was ich aus München höre –»

«Was hörst du denn?»

«Die sind sauer auf dich, Arndt, mit Grund, ein Promi, vor allem, wenn es nur ein Halbpromi ist, der sich ihnen einfach zu entziehen beschließt, das regt die auf. Und wenn sie irgendwas gegen dich in die Hand bekommen, dann ziehen die sicher die Samthandschuhe aus, das sind schließlich auch nur Menschen, die sich zwischendurch mal wichtig fühlen wollen.»

«Was sollten die denn in die Hand bekommen? Du klingst, als wüßtest du was, was ich noch nicht weiß.»

«Unsinn, Arndt, du entwickelst mir gegenüber so eine komische Paranoia. Ich habe meinen neuen Sozius mit deinem Fall vertraut gemacht, er wäre bereit einzuspringen, du mußt ihn nur akzeptieren. Und ich stehe dir mit meinem Rat und Wissen weiter zur Verfügung. Ich will allerdings in Zukunft in Sachen Kanzlei kürzer treten, will mit Laura zusammen sein. Das verstehst du vielleicht nicht, aber wenn du dich lange genug zurückerinnerst, verstehst du es vielleicht doch.»

Der Satz enthielt eine Spitze, die sich Walter früher nie herausgenommen hätte.

«Was war das mit dem Boot?» Ich fragte betont leger.

«Das Boot in Berlin?» Walter zog enerviert die Brauen hoch.

«Gibts sonst noch eins?»

«Nein … Du redest, als würdest du unter Gedächtnisschwund leiden.»

«Vielleicht ist das so. Anscheinend ist es so.»

«Arndt, du hast mich beauftragt, einen Liegeplatz für dieses Boot zu suchen. Ich habe einen gekauft. Auf meinen Namen. Seitdem schwimmt es da herum.»

Ich zeigte ihm den Schlüssel, den mir Anne aus der Kreuzberger Wohnung gebracht hatte. Ob er ihn kenne? Ob das der Zündschlüssel des Bootes sei? Walter runzelte die Stirn, das könne schon sein, sicher sei er nicht.

Überhaupt: Ein Anwalt namens Walter. Unbedingt ändern. Peter zum Beispiel.

Aufgeregte Schreie. Jemand hatte in der Nähe Delphine entdeckt. Ich bekam Kopfschmerzen, verließ die Schiffsbar, schlüpfte ins Freie, stieg vorne auf die Reling und sah aufs glatte grüne Meer hinaus, sah mir den umschäumten Kiel an.

Die ganze Fahrt über thronte deutlich sichtbar, ohne jede Wolke um sich, der Teide vor uns. Wollte Kurthes wirklich die Nacht oben auf dem Vulkanplateau, in fast viertausend Metern Höhe verbringen? Dafür war ich verdammt dünn angezogen. Einer der Fährschiffer war so nett, mir einen kurzärmeligen Pullover und eine Öljacke zu verkaufen. Besser als nichts. Die Fähre lief im Hafen von Santa Cruz ein.

Der gelehrte Mann hörte nichts mehr von alledem, denn ihm hatten sie das Leben genommen.

Mit dem Bus waren wir gut eine Stunde unterwegs, die steilen Straßen hinauf in den Nationalpark Las Cañadas, bis über die Baumgrenze und noch weiter, bis es zwischen dem Gestein nur noch Grasbüschel, rosa Ginster und gelb blühenden Geißklee gab. Wir machten Halt am großen Observatorium von Izana, wo wir den Mini-Van des «Support Team» trafen, wie Kurthes und Mucos es nannten. Dieses Team bestand aus fünf jungen, gutaussehenden Männern, alle in schreiend orangefarbenen Overalls. Es war sonnig und kühl, Temperaturen kaum über Null, in der Nacht würden sie um noch mindestens 10 Grad sinken. Sofern es nicht schlimmer kam, mit einem Sturm zum Beispiel. Mucos hatte ein Ohr am Kofferradio und holte stündlich die Wettervorhersage ein. Überall hier hatte die erstarrende Magma sonderbare Formen angenommen, wir sahen einen Stein, der *der Finger Gottes* genannt wurde, weil er wie ein Zeigefinger aus der Erde ragte. Daß er etwas verkohlt aussah, schien seiner Göttlichkeit nicht abträglich.

Ich hatte vermutet, wir würden, wie die Touristengruppen, einen Abstecher in das Observatorium machen, einen Blick durch die Teleskope werfen oder die kleine Ausstellung besuchen. Es wimmelte hier von Astronomen, in Gruppen oder als Einzelgänger verteilten sie sich über das Terrain. Aber Kurthes trieb die Gruppe gleich hinauf auf das *Montana Blanca* genannte Plateau aus hellem Tuffstein unterhalb des Gipfels. Es gibt von dort einen Weg zum *Refugio de Altavista*, einer kahlen unbewirteten Gebirgshütte, die etwa sechzig Personen Platz bietet. Selbst die war nicht unser Ziel.

Eine Seilbahn, die ihren Betrieb vom 31. Oktober bis zum Frühlingsbeginn einstellt, führt hinauf bis zu einer Höhe von 3555 Metern. Dort beginnen die Schwefeldämpfe unangenehm zu werden, es riecht nach faulen Eiern, und vielleicht hatte Kurthes den Geruch bei der Wahl des Standorts sogar einberechnet, als ironische Brechung.

Die letzten zweihundert Meter bis zum Gipfel darf man nur mit einer speziellen Erlaubnis klettern, die umständlich bei den Behörden beantragt werden muß. Mit den teilweise schon älteren Herrschaften in unserer Gruppe, Kurthes' spanischer Verleger zum Beispiel war weit über siebzig, wären wir dorthin sowieso nicht verlustfrei gelangt.

«Wissen Sie, wer in dem Hause gegenüber wohnte?» sagte der Schatten; «das war das Schönste von allem, das war die Poesie. Ich war dort drei Wochen, und es hatte die gleiche Wirkung, als ob man dreitausend Jahre gelebt und alles gelesen hätte, was je gedichtet und geschrieben worden ist. Das sage ich, und das ist richtig. Ich habe alles gesehen und weiß alles.»

Was ist die Poesie? Wo ist die Poesie hingegangen? Die Poesie erscheint als Figur, wird erwähnt, verschwindet dann – Sie wäre eine mögliche Figur, um dem grausamen Geschehen zum Schluß noch die unerwartete Wendung zum Guten hin zu geben. Die Dea ex Machina. Aber was ist das Gute? Cui Bono? Warum sieht Anne niemals zu mir her? Hat sie Angst vor mir? Wer ist der gelehrte Mann?

Die Fernsicht gewährt Ausblicke bis zur 120 Kilometer entfernten Nachbarinsel La Palma. Wolken erreichen den Gipfel des Teide selten, bleiben unten über der Küste liegen. Zwei Astronomen mit Ferngläsern und portablen Teleskopen schimpfen lautstark über die Lichtverschmutzung und das Streulicht, das die Touristenstädte am Himmel verursachen. Nordwestliche Passatwinde, die das ganze Jahr über die Insel wehen, können hier oben sehr heftig werden. Heute zeigen sie sich zahm, umschmeicheln uns als sanfte Brisen.

Wie lange ist das her?

Kurthes hatte die erstaunliche Erlaubnis bekommen, am Fuß der Seilbahn ein großes Zelt aufzustellen. Die fünf Männer in orangenen Overalls entstammten einer Art Catering-Service, sie betreuten uns mit Sandwiches, warmer Suppe und Getränken. Im Zelt war ein Kreis aus Luftmatratzen ausgelegt, darauf sehr dicke Militärschlafsäcke. In der Mitte stand ein großer mit Gasflaschen betriebener Ofen. Sonnenmilch mit extrem hohem Lichtschutzfaktor wurde verteilt. Ich beobachtete Anne, wie sie sich damit eincremte. An den Schwefelgeruch gewöhnte man sich schnell, nahm ihn bald nicht mehr wahr. Die Landschaft um uns her besaß etwas Surreales. Rötlich-braunes Geröll mit schwarzen Felsbrocken darin.

«Die Poesie», rief der gelehrte Mann. «Ja, ja – sie lebt oft als Einsiedlerin in den großen Städten. Die Poesie. Ja, ich habe sie nur einen kurzen Augenblick lang gesehen, aber der Schlaf saß mir in den Augen. Sie stand auf dem Altan und leuchtete, wie Nordlichter leuchten! Erzähle, erzähle! Du warst also auf dem Altan, gingst in die Tür hinein und dann?»

«Dann war ich im Vorgemach», sagte der Schatten. «Sie haben immer gesessen und zum Vorgemach hinübergeschaut. Dort war gar keine Beleuchtung, es war eine Art Dämmerlicht; aber eine Tür nach der andern stand offen durch eine ganze Reihe von Zimmern und Sälen. Dort war es so hell, daß mich das Licht

sicherlich erschlagen hätte, wäre ich bis ganz zu der Jungfrau hin=
eingekommen; aber ich war besonnen, ich nahm mir Zeit, und das
muß man tun.»

«Aber nun erzählen Sie mir alles, was Sie sahen.»

«Alles», sagte der Schatten; «denn ich sah alles, und ich weiß
alles!»

Kurthes las in der untergehenden Sonne. Wir sollten ihr
Licht als Schrift begreifen und Botschaften empfangen.
Schrift aus Feuer. Alles sei auf Zeichen reduzierbar. Na toll.

Mit der Dämmerung durchwühlten ausgehungerte wilde
Hunde auf dem Parkplatz die Mülltonnen. Wir beobachte-
ten sie mit Infrarotfernrohren, die uns die Jungs vom Cate-
ring-Team reichten. Die Nacht auf dem kahlen Berge. Die
Milchstraße in unvergleichlicher Dichte, Kurthes nannte sie
schwärmerisch «das Rückgrat der Nacht». Gab aber gleich
zu, die Metapher stamme von Indianern, nicht von ihm.

Indem er sich immer mal ein Stückchen entzauberte,
mehrte er das Vertrauen seiner Jünger.

Die Venus, Abend- und auch Morgenstern, stach strahlend hell aus dem Wust der Himmelskörper heraus. Heißer
Tee wurde gereicht.

«Wie sah es in den innersten Sälen aus?» fragte der gelehrte
Mann. «War es wie in dem frischen Wald? War es wie in einer
heiligen Kirche? Waren die Säle wie der sternenklare Himmel,
wenn man auf hohen Bergen steht?»

«Ich möchte Arndt bitten, etwas für uns zu spielen. Mir wurde gesagt, daß er ein ausgezeichneter Pianist ist. Hier haben
wir kein Klavier und keinen Flügel. Hier sind die Steine.
Steine, die von uns überzeugt werden wollen. Die, seit der

Mensch die Erde betrat, es vorziehen, zu schweigen. Ich möchte den Maestro bitten, etwas auf Stein für uns zu spielen. Und wir alle versprechen, ihm zu lauschen, nicht wahr?»

Ich hatte nie zuvor auf Stein gespielt. Ich versuchte es. Pianissimo. Es berührte mich sonderbar, die Felsen mit den Fingerspitzen zu berühren. Man applaudierte mir. Das war vielleicht sehr albern, aber hatte doch was.

Ansprache.

«Kurt Samuel Heß. So lautet mein richtiger Name. Mein Vater war Niederländer, meine Mutter Tschechin, aufgewachsen bin ich in Osnabrück. Ich mache keine Geheimnisse um mich. Es führt zum Glück kein Weg zurück – nach Osnabrück. Wir müssen uns der banalen Ursprünge nicht schämen, noch unserer banalen Destination, ins Nichts zurück. Dazwischen aber sind wir Könige des Kosmos, Fürsten des Lebens und nichts, und nur das Nichts, kann uns stoppen in dem, was wir tun.»

Seine Stimme bekam einen salbungsvollen melodiösen Glanz.

«Es ist sinnvoll, in einen Dialog mit den Sternen zu treten. Wir sind winzig, und selbst die Sterne sind winzig und sterblich, aber in dem Moment, in dem wir zu ihnen reden, sind wir groß, denn wer außer uns spricht je mit ihnen? Sie sind uns so dankbar, sie leuchten vor Dankbarkeit, mehr können sie nicht tun. Sie leuchten, weil wir da sind. Leuchten uns zu, glitzern uns entgegen, und wenn wir nicht mehr sind, suchen sie sich einen anderen, der Augen besitzt, aber sie vergessen uns nie, denn nur durch uns sind sie ein Teil der Zeit gewesen, und Zeit ist Liebe.»

Für die, die kein Deutsch verstanden, übersetzte Mucos ins Englische.

«Nennen wir es einen Konvent. Man kommt zusammen, besteigt gemeinsam einen Berg. Wie Rousseau einst den Mont Ventoux bestieg. Wußte er, was ihn dort erwartet?»

«Natürlich.» Werfe ich vorlaut ein.

«Genau. Und trotzdem stieg er hinauf, weil nur dort zur Geltung kommen konnte, was sich in ihm aufgestaut hatte. Der Berg war in ihm, und er war der Berg, er fickte mit sich selbst und kam zusammen mit sich selbst.»

Jacqueline, der weibliche Teil des jungen Pärchens, kichert, schämt sich für ihr Kichern, wedelt mit den Händen vor ihrem Mund herum wie jemand sich für einen Hustenanfall entschuldigt.

Kurthes klatscht in die Hände. «Ich werde einen Teufel tun und Kommentare abgeben zu dem, was da über uns und in uns geschieht. So genau wüßte ich das auch gar nicht. Ich gebe euch eine Anregung: Stellt euch vor, ihr wäret alle tot und Gespenster, voreinander offengelegt, jede Lüge wäre durchschaubar – versucht heute Nacht, miteinander zu sprechen wie Gespenster, die im Leben verliebt, verfeindet, verschwistert waren, und jetzt gibt es keine Bande mehr, für nichts, redet, als wäret ihr eine nostalgische Erinnerung, wie sich nach Dezennien ehemals gegnerische Kriegsteilnehmer auf neutralem Grund zum Umtrunk treffen. Versucht, alles Banale, alles Billig-Menschliche, alles was euch ausgemacht hat, zu vergessen, seid leere Hüllen und füllt euch neu auf, füllt euch ganz neu auf, spült alles aus euch, was nur gewohnheitsmäßig in euch abgelegt war.»

Na schön. Dann versuchen wir das halt. Wir sehen einander an, ermuntern uns.

Mucos sammelt die Unkostenbeiträge ein. Manche schreiben Schecks, manche zahlen bar. Ich zahle auch, will mir nichts schenken lassen, obwohl Mucos lispelt, das wäre nicht nötig.

1500 €.

Wie groß ich war.

Kurthes zündete drei große Fackeln an, rammte sie in die Erde und setzte sich ins Zentrum ihres Dreiecks, auf ein mit arabischen Ornamenten verziertes Lederkissen. Ein zweites legte er vor sich auf den Boden.

Nach und nach gingen die Menschen zu ihm, setzten sich ihm gegenüber, redeten mit ihm, bis sie entlassen wurden und die nächsten an die Reihe kamen. Die meisten hatten nichts Wesentliches zu sagen, lauschten und erwarteten, daß er ihnen den größten Teil des Gesprächs abnahm und nebenbei gar noch den Sinn des Lebens offenbarte. Die Eiseskälte trieb jene Leute, die sich gerade nicht in unmittelbarer Nähe von Kurthes aufhalten durften, ins Zelt zurück.

Walter und Laura. Sie küssen sich wie Teenager. Ob Walter sie liebt oder nur an ihrem Geld interessiert ist? Es kümmert mich seltsam wenig. Sie hocken die ganze Nacht zusammen, liegen zusammen im selben Schlafsack, flüstern. Beobachten mich. Glauben wohl immer noch, daß ich ihretwegen hier bin. Ob sie Kurthes Informationen über mich liefern? Sicher, aber in welchem Umfang?

Ala. Stolz, die Geliebte des Meisters zu sein, schwebt sie immer mal um ihn herum, massiert seinen Nacken, fröstelt und zieht sich ins Zelt zurück, kommt wieder, benagt in aller Öffentlichkeit Kurthes' kleinen Finger, was dieser nicht kommentiert, nicht mal mit einem Gurren, er ist mit seiner Klientel beschäftigt. Daß Ala ihre helle, zu Sommersprossen neigende Haut so braun hat werden lassen, nimmt Arndt ihr übel. Frauenhaut kann ihm nicht bleich genug sein.

Der spanische Verleger und seine Frau. Vortrefflich gekleidete Menschen. Ihnen gebührt das Privileg des ersten Gesprächs. Mucos übersetzt, ich lausche ein wenig, man kann Mucos' helle Stimme ganz gut belauschen, wenn man sich drauf konzentriert. Das Thema ist praktischer Natur, diskutiert wird die spanische Gesamtausgabe von Kurthes' literarischem Œuvre. Immerhin will, als alle Strategien besprochen sind, die alte Frau von Kurthes auf den Mund geküßt werden, und Kurthes erfüllt ihr diesen Wunsch, dann küßt er seinen Verleger, diesmal mit geschlossenen Lippen, auf die Wange. Auch Mucos soll von allen dreien geküßt werden, er entzieht sich dem mit einem forcierten Räuspern, Kurthes lacht ihm dreckig hinterher.

Das junge Pärchen tanzt gegen die Kälte, zu einer phantasierten Musik, sie tanzen Tango und summen eine Melodie. Umarmen sich. Als die Reihe an ihnen ist, kuscheln sie sich nah an die Fackeln, wollen erfahren, wie sie ihr junges Leben anzulegen haben, ganz, als würden sie über Aktien reden.

Anne zog sich früh zurück, mied mich, tauchte in ihrem Schlafsack unter.

Zwei große Brennholzfeuer werden entzündet, alle kommen aus dem Zelt heraus und scharen sich um die Flammen.

Es wird Champagner und Rotwein getrunken. Aus dem Suppentopf, der ständig unter Hitze gehalten wird, kann man sich jederzeit verköstigen, dickflüssige Kartoffelsuppe ist es, mit fetten Chorizoscheiben. Der Wind ist nicht angenehm, aber noch zu ertragen. Die drei Infrarotfernrohre wandern noch eine Weile von Hand zu Hand, dann verliert sich das Interesse an ihnen, sie bleiben liegen. Ab einem gewissen Promillegehalt sieht man auch nicht mehr gern durch ein Fernglas, es verursacht Schwindelgefühle. Es findet eine Party statt, nichts weiter, die adretten Jungs in den orangenen Overalls sind eifrig bemüht, jeden entstehenden Wunsch zu erfüllen.

Ich hatte Exzesse erwartet, seltsamen Sex, seltene Drogen, exotische Tieropfer, schwarze Riten, gruppendynamische Entgleisungen. Stattdessen schien das Ganze eine recht spießbürgerliche Angelegenheit zu sein, brav, geordnet, ohne Ausschweifung und Übertretungen, eine Art esoterische Kaffeefahrt. Je länger ich drüber nachdachte, um so mehr gefiel es mir. Es gab mir nichts, nicht viel jedenfalls, aber die Art, in der Kurthes auf alle eben aufgezählten Albernheiten und Ornamente verzichtete, hatte etwas erfrischend Simples, Ehrliches. Ich glaube, das war sein Schlüssel zum Erfolg als Guru – daß er nicht behauptete, mehr zu sein als er war. Ein Suchender, der jeden einlud, mit ihm zu suchen. Und was gefunden wurde, wurde sogleich geteilt und bescheiden gefeiert. Bedachte man die enormen Unkosten dieser Unternehmung, war der Beitrag von 1500 € pro Teilnehmer eine moderate Summe, die niemandem der hier Anwesenden weh tat und die Finanzierung des Projekts wohl eben gerade so auf plusminusnull brachte.

Irgendwann war die Reihe an mir. Ich sah, wie Kurthes winkte. Freundlich nickend, den Kopf kokett in die Schräge gelegt, lud er mich ein, bei ihm zu sitzen, zwischen den Fakkeln, auf den Lederkissen, unter dem Sternenzelt.

«Ich habe Ihre Nähe gesucht, weil ich auf Recherche Wert lege und selbst keine Ahnung habe, wie das ist, vor so vielen spezialisierten Könnern zu stehen und denen Befehle zu geben, wobei ja auch hinter Ihnen jemand steht, der Geist des Komponisten, dessen Befehlsempfänger Sie sind. Hübsche Konstellation. Sie haben den gewissen kleinen Spielraum des Sekundären. Sind Mittler und Medium. Und immer nur so gut, wie es der Komponist gewesen ist. Man wird Sie vordergründig feiern, aber Ihren künstlerischen Erfolg immer dem Komponisten zuschreiben, selbst wenn Sie dessen Werk posthum verbessern. Unerlaubt. Musik ist die Sprache meiner Götter. Mein Dilemma ist, daß ich Musik machen möchte und es nicht vermag. Ich glaube, aus mir wäre ein großer Komponist geworden, hätte mich nur irgendjemand als Kind zur Musik gezwungen. Ich bin in fast alle Sprachen übersetzt, und die, in die ich nicht übersetzt bin, werden nicht überleben, zwangsläufig, aber in die alles umfassende Sprache der Musik hat man mich bisher nicht hinübergetragen. Ich sitze am Ufer des schwarzen Flusses, voller Sehnsucht.»

«Warum haben Sie mir diese Postkarte geschickt?»

«Was für eine Postkarte?»

«In Paris, in meinem Briefkasten, lag eine Postkarte.»

«Von mir?»

«Ja.»

«Habe ich unterzeichnet?»

«Ich glaube.»

«Nein, das war ich nicht. Was stand denn drauf?»

«Es ging um etwas, das nur ich und Anne wissen, vielleicht noch Ala. Es –»

Ich sah ihm in die Augen. Er wußte von nichts. Seine Augen behaupteten, von nichts zu wissen. Er brachte mich mit einem einzigen geraden Blick dazu, an beinahe allem zu zweifeln.

übersprungen ist eine passage, in der kurthes um technische details des dirigierens aufklärung erbittet, die zeremonie der konzertvorbereitung, sowohl meditativer wie praktischer art. kurthes will etwas über das verhältnis von routine und ekstase wissen, und wie es sich im lauf der jahre ändert. er hält arndts beruf für nervenaufreibend und höchst anstrengend, für ihn wäre das nichts, aber beim finale eines gelungenen konzerts, stellt er sich vor, erreiche der dirigent einen gottähnlichen zustand. das sei für seine gegenwärtige forschung ein wichtiger aspekt. die gottesphantasien des schöpferischen menschen. beide trinken einen schweren 1990er rioja marques de grinon und geraten bald in eine debatte darüber, aus welchen faktoren ein gelungenes, geglücktes leben bestehen müsse.

«Das gute Leben besteht unter anderem aus dem nicht zu frühen, nicht zu späten Erreichen begehrenswerter Dinge. Falsch. Anders: Es besteht vor allem daraus, für sich selbst ein System zu finden, das möglichst viele jener erreichten Begehrnisse nebeneinander zuläßt, ohne daß sie zu Belastungen werden. Und es muß immer noch Raum bleiben für Neues. Unvorhergesehenes. Abenteuer. Anne zum Beispiel ist begehrenswert. Eine großartige Frau, aber in einer schwachen, unbedeutenden Existenzhülle. Dank Ihnen wurde vieles in ihr ausgelöst. Annes Liebe zu Ihnen ist endlich Liebe zu sich selbst geworden. Und zum Nächsthöheren.»

«So ist das?»

«Ja doch. Sie sind das Wasser gewesen, unendlich dankbar muß man Ihnen dafür sein, doch jetzt sieht Anne das Licht. Es gibt die Zeit des Wassers und die des Lichtes. Sie möchte bei mir bleiben, als mein Rechtsbeistand, Sekretärin, etwas Ähnliches, irgendwas – ich gedenke, ihrem Wunsch zu entsprechen. Ala hat nichts dagegen. Sie wollen wissen, was geschehen wird? Bitte. Wenn die rechte Zeit kommt, werden wir alle zusammen unsere Freude haben, weil das gut ist. Säfte, die fließen müssen, werden fließen. Man kann auf den alten Galenus zurückgreifen und das Dasein als Fluß diverser Säfte begreifen. Schweiß, Tränen, Sperma, das Verhältnis jener Säfte im Behältnis des Alltags ist eminent. Eifersucht hingegen unerträglich. Wenn ein Mensch zu dir will, ist das eine Bereicherung deines Lebens, und niemand hat das Recht, Bereicherungen zu verbieten.»

Seltsam, wenn man jemandem ins Gesicht schlagen möchte, aber Stimmen in beiden Ohren dir sagen, man würde nur noch kleiner dadurch, unterlegener.

«Was wird Mucos dazu sagen?»

«Ich werde Mucos bald verstoßen. Er ist reif genug. Wird erwachsen. Ich bin mit ihm zufrieden.»

Laura und Walter treten vor das Zelt. Als sie uns sehen, gehen sie wieder hinein. Kurthes winkt ihnen.

«Wissen Sie eigentlich Bescheid über Laura und mich?»

«Ich weiß, daß Laura Ihre Gemahlin war, selbstverständlich. Sie hat mich ja gefragt, was sie tun soll, ich habe zur Scheidung geraten. Sie nehmen mir das hoffentlich nicht übel?»

«Sie? Sie haben über meine Ehe entschieden?»

«Nein, ich habe einen Rat gegeben.»

Es war mir unheimlich, aber meine Wut hielt sich in Grenzen, ich fand sogar ein wenig lustig, befreiend, was er sagte. Natürlich hatte nicht er, sondern Laura entschieden, genaugenommen hatte zuvor ich mich entschieden, und jetzt erst, durch Kurthes, wurde mir das in vollem Maß bewußt. Als könne er meine Gedanken lesen, formulierte er sie vom Speziellen ins Allgemeine um.

«Vieles von dem, was geschieht, auch manche scheinbar

negative Wendung, geschieht nach unserem innersten Willen. Wir haben irgendwann die Möglichkeit zur Prophylaxe gehabt und versäumt, meist zeihen wir uns deswegen einer Nachlässigkeit, die doch nur tiefer Einsicht entsprang.»

«Das ist banal.» Ich wehrte mich mit banalen Anwürfen.

«Nein. Die tiefsten Entscheidungen treffen wir nicht in der Tat, sondern in der Nicht-Tat, im Unterlassen von Etwas. Das ist wahr und leider alles andere als banal. Manche Menschen unternehmen sehr wenig, und es ist ihnen kaum bewußt, daß sie dennoch eine Entscheidung nach der anderen getroffen haben. Die meisten sogenannten Taten sind Verschleppungstaktiken. Verzögerungen. Zeittotschlagaktionen. Wer Zeit totschlägt, trifft Menschen damit. Sich und andere. Wir vertreiben uns die Zeit, und die gekränkte Zeit vertreibt uns. Zahn um Zahn.»

Kurthes trank aus seinem großbauchigen Glas und schüttete hin und wieder einen Schluck vor sich auf den Boden.

«Ich bin dankbar heute und großzügig. Ich trinke mit meinen Göttern. Den Göttern, die ich mir erschaffen habe. Jenen Göttern, die ich brauche. Sie haben keinen Namen und keine Gestalt und keine Kirche, in der sie nachts schlafen. Virtuelle Götter, die nie jemandem etwas zuleide tun werden. Ich respektiere sie und lebe in Regeln, die im Einklang mit ihnen entstanden sind. Zur Not kann ich sie auch einmal vergessen, sündigen. Ohne daß sie mir böse sind danach. Sie sind da. Für mich da. Geschöpfe der Phantasie, aber wirklich, weil ich mit ihnen lebe. Sie gestatten mir zugleich in Demut und Stolz zu leben. Sie, mein lieber Arndt, haben keine Götter, nur sich selbst. Die virtuelle Religion könnte Ihrem zerfahrenen Leben neue Stützen bieten.»

«Dafür scheint es mir zu spät. So was muß man sich in der Jugend zulegen, fürchte ich.»

«Sie sind doch noch jung. Hatten Sie nicht ursprünglich einmal Komponist werden wollen statt Dirigent?»

«Stimmt, unter anderem auch, aber …»

«Ach was. Talent ist nicht ausschlaggebend. Energie und Wille. Das allein zählt. Die meisten großen Komponisten wurden erst mit vierzig richtig gut. Sie könnten noch viel aus sich machen.»

«Ich war mit meinem Leben ganz zufrieden …»

«Einbildung. Sie sagen: ich war, nicht: ich bin. Als sei Ihr Leben schon vorbei. Sie sind, wenn ich das sagen darf, bequemlich – und nie an Ihre Grenzen gegangen. Jetzt sind Ihre Grenzen zu Ihnen gekommen.»

«Was wissen Sie denn darüber?»

Kurthes krallte die fünf Finger seiner rechten Hand in den Stoff seines rechten Hosenbeins und nahm einen schmerzvollen Gesichtsausdruck an.

«Ab dem dreißigsten Lebensjahr in etwa beginnt die erlebte Zeit zu rasen. Man lebt fortan unter dem Verdikt der Vergänglichkeit, stellt einen unbezweifelbaren Alterungsprozeß an sich fest. Und man ahnt, daß die Zeit, wenn man sich auf irgendeinem Wege fünfzig zusätzliche Jahre erschliche, nur noch schneller vorüberginge, und die Summe an erlebter Zeit gleich bliebe. Das Prinzip des Beerschen Riesen. Schnelles Oszillieren von Sonnenauf- und untergang. Für den, der Millionen Jahre alt würde, würde die Zeit zur Achterbahn, mit jedem Lidschlag ginge die Sonne auf und unter, jedes Lebewesen verfügt über eine ähnliche Spanne von erlebter Zeit, sogar die Eintagsfliege. Das ist gerecht. Und dennoch etwas wenig.»

«Das haben Sie bereits in Ihrem Seminar gesagt.»

«Stimmt.»

Kurthes seufzte und trank, goß beide Gläser voll und entkorkte eine neue Flasche. Die drei Fackeln gaben ausreichend Wärme ab, um ihn und Arndt zum Schwitzen bringen. An den Füßen aber spürten beide den Nachtfrost und saßen sich bald im Schneidersitz auf den Lederkissen gegenüber.

«Wissen Sie, Arndt, wenn ich etwas verabscheue, dann die mannigfaltigen Versuche der Menschen, für sich noch ein paar Jahre mehr herauszuschwindeln, anstatt aus der gegebenen Zeit Material zu gewinnen. Wenn das Fleisch mürbe geworden ist, muß es weg. Es ist verständlich, sich dagegen zu sträuben, aber die Sache an sich geht in Ordnung. Wir haben unsre Zeit, können etwas aus ihr destillieren. Oder auch nicht. Dann haben wir nur Zeit und sonst nichts. Ich zum Beispiel werde nicht mehr sehr lange Zeit haben. Meine Arbeit schwächt mich. Zehrt mich auf. Ich bin Kraftstoff für den großen Motor. Über uns ist viel. Es muß so sein. Dinge, von denen wir nichts ahnen. Eine Art Über-Zeit. Indische Fakire hantieren damit herum und halten sie fälschlich für den Saum des Nirvana. Tischtennisspieler kennen Techniken, den heranfliegenden Ball so mit den Augen zu fixieren, daß er scheinbar langsamer fliegt, womit sich die eigene Reaktionszeit quasi vergrößert. Ach ja, das habe ich auch schon gesagt. Egal. Über uns ist Gewaltiges im Gange. Ich bin manchmal – leider nur für Momente, leider fast immer alkoholisiert – im Hyperchronos zu Gast, klinke mich ein, und erfahre so einen Hauch von dem, was mich nach dem Tod erwarten wird. Oder kurz vor dem Tod. Vielleicht ist das einerlei. Und der Hyperchronos wirft mich sehr schnell wieder hinaus, ich bin ein Störfaktor, zu menschlich, er mag nicht betrachtet werden von solchen, die nicht Teil von ihm sind. Ich habe irgendwann aufgehört, Romane zu schreiben, weil ich das, was ich ausdrücken wollte, nicht mehr adäquat in Worte fassen konnte. Wollte Wissenschaftler sein. Dabei gibt es für all diese Dinge noch keine andere Ausdrucksmöglichkeit als die der Poesie. Wenn wir voranschreiten wollen, bleibt nur der Umweg über das Gleichnis.»

Poesie. Aha.

«Alles war dort!» sagte der Schatten. «Ich ging ja nicht bis ganz hinein, ich blieb in dem vordersten Zimmer im Dämmerlicht. Aber dort stand ich durchaus gut, ich sah alles und weiß alles! Ich bin am Hofe der Poesie im Vorgemach gewesen.»

«Aber was sahen Sie? Schritten durch die großen Säle alle Götter der Vorzeit? Kämpften dort die alten Helden, spielten dort süße Kinder und erzählten ihre Träume?»

Ich hatte keine Ahnung, wovon genau Kurthes redete, aber was er sagte, streichelte einen unbekannten Nerv an mir. Seine Worte kamen einer Massage gleich, drangen in die Haut.

Ich erinnerte mich an einen Teil seines Pariser Vortrags, der mir Eindruck gemacht hatte. *Zeitbewußtsein ist keine Errungenschaft, die uns von den Tieren trennt, sondern ein Defizit, das uns von höheren Wesen trennt. Wir sind Mindersinnige. Unsere Wahrnehmung beschränkt sich auf die Gegenwart, auf eine einzige Gegenwart und nur einen Weg dorthin. Wir halten unsere Erinnerung für eine Faktensammlung. In Wahrheit ist unsere Erinnerung eine Imagination, eine subjektive Auswahl jener Ereignisse, die für uns wahrnehmbarer, «realistischer» waren als die vielen anderen. Höherdimensionierte Wesen könnten in einem chronologischen Nebeneinander leben.*

«Parallelwelten? Meinen Sie das?»

«Parallelen berühren einander nicht. Stoßen nie zusammen, fließen niemals ineinander. Die Welten, die ich meine, wiewohl der Name Welten unpassend klingt, ebenso wie etwa Sphären, da damit immer etwas gemeint ist, was sich von seinesgleichen separiert, für sich existiert – nun, kurz gesagt, die Dinge von denen ich spreche, besitzen keine Häute, keine Grenzen, sie alle gehören zu *einem* Ganzen. Es muß befreiend sein, zu sterben, wenn man vorher zu sich sagt: Alles, was noch so individuell an mir ist, kehrt irgendwann unverfälscht wieder, dank der Unendlichkeit der Zeit, bedarf jedoch einer neuen, besseren Hülle, damit, im Ganzen gesehen, neuer Gewinn daraus gezogen werden kann.»

«Verstehe ich das richtig? Sie sagen, wenn man Affen unendlich lange an die Schreibmaschine setzt, entstehen irgendwann die Werke Shakespeares. Und wenn man die Menschen unendlich oft kopulieren läßt, entsteht irgendwann ein Mensch, der genauso ist wie ich.»

«Genau.»

«Aber dieser Mensch wäre dennoch nicht ich.»

«Egal. Man müßte schon einen sehr niederen Standpunkt einnehmen, damit einem das nicht egal ist.»

Langsam begriff ich die Abgehobenheit seines Denkens, das, wenn man es verinnerlichte, jedes meiner Probleme zur Marginalie verkommen ließ. Das hatte in der Tat etwas Befreiendes.

«Und wenn jemand fähig wäre, ohne erst zu sterben, Einblick in diese *Dinge* zu erhalten, oder zumindest ihr Opfer zu werden, ich meine, das Wesen dieser höherdimensionierten Beschaffenheiten am eigenen Leib und Leben zu erfahren, wie würden Sie den dann nennen?»

«Ein Wesen, das den Schritt vom Menschen weg hin zur nächsthöheren Seinsform gemacht hat. Zum Hyperchronos.»

«Gibt es so ein Wesen? Das zuvor Mensch gewesen ist?»

«Sie fragen, ob *ich* ein solches Wesen bin?»

«Nein, ich wollte … Ähmm … Sind Sie eins?»

«Iwo. Ich bin nur auf dem Weg dorthin. Und werde leider sterben, ohne dieses Ziel zu erreichen. Alles was ich tun kann, ist, dem Nächsten meinen bisher zurückgelegten Weg zu beschreiben, damit er dann vielleicht ein wenig weiter vorstößt. Es geht doch nicht darum, ein Denkmal von sich aufzustellen, höchstens darum, in der Steilwand der Zeit die nächste Notfallstation zu errichten. Für einen nie zu erstürmenden Gipfel Leitern an den Fels zu legen, Aussichtspunkte zu möblieren. Zeit ist ein Netz aus feinen Knoten, das jede Sekunde mit den in ihr geschehenden Fakten verknüpft. Aber manchmal gibt es scheinbar unerklärliche Phänomene, Erosionserscheinungen, Risse, in denen Geschehnisse ineinander fließen, die sich zuvor voneinander separiert haben. Die festgeglaubten Knoten der zurückliegenden Zeit lösen sich auf. Erinnern Sie sich an die hübsche Nutte, die Feuer Ihnen mal vorbeigeschickt hat? Um Sie zu prüfen?»

«O ja. Verflucht. Ein süßes Ding. Bis heute hab ich ihr Gesicht vor Augen.»

«Damals hat Sie jemand gewarnt, nicht wahr?»

«Stimmt. Leider. Manchmal denk ich, ich hätte dieses Mädchen genießen sollen, und alles wäre anders gekommen, aber – woher wissen Sie von der Sache?»

«Es gibt manche Dinge, die ich weiß, aber deren Zusammenhänge kann auch ich nur ahnen.»

«Hat Laura Ihnen die Geschichte erzählt?»

«Nein … Ich selbst habe Sie damals gewarnt.»

«Wie denn?» Ein Gefühl des Ekels und der Unterlegenheit sammelte sich in meinem Bauch.

«Ich war damals ein junger Literat. Mein erster Roman war kein Erfolg gewesen. Aber Feuer engagierte mich. Ich sollte seine Autobiographie verfassen. Ich sammelte viel Material, es war Lohnarbeit – für gutes Geld. Dann starb er, niemand bezahlte mich weiter, und ich schmiß das Ganze weg.»

«Das erfinden Sie doch jetzt. Das ist einer Ihrer Späße.»

«Ja, stimmt, es ist nur ein Spiel. Verzeihung.»

«Laura hat Ihnen das erzählt!»

«Ja. So wird es wohl gewesen sein.»

«Lügen Sie mich nicht an!»

«Was ist Lüge? Lüge ist, woran wir uns nicht erinnern. Ich kann etwas erfinden, woran ich mich erinnere. Und es lebt und wirkt. Existiert.»

«Herrgott. Das ist doch Gequatsche!»

«Ich bin ein wenig verspielt. Manchmal. Seien Sie nicht böse. Trinken Sie mit mir. Sie gefallen meinen Göttern.»

Ein feister, käsegelber Mond hing über uns, zu drei Vierteln sichtbar.

«Ich möchte mehr über diesen Hyperchronos wissen.»

«Ja? Viel gibt es nicht zu wissen. Es gibt einen einzigen Menschen, der es durch langjährige Meditation dazu gebracht hat, den HC sozusagen zu bewandern, das war der alte Durach in Berlin, leider ist er krank geworden und dämmert in einer Klinik dahin. Er war sich seiner Kunst nur in bescheidenem Maße bewußt, nannte den HC die *Zwischenzeit*, die Zeit, die zwischen zwei Sekunden liegt, eine kindliche und sinnlose Terminologie, aber die Dinge schert es nicht, wie sie benannt werden.»

«Wie können Sie sicher sein, daß er sich im Hyperchronos zurechtgefunden hat? Wie demonstriert man das jemandem?»

«Oh, er hat mich einmal mitgenommen. Das ist eine Frage der Suggestion. Ich habe selber keine Ahnung, wie es genau funktioniert. Aber es war höchst eindrucksvoll. O ja. Ich habe es in einer meiner frühen Erzählungen zu beschreiben versucht.»

{Wir glitten durch eine gleißende Barriere, warmer Atem begoß uns, die Bewegung ging in eine Art Superzeitlupe über, sehr intim, verletzungsgefahrlos, der Raum öffnete sich, Dimensionen verschwanden, Farben wurden andere und nie Gerochenes durchwehte das, was sich unter Stöhnen und Zischen bildete – eine Welt, vermute ich, die Welt nach dem Beiseiteschieben jeder Kulisse. Ein See tat sich auf, und Berge quollen überallher, ich will nicht sagen aus dem Nichts, aber auch nicht aus Unten, Oben oder sonstigem Unsinn. Zwischen den entstehenden Spiegelungen des Wassers, der Luft und des Gesteins entgrenzten sich Schemen überlebter Form, Kreise zitterten durch die Bilder, der Bannstrahl eines Geleuchts hielt sie im Zentrum fest. Es pulsierte und wogte in verrückten Schlieren, ähnlich gestocktem Blut, ähnlich B-Film-Ektoplasma, Rauch erhob sich über allem, was man fixierte.

Zwei Mächtige, halb Dämon, halb Putte, setzten sich auf die anderen, benommen zu Boden gesunkenen Körper, schlugen sie in ihre Flügel ein, trugen sie in den Zeitstrom zurück. Wir aber:

Die Ränder des Sichtbaren schwappten immerfort und strudelten ineinander. Die Sichtfelder, zigtausendmal gefaltet, vergrößerten sich. Wie in der gewagtesten Drehung zweier Tänzer tauschte sich dieses dorthin, jenes hierher, eins war es und doch verschieden – wir purzelten mit einem Wimpernschlag Nichtjahre weit, getrieben, gestoßen, zerflockend, in unzählige Figuren zerteilt.

Vermengt zu neuen Statuen, besaßen wir Blickkontakt in jede Richtung, keinem Winkel unterworfen. Vorgänger und

Nachfolger kämpften in uns freundschaftlich – eine große Familie tummelte sich da –, unbeengt, angenehm, namenlos. Was eben Sonne schien, blieb nun Gewicht, Triebe eines Zweiges mutierten in gestorbene Völker, Schlamm türmte sich architektonisch kühn, ein Gebäude ragte herrschaftlich auf – auch eine Spalte entstand zwischen Hand und Fuß, und Lemminglichter fielen Abgründe hoch, um in Gesichter zu zerspringen, die wer weiß wem gehört haben mochten.

Weit oben, der Hinterkopf, mit Sehkraft bewehrt, duckte sich zwischen zuklappenden Triptychen durch. Aus allen Gemälden floß es, Inhalt verlor sich, Leinwände ohne Ölfilm wurden als Segel gesetzt des Bootes auf Stelzen im See. Es wurde forciert und überschlug sich. Auf dem See stand bald eine Stadt aus Seide, rötlich glimmend, deren Zinnen ins Wasser wuchsen. Die Ausdehnung selbst war Vereinigung, lustvoll, bebte uns zu und floh auch vor uns. Gesänge entstiegen dem Lautschatz, Paläste aus Worten, Schornsteine aus Fragezeichen, ähnlichsilberne Quasistörche brüteten über Eierimitaten. Oder so. Wer weiß?

Ich sah in einer Sekunde alles, woran er sich erinnerte.

Decke und Boden wichen anderem, das Kükenhafte spreizte Krallen und grub in weiche Erde, gleich exhibitionistischen Schränken stülpten Gräber um sich, zu Domen aufbereitet, versprühten sie unendliche Felder aus Rosettenlicht, verbreiteten die Palette der Hintergründigkeit, keine Seite wurde vernachlässigt, Gläser voll Abklatschschweiß wuchsen zu Humpen, Trank wurde Tränke, Meere wurden ein Schluck, splitternd. Felder zur Frucht. Wachstum geschrumpelt, Winzigkeit wuchernd, Momente retardierend. Aus den Fingern hülsten sich Zepter, streckten sich Säulen, Konstrukte, mobil und lügnerisch, Gitter über den Quell gezerrt, Synapsen der Gestelle.

Schon tropfte eine Glaswand hin durch das Gläserne,

schmolz und erstarrte, baute und brach, gebar und starb, zerstückelt in Legende und Erzähler und Erzählte und Gaukler. Die warfen Bälle. Diener brachten Pokale. Fortwährendes Kippen machte die Ebene unmöglich, das Gestell zeigte sich, verwies auf Taten – wie Schlingpflanzen hingen Nabelschnüre quer und Brustspitzen und Penisse. Lange Kriege, freudige Ereignisse, neue Kriege. Blumen fraßen das Land, Nacht fraß die Blumen, Systeme, sonnig, schwarzlöchrig, zerkauten die Nacht.

Eine Geschichte reihte sich an die andere und suchte nach Mündern zur Sprache, das alles wollte bleiben und drängte an die Scheinwerfer, ein Schattenleben zu erzwingen. Die Scheinwerfer waren allesamt starke Helden und Heldinnen, kosmische Meister des Gloriolenweitwurfs, strebten Beifall an und erhielten ihn. Das kam mir bekannt vor. Ich sah alles wieder. Alles, alles, alles. Es fuhr auf Schiffen einher. Es huckte sich Zügen auf und raste hin, an Fluggerät gekrallt, strampelte es und schrie, unvorstellbare Kehlgewitter dröhnten, Klagemauern stampften über brennende Steppen hinweg, süchtig. Ich suchte eine Hand zu fassen, sofort bohrten sich tausend Finger in mich, zogen mich wie einen Handschuh an und griffen um das Erlebbare. Ich war das Fingerinnere. Ich war die Faust und hielt es fest. Es glühte auf in mir und zerbarst.

Keine Sehnsucht war da, keine Angst. Nur die Gewißheit, daß alles, was war, ist und wird.

Überragende Orchester, schwergewappnete Heere, definitive Lexika. Alles eins und nichts verstoßen. Die Kalender zeigten plusminusnullpunktnullnull. Dann tickte etwas Riesenhaftes zum ersten Mal, die Faust implodierte und offenbarte ihre Hülse. Fremde waren es, die nun aus mir stoben. Der warme Atem kehrte wieder, kühlte ab, griff unter. Keine Kraft, dem entgegenzuhauchen. Heim in die Zeit. Tick tack tick tack.}

Wir haben viel geredet und getrunken. Ich schaue zu den Sternen auf, summe eine kurze Melodie (aus dem Trinklied vom Jammer der Erde), stoße mit Kurthes an und überlege mir, wie es wäre, ihn zu töten, mit einem Stein zu erschlagen. Die Pracht der Milchstraße glitzert, meine Hirnschale prickelt – und ich bin klein, kleiner als ich je gewesen bin.

«Mein Leben ist nichts Besonderes. Und doch – könnte es etwas Besonderes sein.»

«Inwiefern?»

«Wenn ich jetzt behaupten würde, daß ich … daß es in meinem Leben Geschehnisse gibt, die mich manchmal – vorsichtig ausgedrückt – glauben lassen, aus der Welt der normalen, wie Sie sagten: *mindersinnigen* Menschen herausgefallen zu sein?»

«Erzählen Sie mir bitte, was Sie auf solche Gedanken bringt.»

«Wozu? Was ich erzählen könnte, könnte ebenso als Zeichen einer Geisteskrankheit abgetan werden. Ich hätte keine Beweise. Selbstverständlich hätte ich Fotos, Urkunden, Aufzeichnungen, aber nichts, was man nicht fälschen könnte.»

«Sie schätzen Ihre Lage erstaunlich vernünftig ein. Wozu suchen Sie also meine Hilfe?»

Ich begann, ihm einiges aus meinem Leben, meiner Wahrnehmung, meinen Verstrickungen darzulegen. Er sah recht interessiert aus. Die Geschichte der beiden Lauras kommentierte er mit einem süffisanten Grinsen, als wüßte er davon bereits. Auch die Anekdote mit Iris/Nancy schien ihm bekannt vorzukommen, wie man an eine Jugendsünde erinnert wird, wenn bei aller mitschwingender Peinlichkeit die Wörter Jugend und Sünde im Gedächtnis ein Fest auslösen.

«Wie bemerken Sie denn den Hyperchronos? Bewegen Sie sich hin und her, oder auch vor und zurück?»

«Ich mache gar nichts aktiv. Und was meinen Sie mit *vor und zurück*?»

«Na, ob Sie Zeuge einer Situation werden, die sich längst schon einmal abgespielt hat – dabei, und das ist das Paradox – müssen sich die Beteiligten aber nicht unbedingt genauso verhalten wie damals. Jeder Punkt des Hyperchronos ist frei und keiner Determination unterworfen. Sie sehen mich staunend an? Woher ich das weiß? Es steht in den alten Büchern, die ich noch schreiben muß. Würde ein Wesen des Hyperchronos sagen. Jedenfalls scheinen Sie mir noch, wenn es denn stimmt, was Sie von sich behaupten, weiter ausbaufähig zu sein. Nehmen Sie die Herausforderung an, versuchen Sie, Kontrolle zu gewinnen. Und, haben Sie erst Fortschritte gemacht, berichten Sie mir darüber!»

«Ich frage Sie: Wäre es denkbar, daß man den ersten, den zweiten, die ersten hundert, tausend, sogar Millionen noch als Geisteskranke abtut, bevor das Phänomen von einer Mehrheit empfunden und akzeptiert wird?»

«Ja, das wäre wohl so. Interessanter Gedanke. Das Interim, wenn eine evolutionäre Entwicklung faktisch geworden ist, aber noch auf seine Sanktionierung wartet. Ein grauenvoller Zustand für die Erleuchteten, sofern sie eitel sind. Man muß sich dann mit dem Gedanken trösten, daß die Zeit unendlich ist und alles ins Lot bringen wird.»

«Sie wüßten demnach, auch wenn Sie mir Glauben schenkten, keine Hilfe für mich, keine Tips?»

«Nein, wie denn? Hätten Sie recht, wären *Sie* eine Galionsfigur, die *mir* Tips geben müßte.

Sagen Sie doch mal: Welche Studien haben Sie betrieben? Welche Lehrer gehabt? Welche Stufen erklommen? Welche

Philosophen überwunden? Wie hätten Sie den Kern der Dinge geschält und erreicht? Was hätte Sie zu dem gemacht, der Sie zu sein behaupten? Ehrlich gesagt, ich wäre neidisch auf Sie – und ein wenig vor den Kopf gestoßen. Denn Sie scheinen zwar als Dirigent recht begabt, aber ansonsten ein doch eher oberflächlicher Mensch zu sein. Obwohl es durchaus denkbar ist, daß sich die Natur nicht den verstiegenen Adepten wählt, der sich den Pfad der Erleuchtung mit Mühen erarbeitet hat, sondern irgendeinen, ich will Sie jetzt nicht beleidigen, Ahnungslosen. Der Natur wäre so etwas zuzutrauen, ja. Darum, wenn Sie recht haben, ist Ihr Dasein glorreich und tragisch. Sie wären der Erste oder wenigstens einer der ersten – und niemand würde je davon erfahren. Ihnen bliebe nichts als der Genuß, von sich selbst zu wissen, und das, mein Freund, ist der eigentliche Genuß. Akzeptanz zu suchen, wäre Eitelkeit, Eitelkeit kann sehr sinnvoll sein, aber unter Pionieren ist sie eher zeitraubend.»

«Ich bin so allein. Jetzt haben Sie mir Anne weggenommen, das auch noch – und – mein Gott –»

«Arndt – weinen Sie nicht! Ich habe neulich einen Film gesehen aus der Anatomie. Man schnitt einen Dünndarm aus der Bauchdecke heraus und hielt ihn in die Kamera. Und ich dachte: Ojemine, aus welch albern verletzlichen Stoffen wir bestehen, es ist absurd, wenn jemand daran denkt, diese Sammlung grobstofflicher Billigorgane, dieses Abfallprodukt Mensch, dieses tierische Etwas in den Zustand der Unsterblichkeit heben zu wollen. Der Dreck muß weg. Bis wir endlich Licht sind, reines Licht. Lichtwesen, ohne Schläuche und Pforten und Schwarten. Usque sumus Lux! Der Mensch an sich ist ausbaufähig, sicher. Falls Sie Gott brauchen – nehmen Sie! Gott gibt es umsonst. Die ganze Welt ist Gott, und wenn ein Mensch stirbt, egal auf welche Weise, dann ist das, als ob Gott eine Hautschuppe verliert, es ist weniger als der Verlust einer Hautschuppe, es ist unendlich weniger. Falls Sie nicht so winzig sein wollen, verzichten Sie, in Gott zu denken, oder seien Sie selbst Gott, wenn die ganze Welt Gott ist, sind Sie es ja auch, sind ein Teilaspekt Gottes. Sie haben die Wahl, ein guter oder ein böser Gott zu sein. Sie seien sterblich? Nein, sterblich sind nicht Sie, nur das häßliche Ding, in dem Sie herumlaufen. Aber das Individuum stirbt doch mit dem Körper, meinen Sie und haben furchtbare Angst, weil Sie irgendwann nicht mehr wissen, wie Paris St. Germain gegen Nantes gespielt hat. Ach? Das ist dann doch nicht so wichtig. Aber was ist so wichtig? Die Liebe? Ich verstehe. Sie haben Angst, daß Sie irgendwann nicht mehr mit dem Menschen, den Sie lieben, zusammen sein werden. Das ist das Furchtbare am Tod? Die Trennung? Aber es gibt doch keine Trennung. Der eine stirbt, dann stirbt irgendwann der andere, und es ist Blödsinn zu sagen, sie wären dann wiedervereint, denn es hat keine Trennung gegeben, es gibt keine Trennung der Liebe. Liebe ist das Gegenteil von Trennung. Nur das häßliche Ding, das Sie erst noch loswerden müssen, das weiß nichts davon und leidet. Leiden ist Dummheit.»

«Dann bin ich also gar nichts wert? Und lebe nur meine Zeit in diesem dummen Ding ab, das die Zeit vorläufig für nötig hält, mich zusammenzufassen?»

«Neigen Sie zur Hysterie?

«Ich? Nein …»

«Und Paranoia?»

«Ich weiß nicht. Den Vorwurf habe ich schon mal gehört.»

«Grundsätzlich halten Sie also für möglich, daß …»

«Grundsätzlich halte ich inzwischen alles für möglich.»

«Was wäre für Sie schlimmer: Krank zu sein oder die Existenz eines unerklärlichen übernatürlichen Phänomens anerkennen zu müssen?»

«Das weiß ich nicht. Menschen haben Millionen Jahre mit unerklärlichen Phänomenen gelebt. Und krank zu sein, ich meine: geisteskrank – solange man davon nichts ahnt, kann es einem die Welt auch verschönern helfen, nicht?»

«Vielleicht leiden Sie ja unter etwas noch Spektakulärerem, das einmal nach Ihnen benannt werden wird. Oder nach mir. Wenn es Ihnen peinlich wäre.»

«Nein, das wäre kein Problem. Im Gegenteil. Ich habe ja alles erreicht. Es ist nur so, daß alles, was ich erreicht habe, zerfällt, mein Fundament bröckelt unter mir weg, und ich frage mich: Ist das gerecht? Wofür habe ich gelebt und gearbeitet?»

«Das scheint mir interessant. Sie behaupten, Sie haben alles erreicht. Das hört man selten aus einem Mund von kaum vierzig Jahren. Könnte es sein, daß die Phänomene, mit denen Sie kämpfen, Symptome eines Lebensüberdrusses sind? Sind Ihnen Gedanken wie: *Ich kenne alles, es ist mir langweilig. Eigentlich könnte jetzt alles zuende sein, es wiederholt sich höchstens etwas* – fremd? Haben Sie sich schon mal mit Selbstmordgedanken befaßt?»

«Theoretisch, ja. So wie man in ein Flugzeug einsteigt und sich denkt: Was geht der Welt verloren, wenn es abstürzt? Kleinigkeiten, Krimskrams. Das Wesentliche habe ich geschafft. Werde ich schreien, wenn das Flugzeug abstürzt? Nein. Solche Gedanken. Aber ich liebe das Leben zu sehr, um an einen aktiven Suizid zu denken oder etwas Ähnliches heraufzubeschwören.»

«Ach? Was lieben Sie denn so am Leben?»

«Nun. Die Arbeit, die Erfüllung, die sie mit sich bringt,

gutes Essen, schöne Frauen, Musik, die Kunst – alles, was ein zivilisierter Mensch so mag.»

«Die Unordnung, das Chaos – lieben Sie nicht?»

«Ich bin Dirigent. Da lernt man, harmonisch zu denken, in gesunden Proportionen. Mathematik und Ästhetik und deren wechselseitige Kompromisse. Sie verstehen? Ein Vulkan zum Beispiel ist für mich ein Bild des Chaos und der Unberechenbarkeit in vollkommener Schönheit. Aber diese vulkanische Schönheit der Schöpfung verlangt nach einer menschlichen Ordnung der Rezeption, ansonsten wäre sie kein Schauspiel, kein Denkmal.»

«Was möchten Sie denn noch erreichen?»

«Bruckner so zu dirigieren, wie ich es für nötig halte.»

«Im Ernst? Gab doch Carl Schuricht. Und Günter Wand. Was wollen Sie da noch verbessern?»

«Nicht verbessern. Anders sein.»

«Also möchten Sie auf Kosten Bruckners etwas Neues in die Welt setzen.»

«Alles, was ist, ist Stoff für das, was wird.»

«Sie scheinen mir jemand zu sein, der für Größeres geboren wurde, aber im Kleinen gelebt hat. Hab ich recht?»

«Woran mißt man klein und groß?»

Kurthes überlegte. Bei den Mengen, die er getrunken hatte, mußte man ihn für seine klare Artikulation bewundern.

«Den meisten Menschen ist Ordnung wichtig, und sie sterben leichter im Gefühl, eine allumfassende Ordnung sei durch ihren Tod wiederhergestellt. Dabei besteht das Leben aus Chaos, und man muß sich mit dem Fakt versöhnen, daß der eigene Tod ein Chaos hinterläßt, mit dem das Leben der anderen allerdings irgendwie klarkommt. Die Dinge sind nicht in Ordnung – weil wir leben. Leben ist Unordnung. Und der Tod glättet, mal mühsam, mal sehr schnell, was wir aufgewühlt haben. Er ist der große Beruhiger. Kann aber nichts verhindern. Sisyphos in der großen Spreize der Beine der totgebärenden Urmutter. Wie wichtig man ist, und doch nicht wichtig. Das überragende Mysterium.»

«Naja. Das ist leicht so hingerotzt.»

«Ich glaube, daß Sie, soweit es möglich ist, ein glücklicher Mensch sind. Sonst wären Sie nicht so verunsichert. Habe ich recht?»

«Das stimmt. Ich habe immer getan und gemacht. Und Glück gehabt. Auch wenn ich mir in der nächsten Minute eine Kugel durchs Hirn jage, werde ich keine Sekunde bis dahin das Glück vergessen, das ich genießen durfte, ob es Alas Liebe war oder ein schlichtes Mahl, sofern man hungrig ist, oder eine der besseren Symphonien von Bruckner, vor allem wenn sie gewissermaßen unter den eigenen Händen entsteht und leblose Zeichen sich in Klang verwandeln. All das war – und ist – sogar viel mehr wert als nur einen Tod.»

«Sie reden in der Tat nicht wie ein kranker Mensch.»

«Alles, was ich will, ist zu verstehen. Ich möchte nicht blöder sterben, als ich gelebt habe. Nicht wesentlich zumindest.»

«Was ich aus Ihren Worten heraushöre, ist, daß Sie doch glauben, es hinge mit Ihrem Schicksal mehr als nur Sie selbst zusammen. Sie begreifen sich als Experiment, als Feuerprobe.»

«Ich bemühe mich, immer strebend, und will erlöst werden. Wenn Sie es so formulieren, stimme ich zu. Die meisten Menschen gehen hin, und ihr Verschwinden fällt kaum auf, und sie tragen selbst die Schuld daran. Andere scheitern, aber ihr Auftritt zeitigt wenigstens Folgen. Ich möchte nicht hingehen, wie anonymes Vieh, obgleich ich weiß, daß mit dem passenden Zeitabstand jeder von uns, selbst der Größte, zum namenlosen Vieh wird, zum vergessenen Kadaver, das erkenne ich ja auch in vollem Maße an, es ist eine geradezu geniale Regelung, in Anbetracht einer unendlich vor uns liegenden Zeit. Ich bin nicht besonders wichtig. Aber das Gefühl, wichtig zu sein, wenigstens inmitten jener Zeit, die mich und meine Freunde kennt, dieses Gefühl möchte ich mir doch erkämpfen, es stirbt sich dann leichter.»

«Also unterliegt Ihr Dasein einer Art von Prüfungsangst?»

«Einer selbst auferlegten, ja. Die Welt, wie sie ist, ist großartig, und egal, was mir zustößt, will ich an diesem Fazit festhalten, weil ich es für die Wahrheit halte. Und Schicksalsschläge, egal welcher Art, will ich verstehen und relativieren können, ansonsten würde ich mich um meine Summa durch niederträchtige Tricks betrogen fühlen. So. Das ist die Lage. Können Sie mir helfen?»

«Nein. Sie müssen das ganz allein mit sich selbst auskämpfen. Jede Hilfe von meiner Seite würden Sie unterbewußt als Demütigung auffassen, als zwänge man einen schon Zehnjährigen, mit Stützrädern zu fahren. Sie sind ein Titan und wollen nichts anderes sein. Morgen schon würden Sie bereuen, mich konsultiert zu haben. Gehen Sie – und leiden Sie, und kämpfen Sie um sich. Es wäre mir ein Genuß, diese Schlacht zu verfolgen. Fechten Sie sie aus, in unser aller Namen. Ich muß für mich selber kämpfen.»

«Ach ja?»

«Ich habe vor, einen letzten großen Roman zu schreiben. Es soll um einen Dirigenten gehen, Ala hat mich auf das Thema gebracht. Ein Dirigent, dessen Welt aus den Fugen gerät. Apart, nicht wahr? Ein Dirigent, dem niemand mehr gehorcht.»

«Was geschieht mit diesem Dirigenten?»

«Ich setze ihn dem Ultrachronos aus.»

«Was ist der Ultrachronos?»

«Eine spekulative Phase, bislang noch nah am Reich der Poesie.»

«Warum tun Sie mir das alles an?»

«Was?»

«Alles.»

«Ich versteh Sie nicht …»

«Sie schreiben über mich, nicht wahr?»

«Bei allem Respekt, aber … naja, es ist schon richtig, Ihre Geschichte hat mir wertvolle Anregungen gegeben. Ja, ich gebe es zu, Ihr Problem mit diesem toten Mädchen hat mich inspiriert.»

«Sie sind sich mit dem Handlungsverlauf und den Nebenfiguren noch nicht sicher, stimmts? Manchmal entscheiden Sie sich um, oder schreiben Varianten ein und desselben Geschehens. Ist es so?»

«Oh … Arndt! Sie dürfen die Verantwortung nicht so leicht von sich wälzen.»

«Sie haben recht, ich bin betrunken. Und wahnsinnig.»

«Betrunken bin ich auch. Wahnsinnig sind wir alle. Ich bin überzeugt, es wird für den höherentwickelten Menschen auch eine höhere Form von Zeit geben. Wenn wir erst Licht geworden sind, wird die Zeit um uns ungeahnte Formen annehmen. Da wir in unsrer jetzigen Gestalt mit diesen Formen nicht umgehen können, erscheinen sie uns als höllische Strudel, die unsre Wahrnehmung gnädig vor uns abdunkelt. Aber in der Theorie gibt es Pfade dorthin, Ausblicke. Es gibt zwei Höllen der Zeit: den Hyperchronos, einen Abgrund, der sich ins Leben zurückwölbt, ihm nähern wir uns manchmal im Traum, und es gibt den Ultrachronos, der sich irgendwann wie eine Blase vom Rest der Zeit abnabelt und in höhere Dimensionen hineinplatzt. Eine Art Arche der Bilder, auch solcher der Phantasie und der Sehnsüchte. Das Reich der Bilder. Bilder, die bleiben. Tattoos eines Daseins. Der UC frißt was war und formt es um. Das entscheidende Detail – das Nichts, das sich zum Bild aufwirft und bleibt und keimt. Den UC kann man nur sterbend betreten und lebend ihm nicht entkommen.»

«Was genau ist der Ultrachronos?»

«Der UC ist die allerletzte Phase des physischen Daseins. Traumhaft und zeitlos. Gemeinhin beschrieben wird er als der Film, der vor dem Auge eines Sterbenden abläuft und alles ihm Wesentliche noch einmal in Erinnerung ruft. Die höchste Transzendenzstufe einer menschlichen Entität, nahe am Übertritt zu den Geistern. Daß ein Nicht-Akut-Sterbender in diesen Zustand gerät, müßte einen Grund haben, ist möglicherweise der Feldversuch zu einer umwälzenden evolutiven Weiterentwicklung der Menschheit. Sie sollten sich geehrt fühlen. Und sich damit abfinden, daß niemand Sie je für etwas anderes halten wird als geisteskrank.»

«Was soll ich denn aber tun?»

«Nichts. Ihnen bleibt nichts mehr zu tun. Sie können wohl noch eine Weile davonlaufen. Am Ende werden Sie auf irgendeine Weise sterben, ohne daß das Sonderbare Ihres Falles der Allgemeinheit bewußt werden wird. Damit müssen Sie sich abfinden. Sie haben, wenn ich mir diese Vermutung gestatten darf, so sehr gegen den Tod gelebt, daß er Sie pflücken wird wie eine ganz besondere Frucht. Vielleicht auch höchst banal. Kann sein. Egal. Kämpfen Sie! Vom Tod sind überdies immer Überraschungen zu erwarten.»

«Sie raten mir zu kämpfen, obwohl ich unterliegen werde?»

«Es wird Ihren körpereigenen Göttern gefallen. Der Tod ist keine Niederlage. Der Tod spielt keine Rolle.»

Er redete auf sonderbare Weise mit mir, nicht wie man von Mensch zu Mensch redet, eher wie ein Aushilfstrainer am Spielfeldrand dem Mannschaftssportler vage Hinweise gibt. Ich war eine Figur für ihn, eine inspirierende, interessante Figur. Womöglich waren alle Personen seines Umfelds nur Inspirationshilfen, und er sah in ihnen nichts weiter als Material für ein spontan entstehendes Welttheater. Er wußte sicher noch viel mehr über mich, als er zugab. Er hatte Laura und Ala als Quellen benutzt. Vielleicht auch Walter. Oder sogar Anne. Mit Hilfe dieses Quartetts hatte er Zugang zu fast jedem meiner Geheimnisse, konnte praktisch alles über mich erfahren. Das Gefühl, vor ihm ausgebreitet zu liegen, zur Besichtigung freigegeben, war dabei nicht unbedingt erniedrigend. Es war, als hielte ein Arzt Visite, dessen Fachgebiet sich nur eben leider nicht mit der Krankheit des Patienten deckt.

Er sah mich dementsprechend bedauernd an, mit einem Hauch Wehmut, so, als könne er mit mir zwar etwas anfangen, nichts aber zu Ende führen. Er überließ mich mir selbst, lehnte jede Verantwortung ab. Sein Blick durchschnitt alle Fäden, die ich zwischen uns, aus verzweifelter Einsamkeit heraus, zu spannen bereit gewesen war. Ich bewunderte Kurthes und verstand plötzlich Anne, die mich gegen ihn eingetauscht hatte.

«Ich kann Ihnen bei Ihrem Problem nicht direkt helfen, nur mit einem Rat. Gehen Sie zurück an einen wunden Punkt, an ein Wegkreuz von Bedeutung. Finden Sie etwas heraus, was Sie schon immer wissen wollten, oder was Ihnen noch nachweht aus der Vergangenheit. Etwas, das von Bedeutung war, obgleich es im Rückblick unscheinbar wirkt. Ein Punkt von großem Potential. Ein Zeitknoten. Dort halten sich oft Lösungen auf.»

«Wie soll ich –»

«Ich glaube, daß Ihnen schon etwas Passendes einfällt. Trennen wir uns an dieser Stelle. Ich wünsche Ihnen alles erdenklich Gute. Ich wollte, ich könnte Ihnen mehr Liebe geben. Es ist, wie es ist. Undurchschaubar. Ungeheuerlich spannend. Noch der kleinste Mensch, so entbehrlich man ihn einschätzt, tut seinen Teil dazu. Die Unermeßlichkeit dieses Beitrags ist die einzige Konstante des Lebens überhaupt.»

Er drückte meine Hand. Ein großer Mann, obwohl, oder gerade weil er mich nicht ernstnahm. Ernsthaftes Bedauern lag in diesem Händedruck, und die winzige Möglichkeit einer historischen Begegnung. Eine gegen vielzuviele Möglichkeiten. Er hielt mich zu 99 Prozent für verrückt, stritt aber das eine Prozent nicht ab. Das eine Prozent war genauso viel wert wie jedes der anderen neunundneunzig. Die anderen waren nur einfach mehr. Es mag idiotisch klingen, aber ich fühlte Kurthes gegenüber so etwas wie Dankbarkeit.

Ich wankte ins Zelt zurück, die Fackeln waren fast niedergebrannt. Er saß noch stundenlang draußen. Gab seinen Göttern Libationen. Redete mit ihnen wie mit Brüdern. Ich war so unendlich neidisch.

«Aber was sahen Sie? Schritten durch die großen Säle alle Götter der Vorzeit? Kämpften dort die alten Helden, spielten dort süße Kinder und erzählten ihre Träume?»

«Ich sage Ihnen, ich war dort, und Sie begreifen, daß ich alles sah, was dort zu sehen war! Wären Sie hinüber gekommen, so wären Sie nicht Mensch geblieben, ich aber wurde es! Und zugleich lernte ich meine innerste Natur kennen …»

Gegen halb vier Uhr schlafen alle. Oder tun so. Ich liege wach und achte auf Geräusche. Atmen und Schnarchen. Kurthes ist sehr laut. Der Ofen in der Mitte des Zeltes glüht, pumpt heiße Luft nach oben. Es wird beinahe zu warm im Schlafsack, obgleich der blanke Erdboden sich eisig anfühlt. Ich warte, daß noch etwas passiert, es passiert aber nichts. Meine Luftmatratze verliert langsam an Luft, das ist alles. Laura und Walter haben sich endlich auf ihre Schlafstellen verteilt. Bestimmt nicht mir zuliebe. Zu zweit ist es einfach zu unbequem in einem dieser Säcke, sogar das junge Pärchen hat das eingesehen. Es ist ein bißchen wie im Pfadfinderlager, oder bei Pyjamaparties, wenn allen die Gespenstergeschichten ausgegangen sind. Erwachsene Leute liegen hier herum und scheinen sich amüsiert zu haben. Vielleicht bin ich der Einzige, der nicht schlafen will, ich will es nicht und habe keine Ahnung, warum nicht. Meine Betrunkenheit läßt nach. Somit die Aussicht auf Schlaf. Ich langweile mich. Warte. Die Dunkelheit ist strukturiert von einem Wust schattenhafter Bildfetzen. Keine hübschen Bilder, quälende Erinnerungen, die ich verdrängt geglaubt hatte. Wo schlafen eigentlich die Jungs vom Catering-Service? Unten im Bus? Wo ist Mucos? Nicht hier. Aha. Ich sehe zu Anne hinüber, kann wenig von ihr erkennen, die Glut wirft kaum Licht. Gehen Sie zurück an einen wunden Punkt, an ein Wegkreuz von Bedeutung. Finden Sie etwas heraus, was Sie schon immer wissen wollten, oder was Ihnen noch nachweht aus der Vergangenheit. Etwas, das von Bedeutung war, obgleich es im Rückblick unscheinbar wirkt. Ein Punkt von großem Potential. Ein Zeitknoten. Ich überlege. Trish – bevor sie unter dem Lastwagen starb, hätte ich ihr gerne meine Leidenschaft offenbart – aber sie ist tot, und meine Leidenschaft mit ihr gestorben. Das kann nicht gemeint sein. Marita – alles andere als unscheinbar. Jemand erhebt sich. Es ist der spanische Verleger, er taumelt durch die Dunkelheit, sucht den Schlitz im Zelt, der nach draußen führt, sucht eine Weile vergeblich, stöhnt, dann findet er ihn, und man hört ihn vor dem Zelt pissen. Er schleicht zurück. Stößt mit dem Fuß eine leere Weinflasche um. Erschrickt. Einige Zeltinsassen wälzen sich auf die andere Seite. Ganz vorsichtig tapst der alte Mann zu seiner Luftmatratze. Kriecht mit einem befreiten Schnaufen in den Sack. Ich höre seinen gepreßten, aufgeregten Atem. Die Gattin fragt leise, was sei. Nichts, sagt er, schlaf! Dann Stille. Gehorsam und gewaltig. So stelle ich mir plötzlich das Jenseits vor, ich wache auf, frage, was ist. Ein Gott sagt: Nichts. Schlaf! Und ich kann nicht einschlafen, nur weil ein Gott mir das befiehlt und das jüngste Gericht sich vertagt hat. Ich liege wach im Grab und horche. Die Hölle. Ich muß Anne um die Aufzeichnungen bitten, um ihr schwarzes Notizbuch. Warum gibt sie es mir nicht von selbst? Steht etwas darin, was ich nicht lesen soll? Ein erster schwacher Hauch von Grau sickert durch den Schlitz, den der alte Verleger nicht zugeknöpft hat. Ich sehe auf meine Armbanduhr. Muß doch wenigstens gedöst haben, es geht auf halb acht zu. Meine Unterhose ist schweißverklebt, ich habe nichts zum Wechseln.

Ich höre Marita schreien. Es ist ein Schrei aus weiter Ferne, bricht sich am Berg, ein Flüstern nur, aufgebauscht, der Schrei zersplittert auf meiner Haut. Kein Bild dazu. Phantasieprodukt, bestimmt. Ich dirigiere aus dem Gedächtnis den letzten Satz von Bruckners Achter, eine Stelle gibt es da, ich glaube, Takt 321 (nach Zählung der Urfassung) und der nächste, selten wurde da bisher das tenuto auf den beiden letzten Vierteln voll gewürdigt, man muß beinahe ein rubato fordern, um ein tenuto zu erhalten, ich glaube, man könnte eine fabelhafte Wirkung erzielen, indem man einfach ausspielen würde, was auf dem Papier steht. Schon recht, das sind Kinkerlitzchen vor dem Hintergrund einer schreienden Marita. Die Helle kriecht unterm Zelt hindurch.

was für eine nacht voll leben. wie groß wir waren.

Ich stand auf, rüttelte an Annes Schultern, bat sie, mit mir den Sonnenaufgang zu betrachten. Sie gähnte, schlüpfte aus dem Schlafsack, zog sich umständlich an, ging mit mir an den Rand des Felsplateaus, schweigsam, wie man etwas unternimmt, das man jemandem zu schulden glaubt.

Der Sonnenaufgang verläuft sehr schnell, die Dämmerungsphase ist kurz und zaubert eine Palette von dunkelroten bis gelben Farben zwischen Bimsstein und *Huevos*, wie die kugelfömigen, pechschwarzen Lavabrocken genannt werden. Surreale, hypnotische Szenerie, die selbst Schreie nur als Flüstern wahrnimmt.

Laura. 1990. Siena im Regen. Die Stadt dampfte im prasselnden Regen. Wir liebten uns in einer kleinen Höhle, die aus den Mauern herausgelöffelt worden war, im Knick zweier abschüssiger Gassen. Die alte Kioskbesitzerin verkaufte uns Waffeln und sagte: *Ihr beide seid ein so hübsches Paar.*
Sie sagte es wohl allen Paaren.

Aber ich freute mich so sehr darüber, weil es stimmte, und ich dachte: Jetzt ist es gesagt. Nie wieder wird uns jemand dasselbe sagen.

Arndt bittet Anne, mit ihm zu kommen, bis ans Ende der Erde. Sie lehnt ab. Das Farbenspiel des Himmels scheint sie wenig zu euphorisieren. Ermattet hockt sie auf einem Felsen, reibt sich die Augen.

«Was ist bloß mit dir geschehen?»

«Ich will noch leben, Arndt. Du hast schon viel gelebt. Ich hab nicht so viel gelebt.»

«Dann leb mit mir.»

«Du? Nein. Du hast deinen Weg. Ich wäre dir nur eine Ablenkung. Ich habe meinen Weg. Kurthes ist darauf eine Bereicherung. Du möchtest eine Gefährtin haben, gegen die Einsamkeit. Aber der einzige Weg für dich, um deine Einsamkeit zu beenden, wäre, zu dir zu finden. Du willst nicht wirklich zu dir zurück, ich weiß nicht, weshalb, vielleicht, weil du dich schämst. Du bist ein halber Mensch, ohne Spiegelbild, und du wirst dich lieber auslöschen, als dich je im Spiegel betrachten.»

«Red nicht so gescheit daher! Hat Sam dir das eingetrimmt?»

«Nein. Als du nach Zürich abgefahren bist, war da ein Moment, in dem ich alles ganz klar gesehen habe. Mein Leben, belanglos, und deines auf den Ruinen. Du hast deine Ruinen, ich hab nichts. Wir gehörten nicht länger zueinander. Kurthes kann mich brauchen. Als Mädchen für alles und nichts. Ich werde bei ihm bleiben. Du brauchst mich nicht. Beziehungsweise: Was du brauchst, kannst du dir kaufen, oder du hast es schon in dir.»

Ich sah ihn an, liebte ihn noch immer. Konnte ihm nicht sagen, was ich voraussah. Er würde untergehen, schon weil er die Ruinen, auf denen er saß, viel zu sehr genoß, um noch einmal ein Haus zu bauen, von Grund auf neu anzufangen. Ich sah ihn tot im Traum, und wenn ich ihn mehr geliebt hätte, wäre ich mit ihm untergegangen. Aber seit den Tagen in Paris liebte ich vor allem mich selbst, zum ersten Mal in meinem Leben mich selbst, wenngleich es erst seiner Zuneigung bedurft hatte, um in mir diese Selbstliebe auszulösen.

Arndt öffnet den Mund, öffnet die zuvor halb geschlossenen Augen, will etwas sagen.

Menschen kommen aus dem Zelt, stellen sich in Hörweite neben uns, zeigen sich gegenseitig farbig leuchtende Punkte am Horizont, Lichtnester in der Bergwand. Ohne Bewußtsein, uns zu stören, zittern sie in der Kälte, finden sie aufregend. Eine Frau mahlt mit der Zahnbürste im Mund herum, nimmt einen Schluck Evian aus der Plastikflasche, spuckt auf einen Felsen, reibt sich ihre Oberschenkel mit fleischigen Händen, grüßt blöde in unsre Richtung.

Grußlos wendet Arndt sich um, schmerzvoller Schnitt, ohne Blick zurück. Über dem Gipfel wächst eidottergelb die Sonne empor.

Ich gehe allein hinab zum Busparkplatz und besteige das erste Guagua nach Puerto de la Cruz, nehme von dort ein Taxi zum Flughafen. Mir ist bewußt, daß eine Tasche mit sentimentalen Preziosen auf einem Schließfach des anderen Flughafens, auf Gran Canaria, eingeschlossen liegt. Nur haben jene Dinge für mich an Bedeutung verloren, es resultiert sogar ein wohlig generöses, bernsteinmäßiges Gefühl aus der Vorstellung, daß sie irgendwann irgendjemandem in die Hände fallen werden, dessen Leben sie beeinflussen könnten. Das Notizbuch hat Anne angeblich in Paris zurückgelassen, aber ich vermute, daß es inzwischen Kurthes besitzt.

«Ich kann Ihnen bei Ihrem Problem nicht direkt helfen, nur mit einem Rat. Gehen Sie zurück an einen wunden Punkt, an ein Wegkreuz von Bedeutung. Finden Sie etwas heraus, was Sie schon immer wissen wollten, oder was Ihnen noch nachweht aus der Vergangenheit. Etwas, das von Bedeutung war, obgleich es im Rückblick unscheinbar wirkt. Ein Punkt von großem Potential. Ein Zeitknoten. Dort halten sich oft Lösungen auf.»
Sibylle.

Früher bestiegen die Suchenden einen erhöhten Punkt der Landschaft, um dem dort lebenden, entrückten Meister-Asketen eine Frage zu stellen. Kurthes nahm die Suchenden mit, gab auf dem Berg Sinnsprüche und Weisheiten von sich, spendete heiße und kalte Getränke und begleitete die Suchenden am nächsten Morgen zurück in lebenswertere, ganz unasketische Gegenden. Das war doch sympathisch. Was er von sich gab, klang auch nicht ganz unvernünftig. Und er machte nicht den Fehler, auf Kosten seiner Anhänger eine Rolls-Royce-Flotte zu sammeln. Kurthes würde es noch weit bringen.

Claudia.

Die Vernissage an der Weinmeisterstraße. Ich klimpere am Klavier, lenke die Aufmerksamkeit auf mich. Claudia lächelt mir zu. Es benötigt dennoch eine halbe Stunde Konversation, bis sie mir ihre Telefonnummer gibt. Heute abend will sie nichts mehr unternehmen, aber morgen mit mir essen. Wenn ich verspreche, *brav* zu bleiben. Süß.

Wir treffen uns am Alexanderplatz, an der Weltzeituhr, ganz unoriginell, sagen hallo, ich will sie auf die linke Wange küssen und erwische, weil sie mir die rechte Wange zudreht, ihren Mund. Wir schmunzeln kurz darüber und betreten ein sizilianisches Restaurant, reden über Dinge, die Gerede gnädig vertragen, ohne daß man sich selbst dabei zuhören muß.

Als wir das Restaurant verlassen und auf der Straße stehen, wortlos, fallen wir uns in die Arme, küssen uns, zehn Minuten lang. Im Nieselregen. Es ist Anfang September und der Regen ist warm.

Wir wollen ins Kino gehen, im Babylon läuft ein Melodram, im Kino kann man schmusen, kann hinauszögern, was geschehen wird, die Geilheit kunstvoll mit Bildern strecken, aber der Taxifahrer hat nicht richtig zugehört, Kottbusser Damm hab ich ihm gesagt, Kudamm hat er verstanden, und Claudia und ich bespeicheln uns auf der Hinterbank des Taxis so innig, daß wir den Irrtum zu spät bemerken. Auf dem Kudamm liegt mein Hotel, wir disponieren um, geben die neue Adresse an und küssen uns weiter. Sie trägt ein sehr dünnes T-Shirt aus Microfaser, luftig und glatt wie Seide. Über den Schultern V-förmig ausgeschnitten, sieht es lasziv an ihr aus, ihre Haut ähnelt der Farbe des Stoffes, so daß beim flüchtigen Hinsehen ihre Schultern entblößt wirken. Und ihre walnußbraunen Haare, die weit um ihren schmalen Kopf wippen, berühren mit den Haarspitzen gerade eben so die Haut, gerade eben so, wie auf den Millimeter präzise berechnet. Sie ist zierlich und besitzt ein klingendes Lachen, das sich mit vielen Obertönen in mir fortsetzt. Der moslemische Fahrer betrachtet uns durch den Rückspiegel, wir müssen ihn fasziniert haben; als er beim Café Kranzler rechts abbiegt, achtet er nicht auf den Radler, der gegen die Beifahrertür knallt und auf der Motorhaube landet. Der Moslem steigt aus und hilft dem Gestürzten hoch. Wir sind erschrocken, ärgern uns, denken, daß der Radler bestimmt die Polizei kommen läßt, daß wir die Zeit unsrer ersten Verliebtheit mit der Aufnahme eines Unfalls verschwenden müssen. Wir überlegen uns, heimlich zu verschwinden. Aber dem Radler ist nichts passiert, er ist gutmütig, ist ein Idiot, läßt sich mit Entschuldigungen beschwichtigen, und wir fahren weiter, steigen aus am Hotel, gehen auf mein Zimmer, es ist eine Suite im fünften Stock, mit großem Fenster und Panorama-Ausblick, und das Bett ist riesig, und ich habe genug Wein und Koks für eine fantastische Nacht.

Ich warne sie jedes Mal, obwohl ich gern in ihren Mund käme, und sie mich nicht um eine Warnung gebeten hat. Sie haßt, sagt sie später, darauf angesprochen, den Geschmack von Sperma, ist mir für meine Warnungen dankbar, ich finde es erstaunlich, daß jemand, der den Geschmack von Sperma haßt, nicht im Vorhinein um eine Warnung bittet. Sie ist sehr aufgeregt, als sie die erste Koks-Line hochzieht. Es folgt die übliche Enttäuschung fast aller, die sich von dem weißen Zeug zuviel versprochen haben. Wir knabbern Chips mit dem Geschmack von indischen Gewürzen, sehen fern und lecken einander. Vögeln will sie nicht. Sie lutscht mich dreimal aus in einer Nacht, und redet voller Angst über ihre bevorstehende Magisterarbeit. Ihre Welt ist mir fern.

Claudia erzählt von ihrer großen Sandkastenliebe, einem jungen mittellosen Mann in Tübingen, den sie irgendwann heiraten will. Ich bringe das nicht zusammen. Soviel Leidenschaft ist in diesem Mädchen, doch sie macht mir gleich klar, daß unsere Geschichte eine Episode bleiben wird. Das ärgert mich – es reizt mich auch. Reizt mich maßlos.

Sie kam, wie eine Jahreszeit kommt, und unsre Tage sind gezählt.

Die Zärtlichkeit, die uns verbindet, ist ein Mal, keine Linie. Wir versprechen einander nichts, wir halten uns fest. Lassen wir los, wird nichts von dem, was jetzt geschieht, jemals wiederholbar sein. So, in einer Zeitkapsel, genießen wir die Intimität zweier Fremder, die einander in Ehrfurcht betasten, dezent, doch von sonderbarer Innigkeit. Meine Finger streichen über ihre Haut. Ich denke darüber nach, was es heißt, sie zu verlieren. Sie geht verloren, weil ich darüber nachdenke.

Wochen später, als die Episode immer noch nicht abgestorben war, mietete ich incognito die hübsche Kreuzberger Wohnung am Fraenkelufer und bat Claudia, aus ihrer engen Studentenbude im Norden der Stadt dorthin umzuziehen.

Sie wollte partout von mir unabhängig bleiben, aber wir trafen uns oft dort.

Ihre Penetrationsangst, erzählte sie, rühre von einer Vergewaltigung im Pubertätsalter her, beim Vögeln bliebe sie ein kalter Fisch, regungslos, wie tiefgefroren, vermutlich lutschte sie so leidenschaftlich, um dieses Defizit an sexueller Attraktivität zu kompensieren. Und kam meinen Wünschen damit ja nur entgegen. Wir ergänzten uns. Claudia hatte Humor, wir mochten dieselbe Art von Filmen. Klassische Musik war ihr fremd, sie hat nicht ein einziges meiner Konzerte besucht, doch gekränkt hat mich das nie. Es gibt diese Menschen, die gegenüber komplexer Musik mit Verständnislosigkeit geschlagen sind, als fehle ihnen ein Gen im Erbgut; es können die hoffnungslosesten Fälle darunter hochintelligent sein. Wir lachten zusammen. Darüberhinaus existierten kaum seelische Verbindungen. Unsere Beziehung war eine der körperlichen Ausschweifung, des gemeinsamen Genusses von Tabak, Wein, gutem Essen, Musik, Pillen, Speed und Koks. Wir hatten uns gern und stritten selten. Das Wort Liebe wurde ausgespart, doch hätte ich nichts dagegen gehabt, wenn es irgendwann gefallen wäre. Gemeinsam lachen, gemeinsam kommen, Radio hören, es gab gerade bemerkenswert viel ernstzunehmende Popmusik, aus jedem dritten Fenster des Viertels, aus jedem zweiten Ghettoblaster nachts im Park tönten die Stücke von Radiohead, Air oder Placebo wie ein fliegender akustischer Teppich über der Stadt – während all der Zeit habe ich keine Nutte angefaßt. So gut wie keine. Man muß nicht jeden Scheiß erwähnen.

Wenn ich auf Konzertreisen war, schrieb Claudia ihre Magisterarbeit fertig und bewarb sich bei verschiedenen Kunstbuchverlagen. Ich unterstützte sie finanziell, gerade so, wie sie es mir erlaubte. Für mich lächerliche Beträge wogen viel in ihren Augen, manchmal zuviel, dann lehnte sie die Zuwendung ab, aus Angst, ihr pflichterfülltes studentisches Leben könne im Traum von der großen Welt aus den Gleisen geraten. Meine vertraglichen Verpflichtungen wurden mir in jener Zeit, von September bis März letzten Jahres, äußerst lästig. Ich war verliebt. Hätte Claudia gerne mit auf Reisen genommen, aber sie brauchte Zeit für sich, für die Magisterarbeit, die sie schließlich mit Bestnote abschloß. Dann hatte sie mich plötzlich satt, nicht richtig satt, aber sie war an einen Scheideweg gelangt, sah ein, daß sie sich ganz auf mich einlassen oder die Trennung forcieren mußte, was ihr mit jedem Tag schwerer fiel, da sie sich an die Annehmlichkeiten durch mich langsam gewöhnt hatte. Es brodelte in ihr. Sie entschied sich für die Freiheit, stieß mich ab, wie ein Geschwür, wollte dabei sensibel vorgehen, wollte mich nicht verletzen, aber durch ihre Taktik, mich nach und nach aus ihrem Leben zu langweilen, verletzte sie mich erst recht. Ich liebte ihre piepsige Stimme, ihre kleinen Brüste, ihre schlanken Beine, ihren Mirabellenpo und ihre resoluten schmalen Finger. Sogar ihre eigenartige Mischung aus Naivität und bodenständiger Autarkie. Zum Beispiel in einem teuren Restaurant keinen Nachtisch mehr zu bestellen, weil der Preis des Desserts den eines Bildbandes überstiegen hätte. Sie zog der Welt, die ich ihr bot, seltsame Grenzen, nannte dies und das lohnend und angemessen, anderes dekadent. Ich hatte längst verlernt, in solchen von Ziffern und Zahlen gesetzten Grenzen zu denken, war maßlos geworden, und so von ihr gemaßregelt zu werden, gefiel mir, machte es mir doch immer neu bewußt, welche Möglichkeiten ich besaß, welches Glück ich gehabt hatte, mir um derlei Dinge keine Gedanken, geschweige denn Sorgen mehr machen zu müssen. Ich nannte sie *Mein Wintermädchen* und eine Art Wintermärchen war, was wir erlebten. Etwas, das in neutraler Umgebung geschieht, in einem Einschluß der Zeit, wo es nur zwei Menschen gibt und keinen Alltag. So, wie Ala einst mein Sommermädchen gewesen war.

Das Knistern der Zigarettenglut. Spätherbst, zwei verirrte Falter kämpften am gilbigen Stuck des Altbaus. Die Heizung gluckste, wir trugen Schluck- und Schlürfgeräusche bei. Die Bohlen knarzten laut unter jedem Schritt, selbst Claudias zierliche Füße machten Lärm.

«Hallo Walter.»

  «Arndt, mein Lieber, was kann ich für dich tun?»

  «Du hast doch Ahnung von Booten?»

  «Ja.»

  «Kauf bitte ein Motorboot für mich. Was Kleines, wo man so gerade drin übernachten kann. Und miete einen Liegeplatz in Berlin. Kannst du das tun? Und alles bitte bis in spätestens drei Wochen.»

  «Was?»

  «Es soll ein Geburtstagsgeschenk sein, ich kann mich jetzt nicht drum kümmern.»

  «Aber ... willst du damit rumschippern? Ohne Führerschein?»

  «Meine Güte, ein bißchen, ich werd mir bald einen besorgen, kann ja nicht so schwer sein. Du machst das natürlich nicht gratis.»

  «Nein, natürlich nicht, Arndt. Wem schenkst du denn sowas?»

Als hätte Claudia sich sowas wie ein Boot schenken lassen! Lachhaft. Sie hätte mich gezwungen, das Boot zu verkaufen und das Geld für wohltätige Zwecke zu spenden. Einen Brillantring lehnte sie nur deshalb nicht ab, weil ich steif und fest behauptete, es handle sich um eine Fälschung aus Taiwan. Man muß sagen, daß ihre Prinzipien mir selten auf die Nerven gingen, wenn, dann zu Unrecht, sie zwang mir nie etwas auf, so strikt sie sich selbst Grenzen zog.

Oft habe ich, man kann das ruhig so ausdrücken, Frauen korrumpiert oder gekauft, in eine kurz- oder längerfristige Abhängigkeit getrieben. Vielleicht lag der Grund dafür im quälenden Gefühl, selbst korrumpiert worden zu sein. Claudia widerstand mir. In mancher Hinsicht war Claudia eine der stärksten Frauen in meinem Leben, auch, weil sie bemerkenswert problemlos den Sex mit mir und ihre große Liebe voneinander trennen konnte. Sie hat mich nie belogen, hat nie gejammert, und wenn ein Bettler am Gehsteig hockte, bekam er von ihr eine Münze. Paßte ihr was nicht, ging sie einfach, war aber immer schnell zur Versöhnung bereit. Ein bemerkenswert guter Mensch, doch wenn ich sie zu beschreiben versuche, wirkt sie immer etwas langweilig, was leider das Stigma guter Menschen zu sein scheint.

Anfang April habe ich Claudia zum letzten Mal gesehen. Eines ihrer Bewerbungsschreiben war erfolgreich gewesen, sie sagte es leise am Frühstückstisch. Kündigte ihren Umzug nach Frankfurt an. Kündigte mir. Sie und ihr geliebter Tübinger Penner hätten große Pläne für die gemeinsame Zukunft in Frankfurt. Ich hatte im selben Monat den Vertrag für London unterzeichnet, es paßte zusammen. Ich machte kaum Versuche, Claudia festzuhalten. Es war schön gewesen und alles Schöne geht zu Ende. Wir saßen in ihrer winzigen Küche, rauchten beide noch eine Zigarette, tranken die Kaffeetassen leer, und ich ging. Mehr war da nicht. Wenn jemand etwas anderes behauptet, lügt er. Oder ich lüge. An ein Boot kann ich mich nicht erinnern. Wir haben mal am Fraenkelufer in einem türkischen Restaurant-Schiff gesessen, violett beleuchtet, abgedichtet, stark beheizt, Schnee fiel auf das schwarze Wasser des Kanals.

Wenn ihr älterer Bruder sie erst im September als vermißt gemeldet hat, wie Anne behauptet, kann das seinen Grund in ausgeleierten Familienbanden finden. Aber der junge

Tübinger Penner, den ich nie zu Gesicht bekommen habe, ihre große alte Sandkastenliebe, mit dem sie – angeblich, ich hab es nie gehört – jeden Tag telefoniert hat, der hätte doch sicher früher reagiert. Also lebt sie. Und wenn nicht – vielleicht hat *er* Claudia umgebracht. Warum muß für alles Übel in der Welt immer *ich* herhalten?

Aber wenn sie ihn nur erfunden hat, um mich auf Distanz zu halten? Wenn es ihn nie gegeben hat? Das ist auch eine Möglichkeit. Dann hätte sie mich doch belogen.

3

Sibylle war ein grünäugiges Trotzköpfchen, energische anderthalb Meter stur, schnurgerade, wenn sie sich etwas in den Kopf gesetzt hatte, und sie konnte grausam sein, ihr Spott traf oft an der weichsten Stelle, traf hart und schlug tief. Untreue bestrafte sie körperlich. Ich habe miterlebt, wie sie Markus einen Teller gegen die Stirn schlug, als der mit einem Mädchen nur flirtete. Sie hat auch mich manchmal aufs Korn genommen, damals, als ich mit siebzehn viele dunkelblaue Nächte in Markus' Keller verbrachte, und Markus ihrer Meinung nach zuviel mit mir soff und zu selten mit ihr schlief. Dann schob sie die Oberlippe hoch, zeigte eine Perlenschnur von kleinen, milchzahnartigen Beißerchen, und süffisant, Süffisanz war ihre liebste Nummer, redete sie mit knurrender Stimme in der dritten Person von mir: «*Arndt traut sich nicht nach Hause, zu seinen Prolleltern, der Arndt übt schon mal für sein Diplom als Berufsparasit, und weil er keine Freundin hat, der Arndt, spielt er Taschenbillard, das richtige Bil-*

lard ist ihm nämlich ne Nummer zu groß ...» So ging das, und in einem Pubertierenden ohne Freundin kann derlei böse Wunden hinterlassen. Manchmal war sie auch lieb, überraschend lieb, als läge ihr doch was an mir ...

Ich suche Sibylle an ihrem Arbeitsplatz auf, in einem Pasinger Reisebüro, wo sie, angeblich Chefin des Ladens, höchstselbst hinter dem Computer sitzt und Kunden bedient, die per Holzklasse nach Bangkok, Tunesien oder in die Dominikanische Republik wollen. Ihr kleiner runder Kopf mit den stoppelkurzen Haaren, dazu die Stupsnase, ihre schmale Gestalt – einer solchen Frau machen die Jahre weniger aus als anderen. Sie scheint erstaunt, mich zu sehen, geradezu pikiert. Ich muß warten, bis ich an der Reihe bin, bitte sie um eine Unterredung, die mir erst mal barsch verweigert wird.

«Verschwinde, Arndt.»

«Warum?»

Die Geschichte mit Coco. Ihrer Freundin. Habe ich fast vergessen, die Schwimmbad-Lüge. Sibylle will mit mir nichts zu schaffen haben. Erst als ich erwähne, daß Markus sich mit mir in Paris getroffen und Geld bekommen hat, ändert sich das. Darüber will sie plötzlich alles erfahren, und so detailreich wie möglich.

Ich war wirklich einmal bei Feuer angestellt, 1985/86, er hat mir, wie vielen jungen Künstlern, ein Stipendium bewilligt. Als Literat durfte ich ein halbes Jahr in seiner leerstehenden Jagdhütte in den Schweizer Bergen leben, dazu gab es 1000 Franken monatlich. Ich schrieb in dieser Zeit mein zweites Buch, das ungleich erfolgreicher wurde als mein Erstling, wahrscheinlich habe ich das zum Teil Herrn Feuer zu verdanken. Daß der Erfolg mich finanziell unabhängig machte, schien ihn mit Neid zu erfüllen, so albern das klingt. Er lud mich auf sein Schloß, zur Audienz, ich glaubte ihm diesen Besuch schuldig zu sein. Im Vorzimmer ließ er mich wegen einer angeblich dringenden Besprechung warten, über eine halbe Stunde lang. Ungehalten lauschte ich an der Tür und bekam mit, wie Feuer mit seinem Sekretär über den Dirigenten Hermannstein redete. Über jenen Dirigenten Hermannstein, von dem ich drei Monate zuvor in Zürich ein vielversprechendes Konzert gehört hatte. Auf diese Weise bin ich mit Arndt Jahrzehnte schon verbunden gewesen, bevor er von meiner Existenz das Geringste erfuhr. Ja, ich habe ihn damals vor der jungen Hure gewarnt, mit der man einen Keil zwischen ihn und Laura treiben wollte. Es lag mir nichts an Fleißkärtchen und Pfadfinderruhm, es war allein meine Rache dafür, daß mich Feuer in seinem Vorzimmer wie einen Hund hatte warten lassen.

Wir trafen uns abends zum Spaziergang im Nymphenburger Park. Der Schloßpark war leider schon abgeriegelt, wir flanierten ersatzhalber auf der großen Auffahrt den Kanal entlang. Blesshühner schliefen im Gras. Es war kühl, wir trugen dicke Mäntel, und die Laternen gaben nach achtzehn Uhr nurmehr ein sparsam dunkelgelbes Licht.

Nein, sie habe nicht gewußt, daß Markus mich erpressen würde. Von dem Geld habe sie keinen Cent gesehen. Wie auch? Sie und Markus seien ja auseinander. Und Markus wäre wohl der letzte, der freiwillig was mit jemandem teilen würde.

«Warum sagst du: *erpressen*? Ich habe dieses Wort nicht verwendet. Markus hat mich um Geld *gebeten*. Ich habs ihm gegeben.»

«Aus alter Freundschaft, wie?» Sie kicherte, und ihr Kichern klang kehlig und scheppernd, zerstörte ihre Niedlichkeit, mir fiel wieder ein, wie spitzzüngig und grausam sie manchmal gewesen war. Auf ihr hatte nie jemand ungestraft herumgetrampelt.

«Sibylle. Das Geld sollte zum Großteil für dich sein. Bitte sag mir, was du weißt. Markus behauptete wenigstens, das Geld sei für dich bestimmt, er hat, im Unterschied zu mir, das Wort erpressen sehr wohl verwendet. *Du*, sagt er, hast ihn erpresst. Hast Geld gebraucht.»

«Er hat dich verarscht, Arndt. Wie damals beim Pokerspielen. Ein Bluffer.»

Wir redeten eine Weile sehr offen miteinander. Nein, sie habe keine finanziellen Probleme, Markus ja, der habe sich am neuen Markt verspekuliert und seinen Arbeitsplatz verloren, wegen Unterschlagungsverdacht und Alkohol. Sie habe zum letzten Mal auf dem Klassentreffen mit Markus gesprochen, wo er sie gebeten hätte, ihm einen Hunderter zu leihen. Sie grinste. «Was ich aus Mitleid getan hab.»

«Dann hat er dir nie etwas über Marita erzählt? Ihr wart so lange zusammen, er muß doch mal etwas erwähnt haben. Warum hast du sein Alibi für die Mordnacht platzen lassen?»

«Mordnacht? Du sagst: *Mordnacht*?»

«Es ist einfach ein kürzerer Begriff als *die Nacht, in der Marita vom Erdboden verschwand.*»

«Er hat mir tatsächlich mal was erzählt. Das war an einem Neujahrsmorgen, wir hatten viel gestritten und viel getrunken. Eine dieser Stunden, wo alles raussprudelt, wenn man sich versöhnt. Der ganze Dreck …»

«Und?»

«Geht dich nichts an. Ich habe sein Alibi gekippt, weil er sich mir gegenüber scheiße benommen hat. Und weil er in dieser, wie du sie nennst, Mordnacht, einfach nicht bei mir gewesen ist. Basta.»

«Und Cocos Lügengeschichte? Warum will Coco mir was anhängen?»

«Coco ist verrückt. Sie hat dich geliebt, wußtest du das? Verrückt. Aber ob sie lügt, weiß ich nicht.»

«Dann hat das gar nichts mit Marita zu tun? Ihr wollt mich nicht in irgendwas reinreiten?»

«Du reitest dich doch selber in was rein. Ich frage mich dauernd, ob du wirklich nichts weißt oder nur das Dummerchen gibst. Aber *wenn* du etwas weißt, warum kommst du her und stellst mir Fragen? Das irritiert mich.»

«Ich tue alles, um einen Weg zu mir zu finden. Egal, was ich dort finde. Hilf mir. Bitte. Ich kann dir auch das Geld geben, das für dich bestimmt war.»

«Wieviel?»

«Zwanzig Mille.»

«Zwanzig Mille? Soviel hast du abgedrückt? Damit Markus jetzt irgendwo unter der Sonne liegt? Du bist noch blöder, als ich dachte.»

«Nein, ich hab einfach nur genug Geld, zwanzig Mille sind mir egal, wenn ich dir etwas abkaufen kann, was mich weiter bringt.»

Die Audienz übrigens verlief völlig belanglos. Feuer warnte mich vor dem Erfolg, der mir zu Kopf steigen könne, riet mir zu Bescheidenheit und Wahrhaftigkeit. Unglaublich. Danach hatte mein Leben mit der Schweiz kaum mehr etwas zu tun, sechzehn Jahre lang, bis ich Ala begegnete. Bis wir gemeinsam feststellten, daß sie früher einmal mit Arndt ein Verhältnis gehabt hatte. Verrückt, nicht? Und es kam noch besser: Als ich drei Monate mit Ala zusammen war, erhielt ich einen Leserbrief von Laura Hermannstein-Feuer, in dem sie mir ihren Dank für meine Bücher übermittelte. Laura wußte nicht, daß ihr Vater mich einmal finanziell unterstützte, sie weiß es bis heute nicht, falls es ihr nicht jemand gesagt hat. Die Konstellation, die wieder einmal zeigt, wie klein unser Planet doch ist, regte mich zum Nachdenken an. Ich wußte instinktiv, man sollte, *mußte* literarisch aus dieser Episode etwas machen, die Götter weisen einen meist nicht ziellos auf dergleichen hin, mein Spieltrieb regte sich, ich dachte über ein übergeordnetes Gewirk nach – aber erst als Hermannsteins Name in der Zeitung im Zusammenhang mit einem Todesfall auftauchte, schälte sich vor meinem geistigen Auge etwas hervor, ein Plot, eine Personalliste, grobe Konturen von Verstrickung und Schuld und Wurzelsuche, meinen bevorzugten Themen.

Sibylle überlegte. Warf den kleinen Kopf unwillig hin und her, als würde sie sich einer Versuchung entgegenstemmen. Ich legte den Arm auf ihre Schulter. Kumpelhaft. Sie entzog sich der Berührung nicht. Bettete ihre Wange auf meinen Handrücken. Diese plötzliche Zärtlichkeit kam so überraschend, überwältigend, daß ich erschrak und die Hand zurückzog.

«Ach, Arndt. Wenn du wüßtest …»

«Was? Was?»

«Einer von euch hat Marita in den Mund gefickt, sie mußte kotzen und ist an dem Erbrochenen erstickt. So hat es Markus erzählt. Ihr habt sie angeblich alle gefickt, aber wer von euch auf ihrem Mund gesessen hat, das hat er nicht gesagt. Das war seine Version. Er war völlig besoffen, als er das erzählte. Total betrunken. Er heulte wie ein Hündchen. Wie ein durstiger Esel. Dann schlief er ein. Und wir haben nie mehr darüber geredet.»

«Das bringt mir nichts.»

«Ich weiß. Als ich in der Zeitung von dem Obduktionsergebnis las, von den Kopfwunden durch stumpfe Gewalt, da hab ich mir auch gedacht: Nein, das Wesentliche hat Markus verschwiegen. Marita ist nicht erstickt, sie wurde erschlagen. Markus hätte die Möglichkeit gehabt, vor mir alles rauszulassen, aber er hat es nicht. Genau deswegen hab ich sein Alibi gekippt. Ich glaube, diese Sache war der Grund, daß nie etwas aus ihm geworden ist. Und daß ich vierzehn Jahre mit ihm verschwendet hab.»

Ich erinnerte mich an Kurthes' Worte auf dem Teide, umarmte Sibylle, sie ließ es geschehen, sie biß in meinen Mantelkragen und ich spürte wieder diese reizende, äffchenhafte, totenkopfäffchenhafte Erotik, die manchmal von ihr ausging.

Das war der Zeitpunkt, wo ich Frantisek befahl, einen Kontakt zu Hermannstein zu knüpfen. Zu Laura genauso. Aus ihrem traurigen Hausarrest in Lazio heraus zeigte sie sich hoch erfreut und geistig aufgefüllt von unserem Briefwechsel. Die Fäden begannen, sich zu verknüpfen.

Anne dann war ein Himmelsgeschenk. Mit ihr gab ich mir enorm viel Mühe, sie gab mir im Gegenzug Informationen. Nach und nach wurde Arndt in mein Umfeld gezogen, ich konnte ihn studieren, begann, nach einer langen Schaffenskrise, einen neuen Roman, dessen Zentralfigur jemand wie Arndt sein sollte – und es brachte mir kindliche Freude, eine Figur meiner Phantasie mit einem leibhaftigen Menschen zu mischen, eine vom anderen inspirieren zu lassen und umgekehrt.

Stirn auf Stirn stellte ich ihr die Frage.

«Sibylle – es wird dich wundern, aber es fiel mir neulich wieder ein und es hat lange in mir gestochert, tief drinnen, etwas, das lange zurückliegt.»

«Was? Versuch nicht, mich zu küssen, das ist albern. Du Sau.»

«Okay. Weißt du vielleicht noch, was ich damals, in der achten Klasse, geäußert habe und was dich so geärgert hat, daß du – einfach so – fast aus dem Nichts heraus zu mir sagtest: *Du wirst nicht mein Freund!*»

«Am 14. November 1978? Heute vor einem Vierteljahrhundert?»

«Ja? Mag sein ...»

«Nnnein, das weiß ich nicht mehr genau. Du fandest mich häßlich. Hast mich oft Kermit genannt, weil ich deiner Ansicht nach wie ein Frosch aussah. Möglich, daß es in diese Richtung ging. Aber ich weiß noch genau, ich hatte vorgehabt, dich an diesem Tag zu küssen, es war der Tag vor meinem dreizehnten Geburtstag, und wir wären danach für immer zusammengewesen.»

«Warum bist du dir dessen so sicher?»

«Das hat Gott mir gesagt.»

«Ach?»

«Ja, er hatte unsere Zukunft so schön geplant, und du hast dich ihm verweigert. Hast alles kaputt gemacht. Ich muß jetzt heim.»

Sie stieß mich von sich fort, stapfte mit ihren kurzen Beinen in die Nacht, ließ mich stehen.

Vollgefressene Schwäne hoben ihre Schwingen, flatterten, zu kraftlos, um sich ganz aus dem Wasser zu heben, ein paar Meter weit auf dem Kanal, und ruhten sich aus.

Seine Verzweiflung diente unmittelbar meiner Inspiration. Menschen wie Laura und Walter und Anne waren lebenspralle Vorlagen, die man literarisch nur ein wenig feinschleifen, ansonsten für sich existieren lassen mußte. Ala war in das Projekt nicht eingeweiht, war ja selbst eine Figur darin. Wohl ahnte sie etwas.

Zwei Tage später bekam ich auf dem Handy einen Anruf von Sibylle. Sie sagte, sie meine es nicht böse, habe mich aber soeben angezeigt.

Ich nahm es für einen Scherz. «Weswegen? Weil ich versucht hab, dich zu küssen?»

«Markus hat mir gesagt, *du* bist es gewesen. Du warst der in Maritas Mund. Der mit dem Stein.»

«Das hat er doch nicht wirklich behauptet, oder?»

«Nein», flüsterte sie, «nicht Markus direkt, aber …»

«Was aber?»

Gott habe ihr befohlen, das zu sagen. Es täte ihr leid. Gottes Wahrheit habe Priorität.

«Sibylle? Bist du noch bei Trost?»

«Der Schöpfer hat mit mir gesprochen. Und er war lieb zu mir. Sehr lieb.»

Ich legte auf. Irgendwie grandios. So lautete mein erster Kommentar. Die Betonung lag erst auf *grandios*, dann auf *irgendwie*.

In den Abendausgaben steht zu lesen, man habe Haftbefehl gegen mich erlassen. Ein böser Kommentar dazu lautet, es sei höchste Zeit gewesen; die Arroganz gewisser Besseresser gegenüber der Justiz sei für jeden objektiven Normalbürger unerträglich. Wieder klingelt das Handy. Der Leiter der Sonderkommission Marita bittet mich, recht höflich übrigens, ich möchte mich doch stellen. Weil ich davon gehört habe, daß man über MoTel die Position des Gesprächspartners orten kann, werfe ich das Gerät wie ein in Brand geratenes Stück Papier von mir fort, hinaus aus dem Fenster des Leihwagens, auf die Standspur der Autobahn München–Berlin, ohne plausiblen Grund. Panikreaktion. Ich hätte einfach nur die rote Taste drücken müssen und wäre im Besitz etlicher Kommunikationsmöglichkeiten geblieben. Mein gesamtes Telefonbuch war auf diesem Ding gespeichert, kaum fünf der Nummern weiß ich auswendig.

Ich hocke auf ihren schulterblättern, mondweiße schulterblätter. hinter meinem rücken ist einer von den jungs dabei, sie, die kaum noch etwas mitbekommt, zu ficken. ich, der ich nicht warten will, bis die reihe an mir ist, habe mich auf ihren hals gesetzt, stütze mich auf dem waldboden mit knien und ellbogen ab, stecke ihr meinen schwanz in die kehle, sie würgt, ich stoße zu, sie erbricht sich, schluckt erbrochenes, keucht, spuckt, erbrochenes fließt ihr aus den nasenlöchern, ich merke davon nichts, habe ihre haare mit beiden händen gepackt und ficke ihren kopf, sie droht zu ersticken, beißt zu, beißt in meinen schwanz, bis blut kommt, ich brülle, ich schlage nach ihr, ohrfeige sie, worauf ihr biß nur hysterischer wird, ich greife nach einem apfelgroßen stein, schlage ihr den zweimal auf den kopf, bis der druck ihrer kiefer nachläßt.

Du hockst auf ihren schulterblättern, mondweiße schulterblätter. hinter deinem rücken ist einer von den jungs dabei, sie, die kaum noch etwas mitbekommt, zu ficken. du, der du nicht warten willst, bis die reihe an dir ist, hast dich auf ihren hals gesetzt, stützt dich auf dem waldboden mit knien und ellbogen ab, steckst ihr deinen schwanz in die kehle, sie würgt, du stößt zu, sie erbricht sich, schluckt erbrochenes, keucht, spuckt, erbrochenes fließt ihr aus den nasenlöchern, du merkst davon nichts, hast ihre haare mit beiden händen gepackt und fickst ihren kopf, sie droht zu ersticken, beißt zu, beißt in deinen schwanz, bis blut kommt, du brüllst, du schlägst nach ihr, ohrfeigst sie, worauf

ihr biß nur hysterischer wird, du greifst nach
einem apfelgroßen stein, schlägst ihr den zweimal
auf den kopf, bis der druck ihrer kiefer nachläßt.

Du hockst auf meinen schulterblättern, mondweiße
schulterblätter. hinter deinem rücken ist einer von
den jungs dabei, mich, die kaum noch etwas mitbekommt, zu ficken. du, der du nicht warten willst,
bis die reihe an dir ist, hast dich auf meinen hals
gesetzt, stützt dich auf dem waldboden mit knien
und ellbogen ab, steckst mir deinen schwanz in die
kehle, ich würge, du stößt zu, ich erbreche mich,
schlucke erbrochenes, keuche, spucke, erbrochenes fließt mir aus den nasenlöchern, du merkst
davon nichts, hast meine haare mit beiden händen
gepackt und fickst meinen kopf, ich drohe zu
ersticken, beiße zu, beiße in deinen schwanz, bis
blut kommt, du brüllst, du schlägst nach mir,
ohrfeigst mich, worauf mein biß nur hysterischer
wird, du greifst nach einem apfelgroßen stein,
schlägst mir den zweimal auf den kopf, bis der
druck meiner kiefer nachläßt.

Viertes Buch

… leuchtet die Brücke, leicht, doch fest eurem Fuß.
Beschreitet kühn …

Rheingold

1

Samuel Kurthes sitzt im Korbstuhl, auf dem Dach der ehemaligen Hermannstein-Feuer-Villa oberhalb Anguillara. Vor ihm, auf einem Klapptisch, ein DIN-A-3-Block sandfarbenen Papiers, das ihn an seine Endlichkeit, an die Vergänglichkeit menschlichen Strebens erinnern soll. Das jedenfalls behauptet er in die Mikrofone hinein. Die Fotografen bitten um eine Pose mit Bleistift in der Hand. Kurthes gewährt den Wunsch. Er hat nie mit Bleistift geschrieben, immer auf dem Computer, aber er weiß, welche Motive die Welt besonders schätzt. Alt geworden, hat er es längst aufgegeben, die Welt korrigieren zu wollen, spielt mit ihren Erwartungen, erfüllt sie bereitwillig, und obwohl er auch das Rauchen längst aufgegeben hat, steckt eine Zigarette über seinem rechten Ohr. Er glaubt, das gäbe seinem Kopf einen frechen, jugendlichen Zug. Blitzlichter.

Laura hatte ihm die Villa überlassen, damit er dort in Ruhe seinen letzten und erfolgreichsten Roman schreiben sollte. Das ist gut zwanzig Jahre her. Es hat Kurthes in Lazio gefallen, er ist nach Abgabe des Manuskriptes einfach im Haus hocken geblieben. Laura hat es nie von ihm zurückverlangt, wollte nach dem Tod ihres Gatten keinen Fuß mehr über die Schwelle setzen. Aus welchem Grund weiß niemand, aber es hört sich romantisch an, als hätte sie Arndt doch noch geliebt.

Kurthes wird gebeten, mit Bleistift ein paar Worte aufs sandfarbene Papier zu schreiben, für die Handkamera. Er schreibt. Während er schreibt, überfällt ihn eine bittere Melancholie, er bricht den Satz, den ersten Satz aus ULTRA-CHRONOS ab, *Der Morgen überzieht die Hausmauern mit Pink-, Orange- und Kupfertönen,* – er fuchtelt mit dem Bleistift, als hätte er einen Dolch in der Hand und müsse sich gegen die Blitzlichter wehren, er greift den Aufnahmeleiter an, der es für einen Scherz nimmt, für eine neue, noch schwülstigere Pose.

Bis der Bleistift in der Schulter des Aufnahmeleiters steckt und Blut fließt. Unglaublich. Realität.

«Ich bin reich», denkt der Aufnahmeleiter, als er an seinem Ärmel das Blut herabrinnen sieht; Kurthes liest den Gedanken aus seinen Augen und muß lachen, hysterisch lachen, er lacht sich fort, in eine Zeit zurück, in der er groß gewesen ist.

2

Mucos, Anne und Ala stehen neben ihm. Vor ihm Laura und Walter. Es ist ein klarer Novembertag. Laura zeigt Kurthes die Villa, fragt, ob er sich vorstellen könne, sich hier heimisch zu fühlen. Kurthes, sehr gönnerisch, kann sich dergleichen vorstellen. Nur die Hunde müßten verschwinden, er mag keine Hunde. Ala hat sich mit den beiden Doggen gleich angefreundet. Auch für Lauras Bedienstete habe er keine Verwendung. Menschen mit servilem Charakter stimmten ihn trübsinnig. Noch trübsinniger als Hunde.

Wer denn dann, fragt Laura, die *niederen Arbeiten* übernimmt? Kurthes zuckt mit den Achseln, das würde sich ergeben. Besichtigung der Zimmer. Kurthes reserviert sich jenes, in dem Arndt logiert hat, wenn er, selten genug, hier gewesen war. Ala ist begeistert vom großen Schlafzimmer mit dem für Italien unüblichen Parkettboden, dem Himmelbett und den Moskitonetzen. Mucos und Anne haben keine Entscheidungsgewalt, ihnen werden Parterrezimmer im Seitenflügel mit einer Handbewegung quasi zugewiesen, jene, die bis dahin Josef und Sonja bewohnt haben. Laura läßt die beiden noch am selben Tag ihre Sachen packen, läßt sie mit dem Taxi nach Rom fahren, dort sollen sie den Flieger nach Zürich nehmen und alles für die Ankunft ihrer Herrin vorbereiten. Die beiden sind über den plötzlichen Ortswechsel recht unglücklich, Josef verweist darauf, daß der Garten eine erfahrene Hand braucht. Und was geschehe mit Busoni und Skrjabin?

Laura beschließt, daß Walter die Hunde mit dem Auto nach Zürich fahren soll. Walter reagiert nicht begeistert. Ihm ist das alles unheimlich, er war dagegen gewesen, Kurthes einfach so die schöne Villa anzubieten, aus diesem Grund, und zum ersten Mal, ist ihm Laura grob über den Mund gefahren. «Wir sind noch nicht verheiratet, also geht dich das einen Dreck an!» Der zurechtgestutzte Walter zeigt Symptome von Eifersucht. Laura genießt das, findet zunehmend Spaß daran, ihn hin und wieder vor den Kopf zu stoßen.

Es kommt zum Streit zwischen den beiden, gerade als Kurthes und Ala sich am frühen Nachmittag zurückgezogen haben, um das Schlafzimmer einzuweihen.

Anne besichtigt unterdessen ihr Gemach, es ist klein und finster, kahl und lieblos, sie hört Laura und Walter im Salon brüllen. Entnimmt ihrer Reisetasche die wenigen Kleidungsstücke und schichtet sie in den häßlichen Kieferschrank, der danach kaum weniger leer aussieht. Hört die

Stimme von Kurthes. Er muß sich eingemischt haben in den Streit. Sie geht nachsehen. Wirklich – da steht Kurthes in der Tür zum Salon, völlig nackt, und verlangt von den Streitenden Ruhe.

Erstaunlich, in welchem Ton er das verlangt. So, als sei er jetzt Hausherr, verbittet er sich Störungen jedweder Art. Sein Hintern sieht für einen Fünfzigjährigen noch knackig aus.

«Schämen solltet ihr euch! Ficken solltet ihr und singen, und dankbar sein für jeden Tag! Aber nein, ihr bebrüllt euch, wie Proleten. Geht das so weiter, nehm ich mir ein Hotel und danke für die gute Absicht.» Entgeistert starren ihn Laura und Walter an. Kurthes wippt auf den Fußballen auf und ab, dreht sich um.

«Anne! Komm her!»

Anne geht zu ihm. Er gibt ihr einen langen Kuß, preßt sie gegen seinen nackten Körper. Sein Schwanz ist halb erigiert.

«So. Das hab ich jetzt gebraucht. Du bist ein gutes Mädchen. Wenn ihr verfluchten Menschenkinder Lust habt zu feiern, wird gefeiert. Ansonsten herrscht Ruhe. Und radiert mir diese Figuren aus dem Horizont!» Er zeigt auf Josef und Sonja, die in der Haustür neben ihren Koffern stehen, noch nicht gewohnt an Kurthes' Wortwahl. Laura macht ein schuldbewußtes Gesicht, das von Walter mit einem fassungslosen Blick kommentiert wird.

«Sam! Es tut mir leid!»

«Ich gehe jetzt wieder zu Ala hinauf. Anne nehme ich mit. Anne sieht uns zu. Anne hat ein gutes Herz. Und ihr beide, ihr könnt auch zusehen, mit euren schlechten Herzen, wie ihr wollt.» Kurthes dreht sich um, steigt die Treppe hinauf, winkt Anne, die ihm zögerlich folgt.

Laura und Walter folgen nicht. Peinliche Szene. Walter

verläßt wortlos und kopfschüttelnd das Haus. Laura rennt ins Schlafzimmer, das vor wenigen Stunden noch ihres gewesen ist. Ala liegt nackt auf dem Bett, Kurthes leckt die bronzefarbenen Innenseiten ihrer Schenkel, Anne steht vor dem Fenster und weiß nicht recht, was sie tun soll.

«Na los, Laura, zieh dich aus! Sei endlich mal wieder Frau! Wühl deinen Honigmund in diese Zauberfotze!»

Laura verläßt das Zimmer. Sie hat sich oft vorgestellt, gewünscht, mit Kurthes einmal zu schlafen, heimlich, irgendwo, im Dunkeln, diskret, aus Verehrung. Das hier ist ihr zuviel. Sie lastet es nicht Kurthes an, sie schämt sich für sich selbst. Haucht ein «Bis bald».

Kurthes singt zwischen Alas Beinen. «CANTARE O-O! VOLARE O-O-O-O!»

Vor der Auffahrt, in seinem Porsche, sitzt Walter. Das Taxi ist da, um Josef und Sonja nach Rom zu kutschieren. Im Porsche ist kein Platz für die beiden Doggen.

«Scheiß auf die Hunde, Laura. Lassen wir sie hier. Wenn wir gleich losfahren, sind wir heut nacht noch in Zürich.»

«Walter –»

«Ja?»

«Ich weiß, ich sollte bleiben, aber – laß uns fahren! Herrgott, fahr!»

Mucos sitzt in der Hollywoodschaukel und lacht. Der Porsche jagt mit heulendem Motor die Hügel hinab, das Taxi folgt ihm im Zehnmeterabstand – und Mucos lacht, als habe er sonst auf Erden nichts zu tun.

«ER HAT MICH GESTOCHEN, DIE SAU! Habt ihr das im Kasten? Er hat mich gestochen! MIT NEM BLEI-STIFT! Dafür blechen Sie, Kurthes, Sie verrücktes Schwein, dafür blechen Sie! Gibts hier keinen Verbandskasten?»

Um Kurthes im Korbstuhl herum springen die Reporter auf dem Dach der Villa hin und her, von dahin nach dorthin und zurück, verschwinden in der Luke, tauchen wieder auf, scheinbar weiß keiner, wie er mit dem Vorfall umgehen soll, und Kurthes, im Schneidersitz tief in den Korbstuhl gekauert, die Arme über dem Kopf verschränkt, grinst in die verlassene Kamera, der Aufnahmeleiter wird mit Pflaster und Mullbinde versorgt, das Team berät sich, vielmehr, die Teams der diversen Sender beraten sich, wie es nun weitergehen soll, man braucht schließlich Bilder des Ausgepreisten, und noch heute, für die Abendnachrichten.

«Können Sie sich noch an Hermannstein erinnern?»

Kurthes zuckt zusammen, sieht nach links, wo die Frage herkommt. Eine junge Frau hält ihm ihr Mikro unter die Nase. Sie arbeitet anscheinend allein und nutzt den Moment. Hörfunk, privater Sender, irgendsowas.

«Selbstverständlich kann ich mich an Hermannstein erinnern. Warum fragen Sie?»

«Er bildete – ich muß das für unsere Zuhörer sagen – die konkrete Vorlage für Ihre Romanfigur des Arndt-Hermann Stein.»

«Exakt.» Kurthes gefällt die junge bleiche Frau mit dem Pferdeschwanz, sie trägt schwarze Bügelfaltenjeans, ein graues T-Shirt (bißchen verschwitzt unter den Achseln), ist flachbrüstig, der leicht androgyne Typ, den Kurthes bevorzugt, ihre Augen sind großgeschminkt, kein Lippenstift, in ihrem schwarzen Haar ruht eine randlose Lesebrille.

«Darf ich Ihnen ein paar Fragen zu Hermannstein stellen?»

«Sicher! Wir können uns duzen. Ich bin nicht so alt, wie ich wirke. Im Herzen bin ich ein kleines Kind.»

4

Abendessen unter freiem Himmel. Während die letzten Sonnenstrahlen Mühe haben, noch über die Hügel zu kriechen. Der Tisch ist zwischen den vier Birnbäumen gedeckt.

Mucos war einkaufen, unten im Dorf. Es gibt Weißbrot und Oliven, Rotwein und kleine Cacciatore-Salamis, Ziegenkäse und Tomaten. Anne und Ala verstehen sich gut, haben gemeinsam den Tisch gedeckt, Kerzen aufgestellt und in den Vorratskellern der Villa festlichen Wein ausgesucht. Mucos spielt auf einer Mundharmonika. Anne beneidet Ala um ihren makellosen schlanken Körper, kommt sich zu mollig vor und zügelt ihren Appetit.

Fidele Gesellschaft. Sam ist bester Laune, man feiert zu viert das neue Haus.

Die Hunde bellen. Eine Gestalt schält sich aus der Dunkelheit hinein ins Lichtrund. Alle erschrecken. Es ist Alberto. Nur weiß von den vieren keiner etwas über Alberto, und Alberto weiß nichts von den neuen Bewohnern. Er hat einen großen Schraubenschlüssel in der Hand und gafft die Runde mißtrauisch an. Ala spricht passabel Italienisch, aber die Sätze des alten zahnlosen Mannes im verdreckten Overall sind kaum zu verstehen. Ala macht ihm deutlich, daß er die neuen Bewohner vor sich hat. Alberto mag das nicht so ohne weiteres glauben. Kurthes ruft Laura auf dem Handy an, gibt das Handy an Alberto weiter. Laura, im Porsche kurz vor der Schweizer Grenze, gibt Alberto Instruktionen, wonach sich sein Gesicht deutlich aufhellt.

«Scrittore famoso?» nuschelt er, und seine Blicke fallen auf Mucos, der wiederum auf Kurthes deutet.

«Si, va bene. Grazie.» Alberto gibt Kurthes das Handy zurück und verlangt Geld für seine Hausmeisterdienste. Ala übersetzt. Kurthes lacht gutwillig. «Das ist einer, der die Gelegenheit beim Schopf packt, alle Achtung!» Er gibt Alberto einen großen Schein. Alberto verbeugt sich.

«Ala, sag ihm, wir haben ein Problem mit den beiden Doggen. Frag ihn, ob er sie brauchen kann.»

Ala übersetzt.

«No.»

Das haben alle verstanden.

«Dann frag ihn, ob er sie für uns entsorgen kann.»

«Was?»

«Frag ihn.»

«Nein, tu ich nicht. Was meinst du mit *entsorgen*?»

«Stell dich nicht so an. Frag ihn, ob er ein Gewehr hat.»

«Du spinnst doch.»

Nun wendet sich Kurthes direkt an den ratlosen Alberto, und, zu Alas großer Überraschung, in nahezu perfektem Italienisch.

«Avete un fucile col quale possiamo disfarci dei due cani?»

«Sam!»

«Halt den Mund.»

«Bitte Sam, ich füttere sie und geh mit ihnen spazieren, alles, aber das darfst du nicht.»

«Uccidere i cani? Sì che lo posso fare. Ma costa qualcosa.»
Alberto rollt mit den kleinen wässrigen Äuglein.

Ala steht auf und schlägt mit der Faust auf den Tisch.
«Kommt nicht in Frage!»

Anne schenkt Ala einen bewundernden Blick und nickt
solidarisch. Sam registriert es, schnauft, schweigend kaut er
auf seinen Backen, flüstert dann: «Schätzchen, ich merke
mir das. Wir haben ein Abkommen.»

Ala hört nicht auf ihn, redet auf Alberto ein, er solle gehen, im Moment gebe es hier nichts zu tun. Gar nichts. Alberto indes hat schnell kapiert, wer hier das Sagen hat und
sieht erwartungsvoll Kurthes an, der innerlich zu brodeln
scheint. Die Doggen jaulen, als wüßten sie um das drohende
Verhängnis. Sie sind in der Auffahrt an einem Pflock ange-
bunden und haben einfach nur Hunger. Ala steht auf, nimmt
Brot und Salami, geht die beiden füttern. Kurthes lenkt ein,
bittet Alberto in sehr herzlichem Ton, er solle für heute nach
Hause gehen und morgen wiederkommen, dann werde man
besprechen, welche Aufgaben er in Zukunft zu erledigen
habe. Mucos spielt auf der Mundharmonika das Hauptmotiv
aus *Once Upon A Time In The West*. Kurthes sieht ihn an, grinst,
muß lachen, Anne steht demonstrativ auf und läuft zu Ala,
die die Hunde füttert.

«Sagt Sam das im Spaß? Daß er die Hunde töten will?»
«Ich fürchte nein.»

An ihnen vorbei trippelt Alberto zu seiner Vespa, verbeugt sich nochmal, sehr übertrieben auf drollige Art sympathisch, wünscht er den Damen einen wunderschönen
Abend.

Sie antworten ihm nicht. Sie küssen sich flüchtig. Wie
Schwestern.

5

«Sie haben Arndt Hermannstein damals in Teneriffa zum letzten Mal gesprochen?»

«Ja.»

«Später nicht mehr? Nie wieder? Nicht mal über Telefon?»

«Nicht, daß ich wüßte.»

«Was sagen Sie dazu, daß seine Aufnahmen inzwischen als epochal gelten?»

«Das freut mich.»

«Macht es Sie neidisch?»

«Nein … Wieso? Er bekommt das, was Künstler nur *nach* ihrem Tod bekommen, deshalb ist jeder lebende Künstler ein wenig auf die Toten neidisch. Noch am Leben zu sein, gleicht dieses Manko aber in etwa aus.»

«Die Umstände von Hermannsteins Tod sind rätselhaft geblieben.»

«Ja? Findest du?»

Mehrere Stimmen unterbrechen das Gespräch. Man müsse das Licht nutzen, und die Beiträge endlich in den Kasten kriegen. Die junge Frau wird weggedrängt. Der Sprecher des italienischen Fernsehteams meint, der Vorfall mit dem Bleistift werde später geklärt werden, dürfe sich aber keinesfalls wiederholen, sonst benachrichtige man die Polizei.

Kurthes, der stets gewußt hat, auf wie wenig es ankommt und auf wie vieles nicht, erhebt sich aus dem Korbstuhl und erklärt die Aufnahmesession für beendet, befiehlt den verblüfften Journalisten, sein Grundstück sofort zu verlassen. Sie könnten sich aus dem bisherigen Material schon irgendwas zusammenschneiden. Weil man ihn nicht gleich ernst nimmt, fängt er zu brüllen an und scheucht die Fernsehleute mit wütenden Gebärden vom Dach, mit ins Leere gehenden Fußtritten und Fausthieben. Nebenbei bezirpt er die junge Frau vom Hörfunk, *sie* könne bleiben, habe nichts zu befürchten von ihm, er wolle sich gern mit ihr unterhalten, rasend gern. Sie lächelt unsicher, ein wenig geschmeichelt.

6

Am nächsten Morgen sind Busoni und Skrjabin verschwunden. Ala sucht die Doggen überall auf dem Grundstück, will Sam Vorwürfe machen, kann sich aber nicht erklären, wie er das Verschwinden der Hunde über Nacht organisiert haben soll. Man hatte zu viert noch lange im Garten gesessen, Wein getrunken, sich wieder vertragen und dem Herbstkonzert der Zikaden gelauscht. Ala fragte Sam, woher er plötzlich italienisch könne, Sam antwortete, sie habe ihn nie danach gefragt. ‹Plötzlich› geschehe im Leben selten etwas – außer der Wahrnehmung.

Was auf der Welt geschehe, geschehe in den seltensten Fällen ‹plötzlich› – nur die menschliche Wahrnehmung dessen, die finde beinahe immer plötzlich statt. Vorher Ignoranz, dann Gnosis. Manchmal ginge auch beides langsam ineinander über. Ein chronosophisch komplexes Interim, geladen mit Embryonen unzähliger Möglichkeiten, von denen die meisten abgetrieben werden. Die Tiefe der entstehenden Wirklichkeit werde oft unbewußt an den ihr beigehefteten Fötenkadavern gemessen.

Mucos und Anne waren nach Mitternacht schlafen gegangen, Ala und Sam hatten noch eine letzte Flasche entkorkt und im Salon Musik gehört, Tschaikowski, Aufnahmen von Hermannstein – die Musik war mit Rücksicht auf die Mitbewohner leise gestellt, und wenn in dieser Nacht im Hundezwinger noch etwas geschehen wäre, dann sicher nicht lautlos, es sei denn, jemand hätte die Hunde vergiftet und über der Schulter fortgetragen.

Ausgerechnet Mucos nimmt das Rätsel von allen am meisten mit. Ala hat ihn noch nie so gesehen, er redet im Garten leise mit sich selbst, auf tschechisch, schlägt sich gegen die Stirn, läuft auf und ab, verwickelt Kurthes beim Frühstück in einen aufgebrachten tschechischen Dialog, dem Anne und Ala verständnislos zuhören. Mucos und Kurthes streiten sich, brüllen sich an. Dergleichen ist, was die Frauen allerdings nicht wissen können, in über zehn Jahren nie vorgekommen. Mucos stampft wütend auf, zeigt mit zwei Fingern auf Kurthes Augen, als stieße er einen Fluch aus. Zugleich wedelt er ständig, fast zwanghaft, mit der linken Hand Staub von seiner Samtweste. Dann sagt er laut auf deutsch – wie um die Sphäre des Vertraulichen zu zerschlagen oder wenigstens damit zu drohen: «Das ist der Beweis!»

«UNSINN!» schreit Kurthes ihn an. «Du und deine Minderwertigkeitskomplexe!»

Inmitten dieses Wortwechsels deutet Anne stumm, mit offenem Mund, auf die Hügelkuppe hinter dem Haus. Es dauert eine Weile, bis alle ihre Geste wahrnehmen und den Blick in Richtung ihres ausgestreckten Arms wenden. Da oben, auf dem Hügel, nur als schwarze Silhouetten sichtbar, hocken die Hunde nebeneinander. Anne und Ala laufen hinauf, durch den Birnbaumgarten und die Gemüsebeete, am leeren Pool vorbei, aber als sie den Hügel erklommen haben, ist von den Hunden nicht die geringste Spur zu entdekken. Letzte Fasern Morgennebel hängen da und dort noch am Saum der Laubwaldinseln, man kann das Land weithin überschauen.

7

«Okay, kann ich das Tape wieder einschalten?»

«Bitte sehr.»

«Haben Sie damals Arndt Hermannstein für einen Mörder gehalten oder nicht?»

Kurthes spitzt den Mund. Die Frage, so auf den Punkt hin vorgetragen, muß er erst einmal hinter geschlossenen Lippen in handliche Brocken zerkauen.

«Das war mir, ehrlich gesagt, egal. Der Kunst muß das egal sein, sonst klebt sie mit ihren Stiefeln in Treibsand fest und schwingt sich nie auf Hippogryphs Rücken. Man muss im Reich des Fantastischen ohne Sattel, Netz und doppelten Boden reiten.»

«Sie haben in dieser Sache aber recherchiert?»

«Naja, ein wenig. Was genau interessiert dich an der Sache?»

Die junge Frau lächelt, fast ein wenig verschämt, als wolle sie sich nicht zu wichtig machen.

«Ich mache eine Reportage über Arndt Hermannstein. Eine Dokumentation. Vielleicht wird ein Buch daraus.»

«Ach was? Dann sind wir ja Kollegen!»

«Ich reise herum und spreche mit einigen Zeugen von damals. Sofern sie aufzutreiben sind.»

«Aha? Und? Wie läufts?»

«Ich bin noch am Anfang. Ganz am Anfang.»

Kurthes sieht ihr in die Augen und merkt, daß sie lügt. Er schlägt das rechte Bein über das linke, aber weil zwischen Socke und Hosensaum ein Segment weißer, behaarter Haut erscheint, entschließt er sich, wieder wie vorher halbschräg im Korbstuhl zu lümmeln. Das von ihm mehrmals angebotene Du nimmt er endlich, als offenkundig nicht erwünscht, zurück.

«Fragen Sie mich, was Sie wissen wollen.»

«Zum Beispiel – haben Sie sich über Hermannstein nur Informationen besorgt, oder haben Sie auch – wie soll ich sagen – aktiv – sind Sie aktiv geworden, haben Sie – mir fällt kein anderes Wort ein –»

«*Manipuliert?* Ist das das Wort?»

«Ja.»

«Hmmm …» Kurthes schwenkt die Hände in der Luft bedächtig auf und ab. «Ich hab mir diesen Witz mit meiner Homepage erlaubt, woraufhin Arndt mich in Las Palmas besuchen kam. Insofern: Ja. Ich habe seiner Frau zur Scheidung geraten. Das könnte man mir vorwerfen. Mehr –» Er überlegt. «Fällt mir nicht ein.»

Die junge Frau, sie wird kaum fünfundzwanzig sein, wird etwas mutiger, ihre Körperhaltung entspannt sich, ihre Stimme klingt in Kurthes' Ohren bald jugendlich-schnippisch, auf die gewisse naßforsche Art, die er nicht ausstehen kann.

«Was war mit Anne?»

Eine Pause tritt ein, die junge Frau schiebt ihre Brille vom Kopf auf die Nase und wühlt in handschriftlichen Notizen. Sie verliert an erotischem Reiz, weckt aber auf andere Weise Sams Interesse. Er hat eine feine Nase für Zudringlichkeiten entwickelt.

«Über Anne rede ich ungern.»

«Sie haben Arndt die Person ausgespannt, die ihn zwischendurch wieder ans Leben glauben ließ. Das soll keine Manipulation gewesen sein?» Die junge Frau erregt sich, hebt ihre Stimme, zügelt sich erst kurz vorm Fragezeichen.

«Ich habe sie ihm nicht ausgespannt. Anne ist von sich aus zu mir gekommen.»

Noch eine Pause. Das Mikro liegt inzwischen auf dem kleinen Basttisch, die schmalen Hände der Reporterin schlagen mit lautem Geräusch die Blätter eines Schreibblocks um. Es wird kühl, die erste Dämmerung setzt ein.

8

Es war, als seien die Hunde fortgelaufen, um die neuen Bewohner der Villa nicht zu stören.

Kurthes meinte, daß sie ihrer Herrin Laura nachgelaufen sein mußten, *schweizwärts*, welche Erklärung gebe es sonst? Schweizwärts. Mucos überlegte sich, etwas zu sagen, einzuwerfen, ließ es dann bleiben und starrte finster vor sich hin. Er ließ sich auffallend gehen, wirkte nicht mehr an jedem Morgen wie aus dem Ei gepellt, es kam sogar vor, daß er auf die Rasur verzichtete. Die letzte Novemberwoche wurde sehr regnerisch und kühl, das schlechte Wetter schlug allen aufs Gemüt. Anne, die nicht wußte, wie sie sich verhalten sollte, welche Pflichten ihr erwachsen waren und wie ihre Position im Detail gekennzeichnet war, suchte weiterhin Alas Nähe, wollte ihr eine Freundin sein und so unaufdringlich wie möglich warten, bis Samuel sie zu sich holen, ihr

Aufgaben dieser und jener Art zuweisen würde. Aber Sam kümmerte sich nicht um Anne, beachtete sie kaum. Auch Ala wich vor ihr zurück, blieb zwar höflich und freundlich, ließ jedoch keine echte Nähe mehr zu, schloß sich ab, trug unsichtbare Schleier vorm Gesicht, so, als sei sie angewiesen worden, sich nicht zu tief auf Anne einzulassen. Anne arbeitete als Wäscherin, besorgte die Lebensmitteleinkäufe im Dorf, schleppte neue Vorräte durch den Regen und bereitete für alle das Abendessen zu, wofür sie anfangs Lob erhielt, später nicht mehr. Zwischen Kurthes und Mucos lagen enorme Spannungen in der Luft, vielleicht warteten alle auf deren Entladung, und es war deshalb so still im Haus, so seltsam gedrückt. Kurthes blieb die meiste Zeit in seinem Zimmer und arbeitete. Ala verbrachte Stunden in der Badewanne. Abends wurde im Salon Musik gehört. Einen Fernseher gab es in der Villa nicht. Mucos überreichte Anne jede Woche ein Kuvert mit Haushaltsgeld, ein Kuvert, als wäre das pure Geld etwas Anstößiges gewesen. Manchmal, wenn der Regen zu stark war, fuhr er sie mit seinem karmesinfarbenen Alfa Romeo GTV hinunter ins Dorf und wieder hinauf, verhielt sich überhaupt recht nett zu ihr, wenn er nicht gerade, wie meistens, mit seinen Gedanken weit weg war. Fünfundzwanzig Wüsten weit weg, dachte Anne.

Eines Nachmittags saßen sie wieder im Zweisitzer, die Fahrbahn war kaum noch zu sehen im Nebel, und ein Blitz schlug etwa fünfzig Meter vor ihnen in einen Ahornbaum, der umknickte und krachend auf die Straße stürzte. Mucos trat in die Bremse, lenkte den Wagen nach rechts, einen engen Steilpfad hinauf, stellte den Motor ab.

Beide zitterten. Anne teilte Zigaretten aus. Sie rauchten. Der Regen tröpfelte unablässig in dünnen Fäden auf die Scheiben, aber es war angenehm warm im Wagen.

Mucos legte seine Hand zwischen ihre Beine, sie sah ihn erstaunt an, ließ es jedoch geschehen. Es war ihr auf merkwürdige Weise egal, so als sähe sie einem Traum zu im Bewußtsein, daß es nur Traum sei. Er küßte sie nicht, schob ihren schwarzen Faltenrock hinauf auf ihren Bauch, schob seine Hand in ihr Höschen, rieb mit zwei Fingern herum wie jemand, der sowas lange nicht mehr, vielleicht noch nie gemacht hat, viel zu fest und zu schnell, dann ließ er los, schlug die Hände vor dem Gesicht zusammen, verbarg Mund und Nase im Zelt der zehn Finger, schleuderte die Hände auf seine Oberschenkel, zupfte Annes Rock wieder auf die Knie zurück, als würde er etwas vertuschen wollen, schamerfüllt. Es sah tragikomisch aus, wenn man das Wort nicht als Melange versteht, sondern als Gleichzeitigkeit – Anne lachte. Ein verlegenes, aufgesetztes Lachen, das der Situation einen Ausweg ermöglichen wollte.

«Verzeihung», flüsterte Mucos. «Wir werden alle wahnsinnig.»

«Ich dachte, du stehst auf Männer? Oder solche, die erst welche werden.»

«Jaja. Natürlich. Ich weiß nicht, warum …» Er schluckte, sah Anne in die Augen. Der Regen prasselte jetzt heftig aufs Dach des Wagens, Mucos mußte die Stimme heben, um verstanden zu werden.

«Sam braucht mich nicht mehr. Er will mich loswerden. Hat mich satt. Er läßt mich eingehen, wie eine Blume, der man kein Wasser gibt. Er ist ein, ein Monster …»

«Franzilein …» Anne benutzte erstmals die Anrede, die sonst Ala für Frantisek gebrauchte.

Er sah sie durchdringend an, wie kurz vor einem Tränenausbruch. Sein Gesichtspuder war verwischt, Bartstoppeln kamen durch, sein gelbes Tuch um den Hals wies Flecken auf, auch hatte er sich seit Wochen nicht mehr die grauen Haare aus den Brauen gezupft.

«Du solltest abhauen, Anne. Du bist ein guter, lieber Mensch.» Seine Stimme klang krächzig und hell. «Du hättest bei Hermannstein bleiben sollen. Kurthes wird dich aussaugen, wenn er dich braucht, und dann wegwerfen, so wie er mich bald wegwirft. Ich habe ihm alles gegeben, weißt du, *alles*, und er …»

Mucos schluchzte jetzt, ließ seinen Kopf auf Annes Schulter sinken, Anne strich ihm, leicht angeekelt, durchs ölige Haar. Der Regen ließ nach, die Wolken brachen an einigen Stellen auf, die düstere Nebelwelt außerhalb des Sportwagens nahm die Farbe von illuminierter Milch an.

«Sam schreibt. Er schreibt an etwas. Schreibt über dich. Über uns alle. Und merkst du, was vorgeht? Menschen verschwinden, Hunde verschwinden, selbst Gerüche verschwinden …»

«Was für Gerüche?»

Mucos ließ sie los und sank in seinen Schalensitz zurück. Sam enthalte ihm etwas vor. Sam habe ein Geheimnis, das er mit ihm nicht teilen wolle. Es sei immer eine stillschweigende Vereinbarung gewesen, daß Sam ihm alles weitergeben würde, alle Einsichten, Früchte, Techniken, die er seiner Forschung, seiner Arbeit verdanke, dafür habe er, Mucos, ihm zehn Jahre seines Lebens geschenkt, habe wie ein Sklave gearbeitet, alle Drecksarbeiten, darunter Sachen, die …

Er hatte sich jetzt wieder im Griff. Überlegte, was er sagte. Es schien wieder Grenzen zu geben.

«Er will mich entsorgen wie die Hunde. Die Hunde sind verschwunden, und vielleicht werde ich auch verschwinden. Oder du. Ich habe Angst um uns. Sam steht unter Einfluß.»

«Unter welchem Einfluß?»

«Das weiß ich eben nicht. Sam ist ein großer Künstler. Würde jeden der Kunst opfern, vielleicht sogar Ala. Aber er ist nicht allein. Es gibt da jemanden. Er telefoniert manchmal. Ich hab das Gefühl, daß er Anweisungen bekommt.»

«Sam? Anweisungen?»

«Sagen wir: Es gibt einen Kontakt. Und dann passiert etwas. Auch Dinge, die mit Hermannstein zu tun haben.»

Anne bekam große Augen. «Was für Dinge?»

«Ich bin mir nicht sicher. Zum Beispiel: Ala hat Sam nie italienisch sprechen hören.»

«Und?»

«Ich – hab ihn auch nie italienisch sprechen hören. In zehn Jahren nicht. Ich weiß, ich weiß, er ist ein Genie, ein Spieler, lernt auch schnell, verblüfft sehr gerne, vielleicht hat er ja nur den einen Satz gelernt und beherrscht den Rest der Sprache gar nicht, kann sein. Er besitzt dieses gewisse Scharlatanische, das zum Genie ja auch gehört. Ich habe ihn neulich belauscht. Er telefonierte mit jemanden, den er «Chef» nannte. Ich möchte Klavier spielen können, hat Sam zu ihm gesagt. Was soll ich davon halten? Früher hat er seinen Verleger ‹Chef› genannt, deshalb hab ich mir erst nichts gedacht. Ich hab ihn vor ein paar Tagen spaßeshalber gefragt, ob er eigentlich Klavier spielen kann. Er sagte, er wisse es nicht, er müsse es vielleicht einmal ausprobieren.»

Mucos sah in Annes verständnisloses Gesicht und begriff, daß er zu viel geredet hatte, zu weit gegangen war.

Es gab in der Villa ein Klavier, doch niemand spielte je darauf. Mucos setzte sich manchmal auf den Schemel und ließ die Fingerkuppen über die weißen – nur die weißen – Tasten gleiten, wagte es hingegen nie, sie durchzudrücken, obwohl er in der Jugend fünf Jahre Klavierunterricht genossen hatte, sich an einige gefällige Akkorde recht gut erinnern konnte.

«Franzilein, dichtest du gerade irgendjemandem übermenschliche Fähigkeiten an?»

Franzilein schwieg beleidigt und schob den Zündschlüssel ins Schloß. Anne würde keine Hilfe bieten. Im Gegenteil. Unter den Rädern des Alfa Romeo knirschte der Wipfel des umgestürzten Baumes, ein Ast blieb in der Speiche hängen und verursachte ein gräßliches Geräusch. Solange Anne alle Sklavenarbeiten übernimmt, dachte Mucos, hat Sam mich noch viel weniger nötig. Er wird mich verstoßen und ich werde das Geheimnis nie erfahren.

«Über was habt ihr zwei euch neulich gestritten? Als du sagtest: *Das ist der Beweis*. Worum ging es da?»

Mucos tat, als müsse er sich auf den Verkehr konzentrieren, bog schweigend in die Auffahrt zur Villa ab. Anne machte sich Sorgen um ihn. Machte sich Sorgen um Sam. In Mucos' Augen, oder ein Stück weit dahinter, wuchs etwas, etwas Furchterregendes. Um sich selbst machte Anne sich weniger Sorgen – die Schuld dafür muß man letztlich in ihrer viel zu liebevollen Erziehung suchen.

Eines Nachts aber erklang Klaviermusik, chopinähnliche Klanggirlanden, und alle im Haus erwachten und horchten. Die Stereoanlage im Salon war von bester Qualität, und dennoch hätte sie, zumindest für geschulte Ohren, nicht annähernd den Klang eines echten Pianos vortäuschen können.

Doch keiner von denen, die in der Villa wohnten, brachte

die Kraft auf, hinunterzugehen und nachzusehen, wer spielte.

Beim Frühstück sprach man das Phänomen beiläufig an, alle hatten die Musik gehört, und keiner der vier in Frage kommenden bekannte sich dazu. Aber drei von den vieren hatten Sam im Verdacht.

9

«Es gibt da eine Passage im Roman, die mir ein wenig gekünstelt vorkommt. Kann es nicht sein, daß *Sie* damals Anne dazu gebracht haben, an einem Tag von Paris nach Berlin und wieder zurück zu fliegen? Ich meine, von Annes Charakter her finde ich diese Aktion etwas unglaubwürdig, außerdem war sie nur eine Anwaltsgehilfin mit mäßigem Einkommen, ich kann nicht glauben, daß Anne so etwas rein aus sich selbst, aus einer spontanen Laune heraus unternommen hätte.»

«Sie haben recht, es wirkt gekünstelt. Aber sie hat es getan, hat es ohne Arndts Wissen und Einverständnis getan. So hat sie es mir wenigstens erzählt. Was kann man dagegen tun, als Autor?»

«Und wie ist Anne in die Berliner Wohnung gekommen? Sie schreiben, mit Hilfe eines Schlüsseldienstes. Das kommt mir hergeholt vor. Ist es nicht viel wahrscheinlicher, daß *Sie* ihr den Schlüssel gegeben haben? Wenn Walter einen Schlüssel besaß, davon gehe ich aus, kann er Ihnen eine Kopie überlassen haben.»

«Vieles ist möglich unter Mond und Sonne. Warum muß

man alles so einseitig betrachten? Anne war womöglich in Gefahr an der Seite dieses Menschen, ich habe ihr nur geraten, vorsichtig zu sein, das ist doch nichts Böses. Und wenn ich ihr einen Schlüssel gegeben *hätte*, nur angenommen, denken Sie mal nach – was hätte Anne entdecken sollen? Ein geputztes Bad? Und hätte ich ihr einen Schlüssel gegeben, an diesem ersten Abend in Paris – nur angenommen – die Gefahr wäre doch viel zu groß gewesen, daß Anne sofort zu Arndt rennt und es ihm erzählt. Hab ich recht?»

Sein Argument wirkt auf die Studentin derart überzeugend, daß sie sich fast schämt. Sie zündet sich eine Zigarette an, bläst den Rauch mit zusammengepreßten Lippen aus der Nase.

10

Anne sitzt am Buchenholztisch, preßt Zitronen für die erste Gemeinschaftskaraffe Limonade des Tages. Ala und Kurthes joggen unbekleidet durch den Garten, vierzehnmal um das Haus herum, wie jeden Morgen. Mucos lümmelt in der Hollywoodschaukel und liest den *Pferdeflüsterer*, ein Buch, das Laura im Haus hinterlassen hat. Kurthes gießt vorbeitrottend Spott aus, aber Mucos läßt sich nicht bei der Lektüre stören. Es ist Dezember geworden, die Sonne hat sehr an Kraft verloren, meint es heute aber gut mit dem Landstrich. Schwitzend und keuchend lassen sich Ala und Sam auf die Bänke fallen, Sam bettet sein ergrautes Haupt auf Annes rechten Oberschenkel. Ala hebt die kalte Karaffe, trinkt gierig Limonade. Wie sich ihre Halsmuskeln dabei im Takt der

Schlucke spannen und entspannen. Anne kann den Blick nicht abwenden. Sie spürt, wie Sam sie ins Knie beißt, sanft, er scheint heute gut gelaunt.

«Was ist für den Dichter wichtig?» fragt er unter dem Tisch hervor. «Die Leidenschaft des Umfelds. Er muß Unterstützung erfahren, Liebe, Nachsicht, Rücksicht – die Menschen im Umfeld des Poeten müssen die prickelnden Perlen sein im Sekt des Alltags. Anne, würdest du dich bitte einmal bäuchlings auf den Tisch legen? Ziehst du bitte deine Shorts herunter? Ich möchte deinen Arsch sehen. Würdest du dir bitte diese Karotte in dein Arschloch stecken? Ich fände das einen wunderbaren Anblick.»

Anne zögert, will noch nicht entscheiden, ob es sich um einen ernstgemeinten Wunsch handelt. Ala hat da weniger Zweifel. «Red nicht so einen Scheiß, Sam!»

«Oooch, ihr hübschen Frauen, es scheint die Sonne, das Holz ist warm, warum soll Anne mir das verweigern? Was für ein prachtvolles Gesäß verbirgt sich da vor der Welt und mir? Du, Ala, könntest dich ans Tischende stellen und Annes Kopf tätscheln. Dazu hat sie sicher Lust. Nicht wahr?»

«Warum muß es eine Karotte sein?», will Anne schüchtern wissen.

«Eine Karotte? Eine Karotte? Weil sie so herrlich *orange* ist! Eine Orange ist auch orange, aber steck dir die mal in den Arsch! Verlang ich denn zuviel?»

«Laß Anne endlich in Ruhe! Sie will es nicht machen, und basta!»

Kurthes schlägt die Hände vorm Gesicht zusammen, gönnt dem Himmel einen klagenden Blick. «Nein, das macht sie nicht. Das macht sie nicht! Herrgott ihr Fleischbällchen alle, ich bin Künstler, das hier ist eine Künstlerkolonie, und ihr seid Frauen in einer chauvinistisch-antiken Künstlerkolonie, ihr habt meine Legenden zu nähren, so wie ich euch ernähre, wir müssen die Welt mit Bildern versorgen, großen Bildern und dunklen Gerüchten, aber ihr sagt: Ich mache das nicht. Üch moche dos nöcht. Üch möchte dos nücht. Karotte? Ogottogotte! Nein, schieb lieber deinen Schwanz hinein – aber Karotten sind ja sooo demütigend. Dämütigend!»

Er variiert in wenigen Sätzen dutzende Tonlagen, gestikuliert, springt umher, kreischt, flüstert, säuselt, brüllt, er bringt Anne und Ala zum Lachen, schafft es mit seinem Sermon tatsächlich, die Situation unter völlig neue Vorzeichen zu setzen, auf einmal ist alles kein Problem mehr. Anne fühlt sich ungern dem Vorwurf der Bürgerlichkeit ausgesetzt, sie hat sich ja selbst in diesem Verdacht und alles, was sie braucht, um entschieden dem Verdacht entgegenzutreten, ist der Hauch einer komischen Atmosphäre. Sie zieht ihre Shorts mit einem Ruck herab, legt sich auf den Tisch, bettet ihre rechte Wange auf die beiden Handrücken und bittet darum, Sam möge die Karotte doch bitte in ein wenig Olivenöl tauchen. Ala geht schweigend, ohne einen Blick zurück ins Haus, läßt offen, was sie mehr beleidigt hat, Sams Ansinnen oder Annes Willfährigkeit. Kurthes erklettert den Tisch. Anne schließt die Augen.

«Ich werde das zarteste Rübchen nehmen, du wirst es kaum spüren.»

Mucos in seiner Hollywoodschaukel schnalzt indigniert mit der Zunge, hält sich den *Pferdeflüsterer* vor die Augen. Ob er darin liest, steht zu bezweifeln.

«Fränzchen hab ich lang nicht mehr gevögelt. Weißt du, vor zehn Jahren sah er noch gut aus, kein Vergleich mit der Gegenwart.»

Kurthes läßt Speichel in Annes Arschloch tropfen, dann dringt er in sie ein, schiebt seinen Schwanz in ihren Hintern, zwei, drei Zentimeter weit, zieht ihn wieder heraus, bespuckt die Rosette nochmal, setzt erneut an. Anne versucht, nicht zu verkrampfen, ist nicht erregt, ist doch erregt, was geschieht, ist ihr unheimlich, nicht unangenehm. Sie sortiert noch, was sie mit welchem Körperteil empfindet. Mucos wirft das Buch auf den Boden, stampft zornrot ins Haus. Kurthes lacht, laut und boshaft, läßt sein Kinn auf Annes Rükken fallen, rollt ab, lacht diebisch, kindisch, kommt neben ihr zu liegen, keucht, grinst, kichert. «Ich hab mich wahrhaftig gefragt, was ich noch alles tun muß, damit Franz endlich diese Schwarte wegschmeißt ...»

11

«Aber Anne hat Ihnen Informationen zukommen lassen. Dieses schwarze Notizbuch, das Sie im Roman erwähnen – das stimmt doch?»

«Es war nur ein Notizbuch. Voll mit Namen und Daten und Orten. Nummern. Ein paar Adressen. Anne hätte mir genausogut das örtliche Telefonbuch in die Hand drücken können. Was sollte ich damit schon anfangen? Na gut – die Örtlichkeiten haben mich in gewisser Weise inspiriert.»

«Meine Frage lautete eher dahingehend, ob Anne Ihnen das Notizbuch explizit übergeben hat.»

«Nein, ich hab es ihr gestohlen. Das wollen Sie doch hören. Nein, im Ernst: Es gab den Punkt, als wir erfuhren, daß Arndt mit Haftbefehl gesucht wird, daß er sich auf der

Flucht befindet. Anne kam zu mir, bat mich, ihm zu helfen. Ja, wie denn? Ich weiß beim besten Willen nicht, was sie sich davon versprochen hat.»

«Die Adresse von Arndts Apartment auf Kreta stand im Notizbuch?»

«Ich nehme an. Aber die Polizei wußte selbstverständlich ebenfalls von dieser Adresse. Es wäre töricht gewesen von Arndt, dort Zuflucht zu suchen. Und in gewisser Weise war es genial von ihm, im Hotel gegenüber Logis zu nehmen. Ich nehme an, er wollte sterben mit einem Blick auf etwas, das ihm gehörte.»

«Dann gehen Sie von einem Selbstmord aus?»

«Wie soll man sein Verhalten denn nennen, wenn nicht irgendwie lebensmüde?»

12

Der abgelassene Pool hinter dem Haus, auf dessen Grund sich Laub langsam in bräunlichen Schlamm verwandelte, sehe schrecklich aus, verbreite trübeste Tristesse, fand Ala, warum man denn kein Wasser einfülle? Sam erklärte ihr, daß das Wasser in der Nacht möglicherweise gefrieren würde, mit unangenehmen Folgeschäden, sprich Risse in den Mauern. Sie antwortete: «Dann machen wir das Becken nicht ganz voll», und als Sam daraufhin lachte, ziemlich dreckig sogar, schloß sie sich beleidigt für ganze zwölf Stunden in ihrem Zimmer ein. Franz und Anne wurden zu Zeugen, wie Sam mehrmals vor der verschlossenen Tür um Verzeihung bat und erst beim vierten Versuch Gnade fand. Beide fanden das bemerkenswert, war es doch das einzige Mal, daß der Magnanimus Kurthes seine Souveränität freiwillig preisgab. Franz nannte es «zur Abwechslung angenehm stillos», Anne nannte es «süß».

Sam konnte es nicht leiden, wenn man ihn beim Schreiben störte. Wenn die Tür zu seinem Zimmer geschlossen war, bedeutete dies, daß nur im äußersten Notfall geklopft werden durfte. Ohne zu klopfen ins Zimmer einzutreten, was sich Ala in den ersten Monaten ihrer Liebe gelegentlich herausgenommen hatte, war ihr inzwischen ausdrücklich verboten.

Als sie es doch einmal tat, weil sie Sam die frohe Nachricht eines Literaturpreises überbringen wollte, fand sie das Zimmer leer vor. Auf dem Schreibtisch lag ein schwarzes Notizbuch, im Wandregal stand eine lichtblaue Leichtmetallurne mit Goldrand und Ebenholzsockel, ein Objekt, das ihr nie zuvor aufgefallen war. Das Gefühl beschlich sie, etwas Ungehöriges zu tun, und sie verließ das Zimmer auf Zehenspitzen, suchte Sam im Garten, oben auf den Hügeln, im ganzen Haus, sogar im Keller, ohne Erfolg. Zum Abendessen erschien er dann, sie fragte ihn, wo er gewesen sei. Er habe geschrieben, gab er zur Antwort, und Ala bohrte nicht weiter, behielt ihr Eindringen in seine *Kreißstube*, wie er es manchmal nannte, lieber für sich. Erst als sich Tage später ein Alibi bot – Anne putzte im ganzen Haus die Fenster – fragte sie ihn beiläufig nach der Urne, vermied dabei das Wort Urne, redete von einem Pokal – wofür er den denn bekommen habe.

«Schatz, das ist kein Pokal, das ist eine Urne. Hübsch, nicht?»

«Eine Urne?»

«Ja, ich hab sie mir ausgesucht, sie ist leer. Hat mir gut gefallen. War preiswert.»

«Wozu denn?»

«Nun, man möchte doch wissen, worin man den Rest seiner Zeit verbringt. Ich hoffe, du bist nicht verletzt?»

«Wieso verletzt?»

«Ich bin sicher, du wirst mir eine hübsche, stilvolle Urne aussuchen, wenn ich gestorben bin, zweifellos. Aber wenn du *vor* mir stirbst – wer sucht dann die Urne aus für mich? Gut, es ist nicht besonders wichtig. Aber seit ich diese Urne habe, fühle ich mich posthum besser aufgehoben, verstehst du? Außerdem könnte man sie vorläufig als Vase verwenden. Wenn sie dir aber nicht gefällt, dann sags!»

Ala sagte nichts mehr.

13

«Wer ist der ‹Chef›?»

«Was?»

«Ich habe mit Mucos geredet. Er hat –»

Kurthes unterbricht die junge Frau mit einer ausladenden Armbewegung. «Mucos sollten Sie nicht ernst nehmen. Er würde inzwischen alles sagen, um mich zu diskreditieren.»

«Den Eindruck hatte ich nicht. Er verehrt Sie noch immer.»

«Pah!»

«Ich bekam eher den Eindruck, er hat mir vieles verschwiegen, was gegen Sie zu sagen wäre.»

«Ach was, er hat geschwiegen, weil er nichts weiß.»

«Sagen Sie mir: Ist der *Chef* gleich *Gott*?»

«Wie meinen?»

«Hatten Sie einen Auftraggeber?»

«Ich? Einen Auftraggeber? Nein, nein, das … das sind Dinge, die Sie nicht verstehen würden.»

Es ist so dunkel geworden, daß die beiden einander nur noch schemenhaft erkennen können, bis auf die Momente, wenn sie an ihren Zigaretten ziehen und die Gesichter im roten Schimmer der Glut aufleuchten. Es ist Sams erste Zigarette seit über zehn Jahren. Die Säulenzypressen rund um den Kessel des Lago Bracciano. Starenschwärme lassen sich auf den Hügeln nieder.

14

Die Urne war tagelang Thema im Haus. Ala hatte nichts gegen die Vorstellung, mit sich einmal die Würmer zu füttern, sie liebte alles, was sich bewegte, und die Würmer, sagte sie, würden sich freuen, weshalb sie am liebsten ohne Sarg begraben werden wollte, damit die Würmer mal was Frisches bekämen. Sam verspottete ihren aus seiner Sicht übertriebenen Altruismus, machte sich darüber lustig, daß sie auch in finanziell weniger beengten Zeiten jedem Aufruf zur Blutspende nachgekommen sei, für ihn eine eklige Angelegenheit. Franz wurde jedesmal blass, war von Gewürm die Rede, er wollte, wie Sam, verbrannt werden und suchte seinerseits im Internet nach einer zu ihm passenden Urne, schreckte jedoch immer davor zurück, sich für ein Modell zu entscheiden, so als sei er von der Unausweichlichkeit seines Todes noch nicht hundertprozentig überzeugt.

Anne war es egal, ob sie dereinst verbrannt oder von Würmern gefressen würde, sie wollte sich hier und jetzt benutzt vorkommen. Kurthes schien keine Verwendung für sie zu haben. Nicht als Sekretärin, nicht als Rechtsbeistand, nicht einmal als Frau. Er vergrub sich in seinem Zimmer. Anne hätte ihm in mancherlei Funktion gedient, hätte sogar perverse Praktiken über sich ergehen lassen, nicht jede, aber doch etliche, nur um eine Position an Kurthes' Seite einzunehmen, eine klar definierte Position. Sie wollte gebraucht werden, mißbraucht, wollte schlichtweg wahrgenommen werden, Teil von Sams Welt sein. Sie war es nicht, und doch behandelte Mucos sie zunehmend so, als wäre sies und nähme ihm etwas weg, sein Ton ihr gegenüber wurde schnoddrig, überheblich, Mucos hatte Angst, und weil er es nicht wagte, den Konflikt mit Sam oder Ala zu suchen, ließ er seine Stimmungen an Anne aus. Eine Schlampe nannte er sie, wegen der Szene auf dem Frühstückstisch. Eine Schlampe, die ihren nackten Arsch präsentiere, zu jeder Geschmacklosigkeit fähig, um sich in Szene zu setzen. Anne ging über seine Anwürfe schweigend hinweg. Im Gegenteil, ihr Verständnis für Mucos wuchs mit dessen Boshaftigkeit, dies wiederum reizte ihn nur noch mehr auf. Als Anne eines Nachmittags damit beschäftigt war, die Weinflaschen im Keller nach Jahrgängen zu ordnen, eine selbstauferlegte Tätigkeit, um irgendwie die Zeit zu füllen, betrat Mucos das Gewölbe. Er mußte auf Zehenspitzen gekommen sein, als sie ihn hinter sich bemerkte, erschrak sie, ließ einen Schrei los, und während sie sich umdrehte, ging ihr das Gleichgewicht verloren, die Flasche entglitt ihrer Hand, zerbarst auf dem kalten Lehmboden. Mucos beugte sich über Anne, die zwischen Scherben und schwarzroten Pfützen wie in ihrer eigenen Blutlache saß, und stierte sie, halb belustigt, halb drohend an, als wollte er die entstandene Szenerie als Prophezeiung verstanden wissen.

«Was ist, Franz? Was tu ich dir denn? Ich bin nicht dein Feind!»

«Nein, du bist nur ein Stück Dreck. Verläßt den Mann, der dich liebt, und verkaufst ihn auch noch.»

«Was soll ich verkauft haben? He, rede mit mir!»

Aber Mucos hatte sich schon umgedreht und hastete die Kellertreppe hinauf. Anne lief ihm hinterher, wollte ihn an den Hosenbeinen zu fassen bekommen, kam zu spät. Er schloß die Kellertür zu.

15

Das im 18. Jahrhundert von seinen Bewohnern verlassene Dorf Monterano westlich des Lago Bracciano ist mit dem Auto schlecht erreichbar, will man auf rumpligen Waldpfaden keinen Achsbruch riskieren. Man sollte den letzten Kilometer zu Fuß zurücklegen, und wer sich nicht verirrt, findet zwischen den Wäldern eine weite Lichtung, findet überwucherte Torbögen, auf halbe Höhe in die Wiese eingesunkene Mauern, eine einsame, von ihrem Dach befreite Kirchenfassade, sogar die Reste eines altrömischen Aquädukts. Ein paar Etruskergräber als Dreingabe. Touristen findet man, wenigstens im Dezember, kaum. Auch keine Hinweistafeln, warum das Dorf einst aufgegeben wurde (Malaria & marodierende Heerscharen).

Die zivilisatorischen Relikte aus so unterschiedlichen, weit auseinanderliegenden Epochen ergeben eine Art Querschnitt durch die Zeit, es ist ein schweigsamer, entmutigender Ort, selbst im Sommer, wenn die Stille durch Vogelgezwitscher und Zikaden nur scheinbar aufgelockert, in Wahrheit noch verstärkt wird.

An einem der wenigen sonnigen Dezembertage hatten Sam und Ala, Franz und Anne gegen den Lagerkoller einen Ausflug dorthin unternommen.

Sie verteilten sich zwischen den Ruinen, jeder ging für sich auf Erkundung, niemand hielt die Einsamkeit lange aus, bald trafen sich alle in der Mitte des Areals. Ala hockte im feuchten Gras und suchte nach Leben in Form von Schnecken, Blumen, Regenwürmern. Anne breitete eine mitgebrachte Bastmatte aus, suchte der Melancholie zu entgehen, indem sie auf dem Rücken liegend in den Himmel sah. Mucos rauchte, senkte den Blick in die Glut der Zigarette. Kurthes gab sich der Landschaft hin, drehte sich mit fassungslosem Gesichtsausdruck immer wieder im Kreis, erlitt, als der Himmel sich zuzog, einen Schwermutsanfall, ging auf die Knie und schüttete Schnaps auf die Erde, als Libation an die Vergänglichkeit.

Er wollte getröstet werden, zugleich feierte er hymnisch, mit Alas massierenden Händen im Nacken, die Vergänglichkeit als allumfassenden Motor der Menschheit – nur was ihn selbst betraf, sah er sie als große Verschwenderin an.

«Quatsch nicht!»

Mucos hatte das gesagt, hinein in Sams pathetisches Parlando. Kurthes schien erst nicht darauf zu reagieren, minutenlang, dann deutete er mit zwei Fingern der rechten Hand auf den Aquädukt. Und mit allen Fingern der linken Hand auf seinen vorlauten Sekretär.

«Der tote Stier liegt geschlachtet auf dem Altar. Aber der

Funke, der sein Fell in Flammen setzen soll, will lieber eine Mücke sein und sticht den toten Stier, saugt aus ihm einen Tropfen kaltes Blut heraus, der den Göttern fehlen wird beim Festmahl. Die blutgefüllte Mücke soll zum Teufel gehen, schreien die Priester, das ist ein Fressen für den Teufel, die Mücke will aber nicht zum Teufel, kriecht dem toten Stier in den Arsch, verbirgt sich im Enddarm der Opfergabe.»

«Hä?» Mucos rieb sich das rechte Ohr. «Versteh ich nicht.»

«Ganz einfach: Als Stil und Haltung verteilt wurden, hast du nicht laut genug *hier* gerufen, Fränzchen.»

Ala griff Mucos in den Arm, auch Anne trat zwischen die Männer. Um den Streit nicht eskalieren zu lassen, beschlossen alle vier den Rückmarsch in die Villa. Durch die Eichen- und Pappelwälder.

16

Annes Gefangenschaft währte knapp zwanzig Minuten. Ala entriegelte die Kellertür und wollte wissen, was passiert sei. Anne murmelte nur «Frantisek», und Ala fragte nicht weiter, schüttelte nur mißbilligend den Kopf. Anne nutzte die Gelegenheit und hielt Ala, die schnell in den Garten wollte, am Gürtel ihrer Bluse fest.

«Bist du noch sauer auf mich?»

Ala tat überrascht. «Weswegen denn?»

«Wegen neulich – du weißt schon … Die Karotte.»

«Nein, Anne, ich war nicht sauer. Nur traurig. Ich mag

dich. Ich würde dich jederzeit bei uns willkommen heißen, wenn ...»

«Wenn was?»

Ala machte eine Geste, die besagen mochte, es sei nicht die Zeit, darüber zu reden. Sie wandte sich um, stockte. Ohne ihr Gesicht Anne erneut zuzuwenden, blieb sie stehen, mit dem Handballen an die Mauer gelehnt. «Arndt hat vorhin angerufen. Er hat mich gefragt, ob ich hier bin.»

«Und?»

«Ich habe ja gesagt.»

«Das klingt nicht so, als hättest du gelogen.»

«Nein, aber seine Reaktion klang so. Als hätte ich gelogen. Er wollte Sam sprechen. Ich hab ihm Sams Handynummer gegeben. Dann stand ich vor Sams Tür. Drinnen klingelte es. Sam ging ran.»

«Und?» Anne konnte den Blick nicht von Alas schmalem Handgelenk wenden.

«Ich habe gewartet. Etwas später bin ich rein zu ihm, habe gefragt, was es Neues gibt.»

«Was hat er gesagt?»

«Nichts. Er hat gesagt: ‹Nichts.› Er hat mir Arndts Anruf verschwiegen. Und – ich glaube, ich sollte es dir sagen ...»

«Was?» Anne fröstelte, sie ging drei Schritte an Ala vorbei, stellte sich vor sie hin, sah ihr in die Augen. Ala mied den direkten Blickkontakt, verschränkte ihre Hände vorm Schoß. «Wir haben über dich geredet. Ich fragte Sam, was du hier eigentlich sollst. Offenkundig ist er an dir nicht interessiert. Fragst du dich nicht selbst, was du hier sollst?»

Anne schwieg.

«Sam war betrunken. Wie jede Nacht. Ich fragte ihn, was hast du auf Dauer mit Anne vor? Du brauchst doch gar keine Sekretärin, selbst wenn Mucos mal fortgeht. Und als Rechtsgehilfin – ich meine, nichts gegen dich, Anne, aber Sam hat Spitzenanwälte, die ihm jeden Wunsch von den Lippen ablesen …»

«Was willst du mir denn damit sagen?»

Alas Stimme bekam einen dunklen, besorgten Ton. «Ich weiß nicht, ob er mir gegenüber ehrlich ist, was Arndt betrifft. Und ich fürchte, er verschweigt mir etwas, was dich betrifft. Ich dachte, er will dich fürs Bett. Ich hätte nichts dagegen gehabt. Als ich ihn fragte, ob du ihm gefällst, da zog er die Mundwinkel herab. So –»

«Hör auf damit, Ala! Das soll er mir alles selber sagen.»

«Er wird dir das nicht sagen. Er war betrunken, und ich spürte, daß es ihm sofort leid tat, das gesagt zu haben.»

Draußen war es dämmrig geworden, die beiden Frauen konnten sich in der dunklen Diele nurmehr schemenhaft erkennen.

«*Was* gesagt zu haben?»

«Er sagte: Anne ist hier, das ist die Hauptsache.»

«Das ist doch nett!»

«Er sagte noch: *Anne ist hier, nicht bei ihm. Anne war seine letzte Ausfahrt.* Ich fragte: Wie meinst du das? Er gab mir keine Antwort, schlief ein, am nächsten Morgen stritt er ab, überhaupt etwas in dieser Richtung gesagt zu haben. Ich weiß nicht, welche Schlüsse ich daraus ziehen soll. Das überlass ich dir. Es ist mir wohler, wenn dus weißt. Und ich bitte dich, bitte, bitte – sag ihm nie, daß du es von mir hast. Ja? Dann können wir Freundinnen sein. Auch wenn er nicht möchte, daß ich mich zu sehr auf dich einlasse.»

«Warum denn bloß?»

Ala hob die Schultern, ließ sie mit einem bedauernden Seufzer wieder sinken und strich Anne freundschaftlich mit den Fingerspitzen über die Wange.

«Arndt hat sich erkundigt, ob es dir gut geht. Ich habe geantwortet: Ja, wir haben einen sehr milden Dezember …»
Sie schnaubte leise, spöttisch.

«Wo ist er denn?»

«Das hab ich ihn auch gefragt. Er sagte, er werde polizeilich gesucht, sei an einem sicheren Ort, sei mit mir zusammen.»

«Mit *dir* zusammen?»

«Ja. Offensichtlich ist er nicht bei Trost. Ich habe mir überlegt, daß … weißt du, egal, was er getan hat, ich …» Ala konnte oder mochte den Satz nicht vollenden.

«Du meinst, ich hätte bei ihm bleiben sollen.»

Ala gab keine Antwort. Vom Garten her drangen knackende, surrende, mitunter zischende Geräusche in die Villa, die beiden Frauen traten vor die Haustür. Einer der Birnbäume brannte lichterloh. Sam hockte im Schneidersitz im Gras, neben sich einen Benzinkanister. Mucos kniete hinter ihm, massierte Sams Schläfen. Der Tisch war gedeckt, der Funkenflug ging dank Windstille in überschaubarem Radius nieder. Alle nahmen Platz. Es wäre ohne brennenden Birnbaum wohl zu kalt gewesen, das Abendessen im Freien einzunehmen.

17

Sofort nach Erscheinen von UC wurde die Ruinenstadt Monterano zerstört. Man sicherte die verbliebenen Mauerreste mit Stahldraht, stellte Hinweistafeln auf, Dixiklos, schlug eine Straße durch den Wald für die Reisebusse, baute einen Parkplatz. Vor der verfallenen Kirche San Bonaventura wurde, um die Sehenswürdigkeitendichte des Ortes zu erhöhen, die Kopie eines von Bernini entworfenen Brunnens errichtet.

18

Es wurde bei Tisch nicht gesprochen. Anne und Mucos sahen ständig hinter sich, befürchteten, das Feuer könne auf die restlichen Bäume überspringen. Sam schlang seine allabendlichen Pasta Pomodoro aus einer Keramikschüssel gierig in sich hinein, spülte mit einem großen Holzbecher Wein nach, er war der Meinung, mehr zu vertragen, wenn er aus Holzbechern soff. Durch die Aura des Rustikalen werde angeblich der Alkoholgehalt im Wein gemindert, zwar nicht wirklich im Sinne chemischer Nachweisbarkeit, aber das menschliche Gehirn sei flexibel, könne den Stoffen, je nach Möblierung, mehr oder weniger Wirkungsmacht zumessen. Gestern hatte er darüber einen kleinen Vortrag gehalten. Wein, aus Schnapsgläsern getrunken, gehe schneller in die Blutbahn über. Ein Motorgeräusch. Alberto auf seiner Vespa brauste heran. Was hier los sei? Warum man den Brand nicht bekämpfe? Der kleine alte Mann zeigte sich wütend, als er den Benzinkanister bemerkte, samt der Lethargie, die ihm entgegenschlug. Bäume seien heilig, schrie er. Kurthes bat ihn, auf italienisch, sich gefälligst um seinen eigenen Dreck zu kümmern, das Feuer sei sehr schön, unten im Dorf solle man froh sein, sich abends an einem so erhabenen Schauspiel ergötzen zu dürfen. Alberto sah, daß dem Baum nicht mehr zu helfen war, zischte eine Kaskade übelster Schimpf-worte und trat unter Drohungen, er werde demnächst die Carabinieri vorbeischicken, den Rückzug an. Kurthes hatte sich keine Sekunde lang von der Bank erhoben, noch Alberto angesehen.

Als wieder Stille eingekehrt war, flüsterte er, es stimme schon, die Bäume seien heilig, aber das Feuer sei, von einem übergeordneten Standpunkt aus, noch um ein Vielfaches heiliger. Er werde morgen in die Asche hinein einen neuen Baum pflanzen, und dieser Baum werde ihm dankbar sein. Wie für alles, was stirbt, etwas Lebendes dankbar sei.

In Kurthes' Hosentasche klingelt ein Handy. Genaugenom-men klingelt es nicht, es summt die ersten Takte der Farandole aus Bizets L'Arlesienne-Suite.

«Warum gehst du nicht ran?» fragt Mucos. Kurthes stellt sich taub.

«Geh bitte ran!» fordert Ala. Kurthes reagiert noch immer nicht, wartet, aber das Handy gibt keine Ruhe.

«Bitte!» meldet sich nun auch Anne zu Wort.

Etwas belästigt, verwundert über so viel Interesse, zieht Sam die Augenbrauen hoch und pult das Handy aus seiner Hose, erhebt sich.

«Ja?»

Lange Zeit hört er einfach nur zu. Drei Augenpaare hängen an seinen Lippen, beobachten ihn.

«Ach? Das ist ja schrecklich.»

Wie auf ein Zeichen hin stehen Ala, Anne und Frantisek auf, gruppieren sich um Sam, den diese Choreographie zu belustigen und zu verstören scheint, er schleudert irritierte Blicke auf die ihn umstehende Gruppe.

«Nein, warum nicht? Macht das doch. Nein, hier ist alles

in Ordnung. Ich schreibe, bin produktiv. Wenn du mich dabei haben willst, gerne. Sag mir den Termin per Mail, ich komme dann. Reg dich nicht auf. Das wird sich schon aufklären. Ja. Ciao.» Sam drückt die rote Taste.

«Was ist denn mit euch los? Was steht ihr hier um mich herum? Setzt euch. Setzt euch bitte wieder hin.»

Alle drei kommen seiner Aufforderung nach, mehr oder weniger mürrisch, wie Schulkinder, sehen ihn erwartungsvoll an.

«Es war Laura. Arndt soll jemanden getötet haben, als er sich seiner Festnahme entzogen hat. Die Zeitungen morgen werden voll sein davon.»

Betretenes Schweigen senkt sich über den Tisch.

«Ach, und Laura und Walter wollen heiraten. Sie hat mich gefragt, ob das unter diesen Umständen ginge. Ich habe ja gesagt, warum denn nicht? Ich soll einer der Trauzeugen werden.»

«Wen soll Arndt getötet haben?» Annes Stimme klingt belegt.

«Keine Ahnung. Aber ich fühle die Wogen des Schicksals, fühlt ihr sie auch? Wie sie mich greifen und tragen … Was für eine außerordentliche Nacht!»

Kurthes tanzt. Tanzt einen Schattentanz, unter dem Restfeuer des Birnbaums, um den Glutkern des knackenden Stammes.

«Sam, du lügst uns an! Arndt hat mich heute angerufen, hat mich um Hilfe gebeten. Er muß auch dich um Hilfe gebeten haben!» Ala schlägt ihre bewundernswerten, zu winzigen Fäusten geballten Hände auf den Tisch. «Hör auf zu tanzen! Wie kannst du dich darüber freuen, daß jemand gestorben ist?»

«Wir haben nicht das Recht, uns da einzumischen, Ala.

Großes geht vor. Wir sind nur Zaungäste des Schicksals. Tanz mit mir!»

Kurthes tanzt, wiegt sich vor der pulsenden Glut. Anne wird rabiat. «Du bist wahnsinnig, Sam! Gib mir mein Notizbuch zurück!»

Mucos ist in tiefes Grübeln versunken, reibt sich das Kinn, Sam umarmt ihn.

«Frantisek, ich weiß, was mir in diesem Klima fehlt. Du mußt mir helfen.»

«Ja?» Mucos legt unverhohlene Freude in diese Silbe.

«Schnee. Besorge mir Schneeflocken.»

«Wie bitte?»

«Ich möchte Schneeflocken haben. Gute, frische, intakte Schneeflocken»

«Du meinst Koks?»

«Nein, Schneeflocken, das Zeug, was vom Himmel kommt, wenn es regnet und kalt genug ist – aber bitte ungeschmolzen, in der Struktur komplett erhalten. Hab ich mich klar ausgedrückt?»

«Wie soll ich denn das machen?»

«Das ist ganz deine Sache.»

Mucos erstarrt, sieht seinen Guru mit wachsendem Entsetzen an. Dieser wendet sich Anne zu, klopft ihr auf die Schulter. «Geh, nimm dir dein Notizbuch. Das ist nicht wichtig. Was willst du tun? Willst du Arndt zu Hilfe kommen? Tu das, falls du es für nötig hältst. Ich hielte das für eine ehrenwerte Geste. Du kannst auch Fränzchen beim Präparieren der Schneeflocken helfen. Ganz wie du willst.»

«Samuel!» Mucos brüllt. Er hält eine kleine Gartenschaufel in der Hand, das bedrohlichste Ding, das im näheren Umkreis aufzufinden war. Kurthes bleibt auf fast unheimliche Weise unbeeindruckt. «Franz? Noch Fragen?»

«So laß ich mich nicht abservieren! Du Tier! Du hast nicht mal den Mut, es mir mit klaren Worten ins Gesicht zu sagen!»

«Meine Worte waren überaus klar. Du mußt die Schneeflocke finden, die hält. Ganz simpel. Genaugenommen mußtest du das schon immer, und hast es nur immer wieder aufgeschoben. Was willst du jetzt mit diesem Schäufelchen? Werd nicht lächerlich, ich bitte dich.»

Mucos bricht in Tränen aus, schluchzt, krümmt sich. Kurthes zeigt nicht die geringste Spur von Mitleid. «Geh, Franz, brich auf. Viel Glück. Finde die Schneeflocke. Ich kann dir noch einen Tip geben.»

Mucos hebt den zuckenden, von Schluchzern zitternden Kopf, nicht neugierig, mit halbgeschlossenen verheulten Augen, wie in Erwartung des letzten, brutalsten Schlages.

«Fang mit deiner Suche im Norden an. Dann kannst du unsere liebe Anne gleich noch ein Stück weit mitnehmen. Ala, kommst du?»

Ala bleibt regungslos stehen, sieht ihrem Geliebten hinterher, wie er fröhlich, chaplinesk tänzelnd, die Villa betritt. Sie steht noch mehr als fünfzehn Minuten so da, wechselt hilflose Blicke mit Frantisek und Anne, die beide schweigend im Gras hocken. Bald wird ihr bewußt, daß kein anderer Weg für sie bleibt, als Sam ins Haus zu folgen. Weil sie genau das an ihm liebt, was sie eben an ihm – einen Moment lang – gehaßt hat. Sie gesteht es sich ein, aber etwas in ihr weigert sich noch, dieses Selbsteingeständnis anzuerkennen. So dauert die peinliche Situation länger, als es notwendig wäre, wird immer peinlicher, zuletzt rennt Ala ohne ein Abschiedswort – welches hätte es sein sollen? – ins Haus, rennt die Treppe hinauf in Sams Zimmer, ohrfeigt ihn, er erstickt ihre Schläge in einer heftigen Umarmung, preßt sie an sich, küßt ihre Stirn.

«Es ist gut, Ala. Du weißt, daß es gut ist. Und besser so.»

«Und Arndt? Was hat er gemacht? Was machst du mit ihm? Was verschweigst du mir?»

«Nichts, Ala, nichts. Ich mache gar nichts mit ihm. Nichts, was ihm schadet. Glaub mir. Du vermischst zwei Ebenen, die sich nie berühren werden. Er ist im Grunde viel freier als ich. Ich war einmal ein gelehrter Mann, und frei. Jetzt nicht mehr. Ich muß manche Dinge so und so tun, weil … das ist so schwer, so schwer zu erklären.»

«Versuchs doch!»

«Es ist mir gelungen, den Hyperchronos zu benutzen. In ihn einzudringen. Ich war drinnen. Ich habe Dinge gesehen … Habe Kontakt gehabt. Mit der Energie, die hinter uns allen steht. Frantisek ist zu einfach gestrickt, um das je zu verstehen. Er muß weg. Ich habe einen harten Schnitt getan, ja. Alles Unwichtige ist gekappt. Jetzt fliegen wir dahin im Wind. Anne hat Arbeit und Wohnung. Sie ist versorgt. Mucos sowieso. Du wirst sterben, Ala.»

«Was?»

«Du wirst eines Tages sterben, Ala, und obwohl ich dich liebe, kann ich nichts dagegen tun. Nichts. Es zerbricht mir das Herz. Du sollst es an meiner Seite gut haben, solange du lebst.»

«Was ist bloß los mit dir?»

«Du mußt mir vertrauen. Es gibt – auf gewisse Weise – einen Weg, wie du mit mir leben kannst. Ich habe Dinge gesehen, Zusammenhänge. Ich kann darüber nicht reden. Vertrau mir.»

Von unten, vom Erdgeschoß, dringt Lärm nach oben. Mucos scheint an irgendetwas seine Wut auszulassen. Ala reibt Sam über die schweißverklebten Schläfen, zieht ihn zu sich, bettet seine Stirn an ihren Hals, legt sich seine schlaffgewordenen Arme um die Hüften, knetet ihm die Finger. Er atmet schwer. Noch eine ganze Weile lang sind von unten Geräusche zu hören, schließlich ist es still im Haus. Ala und Sam liegen die Nacht über eng beieinander, sie erwachen abwechselnd, horchen auf die Stille und graben sich tiefer an die Brust des anderen.

Am nächsten Morgen fanden sie das Haus leer, Frantisek und Anne waren verschwunden. Ala stellte an sich unter vielen einströmenden Gefühlen vor allem Erleichterung fest, auch wenn sie sich nicht erklären konnte, worüber genau sie erleichtert sein sollte. Es war ein nebulöser Instinkt, der beinahe religiöse Glaube, von Sam im Wesentlichen nicht belogen zu werden, die Überzeugung, er meine es gut mit ihr. Wirklich zeigte Sam fortan kaum noch Marotten, schrieb konzentriert an seinem Buch und kümmerte sich ansonsten fürsorglich, liebevoll um sie, fast so, wie man einer zum Tode Verurteilten die letzten Stunden gestaltet.

In den Zeitungen stand zu lesen, Arndt habe auf der Flucht eine Frau tödlich verletzt, deren Namen die meisten Blätter verschwiegen. Nur die Bild-Zeitung sprach von einer *Julia W. (38)*.

Ala hieß Wolke mit Geburtsnamen und war zu diesem Zeitpunkt achtunddreißig Jahre alt. Sie ging zu Fuß nach Anguillara, suchte die dortige Kirche auf und zündete zwei Kerzen an, eine für Arndt und eine für die Unbekannte – ein wenig auch für sich selbst. Als sie dem erklärten Christenfeind Sam davon erzählte, zeigte der überraschend Verständnis. Lichter könne man nicht zuviele stiften, die dunkle Welt habe jedes Beleuchtnis nötig, jedes.

Ala nickte, freute sich auf den Winter zu zweit, sie küßte

Sam auf beide Augen, wollte ihn nahe bei sich haben, spüren.

«Warte, Liebes, ich muß mich noch um die Radiatoren kümmern.»

Kurthes stieg in den Keller hinab, mit dem Rücken zur steilen Treppe. Ein Lichtschein drang aus dem hintersten der feuchten, normalerweise unbeheizten Räume, die im Winter wenig geeignet waren, um Rotwein zu lagern. Laura hatte drauf hingewiesen, daß für die härtesten Frostnächte Heizlüfter bereitstanden, um im Keller eine Temperatur von mindestens 10°C zu gewährleisten. Sie waren die ganze Nacht in Betrieb gewesen.

Kurthes mußte sich unter den niedrigen, mit Löschkalk bestrichenen Türkreuzen bücken. Langsam trat er auf den Lichtschein zu, hob die Hand, drückte die einen Spalt offenstehende Tür nach innen.

«Hallo, Sam.»

19

Meiner Geschichte verlorengegangen, fand sie mich wieder im Vorübergehn. Ich bin ihr aber auch entgegengekommen. Entgegengekommen insofern, als es Städte gegeben hätte, in denen es ihr weit schwerer gefallen wäre, mich aufzuspüren.

Irgendwie ist es ja so, daß den entflohenen Delinquenten doch ein Schuldgefühl befällt, wenn er aus seinem Versteck heraus die enttäuschten Menschenmassen sieht, denen der Henker oben vom Blutgerüst herab mitteilt, daß die Hinrichtung heute leider ausfallen müsse, mangels Hauptdarsteller, der sich aus dem Staub gemacht hat, alle sollten wieder nach Hause gehn – und die Menschenmassen: OOOCH! und BUUUUH! Da kommt man schon ins Grübeln, da kommt man sich leicht als Spielverderber vor, ist man versucht, hinauszutreten und zu rufen: *Bleibt, liebe Leute, alles wird gut, ich bin ja da* – vor allem wenn die leise Hoffnung besteht, unter den Massenmenschen könne es ein Mädchen mit gütigem Herzen geben, die kein Blut sehen kann und den Verurteilten vom Henkersblock wegheiratet.

Berlin hat für das Arndt-Spiel unter allen Spielstätten die größte Bandbreite möglicher Ausgänge, vom Blackout bis zum Happyend.

Alles ist ein Spiel und gefährlich, man kann in diesem Spiel draufgehen, aber wer sich ihm von vornherein entzieht, ist ganz schnell tot, nur daß er es eben, weil er scheinbar noch lebt, viel schmerzhafter zu spüren bekommt.

Spuren der Vergangenheit suchen? Claudia? Ich habe ihr nichts getan, glaube ich, und wenn doch, dann ist mir das zu kompliziert. Wenn sie nicht tot ist, lebt sie irgendwo und meldet sich nicht bei mir – dann soll sie mir gestohlen bleiben. Das Boot? Dieses Scheißboot, das ich nie gesehen habe, das ich nur aus Prospekten kenne. Warum muß ich überhaupt etwas suchen? Man sucht ja mich. Mein vorrangiges Ziel muß sein, nicht gefunden zu werden. Berlin ist dafür keine schlechte Wahl. In Würzburg oder Paderborn fiele man leichter auf. Die Wohnung, in der ich mit Claudia hauste, fand ich versiegelt vor, konnte von Glück reden, daß sie nicht polizeilich überwacht wurde. Ich war obdachlos, hob soviel Bargeld ab, wie in meine Hosentaschen paßte und trieb mich tagsüber in Kaufhäusern herum, abends in Swingerclubs, die kein Interesse haben, einen verschlafenen Gast zu wecken, solange er bezahlt. Es gibt da genügend Winkel und Ecken, in die man sich zurückziehen kann. Einen Whirlpool zur Körperpflege hat man auch. Nach drei Tagen ist es mir gelungen, von privat ein winziges teilmöbliertes Wohnklo zu mieten, eine Betonzelle inmitten einer Betonwabe, gegen cash, anonym, ohne Wannenbad und ohne viele Fragen. Sieht aus wie Gefängnis, nur fehlt der Fernseher. Dort sitze ich nun und denke nach. Ob ich leben will, ob ich, wie mir Heraklit rät, im Verborgenen leben will, oder ob ich mich stellen soll. Der Punkt ist: ich würde mich den Problemen stellen, nicht aber nur den Behörden. Ich würde mich sofort und bedingungslos dem Volksgerichtshof stellen, meinetwegen auch fünfzehn, zwanzig Jahre absitzen, oder mein Haupt auf den Henkersblock betten, sofern dadurch alle Fragen geklärt und meine Neugier befriedigt werden würde. Ich trage wieder Bart, und zu meinem großen Schrecken ist er weiß, nicht grau, wie mein Haar taubengrau geworden ist im Lauf der letzten Wochen.

Sieht komisch aus – weiß und taubengrau. Farblos bunt. Ich habe kaum Angst davor, erkannt zu werden, das erscheint mir unwahrscheinlich, der Mann im Spiegel kommt nichtmal mir selbst noch vertraut vor. Ich werde vermutlich nie wieder ein Orchester unter meinen Händen haben. Immerhin weiß ich inzwischen, welches Privileg das einst gewesen ist. Es erhebt die Vergangenheit in einen neuen Rang. Auf meinem schmalen Bett stelle ich mir mit geschlossenen Augen vor, die Berliner Philharmoniker zu dirigieren, ja, ich hocke da, im Dunkeln, und dirigiere, wie ich zuletzt als Jugendlicher eine Schallplatte dirigiert habe. Ganz erfüllend, eigentlich. Es hat geschneit, es ist kalt und windig draußen.

Man könnte es sich gut gehen lassen auf vielerlei Art. Nichts davon bereitet mir Freude. Am liebsten stehe ich am zugefrorenen Kanal, schwelge in Erinnerungen, bis ich vor Euphorie zittere, nicht vor Kälte.

Vieles rede ich mir nur ein, aber zumindest fließt es nicht gleich wieder aus mir heraus.

Am Stuttgarter Platz in Charlottenburg regiert die Russenmafia, wenn man einen falschen Paß benötigt, kann man dort gegen nicht allzuviel Geld einen bekommen, es genügt, in einer der Rotlichtbars die richtigen Leute anzusprechen und sich dabei nicht völlig blöd anzustellen. Den Tip bekam ich von einem redseligen Taxifahrer, der sich vor einem halben Jahr mir gegenüber wie ein Touristenführer benommen hat, als wir am Fälschermuseum vorbeifuhren, er kam ins Inside-Schwafeln, redete über die Gegend am Stuttgarter Platz, über die Konkurrenz von Albanern und Russen – nie hätte ich geglaubt, von dieser Information einmal praktisch Gebrauch zu machen – im Nachhinein kommt es mir so vor, als hätte irgendwer da oben mich mit einem Notfallpaket versehen.

Der neue Reisepaß ist in Arbeit. Ich mußte nur einer grob dem Homo Erectus nachgekneteten Biomasse Whisky spendieren, mußte bis zur Unverdächtigkeit betrunken werden und meine Wünsche so andeuten, daß die tief unter ihren Muskelpaketen sanftmütig wirkende Biomasse sie für mich in Vorschläge umformulierte. («Willst Papiere? Weißu, gutt Papiere.») Als ein knorpeliges altes Männlein mit goldbestickter Weste mir im Hinterzimmer die Tabelle überreichte, in der ich die gewünschten Daten zur Person eintragen sollte, wählte ich, albern und angesoffen, als Familiennamen Kurthes, als Vornamen Samuel. Ist doch egal.

Mir kommt es vor, als hätte ich nicht mehr lange Zeit. Berlin ist keine Stadt für den Abgang im Winter. Man muß jeder Nebelkrähe dankbar sein für ein wenig Auflockerung der eisstarren Bilder. Ich möchte unter einer stärkeren Sonne sterben, als unter diesem blassgrau umwölkten, erkalteten Kuchenblech am Himmel. Und wenn mir in der Sekunde vor dem Exitus die Schuppen von den Augen fallen, lasse ich gerne los, ansonsten werde ich als Aschehaufen noch beleidigt sein.

Einige Bücher von Kurthes hab ich mir gekauft und lese sie auf Spaziergängen. Es geht darin meist ähnlich seltsam zu, wie in meiner jüngsten Vergangenheit. Es liest sich, naja, auf sonderbare Art vertraut, und die männlichen Protagonisten sterben fast immer, aber sie sterben fast nie banal. Kurthes gönnt ihnen meistens ein Zuckerstück Würde im bitteren Kelch. Der Kerl kann schreiben, alles was recht ist, schreiben kann er, selbst wenn er sich stellenweise geziert ausdrückt.

Je länger ich hinsah, umso schöner wurde das Schreckliche auch. Je länger ich hinsah. Dieser Satz beschreibt sehr melodisch meinen Zustand. Und wenn es auch verlogen klingen mag, ihn so einfach nachzubeten wie ein Mantra – es hilft mir, manchmal glaube ich daran.

Es gibt noch eine Stelle, die ich mir angestrichen und auswendig gelernt habe:

«Ich glaube, daß Sekunden, die unserem Leben Weichen stellten, es in ein *ist* und in ein *wäre* trennten, in die Lebenslinie Kurvenbahnen geschlagen haben, die die gerade Strecke des Faktischen immer wieder kreuzen. An solchen Kreuzungspunkten erinnern wir uns, träumen uns zurück – sie gleichen neuronalen Verknüpfungen in der Zeit. Möglichkeiten und Geschehnis werden dabei gleichberechtigt real, weil die Vergangenheit nur in deren Wechselbeziehung zu *leben* beginnt.»

Das bietet immerhin den Hauch eines Modells an. Jemand nickt mir zu. Es ist der Mann an der Thai-Food-Bude, sein Gesicht … Ein Mann, etwas jünger als ich, mit kurzem dunkelbraunen Haar, kein asiatisches Gesicht. Ich kenne ihn irgendwoher.

«Was darfs sein?»

«Ich kenne Sie irgendwoher.»

«Ja? Erstaunlich.» Er weitet anerkennend die sanften braunen Augen und deutet auf die Speisekarte. Ich nehme eine Suppe mit Morcheln, Kokosmilch und Zitronengras, warte darauf, daß er noch etwas sagt. Er sieht mich einfach nur an. Interessiert, aber höflich und dezent.

«Aber woher?» frage ich. «Helfen Sie mir?»

«Es wäre mir eine Freude.» Er hebt bedauernd die Schultern.

«Dann kennen wir uns also nicht?»

«Ich bin momentan nur Gast.»

Nur Gast. Was ist denn das für eine Antwort? Er reicht mir die Suppe samt Löffel.

«Essen Sie! Ich finde es schön hier. Sie finden es doch auch schön hier, oder?»

Mir ist warm, dabei hab ich die Suppe noch nicht mal probiert. Links und rechts neben mir gleiten Menschen in Zeitlupe vorbei. Die Sonne scheint, nirgends liegt Schnee. Vögel zwitschern, ansonsten herrscht Stille. Und der Mann verläßt seine Bude. Wirft die Schürze auf den Gehsteig, winkt. Ich will den Kerl festhalten, aber meine Schritte bleiben gleich denen der Passanten unerklärlich träge, als müßte ich durch Wasser waten. Meine Arme rudern langsam in der Luft. Er hingegen schreitet mit der Geschwindigkeit eines beschäftigten Städters zum U-Bahn-Schacht, von wo aus er sich noch einmal nach mir umsieht.

«Denken Sie über Abschiedsbriefe nach!» ruft er mir zu. Sehr undeutlich allerdings, vom Wind halb verschluckt, ein Mißverständnis ist nicht ausgeschlossen.

Fortschritt gibt es, wenn auch nicht arg greifbar. Es ist, als ob ich erste Konturen erkennen könnte im Chaos, vielmehr unsichtbare Schienen in der Luft erahnen könnte, die mich dahin und dorthin führen, und ich habe das Gefühl, daß es stets einen Grund gibt, warum ich genau dahin und dorthin gehe, an diesen Plätzen geschieht etwas, wartet etwas auf mich. So blind bin ich ja nicht, daß mir das entgangen wäre.

Irgendwo hier geht es bald mit irgendetwas weiter. Man wird sehen.

20

Mucos fuhr Anne zweihundert Kilometer weit zum Florentiner Flughafen. Sie sprachen während der nächtlichen Fahrt kein Wort. Auf dem Parkplatz, als beide sich gezwungen fühlten, etwas zum Abschied zu sagen, flüsterte Mucos, er sei zu Unrecht neidisch auf sie gewesen, und sei es mit gewissem Recht nun wieder doch. Er habe zehn Jahre an Sam verschwendet, Anne nicht mal zwei Monate.

Was er künftig machen wolle, fragte sie, aus Höflichkeit. Er werde, gab er zur Antwort, irgendwo sterben. «Und du?»

Anne zuckte mit den Achseln.

«Denkst du darüber nach, Arndt zu suchen?»

Sie nickte schwach.

«Ich frage mich, ob du ihm wirklich helfen willst. Oder ob du nur partout im Spiel bleiben möchtest.»

«Im Spiel? Ist alles ein Spiel?»

«Geh. Geh ihn suchen. Ihm wird es nicht mehr helfen, aber dir.» Er steckte Anne ein Bündel Geld zu, sie wollte es zuerst nicht annehmen, es wurde ihr aufgedrängt, so penetrant, als müsse sich Mucos mit dem Geld einen Schatten von der Seele kaufen. Sie strich ihm über die Wange, eine Berührung, die er überraschend dankbar hinnahm.

«Weißt du etwas», fragte sie, «über Arndt, was ich nicht weiß?»

«Nein. Aber ich bin beinahe sicher, daß Sam etwas weiß. Er ist nie auf einen Menschen so eifersüchtig gewesen. Vielleicht kannst du Arndt ja doch noch …»

«Was?»

«Beschützen? Nein, das nicht. Begraben?» Mucos lachte bitter, stieg in den Wagen und fuhr los. Die Sonne ging auf, der Flughafenparkplatz füllte sich. Anne hatte vor dem Ticketschalter die Wahl, die Maschine nach München, zurück in ihren alten Alltag, oder jene nach Berlin zu buchen, wo sie Arndt am ehesten vermutete. Ihr Gefühl sagte, es sei einerlei, welche Entscheidung sie treffen würde. Ihre Vernunft widersprach dem nicht. Zuletzt entschied das Geldbündel in ihrer Hand.

21

«Hatten Sie je Kontakt zu Arndts Umfeld aus der Schulzeit? Sie wissen schon, es hat dieses Klassentreffen gegeben, ich habe mit den beiden Organisatorinnen geredet und eine Liste der Anwesenden erstellt ...»

«Sie fleißiges Lieschen! Listen erstellt! Stellen Sie sich doch einfach mal vor! Einen Namen werden Sie doch haben.»

«Verzeihung. Decker, ich heiße Kerstin Decker. Studiere Musik und Medienwissenschaften in Frankfurt.»

«Also, Kerstin, Sie haben eine Liste erstellt. Und?»

«Es gab da seine frühere Clique. Frank, Andreas, Christoph, Markus, Sibylle. Sibylle, die ihn bei der Polizei angezeigt hat.»

«Und?»

«Haben Sie mit ihr oder den anderen je geredet?»

«Nein. Ich bin Romanschriftsteller.» Kurthes klang leicht gequält.

«Sibylle gab bei der Polizei an, daß Hermannstein diesem Markus dreißigtausend Euro Schweigegeld gezahlt hat.»

«Ja, das hab ich wohl mal gelesen. Und?»

«Von ihm, von Markus – verliert sich jede Spur. Ihn habe ich nicht auftreiben können, er ist einfach verschwunden, genau wie Claudia Schneider, genau wie Claudias nie identifizierter Tübinger Freund – und ich dachte, vielleicht könnten Sie mir ...»

«Ich? Woher soll ich etwas über Claudia wissen? Oder über diese Tübinger Großliebe? Den Teil hab ich aus dem Wenigen zusammengereimt, das mir Anne aus zweiter Hand erzählt hat. So ist das. Sie dürfen Roman und Leben nicht miteinander verwechseln. Menschen kommen und gehen.

Manche verschwinden, im Roman wie im Leben. Wäre Markus interessanter gewesen, hätte ich ihm ein Fortleben erfunden. Er wars halt nicht.»

«Jetzt verwechseln *Sie* doch Fiktion und Wirklichkeit. Markus war real.»

«Ja, aber eben nicht interessant. Wir reden aneinander vorbei. Um das abzukürzen: ich habe keinen Schimmer, wohin es die mobile Kohlenstoffeinheit Markus auf diesem Planeten verschlagen hat. Zufrieden? Akzeptiert?»

«Ich habe mit Sibylle nochmal geredet. Sie sagt, jetzt genauso wie damals, *Gott* habe ihr befohlen, Arndt anzuzeigen.»

«Oje.»

22

Sie saß auf der anderthalb Meter hohen Mauer, die den Görlitzer Park umgrenzt, wo im Sommer türkische Familien, eine neben der anderen, grillen und betäubend schwere Düfte über die Wiese schicken. Ich dachte, warum sitzt sie da, im Winter gibt es im leeren Park außer Schlittenfahrern und Schneemannbauern wenig zu beobachten, ihr Hintern muß am kalten Stein anfrieren, und als ich vor ihr stehenblieb, erkannte sie mich nicht.

Ich hatte mit manchem gerechnet.

«Ala?»

Ich stehe vor ihr, die Hände in den Manteltaschen, wie ein Freier vor der Straßenhure. Sie sieht mich dementsprechend verständnislos an. Ob wir uns kennen, fragt sie.

«Arndt», sage ich. Sie überlegt. Überlegt eine ganze Weile. Um sie nicht zu sehr anzustarren, drehe ich mich ins Profil, täusche Interesse an einer gefrorenen Pfütze vor.

Das Schönste an Ala ist ihre Oberlippe, wie eine Schaumkrone geschwungen, ein Mund, in dem man verschwinden, von dem man zerkaut werden möchte.

«Arndt? Der Arndt vom Siggigym?»

Diesen etwas infantilen Ausdruck für das Siegfried-Gymnasium habe ich sicher seit zwei Jahrzehnten nicht gehört. Damals haben wir es alle so genannt.

«Ja. Der.» Ich wende mich ihr wieder zu. Wie ein Reisender, am Zielort angekommen, sich an jemanden wendet, von dem er glaubt, daß er hier auf einen gewartet hat, der nunmehr für ihn zuständig ist.

Sie lächelt, kurz und abgeklemmt, als müsse sie sparen, schickt über ihre Stirn ein verfrorenes, windgepeitschtes Kräuseln, hebt die Brauen. «Daß du mich gleich erkannt hast ...» Sie lächelt noch einmal, wertet es als Kompliment, daß ich sie gleich erkannt habe. War dabei nicht allzu schwer. Sie sieht ja nicht so grundlegend verändert aus im Vergleich zu vier Wochen zuvor. Ungepflegter, die Gesichtshaut weniger gebräunt, das Haar blonder und splissiger, voller, an den Schläfen zu kleinen Dreadlocks gedreht, die Kleidung billig und fleckig, der Anorak in Olivgrün, mit vielen Taschen, dazu die vorstellbar unerotischste Dschungelkämpferhose – und ehemals dunkelblaue, inzwischen abgewetzte, lehmbespritzte Doc-Martens-Stiefel, die sie baumeln und regelmäßig mit der Ferse gegen die Mauer schlagen läßt, ein drohendes, pochendes Geräusch.

«Was hast du vorhin gesagt?»

«Was meinst du?»

«Das erste Wort.»

«Ala?»

«Ja, genau. Was ist das?»

«Heißt du nicht so?»

«Nein. Weißt du nicht mehr, wie ich heiße?»

«Julia?»

Sie nickt. Julia. Ich habe eine Julia vor mir, die nie Ala gewesen ist. Ich muß vorsichtig sein, bei dem, was ich sage. Überlasse ihr die Fragen.

«Du warst aber gar nicht in meiner Klasse.»

«Nein?»

«Nein, wir hatten nur Chemie- und Biogrundkurs zusammen, und Musik.»

«Ach ja?» Sie hat recht. Ihr Gedächtnis scheint sehr präzise zu sein. Ab der Elften waren die Klassenverbände aufgelöst, beziehungsweise wahllos durcheinander gemischt worden.

«Du warst der große Zampano am Klavier, und ich bekam null Punkte, fällt mir wieder ein, weil ich keine Molltonleitern beherrscht hab.»

Aha. Jetzt lächle ich.

«Ich hab dich gehaßt.»

Lächelpause. Ich sehe leicht beleidigt in den Schnee.

«War nicht so gemeint. Wie war nochmal dein Nachname?»

Was bleibt mir übrig zu sagen? «Hermannstein.»

«Stimmt. Und? Was läuft? Spielste noch Klavier?»

Ich muß anscheinend noch sehr viel vorsichtiger sein, bei dem, was ich sage. Hier steht eine Ala, die den Namen Ala nie bekommen hat, die nicht einmal weiß, was aus mir geworden ist. Nebelkrähen stelzen im Schnee, wie feine Damen geziert über eine Pfütze hinwegsteigen. Lustig. Alles ist so lustig. So schrecklich. Meine Neugier ist ein fanatischer Pulk, der mir die Zunge voller Fragen über die Lippen schiebt. «Waren wir nicht mal zusammen?»

«Wir?» Julia lacht, schwingt sich von der Mauer, ihre schweren Schuhe knirschen im Schnee. «Hast du sie noch alle?»

Ich lasse ein schwaches Nein vor mir auf den Kiesweg fallen, was sie auf irgendeine Art wohl rührend findet. «Wie bistn du drauf?»

Ich tippe mir mit dem Zeigefinger an die Stirn. «Gedächtnis. Schläächt. Kaputt.»

«Wir waren nie zusammen. Du hast es mal versucht, ich wollte nicht, später hast du mir großkotzig dafür gedankt, du hättest jetzt diese tolle Patricia – und als die den Löffel abgab, hast du mit Iris geprotzt.»

«Iris?»

«Na klar, die geile Iris. Diese Leib gewordene Männerfantasie.»

Ist das schön. Soll ich in einem anderen Leben tatsächlich Iris abgekriegt haben? Wenn man sich nur erinnern könnte. «Dann waren wir beide – nicht so eng?»

«Du weißt ja echt gar nichts mehr.»

«Nein.»

Mein so überaus hilfloses Nein muß Instinkte in ihr wekken, die ich mir zunutze machen kann. Sie fragt, was ich hier tue. Was soll man darauf sagen? «Frieren.»

«Dann geh doch nach Haus.»

Nach Haus? Wie nett. Nein, soviel habe ich kapiert, meine Geschichte findet ihre Fortsetzung genau hier, ich muß nur die richtigen Worte finden, die Sätze passend formulieren, damit, damit – damit was genau erreicht wird? Keine Ahnung. Jetzt, wo Julia vor mir steht, kann ich erkennen, wie dreckig und alt ihre Kleidung ist. Zuvor wäre das noch gerade eben so als ein dirty new look durchgegangen, der neueste trashy style. Und ihr Haar – Ala legte immer Wert auf den schimmernden Glanz aus der Werbung, Spann- und Strahlkraft und Halt für jede Locke, jede Strähne. Julia offenbar nicht. Mir kommt ein sonderbarer Gedanke, in sich auf krude Weise schlüssig: Es ist völlig egal, was ich sage, weil etwas will, daß es hier und nirgendwo anders weitergeht mit mir. Also kann ich genausogut sofort zum Punkt kommen.

«Ich werde gesucht. Ich will aber nicht gefunden werden. Vorher müssen einige Dinge geklärt werden. Hilfst du mir?»

Zumindest findet sie mich originell. Das ist an ihrem Gesichtsausdruck abzulesen. Sie scheint jemand zu sein, dessen Stil es verbietet, auf ungewohnte Offenheit in einer Weise zu reagieren, die auch nur böswillig mit Spießigkeit in Verbindung gebracht werden könnte. Diese Eigenart muß ich nutzen. Ich beginne, wie ein Spieler zu leben, jedes Wort ist ein Knopf, jede Bewegung eine Taste, die ich hinabdrükke. Gefangen auf einem imaginären Spielfeld, aus vielen ineinander verschachtelten Labyrinthen.

«Weswegen wirst du denn gesucht?»

«Schlimme Dinge. Mord oder Totschlag.»

«Echt? Im Ernst?» Sie findet mich interessant. «Warst dus?»

«Ich glaube nicht.» Diese Antwort erscheint ihr zu schwammig, um als interessant durchzugehen, es kommt mir bereits vor, als wüßte ich Julias Gebrauchsanweisung auswendig.

«Nein, ich war es nicht, man will mir was unterschieben.» Wenn ich Julia richtig einschätze, muß an ihren Gerechtigkeitssinn appelliert werden.

«Und wie sollte ich dir da helfen können?»

Das weiß niemand weniger als ich. Was also antworten?

«Keine Ahnung», sage ich, und überraschend erfolgreich, nein, eigentlich gar nicht überraschend, es ist nur logisch. Jede Forderung oder Bitte hätte zu durchdacht geklungen, zu fordernd oder belastend, nun habe ich die Initiative ihr übertragen, an ihr ist es jetzt, kreativ zu sein, das Ausmaß zu bestimmen, in dem sie sich auf mich einlassen wird.

«Ich kann dir heißen Tee anbieten.»

Heißen Tee. Ist doch was. Besser als kalter Tee. Es beginnt zu schneien, fette Flocken, verweht vom eisigen Wind. Höchste Zeit, irgendwo hin zu gehen. Julia stapft durch den Schnee. Ihr ausladender, raumgreifender Schritt hat wenig mit dem vorsichtigen Getrippel zu tun, das mir von Ala im Gedächtnis ist. Sie muß an Langeweile leiden, sonst nähme sie mich nicht mit, egal wohin sie mich führt.

«Hast du was zu rauchen?»

Hab ich, glücklicherweise, ja. Wir gehen rauchend am Treptower Ufer entlang, eine der allerfettesten Flocken schmilzt auf meiner Zigarette, ich sauge die Glut hell, schmecke naß und bitter gewordenen Tabak, schließe den Riss mit zwei Fingern, rauche den Gluthers mühsam über die Bruchstelle hinweg, halte fortan schützend meine linke Handfläche darüber, so dicht ist das Schneetreiben geworden.

Wir gelangen an eine Wagenburg, eine der letzten, eine, die man Berlin-Touristen als spezifisches Berlinikum präsentiert, wenn sie mit dem Ausflugsschiff in Richtung Heckmannufer dran vorbeifahren. Nostalgisches Areal aus Wohn- und Zirkus- und Lastwagen, aus Bretterbuden, Baumhäusern und derzeit von Schnee oder Plastikplanen gnädig zugedeckten Kräutergärten. Areal der letzten Aussteiger, alternativen Träumer, Outlaws, Besetzer, Pippi-Langstrumpf-Romantiker, die sich selber als Gärtner im Brachland verstehen, von der Stadt aus Gründen geduldet, die in der Grauzone zwischen pittoresk und zynisch zu suchen sind. Man hat sich längst daran als ein nettes Mosaik im Stadtbild gewöhnt, zum anderen hat man die dubiosen Existenzen hier auf einem Fleck unter Kontrolle. Ein buntes kleines Ghetto, Relikt der Blumenkindära, der Revolte, der gelebten ökologischen Utopien. Hier hausen Menschen, die um keinen Preis ihre Wagen gegen Villen eintauschen würden, Überzeugungsträumer, die den Anschluß an die Gegenwart glücklich verschlafen haben und immer noch für ein Leben kämpfen, das gerechter, gemeinsamer, harmonischer, man könnte sagen: weniger menschgemäß verlaufen müßte. Jedenfalls war das einmal so. Julia sieht es naturgemäß anders. Stolz zeigt sie mir die neue Anlage, in der Papierabfälle wieder in Erde verwandelt werden. Man reißt sie klein, sie werden in Wasser eingeweicht, mit Kompost in Lagen geschichtet und von speziellen Würmern verdaut. In den Wintermonaten sei es den Würmern zu kalt, ansonsten funktioniere das prächtig. Sie zeigt mir die Solarkollektoren, die die Anlage vom Atomstrom unabhängig macht, zeigt die Tonnen, in denen Regenwasser für den Abwasch gesammelt und in Pflanzenkläranlagen gereinigt wird.

Jeden Freitag gebe es eine vegane Volksküche mit Biosaftbar und striktem Rauchverbot.

«Damit hab ich aber nix zu tun», sagt Julia leise dazu.

«Wovon lebt ihr denn?»

Julia verachtet mich für diese Frage und pocht darauf, daß fast alle der sechzig Bewohner einem geregelten Beruf nachgehen.

«Du auch?»

«Ich nicht.»

«Ich habe Sibylle gefragt, wen sie meint mit – *Gott*. Darüber wollte sie nichts sagen. Als hätte sie Angst. Konkrete Angst. Aber vor wem? Ich dachte, daß vielleicht *Sie* …»

Kurthes lacht, klatscht in die Hände. «Junge Dame, das ist ein massives Kompliment. Allerhand. Aber – nein, so hoch schießt mein Größenwahn denn doch nicht hinaus.»

«Wie dem auch sei – ich glaube, herausbekommen zu haben, *wer* Marita Schuhmacher getötet hat.»

Kurthes setzt sich aufrecht, umklammert die Stuhllehnen. «Aha?»

«Interessiert Sie das?»

Das kokette geile Biest. Kurthes leckt in Gedanken ihre Augen, schiebt ihr seinen Mittelfinger in den hübschen kleinen Hintern.

«Doch. Das interessiert mich.»

Julia führte mich zu einem gelbrotblauen Holzwohnwagen, der immerhin ein dichtes Dach versprach, beinahe stolz und trotzig wirkte. Aus seinem Ofenrohr quoll grauer, dichter Rauch. Als ich eintrat, knarzte der Boden unter mir, wankte leicht.

Ein fettbäuchiger Mensch mit schwarzem T-Shirt und wildem Bart bis zum Nabel hockte am Preßspantisch, am äußersten Ende des Wohnwagens, eine Flasche Becks vor sich und fragte: «Wersn das?»

Und Julia, mit einer Bestimmheit, für die ich sie zu verehren beschloß: «Der braucht heißen Tee.»

Es klang ungefähr so, als hätte sie gesagt, der braucht einfach nur heißen Tee, wenn wir Leuten wie ihm heißen Tee geben, kommt die Welt schon in Ordnung.

Alles war stimmig. Voller Erinnerungen. Julia ähnelte sehr jener Ala, die ich gekannt hatte, als wir gemeinsam einen verliebten Sommer in der Provence genossen hatten. Und sie hatte sich einen der wenigen Orte auf Erden gesucht, wo sie unverändert jene bleiben konnte, die sie damals gewesen war. Und sie war in den frühen Achtzigern bereits zu spät gewesen.

Aber ob dieses schwabbelige bärtige Monster mit den Fallschirmspringerstiefeln, der sich mit zwei Silben als ‹Henry› vorstellte, ihr in kalten Nächten nur von seiner Körperwärme abgab, oder sich hin und wieder auch auf ihren schmalen Körper wälzte, diese Frage mußte wohl aus jedem meiner Blicke abzulesen sein, so sehr ich auch nicht weiter daran denken wollte.

«Arndt kenn ich von früher. Sind auf dieselbe Schule gegangen. Er spielt fabelhaft Klavier und die Bullen sind hinter ihm her.»

«Wenn man fabelhaft Klavier spielt», grunzte Henry mit leichtem Hamburger Akzent, «sind Konzertmanager hinter einem her, nicht die Bullen.» Die gußeiserne Tür des kleinen Ofens stand halb angelehnt, man konnte einen schmalen Streif glühender Kohlen entdecken, im Wohnwagen war es warm, fast heiß. Beschlagene Fenster. Kohlen seien die Ausnahme, erläuterte Julia, normalerweise werde mit Holz geheizt, das Berliner Abrißfirmen spenden. Gegenüber vom Tisch, auf der Schlaffläche, lagen zwei dicke Bundeswehrschlafsäcke, dazu zwei Kopfkissen – eines aus gelblichen

Daunen, das andere bordeauxrot, in Herzchenform, mit Kunstseide bespannt. Die Wände waren mit Fotos aus Tageszeitungen beklebt, diverse Nahrungsmittel standen herum, die Kochplatte rauchte leicht von eingebrannten Essensresten.

«Wenn er so fabelhaft Klavier spielt», so Henry weiter, «soll er heut abend auf der open stage was von sich geben.»

Julia erklärte mir, daß gegen neun wie jeden Samstag der Rollheimersche Talentschuppen stattfinde, da würden eigene Gedichte vorgetragen oder selbstkomponierte Lieder auf der Gitarre, kleine Theaterszenen, sowas. ‹Rollheimer› – so wurden die Wagenburgen und deren Insassen von den Berlinern genannt, mehr liebevoll als spöttisch. Ich wollte umgänglich wirken, also legte ich den Kopf schräg, mit einem «Warum nicht?»-Blick. Aber ein Klavier –

«Haben wir. Nicht allererste Sahne, aber es funktioniert.»

Aha. Mir wurde eine heiße Tasse Wasser serviert, mit zwei Teebeuteln darin.

«Soll ich euch allein lassen?»

Henry wurde mir sympathisch. Sein Gesicht war furchterregend rot, ein engmaschiges Netz aus geplatzten Äderchen.

«Nein, warum denn?» Julia winkte ab.

«Gibt keinen Grund», fügte ich halb gemurmelt hinzu.

«Der will dich ficken, Juli, das seh ich in seinen Augen.» Eben war mir Henry beinahe sympathisch gewesen. Unbegreiflich. Ich sah ins Ofenfeuer.

«Was wollen die Cops von dir? Hast du Kippen?» Henry brachte es fertig, beide Fragen in einem einzigen Atemzug zu stellen.

Ich reichte ihm meine Schachtel und sagte, das sei eine lange Geschichte. Es sei, erwiderte Henry, die Jahreszeit für lange Geschichten.

Er schwitzte. Und sein Schweiß stank. Wie eine Männerumkleidekabine zwei Tage nach dem besten Basketballspiel der Saison. Hatte man sich erstmal akklimatisiert, hatte die rote Nase zu laufen aufgehört, gab es kein Entrinnen mehr vor diesem Gestank, selbst wenn man beschloß, fortan nur noch durch den Mund zu atmen. Henry, der nach eigenen Angaben als Filmvorführer arbeitete, griff in den Kasten, hielt mir eine Flasche Bier hin, mit der Bemerkung, der Tee sei eh noch zu heiß. Es war eine bemerkenswerte, gutwillige Geste. Ich öffnete die Flasche betont bodenständig mit dem Feuerzeug, nippte und erzählte in groben Zügen die Geschichte mit Marita, aber so, daß ich nur einer unter fünf in Frage kommenden Gewalttätern, also zu achtzig Prozent unschuldig war. Alles Unwichtige ließ ich weg, und plötzlich war die Geschichte auch gar nicht mehr lang, wodurch vermutlich der Eindruck entstand, ich hätte auch Wichtiges weggelassen. Als Beruf gab ich umherziehender Barpianist an, erfand eine Exfrau hinzu, der ich Alimente schuldete, obwohl sie es sich inzwischen mit einem braungebrannten Anwalt gutgehen ließ. Damit bekam ich Henry auf meine Seite. Julia fragte, ob wir Kinder gehabt hätten. Ich verneinte. Danach war auch Julia auf meiner Seite. Ich wußte über Julia so viel, hatte fast nichts von dem vergessen, was sie mir damals über sich mitgab. Zum Beispiel besaß sie eine Schwäche für Erich-Fried-Poeme und Chansons der Piaf, beides konnte ich zu meinen Gunsten beiläufig als eigene Favoriten erwähnen.

«Damals warst du ganz anders», sagte sie irgendwann, und es war als schönes Kompliment gemeint.

«Du weißt vieles nicht von mir».

«Du warst ein echter Spinner. Voller Größenwahn. Wolltest du nicht sogar Dirigent werden?»

«Ja, richtig. Jetzt fällts mir wieder ein.»

Henry hatte sich doch noch entfernt, um wie er es ausdrückte, mal ausführlich kacken zu gehen. Das zog sich hin. Es gab für alle Wagenbürger zwei Sitzklosette, mit einem in die Erde eingelassenen Plastiktank, den eine Firma alle vier Wochen absaugen kam. Schon kurz nach vier Uhr wurde es dunkel, Julia zündete eine Kerze an. Es klopfte. Julia ging und öffnete. Draußen stand ein kleines Mädchen, vielleicht sechs Jahre alt, mit schwarzen Zöpfen, in einem dicken erdbeerfarbenen Mantel voller Mickymäuse.

«Warum klopfst du denn?»

«Henry hat gesagt, ich soll besser klopfen.»

«Komm rein, Schatz, du warst viel zu lang draußen.»

Das Mädchen trat die drei hohen Stahlstufen hinauf, schlüpfte aus seinem Mantel und verkroch sich sofort in einen Schlafsack, preßte ihren Kopf aufs Plüschkissen.

«Ist das deine Tochter?»

«Hmhm. Das ist Kerstin. Sie fremdelt anfangs, mach dir nichts draus.»

Eine Tochter. Endlich konnte man über genetische Fragen reden, ohne zu persönlich zu werden.

«Ist Henry ihr Papa?»

«Henry? Nee, Henry ist der gute Geist hier, sonst nichts. Ich bin mit niemand zusammen.»

Gut. Das kleine Mädchen sah mich jetzt aus ihrem Schlafsack heraus mit großen schwarzen Augen an.

Ich erwiderte den Blick, da schob sie ihr Köpfchen in den Schlafsack zurück wie eine Seeanemone. Sie begann mit mir zu spielen. Julia lächelte.

«Wie alt ist sie?»

«Fünfeinviertel.»

«Wer hat sie dir denn eingeflößt?»

Julia mußte lachen über die Formulierung. Ich war der Meinung, mir inzwischen etwas mehr herausnehmen zu dürfen, und richtig – Julia hatte noch denselben leicht vulgären Humor.

«Das war so ein komischer Künstler. Schriftsteller. Philosoph. Halber Tscheche. Alles mögliche, alles erfolglos.»

«Hieß er Sam?»

«Woher weißt du das?» Sie sah mich mehr als erstaunt an, mißtrauisch, fast zornig.

«Keine Ahnung. Ich hab dich angesehen, und plötzlich – mußte ich an den Namen Sam denken.»

«Ist erstaunlich.»

«Ja, solche Fälle gibts. So ne Art Telepathie, wenn zwei Menschen auf der gleichen Frequenz denken. Was ist aus ihm geworden?»

«Aus Sam? Keine Ahnung.»

Das Mädchen hatte uns interessiert zugehört und war dabei aus dem Sack gekrochen, sprang von der Schlaffläche auf den Boden, rannte zu uns her, stellte sich vor mich hin und gab mir die Hand, wortlos.

«Sie mag dich», sagte Julia.

Das Kind nickte bekräftigend.

25

«Sie hätten Arndt damals helfen können, nicht?»

«Er hätte sich ja auch mal selbst helfen können! Er hat das doch alles erst so weit kommen lassen. Nein, sein Schicksal war determiniert. Aber nicht von mir.»

«Sie haben ihn immer tiefer reingeritten. Sie und Laura.»

«Nein.»

«Hat Ala auch mitgemacht?»

«Unsinn. Ala, nein.»

«Ich glaube, Sie wollen mir gar nicht helfen. Mein Buch wäre ja eine Konkurrenzgeschichte, eine alternative Arndt-Hermannstein-Geschichte – und wenn sich herausstellt, daß die Realität viel komplexer war, als Ihre Fiktion, dann wäre die Fiktion nichts mehr wert.»

«Hören Sie auf! Die ganze Welt ist meine Fiktion. Sie haben ja keine Ahnung!»

«Ich glaube nämlich, daß Arndt mit dem Verschwinden von Claudia Schneider nichts zu tun gehabt hat.»

«Seien Sie vorsichtig. Vielleicht schaden Sie Ihrem Idol.»

«Warum?»

«Wären seine Aufnahmen so legendär geworden, wenn ihn nicht zumindest der Verdacht umwehte, daß …» Kurthes beendet den Satz nicht, die Studentin sieht entrüstet zu Boden, Kurthes macht lächelnd eine Handbewegung, die sich für die Wahrheit entschuldigt.

«Na kommen Sie! Karten auf den Tisch!»

«Claudia Schneider ist nie wieder aufgetaucht. Nicht mal ihre Leiche. Der Verdacht gegen Hermannstein gründete konkret nur auf einer Aussage von Claudias Bruder. Claudia soll ihm gegenüber mal erwähnt haben, daß Arndt ihr gedroht hätte. Ich habe mit dem Bruder gesprochen. Er sagt jetzt, daß das erfunden war. Er haßte Hermannstein, hatte ihn im Verdacht und wollte auf die Polizei Druck machen.»

«Hmhm.»

«Und dann gibt es dieses ominöse Boot, das ihm sein Anwalt besorgt haben soll. Der spätere Gatte von Laura Feuer.

Auch dieses Boot, dessen Existenz Arndt stets bestritten hat, wurde nie gefunden. Der Anwalt kann sich dazu ja nicht mehr äußern.»

Walter ist vor zwei Jahren gestorben. Eines natürlichen Todes. Herz- und Kreislaufversagen.

Kurthes gibt sich selbstkritisch. «Ich habe mit Walter noch zwei-, dreimal über dieses Boot geredet, denn das war ein Punkt, der mich nie befriedigt hat. Ein Schwachpunkt auch im Roman. Vielleicht hätte ich das Boot weglassen sollen, aber dramaturgisch war es zu etwas nütze.»

«Es diente Ihnen als imaginärer Sarg Claudias.»

«So könnte man sagen, ja.»

«Und wenn es dieses Boot nie gegeben hat?»

«Spinnen Sie den Gedanken weiter …»

«Wenn Walter Arndt diesen Floh ins Ohr gesetzt hat, um ihn verrückt zu machen?»

«Wozu?»

«Das weiß ich nicht genau. Vielleicht war alles ein großer Spaß, den man sich mit ihm erlaubt hat.»

«Wer ist ‹man›?»

«Laura und Walter. Oder Sie? Mit der Hilfe von Markus und Sibylle? Oder Mucos?»

«Tja, wenn Sie meinen Roman gelesen haben, dann haben Sie sicher bemerkt, daß ich diese These dem Protagonisten Arndt-Hermann Stein einmal in den Mund gelegt habe. Hätte ich das getan, wenn …»

«Ja», unterbrach ihn die Studentin, «Sie hätten das getan. Sie wissen genau, daß an die Wahrheit nicht mehr geglaubt wird, wenn man sie in der Mitte eines Romans dem Leser als Möglichkeit anbietet.»

«Sehr schlau.»

«Sie entwerfen ja im Roman auch ein sehr … ironisches,

manchmal schonungsloses Selbstporträt von sich. Deuten an, daß Ihnen Arndt durchaus als Figur gedient hat.»

«Jaja. Und?»

«Indem man ein bißchen was von der Wahrheit dem Leser als Brocken hinwirft, lenkt man von der ganzen Wahrheit umso besser ab.»

«Hmmm … Schön, angenommen. Aber was soll ich konkret getan haben? Ich habe Arndt gewiß nicht umgebracht. Er ist in Kreta aus dem Fenster gefallen, da war ich in Zürich auf Hochzeit.»

26

Na gut. Man muß allem was abgewinnen können. Nicht allererste Sahne, hatte sie gesagt. Noch einmal zergehe mir auf der Zunge, du gnädigster Euphemismus dieser Galaxie: *Nicht allererste Sahne.* Ich hatte mit keinem Bösendorfer gerechnet, aber was sich da oben auf der Bühne des verrauchten und immerhin von einem Ofen und gut fünf Dutzend Menschen erwärmten Satteldachzeltes unter der Bezeichnung *Klavier* vorfand, war – naja, ich weiß nicht so genau, es hatte Tasten, jedenfalls bis zum dreigestrichenen C, in den höheren Regionen fehlten ein paar.

Jemand hatte die Klaviersaiten so präpariert, daß sie nach Western Saloon klangen, von der Stimmung her erinnerten die entlockbaren Töne eher an Orient bis Indien. Mir blieben fünf Minuten, um mich einzuspielen, mir ein passendes Repertoire für diesen Kasten auszudenken, zeitgleich wurde auf der Bühne (drei mal drei Meter) ein Dramolett mit schüchternen türkischen Jugendlichen geprobt, die wilde türkische Jugendliche darzustellen hatten. Es ging wahrscheinlich um eine moralische Frage, die ausdiskutiert werden mußte, aus Gründen der Authentizität fand das Ganze auf türkisch statt, sollte sich über die reine Körpersprache vermitteln, und das Zelt, das Platz für ca. fünfzig Plastikklappstühle bot, wurde immer voller, Rollheim lag im Trend. Die Regisseurin, eine ältliche Frau in schwarzer Lederhose und schwarzem Muscleshirt, mit Haarbüscheln unter den Achseln groß wie kleine Klobürsten, redete ständig was von Energie und Umsetzung in Bewegung, Sprachballett, es ging wohl um Gruppendynamik, die sich gegen den Einzelnen wendete, der schwul war oder gedealt hatte, egal, ich saß unten neben Julia und lehnte meinen Kopf an ihre Schulter, was sie so gerade eben duldete, vor allem, als die Poeten an die Reihe kamen.

Einiges davon war gar nicht schlecht, das merkte ich an einem kurzen, ergriffenen Leuchten in Julias Augen, dann bemühte ich mich um genau dasselbe Leuchten, wollte Momente des Einverständnisses herbeiführen, ein Gefühl der Verbundenheit. Ein junger Wilder, der gleichzeitig steppte und rappte, Beinarbeit gut, der Rest misogynes Zeug ohne Ironie und Zärtlichkeit, erntete Beifall und haßgeladene Buhs. Weil Julia buhte, buhte ich auch, oder schüttelte zumindest mißbilligend den Kopf. Henry, der rechts neben Julia saß, flüsterte ihr etwas ins Ohr, so laut, daß ich es verstehen konnte. «Juli, paß uff, der will sich voll in dich reintun!» Aber das stimmte nicht. Ich wollte mich auf irgendeine Weise an Julia halten, ein ganz neutrales, weitgefächertes Verbum – es gab sonst niemanden, an den ich mich hätte halten können. Ich hatte überaus gute Laune in ihrer Nähe und mehr wußte ich nicht, mehr war nicht wichtig. Bierflaschen klirrten, es gab kein Mikro, aber einen Marshall-Verstärker samt E-Gitarre, zwischen den Poesieblöcken spielte ein pockennarbiger Kopftuchleptosom Fragmente aus Neil Youngs *Dead-Man*-Soundtrack. Es fiel schwer, den Lärmpegel wieder zu dimmen, wenn das gesprochene Wort an der Reihe war.

Eine Dichterin schrie sich die Lunge wund, um angemessen Gehör zu finden für ihre einerseits radikal verdichtete, andererseits lose gereimte Widerstandslyrik mit eingestreuten Werbeclipfloskeln.

Julias Tochter war im Wohnwagen geblieben, war mit einem Schlaflied in die Nacht verabschiedet worden, aber etliche andere Kinder tollten herum und zollten der Veranstaltung so wenig Respekt wie irgendmöglich. Dazu erzogen, alles, was sie nicht verstanden, sofort und lautstark zu hinterfragen, beschworen sie groteske Szenen voller Verzweiflung. Zwei vorlaute Knaben skandierten begeistert: «Monatsblut! Monatsblut! Monatsblut tut selten gut!» und ernteten damit erheblich mehr Gelächter als die Dichterin Mitleid. Nochmal der Gitarrero. Dann, in den Lärm der Nachkunst hinein, erhob sich Julia, winkte, klatschte in die Hände, sorgte für Ruhe und kündigte mich an (meinen Nachnamen erwähnte sie dankenswerterweise nicht) als ehemaligen Primus des Leistungskurses Musik, in dem sie selber schmählich versagt habe. Was sie sich dabei gedacht hat? Die Meute war prompt gegen mich. Julia schien geliebt zu werden. Höhnische, ja empörte Zurufe begleiteten mich auf dem Weg zum Klavierhocker. Ich sah von der Bühne aus kurz in Julias Gesicht, sah, daß es ihr leid tat, daß sie einfach nur fahrlässig flapsig die ungeeigneten Worte gewählt hatte. Es machte mich ganz selig. Und ich spielte den ersten Satz aus der Fantasia Bética von Manuel de Falla, ein ziemlich virtuoses, noch nicht so plattgetretenes, dabei eingängiges Stück – welches durch die eigenartige Stimmung des Klaviers in etwas, man kann sagen: Originelles verwandelt wurde. Manche Passagen mußte ich aufgrund fehlender Tasten nach unten oktavieren, die Musik wurde dadurch trauriger als vom Komponisten erdacht, manche Akkorde erhielten eine Art Blue-Note-Charakter. Und ich muß sagen: es war, nach anfänglichem Widerwillen, recht still im Raum. Soweit innerhalb dieser undisziplinierten Meute von *Ergriffenheit* die Rede sein kann, habe ich das Möglichste erreicht. Und weil Virtuosität ohne Wiedererkennungswert nur minutenlang trägt, ging ich zu einem Medley aus Melodien über, die jedem, der Ohren besaß, irgendwann in die Gehörgänge geflossen sein mußten. Saties Gymnopedie Nummer Eins zum Beispiel, Gott klang das bizarr, kaputt, aber es hatte was – dann eine Improvisation über das deutsche Volkslied *Der traurige Husar (Ein ganzes Jahr und noch viel mehr …)*, das am Ende von Kubricks *Wege zum Ruhm* sogar die siegreiche französische Soldateska in Schwermut versetzt hatte. Zum Schluß die halsbrecherische, leicht gekürzte, komprimierte Toccata Opus Acht von Schumann, unmittelbar verständliche, zu Musik verwandelte Energie und Wut und Sehnsucht, früher Heavy Metal aus dem Biedermeier. Und Beifall. Keine Ovationen, aber Beifall. Respekt. Wieder sah ich in Julias Gesicht. Sie lächelte, stolz auf mich. Ich hatte bestanden. Nicht das schlechteste meiner Konzerte. Henry wirkte verstimmt, mürrisch, zutiefst verunsichert, klopfte mir auf die Schulter und schien irgendetwas einzusehen, was genau, wußte er wohl selbst nicht, er verfiel in tiefes Nachdenken. Ich war glücklich.

27

«*Sie* haben ihn in den Untergang getrieben! Sie und Ihre Kumpane. *Das* glaube ich.»

«Die große Verschwörung – also doch. Hmm. Auf dem Papier denkbar, aber in der Praxis – der Fall Hermannstein ist so unerhört vielschichtig. Überlegen Sie mal, wie viele Menschen – in Ihrer Terminologie: *Kumpane* – man da unter einen Hut hätte bringen müssen: Walter, mit diesem Boot, Sibylle und diese, wie hieß sie? Cosima! mit ihren belastenden Aussagen, Laura mit ihren janusköpfigen Auftritten. Markus. Ganz abgesehen von etlichen Nebenfiguren. All das ist ja so gerade noch irgendwie denk- und konstruierbar, wenn auch äußerst phantastisch. Aber Tatsache ist, daß die mir völlig unbekannte Claudia im April verschwunden ist. Zu einer Zeit, als ich mit Laura Feuer den ersten losen Briefkontakt pflegte. Da bereits hätte ich in fieser Voraussicht Claudia in einem auf Walters Namen gekauften Boot versenken sollen? Sofern wir annehmen, daß Claudia überhaupt ermordet wurde. Warum ist sie dann nie gefunden worden? Und welches Motiv hätten all diese *Kumpane* gehabt, Arndt so etwas anzutun? Nein, das müssen Sie zugeben, das ist hanebüchen. Jemand wie Laura, mit ihren Möglichkeiten, hätte ihren Gatten auf ganz schlichte Weise loswerden können. Ein Auftragskiller, ein Kopfschuß, basta. Selbst eine tagelange Folter unter verschärften Bedingungen hätte sie notfalls aus ihrer Portokasse finanzieren können. Mit Walter hatte ich sowieso ein gestörtes Verhältnis. Laura war mir in gewissem Sinne hörig, geistig hörig, wir haben nie gevögelt. Aber Walter – ihm lag überhaupt nichts an mir oder der Literatur, er verstand nichts davon, er tat vielleicht zwischendurch mal so, um auf Lauras Schmachtskala nicht unnötig abzufallen, dabei war er schwer eifersüchtig auf mich. Was hätten wir also alle gemein gehabt, um einem im Grunde liebenswerten, wenn auch triebgeplagten Menschen wie Arndt es war, Böses zu wollen?»

Kurthes mustert Kerstin, die seinem Blick nicht ausweicht. Die dennoch innerlich zusammensackt. Kurthes hat den wunden Punkt ihrer Theorie herausgefiltert und mit Rotstift umkringelt. Kerstins Theorie besteht aus nichts als vielen wunden Punkten, zusammengehalten von einem bloßen Gefühl.

«Könnte es sein, daß Mucos vielleicht auf eigene Faust ...»

«Selbstverständlich könnte das sein! Bin ich verantwortlich für ihn? Sie haben ihn doch sicher danach gefragt, oder? Was hat er gesagt?»

«Nichts. Er ist schwer leukämiekrank und möchte, daß Sie ihn noch einmal besuchen. Ich glaube, er hat nur deshalb nichts gesagt, weil er sich die Möglichkeit Ihres Besuches erhalten möchte.»

«Wie melodramatisch. Ich überlegs mir. Wollten Sie mir nicht etwas über Marita Schuhmacher erzählen?»

28

«Alexander der Große hatte zwei große Zehen, die hießen Alexandersdesgroßengroßerzeh der Erste und Alexandersdesgroßengroßerzeh der Zweite. Einer von beiden mußte Alexandersdesgroßengroßerzeh der Erste sein, der andere Alexandersdesgroßengroßerzeh der Zweite, aber sie konnten sich ihr Leben lang ums Verrecken nicht einigen wer Alexandersdesgroßengroßerzeh der Erste und wer Alexandersdesgroßengroßerzeh der Zweite war, darum gingen sie im Streit nebeneinander her, mit geschlossenen Hühneraugen, bis sie untergingen – und das gewaltige Reich, das Alexandersdesgroßengroßenzehen einst vor Fuß eins und zwei lag, zerfiel in kleine Teile.»

«Echt?»

Arndt sitzt mit Julias kleiner Tochter auf der Schlaffläche des Wohnwagens, es ist spät. Er hat die Aufgabe übernommen, das wiedererwachte, hellwache Kind ins Bett zu bringen, weil Mama in Ruhe noch duschen möchte. Das Mädchen, ihr Kosename ist Kessie, hat sich die Finger zwischen die Zehen gebohrt und macht einen Purzelbaum. Alexander den Großen findet sie nicht so wichtig. Dann will sie von Arndt wissen, warum Zehen Zehen heißen.

«Zehen heißen Zehen weil man zehen davon hat.»

«Dann haben Elfen elf?»

«Genau.»

«An welchem Fuß denn sechs statt fünf?»

«Das ist von Elf zu Elf verschieden. Die englischen Elfen unterscheiden sich da gewaltig von denen vom Kontinent. Aus Prinzip. Und dann gibt es natürlich auch Mutanten, schlimme Mischlingskreaturen, die Halbzwölfe zum Beispiel. Das sind ihrem Namen nach Wölfe, ihrem Wesen nach viel eher Halbze, die im Zwischenreich zu Hause sind.»

«Zwischen was und was denn?»

«Zwischen Mitternacht und Null Uhr.»

«Da ist doch gar nichts dazwischen.»

«Für uns sieht es wie nichts aus, aber das ist eben alles,

was die haben. Man nennt ja auch gewisse Menschen Habenichtse, und sie existieren doch.»

«Aber», will Kessie nach kurzem Nachdenken wissen, «warum heißen Finger dann Finger und nicht Fünfer?»

«Früher ja, früher nannte man die Finger Fünfer. Es gab den Mittelfünfer, den Ringfünfer, den Kleinfünfer, den Zeigefünfer und den Bauernfünfer. Noch heute nennt man so jemanden, der plump und grob gestrickt ist und an jeder Hand fünf Daumen hat.»

«Aber warum heißen die Zähne Zähne, da hat man doch viel mehr davon als zehne?»

«Früher nicht, als die Sprache eben erst erfunden wurde, da gabs noch wenig Mundhygiene, dafür gabs sehr viel Zahnfleischschwund und große Verluste, wenn man da von einem erwachsenen Menschen sagen konnte, er habe noch seine zehne beisammen, dann hieß das: der hat Glück gehabt.»

«Das glaub ich nicht.»

«Wieso? Zum Beispiel kommt das Wort Zäune von Zähne, weil die Bretterzäune in dichten Reihen wie die Zähne stehn.»

«Ich hab aber noch nie einen Zaun gesehen, der nur aus zehn Brettern besteht.»

«Das kommt, weil wir in einer Überflußgesellschaft leben. Damals genügten zehn Bretter den meisten sehr wohl, um zu beschützen, was sie besaßen. Heute –»

«Und wieviel Zähne haben Elfen? Elf?»

«Elfen haben keine Zähne. Elfen leben von Luft und Licht, also von flüssiger Nahrung. Wozu bräuchten sie Zähne, wenn sie nicht kauen? Die Halbzwölfe haben Zähne, weil sie schwer an ihrem Zustand zu kauen haben und weil sie manchmal kleine Kinder fressen, selten, aber es kommt vor.»

«Wann denn?»

«Immer wenn ein Kind nicht schläft zwischen Mitternacht und null Uhr. Da können sie sehr bissig werden!» Arndt zwickt sie leicht in die Nase. Kessie quietscht vor Vergnügen. Mümmelt sich ein. Und sinkt, kaum zehn Sekunden danach, in Schlaf. Unbegreiflich.

Julia, die zwischendurch in der winzigen Campingkabine duschen war (die Dusche funktioniert dank eines Tretpumpmechanismus), hat der Unterhaltung heimlich zugehört, in zwei riesige Handtücher gehüllt.

«Du kannst ja mit Kindern umgehen.»

Arndt grinst. Er hat das bisher nicht gewußt. Äußert eine alleinstehende Frau mit Kind dergleichen zu einem alleinstehenden Mann, breitet sie sehr viel Zukunft vor ihm aus.

Sein Grinsen verfliegt. Er schnalzt bedauernd mit der Zunge.

«Was hast du?»

«Nichts.»

Wir gingen später noch spazieren, es hatte aufgehört zu schneien, eine kalte, klare Nacht, voller Sterne, Julia sagte, sie würde heute Nacht gerne neben mir schlafen, sie betonte: NEBEN mir, nicht MIT mir, aber dazu sei in ihrem Wohnwagen nicht genug Platz, man müsse Rücksicht nehmen auf das Kind. Ich berichtete von meinem Wohnklo am Kottbusser Tor, sie müsse sich um mich keine Sorgen machen. Ob sie mitkommen wolle in mein Wohnklo am Kottbusser Tor, wir könnten dort nebeneinander einschlafen, nicht ineinander, und weil ich sehr viel Bier getrunken hatte, flüsterte ich auch, daß wir in einem anderen Leben vieles gemeinsam gehabt hätten, woran ich jetzt sehr gern zurückdächte – das bekam sie in den falschen Hals und mußte mühsam beschwichtigt werden, bis wir uns am Görlitzer Bahnhof trennten und für den nächsten Mittag neu versprachen. Ein kurzer, ganz ganz kleiner Kuß.

Über mir wurde jeder Stern zum stummen Zeugen für ein einzigartiges, brüchiges, kaleidoskopisch tiefes und rätselhaftes Glück, auf das ich keine Hoffnung mehr gehabt hatte, das ich mir vielleicht nur einbildete, seis drum. Ich weinte mein Kopfkissen naß und liebte das Leben.

29

Ich habe erst einen Abschiedsbrief geschrieben. Einen einzigen. Den an Ala.

Wenn man jemanden von sich stößt, der einen wirklich liebt, ist das immer auch ein kleiner Selbstmord, man fühlt sich stets deswegen schuldig, selbst wenn die eigenen Gefühle erloschen sind. Liebe von sich zu weisen, als gäbe es sie an jedem Kiosk neu und jedes Halbjahr preiswerter zu kaufen, fällt höchstens Pubertierenden leicht, die nicht wissen, worum es geht, womit sie handeln. Damals glaubte ich, Ala aus mir herausschaben zu müssen, wie einen Parasiten, der sich in meinem Herzen eingenistet hatte. Erloschen waren meine Gefühle für sie zu jener Zeit keineswegs, ich habe stundenlang vor dem Briefkasten gestanden, keine Floskel, na doch, ich habe mich irgendwann vor den Briefkasten hingesetzt, um genau zu sein. Habe den Brief schließlich zitternd und schwitzend eingeworfen, habe ja hinausgemußt in die große Welt, in eine größere Welt, als jene, die ich mit Ala genoß. Tabula Rasa. Schwamm drüber.

Ich habe mir noch jahrelang Fetzen von Ala aus den Herzkammern gezupft.

Dieses Mädchen hat mich geliebt, als ich fast nichts gewesen bin, nicht einmal liebenswert. Sie hätte ihr Leben lang an meiner Seite ausgeharrt, glaube ich. Und vielleicht hätte ich sie auf irgendeine Weise mitschleppen können, aber meine Vorhaben wären ihr immer fremd und verdächtig erschienen. Kann sein, ich habe zu tief in mein Herz geschnitten. In ihres auch.

Es geht streng auf Weihnachten zu, über den Straßen und in den Fenstern der Häuser blinkt es rot und gelb, als Konzentrat, als Ersatz aus der Stromdose, bis die Schwalben und mit den Schwalben die Farben, die wahren Farben, zurückkehren werden aus dem Inneren der Bäume. Ich habe nicht geschlafen, nur getrunken, viel getrunken, ein wenig dirigiert – die Bläser im dritten Satz von Bruckners Neunter – da hat bislang keine Aufnahme erreicht, was Bruckner wollte. Vielleicht wird das in alle Ewigkeit so bleiben. Und wär es denn so schlimm?

Ich sehe den Frühaufstehern zu, wie sie aus den Wohnhäusern taumeln, in U-Bahnschächte eilen, oder aus ihnen herausquellen. Die Imbissbuden öffnen bereits, der tägliche Kebabkegel wird auf den Spieß gesteckt, es riecht nach frisch gebrühtem Tee und zuckrigem türkischen Backwerk. Ich höre den Bussen auf dem Hermannplatz zu, wie sie zischen und stöhnen beim Anfahren, wie sie den schwarzgewordenen Schnee am Gehsteigrand plätten und in Saft verwandeln.

Im jungen Morgen übriggeblieben sein als Relikt der Nacht. Der Morgendämmer – lila-plastik-nebelfarben, mit schweren schwarzen Ecken und Kanten. Konturen, für die das Wort *Silhouette* zu schlank klingt. Durchsetzt von blau leuchtenden Firmensignets. Der Himmel ist streng in Schichten geteilt. Nacheinander injiziert die Sonne in jede von ihnen eine Dosis Licht – sie sterben bereitwillig ab, fließen ineinander. Der neue Tag wird, wenn man eine Nacht durchlebt hat wie die letzte, als obszön und skrupellos empfunden, zugleich als Erlösung für eine Ekstase, die an den Rand ihrer Geltungssucht gelangt, fragil und fragwürdig geworden ist. Vor dem Karstadt-Kaufhaus steht ein Mädchen mit einer Klarinette. Sie spielt mit Wollhandschuhen, nur die Fingerspitzen liegen frei, das sieht erotisch aus. Was spielt sie da? Ich kenne es und kenn es nicht. Töne, aus einer fernen Welt geliehen, in der schon alle tot sind. Sie zwinkert. Kommt mir bekannt vor. Ich gehe Richtung Norden, stelle mich auf die Kottbusser Brücke. Ein Kiosk wird beliefert, der Betreiber schimpft auf die Schlagzeilen der Zeitungen – wer solle sowas kaufen, warum die Zeitungen nicht bessere Schlagzeilen in die Welt setzen könnten.

Hochinteressant.

Auf dem Kanal treibt ein Boot vorbei. Es gleitet durchs Eis, als habe jemand eine Fahrrinne freigehackt. Ich erkenne es wieder, vom Foto im Bootsprospekt, ein Crestar 525 und Claudia, im Bikini, liegt an Deck und sonnt sich. Fata Morgana aus anderer Zeit. Durch einen Wolkenspalt fällt grünliches Licht auf das Boot herab. Wie ein verschimmeltes Spotlight. Und dort, im Führerhaus – wer ist das? Bin ich das? Der Mann am Lenkrad ähnelt mir. Das Boot tuckert vorbei. Claudia liegt und schläft, beachtet mich nicht. Hinter dem Heck schließt sich die Eisdecke wieder, das grünliche Licht erlischt. Wo bringt man sie hin? Ein sonderbar plastischer Traum, ich finde die Idee lächerlich, einem Traumbild hinterher zu brüllen. Später fällt mir ein, daß ich wach bin. Mein neuer Paß dürfte fertig sein. Ein Taxi hält. Ich sehe an mir hoch, stelle fest, daß mein Arm dem Fahrer ein Zeichen gegeben hat. Es taut.

Das Eis auf dem Landwehrkanal ist in Millionen Stücke gesplittert, dazwischen minzgrüne Risse. Man müßte ein sehr kleines Tier sein, wollte man noch von Scholle zu Scholle hüpfen. Schnee liegt auf den Birken. Verschwendetes Weiß.

30

«Was hat Hermannstein eigentlich noch monatelang in Kreta gemacht?»

«Wie – gemacht?»

«Sie beginnen Ultrachronos mit einer stur durchgehaltenen Ich-Perspektive. Als wäre Arndt ein Schriftsteller gewesen, der, was er sieht, sogleich aufzeichnet. Das ist ein Kunstgriff, den manche Leser unglaubwürdig finden.»

«Ooch – ein paar Ungläubige gibt es immer …»

«Was waren Ihre Gründe, diese Perspektive zu wählen?»

«Sie drängt sich doch auf. Ein Mann weiß nicht Bescheid, was um ihn her geschieht, geschehen ist. Da kann ich doch keinen auktorialen Erzähler wählen. Es muß sofort Emotion erzeugt werden. Spannung und Weite. Undurchsichtigkeit. Später ist es was anderes.»

«Na schön, aber die Frage bleibt: Was hat Hermannstein gemacht in dieser Zeit im Hotelzimmer?»

«Gibt einiges, was man da tun kann …»

«Er hat keinerlei Aufzeichnungen hinterlassen. Die Polizei hat jedenfalls keine gefunden. Kein Tagebuch, keinen Abschiedsbrief.»

«Was wollen Sie mir damit sagen?»

«Manche Passagen aus Ultrachronos lesen sich, als habe Arndt sie tatsächlich selbst verfaßt.»

«Oh … Vielen Dank.» Kurthes geht nicht weiter darauf ein, läßt den Verdacht an sich abtropfen, und mehr als einen Schuß ins Blaue hat die Studentin in dieser Frage nicht zu bieten. Aber einen anderen Trumpf zieht sie aus ihrer Aktenmappe.

«Wer besitzt derzeit die Rechte an Hermannsteins Aufnahmen?»

«Das wissen Sie», sagt Kurthes, nachdem er einen Blick auf die Vertragskopie geworfen hat,

«Ist ja auch kein Geheimnis.»

«Nein, aber sehen Sie sich das Datum, an dem die Verträge unterschrieben wurden. Sie haben mit Arndts Plattenfirma verhandelt, als er noch am Leben war.»

31

Mein falscher Paß ist sehr überzeugend geworden, jeden Cent wert, ich fühle mich um einiges mobiler als zuvor. Und so verwegen. Julia wartet am Paul-Lincke-Ufer, Höhe Forsterstraße, wo selbst im Winter ein paar Hartgesottene auf den Kiesflächen Boule spielen. Sie trägt unter ihrem Anorak eine ausgebliche Camouflage-Kluft, dazu Turnschuhe mit mehrmals geflickten Bändeln, der nassen Witterung nicht angemessen. Ich würde ihr den Paß gerne zeigen, stolz auf mein verwegenes Doppelleben, es könnte aber sein, daß mein neuer Name sie verwirren würde. Es dämmert bereits, Julia zieht mich am Arm, sie hat Hunger, ob wir was essen wollen, sie schlägt Falafeln vor. Will mich dazu einladen. Herzig. Wir könnten auch in die Fichtestraße, zum *Cochon Bourgeois*, ein etwas besserer Franzose, aber dort ist meistens Platzreservierung notwendig, und ich will nicht mit meinen finanziellen Möglichkeiten prahlen. Zudem wäre Julia dafür nicht passend gekleidet. Man würde uns beäugen, also auch mich. Und mein Gesicht könnte von kulturbeflissenen Gästen erkannt werden, trotz Bart. Folglich Falafeln mit Sesamsoße beim Araber am Eck. Widerwillig wird mir erlaubt, die beiden Portionen zu bezahlen, Julia schätzt mich als Geringverdiener ein, möchte mir nichts schuldig bleiben. Das erinnert mich sehr an Claudia, erinnert mich unangenehm an Claudia.

«Woran denkst du?»

«Nichts.»

Doch Claudia verschwindet nicht aus meinem Kopf. Sie ist wieder da, ihr Lachen hallt in meinem Gedächtnis wider, ihre quirlige Motorik steigt mit hundert kleinen Gesten aus der Erinnerung herauf. Wir sind oft bei Nacht am Fraenkelufer spazierengegangen, haben Kir Royal auf dem lila angeleuchteten Restaurantschiff getrunken, haben in den Fluß gesehen, in die zitternden Lichter, haben die Liebespaare auf der Brücke beobachtet.

«Du denkst doch an was.»

«Ich denke an die Provence. Warst du da schon mal?»

«Nee. Soll schön sein. Oder?»

Obwohl es getaut hat am Tag, ist der Wind, der über den Kanal streicht, eisig. Kino?

«Kino mag ich nicht.» Zuviel Wirklichkeit, behauptet sie. Interessant.

Was sie stattdessen mögen würde?

«Ich muß zu meiner Tochter zurück. Was schaust du so enttäuscht?»

«Neinnein. Selbstverständlich. Geh nur!»

Ich kann mich irren, aber mir ist, als würde *sie* jetzt enttäuscht reagieren. Julia gibt mir verdammt wenig Anhaltspunkte für das, was sie von mir erwartet. Wahrscheinlich weiß sie nicht, was mit mir anzufangen ist. Es liegt bestimmt an mir. Mit mir ist ja auch wenig anzufangen, ich mache keine eindeutigen Angebote für dies oder das, mag sein, daß genau diese Zurückhaltung sie reizt. Ihre Hand streichelt über meine Stirn, eine zärtliche, ganz unerwartete Geste. Sie streichelt, ohne daß sie es weiß, Claudia aus meinen Gedanken, ihre Finger gleichen einem Schwamm, der Claudia verwischt, unkenntlich macht. Bis ich fast frei bin.

«Du verbirgst was vor mir.»

«Nein, umgekehrt.»

«Umgekehrt?»

Ich mache eine Handbewegung – pfeif drauf. Julia tritt einen Schritt zurück.

«Aus dir soll man schlau werden!»

«Verzeih.»

«Was genau?» Sie lacht, und ihr Kinn fügt sich sanft in meine ausgestreckte Hand, überraschend läßt sie sich auf einen flüchtigen Kuß zu mir herab, stößt mich dann fort.

Wir stehen in der Dunkelheit am Kanalufer, in einer schwarzen Zone zwischen den Laternen, können die Mimik des anderen höchstens erahnen. Zittern vor Kälte.

Ob ich später am Abend Lust hätte auf ein kleines Abenteuer. Die Frage wirkt vertraulich, überaus vertraulich.

«Klar.»

«Dann treffen wir uns um Mitternacht beim Wachturm.»

«Ja.»

Sie huscht in die Nacht. Ich möchte ihr soviel sagen. Will sie nicht mit mir behelligen.

Der Grenzwachturm in Treptow ist ein Relikt der Mauer. Als museales Anschauungsobjekt vor den Flohmarkthallen stehengelassen, dient er den Touristen als Mahnmal. Bis auf vereinzelte Ausstellungen bleibt er verschlossen und kann nicht begangen werden. Soweit ich weiß. Die fünf zu über-brückenden Stunden verbringe ich im Club 61, wo man für siebzig Euro plus Trinkgeld eine junge polnische Göttin haben kann. Es bedeutet mir nicht mehr so viel. Nichts ge-gen einen verrutschten Kuß von Ala, Julia, Juli – wer immer sie ist.

32

«Gut, das stimmt. Ich habe die Aufnahmerechte gekauft. Es war nicht eigentlich meine Idee, sondern, naja, die meines literarischen Über-Ichs, wissen Sie – das was man im Volks-mund vielleicht – es ist so schwer erklärbar – als *Chef* be-zeichnen könnte. Der Schalk tief in einem drin. Der Creator Spiritus. Sehen Sie, ich bin ein wohlhabender Mann, ich habe ausgesorgt für die nächsten vierhundert Jahre. Warum sollte ich mich an Arndt bereichern wollen? Es ging nur dar-um, dem ganzen eine weitere dämonische Facette zu geben, und wenn man dergleichen schon erfindet, aufschreibt, war-um soll man es nicht auch tun? Die Rechte an Hermann-steins Aufnahmen waren billig zu dieser Zeit.»

«Aber – so etwas hätte doch mit dem Einverständnis des Künstlers abgemacht werden müssen.»

«Schon – aber wenn der Künstler nicht auffindbar ist? Die Plattenfirma wollte ihn loswerden, er hat auf die Post nicht reagiert – also war man irgendwann verhandlungsfähig. Ich betone: verhandlungsfähig. Unterschrieben wurde der Vertrag erst, mit Billigung Lauras, am Tag, als die Nachricht von Arndts Ableben eintraf. Wir haben den Vertrag dann aus diversen steuerlichen Gründen um eine Woche vordatiert. Ist das schlimm? Nein. Alles im Rahmen.»

«Trotzdem mußten Sie einen beträchtlichen Teil Ihres damaligen Vermögens in die Rechte investieren. In Rechte, die womöglich bald nichts mehr wert gewesen wären.»

«Ooooch. Andere nennen das Weitblick. Ihr sehr verengter Blick hingegen will mir gleich wieder was in die Schuhe schieben. Wie kleinkariert.»

33

Um Mitternacht habe ich Angst. Ich weiß nicht, wovor. Ich sitze am Zaun der Treptower Flohmarkthallen, rauche und sehe mir den Wachturm an, vom spärlichen Licht einer weit entfernten Laterne als Umriß aus der Nacht gehoben. Ich habe soviel Angst, als würden auf dem Wachturm noch immer Scharfschützen hocken, die im Segment der Scheinwerferkegel nach weichen Zielen Ausschau halten. Julia verspätet sich nur um Minuten. Sie tritt ins funzlige Licht, sieht sich um, ich laufe ihr entgegen. Ein Kuß? Kein Kuß. So ernsthaft sieht sie drein. «Kann ich mich auf dich verlassen?»

Ich nicke. Leichter Nebel flutet die Wiese.

«Wir müssen was abholen. Du hilfst mir, dafür kriegst du auch was. Wir müssen leise sein.»

Klar, warum nicht? Wir marschieren schweigend die Straße entlang in nördlicher Richtung.

Der Nebel verflüchtigt sich, unser Atem dampft, die Schritte knirschen.

«Bist du stumm geworden?»

«Wir müssen doch leise sein.»

«Aber jetzt doch noch nicht.»

«Na dann. Was haben wir denn vor? Drogen?»

«Hmmhm.»

«Wow.»

Wir sind eine ganze Weile unterwegs, während der ich mir ein paar Zusatzinformationen erhoffe, die nicht kommen.

«Machst du das zum ersten Mal?»

Sie schüttelt den Kopf.

«Und wer begleitet dich sonst?»

«Henry. Aber der hats am Herzen.»

«Ach? Haben wir was vor, was aufs Herz geht?»

Wir überqueren die Mündung zum Landwehrkanal, gehen weiter in Richtung Oberbaumbrücke. Auch dort liegt ein Restaurantschiff vor Anker, wo ich mit Claudia essen war, das Okéanos. Unbeleuchtet, ein kalter Schattenriß, starrt es mich an. Julia hat mir keine Antwort gegeben, und ich habe es jetzt erst bemerkt. Claudia hat sich vor meine Gedanken geschoben.

«Also paß auf: Immer in der Nacht von Sonntag auf Montag am späten Abend legt da vorne ein Boot an.»

«Ein Boot?» Schon das Wort macht mich kribbelig. Ich will mit Booten nichts zu tun haben.

«Ja. Frühmorgens kommen Leute und laden es aus. In

der Zwischenzeit liegt es unbewacht rum. Die Kajüte ist abgesperrt, aber meistens paßt die ganze Ladung nicht in die Kajüte.»

Julia gibt mir Rätsel auf. Um was für enorme Mengen von Drogen soll es sich da bloß handeln, unbewacht dazu? Sie deutet nach rechts, wir steigen einen dünnen Kiesweg hinab, vor uns erhebt sich ein riesiger Holzverschlag, über einen kurzen Steg erreichbar, der in eine Stahltür aus fünf armdikken Gitterstäben mündet. Auf der Straße hinter uns ist es still, keine Menschen weit und breit. Julia deutet mir an, in die Hocke zu gehen. Sie küßt mich, tätschelt mir die Wange.

«Das Problem ist die Stahltür.»

«Und?»

«Man kann sich aber rechts am Verschlag entlanghangeln. Um die Ecke gibt es gleich eine Einstiegsmöglichkeit. Bist du schwindelfrei?»

Grundsatzfragen. Um diese Tageszeit. Um diese Nachtzeit. Na egal. Ich nicke stumm.

«Dann los. Es ist gar nicht schwer.»

Sie betritt den Steg. Packt die Gitterstäbe der Tür, sucht mit der rechten Schuhspitze Halt auf einem kaum fünf Zentimeter breiten Vorsprung, klemmt die Finger in die Kanten der unterschiedlich tiefen Holzbretter, schiebt ihren Körper am Bootshaus, ein Bootshaus wird es wohl sein, entlang, unter sich träge anschwappendes Wasser, dem, wenn man genau hinhört, ein leises, gurgelndes Geräusch entfährt. Das soll nicht schwer sein? Und wie um Himmels Willen soll Henry mit seinem Bauchladen dergleichen bewältigt haben?

Ich versuche es. Bei einem Sturz, das beruhigt mich etwas, würde ich höchstens bis zum Knie naß werden oder mir beide Knöchel brechen. Ich klammere mich an die Kanten. Es geht. Am Eck halte ich mich fest, das Kinn an der Kante, schnaufe durch, die Arme im 90°-Winkel ans Holz gepreßt.

Meine Wange reibt über das feuchte Holz. Ich schwitze, mir wird übel. Ich hangele mich weiter, es gibt kein Straßenlicht mehr, das schwach herüberscheint, alles ist dunkel, tiefschwarz. Endlich – der Durchstieg. Zwei Bretter fehlen. Man hat mit Stacheldraht überbrückt. Ich fühle den kalten Stacheldraht. Man kann sich an ihm festhalten, kann ihn auseinanderbiegen. Ich schlüpfe durch. Verletze mich leicht. Fühle festen Boden unter mir, meine Knie zittern, meine Beine schlackern. Ein Stachel hat sich in den rechten Unterschenkel gebohrt. Julia tätschelt meine Schläfen, meine zusammengepreßten Kiefer, der Rückweg sei viel einfacher, die Stahltür könne von innen geöffnet werden. Wie wunderbar. Wir stehen in einer riesigen Bootshalle. Wenn sich die Augen an die Nacht gewöhnt haben, lassen sich schwache Umrisse erkennen; vom gegenüberliegenden Ufer spendet eine Reklametafel dafür ausreichend Licht. Etwa dreißig Boote, alles kleinere Kaliber. Julia zeigt auf eines davon, läuft auf Zehenspitzen hin, schwingt sich hinein.

Ich bin hier schon einmal gewesen. Vielleicht in einem Traum. Und ich will hier nicht sein. Über die meisten der überwinternden Boote sind Planen gedeckt. Julia reißt an etwas herum, ruft mich, übergibt mir etwas. Reicht mir etwas aus dem Bug, sie lächelt, ich kann es sehen, erkennen, trotz der Dunkelheit, kann nicht fassen, *was* sie mir da überreicht. Anhand Gewicht und Form und dem Schein meines Feuerzeuges läßt es sich eindeutig definieren. Kein Scherz. Es sind fünf Stangen *Marlboro Light*.

«Spinnst du?»

«Warum?»

«Du hast gesagt, es geht um Drogen.»

«Das sind doch Drogen.»

«Die gehören den Schlitzaugen. Das ist Ware der Zigarettenmafia.»

«Ich nehm nicht viel. Das merken die gar nicht.»

Es muß eines der kleineren Verteilungslager sein. Hier holen sich die letzten Glieder der Profitkette, die Tagelöhner, die vietnamesischen Straßenverkäufer, ihre Packungen ab, die sie dann auf der Oberbaumbrücke den Passanten für einen Euro anbieten. Oder anderthalb.

Und wir, wir machen uns hier zum Affen, indem wir zehn oder zwanzig Stangen Marlboro Light klauen. Das Allerschönste ist, daß Julia glaubt, sie täte mir noch was Gutes.

«Mußt beim nächsten Mal nicht mehr mitkommen, mach ichs halt alleine.»

Ich bin hier schon einmal gewesen. Das Gefühl legt sich wie ein Schmierfilm auf die Haut. Es ist eine Falle. Natürlich. Ich sehe aufs Wasser hinaus. Ein etwas größeres Motorboot fährt da vorüber. Es dreht sich in unsere Richtung. Ein riesiger Bugscheinwerfer blendet auf, dessen Lichtkegel beinahe die vordersten Stege erreicht.

«Die Bullen», zischt Julia, «Scheiße!»

Wir rennen über die Planken, auf die Stahltür zu, dann hören wir Stimmen vor der Tür, stoppen, Julia keucht, hat noch immer die fünf Pakete vor die Brust geklemmt. Vom Wasser her dröhnt das Motorengeräusch des Polizeibootes, mit jeder Sekunde lauter, näher, es ist vielleicht keine zweihundert Meter mehr entfernt.

«Komm!»

Ich zeige ihr die grobe Richtung, wir rennen quer durch

die Halle, zum äußersten Steg, dritter Pfosten, da liegt das Crestar 525, ich greife in die Hosentasche, hole den Schlüssel heraus, den ich seit Paris mit mir herumtrage, wir springen auf das Boot, ich stecke den Schlüssel ins Kajütenschloß, die Tür schwingt auf, wir springen rein, kauern uns auf den Boden, ich schließe die Tür von innen zu.

«Arndt?» Sie flüstert mir ins Ohr, mit vor Angst bebender Stimme. «Arndt, was geht hier vor? Wieso hast du den Schlüssel zu diesem Boot?»

«Was weiß denn ich?»

Wir liegen auf dem eiskalten Kajütenboden, ich lange nach oben, ziehe ein paar Steppdecken von den Polstern herab, in die wir uns einwickeln. Die Decken riechen nach Öl.

«Ist das etwa dein Boot?»

Ein Lichtkegel schwenkt über uns hinweg. Der Scheinwerfer des Polizeibootes gleitet durch die Halle, streift das Kajütendach, das Motorengeräusch geht in ein Rattern über, ein spotzendes Grollen, dann hört man Stiefel auf die Planken krachen.

«Jemand muß uns von der Straße her gesehen haben, als wir rein sind. Lieg ganz still!»

Ich breite die Decken über uns, wir pressen uns aneinander, das letzte was ich sehen kann, sind die schmalen Lichtsäulen dreier Taschenlampen, die im Gebälk der Bootshalle schlafende Tauben aufscheuchen.

Das also ist mein Boot. Muß es ja sein. Es wäre lächerlich, zu glauben, ich hätte es aus Zufall entdeckt. Ich lege meinen Kopf zwischen Julias Brüste.

Nein, das Ganze ist sorgfältig eingefädelt. Ich habe mich gegen dieses Boot gewehrt – aber etwas hat mich hierhergeführt, hat Julia als Werkzeug benutzt, und im Moment der

Bedrohung, der Gefahr, als es keinen anderen Fluchtweg mehr gab, habe ich mich erinnert, erinnern müssen. Etwas hat mich in dieses Boot gekippt, wie einen Hund, dem man die Schnauze in den eigenen Kot drückt. Und dieses Etwas ist in mir drin. Julia weiß nichts. Das unbekannte Etwas kontrolliert sie und mich und irgendwo hockt es und dirigiert die Lichter um uns herum. Stimmen sind zu hören, der genaue Wortlaut wird von den Decken erstickt, von der Kabine, vom Glucksen des Wassers, das gegen die Bootswände schwappt. Wenn die Polizisten Hunde einsetzen, bleibt uns keine Chance. Es ist alles ein böses, abgefeimtes Spiel, und ich möchte schreien, aufstehen, losbrüllen. Aber da liegt Julia in meinen Armen, sie streicht mir mit zwei Fingern den Hals entlang bis zum Kehlkopf, sie ist ein Werkzeug, ein unschuldiges Werkzeug. Ihr darf nichts Böses passieren. Das Boot ist mir dabei noch immer fremd. Mir wurde gerade soviel Erinnerung, vermeintliche Erinnerung, eingepflanzt, wie notwendig war, mehr nicht. Es ist stockfinster, aber ich spüre Julias Blick, soviele Fragen, die sie mir stellen will, die Schritte kommen näher, knarzendes Holz. Es ist verdammt so wie in einem von Kurthes' fantastischen Romanen. Die Stimmen kommen so nah, daß aus dem Raunen einzelne verständliche Wörter hervortreten. Jetzt wird es ein wenig hell in der Kajüte, der Schein der Taschenlampe flackert hin und her über die Decken, kurz, ganz kurz nur, aber in empfundener Zeit unendlich lang, und der Lichtstrahl bereitet mir einen körperlichen Schmerz auf der Stirn, die zu glühen beginnt. *Die ham sich schon verpißt.*

Die ham sich schon verpißt. Einen schöneren Satz hab ich im Leben nicht gehört.

Schritte, die schwächer werden, verhallen. Noch dauert es unendliche zehn Minuten, bis das Polizeiboot seinen Motor wieder anwirft. Wir bleiben liegen. Küssen uns. Vielleicht eine halbe Stunde lang, oder eine ganze. Julia streicht mir den Schweiß von der Stirn, nagt an meiner Oberlippe, es ist fantastisch. Wie in einem Roman von Kurthes. Aber angenommen, dies wäre das Leben, mein Leben, denn welches besäße ich sonst? Ich treibe durchs All, ein Raumfahrer, vom Mutterschiff verstoßen, und was ich berühre, wird Phantasie. Es ist großartig, im Kosmos, diese Ohnmacht, dieses Ausgestoßensein. Zum ersten Mal berührt mich etwas wie sonst nur die Musik.

Sie weiß instinktiv, ohne daß sie ihn je berührt hätte, wo sie ihn berühren muß, um diesen oder jenen Laut von ihm zu hören. Es gefällt ihr, auf seinem Körper wie auf einem Instrument zu spielen, den Klang jeder Taste seines Körpers wahrzunehmen und für sich zu bestätigen. So, als hätte sie diesen Körper irgendwann einmal für sich gestimmt – und wüßte davon nichts mehr.

Wir hören das Polizeiboot ablegen, der Rückwärtsgang klingt deutlich anders, klickernder, so entspannend, friedfertig.

Doch als wäre dem Frieden nicht zu trauen, schweigen wir und küssen uns, Julia krallt mir ihre Nägel in die Brust, ich habe Gänsehaut am ganzen Körper, zittere, leichte Spasmen schütteln meine Beine und Arme durch, ich presse die Geliebte an mich. Erinnere mich an ein Glück, das lange vergessene Glück im Schilf der Provence, als der kleine Bach golden glitzerte und das Pfahlrohr sich leicht im Wind wog, als wir ein Baguette von beiden Seiten aufgegessen haben, bis unsere Münder sich in der Mitte trafen, all das, was aus der Entfernung kitschig anmutet, aber groß und wahr und gut gewesen ist. Aber wenn es so gewesen ist, wie habe ich es aufgeben können?

«Die Bullen sind weg. Erklärst du mir jetzt mal was?»

«Bleib unten. Vielleicht tun die nur so.»

Ich glaube nicht, daß die nur so tun. Wir sind höchstwahrscheinlich in Sicherheit, aber ich möchte Julia küssen, noch stundenlang. Der Linoleumboden ist hart, aber nicht schlimm, es ist nicht einmal kalt, die Decken dämmen die Körperwärme gut ab, die Euphorie kommt dazu, ich sage Julia, daß ich sie immer geliebt habe, damals und jetzt, es verwirrt sie, dennoch muß ich es ihr sagen. «Ich habe damals den Fehler gemacht, dich zu verlassen, glaubte, dich verlassen zu müssen, jetzt ist mir alles klar …»

«Mir ist überhaupt nichts klar!»

Sie geht in die Hocke, reißt sich die Decke vom Leib, ihr Haar berührt meine Wangen, sie sitzt auf meinem Bauch und sieht mich an. Sie ist so schön. Wie gesagt, stockfinstere Nacht, aber Julia ist schöner als je.

«Wie kommst du an dieses Boot? Woher hast du den Schlüssel?»

«Das ist eine lange Geschichte.»

«Wir haben die Jahreszeit für lange Geschichten.» Sie ahmt Henrys Tonfall nach. Öffnet eine der gold-weißen Pakkungen. «Ich hab noch nie geraucht im Leben. Doch. Einmal. Jetzt zum zweiten Mal. Hast du Feuer?»

Ich geb ihr Feuer. Zünde mir selbst eine Zigarette an. Die Zigarette wonach?

«Rückst du jetzt raus damit oder nicht?»

«Julia, ich würde gern. Aber was hier geschieht, das …»

«Was?»

Plötzlich erinnere ich mich auch an die Schattenseiten jenes goldschimmernden Sommers.

Genau so war es damals. Höhere Zusammenhänge. Sie hatte keinen Sinn dafür gehabt. Und ich – hatte vom Höheren eine diffuse Ahnung, aber nicht genügend Verständnis davon, um es jemandem erklären zu können. Nur genug, um Ala ihr Nichtverständnis vorzuwerfen.

«Das kommt mir alles recht gruselig vor.»

«Mir auch, Ala.»

«Warum nennst du mich denn so?» Sie erhebt sich, späht aus den Luken der Kajüte nach draußen. «Sieht ruhig aus. Ist das nun dein Boot oder nicht?»

«Vielleicht?»

«Hast du einen an der Waffel?»

«Vielleicht.»

«Was ist das da hinten?»

«Was?»

«Guckma, da ist ein großes Paket.» Sie leuchtet mit dem Feuerzeug hin.

«Laß das!»

Sie leuchtet ein von seiner Form her teppichähnlich geschnürtes Paket aus Zeltstoff und Klebeband an, das leicht geknickt im Stauraum unter dem Steuerruder ruht.

«Wir können doch reinschauen und …»

«Nein!»

«Also ist das dein Boot?»

«Gottverdammt, wahrscheinlich, ja.»

«Was isn das? Sieht aus wie …»

«Sags nicht!»

Julia schnippt das Feuerzeug direkt vor meiner Nase an, sieht mir erschrocken ins Gesicht.

«Was treibst du für ein Spiel mit mir?»

«Nicht ich, Julia, ich bin es nicht.»

«Mir reichts. Ich will heim.»

Ich geb ihr den Schlüssel für die Einstiegsluke. Zu kraftlos, etwas zu erklären, was mir selbst unerklärlich bleibt. Zu schamerfüllt und feige, um das Geheimnis jenes verschnürten Pakets mit eigenen Händen zu lösen. Solange ich das Paket nicht aufschneide, hat Claudia die Chance, irgendwo zu leben. Inzwischen bin ich so weit, daß mir der Sachverhalt zwingend logisch erscheint. Julia entsteigt dem Boot, ich folge ihr, atme begierig frische kalte Luft ein, als wäre ich penetrantem Gestank ausgesetzt gewesen.

«Das hat da drin vielleicht gestunken.» Sagt Julia, wie um mich zu quälen.

Sie reckt die Arme, gähnt. Vor ihr auf den Planken die Beute der Nacht, vier Stangen Marlboro Light und eine angebrochene. Ich umfasse Julias Schultern, drücke ihr einen Kuß in den Nacken. Aus dem Schatten schält sich eine Figur, tritt fast lautlos vor uns hin. Wir vergessen beide, zu atmen. Die Figur ist mager und klein, keine einssechzig mit Kapuze, hält eine Pistole auf uns gerichtet. «Wasse mach hieeee? Gebe Tabak! Gebe Tabak!» keift das Männchen. Es zappelt mit fast spastischen Zuckungen vor uns herum, produziert sich, tritt von einem Bein aufs andere, wedelt mit den Armen, schüttelt den Kopf, stößt Zischlaute aus, ein Schlitzauge bedroht uns wegen ein paar lächerlicher Kippen. Zischlaute vom Schlitzauge. Das ist zuviel. Es reicht. Endlich eine reale Bedrohung. Endlich ein Objekt, auf das ich meinen Haß, meinen Ekel, lenken kann. Nur ein spätpubertierender, lateinschwacher kleiner Gelbwixer, und ich reagiere gewiß noch unangemessener als er selbst, aber ich empfinde nichts mehr als real. Nichts ist endgültig real. Wie ein Raumfahrer im All treibe ich auf ihn zu, alles wird Zeitlupe, er drückt ab, der Feuerstoß sieht hübsch aus, die Kugel fliegt langsam an meinem Kopf vorbei, ich schlage dem

Idioten aufs Maul, er kippt um, flucht ein paar Silben in heiser-grellem Indochina-Singsang, rennt davon. Als ich mich umsehe, steht Julia reglos da, mit schlaff hängenden Armen, sieht mich unschlüssig an, die Kugel fliegt auf sie zu, langsam, dringt in sie ein, bohrt sich durch ihre Stirn, ich schreie laut, bis die verformte Kugel ihren Hinterkopf verläßt und platschend ins Wasser fällt. Ihr Blick. Ihre sich schließenden Augen.

Ich mußte lachen. Doch, das war komisch. Sie lag sehr überzeugend da, wie tot. Ihr Herz tat noch drei Schläge, als ich ihre Brust abhörte. Drei-zwei-eins.

Augenblicke bleiben, vorbeizurennen und zu lachen, Blicke, in denen gewisse Sekunden sich spreizen und den Weg ins Innere der Zeit freilegen. (Zitat Kurthes)

34

«Haben Sie ihn damals als Dirigenten geschätzt? Oder war Ihnen die Qualität seiner Arbeit egal?»

«Arndt hat bestimmt prima Sachen abgeliefert. Ich will aber nicht behaupten, daß ich davon viel verstehe. Ich verstehe etwas davon, wie die Welt funktioniert, vor allem die Nachwelt, die Legendenbildung. Ob er ein Mörder war, war für mich ebenso zweitrangig wie die Frage nach seinen Fähigkeiten. Darüber entscheidet weder die Masse noch der beste Kenner der Materie. Darüber entscheidet ein komplexes Konglomerat aus Umständen. Und die habe ich hier – vorhergesehen will ich nicht sagen – vorausgeahnt vielleicht.»

«Das klingt zynisch.»

«Warum?»

«Wenn Sie etwas vorausgeahnt haben, hätten Sie ihm genausogut helfen können.»

«Das hab ich doch getan. Ich habe alles für ihn getan, was ich tun konnte. Arndt war mir auf gewisse Weise näher als sonst irgendein Mensch. Nein, da brauchen Sie jetzt nicht entrüstet den Kopf schütteln, es ist wahr.»

35

Der Wahnsinn – wenn man sich nicht länger gegen ihn auflehnt – stellt eine Befreiung dar. Wenn einem der Glauben an die fünf Sinne verlorengegangen ist, und man sie nur noch spielerisch benutzt, um einem ersten Befund von Wirklichkeit, der unerträglich ist, entgegen zu treten.

Ich habe am Nachmittag Ala angerufen, hauptsächlich, um ihre Stimme zu hören. Es ging ihr gut, na also, auch Anne ging es gut, allen ging es gut. Das half mir über vieles hinweg. Ich rief Sam an. Erklärte ihm alles ganz genau. Sam war sehr nett. Und verständnisvoll. Wie er gesagt hat: *Es gibt Orte im All, an denen jeder von uns noch lebendig ist.*

(Passage gestrichen.)

Die Polizei fand Julia am nächsten Morgen, man hat sie schnell identifiziert, sie war kein, wie sagt man: unbeschriebenes Blatt. Noch am selben Tag wurde Henry vernommen, der gab an, sie sei zuletzt mit einem Typ aus ihrem ehemaligen LK Musik zusammengewesen, namens Arndt – da haben die Polizisten im alten Schulregister nachgesehen und haben sich unbändig gefreut. BINGO!! haben sie gerufen. Währenddessen buchte ich den Flieger nach Heraklion. Einfach mal Abstand gewinnen.

Es war lustig auf dem Flughafen, ich war kurz davor, den Ziehharmonikaschlauch der Gangway zu betreten, als im Gate neben mir die Passagiere der Maschine aus Florenz eintrafen. Anne, nur durch eine große Glasscheibe getrennt, hätte mich wohl erkannt, hätte ich nicht sofort meinen Kopf in eine Zeitung vertieft. Sie stand da, sah sich um, mit einem Rucksack auf der Schulter.

Das hätte ich ihr noch mitgeben können als Ratschlag fürs Leben: Keine Rucksäcke. Rucksäcke sehen an Frauen so fürchterlich aus. Selbst im Hochgebirge.

Ich habe Anne sehr gern gehabt, so gern gehabt, doch bin ich der letzte in der Schlange, und die Stewardess bittet mich um mein Ticket, das sie in den Automaten stecken will. Ich sehe Anne hinterher, winke ihr sogar, vielmehr sehe ich meinem Arm zu, wie er schlaff, nicht wirklich ambitioniert, hin und her schwenkt.

Boarding completed. Das Flugzeug hebt ab.

36

«Auch die Sache in Berlin ist ihm doch nur untergeschoben worden, das war die Polizei, niemand sonst, oder sehen Sie das anders?»

Es ist Nacht, kein ernstzunehmender Mond steht am Himmel. Um den Kessel sind Straßenlaternen nur spärlich verteilt. Am See funkelt das festbeleuchtete Anguillara, es wird etwas gefeiert. Kurthes weiß nicht, was. Feuerwerksraketen explodieren im Himmel. Daß dieses Fest *ihm* gelten könnte, als Anguillaras nunmehr prominentestem Einwohner –

«Nein, Kerstin, ich hätte wirklich nichts dagegen, wenn Arndt posthum von allen Verdächtigungen freigesprochen würde. Und ich bin ein alter Mann, dem ein Schuß Dämonisches posthum sicher gut täte. Weshalb ich mich bewußt im Roman als etwas zwiespältigen, undurchsichtigen Charakter verewigt habe. Aber in Wahrheit bin ich ein Papiertiger, und wenn es darüberhinaus eine höhere Wahrheit gibt, ist sie poetischer Natur, kriminologisch nicht zu erfassen. Sie fragten, ob ich einen Auftraggeber hatte, ich habe das verneint. Doch irgendwie haben wir alle unseren inneren Auftraggeber – darüber zu sprechen, könnte sie auf neue unsinnige Gedanken bringen.»

Kerstin räuspert sich, aushilfsweise. Kurthes hat sie beinahe überzeugt; sie wehrt sich dagegen.

«Mucos sagte mir, er hätte Ihnen Sibylles Telefonnummer besorgt.»

«Ja, kann sein, warum nicht?»

«Sie haben aber abgestritten, je mit ihr telefoniert zu haben.»

«Und? Wo ist der Widerspruch?»

«Ich möchte, daß Sie sich ein Tonband anhören.»

«Gerne. Was für eins?»

«Es ist die Aufnahme meines Gesprächs mit Sibylle.»

37

Mir ist nicht langweilig, nein. Ich habe viel nachzudenken. Versuche mich zu erinnern, denke nach, überlege, man hat zu tun. Oja. Ich habe mich in dem Hotel einquartiert, das meinem Apartment gegenüber liegt. Die Polizei hat es versiegelt. Ich bin beim Empfang um ein Autogramm gebeten worden, Kurthes hat in Griechenland eine große Fangemeinde. Das ist mir unangenehm gewesen. Ich habe den Portier um Diskretion gebeten.

Jetzt sitze ich hier am Fenster und sehe zu meinem Apartment hinüber. Das ist natürlich ein Gleichnis. Immer noch ein Scheißgleichnis draufgesetzt. Überall Gleichnisse. Da drüben stünde ein Klavier, ich hätte hundert Fernsehsender statt nur zwölf. Und eine Marmorterrasse mit Swimmingpool. Einige ganz köstliche französische Rotweine. Naja. Manchmal bilde ich mir ein, meinen Schatten sehen zu können, wie er es sich in meinem Leben gemütlich macht. Er keckert frech und tanzt am Fenster einen kleinen Verspottungstanz. Sehr niedlich, mein Schatten.

Laut Kalender sind drei Monate vergangen. Drei Monate sehe ich mir nun schon diesen Platz an. Er ist ja auch ganz hübsch. Wenn ich nachdenke, wird mir schwindlig. Momente von Schmerzfreiheit, wenn ich mich in irgendeinem der langen Gedankengänge verloren oder vergessen habe, gönnen mir ein simples kleines Glück. Wird es mir bewußt, ist es auch gleich wieder weg. Ich warte auf etwas und träume schwer. Einmal ist der alte Feuer hier gewesen, er stand plötzlich im Zimmer, im wahrsten Sinne aus dem Nichts. Er saß lange neben meinem Bett, starrte mich an und lachte. Einmal träumte ich, ich läge noch immer im Hôtel-Dieu in

Paris, das Kalenderblatt neben dem Krankenbett zeigt den 18. Oktober, und ich liege mit vor der Brust gefalteten Händen da wie tot, der Chefarzt füllt die Sterbeurkunde aus, dann bin ich aufgewacht. Aber wer weiß, ob ich wirklich aufgewacht bin, oder ob ich mich nur in einen neuen Traum gerettet habe? Der alte Feuer schimpfte mich einen Versager, einen Tunichtgut, ein skrupelloses Schwein, das Ala weggeschmissen, sich an Laura rangeschmissen hat, um Karriere zu machen undsoweiter. Er hatte sich fast gar nicht verändert, bis auf den Mangel an Fleisch. Seltsam – er sprach zu mir als Totenschädel, und war doch mit niemandem zu verwechseln.

Es hat eine Nacht gegeben, als ich sehr jung war, die an Intensität diesen Träumen gleichkam.

Sie begann mit einem Sommerabend, ich war dreizehn und mit meinen Eltern in Oberitalien unterwegs. Es war zu spät geworden, um noch nach München zu fahren, wir suchten in der Gegend südlich von Verona ein Hotel, aber alle waren voll – die, die nicht voll waren, waren meinen Eltern zu teuer. So wurde es zehn Uhr und stockdunkel. Auf feindliche Art dunkel.

In der Einsamkeit eines Industriegebiets blinkten grüne Neonreklamen. Dieses Hotel sah nicht voll aus. Unser alter VW Variant war das einzige Auto auf dem Parkplatz. Im schwach beleuchteten Foyer saß eine Art Hausmeister und als wir durch die Tür traten, sah er uns böse an, weil wir seine Vorbereitungen, oder was immer, störten. Er erklärte uns, in gebrochenem Englisch, daß das Hotel erst am nächsten Wochenende eröffnet werde, und daß außer ihm heute noch niemand da sei.

Meine Mutter begann zu weinen. Wir waren seit Stunden unterwegs gewesen, ich hatte laut gemault und meinen

Eltern Geiz vorgeworfen, nur weil sie nicht 280 000 Lire für ein Luxushotel bezahlen wollten. Der Hausmeister sah meine Mutter an, sah mich an, dann machte er verschwörerische Gesten. Unter der Hand wollte jener Hausmeister uns, gegen umgerechnet hundert Mark in bar, zwei Zimmer geben, wenn wir morgen früh, um acht Uhr spätestens, wieder verschwunden wären. Es gebe noch keinen Strom im Hotel, kein warmes Wasser, selbstverständlich auch kein Frühstück. Wir gingen dankbar darauf ein, und der Mann holte zwei starke Taschenlampen, bevor er sich verabschiedete. Die Zimmer waren geräumig. Ein Fünfsternekasten. Ich ging mit meiner Taschenlampe weit nach Mitternacht noch einmal los und sah es mir an. Zum Fürchten.

Diese langen Gänge. Die Stille. Ein paar Jahre später sah ich Kubricks «Shining» und wußte besser, wovon der Film handelt. Ich probierte einige Türen. Fand alle offen. Jedes der Zimmer verfügte über eine unverschlossene Mini-Bar. Darin gab es kleine Amaretto-Fläschchen, von denen ich sechs oder sieben öffnete und austrank. Danach hatte ich keine Furcht mehr. Es war etwas anderes, das sich vage mit *ekstatischer Verlorenheit* umschreiben läßt. Ich ging, ich wankte, wandelte – durch die endlos langen Gänge, das Jenseits war in die Welt gekommen und ließ mich von sich probieren. Ein halbvoller Mond warf sein Licht durch die Fenster auf den grauen Teppichbelag und ich summte tapfere Musik vor mich hin, auf der Flucht vor immer wandlungsfähigeren Geistern. Ich fand mein Zimmer nicht mehr. Suchte Orientierungspunkte. Meine Taschenlampe wurde schwächer. Dieser Moment ist mir als besonders grausam in Erinnerung. Wenn das Licht immer gelber wird und zu flackern beginnt, das Flackern einem Lachen gleicht, das in einem kurzen, sarkastisch orangefarbenen Moment abstirbt, wie zu Tode gewürgt. Wenn das Reich der Schatten einen unter den Armen faßt, und es, wie in den Alpträumen der Kindheit, keinen Weg zurück zu geben scheint. Irgendwann öffnete ich irgendeine Tür, fand ein Bett, wickelte mich völlig betrunken in die Decke und schlief ein.

Mein Vater suchte mich am Morgen, indem er meinen Namen laut durch die Gänge brüllte, und ich lief ihm entgegen, wie man in das Licht läuft, angeblich, nach dem Tod. Wir verließen das Gebäude schweigend, frühstückten erst auf Höhe von Rovereto in einer Autobahnraststätte. Ich entdeckte in meinen Hosentaschen zwei Fläschchen Amaretto, die schenkte ich meinen Eltern. Sie sagten nichts dazu, äußerten keinen Dank, keinen Vorwurf, sie wußten nicht, wie sie reagieren sollten. Sie haben die Fläschchen ausgetrunken, später, ohne mein Beisein, und ich habe ihnen noch oft Vorwürfe gemacht, warum wir damals so lebten, wie wir lebten und nicht besser.

38

Ist das Band jetzt an? Kindchen, ich hab nicht ewig Zeit … Geben Sie das Wasserglas …

Das ist jetzt über vierzig Jahre her. Ich bin früher von der Party weg, und wollte noch mit Markus zusammen sein, wir waren so verliebt, er hatte mir versprochen, nach einer halben Stunde nachzukommen, über den Balkon in mein Zimmer zu steigen, aber er kam nicht, und ich ging heimlich nochmal aus dem Haus, radelte den Weg in Rekordzeit runter, nahm die Abkürzung durch den Wald, da höre ich besoffenes Geschrei. Auf der Hauptstraße torkelten Arndt und Frank, Andreas und Christoph, völlig betrunken und sangen Yellow Submarine *und* Don't Let Me Down. *Markus war nicht bei ihnen. Ich fuhr weiter. Höre Stöhnen, halte an, lasse das Rad stehen, habe Angst. Erkenne das Stöhnen als Markus' Stöhnen. Gehe näher hin.*

Dann sah ich die beiden als Silhouetten im Mondlicht, seine ruckartigen Bewegungen, wenn er seinen Schwanz tief in ihren Hals schob, sie saß mit angewinkelten Beinen da, er hockte vor ihr, und sie lutschte seinen Schwanz, es kam ihm, er kam in ihren Mund, und sie mußte kotzen. Drehte sich zur Seite und kotzte sich aus. Markus rief mit seiner klirrenden Stimme: Bah, is ja eklig, *zog die Hose hoch und ging, ging einfach weg, ließ Marita allein in ihrer Kotzlache zurück.* (Schluck Wasser) *Da bin ich hin und schlug ihr einen Stein auf den Kopf, bis sie zuckte und still war, ganz still. Ich hatte Marita nie leiden können.* (Schluck Wasser)

Der lehmige Boden war weich, ich habe sie mit bloßen Händen verscharrt, sie und ihre Kotze und sein Sperma, alles. Es hat Stunden gedauert. Dann streute ich Laub über die Stelle, trat es fest und ging schlafen. Meine Eltern haben nichts gemerkt. Auf meiner Kleidung war kein einziger Blutfleck. Später redeten Markus und ich noch oft über Maritas Verschwinden. Ich hab ihm nie gebeichtet, daß ich es war, er hatte seine besoffenen Kumpels in Verdacht, hielt es für wahrscheinlich, daß einer von ihnen zurückgekehrt ist und die hilflose Marita mißbraucht und getötet hat. Nur deshalb hat er später auf dem Klassentreffen das Ganze nochmal zur Debatte gestellt, er war einfach neugierig. Als die Bullen dann die Sache wieder untersuchten, gab er mich als sein Alibi an. Das hat an mir genagt. Daß er auch jetzt noch, nach unserer Trennung, versuchte, mich auszunutzen. Ich habe sein Alibi zerstört. Er kam und stellte mich zur Rede, wir redeten lange und schliefen miteinander. Es schien alles wieder gut. Um den Verdacht von ihm etwas abzulenken, habe ich

Cosima gebeten, der Polizei von jener Nacht im Freibad mit Arndt zu erzählen, ihn hinzuhängen. Cosima behauptet ja, es habe sich so zugetragen, und auch wenn sie öfters spinnt, warum soll sie in dem Fall nicht die Wahrheit sagen? Dann verließ mich Markus erneut, fuhr ohne mein Wissen nach Paris und knöpfte Arndt das Geld ab, um irgendwo ein neues Leben anzufangen. Ohne mich. Ich stand da, ohne Geld auf dem Sparbuch, ohne Typ, um mich kümmerte sich keiner, und ich war schon fast vierzig. Dann tauchte Arndt bei mir auf, wollte alles erfahren, wissen, bot mir sogar Geld, und ich glaube, ich habe ihm gefallen. (Schluck Wasser) *Es hätte was draus werden können. Aber es war irgendwie zu kompliziert, ich konnte ihm nichts sagen, hab ihm doch ein bißchen was gesagt, aus der Nase gezogenen Rotz, was hätt ich ihm denn sagen sollen? Er war eigentlich immer nett. Ich war nicht sehr nett zu ihm. Blöd von mir. Arndt war immerhin reich, und er hätte jemanden gebraucht. Jemanden wie mich, der die Dinge in die Hand nehmen und lenken kann. Gott sagte zu mir: Häng ihn hin! Ich fragte: Warum? Und Gott schwieg. Gott hat bestimmt Gründe für alles. Später sah es ja so aus, als habe Arndt noch anderen Dreck an seinem Stecken kleben. Wer weiß das schon? Gott weiß viel mehr als ich.* (Schluck Wasser) *Arndt hat ja behauptet, Marita auf dem Klassentreffen gesehen zu haben. Vielleicht besaß er die Gabe, Gespenster zu sehen. Marita war nicht da. Ich muß das wissen. Als wir damals in einer Clique waren, Markus, Arndt und ich – da hat überhaupt nichts danach ausgesehen, als ob aus Arndt je was werden würde.* (Schluck Wasser)

Aber Markus war damals einfach klasse. Witzig und sportlich und schlagfertig. Und fängt dann zu saufen an, während Arndt als Dirigent Karriere macht und diese reiche Schickse heiratet. Männer. Machen einem immer was vor. Und ich bin wieder in mein Reisebüro getrabt, hab Trips in die heile Welt verkauft, Jahr für Jahr. Gott hat sich auch nie wieder gemeldet. Was für ein beschissenes Leben. Jetzt laß mir meine Ruhe, Kindchen.

39

Ich rede viel mit mir selbst. Auch mit dem Wächter. Der Wächter redet nicht mit mir, aber seine Präsenz ist deutlich zu spüren. Ich nenne ihn den Wächter, das ist ein neutraler Begriff.

Ob er mich bewacht wie einen Gefangenen, oder mich behütet wie ein Schutzengel, sei dahingestellt. Manchmal kommt er mir so nahe, daß ich mich im Zimmer umsehe und schnüffle, ob sein Atem irgendwo zu riechen ist. Etwas wie Liebe umfängt mich, das Gefühl von Liebe, vielleicht nur Einbildung, Wahnvorstellung. Doch dazugesagt sei, daß diese Liebe nicht den Eindruck vermittelt, unbedingter Art zu sein, wie die Liebe eines Vaters zum Sohn.

Sie gleicht eher der traurigen Liebe eines Feldherren zu seinen Soldaten, von denen er manche in den Tod schicken muß, wenn der Krieg es verlangt. Ich habe viel nachgedacht darüber, warum ich nicht, als es die Möglichkeit noch gegeben hat, kämpferischer gewesen bin. Laura – na gut, unsere Ehe war längst zuvor gescheitert, dergleichen kommt vor. Auch daß man sich der Kompromisse bewußt wird, die man eingegangen ist, läßt sich verkraften. Gibt schlimmere Fälle als meinen. An meinen Fähigkeiten zu zweifeln, dazu liegt kein Grund vor. Meine Karriere hätte weiterhin erfolgreich verlaufen können. Nur – und das drängt sich mir in der Nachbetrachtung auf – nichts daran wäre unvorhersehbar gewesen. Ich wäre vielleicht ein großer, gefeierter Dirigent geworden, warum nicht? Selbst das wäre mir als etwas ganz Selbstverständliches vorgekommen. Es hätte mir keine Freude versprochen, keine Ekstase.

Aber – so läßt sich mir entgegenhalten – es geht doch nicht um äußere Zeichen der Anerkennung, nicht um Orden, nicht um das alberne Lametta des Lebens, nur um die Erfüllung, die Musik, die Arbeit mit der Musik. Das stimmt, und vielleicht hat mich die Eskapade in London nur unverhältnismäßig deprimiert, doch war mir danach so, als nähme ich meine musikalischen Ziele unverhältnismäßig wichtig. Zum Beispiel Bruckner.

Kurthes hat auf dem Teide sehr richtig gesagt: *Es gab doch Carl Schuricht, gab Günter Wand.* Ja, zum Glück – und was ich darüberhinaus in der Musik noch mehr erreichen wollte, existieren dafür überhaupt noch Ohren in der Welt? Ein paar Spezialisten hätten mir eventuell gratuliert, andere eher kondoliert, von großer Relevanz wäre es bestimmt nicht gewesen. Ich war ein im Kern nostalgisches Element der Unterhaltungsindustrie, wenn auch auf hohem Niveau. Unsere Zeit hätte einen Komponisten gebraucht, um der tonalen Verblödung etwas anderes entgegen zu halten als das vergeistigte Gezirpe sektiererischer Zirkel. Kurthes hat mir genau dazu geraten. Wieder zu komponieren. Mit diesem Rat hat er mich vollständig auseinandergenommen, hat das Problem meines Daseins unbarmherzig benannt. Ich habe getan, was ich konnte. Das ist im Grunde erbärmlich. Wenn die Fee einem im Kindergarten prophezeien würde, du könntest einer der zehn weltbesten Kirschkernweitspucker werden, schlägt man dann diesen Berufsweg ein? Wenn man ein Wicht ist, vielleicht. Ich wollte ein Architekt sein. Nicht genug Talent. Ich wollte ein Komponist sein. Nicht genug Talent. Wahrscheinlich. Ich habe es nicht lange genug probiert. Als Dirigent hatte ich Talent.

Man könnte jetzt sagen, na also, besser ein guter Dirigent, besser ein begnadeter Kirschkernweitspucker, als noch so eine verkrachte Existenz, die ein Leben lang um sich kämpft. Vom Standpunkt der Gesellschaft aus ist das richtig.

Der Kampf aber, selbst wenn er scheitert, ist soviel mehr, als jeder Erfolg, der einem Angeln im Aquarium gleichkommt.

Das ist es, was ich letzten Sommer begriffen habe, man kann es abtun, als Wohlstandswehwehchen. Ich habe nie gekämpft. Also fand ich es obszön, plötzlich damit anzufangen, in einer Sache, die anderen, viel wichtigeren Sachen gegenüber lächerlich nachrangig war. Es mag sonderbar klingen, überspannt oder gar wie eine feist in die eigene Tasche gestopfte Lüge, aber: Seit dem 20. August letzten Jahres, als Frank bei mir anrief, bin ich etwas Besonderes gewesen, habe endlich zu leben, zu sterben begonnen.

40

«Schön. Angenommen, sie wars. Leider ist Sibylle eine geisteskranke Rentnerin. Macht sich wichtig. Wenn man sie vor Gericht zerrte deswegen, würde sie sicher alles leugnen. Was zählt das? Liebe kleine Kerstin, verschwende deine Energie nicht an Dinge, die nie mehr zu klären sein werden. Die nur als Mysterium noch einen Wert besitzen.»

«Aber ich will wissen, wer der ‹Chef› war, von dem Mucos sprach. Er sagte, mehrmals habe der ‹Chef› angerufen.»

«Mucos ist daran verzweifelt, daß der Chef nie mit ihm gesprochen hat, immer nur mit mir. Geschieht ihm recht. Mucos war ein gernegroßer Ziemlichklein. Der Chef hat mich auserwählt, nicht ihn. Und wenn ich nun sage, daß ich nicht weiß, wer der Chef ist? Im Roman hat Arndt-Hermann Stein eine letzte Vision. Ich habe ihm angedichtet, zu wissen, wer der Chef ist, als Ausgleich für sein sonderbares

Schicksal. Ein am Ende doch kraftvolles, üppiges Schicksal. Auf eine schwarze Weise *schön* – wenn man dieses Adjektiv wieder gebrauchen darf. Im Grunde beneide ich Arndt zutiefst, er hatte immerhin mich. Wen habe ich gehabt? Ich habe aus den Dingen etwas gemacht. Wer macht etwas aus mir? Ich komme mir wie ein Handlanger vor. Arndt hat gelebt. Ich habe geschrieben. War ein gelehrter Mann, und bin nur noch der Schatten eines Schattens.»

Kurthes betrachtet traurig seine Schuhe. Er weiß nicht, ob er die Studentin überzeugt hat, oder was er ihr noch sagen, anvertrauen könnte, ohne noch mehr Fragen auszulösen. Er weiß, daß die Aussage Sibylles eine Sensation sein wird, ob ersponnen oder nicht. Es wird dieses Buch geben. Es wird noch andere Bücher geben. Man wird mal besser von Sam Kurthes reden, mal schlechter. Er kann sich bald gegen keines dieser Bücher wehren, warum soll er es jetzt tun?

«Genug, verschwinden Sie! Viel Glück, Kerstin. Halt! Ich schenke Ihnen noch was.»

41

Letzte Woche hat in Heraklion ein Konzert stattgefunden, und ich habe ein einziges Mal das Hotel verlassen, habe im Taxi die fünfzig Kilometer zurückgelegt und mir eine Karte für die vorderste Sektion gekauft. Es gab Schumanns Zweite, vorher Beethovens viertes Klavierkonzert, unter freiem Himmel, unter einem jungen, recht begabten Dirigenten. Er machte seine Sache nicht schlecht. Der Pianist war passabel. Das Orchester funktionierte einigermaßen. Ich habe selten etwas Unbefriedigenderes gehört. Die Musik prallte an der Landschaft ab. Wie legt man Feuer an ein steinernes Amphitheater? Alles, alles kommt zu spät. Es wäre soviel zu tun. Wir müssen davon ausgehen, daß viele Menschen sterben, ohne je auch nur Monteverdi verstanden zu haben. Dieser sinnlose Tod überall.

Ich habe Laura angerufen, von einer Telefonzelle aus. In der Villa ging niemand ran, und ich mußte doch mit jemandem sprechen. Laura war nett, sie wollte, daß ich zu ihr komme. Man könne mir helfen, die besten Anwälte stünden bereit, mich zu verteidigen. Das sei nicht nötig. Ich erzählte ihr vom Wächter. Sie verstand nicht.

«Was für ein Wächter?»

«Schwer zu sagen. Frag Sam. Ich weiß nicht, was er weiß, aber sicher weiß er mehr als ich.»

«Was für ein Wächter, Arndt? Wie sieht er denn aus?»

«Man kann ihn nicht sehen oder hören. Er ist sehr diskret. Läßt mich machen. Er würde höchstens eingreifen, wenn ich zum Beispiel nach Brasilien ginge. Brasilien würde ihm nicht gefallen. Obwohl – vielleicht doch …»

«Arndt, das ist krank! Wo bist du?»

«Was tut das zur Sache? Hör zu! Es gibt da etwas, das du mir versprechen mußt. Es betrifft Anne.»

Ich habe Laura gebeten, einen winzigen Teil ihres Vermögens Anne zukommen zu lassen, auf daß sie sorgenfrei leben könne. Warum ich kein Testament verfaßt habe? Das ist durchaus geschehen, es liegt auf dem Tisch in meinem Hotel, allein – der Wächter hat etwas dagegen, läßt es immer wieder verschwinden. In dieser Frage ist er grausam und kompromißlos. Egal, was ich aufschreibe, es ist nicht mehr da.

Kurthes geht mit ihr in sein Schlafzimmer, holt aus dem Schrank etwas hervor. Es ist die Tasche, die Arndt Hermannstein am Flughafen von Las Palmas in einem Schließfach hinterlegt hat. Er schenkt ihr einen Brief, den Ala einst an Arndt geschrieben hat, vor siebenunddreißig Jahren. Er hatte ihn längst loswerden wollen, ohne ihn zu verbrennen oder sonstwie zu zerstören.

«Ich gebe Ihnen noch etwas auf den Weg mit, Kerstin. Das Buch, das Sie schreiben wollen, existiert bereits, denn alles was Sie schreiben wollen, haben Sie ja längst geschrieben, die Sehnsucht danach ist eine, die ihr Objekt kennt und nur vergessen hat. Alle vermeintliche Phantasie ist die vage Erinnerung an Dinge, die uns auf höherer Ebene vertraut waren, sind oder sein werden.»

«Ist das so? Ich würde sehr gerne dieses Buch lesen, und mir die Arbeit des Schreibens ersparen.»

«Das könnten Sie. Aber jede Zeile, die Sie läsen, würde aus dem Buch verschwinden und Zuflucht suchen in Ihrem Kopf. Würde sich in Ihrem Kopf verstecken, Sie müßten sie dort aufspüren und herauskratzen und erneut auf Papier bannen, damit ein andrer drin lesen kann.»

«Das verstehe ich nicht.»

«Deshalb sind Sie ja jung. Seien Sie froh. Ich würde übrigens sehr gerne mit Ihnen schlafen, nehme aber an, Sie haben kein Interesse, richtig?»

«Richtig.»

«Wären zwanzig Mille eine interessante Summe?»

Markus machte sich mit Arndts Geld eine schöne Zeit in Capetown, kaufte Drogen und versuchte diese gewinnbringend weiter zu verkaufen, verließ sein Hotel, ging die Hauptstraße entlang, in südwestlicher Richtung, um Mitternacht, als würde er einer Stimme folgen, die ihn gerufen hatte. Zielstrebig setzte er seinen Weg fort, südwestlich in die Wildnis, stundenlang, bis er in einen Vorort gelangte, in dem Weiße nur von Ganoven und Halsabschneidern gern gesehen werden. Etwa um vier Uhr morgens begegnete er seinen Mördern. Markus setzte sich zur Wehr, als man ihn angriff. Vermutlich wäre es einerlei gewesen, ob er sich so oder so verhalten hätte. Der Zweck seines nächtlichen Ausflugs dürfte ein Rätsel bleiben für immer.

Markus' Leiche wurde mit zehn übereinandergestapelten Autoreifen zum Stehen gebracht, die angezündet und sich selbst überlassen wurden. Wie das schwarze Gegenstück zum Michelin-Männchen sah er aus, seltsam steif und feierlich, wie er da mitten auf der breiten, verwüsteten Straße stand, tot und verspottet. Nur sein Kopf ragte aus dem Reifenstapel heraus, sein Kopf, der durch den entstehenden Qualm bald nicht mehr als solcher zu erkennen war. Der Reifenstapel brannte über Stunden. Markus' blankgebrannten Schädel kickten die Jungs, keiner älter als fünfzehn, die meisten liefen barfuß, am Morgen den Hügel hinunter ins Meer.

Märchenhaft fern, doch im Saum, den die Erinnerung streift, den nur sie allein zugleich zärtlich als auch distanziert abzutasten weiß, in dieser scheuen, stupsenden Berührung, so nah und intensiv wie wenig sonst. Eine zu Grabe getragene Welt steht auf, habe ich wirklich so lange gelebt, daß mumifizierte Welten in mir Platz gefunden haben? Mit einem Arom, mit dem Stützrad einer Lichtstimmung wird im Bruchteil einer Sekunde so viel abgerufen, angedeutet, neu zum Leben erweckt. Und bleibt diffus, sperrt sich gegen die Begehung, als gäbe es eine Pietät, die das verbietet.

Als wäre da etwas gewesen, archiviert in einer Wabe, deren Membran man mit dem Finger nur streicheln, nicht durchstoßen kann. Was in dieser Wabe eingeschlossen liegt, muß ungeheuer groß gewesen sein.

In der Ferne der erste zartrosa Atem der Sonne auf den Wellen. Ich möchte, daß die Wahrheit emporsteigt aus dem Ozean und um sich greift, um sich schlägt, in alle Gesichter.

45

Lieber Arndt,

ich weiß, daß Du Deine Zukunft bis weit ins Greisenalter hinein verplant hast, daß es für mich in Deinen Plänen keinen Platz gibt, daß Du mich nicht klein und unwissend magst, daß Du von einer anderen, angemesseneren Gefährtin träumst, als ich es Dir je sein kann. Du willst mich nicht verletzen, also schleppst Du mich seit einiger Zeit mit Dir herum und traust Dich nicht, den letzten Faden, an dem wir beide hängen, zu durchtrennen. Weil Du es nicht tust, gehe ich jetzt fort und erlöse Dich. Die Tragik am frühen Glück ist, daß man es aufgeben muß, um zu erforschen, ob es nicht noch ein höheres Glück geben kann, das wissen wir beide. Glück ist vielleicht nur in der Erinnerung möglich. Ich habe Dich so sehr geliebt, so sehr, am Ende nicht genug, um Dich von mir zu überzeugen, meine Schuld. Sei dennoch ein wenig auf mich stolz. Sei frei. Sei so frei, auf mich stolz zu sein.

Ich werde immer an den Sommer mit Dir denken, an das hohe Pfahlrohr, über die Straße gewölbt wie eine gemalte Woge. An die zwei Kuhreiher, die so knapp über unsre Windschutzscheibe hinwegsegelten. Strandfliederpflanzen, von unzähligen Achatschnecken befallen. Und der Wind wehte uns Salz auf die Lippen.

Wir gingen über Strände, die übersät waren mit Knochen kleiner Tiere. Ich sagte: Als gingen wir über ein Schlachtfeld der Zeit. Du sagtest: Wahrscheinlich sieht das eben so aus, wenn sich morgens kein Bademeister drum kümmert. Du warst pragmatisch, ich sentimental, und mitunter ein wenig peinlich, ja. Aber ich habe Dich geliebt, und Du hast mich geliebt, das weiß ich, Du hast Deine Liebe zu mir nicht verloren, wie man einen Geldbeutel verliert. Du bist sie losgeworden, wie man sich eine verfallene Tätowierung aus der Haut ätzen läßt.

Es gab einen wunderbaren Abend in der Gegend von Aigues Mortes, wunderbarer als alle Abende zuvor.

Irgendwann kreuzte ein Lastwagen am Horizont, ansonsten störte nichts Menschliches das Sichtfeld. Als wären wir ganz allein gewesen auf der Welt. Hier und da rote Hülsen von Schrotpatronen. Ansonsten nur wir zwei. Ich habe zu Dir gesagt: Laß uns zusammenbleiben, wir bringen einander

Glück. Aber Du wußtest bereits, daß Du mich verlassen würdest, und als Du sagtest: Ja, warum nicht? da wußte ich es auch. Erinnerst Du Dich? Vermutlich hast Du es verdrängt oder vergessen, es war ja nicht weiter wichtig: An diesem Abend lasen wir einen alten Hund auf, ein auf dem rechten Hinterlauf lahmender Schäferhund wars, wir hatten nichts dabei für ihn, und Du hast mir Vorwürfe gemacht, weil ich ihn zum nächsten Dorf mitnahm.

Der Hund war todkrank, hatte Würmer und kaum noch Zähne, wir kauften ihm Hackfleisch, aber er wollte nicht mehr recht fressen, und ich habe gebetet, unsinnigerweise gebetet, bitte, Gott, laß diesen Hund leben, nur diesen Sommer noch, wenn er leben bleibt, wird auch unsre Liebe am Leben bleiben. Und Du – hast mir eine Szene gemacht beim Tierarzt, nicht nur, weil es uns Geld gekostet hat, auch weil ich gebetet habe. Als wär es so schlimm zu beten, ganz gleich, ob da oben etwas existiert. Und der Tierarzt konnte nichts mehr tun für unsere Liebe, wollte sie einschläfern lassen, da sagtest Du: Wir können den Hund billiger von einem Bauern hier irgendwo erschießen lassen, das geht schnell – und wie Du mich verachtet hast, weil ich den Hund noch so lange umarmt habe. Du hast auch ein bißchen geheult, als er starb, aber Du hast Dich Deiner Tränen geschämt, wie Du Dich irgendwann für unsre Liebe geschämt hast. Im Voraus geschämt hast, denn für den einen Sommer in schöner Wildnis war ich ja noch zu gebrauchen. Ich will Dir keine Vorwürfe deswegen machen, es gibt nichts, was ich Dir vorwerfen könnte. Du hast schließlich sogar zugestimmt, daß der Hund eingeschläfert wird, es war teuer, aber letztlich viel bequemer, als einen Bauern mit Gewehr zu suchen. Unsere Liebe möchtest Du auch einschläfern lassen, nicht erschießen, es ist bequemer, ja, für Dich, nicht für mich.

Wir haben den Hund begraben, in der Nähe zweier Salinen an der Küste. Die untergehende Sonne über den weißen Salzhügeln leuchtete so rot, Du nanntest es camparirot und gerietest in Trance, aus Deinem Cassettenrecorder lief etwas von Strauss, die Metamorphosen glaub ich, und Du hobst mit einem Straßenschild, das als Schaufel diente, das Grab aus, ich zerschlug derweil Stechfliegen auf Deinem nackten Rücken, und ich spürte, wie Du weiter und weiter gedacht, wie Du mit jedem Häufchen Erdreich auch mich von Dir geschleudert hast. Mein Geliebter. Wozu schreibe ich Dir das alles? Vielleicht, damit Du in vielen Jahren diesen Brief noch einmal liest und an mich denkst.

Ich gehe jetzt. Such mich nicht. Machs gut, mein Freund.

Ala

46

Ala – sie konnte zum Beispiel das Wort *Kirsche* so aussprechen, als ob es ein französisches wäre. Sie konnte kaum ein Wort Französisch und doch jedes. Ala war der Palast, die Vergebung und der Trost. Die Freundschaft, das Lichtermeer, die Zärtlichkeit. Es lagen nur zuviele noch nicht gelebte Jahre, noch nicht gehabte Ekstasen zwischen uns. Sonst hätte ich das begriffen. Es gibt viele Ekstasen im Leben, erzielt durch Sex, Macht, Drogen und Kunst – die alle nur Simulationen der einen wahren göttlichen Ekstase sind: von derselben Person geliebt zu werden, die man liebt, der einzigen Ekstase, die mit ihrer Dauer an Kraft stets hinzugewinnt.

Vorhanden ist, was ich daraus gemacht habe, beziehungsweise, was ein sehr schwammiges *man* (wer genau soll da beschuldigt werden?) aus mir gemacht hat. An der Supermarktkasse sehe ich in mein Wägelchen. Es enthält so lächerlich wenig, im Vergleich zu dem, was vor meinem Zugriff alles schon in den Regalen bereitgestanden hat, in einem Schwebezustand zwischen Möglichkeit und Wirklichkeit. Vermutlich geht es jedem so, und selbst Leonardo da Vinci starb unzufrieden.

Die Nachbetrachtung des eigenen Lebens, die Inventur des Erreichten, der Haufen gepflückter Früchte – nimmt sich gegenüber einem früchtetragenden Baum furchtbar krämerisch aus. Mein Leben schien mir einmal sehr viel zu sein, sehr vielversprechend, im Nachhinein bleibt davon nur ein Quotient aus Baum und Erntekorb. Und die Erkenntnis, daß es dem Baum egal ist, ob Früchte an ihm verfaulen werden oder nicht, er wird im nächsten Jahr neue hervorbringen, für andere Menschen als mich. Ich ziehe aus dem Bild den Trost, daß auch ein noch viel schwererer Erntekorb mich dem Tod nicht versöhnlicher gestimmt hätte. Ist es demnach egal, was und wieviel wir pflücken? Nein.

Etwas in mir sagt nein und pocht darauf. Wie am Las-Canteras-Strand die Meerantrommler auf etwas pochten, ohne vermutlich zu wissen, worauf genau.

Wieder höre ich im Kopf die Achte, den Schlußsatz, die Stelle, so um Takt 700 herum, wo Bruckner sich bei Wagner Motive aus dem Rheingoldfinale ausleiht, bzw., man muß es so sagen, karikiert, in sein christliches Weltbild eingemein-

det. Alle Hauptthemen sind noch einmal zusammengekom-
men. Ich schwimme im Pool, im Traum, im Vorhof des UC.
Schillernde Netze, die die Sonne auf den blaugekachelten
Grund des Bassins auswirft. Tanzende Lichtseile, glitzernde
Schlangen. An der Wasseroberfläche dagegen: Sonnenölfil-
me, fette Schlieren, treibende Kastanienblätter, der Schatten von Libellen.

Und ich bin hier. Werde immer hier sein. Nicht auffindbar.

Ich sah den Hügelzug oberhalb Anguillara, in dessen
Schatten einmal, vor über hundert Jahren, die Hermannstein-Feuer-Villa gestanden hat. Die Birnbäume gab es nicht
mehr. Das Areal ähnelte einer Mondlandschaft. Vulkanisch,
felsig, karg. Die Sonne ging unter, tauchte den Platz in ein
schräg-doppelbödiges Licht, warm und morbid. Künstliche
Zypressen säumten das Grundstück, eine an jeder der acht
Ecken, gewannen der Dämmerung etwas inszeniert Arkadi-
sches ab, im Sinne eines Böcklinschen Ideals. Das Anwesen
bestand aus einem riesigen Bungalow aus geschwärztem
Metall und Glas, mit Sonnenkollektoren auf dem Dach. Die
Quelle, die einem Zierfelsen entsprang, speiste einen winzigen funkelnden Bach, der wand sich, in einer Rinne aufgefangen, einmal in großem Bogen ums Haus, bevor er am hohen Drahtzaun, unter einer der Zypressen, versickerte.
Zwischen Bach und Haus war dem Sand ein gepflegter Rasen abgerungen worden, mit kugelförmig geschnittenen Büschen. Es gab aus der Vergangenheit nur noch den alten
Pool, aber die Jahre hatten ihn mit Sand gefüllt, Plastik-
schäufelchen und Spielzeugeimer steckten darin.

Ich schwimme unter Wasser, meine Bewegungen erfordern
mehr und mehr Kraft, werden zäh, werden langsam und
schwer, kommen zum Stillstand. Ich bin im vereisten Pool

eingefroren, Sonne fällt auf mich herab, durchdringt mich, bringt das Eis jedoch nicht zum Schmelzen. Um den Bekkenrand stehen Ala und Sam, deuten auf meinen nackten Körper. Sam schimpft, wegen der schönen Kacheln, die das Eis hat platzen lassen.

6.30 Der Morgen überzieht die Hausmauern mit Pink-, Orange- und Kupfertönen, breitet blinde Spiegel auf dem Wasser aus. Unbewegtes Wasser, das am Horizont bläut, in der Bucht noch schwarz ist. Die erloschenen alten Straßenlaternen gleichen Urnen, zur Warnung auf eiserne Masten gespießt.

Ich sitze im Fensterkreuz meines Hotelzimmers und rauche, tippe Asche zwei Stockwerke hinunter, habe seit Stunden den Wein dieser Insel aus einem Zahnputzglas getrunken und fühle mich zu nichts verpflichtet, als wäre das Wichtigste erledigt.

6.49 Die Steinplatten des Hafenkais grenzen sich langsam voneinander ab mit Furchen, in denen der Rest der Nacht versickert. Ein alter Mann nimmt Platz auf einer der Bänke, blickt aufs Meer hinaus. Er wiegt den Kopf, betrachtet den heraufkommenden Tag nickend, als Geschenk.

Ich habe ihn nicht kommen sehen. Plötzlich war er da, wie aus dem Nichts. Er muß mit diesem Ort sehr vertraut sein und im Lauf seines Lebens überallhin Abkürzungen entdeckt haben. Seine Existenz und mein Sehen müssen sich in diversen Frequenzen bewegen, die sich erst dann überlagern, wenn Stillstand im Bild erreicht wird.

War sein Leben die Suche nach der günstigsten Abkürzung? Oder nach dem längsten Schleichweg? Ich fühle, wie alles in mir den dösenden Greis bewundert und verachtet.

7.01 Katzen schleichen über das Pflaster. Bewegung gewordene Erwartung. Metallene Bootsböden knirschen auf dem Strand, fette Männer laden Fischkisten aus. Junge Männer schütten aus Eimern zerstoßenes Eis auf die glitzernden Leiber.

Ich bin an fast jedem Morgen zu diesem kleinen Markt gegangen und habe etwas gekauft. Obwohl mir keine Feuerstelle zur Verfügung steht. Ich wollte das Meeresgetier sorgfältig betrachten, ohne die Händler danach zu enttäuschen. Ich spreche kein Griechisch, und vermute hinter jedem härter klingenden Wort einen Fluch.

Ein Kellner wischt mit einem Handtuch die Tische des Cafés ab, und zwischen den Dächern und Fensterläden verschwinden die letzten kupferfarbenen Schatten.

7.08 Erstmals beginne ich mit dem Gedanken zu spielen, selbst beobachtet zu werden.

Von einem der anderen Hotelfenster vielleicht. Durch die Ritzen der Rolläden. Verändert sich dadurch mein Habitus? Ja. Ich zittere. Endlich möchte ich die Dinge abgetrennt von Wirkung und Bedeutung sehen.

7.30 Die dünnen, hart aufgetragenen Lichtschichten der Morgendämmerung dringen in die Hauswände ein, wie Salbe in Haut. Einen kurzen Moment noch glänzen die Mauern, bevor ihr makelloses Weiß matt wirkt und für den Rest des Tages die Last der Sonne stemmen muß.

7.45 Jede Summa ist Selbstbetrug, auch jede Momentaufnahme ist banal. Nichts taugt als Gleichnis eines Lebens. Das Große stirbt, wenn wir sterben.

In der Ferne steht, an der Hafeneinfahrt, ein Leuchtturm,

am Ende des längsten Piers, dort wo bald die ersten Angler hocken werden. Seine Scheinwerfer wurden vor Jahren schon abmontiert. Und er leuchtet doch.

Schimmernd feuerfarben steht er da und fängt den Blick. Das einzige wehrhafte Gebäude weit und breit. Sein Fundament ist dick ummauert und fensterlos. Vielleicht haben fünfzehn bis zwanzig Personen darin Zuflucht gefunden. Der schlanke Turm hebt sich daraus hervor und mündet, sein Inneres muß aus einer engen Wendeltreppe bestehen, in einen winzigen Signalraum. Ganz oben hängt, in einem Käfig, der an eine Volière erinnert, eine verrostete Glocke.

Fünfzehn bis zwanzig Personen. Die wichtig sind. Mehr braucht kein Leben. Tragende Rollen. Ich zähle auf. Vier, fünf Namen fallen mir sofort ein. Die anderen mit Vorbehalt. Je nachdem, aus welchem Blickwinkel man sie beurteilt, waren sie wichtig. Oder auch nicht. Einige waren überaus wichtig, obgleich sie gestorben sind, lange bevor ich geboren wurde. Zählen die auch? Hab ich sie mißbraucht? Sie luden dazu ein.

Der Leuchtturm. Ich nehme ihn als Sinnbild. Als Scheißgleichnis. Das Fundament. Der Raum, oben. Die Glocke. Die Angler. Das gefällt mir. Bravo! Ich öffne die letzte Flasche. Bravo!

8.12 Fangen wir an mit dem Ende. Der Wächter sagt, ich solle mich vorbereiten. Ich wäre jetzt so gern betrunken. Fünf Meter unter mir liegt das Zahnputzglas. Zersplittert. Es ist mir aus der Hand geglitten. Ich habe seinen Sturz hinab über Stunden beobachten dürfen.

Ich sehe mich um. Hinter mir das leere Hotelzimmer. Noch ein Scheißgleichnis.

Anne verbrauchte ihr letztes Geld auf der Suche nach Arndt, sie taumelte, wach, doch im Inneren bewußtlos, durch eine Welt, die ihr eigenes Museum geworden war. Sie suchte nicht ihn, Anne suchte das, was sie und ihn einmal verbunden hatte. Und nicht mehr existierte. Als sie einsehen mußte, daß es kein Ziel mehr gab, das sie hätte erreichen können, kehrte sie nach München zurück und fügte sich in ihre alten Möbel und Abhängigkeiten, für immer verbittert, zu keiner Wärme mehr fähig.

Anne lebte danach noch neun Jahre, in denen sie sich jede Minute beschuldigte, im entscheidenden Moment die falsche Wahl getroffen zu haben. Sie starb als kleine Anwaltsgehilfin in München-Pasing, mit mehr als sechzig Schlaftabletten in einem Körper, der zuletzt beinahe neunzig Kilo wog. Sie und Sibylle sind sich manchmal beim Einkaufen im Aldimarkt begegnet, haben jeweils stur aneinander vorbeigesehen.

48

Das zerbrochene Glas. Ich soll mir, sagt der Wächter, den Boden des zerbrochenen Zahnputzglases ansehen. Der glitzernde Boden eines zerbrochenen Zahnputzglases.

Gleich gebe es Kino, sagt der Wächter.

«Hallo, Fränzchen.»

«Sam?»

Die Stoffjalousie war heruntergezogen, Tageslicht drang äußerst gedämpft ins Zimmer. Kurthes setzte sich auf den kleinen Holzschemel neben dem Bett, beugte sich über Mucos' gelbliches Gesicht, sah ihm lange in die Augen, tupfte mit einem Taschentuch Schweiß von seiner Stirn und den ausgemergelten Wangen.

«Bist du doch noch gekommen?»

Kurthes gab ein stummes Nicken zur Antwort. Die Luft im Zimmer war verbraucht, er lockerte den Kragen, rieb sich den Hals.

«Ich gratuliere dir, Sam.»

«Wozu?»

«Du hast alles erreicht, was du erreichen wolltest. Bist alles losgeworden, was dir im Weg lag.» Mucos hustete, spuckte in eine Blechtasse. Das Geräusch, das seine trockenen Lippen erzeugten, als sie die geringe, mit Blut versetzte Menge Schleim loswerden wollten, Schleim, der an den Lippen festhing, der mit dem Fingernagel vom Mund weggekratzt werden mußte, dieses Geräusch allein schon ließ Kurthes sein Kommen bereuen.

«Du mußtest deinen eigenen Weg finden, Franz. Wie hätte sonst je ein Künstler aus dir werden sollen?»

Mucos antwortete, aber seine Stimme krächzte, wurde noch heller, unwirklicher. «Du übersiehst, daß ich nicht geboren war, ein Künstler zu sein. Kein echter Künstler hätte zehn Jahre an deiner Seite verbracht. Meinen Weg gab es nie.»

«Ich hatte für dich keine Verwendung mehr. Was sollte

ich machen? Solltest du ohne jeden Zweck an meiner Seite herumsitzen? Ich fand, daß diese Situation für dich auf Dauer demütigender gewesen wäre als jeder Neuanfang.»

«Hör auf, laß das!» Mucos fuchtelte mit der rechten Hand auf und ab, er trug ein weißes Leinenhemd mit Rüschen am Ärmel, im Stil des 18. Jahrhunderts. «Du wußtest, daß ich kein Bein mehr auf die Erde bringen würde. Hätte ich wenigstens deine Biographie schreiben können. Aber selbst das hatten wir schon zusammen erledigt. Und sie war von hinten bis vorne erstunken und erlogen.»

«Was lamentierst du? Du warst versorgt. Konntest dir ein schönes Leben leisten.»

«Ich konnte mir ein bequemes Sterben leisten. Leben geht anders. Sam?»

«Was?»

«Gönnst du mir ein schönes Sterben?»

Eine lange Stille senkte sich über die beiden Männer. Kurthes sah zur Decke hinauf, in den langsam kreisenden Ventilator.

«Ich würde dir alles sagen, was ich weiß. Aber ich kann es nicht.»

«Ich verrecke, Sam. Wem sollte ich noch etwas weitererzählen?»

«Wären wir beide unter uns, Franz – aber wir sind es nicht.»

Mucos richtete sich mühsam auf. «Sind wir nicht?»

«Was immer ich dir erzählen könnte, es bliebe nicht unter uns.»

«Der Chef? Er sieht uns zu?»

«Mehr. Viel mehr, Fränzchen.»

«Erklär mir das.»

«Ich habe mal einen Satz gelesen, der lautete: *Als Erklärung genügt, daß es immer so gewesen ist.* Das ist vielleicht der großartigste aller Sätze überhaupt. Damit mußt du dich abfinden.»

«Nie! Nie werde ich mich damit abfinden!»

Samuel Kurthes erhob sich vom Hocker, legte eine Hand über den Mund, als dächte er nach. «Oja. Doch. Das wirst du. Wie alle anderen auch.»

«Dann läßt du mich so sterben? Bist nur gekommen, um mich so sterben zu lassen? Sam! Ich will nicht verschwinden wie die anderen alle.»

«Das wirst du nicht.»

«Weißt du, wie das ist, ein Leben lang im Schatten eines anderen hinzubringen?»

«Ich weiß es, Franz.»

«Unter deinen Flügeln zu gackern und zu flattern – wie ein flugunfähiges Huhn!»

Mucos krächzte, schrie, seine Worte gingen in klirrendem Husten unter. Der Hustenanfall klappte seinen ausgezehrten Körper zusammen. Mucos glaubte, seine Seele auf die eigene Bauchdecke erbrechen zu müssen, hielt jede Sekunde für die letzte und schlimmste, und als er wieder zu Atem kam und aufsah, fand er sich allein im verdunkelten Zimmer.

Auf dem Nachttisch lag ein mit Schreibmaschine getippter Zettel, von Hand überschrieben mit

Was mir Hermannstein (schon betrunken) oben am Teide über das Dirigieren gesagt hat.

Mucos las das Notat, er konnte sich an jene Nacht in Teneriffa gut erinnern, hatte großen Spaß gehabt mit einem der Jungs vom Catering Service.

türen zum weltall öffnen sich, ein eiskalter hauch dringt herein, und es gilt, diesen hauch zu sammeln, zu bündeln, wie die zuckerwatte am stab zu einem gebilde aus klang, zu einem flüssigen, gleichmäßigen ton, zum leitstrahl, dem die töne aus allen türen des universums folgen, mit dem sie sich mischen, bis tiefe entsteht. dann gilt es, in die tiefe hinein, strukturen ins klangnetz zu weben, entlang der zeit den raum zu ermessen, zu füllen.

die losgelassenen muster und bilder, die einen streng und folgsam, die anderen wild und ausbruchswillig, müssen gegeneinander kämpfen, aber im kampf sich ergänzen, bis der kampf ein beiden unbewußter tanz geworden ist, gebändigt, zelebriert durch zwei kräfte: den geist des komponisten dort und meinen taktstock hier.

50

Das soll ich gesagt haben? Na gut, das Zahnputzglas geht sehr, sehr tief, tausende Stockwerke hinab, und jede Etage bietet endlose Zimmerfluchten, um darin zu spazieren, zu rennen. Und immer neue Türen und Sprüche an schimmligen Wänden. Und wieviel Müll.

In der Zeitung las ich von einem Gedächtniskünstler, der jedes Gespräch, das er geführt hat, exakt im Wortlaut memorieren kann. Jedes. Seine Erinnerung reicht bis zum 8. Monat des eigenen Lebens zurück. Wenn der das kann, bedeutet es, wir könnten es alle, nutzten wir nur unser Potential. Im Moment ist es einfach nur nicht nötig, nicht erwünscht. Versteh ich. Was solls auch? Die Highlights habe ich fast alle schon mitgeteilt, auf die verdrängten Peinlichkeiten möchte ich verzichten. Ist mir zu intim. Mir hören so viele zu. Wenn Kurthes gut ist, hält er sich da raus. Ich will allein sein. Anne hat recht behalten, ich wollte auf meinen Ruinen allein sein.

Manches habe ich auch vermißt, da drunten. Die künstlichen Balkone am eigenen Babelturm, die man angebaut und bepflanzt hat im Lauf des Lebens. Es fehlten all jene selbstgebastelten Sollbruchstellen der Erinnerung, wo das Verpaßte stärker gewesen war als das Erlebte, und die Fakten nach und nach rücksichtslos von der Phantasie verdrängt wurden zugunsten eines imaginären, intensiveren Lebens. In der Musik habe ich wenig falsch gemacht, das erfüllt mich mit Stolz. Andererseits habe ich zu wenig gemacht, um viel falsch zu machen. Den Ring hätt ich so gerne noch interpretiert, das hab ich mir fürs Alter aufgehoben, in falscher Bescheidenheit. Bedauerlich. Eben habe ich gehört, was draus geworden wäre. Sa-gen-haft. Wagner muß man dirigieren, solange man noch Saft im Sack hat. Hoffentlich behält Kurthes Recht, und irgendwo bleibt irgendwas davon. Säßen wir noch einmal zusammen unter dem Gipfel des Teide, in dieser sternklaren, kalten Nacht, ich wüßte jetzt besser auszudrücken, worum er mich gebeten hat. Sogar in seinem Duktus könnte ich es sagen, denn Kurthes ist mir vertraut geworden wie der Bruder, den ich nie besaß. Ich habe ihn begriffen, dort unten, in seiner Tragik, seiner Hybris,

Passage geschwärzt.

Musik ist eine Brücke ins Über-All, ins Reich jenseits des Materials. Klang ist ein Weg, der seine Atome hinter sich gelassen hat. Die Brücke, auf die Froh die Göttersippschaft einlädt, von der er sagt, sie sei leicht, doch fest gefügt ihren Schritten. Walhall ist Klangpalast der nur in ihrer Struktur überlebt habenden Gedanken. Reinste Struktur, die durch

Töne, Laute und Geräusche rückübersetzt wird ins Sinnliche.

Schwer zu überbieten: Die erste Probe vor dem großen Orchester. Der zitternde Arm und das Glück, Musik sozusagen auszuführen, wie ein Haustier, nein, wie ein riesiges, geflügeltes Fabeltier durch die Stille zu lenken, zu formen, am Halsband zu zügeln, dann wieder laufen und fliegen zu lassen. Und es gab unvermutet viel Großes im Kleinen, die Nächte damals, draußen, mit den Freunden, Markus, Frank, Christoph, Andi – Nächte, die aus dem Abstand einiger Jahre allen Zauber verlieren, um ihn nach einigen weiteren Jahren verdoppelt wiederzugewinnen. Der Ekel vor unserer ehemaligen Dummheit ist nur eine neue Dummheit, man darf das Ekelhafte vergessen, aber man muß sich an den Zauber erinnern, wenn man die Zeit nicht löschen will. Und ich habe mich an die Freundschaft erinnert, die es einmal gab, die tiefe Freundschaft, die sich mit dem Erwachsenwerden wie durch ein Naturgesetz verflüchtigt hat. Alle Nächte waren ungeheuer, die wir draußen verbrachten. Einfach draußen, und frei zu sein, dem Elternhaus entkommen, das war, wie das Betreten eines stolzen Palastes, wenn der König und sein Hofstaat geflohen ist, und die Revoluzzer durch die Gänge marschieren und neugierig, aber noch schüchtern durchstöbern, was nun ihnen gehört. Ich hatte Freunde.

Nacht allein war Programm genug, und wenn man darüberhinaus etwas zu trinken und zu rauchen hatte, war das Fest komplett. Langeweile gab es nie, wir konnten einander die Welt deuten, konnten uns vorstellen, was wir mit der Welt einmal machen würden, würde sie erst uns gehören, wir spielten am Baggersee Karten, blätterten in verbotenen Heftchen, ich weiß, das hört sich nach nichts Besonderem

an, und war doch euphorisches Glück, Geborgenheit im Ausnahmezustand. Wir waren nichts und wurden etwas. Und wir wurden betrunken, leisteten uns dezente Übertretungen, feierten kleine Orgien im Schein von Friedhofslichtern oder setzten uns in den Rinnstein vor das winzige Bordell nahe dem Industriegebiet, betrachteten die Kommenden, die Gehenden, suchten einen Blick hinter die roten Vorhänge zu erhaschen, stahlen Fahrräder, fuhren, die Köpfe voller Gänsehautmusik, ganz unterschiedlicher Musik, kaum was, auf das wir uns einigen konnten, durch die Dunkelheit der spätsiebziger Jahre, randalierten auf dem Schrottplatz, suchten Abenteuer, duellierten uns mit Holzstöcken, entschieden die Meisterschaft im Weitpissen oder onanierten auf der Brücke um die Wette in den Fluß, wer schneller kam, gewann. Für solche Sachen braucht es Freunde, die sich über Jahre bewährt haben. Die einen nicht verraten. Wir machten Feuer, neben der Autobahn, stocherten mit Ästen in der Glut, und einmal, vielleicht nur, um anders zu sein als andere Kinder, besuchten wir den Ostergottesdienst, der um vier Uhr morgens stattfand – wir waren alle Atheisten, katholisch nicht einmal geboren – wir haben oben neben der Orgel gesessen, dünne selbstgedrehte Zigaretten geraucht, schlechten Bourbon getrunken, den Pfaffen imitiert und verhöhnt, und wir gestanden einander Dinge, die man nur echten Freunden gesteht, das war eine erhabene Nacht – so verging die Zeit, die gestohlene, heimliche Zeit jenseits der Knechtschaft von Schule und Erzeugern, die heilige Zeit. Die, wenn man zurückkriecht, nach Regen riecht und Wald und ein wenig nach Kotze.
Claudia –
Längere Passage geschwärzt.
wen interessiert das?

So stellte sich das dar, drunten im Zahnputzglas. Insofern es mich nicht angelogen hat. Menschen wurden wichtig, die mich nicht als wichtig empfanden, die ich nicht als wichtig empfand, und dennoch geschah damals immer etwas, zwischen ihnen und mir, immer geschah etwas, zuviel, um davon zu reden. Wir waren so formbar. Jede Begegnung veränderte uns, ohne daß wir uns je klar gewesen wären, in welchem Ausmaß.

Mädchen, die mir nichts bedeutet haben, bedeuteten plötzlich massiv etwas, bekamen Namen zurück, die ihnen verlorengegangen waren. Die Vergangenheit zeigte sich oft penetrant und besserwisserisch. Spreizte sich pfauenhaft auf vor mir. Präsentierte sich in der Robe der Wahrheit, denotierte mich akribisch. Wie in einem Gerichtssaal, ohne Geschworene, ohne Richter und Zeugen. Nur mit mir allein darin. Aber Claudia –

Längere Passage geschwärzt.
geheimnisse sind nicht groß, nicht klein, sie sind geheim.

Ich habe inzwischen für vieles Verständnis. Die Menschheit hat nunmal eher die Gene Kains geerbt. Mag sein, daß Unschuld nur Glückssache ist, daß ich dies und jenes beinahe einmal getan hätte, mag genauso sein, daß es eine Grauzone gibt, in der Indikativ und Konjunktiv voneinander nur einen Lidschlag, nur einen geringen Muskelimpuls entfernt sind, aber dieses *beinahe* stellt eine klare Grenze dar, eine dünne, aber sehr hohe Mauer. Sie zu überqueren, führt von einer Welt in eine völlig andere.

Mehrere Millionen Kinos im Kosmos, wenn ich Kurthes glauben will, spielen meinen Film, konservieren jede Sekunde. Ich möchte lieber, hier und jetzt, in allen diesen Sekunden wie in einem Buch blättern können, ohne mich schämen zu müssen. Ich möchte der sein, der ich war. Aber vielleicht gibt es dafür kein Grundrecht, und alles, was sich der Vielfalt des Lebens entgegenstellt, wird von ihr hinweggefegt.

Der einzig erwähnenswerte Moment, den mein Gedächtnis bis gerade eben unterschlagen hat, ist der, als ich in Zürich beim Abschlußkonzert der Amerika-Reihe Ives' *Unanswered Question* dirigiert habe, und mich, nachdem der letzte Ton verklungen war, vor dem Publikum verbeugte.

In der ersten Reihe stand ein noch junger Mann, der Beifall klatschte, damals ein namenloser Unbekannter. Jetzt, im UC, wurde dem Schemen ein Gesicht verpaßt, das von Kurthes, und Kurthes war ich selbst, damals bin ich – sind wir – ohne davon etwas zu ahnen, aufgestiegen zur Idee, zur vagen Idee, wir durften noch Jahrzehnte tief in uns schlummern, leben, einfach leben, ohne –

ja, das war schön.

Es ist so schön hier. Das Licht berührt mich wie Samt, ich bin ganz weich, Tränen kullern mir über die Wangen, ich presse den Hinterkopf ans Holz des Fensters und sehe, wie die Dunkelheit ihre allerletzten Fasern aus dem Tag zupft. Mir fällt ein Lied Gustav Mahlers ein, nach einem Rückert-Gedicht. «Du hast die Macht. Nach Mitternacht.» Und ich singe stattdessen: *Es war so schön. Es war so schön. Herr – Herr, über Tod und Leben –»*

Der Wächter unterbricht mich, kündigt, betont beiläufig (er protzt gern, gibt sich eisgekühlt und unberührbar) das Eintreffen seines Vorgesetzen an. Flimmernde Strahlung. Die Bank am Hafenkai, auf der der alte Mann gesessen hat, ist leer.

51

Laura und Walter ließen sich nach zwei Jahren scheiden, gingen mehr oder weniger langweiligen Lebensentwürfen nach. Walter sammelte flämische Meister des 17. Jahrhunderts und setzte, warum, weiß kein Mensch, Frantisek Mucos eine kleine Rente aus. Laura wollte mit ihrer Vergangenheit nichts mehr zu tun haben, egal ob es die jüngere oder ältere Vergangenheit betraf. Ihr Vermögen, dessen Verwaltung sie dubiosen, auf eine Weise sehr geschickten Buchhaltern überließ, schrumpfte um mehr als zwei Drittel, ohne daß sie viel davon bemerkte. Mit immer jüngeren Liebhabern residierte sie abwechselnd in Zürich und Gran Canaria, ohne sich noch einmal zu verlieben. Mit Kurthes pflegte Laura einen zunehmend lauwarmen Briefwechsel, der sich irgendwann in höflichen Geburtstagskarten erschöpfte, schließlich abbrach. Interviews verweigerte sie sich standhaft, ohne erkennbaren Grund, obgleich behauptet wird, Arndts später Ruhm habe sie mit Stolz erfüllt. Unbezweifelbar ist, daß Laura im Alter wieder den Namen Feuer-Hermannstein angenommen, zumindest mit diesem Namen unterschrieben hat.

52

Der Wächter meint, es ginge allen so. Alle wollten nicht, aber wenn es denn an der Zeit sei, würden alle wollen. Daß ich der Erste sei, tue dabei nichts zur Sache. Jeder sei in gewisser Weise der Erste.

«Es ist doch sehr schön hier, nicht wahr? Dort wird es ebenso schön sein. Denn *dort* ist *hier*. Wir sind bereits da.»

Der Wächter spricht mit einer Kellner-Stimme, die vorgibt, zu servieren, in Wahrheit die Rechnung präsentiert. Ich habe Angst.

53

Claudia Schneider wurde zehn Jahre nach ihrem Verschwinden für tot erklärt, ohne daß ihr Körper je gefunden wurde. Auch das ominöse Kabinenboot blieb verschwunden, sowie alle Beweise dafür, daß es überhaupt je existiert hat. Claudias Bruder, ein einfacher Heizungsmonteur, suchte noch jahrelang Licht in ihr Schicksal zu bringen, mehr aus finanziellen Interessen denn aus solchen der Trauer und Neugier. Der Tod der offiziell obdachlosen Julia W. (38) wurde nie genauer untersucht. Die ermittelnden Beamten gaben Hermannstein als Haupttatverdächtigen an, auf ein Anklageverfahren wurde indes aus vielerlei Gründen verzichtet.

54

Die Sonne strahlte ihn nun direkt an, als sei sie einzig für ihn noch einmal aufgegangen. Über dem Meer lagen dicke Schichten von schimmerndem Glanz, wie Teppiche über eine unruhige Fläche gebreitet. Arndt nahm einen letzten Schluck vom köstlichen Wein.

Und er sah vor dem Fenster ein Wesen, ein Wesen von großer Leuchtkraft und Schönheit, und wußte im Moment, als er das Wesen sah, daß er dem Wächter aller Wächter, mehr noch, dem Chef, dem Schöpfer, dem Maximus Creator ins Antlitz sah. Ihm wurde schwindlig, er beugte vor dem Wesen sein Haupt und klammerte sich mit beiden Händen ans Fensterbrett.

«Wer bist du?»

«Der, dessen Schatten du warst.»

am ende des lebens gelangt er an einen riß, aus dem das licht der unendlichkeit über ihn hereinquillt, er sagt, das wurde aber zeit, und steckt den kopf ins bunte spiel der gewalten, hört musik, von der er immer nur geträumt hat, erhält einblick in die großen zyklen, begreift alle zusammenhänge und was daraus folgern wird, und sein dazutun zu allem erscheint ihm jetzt einigermaßen lächerlich, dennoch notwendig, so, wie er es vorausgeahnt hat, als er mitten im leben war und es nie sagen konnte, ohne sich dem vorwurf des schwulstes auszusetzen. wieder ist er der schüchterne junge, der eines nachts zum ersten mal seine sterblichkeit begreift, der ahnt, nur ein flüchtiges experiment zu sein, eine gekräuselte welle, die sich an irgendeinem strand irgendeinem verlassenen haus mit klappernden fensterläden mitteilt, den möwen und der brandung, dem müll und den kadavern, die der ozean umspült. aber er weint nicht, er betrachtet um sich eine andere, höhere welt, das wirknetz der kräfte und lichter, die mechaniken der schöpfung, mitsamt der liebe, die sie jeder neuen figur angedeihen lassen. ob sie scheitert oder siegt, ist einerlei.

«Dein Schatten?»

«Einer von vielen meiner Schatten.»

Arndt betrachtete das Wesen, geblendet vom grellen Schein, und die Fragen, die er stellen wollte, stolperten auf seiner Zunge übereinander; er konnte sich zu keiner entschließen. Das Wesen jedoch gab von sich aus Antwort auf die, die unter allen Fragen die lärmendste war.

«Ja.» Sagte das Wesen. «Deine Zeit ist gekommen, gegangen, und wird immer sein.» So sprach das leuchtende, schwebende Wesen, und in seinen Zügen lag Majestät und Verständnis. Zuversicht.

«Sag mir, wie ich dich nennen soll.»

«Helmut.»

Arndt beugt sich vor, um besser zu verstehen. Seine Finger halten nichts mehr fest. Er stürzt.

55

Christoph und Andreas, verbliebene Restbestände aus Arndts jugendlicher Clique, bekamen weitere Kinder, ernährten ihre Familien redlich, und wenn sie nicht gestorben sind, so leben sie noch heute. Busoni und Skrjabin, die beiden Doggen, hatte der gutmütige alte Alberto bei sich aufgenommen und zu Neujahr an zwei seiner Söhne verschenkt, die vom dritten Sohn deswegen tagelang ausgelacht wurden.

Er fiel fünf Meter hinab. Der Boden des Glases, aus dem er die ganze Nacht getrunken hatte, durchstieß mit einem spitz herausragenden Zacken sein Herz. Andernfalls hätte er den Sturz fast unverletzt überlebt. In der Autopsie wurde ein Bruch des linken Knöchels festgestellt und mehrere Prellungen. Nicht genug, um am Exitus des Arndt Hermannstein ursächlich von Bedeutung gewesen zu sein.

Sein Tod wurde als Unfall deklariert, der Leichnam den Behörden zur Überführung nach Deutschland ausgehändigt, wo man ihn im Krematorium Pullach-Nord verbrannt hat. Da in Kreta kein aktuelles Testament gefunden worden war, galt ein älteres, zehn Jahre zuvor auf Schloß Küsnacht verfaßtes, das Laura zur Alleinerbin seines Vermögens bestimmte. Sie bot Anne per Telefon eine als Aufwandsentschädigung deklarierte Summe von 20 000 Euro an, die jene dankend ausschlug.

Arndts Urne wurde zuerst in München beigesetzt, Jahre später allerdings, auf Betreiben von Samuel Kurthes, nach Italien überführt. Es war eine sehr geschmackvolle, lichtblaue Leichtmetallurne mit Goldrand und Ebenholzsockel.

Man kann vom Hügel aus, mit dem Feldstecher, die beiden Windlichter auf Alas Grab erkennen. Es liegt, wie sie es sich auf dem Sterbebett gewünscht hatte, neben dem von Arndt, auf dem kleinen Friedhof von Anguillara.

Kurthes schlendert über die Holzbrücke zum Dach zurück, dort steht noch immer der kleine Basttisch, der Korbstuhl, er setzt sich, schreibt mit Bleistift auf das sandfarbene Papier:

Die Wahrheit, Ala, mit der wir leben können, ist, daß wir alle nur

«Oh.»

Ala steht hinter ihm, lugt über seine Schulter.

Kurthes tritt in den verdunkelten Salon. Im Fernseher läuft die DVD mit der Endlosschleife eines *prasselnden Kaminfeuers.*

«Mußtest du ihn sterben lassen?»

«Ja.»

«Schade. Ich hab ihn gemocht.»

«Du hast ihn sogar mal geliebt.»

«Ja. Das war ein schöner und trauriger Sommer. Du – und der alte Hund, und der tote Flamingo, den du gebraten hast …»

«Du heulst doch nicht?»

Sie schweigt und reibt sich mit dem Nagelbett des rechten Zeigefingers die Wangen.

«Das Leben, Ala, ist ein Buch, und es hört nicht auf, weil ein Leser auf der letzten Seite angekommen ist.»

«Ich weiß. Flennen muß ich trotzdem immer.»

Kurthes hörte ihr nicht zu, er notierte seinen letzten Satz, für das nächste Seminar.

Und mit einem Moment hielt er inne, starr, blieb so, die Spitze des Kugelschreibers auf dem Notizblock, auch Ala stand erstarrt, in einer grotesken Position, vor dem Fernseher, vor dem sie die Arme gehoben hatte, wie um ihre

Hände an der Illusion des Kaminfeuers zu wärmen. Die Träne, die eben noch aus ihrem Auge gequollen war, lag wie eine künstliche Perle still auf ihrer Wange. Kurthes saß am Tisch, über den Block gebeugt, und beide atmeten nicht mehr, weder Atem, noch Blut oder überhaupt eine Spur von Leben schien ihren Körpern geblieben.

Der Autor dankt Susanne Müller-Wolff, Georg M. Oswald, Andrea & Alex und Thomas Palzer (für die Erlaubnis, ein Zitat aus *Pony* zu verfremden). Alle Romanfiguren sind Wesen der Phantasie. Ähnlichkeiten mit existierenden Personen wären zufälliger Natur.